सकारात्मक सोच
की
अपार शक्ति

'सकारात्मक सोच की अपार शक्ति' प्रसिद्ध लेखिका लुइस एल. हे और मोना लिसा शुल्ज की नई पुस्तक है, जो न केवल लुइस हे की अंतरराष्ट्रीय स्तर पर सर्वाधिक बिकनेवाली पुस्तक 'यू कैन हील योर लाइफ' के अभिकथनों के पीछे छिपी चिकित्सा विज्ञान की परतें खोलती है, बल्कि व्यक्तिगत उपचार के लिए निर्देशन और व्यावहारिक सलाह भी उपलब्ध कराती है।

हमारी चक्र प्रणाली को प्रतिबिंबित करनेवाले सात भावनात्मक केंद्रों के इर्द-गिर्द बुनी गई पुस्तक में, लुइस और मोना लिसा इन केंद्रों तथा शरीर के बीच संबंधों का पता लगाती हैं। वर्षों के शोध के आधार पर वे प्रत्येक केंद्र से संबंधित बीमारियों के सामने आने के पीछे छिपे संभावित मानसिक कारणों की पड़ताल करती हैं, और फिर बताती हैं कि इन स्वास्थ्य समस्याओं को किस प्रकार दूर किया जाए। वे लोगों को वास्तविक संसार के उदाहरण देती हैं, जिन्होंने बीमारी का सामना किया और स्वस्थ होने में किन विशेष भावनात्मक और भौतिक सुझावों से उन्हें मदद मिली। अभिकथन, सहजज्ञान और चिकित्सा विज्ञान एक शक्तिशाली त्रय का निर्माण करते हैं, जो पाठकों को अधिकतम स्वास्थ्य और तंदुरुस्ती प्राप्त करने में तथा गहराई तक उसे अनुभव करने में सहायक होते हैं, जिसे लुइस हमेशा कहती हैं—ऑल इज वेल...

★ ★ ★

लुइस एल. हे, जो अंतरराष्ट्रीय बेस्टसैलर पुस्तक 'यू कैन हील योर लाइफ' की लेखिका हैं। वे एक सैद्धांतिक वक्ता और अध्यापिका भी हैं, जिनकी पुस्तकों की 5 करोड़ से अधिक प्रतियाँ दुनिया भर में बिक चुकी हैं। पिछले 40 वर्षों से वे दुनिया भर में लोगों की व्यक्तिगत विकास और आत्म-उपचार के लिए अपनी संपूर्ण सृजनात्मक शक्ति क्षमता की खोज करने और उसे कार्यान्वित करने में सहायता करती आ रही हैं। उन्होंने ओपरा विनफ्रे के टीवी शो एवं अमेरिका समेत कई अन्य देशों के टीवी व रेडियो कार्यक्रमों पर भी अपनी प्रस्तुति दी। वेबसाइट : www.louisehay.com

★ ★ ★

मोना लिसा शुल्ज, एम.डी., पी-एच.डी., उन असाधारण हस्तियों में से एक हैं, जो विज्ञान, चिकित्सा और रहस्यवाद की सीमाओं को लाँघ सकती हैं। वे एक पेशेवर न्यूरोसाइकैट्रिस्ट और यूनिवर्सिटी ऑफ वरमोंट के स्कूल ऑफ मेडिसिन में एसोसिएट प्रोफेसर हैं। 25 वर्षों से वे एक चिकित्सा सहजज्ञानी रही हैं। डॉ. शुल्ज ने तीन पुस्तकें—'द इनट्यूटिव एडवाइजर', 'द न्यू फेमिनिन ब्रेन' और 'अवेकनिंग इनट्यूशन' लिखी हैं। वेबसाइट : www.drmonalisa.com

सकारात्मक सोच की अपार शक्ति

'चिकित्सा, स्वीकरण और अंतर्ज्ञान से
अपने शरीर को स्वस्थ करें।'

लुइस एल. हे

सहलेखन

मोना लिसा शुल्ज

प्रभात
पेपरबैक्स
www.prabhatbooks.com

प्रकाशक

प्रभात पेपरबैक्स

4/19 आसफ अली रोड, नई दिल्ली–110002

फोन : 23289777 • हेल्पलाइन नं. : 7827007777

इ–मेल : prabhatbooks@gmail.com ❖ वेब ठिकाना : www.prabhatbooks.com

संस्करण

प्रथम, 2018

अनुवाद

भविष्य कुमार सिन्हा

अ.मा.पु.स. 978-93-5266-330-9

SAKARATMAK SOCH KI APAAR SHAKTI
by Louise L. Hay & Mona Lisa Schulz
(Hindi Translation of 'ALL IS WELL')

Published by **PRABHAT PAPERBACKS**
4/19 Asaf Ali Road, New Delhi-110002
by arrangement with Hay House Publishers (India) Pvt. Ltd.

ISBN 978-93-5266-330-9

हम सभी के खूबसूरत
दिमागों को समर्पित
अपनी अक्ल से प्रेम करो।

जब कभी कोई समस्या हो, बार-बार दोहराएँ—
'सब कुशल है।'
प्रत्येक वस्तु उच्चतम भलाई के लिए
कार्यरत है।
इस स्थिति से केवल भलाई प्रकट होगी।
इससे आपके जीवन में
चमत्कारिक परिवर्तन होंगे।

—लुइस एल. हे

आभार

प्रिय पाठकगण, मेरे कार्य के आप नए साक्षी हों या लंबे समय से मेरे अनुयायी रहे हों, मुझे अपनी यह पुस्तक आपको प्रस्तुत करते हुए हार्दिक प्रसन्नता का अनुभव हो रहा है।

'ऑल इज वेल' (हिंदी शीर्षक 'सकारात्मक सोच की अपार शक्ति') मेरी शिक्षाओं को एक नए एवं उत्तेजक दृष्टिकोण से देखती है। मेरी सह-लेखिका मोना लिसा शुल्ज, जिसे मैं बहुत स्नेह करती हूँ और जिसकी मैं घोर प्रशंसक भी हूँ। मुझसे काफी समय से वादा करती रही है कि वह मेरे द्वारा वर्षों से प्रदान की जा रही शिक्षा के समर्थन में वैज्ञानिक साक्ष्य जुटाने और पेश करने का हर संभव प्रयास करेगी। यद्यपि मुझे यह जानने के लिए प्रमाण की आवश्यकता नहीं है कि ये पद्धतियाँ काम करती हैं। स्थितियों का मूल्यांकन करने के लिए मैं जिस पर निर्भर करती हूँ, उसे मैं अपनी 'आंतरिक ध्वनि' कहती हूँ। फिर भी, मैं समझती हूँ बहुत से ऐसे लोग हैं, जो किसी नई धारणा पर तभी विचार करेंगे, जब उसे विज्ञान का समर्थन प्राप्त हो। अत: हम यहाँ वह विज्ञान आपके लिए प्रस्तुत कर रहे हैं। इस अतिरिक्त जानकारी के साथ मैं समझती हूँ कि लोगों का पूरा एक नया वर्ग अपनी उस शक्ति के प्रति जागरूक हो जाएगा, जिसके उपयोग से वे अपने शरीर को स्वस्थ कर सकते हैं।

यह पुस्तक आपके लिए मार्गदर्शक अर्थात् गाइड का काम करेगी। अनुवर्ती पृष्ठों में मोना लिसा से आप धीरे-धीरे और स्पष्टत: जानेंगे कि आप अस्वस्थता से कुशलता की ओर कैसे बढ़ सकते हैं। आपको बताया जाएगा कि भावनात्मक कुशलता और स्वास्थ्य के बीच क्या संबंध होता है और स्वास्थ्य को ठीक रखने के लिए हमारे पास क्या-क्या उपचार और नुस्खे हैं। इस पुस्तक में चिकित्सा स्वास्थ्य (Medical health), संपूर्ण स्वास्थ्य (Holistic health), पोषणिक स्वास्थ्य (Nutritional health) और भावनात्मक स्वास्थ्य (Emotional health) को एक-दूसरे से जोड़ते हुए एक उत्तम सुसज्जित एवं समयानुकूल दवा की पुड़िया के रूप में प्रस्तुत किया गया है, जिसका सेवन कोई भी किसी भी समय और कहीं भी कर सकता है तथा लाभान्वित हो सकता है।

आभारोक्ति

एक पुस्तक को पूरा करना, बारबरा स्ट्रेसेंड के शब्दों में एकत्र सामग्री को क्रमबद्ध तरीके से संयोजित रूप में प्रस्तुत करने का विषय है। अनगिनत लोग हैं और अनेक कंपनियाँ हैं, जिन्होंने इस प्रक्रिया को आसान बनाने में भरपूर सहयोग दिया है और जिनके कारण इसकी विषय-वस्तु को सड़क पर समझाना मेरे लिए संभव हो सका। कुछ का परिचय आपको हो सकता है और कुछ आपको आश्चर्य में डाल सकते हैं; लेकिन सभी इस महत् कार्य में अत्यधिक सहायक सिद्ध हुए हैं।

निस्संदेह मैंने अद्भुत व्यक्तित्व की धनी, मन-काया चिकित्सा-विज्ञान में प्रसिद्धि के शिखर को चूमनेवाली लुइस हे के साथ इस पुस्तक पर बहुत समय बिताया है और बहुत काम किया है। रोगी की दशा और उसके उपचार से संबंधित अनेक बातों पर चर्चा एवं विश्लेषण करने के लिए स्काइप के जरिए लुइस से संपर्क कर जो समय मैंने व्यतीत किया है, उसे इस जन्म में भूल पाना संभव नहीं है। मैंने स्वयं को शिक्षित करने के लिए कक्षाओं, अस्पतालों, पुस्तकालयों और प्रयोगशालाओं में कुल मिलाकर 35 वर्ष व्यतीत किए, ताकि हर जगह से कुछ-कुछ अपेक्षित जानकारी इकट्ठा करके मैं सिद्ध कर सकूँ कि भावना, अंतर्दृष्टि, मस्तिष्क, शरीर और स्वास्थ्य के बीच एक संबंध है। वह एक कमरे में बैठी हुई ग्राहकों के किस्से सुनती रहती और उसी जानकारी के साथ बहस छेड़ बैठती। कल्पना करो, कैसा अनुभव रहा होगा। इस महान् महिला के साथ काम करके मैं गौरवान्वित महसूस करती हूँ।

उन लोगों के प्रति मेरा आभार, जिनके पास मैं सलाह के लिए जाती थी—हे हाउस की सी.ई.ओ. रीड ट्रेसी और सी.ओ.ओ. मारग्रेट नील्सन। इस बच्चे को अवसर देने के लिए आपका शुक्रिया और मैं अपने उन प्रशंसनीय संपादकों को कभी नहीं, कभी भी नहीं भूल सकूँगी, जिन्होंने मुझ जैसी शरीर के बाएँ तरफ लकवे की मारी महिला की मदद करने में कोई कसर नहीं छोड़ी। पैटी गिफ्ट अपने नाम के अनुरूप सच में एक गिफ्ट है और वह बहुत जल्द इस उद्योग में एक महान् कीर्ति स्तंभ बनने जा रही है। हम पीछे,

पीछे जाते हैं और लॉरा ग्रे, मैंने आपका नाम संत की उपाधि से विभूषित करने के लिए वेटिकन को भेज दिया है, क्योंकि आपने इस पुस्तक में विशेषकर अंत्य टिप्पणी के रूप में जो सराहनीय योगदान किया है, उसके लिए आपको यह उपाधि मिलनी ही चाहिए। आप प्रतिभाशाली, धैर्यवान् व शांत प्रकृति की हैं और यह आश्चर्य की बात है कि आप विषाक्तता से बचाव के लिए किसी भी सकारात्मक रक्षावरण के बिना इस मुद्रा को कैसे बनाए रखती हैं। लोग जानना चाहते हैं कि किसी प्रशांतक (शांत करनेवाली दवा) के बिना यह कैसे कर पाती हैं ? लोग जानने के लिए उत्सुक हैं। रॉकस्टार डोना, प्रचार एवं उत्पादन विभाग में सभी लोगों और नैंसी लेविन तथा कॉन्फ्रेंस के सभी कर्मियों का भी शुक्रिया। हे हाउस को प्रकाशन उद्योग में शीर्ष पर पहुँचाने में आप लोगों का बड़ा हाथ है, 'द न्यूयॉर्क टाइम्स' यही कहता है।

मेरे दक्षिणी परिवार मिस नाओमी, मिस्टर लैरी और पीसफुल वैली के आस-पास के हर व्यक्ति को मेरा हार्दिक धन्यवाद। आपने जीवन भर मेरे लिए प्रार्थना की है और मुझे जीवनदान दिलाया है। हम मिलकर हँसे हैं, रोए हैं और हम सबने एक साथ बहुत कुछ सीखा है। बाढ़ के समय, राष्ट्रीय और प्राकृतिक आपदाओं के दौर में और खुशहाली के समय में भी आप हमेशा मौजूद रहे हैं और इन शब्दों के साथ मुझे हिम्मत दिलाते रहे हैं। अहा हनी, हम सब तुमको प्यार करते हैं। मैं भी आपको प्यार करती हूँ और आपका धन्यवाद करती हूँ और जब हम दक्षिणी परिवार की बात कर रहे हैं, मैं हेलन स्नो का शुक्रिया अदा करना कैसे भूल सकती हूँ, जो अद्‌भुत छद्‌म अश्लील 'चूँ-चूँ' करते कुक्कुट शावक रेखाचित्रों से मेरा मनोरंजन किया करती थी। उनके बारे में सोचकर आज भी मैं हँसे बिना नहीं रह सकती।

कैरोलिन मिवाइस, मेरी जुड़वाँ बहन का भी शुक्रिया, जिसे जनमते ही अलग कर दिया गया और जिसे एक दूसरे परिवार ने गोद लिया। मॉण्टब्लैंक पेन से लिखने का शौक और सजीव चित्रकला (एनिमेटेड आर्ट) उसके खून में थी। और भी अन्य आदतों के अलावा जो खून के रिश्तों में आना स्वाभाविक है, तुम मुझे बहुत प्रिय होने का एहसास कराती हो। पुर्तगाली बेलबूटे काढ़ने की कला के बारे में क्या खयाल है ? ताश की दुक्की और एक आँख के जोकर जंगली लगते हैं। तुम्हारी माँ डिलोरेस ताश की जबरदस्त शौकीन इनसे खूब निपट सकती है।

अपनी सिफॉर्डिक सिस्टर लॉरा डे के बिना मैं क्या करूँगी ? सप्ताहांत में शहर में बिताए भावुक पल मेरा रोम-रोम तुम्हें प्यार करता है। मेरी पुर्तगाली कजिन, बारबरा कैरेलास का शुक्रिया, जिसने अपने विषय में सच्ची प्रतिभा का परिचय दिया है। आप हमेशा वहाँ होती हैं, जब-जब मुझे अपनी जरूरत होती है और मेरी ऑस्ट्रेलियाई ऑण्ट

जॉर्जिया का हार्दिक अभिनंदन, जिन्होंने मेरी हाल में हुई सर्जरी के दौरान मेरे कमरे में जननांग आकृतिवाली चॉकलेट लाकर अस्पताल में हंगामा खड़ा कर दिया था। जो लोग एक नमूने की माँग कर रहे थे, अस्पताल के गलियारे में अपनी चोटों को सहलाते नजर आए। एक बड़े दिल और उतने ही बड़े दिमाग की असली प्रस्तुति!

ऐविस स्मिथ वाकई एक दुर्लभ हिब्रू शिक्षक और मूसासंहिता (Toraz) की विद्वान् है। उस ज्ञान को मेरी दृष्टि के सामने रखकर उन्होंने मुझ पर बहुत बड़ा उपकार किया है। उनको अपने चावरुसा (Chavrusa) पुकारने में मुझे गर्व महसूस होता है और जितनी भी पुस्तकें मैंने मँगवाईं, वे सब पुस्तकें मुझे मुहैया कराने और कोई बाधा उत्पन्न न करने के लिए आर्टस्क्रॉल के प्रति मैं आभार व्यक्त करती हूँ।

मेरे गुरुओं को मेरा विनम्र प्रणाम। इन लोगों के पास जब-जब मेरा जाना हुआ, इस पुस्तक की रचना में मुझे हमेशा उनसे बहुत कुछ सीखने के लिए मिला। डॉ. मार्गरेट नेसर, दीपक पांड्या, एम.डी. क्रिस नॉर्थ, एम.डी. और जॉन बोराइसेन्को, पी.ए.डी.।

मेरे पिट क्रू (खुंदक कर्मी दल) के बिना मेरे लिए काम करना कभी संभव नहीं होता। विद्युत् व्यवस्था को एकदम सही-सलामत रखना न्यूरोलॉजिस्ट डॉ. डेविड पर्लमटर। चेसिस पुनर्निर्माण डॉ. कुमार ककरला। हेडलाइट अनुरक्षण: स्तन सर्जन डॉ. रोजमेरी ड्यूडा। मोटर चालू रखने के लिए मेरिडियन मैनेजमेंट डॉ. फर्न साओ, डॉ. डीन डेंग और कॉलीन रेट्जलॉफ, आर.एन., एन.पी.।

फीनिक्स, ऐरिजोना में मेरी देखभाल के लिए हर समय मौजूद डॉ. जेनी और डॉ. जिरॉल्ड लॉमोल का बहुत-बहुत धन्यवाद। वे कहते हैं कि मैं जब तक वहाँ रही, उतने समय के लिए मैं उस फार्म हाउस की लगभग मालकिन बन गई थी। आपने मेरी जान बचाई और आपकी मदद से मैं दुबारा चलने के काबिल हो सकी।

कला को उन्नत करना आसान है, वित्त प्रबंध आसान नहीं है। मेरे वित्त प्रबंधक दल जॉर्ज हॉवार्ड, पॉल चाबट एवं लेखाकार पीटर का धन्यवाद और फिर वे लोग भी हैं, जो वेब पर काम करते हैं तथा अन्य कार्यों का ध्यान रखते हैं। धन्यवाद मि. जैफरे और वांडा बाउरिंग। मुझे नहीं पता कि आप जो काम करते हैं, कैसे करते हैं, लेकिन करते रहें और मेरी अनुलेखक/लिप्यंतरणकर्ता करेन किल्ले का भी आभार, तुम्हारे बिना मैं कैसे जीवित रहूँगी? तुम आवाज को मेरे सिर में टाइप कर सकती हो और मार्शल बैलोविन, मैं आपका शुक्रिया अदा करना कैसे भूल सकती हूँ, विशेषकर आपसे मिली संतुलित कानूनी सलाह के लिए। आप मेरे पेरी मैसन हैं।

यदि हे हाउस रेडियो चलानेवाले कुशल कर्मचारियों ने मेरी सहायता न की होती तो मेरा रेडियो शो कभी संभव नहीं होता। खूबसूरत डायना रे और उसके सभी सहकर्मियों

को मेरा शुक्रिया। मेरे आस-पास विद्युत् तंत्र संबंधी विचित्र दुर्घटनाएँ होने पर भी आप संयम बनाए रखते हैं, यह मेरे लिए किसी सुखद आश्चर्य से कम नहीं है। शुक्रिया।

बहुत लोगों का स्नेह व अनुराग मुझे मिलता रहा है और मैं उनकी वफादारी की बहुत कायल हूँ। ओमेगा और सूसी डेबी आर्नेट के प्रति मैं कृतज्ञ हूँ और कृपालु मे मार्था भी मेरे आभार की पात्र है। कुंडली प्रोडक्शंस में मर्लिन और मेरे टी.वी. कर्मी दल को भी मेरा धन्यवाद।

और अब मैं ऑर्केस्ट्रा पिट में काम करनेवाले लोगों को धन्यवाद देना चाहती हूँ। ये लोग मेरे दैनिक जीवन को आसान बनाने में मेरी अत्यधिक सहायता करते हैं, ताकि मैं कुछ ऐसे विषयों पर काम कर सकूँ, जैसे कि यह पुस्तक बाहर बड़े-बड़े उपकरणों को बखूबी चलाने का काम माइक ब्रेवर बहुत अच्छी तरह निभाता है। वह पूरे साल लॉन, उद्यान और मेरे बाहरी गैस-भरण व्यवस्था को बिल्कुल ठीक-ठाक बनाए रखता है, ताकि रेंडियर सिस्टम साल-दर-साल करंट की अनवरत आपूर्ति करता रहे। फिर होली डॉउटी घर के अंदर छोटे उपकरणों को सँभालती है। मेरा घर कभी भी इतना साफ नहीं रहा है। मुझे अस्थमा के लिए अब किसी इन्हेलर की जरूरत नहीं पड़ती है। मेरा निवासी डॉक्टर भी तुम्हारा धन्यवाद करता है। मेरे कस्टम कोच का शुक्रिया, जो भगवान् जाने किस समय आकर मुझे उठा ले जाता है और ड्यूटी समाप्त होने के बाद भी बहुत सारे काम कर देता है।

मेरे पहनावे और दिखावट का ध्यान रखनेवाली टीम का शुक्रिया। बोस्टन के इस्काडा में जोसेक सॉसिमर जो पहनावे की दृष्टि से मुझे अरुचिकर दिखने से बचाता है। डेरिल, जो अकारी सैलन में मेरे बाल सँवारता है। तुम बालों के बारे में मेरे पागलपन को अच्छी तरह समझते हो। मेरा धन्यवाद।

और मुझे स्पैंक्स के निर्माताओं का भी आभार प्रकट करना चाहिए। उन महिलाओं की मदद करने के लिए धन्यवाद, जो समझती हैं कि उनका उदर सामान्य है और वे गर्भवती नहीं हैं। किसी को तो यह कहना ही था और जब सिलसिला चल ही पड़ा है तो मैं शिकागो के ओ हेअर एयरपोर्ट मॉण्टब्लैंक स्टोर मे सिसिलिया रोमैनुची को भी शुक्रिया कहना चाहूँगी, जो ये सारे पेन भेजती रहती है।

इसी दिशा में आगे बढ़ते हुए मैं हैरासीकट इन (Harraseeket Inn) तक पहुँच गई हूँ, जिसके ऑर्गेनिक फूड, परोसने के उत्साह, आकर्षक परिवेश और लुभावने व्यवहार ने मुझे जीवित रहने का साहस दिया। इनके मालिक रॉडनी 'चिप' ग्रे और नैंसी ग्रे, बार-कीपर रॉण्डा रीयल, शेफ मेरी एन मैकऐलिस्टर, मैनेजर मार्शा तथा सभी वेटरों एवं नौकर-चाकरों का शुक्रिया। यदि आप पाठकों में से किसी को कभी वहाँ जाने के

अवसर मिले तो सेब और ब्लैक बैरी की पाइ अवश्य खाएँ और उन्हें बताएँ कि मैंने आपको भेजा है, लेकिन बार में मेरी सीट पर न बैठें।

हर बातचीत और सौदेबाजी को सद्भावपूर्ण ढंग से सुलटाने का काम मेरी सी.ई.ओ. जूली टैवेअर्स करती है, जिसे मैं अपनी तर्क-वाणी कह सकती हूँ। उसकी धैर्यशील और प्रशांत मौजूदगी मुझे न केवल निश्चिंत रखती है, बल्कि आवश्यकता पड़ने पर किसी भी काम को तुरंत निपटा देती है। धन्यवाद। कितनी भाग्यशाली हूँ मैं तुम्हें पाकर! दूसरी तरफ लाइजेट पाइवा है, मेरी सी.ओ.ओ.। एक पुर्तगाली तेज-तर्रार तमेल 4 फीट 11 इंच की और नाखूनों की तरह सख्त। उसकी अपनी अंतर्दृष्टि बहुत प्रखर है।

और मेरे जीवन के सुरताज की पूर्ण संगति के बनाए रखने में मेरी प्यारी पालतू बिल्लियों का भी योगदान कुछ कम महत्त्वपूर्ण नहीं है—मिस डॉली, लॉरेटा-लिन, कॉन्वेट्विटी, जेथ्रो बोदाइन (हाँ, वह दक्षिणी प्रभाव की ओर एक संकेत है) सिग्मंड 'सिग्गी' फेलाइन और होरेशियो।

और अंततः पाठको, मैं आपके प्रति हृदय से कृतज्ञ हूँ, क्योंकि आपने इस पुस्तक को पसंद किया। यहाँ होने के लिए आपका शुक्रिया।

अनुक्रम

1

उपचारक विधियों को जोड़ना

मन और काया को स्वीकरण (अर्थात् सत्य कथन), औषध एवं अंतर्ज्ञान से स्वस्थ करने के क्षेत्र में पिछले 30 वर्ष से भी अधिक समय से आधिकारिक शोध एवं खोज-कार्य चल रहा है। और यद्यपि अनेक मेधावी और प्रतिभाशाली व्यक्ति हैं, जिन्होंने आगे आने का मार्ग दिखाया है, फिर भी इस बात पर शायद ही किसी का विपरीत मत हो कि इस क्षेत्र में प्रथम या मार्गदर्शक कोई अन्य नहीं, बल्कि लुइस हे थीं। वास्तव में इस आंदोलन की शुरुआत सामूहिक रूप से सन् 1980 के दशक में हुई, जब हम सबने उनकी 'नन्ही नीली पुस्तक' Heal your Body : The Mental Cause for Physical illness and the Metaphysical way to overcane then खरीदी और उन विचार-शैलियों को जाना, जो हमारी अपनी-अपनी स्वास्थ्य संबंधी समस्याओं का कारण थीं।

किसे पता था कि इस छोटी सी नीली पुस्तक के कारण मेरा जीवन एकदम बदल जाएगा, लेकिन इसने सच में सबकुछ बदल डाला है। इसने मेरे अपने चिकित्सा व्यवसाय को खड़ा करने में मेरी सहायता की और इसके सिद्धांतों ने मुझे मेरे मरीजों के साथ-साथ स्वयं के लिए भी बेहतर स्वास्थ्य सुनिश्चित करने की दिशा में जाने का मार्ग दिखाया। जैसा कि आप कल्पना कर सकते हैं, मेरी खुशी का ठिकाना नहीं था। वास्तव में, खुशी के मारे मैं सातवें आसमान पर पहुँच गई, जब हे हाउस ने मेरे सामने यह प्रस्ताव रखा कि मैं लुइस के साथ मिलकर एक पुस्तक लिखूँ, जो अंतर्ज्ञान, स्वीकरण और औषध पश्चिम की परंपरागत कार्य चिकित्सा और वैकल्पिक चिकित्सा दोनों की एक कड़ी बनाकर प्रस्तुत कर सके। यह एक मूलभूत उपचारक प्रणाली है। काम करने के लिए ऐसी सामग्री पास हो और लुइस का साथ मिले, मैं कैसे इनकार कर सकती थी?

मैं Heal Your Body को अपने साथ मेडिकल स्कूल तक ले गई और फिर अपनी पी-एच.डी. के पीछे लगे रहकर मस्तिष्क का अनुसंधान करने में मैंने अनेक वर्ष बिता

दिए। मैंने इसका उपयोग अपने मेडिकल और वैज्ञानिक प्रशिक्षण के दौरान उस समय किया, जब अनेक उतार-चढ़ाव से तंग आकर मुझे साइनसाइटिस तथा पोस्टनेजैल (शिरा-नाल में सूजन और फिर बुरी तरह नाक बहने) के कारण भीषण परेशानी से गुजरना पड़ा। बिस्तर पर पड़े-पड़े मैं यह पुस्तक उठा लेती और पोस्टनेजैल ड्रिप, जिसे 'आंतरिक रुदन' भी कहा जाता है, से जुड़ी विचार शैली को उसमें खोजने लगती। जब मुझे शिक्षा-शुल्क चलाने के लिए एक के बाद एक छात्र-ऋण लेने के कारण चिंता ने आ घेरा, मुझे साइटिका (गृध्रसी) हो गया, अर्थात् कूल्हे पर की नस का दर्द रहने लगा। मैंने फिर 'नन्ही नीली' पुस्तक का सहारा लिया। साइटिका का संबंध 'धन और भविष्य की चिंता' से जोड़ा गया था।

जब-जब मैंने उस पुस्तक में गहराई से झाँका, हमेशा कुछ समझदारी की बात निकली; लेकिन मैं कभी यह नहीं समझ पाई कि लुइस को स्वीकरण पद्धति का ज्ञान कहाँ से प्राप्त हुआ। लगभग 35 वर्ष पहले लुइस को मानवीय विचारों और स्वास्थ्य के बीच संबंध पर अपना 'नैदानिक निरीक्षण अध्ययन' आरंभ करने की प्रेरणा कहाँ से प्राप्त हुई ? किसी भी प्रकार की वैज्ञानिक पृष्ठभूमि के बिना या चिकित्सा संबंधी किसी प्रशिक्षण के बिना कोई किस तरह एक के बाद एक आसामी का निरीक्षण या उसकी जाँच कर सकता था, कतिपय विचार शैलियाँ और उनसे संबद्ध स्वास्थ्य संबंधी समस्याओं के बीच एक निरंतर सह-संबंध देख सकता था और फिर एक ऐसी पुस्तक लिख सकता था, जो हमारे स्वास्थ्य से जुड़ी चिंताओं को संबोधित कर सके। उनके नुस्खे कारगर थे, लेकिन मैं नहीं जान सकी कि क्यों और कैसे वे नुस्खे कारगर सिद्ध हुए। इस बात ने मुझे बड़ी उलझन में डाला हुआ था।

अत: जैसा कि कहा जाता है—आवश्यकता या अतिरेक आविष्कार की जननी है। मैंने निश्चय कर लिया कि मस्तिष्क तथा शरीर में अस्वस्थता के भावनात्मक पहलुओं के बारे में सोच-विचार के बाद योजना बनाकर मैं उनकी स्वीकरण प्रणाली के पीछे छिपे विज्ञान के सागर में डुबकी लगाकर देखूँगी और वास्तव में मैंने जो सह-संबंध देखे, उनके आधार पर मुझे एक ऐसी उपचार-पद्धति का निर्माण करने में मदद मिली, जिस पद्धति ने मुझे एक अंतर्ज्ञानीय परामर्शदाता के रूप में 25 वर्ष से भी अधिक समय से मेरा पथ-प्रदर्शन किया है और इतने ही वर्षों का मार्गदर्शन इस पद्धति से एक कार्य-चिकित्सक एवं वैज्ञानिक के रूप में मुझे प्राप्त हुआ है। लेकिन यह तभी संभव हो सका, जब लुइस और मैंने यह पुस्तक लिखने की दिशा अपनाई और उसी दौर में मुझे यह एहसास हुआ कि मैं जिन उपचारक विधियों का प्रयोग करती हूँ, उनके साथ यदि

लुइस की स्वीकरण-पद्धति को जोड़ दिया जाए तो यह संयोजन कितना प्रभावशाली सिद्ध हो सकता है।

अंतर्ज्ञान (अर्थात् सहज बोध) का महत्त्व

सन् 1991 में मैंने दो वर्ष का मेडिकल स्कूल प्रशिक्षण पूरा किया था और अपनी पी-एच.डी. के तीन वर्ष और मुझे अपनी पढ़ाई समाप्त करने के लिए अस्पताल में काम करने वापस जाना था। एक सफेद कोट, स्टेथेस्कोप और ढेर सारी छोटी-छोटी किताबों के साथ मैंने उस समय के बोस्टन सिटी अस्पताल में प्रवेश किया।

पहले ही दिन मेरा रेजीडेंट मेरे पास आया। उसने मुझे मेरे पहले मरीज का नाम और उम्र बताई और इतना भर कहा, "उसे सँभालो।" मैं बहुत घबरा गई। समझ में नहीं आ रहा था, मैं कैसे पता लगाऊँ कि उसकी समस्या क्या है; जबकि मेरे पास उसका नाम और उसकी आयु के अलावा कोई अन्य विवरण नहीं था।

इमरजेंसी कक्ष में पहुँचने के लिए लिफ्ट से नीचे जाते हुए मुझे घबराहट और बेचैनी हो रही थी। किसी रोगी को धीरे-धीरे किस तरह ठीक स्थिति में लाया जाता है, इसके बारे में मुझे कुछ आरंभिक एवं बुनियादी जानकारी ही प्राप्त थी—अपनी गरदन में लटके स्टेथेस्कोप को चलाना जानने के अलावा। कुछ क्षण के लिए लिफ्ट में बंद मैं हाथ में क्लिपबोर्ड पकड़े खड़ी रही और तभी एक क्षण में मेरे मन की आँखों में उस रोगी की तसवीर कौंध गई, जिसका निरीक्षण मुझे करना था। वह कुछ-कुछ मोटी थी। उसने हलके हरे रंग की स्ट्रेच पैंट पहनी हुई थी। अपने उदर के दाईं तरफ का ऊपरी भाग उसने कसकर पकड़ा हुआ था और वह चीख रही थी, "डॉक्टर, डॉक्टर! यह मेरा गॉलब्लैडर (पित्ताशय)!"

अरे वाह! मैंने सोचा, जिस मरीज से मैं मिलने वाली हूँ, अगर उसे वास्तव में गॉलब्लैडर की परेशानी निकली तो मैं चिकित्सा की दृष्टि से उसका क्या हल निकालूँगी? लिफ्ट जब मंजिल-मंजिल रुकते-रुकाते धीरे-धीरे नीचे जा रही थी, उस दौरान मैंने अपनी जेबों में भरे अनगिनत मैनुअलों (अर्थात् नियम पुस्तिकाओं) के पन्नों को उलट-पलटकर देखा और शीघ्र ही खोज निकाला कि गॉलब्लैडर की परेशानी झेल रहे मरीज को ठीक करने के लिए मुझे क्या-क्या करना होगा। अपने क्लिपबोर्ड पर मैंने गॉलब्लैडर की समस्या से निपटने की योजना का एक बढ़िया खाका तैयार किया—लिवर (पित्ताशय) के एक अल्ट्रासाउंड की जाँच करें, लिवर एंजाइम्स (पित्ताशय के पाचक रसों का निरीक्षण करें और मरीज की आँखों के सफेद भाग को ध्यान से देखें।)

लिवर का द्वार खुलते ही मैं इमरजेंसी कक्ष की ओर दौड़ी। झट से परदा एक तरफ

किया और मैं चकित रह गई, जब मैंने एक महिला को गर्नी में—हाँ, लाइम-ग्रीन स्ट्रेच पैंट पहने बिस्तर पर पड़े चीखते हुए देखा, ''डॉक्टर, डॉक्टर! यह मेरा गॉलब्लैडर है!''

यह एक संयोग ही रहा होगा, ठीक? दूसरे दिन फिर एक बार रेजीडेंट ने लगभग चीखते हुए मेरे मरीज का नाम पुकारा और उसकी आयु बताई तथा मुझे फौरन इमरजेंसी कक्ष में जाने के लिए कहा। दोबारा एक मरीज का चित्र मेरे मानस में उभरा। इस बार यह ब्लैडर इन्फेक्शन (मूत्राशय संक्रमण) का मामला था। अत: मैं फिर उसी दुविधा में फँस गई। ब्लैडर इन्फेक्शन-ग्रस्त मरीज का उपचार मुझे किस तरह करना होगा। लो, देख लो, वही निकला ब्लैडर इन्फेक्शन। तीसरे दिन मैंने वह प्रक्रिया पुन: दोहराई और फिर मेरी धारणाएँ और मेरे मानस-पटल पर उभरे चित्र सही साबित हुए। तीन दिन के बाद मैंने महसूस किया कि मेरे मस्तिष्क में कुछ विलक्षण शक्ति है कि मेरे मन की आँखें उस स्थिति को पहले ही देख लेती हैं, जो मेरी प्रशिक्षण प्राप्त मेडिकल दृष्टि को अंतत: अस्पताल के कमरों में देखने को मिलेगा।

मैं समझ सकती थी कि मेरे मरीजों की स्थिति का आकलन करने में अंतर्ज्ञान मेरे लिए बहुत हद तक उपयोगी एवं सहायक सिद्ध हो सकता है; लेकिन जल्दी ही मुझे इस बात का एहसास हो गया कि अंतर्ज्ञान की भूमिका के बारे में मैंने प्रारंभ में जैसी कल्पना की थी, यह उससे भी कहीं अधिक बड़ी भूमिका निभाता है।

शरीर का अंतर्ज्ञान—मानव शरीर एक विचित्र आश्चर्यजनक मशीन है और जैसे एक मशीन को नियमित रख-रखाव एवं देखभाल की जरूरत होती है, ताकि वह यथासंभव कुशलता से चलती रहे, उसी तरह मानव शरीर भी नियमित रख-रखाव एवं देखभाल की अपेक्षा रखता है। विविध कारणों से आपका शरीर खराब और रुग्ण हो सकता है—आनुवंशिक, पर्यावरण, आहार इत्यादि संबंधी कारण। लेकिन जैसा कि लुइस ने अपनी जीवन-यात्रा में पाया और Heal your Body में प्रकाशित किया—प्रत्येक बीमारी आपके जीवन में भावनात्मक कारणों से प्रभावित होती है और लुइस द्वारा अपने निष्कर्ष प्रस्तुत किए जाने के दसियों वर्ष पश्चात् वैज्ञानिक समुदाय ने ऐसी गवेषणाओं का प्रकाशन किया है, जो लुइस के निष्कर्षों का समर्थन करती है।

खोज एवं अनुसंधान से यह तथ्य सामने आया है कि भय, क्रोध, शोक, प्रेम और प्रसन्नता का शरीर पर विशिष्ट प्रभाव पड़ता है। हम जानते हैं कि क्रोध के कारण नसें जकड़ जाती हैं और रक्त-वाहिनियाँ सिकुड़ने लगती हैं, जिसका परिणाम यह होता है कि तनाव बहुत बढ़ जाता है तथा रक्त-प्रवाह में रुकावट आती है। हृदय संबंधी चिकित्सा-शास्त्र हमें बताता है कि हर्ष एवं स्नेह का विपरीत प्रभाव पड़ता है। यदि आप लुइस

की छोटी नीली किताब में देखें तो आपको पता चलेगा कि दिल का दौरा और दिल से संबंधित अन्य समस्याएँ दिल से 'सारी खुशी निचोड़ डालनेवाली होती हैं।' हृदय को कठोर बना देती हैं और 'खुशी का अभाव' दरशाती हैं। इन समस्याओं को विपर्यस्त करने, अर्थात् उलटने के बारे में लुइस किन स्वीकरणों या सत्य कथनों का वर्णन करती हैं? ''मैं अपने हृदय के केंद्र में खुशी वापस लाती हूँ और अतीत को खुशी-खुशी मुक्त कर देती हूँ। मैं शांतिमय हूँ।''

विशिष्ट विचार शैलियाँ प्रत्येक मनोभाव या भावना के प्रत्युत्तर में कतिपय रासायनिक द्रव्यों को छोड़ते हुए पूर्वानुमेय ढंग से हमारे शरीर को प्रभावित करती हैं। जब भय काफी लंबे समय तक आपकी प्रमुख चित्तवृत्ति बना रहता है तो उस दौरान तनाव संबंधी हार्मोन, विशेषकर कार्टिसोल, निरंतर निकलते रहने से रासायनिक द्रव्यों के दबदबे का सिलसिला चल पड़ता है, जो हृदय रोग को जन्म देता है, वजन बढ़ाता है और निरुत्साह एवं खिन्नता में धकेल देता है। जैसा कि भय के साथ होता है, अन्य भावावेश तथा विचार एक विशिष्ट शैली का अनुसरण करते हैं, क्योंकि वे शरीर पर के रूप में प्रकट होते हैं। अपने कार्य में मैंने भी देखा है कि भावनाएँ जिस समय शरीर में सर्वत्र दौड़ रही होती हैं, वे अंगों पर भिन्न-भिन्न रूप से प्रभाव डालती हैं, जो इस बात पर निर्भर करता है कि आपके जीवन में चल क्या रहा है। इसी मोड़ पर अंतर्ज्ञान प्रवेश करने आता है।

प्राय: ऐसा होता है कि जब हम अपने जीवन में या किसी प्रियजन के जीवन में किसी भावनात्मक स्थिति से अवगत नहीं होते हैं, तब यह सूचना हमें अंतर्ज्ञान के माध्यम से प्राप्त होती है। हमारे पास पाँच मूलभूत बोध हैं, जो हमारी भावनाओं को जगाते हैं—देखना, सुनना, शारीरिक अनुभूति, गंध एवं स्वाद और हमारे पास पाँच समांतर 'अंतर्ज्ञानी बोध' भी हैं—अतींद्रिय दृष्टि (देखना), अतींद्रिय श्रवण (सुनना), अतींद्रिय अनुभूति (शारीरिक अनुभूति), अतींद्रिय घ्राण-शक्ति (गंध-ग्रहण अर्थात् सूँघना) और अतींद्रिय स्वादानुभूति (स्वादानुभव), जिनके माध्यम के तौर पर आप किसी समय चिंता में डूबे होते हैं, आपके अंतर्ज्ञान पर कोई चित्र उभरता है और एक अतींद्रिय कौंध आपको दिखा देती है कि आपका एक मित्र संकट में है या आप भयाक्रांत हो सकते हैं। जब आप अपने सिर में फोन की घंटी बजती हुई सुनते हैं, असल में घंटी बजने से पाँच मिनट पहले और आपको किसी प्रिय व्यक्ति की मृत्यु की बुरी खबर मिलती है। ऐसा भी संभव है कि जब कोई व्यक्ति आपको किसी खराब व्यावसायिक सौदेबाजी के लिए सहमति देने के लिए कहे, उससे ठीक पहले आपका मुँह कसैला हो जाए या आपको किसी संदेह की गंध आए या आप अपने शरीर में कोई बुरी संवेदना अनुभव कर सकते

हैं, जिसका संबंध सबकुछ नष्ट हो जाने की उस आशंका या उस 'मनोव्यथा' से हो सकता है, जिसने आपके रिश्ते में आनेवाली किसी भावी समस्या के बारे में आपको सावधान या आगाह किया था।

सामान्यत: विदित उस अंतर्ज्ञान के अलावा, जो हमें इन मामलों में रास्ता दिखाता है, जहाँ हमारे पास अपर्याप्त सूचना होती है—जैसे कि वह अंतर्ज्ञान, जिसने मेरी चिकित्सा जीवन-यात्रा में हमेशा मेरी मदद की, हमारे तन में जन्मजात अंतर्ज्ञान (अर्थात् सहज बोध) भी होता है। हमारा शरीर हमें बता सकता है कि हमारे जीवन में कब कुछ संतुलन के बाहर है, भले ही यह जानकारी हमारे चेतन मन में स्पष्ट न हो, तब भी।

अगर हमें पूर्णतया स्वस्थ होना है तो हमें हमारे शरीर द्वारा अंतर्ज्ञान के माध्यम से हमें भेजे जा रहे संदेशों की ओर अवश्य ध्यान देना चाहिए। लेकिन हमें इस बात को पूरी तरह समझने के लिए तर्क एवं तथ्यों की भी जरूरत है कि हमारी जीवन-शैली में वे कौन से असंतुलन हैं, जो हमारे स्वास्थ्य को प्रभावित कर रहे हैं। जिस प्रकार किसी साइकिल पर दोनों टायरों में बराबर हवा भरना आवश्यक होता है, उसी प्रकार आपको भावनाओं तथा अंतर्ज्ञान के बिना चरम तर्क और तर्क के बिना अंतर्ज्ञान दोनों ही स्थितियाँ महाविपत्ति को जन्म देती हैं। हमें स्वास्थ्य का निर्माण करने के लिए इन दोनों औजारों का प्रयोग करना चाहिए। यह कैसे करना है और हमारा ध्यान चार दृष्टिकोणों पर बराबर केंद्रित रहेगा—

1. हमारे जीवन में अपनी तथा दूसरे लोगों की भावनाओं के बारे में सचेत होना, उन चेतावनियों को ध्यान में रखते हुए जो भय, क्रोध तथा अवसाद अर्थात् दु:ख के साथ आती हैं।
2. इस बात को समझना कि इन भावनाओं से जुड़े वे कौन से विचार हैं, जो हमारे सिर के इर्द-गिर्द मँडराते रहते हैं।
3. दु:ख एवं कष्ट के लक्षणों को पहचानना और हमारे शरीर में उनका पता-ठिकाना खोजना।
4. लक्षणों के तले अंतर्ज्ञानीय/भावनात्मक विचार-शैली संबंधी सूचना को स्पष्ट बाँधना समझना है कि प्रत्येक बीमारी का आंशिक कारण आहार, पर्यावरण, आनुवंशिक तत्त्व और चोट में भी पाया जाता है।

अंतर्ज्ञान संबंधी इमरजेंसी डैशबोर्ड—तो हम अपने शरीर के अंतर्ज्ञान अर्थात् सहज बोध में किस तरह दस्तक देते हैं, ताकि हम उन संदेशों का अर्थ स्पष्ट समझ सकें, जो संदेश शरीर के सहज बोध द्वारा हमें भेजने का प्रयास किया जा रहा है?

कल्पना करें कि आपका शरीर किसी कार के डैशबोर्ड के समान है। इसमें कई प्रकार के प्रकाश बिंदु आपातकालीन चेतावनी के रूप में दिए गए हैं। ये ऐसे क्षेत्र हैं, जो उस समय लक्षणात्मक रूप से जल उठते हैं, जब आपके जीवन में कुछ ऐसा घट रहा होता है, जिस पर तुरंत ध्यान देना जरूरी हो जाता है। उस खिजानेवाली गैस लाइट का अनुभव किसे नहीं हुआ है। हमेशा बेमौका जल उठनेवाली डैशबोर्ड की यह लाइट चेतावनी देकर आपका पारा चढ़ा देती है, विशेषकर उस समय, जब आपकी कार में ईंधन इतना कम हो चुका होता है कि लगता है, जैसे आपकी कार गैस के बजाय धुएँ पर चल रही हो। इसी प्रकार यदि आपके जीवन का कोई भाग खाली है या अति पर आ चुका है तो आपके शरीर का एक हिस्सा संकेत देगा, बड़बड़ाएगा, यहाँ तक कि तकलीफ में चीखें मारने लगेगा।

चेतावनी देनेवाली सात बत्तियाँ हैं आपके पास। प्रत्येक का अपना एक अंग समूह होता है। प्रत्येक समूह में अंगों का स्वास्थ्य विशिष्ट प्रकार की विचार-शैलियों तथा व्यवहारों से जुड़ा होता है। उदाहरण के लिए, हड्डियाँ, रक्त, प्रतिरक्षक तंत्र और त्वचा उन अंगों को कहा जाता है, जिनका संबंध आपको दुनिया में सुरक्षित एवं निश्चिंतता का एहसास करानेवाली भावना से होता है। यदि आप सुरक्षित एवं निश्चिंत महसूस नहीं करते हैं तो आपको इनमें से किसी एक अंग में बीमारी का अनुभव अपेक्षाकृत सामान्य से अधिक हो सकता है। अंगों के इस समूह को हम भावनात्मक केंद्र कहते हैं, क्योंकि उनकी सेहत उन्हीं भावनात्मक समस्याओं से जुड़ी होती है।

इस पुस्तक में प्रत्येक अध्याय एक भावनात्मक केंद्र के अवयवों (अंगों) के स्वास्थ्य को समर्पित है। अध्याय 4 मिसाल के तौर पर प्रथम भावनात्मक केंद्र—हड्डी, रक्त, प्रतिरक्षक तंत्र के अवयव और त्वचा पर प्रकाश डालता है तथा आपको यह समझने में आपकी मदद करता है कि इनमें से प्रत्येक अंग में बीमारी का क्या तात्पर्य है। यह उस अंग से संबद्ध आंतरिक भावना को घेरे हुए आपके जीवन में संतुलन पर दृष्टिपात करता है। अत: सार रूप में यदि आपकी सुरक्षा एवं निश्चिंतता की भावना संतुलन के बाहर कर दी गई है तो आप संभवतया अपने प्रथम भावनात्मक केंद्र से जुड़े अंगों में बीमार हो जाएँगे।

जिस प्रकार हमें स्वस्थ बने रहने के लिए संतुलित आहार की आवश्यकता होती है, उसी प्रकार हमें यह सुनिश्चित करना भी आवश्यक है कि हमें भरपूर स्नेह एवं हँसी-खुशी प्राप्त है। हमारी ऊर्जा का जीवन के विभिन्न क्षेत्रों—परिवार, धन, रिश्तेदारी, परस्पर संपर्क, शिक्षा और अध्यात्म में लगाने हेतु परिश्रम करके हम शारीरिक तथा भावनात्मक स्वास्थ्य का निर्माण कर सकते हैं।

इस पुस्तक का उपयोग कैसे करें?

जब लुइस और मैंने इस बारे में विचार-विमर्श आरंभ किया कि आपके लिए सबसे उपयोगी पुस्तक की रचना कैसे की जाए, हमने इसका ढाँचा इस प्रकार का बनाने का निश्चय किया, ताकि आप अपने शरीर के उस हिस्से पर ध्यान दे सकें, जो अस्वस्थ महसूस कर रहा है और फिर वहाँ से आप स्वस्थ होने की दिशा में कदम उठा सकें, ठीक वैसे ही जैसे You can heal your life में बताया गया है। फिर भी, आपको यह याद रखना चाहिए कि लोग अलग-अलग अंगों का एक साथ बाँधा हुआ पुलिंदा मात्र नहीं हैं, जिससे यह समझ लिया जाए कि आपके शरीर के एक भाग में जो बीमारी है, वह आमतौर पर दूसरे भाग के स्वास्थ्य को भी प्रभावित करेगी और आपके परिवार (प्रथम भावनात्मक केंद्र) में सुरक्षित एवं निश्चिंत महसूस करने संबंधी भावनाएँ भी स्वाभिमान (तृतीय भावनात्मक केंद्र) के इर्द-गिर्द भावनाओं में क्रीड़ा करने लगती हैं। अत: पूर्णतया स्वस्थ होने की दृष्टि से आपको चाहिए कि जिस समय आप उस अंग या बीमारी पर अतिरिक्त ध्यान दे रहे हों, जो आपको अत्यधिक कष्ट दे रही है, उस समय आप अपने समग्र जीवन पर निगाह डालें। पुस्तक के उस भाग को सीधे-सीधे बेहिचक उलट-पलटकर देखें, जहाँ आपके व्यक्तिगत समस्या क्षेत्र के बारे में चर्चा की गई है; लेकिन ध्यान रहे कि पुस्तक को आद्योपांत पढ़ते समय आपका सामना आपके जीवन में अन्य असंतुलनों से संबंधित कुछ महत्त्वपूर्ण एवं आवश्यक जानकारी से भी हो सकता है। अपनी क्षमताओं और दुर्बलताओं की पूरी तसवीर आपके सामने स्पष्ट होने पर आप इस योग्य हो सकते हैं कि अपने सभी भावनात्मक केंद्रों में एक स्वस्थ जीवन के लिए आप एक दीर्घकालिक योजना बना सकें।

जैसे-जैसे आप इस पुस्तक को पढ़-समझकर आगे बढ़ेंगे, मैं प्रत्येक भावनात्मक केंद्र में अंगों के चारों ओर घेरा डाले आपके शरीर के अंतर्ज्ञान को थपकने में आपकी सहायता करूँगी, ताकि आप उन संदेशों को समझ सकें, जो संदेश आपका शरीर भेज रहा है। किंतु याद रखें, केवल आप निश्चित कर सकते हैं कि आपका शरीर वास्तव में आपको क्या बता रहा है। यह पुस्तक एक सामान्य गाइड है, जो उन बातों से मेल खाती है, जो सामान्यत: देखी जाती हैं और जिनका समर्थन अधिकतर विज्ञान भी करता है।

जब आप इस निष्कर्ष पर पहुँच चुके हों कि आपका शरीर आपसे क्या कह रहा है, तब लुइस और मैं आपको उन उपचारक तकनीकों के बीच लेकर चलेंगे, जो हमें अस्वस्थ होने के अनेक कारणों से अवगत कराती हैं। हालाँकि इस पुस्तक में हम चिकित्सा संबंधी कोई विशिष्ट सलाह नहीं देंगे, क्योंकि अच्छी चिकित्सा राय प्रत्येक व्यक्ति के लिए अलग होती है। फिर भी, ऐसे रोगियों के उदाहरण हम अवश्य देंगे,

जिनके बारे में जानकर आपको इस बात का कुछ-कुछ अनुमान हो जाएगा कि बुनियादी तौर पर किन-किन चिकित्सा उपायों पर विचार किया जा सकता है। इससे भी अधिक महत्त्वपूर्ण बात यह है कि हम ऐसे-ऐसे स्वीकरणों (अर्थात् सत्य कथनों) की लड़ी बिछाएँगे, जिन्हें आप दिन भर अनेक बार अपने मन में दोहरा सकते हैं और साथ में आचरण एवं शिष्टाचार संबंधी सुझाव भी होंगे, जिन्हें आप तत्काल अपने निजी जीवन में शामिल कर सकते हैं। इन उपायों को अपनाकर आप स्वास्थ्य का निर्माण करने के लिए अपने विचारों तथा अपनी आदतों में परिवर्तन ला सकेंगे।

रोगी संबंधी उदाहरणों के बारे में एक बात ध्यान देने योग्य है। इन खंडों में एक ही भावनात्मक केंद्र में समस्याओं से त्रस्त परले सिरे के रोगियों पर विशेष प्रकाश डाला गया है। तथापि यह याद रखना अत्यंत आवश्यक है कि अधिकतर लोगों को एक ही कष्ट नहीं होता है। वे अनेक तकलीफों से जूझ रहे हो सकते हैं, जैसे कि बाँझपन, संधिवात (आर्थ्राइटिस) और थकावट या एक के साथ कई रोग जुड़े होने के कुछ अन्य उदाहरण। हमने जिन-जिन रोगियों के उदाहरण लिये हैं, उनमें हमने केवल उस प्रबल समस्या पर ही पूरा ध्यान दिया है, जो प्रत्येक भावनात्मक केंद्र से जुड़ी हुई है। अगर हम हर व्यक्ति के जीवन में समस्त असंतुलनों और समस्याओं को अपने अध्ययन के अंतर्गत लेकर उनका विश्लेषण प्रस्तुत करते तो वह एक इतना विशाल विश्वकोश बन जाता, जिस तक पहुँचना अधिकतर लोगों के लिए लगभग असंभव हो जाता। इसी कारण हमने इस पुस्तक की रचना की है, ताकि अधिक-से-अधिक लोग उसका लाभ उठा सकें। हमने इस पुस्तक में जो अनेक विवरण प्रस्तुत किए हैं, उनमें यदि आप स्वयं को पहचान लेते हैं तो अचंभित न हों।

इस पुस्तक को पढ़ते समय हो सकता है, आपका अंतर्ज्ञान चीख उठे या सिर्फ एक हलकी सी चीं-चीं करे। महत्त्व की बात यह है कि जो भी संदेश ध्वनित हो रहा है, उसे सुनें और स्थिति को सुधारने की दिशा में तदनुसार धीरे-धीरे आगे बढ़ें।

मैंने अपने पूरे वृत्तिक जीवन में एक-दो अत्यंत महत्त्वपूर्ण मार्गदर्शक सिद्धांत सीखे हैं। पहला सिद्धांत यह है कि हम लोगों में से हर व्यक्ति अपने-अपने अनोखेपन, अपने व्यक्तित्व की वक्रोक्तियों या चालाकी अथवा अपने अतीती की भावनात्मक या शारीरिक कष्टों के बावजूद हम सभी अपने स्वास्थ्य को सुधार सकते हैं। दूसरा सिद्धांत कहता है कि हमें स्वास्थ्य बनाने तथा प्रसन्नता प्राप्त करने हेतु उपलब्ध प्रत्येक उपचारक पद्धति के प्रति अपनी दृष्टि खुली रखनी चाहिए। विटामिन हों या पोषण संबंधी संपूरक, जड़ी-बूटी एवं ओषधि, सर्जरी, ध्यान-योग, स्वीकरण या मनश्चिकित्सा—हर उपाय

सहायक सिद्ध हो सकता है, बशर्ते कि आप उसका उपयोग किसी ऐसे कुशल, रोगहर व्यवसायी (अर्थात् चिकित्सक) के मार्गदर्शन के अधीन करें, जिस पर आप विश्वास करते हैं। All is well (हिंदी शीर्षक—सकारात्मक सोच की अपार शक्ति) आपके लिए उपचार-विधियों का एकदम सही जोड़ खोजने में आपकी सहायता करेगी।

❑

2

आपकी 'सब कुशल है' आत्म-निर्धारण प्रश्नोत्तरी

लुइस और मैंने अलग-अलग हजारों लोगों के साथ काम किया है और इस पुस्तक का एक सर्वाधिक भाग है—हमारा आरंभिक अंतर्ग्रहण। हम इसे आपको जानने की प्रक्रिया कह सकते हैं। यह प्रक्रिया हमें यह निर्धारित करने का अवसर देती है कि आपके स्वास्थ्य और आपकी भावनाओं के हिसाब से आप अभी किस स्थिति में हैं और इससे हमें वे संकेत भी मिल जाते हैं, जिनको ध्यान में रखते हुए हम आपकी अच्छी-से-अच्छी सहायता कर सकें।

इस अध्याय में दी गई प्रश्नोत्तरी आपको रास्ता दिखाएगी, जिससे कि इसी प्रक्रिया का अनुपालन अपने लिए आप स्वयं कर सकें और जब तक आप इसे पूरा करते हैं, तब तक आपको बेहतर अनुमान हो जाएगा कि आप स्वस्थ होने के मार्ग पर कहाँ से आरंभ करें।

अध्याय में सात खंड हैं। प्रत्येक खंड में शारीरिक स्वास्थ्य संबंधी समस्याओं तथा जीवन-शैली से जुड़ी आदतों के बारे में प्रश्नों को समाहित किया गया है। प्रत्येक प्रश्न के उत्तर में 'हाँ' या 'न' लिखें। प्रश्नोत्तरी के अंत में स्कोरिंग गाइड (अंकल निर्देशिका) है, जो आपको अपने वर्तमान भावनात्मक एवं शारीरिक स्वास्थ्य का मूल्यांकन करने में मदद करेगी। फिर अपने किसी घनिष्ठ मित्र को आप अपनी जगह रखकर प्रश्नोत्तरी हल करने दें और प्राप्तांक की तुलना करें। बाहरी दृष्टिकोण प्राप्त कर लेना लाभदायक होता है, क्योंकि कभी-कभी हम अपने जीवन को साफ-साफ नहीं देख सकते हैं।

प्रश्नोत्तरी
खंड-1

शारीरिक स्वास्थ्य संबंधी प्रश्न

1. क्या आपको संधिवात (आर्थ्राइटिस) है ?
2. क्या आपको रीढ़ की हड्डी का दर्द रहता है, डिस्क की बीमारी या स्कॉलिओसिस (पार्श्वकुब्जता) है ?
3. क्या आपको अस्थिछिद्रिलता (ऑस्टिओपोरोसिस) की बीमारी है ?
4. क्या आप दुर्घटना-प्रवण (कभी भी दुर्घटनाग्रस्त हो जाना) हैं, कभी भी आपकी मांसपेशियाँ जकड़ने लगती हैं या आप पुराने दर्द के मरीज हैं ?
5. क्या आप अल्परक्तता (खून की कमी) के मरीज हैं ? क्या आपका रक्तस्राव गड़बड़ रहता है या आप जल्दी-जल्दी वायरस के शिकार हो जाते हैं या हर समय थकावट महसूस करते हैं ?
6. क्या आपको छालरोग (सॉराइअसिस) है, एग्जिमा अर्थात् छाजन है, मुँहासे हैं और अन्य त्वचा विकार हैं ?

जीवन-शैली संबंधी प्रश्न

1. आपको जितना भिन्नता है, क्या आप उससे अधिक देने की प्रवृत्ति रखते हैं ?
2. क्या आपको किसी स्वावलंबी व्यक्ति का स्नेह मिलने से परेशानी महसूस होती है ?
3. किसी को कष्ट में देखकर क्या आपके मन में आता है कि आपको उनका रक्षण या उद्धार करना चाहिए ?
4. क्या आप सामूहिक राजनीति में अच्छे नहीं हैं या आप में सामाजिक चातुर्य का अभाव है ?
5. क्या आपको डराया-धमकाया जाता था, जब आप बड़े हो रहे थे ?
6. क्या आपके वर्तमान जीवन में आप पर धौंस जमाई जाती है ?
7. क्या मौसम बदलने के दौरान आपके स्वास्थ्य को कष्ट झेलना पड़ता है ?
8. क्या बदलाव आपको विकल या व्यग्र कर देता है ?
9. क्या आपके मिजाज तथा किसी दूसरे के मिजाज के बीच सीमा में घुस-पैठ करना बहुत आसान है ?
10. क्या आपको परिवार का कलंक माना जाता था या माना जाता है ?

11. क्या आप वह व्यक्ति हैं, जिसके पास हर व्यक्ति स्वत: चला आता है, जब उन्हें कोई तकलीफ होती है?
12. क्या वाद-विवाद और बहस के बाद आप स्वभावत: संबंध तोड़ देते हैं?

खंड-2

शारीरिक स्वास्थ्य संबंधी प्रश्न

1. क्या आपकी स्वास्थ्य संबंधी चिंताएँ आपके स्त्री-सुलभ जननांगों से जुड़ी हुई हैं—मिसाल के तौर पर, आपका गर्भाशय या डिंबग्रंथि?
2. क्या आपको योनिशोथ (वेजिनाइटिस) है या योनि संबंधी अन्य समस्याएँ हैं?
3. क्या आपको नर जननांग संबंधी कोई तकलीफ है—प्रोस्टेट ग्रंथि, टेस्टिकल (अंड ग्रंथि) या कोई अन्य कष्ट?
4. क्या आप यौनेच्छा में नपुंसकता या अन्य समस्याएँ महसूस करते हैं?

जीवन-शैली संबंधी प्रश्न

1. अगर आप अपने किसी प्रिय व्यक्ति को धन उधार देते हैं तो क्या आपको ब्याज माँगने में कठिनाई होती है?
2. क्या छुट्टियों के दौरान आप सामान्यत: कर्ज में चले जाते हैं?
3. क्या आप प्रतिस्पर्धा के समय में खूब फलते-फूलते हैं, सौभाग्यशाली रहते हैं या लोग आपके बारे में सोचते हैं कि आप कुछ अधिक ही प्रतिस्पर्धात्मक हैं, कोई रिश्ता तोड़ा है?
4. क्या आपने किसी जीविका संबंधी पसंद के ऊपर कोई रिश्ता तोड़ा है?
5. क्या आप उस व्यक्ति का उदाहरण हैं, जो आजीवन स्वयं को अति शिक्षित एवं अल्प रोजगार-युक्त समझता है?

खंड-3

शारीरिक स्वास्थ्य संबंधी प्रश्न

1. क्या आपको पाचन संबंधी समस्याएँ हैं, जैसे कि आँत या पेट का फोड़ा (पेप्टिक अल्सर) आदि?
2. क्या आप किसी व्यसन या लत से परेशान हैं?

3. क्या आपका वजन अधिक है ?
4. क्या आपको क्षुधा अभाव (भूख न लगने) या क्षुधातिशय (बहुत भूख लगने) की बीमारी है ?

जीवन-शैली संबंधी प्रश्न

1. क्या आप सोचते हैं कि फेशॅल (चेहरे की मालिश) कराना व्यर्थ है ?
2. क्या आप में उन लोगों को आकृष्ट करने की प्रवृत्ति है, जो व्यसन से परेशान हैं ?
3. क्या आपको पता है कि आपके काम-यंत्र के दस्ते (लव हैंडिल) और नितंब क्षेत्र में कितनी वसा अर्थात् चरबी है ?
4. क्या आपकी आदतें बाध्यकारी हैं, मिसाल के तौर पर खरीदारी करने या खाने की आदत, जिनका प्रयोग आप अपनी नसों को शांत करने के लिए करते हैं ?
5. क्या आपका व्यक्तिगत रंग-ढंग, आपका फैशन, आचार-व्यवहार और आपका बोलने का तरीका भी पिछड़ा हुआ है ?

खंड-4

शारीरिक स्वास्थ्य संबंधी प्रश्न

1. आपकी धमनियों या रक्त वाहिकाओं में क्या कुछ गड़बड़ी है ?
2. क्या आप धमनी जठरता (आर्टीरिओसक्लिरोसिस) से पीड़ित हैं ?
3. क्या आपको अत्यधिक तनाव रहता है ?
4. क्या आपका कॉलेस्टेरॉल बढ़ा हुआ है ?
5. क्या आपको दिल का दौरा पड़ चुका है ?
6. क्या आपको दमा है ?
7. क्या आपको कोई स्तन विकार है ?

जीवन-शैली संबंधी प्रश्न

1. क्या लोग अकसर आपको बताते हैं कि आप कैसा महसूस कर रहे हैं ?
2. क्या आपको बताया गया है कि आप अत्यधिक संवेदनशील हैं ?
3. क्या आपकी मनोदशा मौसम एवं ऋतु-परिवर्तन के प्रति संवेदनशील है ?
4. क्या आपको काम पर रोना आया है ?

5. क्या आप बात-बात पर रो पड़ते हैं ?
6. क्या आपके लिए बहुत कठिन होता है अपने किसी प्रियजन पर क्रोधित होना ?
7. क्या आप बहुत जल्दी फुस हो जाते हैं ?
8. आप घर पर रहते हैं या लोगों से दूर रहते हैं, क्योंकि आपको लगता है कि आप भावना के वशीभूत हो जाते हैं ?

खंड-5

शारीरिक स्वास्थ्य संबंधी प्रश्न

1. क्या आपको जबड़े की समस्या है ?
2. क्या आपको थायराइड है ?
3. क्या आपकी गरदन में तकलीफ है ?
4. क्या आपका गला अकसर खराब रहता है ?
5. क्या आपको गले की अन्य समस्याएँ हैं ?

जीवन-शैली संबंधी प्रश्न

1. क्या आपको किशोरावस्था के दौरान मार्ग-निर्देशों को समझने तथा उनका पालन करने में कठिनाई होती थी ?
2. क्या आपको मार्ग-निर्देशों को समझने में अब भी मुश्किल होती है ?
3. क्या आपके लिए सेल फोन पर या किसी स्वीकार फोन कॉल पर एकाग्रचित्त होना मुश्किल काम है ?
4. क्या आप मित्रों या प्रियजनों के साथ ई-मेल पर लंबी बहस या गलतफहमी में पड़ जाते हैं ?
5. क्या आप किसी बहस को केवल समाप्त करने की खातिर आसानी से 'हाँ' कह देते हैं ?
6. क्या आपको पठन अक्षमता है या भाषाओं को सीखने या खुलेआम बोलने में आपको हकलाहट होती है ?
7. क्या लोगों की अपेक्षा आप पशुओं के साथ बेहतर ढंग से बतिया लेते हैं ?
8. क्या लोग अकसर आपके पास इस आशय से चले आते हैं कि उनकी तरफ से आप लड़ें ?

शारीरिक स्वास्थ्य संबंधी प्रश्न

1. क्या आपको अनिद्रा का रोग है?
2. क्या आपको आधासीसी का दर्द (मायग्रेन) हो जाता है?

प्रश्नोत्तरी में अंकों का हिसाब लगाने के लिए प्रत्येक खंड में जितने भी 'हाँ' लिखे हैं, उनकी गणना कर लें।

खंड-1

हम परिवार हैं। प्रथम भावनात्मक केंद्र—हड्डियाँ, जोड़, रक्त, प्रतिरक्षण प्रणाली और त्वचा।

यदि आपने इनके लिए 'हाँ' में उत्तर दिया है—

प्रश्न 0 से 6 : आप सच में चैन से हैं इस दुनिया में और आपकी स्वस्थ हड्डियाँ, स्वस्थ जोड़, रक्त तथा प्रतिरक्षक प्रणाली से यह स्पष्ट पता चलता है। आपके स्वास्थ्य के प्रति चुनौतियाँ अन्य क्षेत्रों में हो सकती हैं।

प्रश्न 7 से 11 : आपको यदा-कदा पारिवारिक समस्याओं का सामना करना पड़ता है और जोड़ों की वह पीड़ा, त्वचा संबंधी समस्याओं की कुंठा या प्रतिरक्षण प्रणाली से संबंधित बेचैनी आपको बता देगी कि तकलीफ का कारण क्या है। अत: इससे पहले कि ये कष्ट और बढ़ें तथा स्थिति बहुत खराब हो जाए, आप इन्हें अनुकूल बनाने तथा नियंत्रण में रखने के लिए प्रयास करें।

प्रश्न 12 से 18 : दृढ़ता के साथ तैयार हो जाएँ। आपके लिए यही समय है, जब आप इस दृष्टि से अपना पुनर्मूल्यांकन कर सकते हैं कि पारिवारिक या अन्य सामूहिक अवलंबन या प्रोत्साहन आपको कैसे प्राप्त हो। आपको एक अधिक सुरक्षित जीवन का निर्माण करने के लिए इसी क्षण से काम करते हुए प्रथम भावनात्मक केंद्र के स्वास्थ्य पर पूरा-पूरा ध्यान देने की आवश्यकता है। अध्याय 4 पर जाएँ और पता करें कि आप अपनी हड्डियों, जोड़ों, खून, प्रतिरक्षण प्रणाली और त्वचा संबंधी समस्याओं से छुटकारा पाने के लिए क्या-क्या परिवर्तन कर सकते हैं।

खंड-2

इसमें दो विषय आते हैं—द्वितीय भावनात्मक केंद्र—मूत्राशय, जननांग, पीठ का निचला भाग और नितंब।

यदि आपने इनके लिए 'हाँ' में उत्तर दिया है—

प्रश्न 0 से 2 : आप स्वयं में एक शक्तिपुंज हैं। वित्तीय दृष्टि से तथा रोमानियत दृष्टि से भी आप इतने सक्षम हैं कि जीवन में अपना रास्ता खुद निकाल सकें। आप में धन एवं प्रेम के बीच संतुलन बनाए रखने की योग्यता को देखते हुए आपके स्वास्थ्य को चुनौतियाँ शरीर के अन्य क्षेत्रों से आ सकती हैं।

प्रश्न 3 से 5 : प्रेम और धन के मामले में आपके जीवन में सामान्य उतार-चढ़ाव रहते हैं। तथापि, हारमोन के कारण मन:स्थिति का यदा-कदा दोलायमान होना या श्रोणि-वेदना (नीचे की तरफ पीठ दर्द) इस बात का संकेत हो सकता है कि एक अस्थायी संबंध या वित्तीय समस्या का कारण आपको कहीं और खोजना होगा। बस, इतना याद रखें कि अपने प्रयासों में आपको सतर्कता बरतने की जरूरत है।

प्रश्न 6 से 9 : आपका जीवन वित्तीय आत्म-निर्भरता और अंतरंग संबंध दोनों को सँभालने के संघर्ष की कहानी कहता है। निचली रीढ़ और नितंब पीड़ा या हारमोन संबंधी जननांग या मूत्राशय संबंधी समस्याएँ, जो आपके स्वास्थ्य को चुनौती देती रहती हैं, वे असल में आपके लिए इस बात की अंतर्ज्ञान चेतावनियाँ देने में सहायक होंगी कि आपको धन और प्रेम के बीच संतुलन बैठाने के लिए कोई बेहतर तरीका तलाशने की आवश्यकता है। इस संतुलन का निर्माण करने के उपाय के बारे में अंतर्दृष्टि प्राप्त करने के लिए इसी क्षण अध्याय 5 की ओर प्रस्थान करें।

खंड-3

एक नई मनोवृत्ति—तृतीय भावनात्मक केंद्र—पाचक तंत्र, वजन, अधिवृक्क ग्रंथि (गुर्दे की गाँठ), अग्न्याशय (पाचक ग्रंथि) और व्यसन/लत।

यदि आपने इनका उत्तर 'हाँ' में दिया है—

प्रश्न 0 से 2 : आप एक स्वाभाविक बोध रखते हैं कि आप प्रीतिकर हैं और अपनी निजी आवश्यकताओं पर ही पूरा ध्यान दे सकते हैं। फिर भी आप में इतना पर्याप्त अनुशासन है और जिम्मेदारी उठाने का एहसास है कि आप एक नौकरी सँभालने के साथ-साथ दूसरों के प्रति अपनी जिम्मेदारियों को भी निभा सकते हैं। ऐसा बहुत कम देखने में आता है। अपनी निजी पहचान को संतुलित करने की आपकी क्षमता को देखते हुए आपकी चुनौतियाँ शरीर के अन्य क्षेत्रों से आने की अधिक संभावना है।

प्रश्न 3 से 5 : काम और आपके आत्म-सम्मान के साथ आपके आकस्मिक संघर्ष यदा-कदा ही आपको अपच, कब्ज, दस्त या वजन में घट-बढ़ की शिकायत दे सकते हैं। अत: इन क्षेत्रों में किसी भी बढ़ते असंतुलन पर कड़ी दृष्टि रखें।

प्रश्न 6 से 9 : आप अपने आत्म-सम्मान से जुड़ी समस्याओं को समझते हैं। एक

जीविका को लेकर सशक्त महसूस करने और उसके साथ ही खुद से प्यार करने का आपका आजीवन संघर्ष ही बहुत हद तक आपके पाचन मार्ग तथा गुर्दों में बीमारी या वजन अथवा व्यसन संबंधी समस्याएँ पैदा करने का कारण बना होगा। इस भावनात्मक केंद्र में स्वास्थ्य-प्राप्ति के लिए अपने विचारों एवं व्यवहार में परिवर्तन हेतु महत्त्वपूर्ण तरीकों को जानने में अध्याय 6 आपकी सहायता कर सकता है।

खंड-4

मधुर भावना चतुर्थ भावनात्मक केंद्र—हृदय, फेफड़े और स्तन।

यदि उनका उत्तर आपने 'हाँ' में दिया है—

प्रश्न 0 से 4 : आप उन विरले व्यक्तियों में से एक हैं, जो एक संतान, एक वृद्ध होते माता-पिता या फिर इस अर्थ में किसी भी व्यक्ति की देखभाल कर सकते हैं और फिर भी अपने बारे में अपना बुद्धि-विलास बनाए रख सकते हैं। आप एक मजबूत मानसिक एवं भावनात्मक शरीर-गठन के साथ संसार में आए। आपके लिए शुभ है।

प्रश्न 5 से 10 : आपके दिल, श्वसन या स्तन संबंधी समस्याएँ इस बात का संकेत हो सकती हैं कि आप किसी बालक या साथी को लेकर उदास, चिंतित या निराश हैं; लेकिन लंबे समय तक आपको टाला नहीं जा सकेगा। आपके अंदर लचीलापन है और आप किसी तरह जान लेते हैं कि उछाल मारकर वापस कैसे आया जा सकता है।

प्रश्न 11 से 15 : सतर्क रहना आपका अपने संबंधों में भावनाओं को सँभाले रखने का आजीवन संघर्ष जिंदगी को किसी सॉप ओपेरा या घटिया रिएलिटी शो के रूप में प्रस्तुत करता है। आपका कभी-कभी भाग जाने और किसी मठ में जाकर रहने का मन करता है। लेकिन आपका स्वास्थ्य आपके हाथ में है। अध्याय 7 में जाकर पता करें कि स्वयं को स्वस्थ करने के लिए आप क्या कर सकते हैं।

खंड-5

विचार-विमर्श करने के लिए कोई विषय—पंचम भावनात्मक केंद्र : मुँह, गरदन और थायरॉइड

यदि आपने इनके लिए 'हाँ' में उत्तर दिया है—

प्रश्न 0 से 4 : बधाई हो, आपकी संवाद-संप्रेषण क्षमता अत्यधिक प्रभावशाली है। आप अपनी आवश्यकताओं एवं अपेक्षाओं को व्यक्त करना तथा अपने आस-पास के लोगों के दृष्टिकोण को सुनना बखूबी जानते हैं। आप स्वयं को जानते-समझते हैं तथा इसके साथ ही आप सशक्त एवं परानुभूतिपूर्ण होना भी जानते हैं। अच्छा है आपके लिए।

प्रश्न 5 से 8 : मित्रों, बच्चों, माता-पिता, सहकर्मियों या आपके जोड़ीदार के साथ आपकी असहमति यदा-कदा ही होती है और यद्यपि आप पूरी तरह भिड़ जाते हैं, आपका झगड़ा अधिक देर नहीं चलता है और न आपके स्वास्थ्य से संबंधित समस्याएँ, जो आपकी गरदन, थायरॉइड, जबड़े या मुँह के रोग में बदल सकती हैं। जब संवाद-संप्रेषण की कोई शैली काम न कर रही हो तो अस्थायी तौर पर आपकी गरदन या जबड़ा अकड़ जाएगा या दंत-वेदना होने लगेगी, जो आपके लिए बहुत जल्द इस मायने में सहायक सिद्ध होगी कि आप विचारों के आदान-प्रदान का कोई बेहतर तरीका निकाल सकें।

प्रश्न 9 से 13 : आप शायद हमसे यह सुनना नहीं चाहेंगे, लेकिन आप जीवन भर यह एहसास पाने के लिए जूझते रहे हैं कि दूसरे लोग आपको सुनते और समझते हैं। आपको उन लोगों को सुनने में भी कठिनाई होती रही है, जो आपके आस-पास होते हैं। आवश्यकता इस बात की है कि आप किसी भी स्थिति की चारों तरफ की जानकारी रखते हुए विचार संप्रेषण करना सीखें। यह काम धीरे-धीरे और शांति से होगा, जब आपकी अपनी एक आवाज होगी और उसके साथ ही आपको सुनने में भी कोई समस्या नहीं होगी। अध्याय 8 आपको सही रास्ता दिखाएगा।

खंड-6

अचानक मैं देखता हूँ छठा भावनात्मक केंद्र—मस्तिष्क, आँख और कान।

यदि आपने इनका उत्तर 'हाँ' में दिया है—

प्रश्न 0 से 3 : आप यह कैसे कर लेते हैं? आप उन विरले व्यक्तियों में से एक हैं, जिसका जन्म एक अटल व स्थिर मानसिकता के साथ हुआ और जिसकी प्रवृत्ति अनजान से लड़ने की नहीं है। आप इसे विश्वास कह लें या ऑटो-पायलट पर जिंदगी का सफर, कोई अंतर नहीं पड़ता है। आपने संघर्ष करना सीख लिया है और आप जीवन में परिवर्तनों के अनुरूप खुद को अच्छे तरीके से ढाल लेते हैं। आपकी स्वास्थ्य संबंधी समस्याओं का कारण संभवत: मस्तिष्क, आँखों और कानों में नहीं मिलेगा।

प्रश्न 4 से 8 : आपके सामने भविष्य के बारे में निराशावाद और संकीर्ण मन:स्थिति के साथ संघर्ष की समस्या यदा-कदा ही उत्पन्न होती है। तथापि भीतर से आनेवाली कोई आवाज आपको अंतत: बता देती है कि आपका मन आपका मित्र नहीं है और फिर निराशावाद से उत्पन्न भय की स्थिति में जब आपको सिर दर्द होता है, आँखें सूख जाती हैं या चक्कर आने का सिलसिला शुरू हो जाता है, तब निश्चय ही आपका ध्यान इस ओर जाएगा और आप अपनी दुनिया को एक अधिक स्वस्थ नजरिए से देखने के लिए बाध्य हो जाएँगे।

प्रश्न 9 से 12 : एक गहरी साँस लें। दुनिया वास्तव में जैसी है, उसको वैसा ही सही-सही देखने और सुनने के लिए आप जो संघर्ष करते रहे हैं, वही आपकी समस्याओं का कारण है। आपको अपनी मानसिकता अधिक अनुकूल तथा लचीली बनाकर अपने बोध का दायरा अधिक व्यापक करने की आवश्यकता है। जीवन कैसे चलता है, इस तथ्य के प्रति आँखें खोलकर और आपके विचार में जीवन कैसा होना चाहिए, इस बारे में अपनी अपेक्षाओं को त्यागकर आप अपने मस्तिष्क, आँखों और कानों में बेहतर स्वास्थ्य का निर्माण कर सकते हैं। इस विषय में अधिक जानकारी प्राप्त करने के लिए अध्याय 9 देखें।

खंड-7

परिवर्तन सातवाँ भावनात्मक केंद्र—पुराने अपकर्षी विकार और जीवन को संकट में डालनेवाली बीमारियाँ।

यदि आपने इनका उत्तर 'हाँ' में दिया है—

प्रश्न 0 से 2 : आप जीवन में एक अटल बिंदु पर हैं। आपने दूसरे लोगों को भयंकर बीमारियों का कष्ट सहते देखा है, लेकिन आप स्वस्थ बने रहे हैं। बधाई हो, ऐसे ही रहें।

प्रश्न 3 से 5 : आपको यदा-कदा ही चिकित्सक के पास जाना पड़ता है। आपके विश्वास की परीक्षा कभी-कभार तभी हुई होगी, जब आपको डॉक्टर से मेडिकल जाँच के कष्टप्रद परिणाम प्राप्त हुए। चूँकि आपको ये अनुभव पहले भी हो चुके हैं, आपको अपने शरीर की बात सुनने के लिए पूर्णतया सतर्क रहना चाहिए, वरना स्थिति फिर से नाटकीय मोड़ ले सकती है और आपको उससे निपटना पड़ सकता है।

प्रश्न 6 से 9 : चिंता मत करें, आपके संगी-साथी हैं। आपने कुछ समय के लिए जाना कि आपको मदद की आवश्यकता है। आप ध्यान लगाते हैं, प्रार्थना करते हैं और आपके पास चिकित्सा सहायता पहुँचाने के लिए लोग हर समय तैयार रहते हैं, जो संकट से निकलने में आपकी मदद और आपका मार्गदर्शन करते हैं। फिर भी, आप थके हुए और दुर्बल हैं। बेहतर जीवन पाने के लिए आपको देखना होगा कि आप ईश्वरीय भक्ति-भावना एवं आत्मबल की संगति में किस प्रकार स्वयं को बदल सकते हैं और आगे बढ़ सकते हैं।

जोखिम उठाने के लिए अध्याय 10 में हमारे साथ चलें।

अब चूँकि आप अपनी वर्तमान स्थिति का मूल्यांकन कर चुके हैं, हमें साथ मिलकर स्वास्थ्य-निर्माण की ओर अब अगले कदम उठाने चाहिए।

❑

3

दवा का प्रयोग करने पर एक दृष्टिकोण

इस पुस्तक की ओर आकृष्ट कुछ पाठकगण आधुनिक चिकित्सा-प्रणाली द्वारा उपलब्ध कराए जा रहे उपचारक विकल्पों से बाहर जाने के लालच में आ सकते हैं। यह इस कारण से हो सकता है, क्योंकि वे समझते हैं कि इनका प्रयोग इस बात का सुबूत है कि अन्य विकल्प काम नहीं करेंगे या शायद इसलिए, क्योंकि उन्हें आधुनिक चिकित्सा-प्रणाली के बारे में कुछ संदेह है। लेकिन मैं अपने अनुभव से कह सकती हूँ, मुझे अपने स्वास्थ्य और अपने मरीजों के माध्यम से जो अनुभव हुआ है, उसके आधार पर मैंने पाया है कि दवा या ओषधि समीकरण का एक अनिवार्य हिस्सा है।

कुछ वर्षों के दौरान विश्व भर में स्वास्थ्य की देखभाल के क्षेत्र में परिवर्तनों का भूचाल आ चुका है। सदियों से या शायद सहस्राब्दी से उपचार के मामले में ऐसा होता रहा कि लोग उन कुशल व्यवसायियों की सेवाओं का लाभ उठाने की तरफ ध्यान देते थे, जो सपनों तथा अंतर्बोध की व्याख्या करने जैसी तकनीकों का प्रयोग करते थे; क्योंकि उनके पास वैसी प्रौद्योगिकी अर्थात् टेक्नोलॉजी नहीं थी, जैसी आज हमारे पास है और जिसे हम उपयोग में लाते हैं। वे रोग के कारण और उपचार तक पहुँचने के लिए इन गूढ़ एवं रहस्यात्मक युक्तियों पर निर्भर करते थे। उदाहरण के लिए, प्राचीन ग्रीस में एम.आर.आई. या सी.टी. स्कैन के लिए किसी रेडियोलॉजिस्ट को नियुक्त करने के बजाय प्राचीन चिकित्सक एक परिवर्तित, स्वप्न सदृश अवस्था में चले जाते और अंतर्ज्ञान के माध्यम से अपने मरीजों की बीमारियों के बारे में जानकारी हासिल कर लिया करते। जहाँ तक उपचार का प्रश्न है, इस प्रक्रिया में व्यक्ति के किसी अंग विशेष को नहीं, बल्कि समूचे व्यक्ति को देखा जाता और स्वास्थ्य की बहाली के लिए संतुलन को पुनः स्थापित करने का प्रयास किया जाता है।

हाल के वर्षों में विज्ञान ने स्वास्थ्य के संबंध में इस समूचे व्यक्ति, संतुलन संकेंद्रित दृष्टिकोण को बदल डाला है। नैदानिक जाँच के विभिन्न तरीकों, ओषधियों, विशेषज्ञों तथा अनेक तकनीकी विकासों ने विश्व को अधिक स्वस्थ स्थान बना दिया है। औसत

की दृष्टि से जीने की संभावना बढ़ गई है। संतानोत्पत्ति के दौरान माता की मृत्यु हो जाने की घटनाओं में बहुत कमी आई है। हमारे पास ऐसी-ऐसी दवाइयाँ हैं, जो भयानक-से-भयानक बीमारियों को मिटा सकती हैं। 14वीं सदी के मध्य काल में यूरोप पर आई उस महाविपत्ति के बारे में जरा सोचें। ब्यूबॉनिक प्लेग (गिल्टीदार प्लेग) महामारी ने समस्त जनसंख्या के 30 से 40 प्रतिशत लोगों को मौत के मुँह में भेज दिया। क्या आप कल्पना कर सकते हैं और ब्यूबॉनिक प्लेग आज भी मौजूद है, लेकिन एंटीबायोटिक्स से उपचार किए जाने पर इसका असर न्यूनतम रह गया है। आधुनिक चिकित्सा ने वास्तव में चमत्कारी उपलब्धियाँ हासिल की हैं।

एक चिकित्सक और उपचारक होने के नाते मुझे इस बात पर अधिक बल देने की आवश्यकता नहीं है कि स्वस्थ करने में औषधि कितनी महत्त्वपूर्ण भूमिका निभाती है। यदि बीमार हैं तो आपको डॉक्टर के पास जाना ही चाहिए। इन पेशेवर चिकित्सकों के पास जानकारी है और आपके लाभ के लिए टेक्नोलॉजी का प्रयोग करने की क्षमता भी है। आपके द्वारा पेश लक्षणों एवं बीमारियों के जोड़-मिलाव के आधार पर वे अद्भुत अभ्यास एवं दवाइयाँ आपके लिए निर्धारित कर सकते हैं।

किंतु यह याद रखना भी अत्यावश्यक है कि दवा की अपनी सीमाएँ होती हैं। यही कारण है कि हम यह पुस्तक लिख रहे हैं।

उपचार का क्षेत्र बदल जाने के फलस्वरूप बहुत लोगों ने रहस्यात्मक उपचार-पद्धति से मुँह मोड़ लिया है।

टेक्नोलॉजी जो चमत्कारिक उपचार लेकर आई है, वे उपचार हम मानते हैं, अधिक नवीन एवं सुव्यवस्थित समाधान प्रस्तुत करते हैं। लेकिन याद रखें कि टेक्नोलॉजी भी गलती कर देती है। खून-जाँच और गर्भ-धारण संबंधी जाँच के परिणाम बहुत बार गलत आते हैं। दवाइयों के अतिरिक्त परिणाम सामने आते हैं। परिस्थितियाँ बिगड़ जाती हैं।

तो फिर मेरा आशय क्या है? यह समझना मूर्खता है कि टेक्नोलॉजी की सीमाएँ नहीं होती हैं और अकेले अंतर्ज्ञान को ही सबकुछ मानना भी बराबर की मूर्खता है। हमें तकनीकों का जोड़कर प्रयोग करना चाहिए और भिन्न-भिन्न विशेषज्ञों को भी साथ लेना चाहिए। वास्तव में तभी हम स्वास्थ्य के क्षेत्र में वास्तविक सफलता प्राप्त कर सकते हैं। सच में, मेरा जीवन इस बात का जीता-जागता प्रमाण है कि चिकित्सा, अंतर्ज्ञान और स्वीकरण आपके जीवन को कैसे स्वस्थ बना सकते हैं।

सन् 1972 में जब मैं 12 वर्ष की थी, मेरा परिवार आर्थिक तंगी के दौर से गुजर रहा था और धन की समस्या को लेकर हमारे बीच बहुत बार बातचीत हुई थी। तीन माह की अवधि के अंदर ही मेरी रीढ़ में टेढ़ापन आ गया और यह एक गंभीर पार्श्व-कुब्जता

में बदल गया, जिसके लिए शल्य-चिकित्सा (सर्जरी) आवश्यक थी। मेरी रीढ़ की बनावट में बदलाव के कारण मेरे हृदय की जानलेवा वृद्धि हो गई और फेफड़ों की क्षमता बहुत घट गई। सर्जरी आकस्मिक और प्राण-रक्षक थी, पूरे नाटकीय ढंग से हुई, धातु की छड़ों और पेचों के साथ।

मुझे याद है शल्य-चिकित्सा (सर्जरी) से पहले का वह क्षण, जब मैं बोस्टन में लॉन्गवुड एवेन्यू में चहलकदमी करते हुए, ऊँची-ऊँची मेडिकल इमारतों पर नजर डालते हुए और हर सुननेवाले को यह कहते हुए जा रही थी, ''किसी दिन मैं यहाँ वापस जरूर आऊँगी और ओषध एवं विज्ञान का अध्ययन करूँगी।'' उस सर्जरी ने मेरा जीवन बचा लिया। उसके फलस्वरूप मैं एक चिकित्सक के साथ-साथ एक वैज्ञानिक भी बन गई। जिससे कि मैं भी अपने लोगों का जीवन बचा सकूँ।

लेकिन जिंदगी का अपना तरीका है। हम जैसी उम्मीद करते हैं, जिंदगी उस तरह नहीं चलती है। जब मैं प्री-मेडिकल की छात्रा थी, मुझे निद्रा रोग लग गया, जिसके कारण मेरी चेतना, मेरी बुद्धि कुछ क्षणों के लिए लुप्त हो जाती। मेरे लिए कक्षा में जागते रहना मुश्किल हो गया। मुझे ऐसा प्रतीत होने लगा कि मेरा डॉक्टर और वैज्ञानिक बनने का सपना सपना ही रह जाएगा। अगर मैं अपनी आँखें खुली नहीं रख सकूँगी तो पढ़ाई में आगे बढ़ूँगी कैसे और मेरा सपना कैसे चरितार्थ होगा?

अत: मुझे फिर चिकित्सा का आश्रय लेना पड़ा। डॉक्टरों ने फिर मेरी मदद की। उन्होंने एक ऐसी ओषधि खोजी, जो मुझे जगाए रखती। लेकिन उस दवा के हानिकारक प्रभाव को ध्यान में रखते हुए मुझे उसका सेवन बंद करना पड़ा। अफसोस, मेरे विश्वसनीय ओषध जगत् के पास मेरी मदद करने के लिए कुछ और नहीं था।

इस घटनाक्रम के कारण अन्य उपचारक विधियों में जाने का सिलसिला आरंभ हुआ। मैंने एक के बाद एक विकल्प आजमाए—वैकल्पिक, अनुपूरक, समाकलनात्मक—आप जिसका भी नाम लें। मैंने चीनी जड़ी-बूटियों का प्रयोग किया, एक्यूपंक्चर आजमाया और तीन साल तक एक माइक्रोबायोटिक उपचारक आहार पर भी रही। इन सभी विधियों से कुछ फायदा तो अवश्य हुआ, लेकिन कोई भी तरीका मुझे जाग्रत् रखने में पूरी तरह कारगर सिद्ध नहीं हुआ।

इस छानबीन से निकलकर आई एक अद्भुत बात यह थी कि मैंने चिकित्सा संबंधी एक अंतर्ज्ञानी से सहायता लेने के दौरान अंतर्ज्ञान के लिए अपने मस्तिष्क की क्षमता के बारे में जान लिया। घोर निराशा की वजह से मैं एक शामन के पास भी चली गई, जिसने मुझे बताया कि जब मैं अपने अंतर्ज्ञान में प्रवेश करना सीख जाऊँगी, तब मेरी स्वास्थ्य संबंधी समस्याएँ सुलझने लगेंगी।

लेकिन ये सभी परामर्शदाता मुझे यहाँ तक ही ला सके। मेरे स्वास्थ्य का एक तत्त्व ऐसा था, जिसकी ओर ध्यान नहीं दिया जा रहा था—मेरा भावनाएँ। मैं एक ढर्रा पनपते हुए देखने लगी थी। मैंने देखा कि यदि मैं किसी चीज के बारे में काफी लंबे समय तक गुस्से में रहती हूँ या चिड़चिड़े, गुस्सैल लोगों के आस-पास रहती हूँ तो मेरा निद्रा रोग एकाएक सक्रिय हो जाएगा और निद्रालीन होकर ही शांत होगा। मेरी इच्छा के विरुद्ध 24 से 48 घंटों के अंदर मेरा यकीन करें, मैंने इसका समय माप कर देखा है। यह हमेशा 24 से 48 घंटे था और मैं यह भी जान गई कि अगर मैं किसी बात को लेकर व्याकुल रहती हूँ या चिंतातुर, अति संवेदनशील लोगों के आस-पास रहती हूँ तो मैं अंततः निद्रालु महसूस करने लगती हूँ। बत्ती बुझ जाती है! यही बात उन लोगों के लिए भी सच थी, जो दुखी या उदास थे।

एक दिन मैं एक पुस्तक भंडार (बुक स्टोर) में चली गई और वहाँ मुझे लुइस की छोटी किताब मिल गई। हालाँकि मैं देख चुकी थी कि कतिपय विचार-शैलियों को बीमारी से जोड़ा जाता है, फिर भी, मुझे यह नहीं पता था कि इस जानकारी का उपयोग स्वस्थ होने के लिए किस तरह किया जाता है। मैं बस, इतना जानती थी कि कुछ लोगों या स्थितियों से मुझे दूर रहना चाहिए, जो आगे चलकर कतई व्यावहारिक नहीं हैं। लेकिन लुइस की पुस्तक ने मुझे वे उपाय बताए, जिनकी मुझे नकारात्मक विचार-शैली को निष्प्रभावित करने के लिए जरूरत थी, क्योंकि मुझे पता था कि नकारात्मक विचार मेरी स्वास्थ्य समस्याओं को बढ़ा रहे हैं—स्वीकरण!

एक प्रयास करना तो बनता ही था। परंपरागत, वैकल्पिक और अनुपूरक औषधियों से कुल मिलाकर कुछ लाभ अवश्य हो रहा था, लेकिन पूरी तरह नहीं; और फिर किसी दूसरे की भावनाओं या मेरी अपनी भावनाओं से बचकर रहना अथवा उनका परिहार करना बहुत थकाऊ अनुभव था। इसलिए मैंने एक पुस्तक ली और कुछ पसंद के पेन लेकर उन स्वीकरणों को लिखना शुरू कर दिया, जो मुझे मेरी स्वास्थ्य संबंधी समस्याओं से जुड़े लगते थे।

मैं जीवन को अनादि-अनंत और आनंदमय देखना पसंद करती हूँ। मैं जैसी हूँ, मुझे अपना वही रूप-रंग और रवैया पसंद है। मैं जैसी हूँ, मुझे अपने उसी रूप से प्यार है।

मैं मोनालिसा, सदा-सर्वदा मेरी रक्षा के लिए ईश्वरीय विवेक एवं मागदर्शन पर निर्भर करती हूँ। मैं सुरक्षित हूँ।

ये श्रेष्ठ एवं सर्वमान्य लुइस हे-सिद्धांत हैं। मैंने इन्हें बार-बार दोहराया और धीरे-धीरे, किंतु निश्चित रूप से मेरे नींद के दौरे कम हो गए। मुझे मेडिकल स्कूल में दाखिला मिल गया और मैंने एम.डी. तथा पी-एच.डी. की उपाधि प्राप्त की। स्वीकरणों के बिना मैं यह कभी नहीं कर पाती।

मेरे स्वास्थ्य के बिगड़ने-सुधरने का सिलसिला वर्षों से चला आ रहा था। (क्या हम सबको इस अनुभव से नहीं गुजरना पड़ा है ?) जब भी मेरी तबीयत खराब होती, मैं परंपरागत और समाकलनात्मक (Conventional and Integrative) दवाओं का सहारा लेती। मैं लुइस हे की पुस्तक भी निकाल लेती और अपने जीवन में असंतुलनों का पता करने के लिए मेडिकल अंतर्ज्ञान का प्रयोग करती। यह मिला-जुला उपाय हमेशा काम कर जाता।

मैं इस प्रकार खुद को स्वस्थ एवं ठीक-ठाक रखती हूँ। ओषधि, अंतर्ज्ञान और स्वीकरण। इसी प्रकार मैं दूसरे लोगों की भी सहायता करती हूँ।

मुझे 12 वर्ष की उम्र में रीढ़ की हड्डी में दर्द की जो समस्या आरंभ हुई थी, हाल ही में वह तकलीफ बहुत बढ़ गई। मैं आगे की ओर झुकने लगी थी। लीनिंग टॉवर ऑफ पीसा की तरह 70 डिग्री कोण की भाँति झुकी हुई मेरी दृष्टि जमीन पर रहती। फीनिक्स, ऐरिजोना में जिस सर्जन को मैंने दिखाया, उनका कहना था कि यह करीब 40 वर्ष पहले कराई गई मेरी पार्श्व-कुब्जता की व्यापक शल्य चिकित्सा (अर्थात् सर्जरी) का परिणाम है। मैं अधिक दूर तक चल नहीं सकती थी और न अपने बाजू उठा सकती थी। अंतर्ज्ञान ने मुझे अपने जीवन में संरचना (शारीरिक गठन) एवं आधार का पुनर्मूल्यांकन करना बताया और मैंने वही किया। मैंने आध्यात्मिक सलाहकारों एवं मित्रों की मदद से अपने उद्देश्य पर ध्यान दिया। मैंने एक चीनी सूचि-वेधक (ऐक्युपंक्चरिस्ट) तथा काइगोंग मास्टर की भी सहायता ली; लेकिन ये सभी उपचार मुझे वहाँ तक ही पहुँचा सके।

मैं अभी भी चलने योग्य होना चाहती थी। सर्जन ने मुझसे कहा कि एक ऑपरेशन करना आवश्यक है, वरना मुझे पहिएदार कुरसी का सहारा लेना पड़ेगा। अत: 13 फरवरी, 2012 को मुझे ऑपरेशन कक्ष में ले जाया गया और मैं लगभग मर ही गई थी, जब सर्जरी के दौरान एक विषम नस फट गई। किंतु दवाओं ने मेरी जान बचा ली। सर्जन ने रक्तस्राव रोक दिया, मुझे पुनर्जीवित किया और मेरी रीढ़ की हड्डी को ठीक बैठा दिया। मेरी लंबाई तीन इंच बढ़ गई। सर्जन ने मुझे मेरी जिंदगी वापस दे दी।

मैं आपको बताना चाहूँगी कि अकेले काय-चिकित्सा (मेडिसिन) इसका इतना सरल, साफ-सुथरा एवं सुव्यवस्थित उपयुक्त ढंग से निपट जाना बहुत अच्छी बात थी। मैं दो सप्ताह से भी अधिक समय तक आई.सी.यू. में रही और चार सप्ताह तक अस्पताल में। कहना होगा कि पूर्ण स्वास्थ्य लाभ एक पेचीदा मामला था। तो वह क्या था, जिसने मुझे जीवनदान दिया? निस्संदेह अस्पताल में मैंने दवा का इस्तेमाल किया और अपने शरीर को मजबूत बनाने तथा अपने जीवन में संतुलन का निर्माण करने के लिए मैंने अंतर्ज्ञान का सहारा लिया। अपने विचारों को बदलने के लिए मैंने बहुत

अधिक भरोसा सत्य कथन अर्थात् स्वीकरण पर किया और मेरा विश्वास करें, उनमें परिवर्तन आवश्यक था। समग्र व्यक्ति को आप इसी प्रकार स्वस्थ कर सकते हैं। इसी प्रकार, आप स्थायी स्वास्थ्य का निर्माण कर सकते हैं। अकेले मेडिसिन अर्थात् दवा से ऐसा नहीं होगा और न अंतर्ज्ञान या स्वीकरण ऐसा कर सकेंगे। एक संतुलित दृष्टिकोण ही पूर्ण स्वस्थता प्रदान कर सकता है।

❑

4

हम परिवार हैं
प्रथम भावनात्मक केंद्र : हड्डियाँ, जोड़, रक्त, प्रतिरोधक तंत्र और त्वचा

प्रथम भावनात्मक केंद्र का स्वास्थ्य इस बात पर निर्भर करता है कि आप संसार में कितना सुरक्षित महसूस करते हैं। आप आगे बढ़ने, फलने-फूलने, संपन्न होने के लिए यदि अपने परिवार एवं मित्रों का सहारा नहीं पाते हैं तो आप इस असुरक्षा को अपने रक्त, प्रतिरोधक व्यवस्था, हड्डियों, जोड़ों तथा त्वचा में प्रकट होते देखेंगे। इस केंद्र में स्वस्थ रहने का मुख्य आधार यह है कि आप अपनी आवश्यकताओं को अपने जीवन में अर्थपूर्ण सामाजिक समूहों की आवश्यकताओं के साथ संतुलित करें। परिवार तथा मित्रगण, काम और एक संगठन, जिसके प्रति आप समर्पित हैं, सबके लिए समय और ऊर्जा खर्च होती है। लेकिन इसके बदले उनसे कुछ पाने की अपेक्षा भी की जाती है। मित्रता, बचाव और सुरक्षा के रूप में उनसे अपनापन मिलना चाहिए। इन्हीं कारणों से मनुष्य दूसरे लोगों और गुटों का साथ पाने की खोज में रहते हैं। तथापि गुट या समूह की अपेक्षाओं को कभी भी अपनी निजी आवश्यकताओं, विशेषकर अपने स्वास्थ्य, पर हावी नहीं होने देना चाहिए।

जिन संबंधों या क्रिया-कलापों पर आप पर्याप्त समय खर्च करते हैं और जब उनसे आपको वह नहीं मिलता है, जिसकी आप अपेक्षा रखते हैं, तब आपका शरीर तथा आपका मन आपको बताना शुरू कर देगा। पहले-पहल संकेत साधारण विकारों के रूप में प्रकट हो सकते हैं; जैसे कि थकावट, त्वचा पर दरोरे या जोड़ों का दर्द। प्रथम भावनात्मक केंद्र में हलकी-फुलकी समस्याएँ एक आरंभिक चेतावनी सिद्ध हो सकती हैं, ताकि आप समझ जाएँ कि आप पटरी से उतर गए हैं। यदि आप अपने शरीर की

चेतावनियों की उपेक्षा करते हैं तो इसका परिणाम आपके लिए भयंकर बीमारियों के द्वार खोल सकता है। हर समय थकावट बनी रहना, तंतु पेशीशूल, अस्थि-संधि शोथ (जोड़ों के आस-पास की हड्डियों की सूजन), गठिया जैसा रोग, इप्सटेन बर्र वायरस, हेपेटाइटिस (ए.बी. या सी.) मोनोन्यूक्लिओसिस, लाइम (Lyme) रोग, एलर्जी, ददोरे, छाल रोग, जोड़ों में दर्द और चर्मयक्ष्मा जैसे स्वप्रतिरक्षक विकार ये सभी प्रथम भावनात्मक केंद्र में किसी असंतुलन से उत्पन्न होते हैं। आपके शरीर का वह भाग, जिसमें बीमारी प्रकट होती है, असुरक्षा की भावना उत्पन्न होने के कारण पर निर्भर करता है। उदाहरण के लिए, यदि आप पारिवारिक जिम्मेदारियों के भार से इतना दबा हुआ महसूस करते हैं कि आप अपनी जरूरतों को पीछे रखते चले जाते हैं तो आपके अंदर बसी असुरक्षा की भावना आपकी हड्डियों में बीमारी को जन्म देगी। निराशा और असहाय महसूस करने की भावना रक्त विकार के रूप में प्रकट होगी। यदि आप पूरी तरह अकेले और अपने परिवार से बहिष्कृत महसूस करते हैं तो आपका प्रतिरक्षक तंत्र बीमार हो जाएगा और अपने निकटवर्ती लोगों तथा अपने बीच सीमाएँ निर्धारित करने में आपकी असमर्थता त्वचा रोगों के रूप में सामने आएगी। प्रत्येक अंग-तंत्र के बारे में विस्तृत चर्चा के दौरान हम और अधिक विशिष्टताओं का वर्णन करेंगे। फिलहाल केवल इतना याद रखें कि अपने शरीर की चेतावनियों को सुनना तथा काररवाई करना अत्यावश्यक है। आप क्यों सुरक्षित महसूस नहीं कर रहे हैं, इस बात पर ध्यान केंद्रित करके आप अपनी उस विचार एवं व्यवहार शैली में परिवर्तन कर सकते हैं, जो आपकी बीमारी को बढ़ाती है।

प्रथम भावनात्मक केंद्र स्वीकरण व विज्ञान

अतः स्वीकरण क्या महत्त्व रखते हैं ? यदि आप मूलतः विश्वास नहीं करते हैं कि सहायता, आधार और सुरक्षा पाने के योग्य हैं तो केवल दवा देने से आपकी बीमारी दूर नहीं होगी। आपको पहले उन मूल धारणाओं की ओर ध्यान देना चाहिए, जिन्होंने आपको स्वास्थ्य संबंधी समस्याओं के रास्ते पर डाल दिया। यदि आप अपने रक्त, प्रतिरक्षक तंत्र, हड्डियों, जोड़ों या त्वचा में बीमारी का अनुभव कर रहे हैं तो शायद आपके मन में नकारात्मक विचार भी आ रहे होंगे; जैसे कि—

1. मैं स्वतंत्र रूप में स्वयं को नहीं सँभाल सकता।
2. मेरे पास कोई नहीं है, जो मुझे सहारा दे सके।
3. मैं दुखी, उदास, निराश और असहाय महसूस करता हूँ।
4. मैं अप्रिय और अकेला हूँ।

स्वीकरण यहीं प्रवेश करते हैं। वे इन मूल धारणाओं को बदलने में आपकी मदद कर सकते हैं। अगर आप नकारात्मक विचार शैली और धारणाओं, संदेहों एवं आशंकाओं

की तरफ ध्यान देने के लिए स्वीकरणों का उपयोग करते हैं और उपलब्ध चिकित्सा-विज्ञान लागू करते हैं तो आप देखेंगे कि आपके स्वास्थ्य एवं आपके भावनात्मक जीवन में बड़े परिवर्तन हो रहे हैं।

यदि आप उन स्वीकरणों को देखें, जो प्रथम भावनात्मक केंद्र के अंगों में बीमारी अर्थात् अस्वस्थता को संबोधित करते हैं तो आप पाएँगे कि वे अवलंब आधार सुरक्षा, संरचना, परिवार, शरीर के क्रिया-कलाप और नम्यता का निर्माण करने से संबंध रखते हैं। आपकी हड्डियों का स्वास्थ्य सामान्यत: आपके जीवन के ढाँचे को दरशाता है और यह भी बताता है कि दूसरों से ले रहे तथा मिल रहे सहारे एवं सहायता का आप किस प्रकार उपयोग करते हैं। यदि आप महसूस करते हैं कि आपको प्यार और प्रोत्साहन मिल रहा है तो आपकी रीढ़ की हड्डी बनावट की दृष्टि से मजबूती और नम्यता का अनुभव करेगी। इसके विपरीत, यदि आपको लगता है कि आपके जीवन में सहायता और सुरक्षा का अभाव है तो आपको अस्थि-छिद्रिकता (ऑस्टियोपोरेमनिस) और हड्डियाँ टूटने का रोग हो सकता है।

यह कतई आवश्यक नहीं है कि सुरक्षा का अभाव आपके आस-पास के संबंधों से ही आए। यह स्वयं के साथ दुर्बल संबंध से भी उत्पन्न हो सकता है। लुइस के स्वीकरण इस ओर संकेत करते हैं कि संसार में यदि आप स्वयं अपना सहारा नहीं बन पाते हैं, स्वतंत्र रूप से अपना भार वहन करने में असमर्थ रहते हैं तो आपकी इस असमर्थता का सीधा संबंध आपके कमजोर प्रतिरक्षक तंत्र तथा वायरसों अर्थात् विषाणुओं के प्रति अति ग्रहणशील होने से जाकर जुड़ता है, जिसकी वजह से आपको Epsteen-barr और मोनोक्लिओसिस जैसे रोग हो सकते हैं। वह इस रोग को आपके अंदरूनी सहारे का शक्तिहीन हो जाना कहती हैं। यदि आप इसके जैविक आधार पर दृष्टिपात करें तो आप देखेंगे कि एक दमित प्रतिरक्षक तंत्र प्राय: आपकी अस्थि मज्जा (बोन मैरो) में समस्याओं से आता है। वही बोनमैरो, जो नई रक्त कोशिकाएँ बनाता है और जिसे उस लसीका तंत्र (लिंफैटिक सिस्टम) का एक महत्त्वपूर्ण अंग माना जाता है, जो प्रतिरक्षक तंत्र को सहारा देता है।

विज्ञान हमें मन एवं शारीरिक स्वास्थ्य और स्वीकरण व्यवस्था के बीच संबंध के बारे में क्या बता सकता है?

परिवार अपनेपन की भावना हमारे शरीरों में स्वास्थ्य के लिए मौलिक रूप से आवश्यक है। सामाजिक पारस्परिक क्रिया हमारे शारीरिक तंत्रों के दैनिक नियमन में महत्त्वपूर्ण भूमिका निभाती है। यदि आप स्वयं को करते हैं, तो आप उन चयापचयी (मेटाबॉलिक) नियामकों को दूर कर देते हैं, जो उस समय मौजूद रहते हैं, जब आप

किसी समूह के साथ परस्पर व्यवहार करते हैं और आपका सामंजस्य, आपका जीवन ऐसा लगता है, पूरी तरह गड़बड़ा जाता है, जो आपके प्रथम भावनात्मक केंद्र के स्वास्थ्य को प्रभावित करता है।

अनुसंधान से सामने आया है कि अपनेपन का एक जीव-विज्ञान है। एक साथ रहनेवाले लोगों के बीच वास्तव में एक पुष्टिकारक तत्त्व प्रवाहित होता है, एक ऐसा पोषक, जिसके शारीरिक और मेटाबॉलिक परिणाम होते हैं। सोने, खाने व सपने देखने, हारमोन, प्रतिरक्षा, कोर्टिसोल स्तर-हृदय गति और अंत:स्रावी तंत्रों से संबद्ध हमारे सभी शारीरिक सामंजस्यों का नियंत्रण इन्हीं मेटाबॉलिक नियामकों द्वारा किया जाता है और जब लोग किसी सामुदायिक स्थिति में एक साथ होते हैं, उनके शरीर के जैविक सामंजस्य समकालीन एवं नियमित हो जाते हैं। जिस प्रकार हम एक परिवार में हमेशा मिल-जुलकर रहते हैं, साथ-साथ खाते-पीते हैं, सोते हैं, बातचीत करते हैं, खेलते हैं, काम करते हैं, प्रार्थना करते हैं, उसी प्रकार की नियमितता की अपेक्षा हमारा शरीर भी रखता है और ऐसी स्थिति में पहुँचने पर हमारी जैविक घड़ियाँ परस्पर तालमेल के साथ चलती हैं। मिसाल के तौर पर, एक अध्ययन में पाया गया है कि बी-52 बमवर्षक विमान के कर्मीदल के हर सदस्य का तनाव संबंधी हार्मोन का स्तर एक समान था, जब वे मिलकर काम कर रहे थे।

जब आपका नाता अपनेपन के इस पोषक तत्त्व से टूट जाता है, तब अकेलेपन की भावना और उद्देश्यपूर्ण संबंधों का अभाव नैराश्य, लाचारी एवं हताशा का जन्म देने का कारण बन जाता है और ये भावनाएँ आपके शारीरिक स्वास्थ्य में समस्याएँ उत्पन्न कर सकती हैं। स्पष्ट शब्दों में कहें तो जब आप निराश-हताश रहते हैं, उस दौरान आपका प्रतिरक्षक तंत्र भड़क जाता है, अर्थात् उत्तेजित हो जाता है। अधिक समय तक निराशा-हताशा, खोए-खोए और शोकमग्न रहने से उदासी एक चिरकालिक रोग में बदल जाती है, जिसके कारण आपका प्रतिरक्षक तंत्र कोर्टिसोल 11.1, 11.6 और टी.एन.एफ. अल्फा जैसे उत्तेजनशील द्रव्यों को छोड़ने लगता है। ये आपके जोड़ों में दर्द पैदा कर सकते हैं; आपको ऐसी थकान दे सकते हैं, जैसी थकान आप फ्लू हो जाने पर महसूस करते हैं और हड्डियों, जोड़ों, खून तथा प्रतिरक्षक तंत्र संबंधी अनेक विकारों, जिनमें अस्थि-छिद्रिलता भी शामिल है, के प्रति आपका जोखिम बढ़ा सकते हैं।

अपनेपन की अनुभूति खो देने के स्वास्थ्य पर पड़े प्रभाव का एक और उदाहरण उन लोगों में दिखाया गया, जो अपने माता-पिता से बहुत जल्द अलग कर दिए गए थे या जिन्हें उन माताओं ने पाला एवं बड़ा किया, जो दुखी थीं या अनुपलब्ध रहती थीं। उन लोगों में निराशा की प्रवृत्ति थी और उनका प्रतिरक्षक तंत्र ठीक काम नहीं करता था।

इस शीघ्र एवं कष्टप्रद अलगाव के कारण वे संसार में अपने अकेलेपन के साथ समझौता करने में असमर्थ थे। उन्होंने प्राय: स्वयं को ऐसी स्थितियों में पाया, जिन स्थितियों ने भावनात्मक रूप से पौषणिक और जैविक रूप से उनके आरंभिक एकाकीपन (अर्थात् बहुत जल्द परित्यक्त कर दिए जाने) की भावना को पुन: जाग्रत् कर दिया। सब लोगों को जीवन भर जिस निराशा से गुजरना पड़ा, उसके कारण वे अंतत: कैंसर के प्रति और भी अधिक संवेदनशील हो गए।

किसी बड़े सदमे के बाद भी सुरक्षा का अभाव आ सकता है। परिवार के किसी प्रिय सदस्य का निधन कोई अकस्मात् एवं कष्टप्रद चेष्टा या कोई भी ऐसी दूसरी बात, जो आपको आत्मविस्मृत छोड़ जाती है, किसी पौधे की भाँति जिसे जड़ से उखाड़ दिया गया है या जैसे किसी को जबरन एवं अनिच्छापूर्वक घर से निकाल कर किसी दूसरे देश भेज दिए जाने पर मानसिक आघात लगता है और विज्ञान हमें दरशाता है कि इन क्षणों के दौरान भी हम अपनी जैविक जड़ों, अपने बालों को खो सकते हैं। पारिवारिक सदस्यों के बीच जब दुर्व्यवस्था होती है, तब बाल गिरने (गंजेपन) का खतरा बढ़ जाता है, छालरोग तथा त्वचा से संबंधित अन्य समस्याओं के अलावा।

तो जैसे कि आप देख सकते हैं, हमारे स्वास्थ्य के लिए बाहरी संबंधों का मजबूत होना अत्यावश्यक है। विज्ञान इसका समर्थन करता है, यह दिखाकर कि सामाजिक एकीकरण व्यापक सामाजिक नेटवर्क तथा सामाजिक प्रोत्साहन अधिक मजबूत प्रतिरक्षा तंत्रों का निर्माण करता है। वास्तव में, अध्ययनों से पता चलता है कि अधिक एवं बेहतर संबंधों के फलस्वरूप अधिक एवं बेहतर श्वेत रक्त कोशिकाओं का निर्माण होता है, जो संक्रमणों का सामना अर्थात् विरोध करने में हमारी मदद करते हैं और स्वास्थ्य के लिए हानिकारक विविध रोगों से हमारा बचाव करते हैं, जिनमें संधिवात, निरुत्साह एवं उदासीनता और क्षय रोग के समान स्थितियों के लक्षणों के अधिक बिगड़ जाने जैसे रोग भी शामिल हैं। सामाजिक पारस्परिक व्यवहार भी लोगों के लिए आवश्यक औषध प्रयोग की मात्रा घटा देता है और बीमारी से उनके उबरने की गति तेज कर देता है।

अन्य अध्ययन दरशाते हैं कि तीन या उससे भी कम संबंध रखनेवाले लोगों को अधिक संबंध रखनेवालों की अपेक्षा अधिक नजला-जुकाम होता है और उन्हें वायरस की चपेट में आने का खतरा अधिक रहता है। जिनके छह या अधिक संबंध होते हैं, उन्हें नजला-जुकाम बहुत कम पकड़ता है और जब कभी उन्हें जुकाम होता भी है तो अत्यंत नरम लक्षणों के साथ।

आप शायद इसकी अपेक्षा नहीं कर रहे होंगे? आप सोचते होंगे कि मित्रों की संख्या अधिक होने का मतलब है कि आप अधिकाधिक रोगाणुओं को न्योता दे रहे हैं

और इस कारण आपको बार-बार जुकाम हो जाता है। लेकिन रोगाणु संबंधी सिद्धांत के पास सच में इस सवाल का पूरा जवाब नहीं मिलता है कि हमें नजला-जुकाम व संक्रमण क्यों होता है। जिन लोगों के मित्र बहुत कम होते हैं, उन्हें इस रोग का खतरा शायद इसलिए अधिक रहता है, क्योंकि वे अकेलेपन के तनाव से गुजरते हैं और वे अधिकतर स्वयं को बेसहारा महसूस करते हैं। यह तनाव ऐड्रीनॅल (अधिवृक्क) ग्रंथि को नोरपाइनफ्रीन (Norepinephrine) छोड़ने और प्रतिरक्षक तंत्र को दमित करने के लिए उकसाता है। असल में, यह दरशाया गया है कि जिन लोगों के मित्र कम होते हैं, उनको धूम्रपान करनेवालों या मोटे लोगों की अपेक्षा स्वास्थ्य संबंधी समस्याओं का खतरा अधिक रहता है। उनमें कॉर्टिकॉस्टिरॉइड्स (Corticostrroids) प्रतिरक्षक तंत्र दमनक (Immuno suppressants) भी उच्चतर स्तर का पाया जाता है, जिसके कारण उन्हें स्थायी थकावट, तंतु पेशी शूल (Tibromyalgia), आमवात रोग अर्थात् गठिया जैसा रोग, लूपस, एच.आई.वी., बार-बार सर्दी-जुकाम तथा संक्रमण और अस्थि-छिद्रिलता (Osteoporosis) होने की आशंका बहुत बढ़ जाती है।

निरुत्साहित करनेवाले एवं विषादमय विचारों का सिलसिला भी प्रबल हो जाता है। निरुत्साह, उदासीनता, अवसाद में रहने से अस्थि-छिद्रिलता रोग होने का खतरा उतना ही बढ़ जाता है, जितना कैल्सियम की कमी या धूम्रपान के कारण हो सकता है। अत: अगली बार जब आप हड्डियों को क्षति से बचाने के लिए कैल्सियम की अतिरिक्त मात्रा लेने के बारे में टी.वी. पर या पत्रिका में एक और विज्ञापन देखें या पढ़ें तो आपके मन में तुरंत यह विचार भी आना चाहिए कि आपके स्वास्थ्य को जीवन-शैली में परिवर्तनों और स्वीकरणों के सहारे की आवश्यकता है।

यदि आप दूसरों की निगाह में स्वयं को अप्रीतिकर व अनाकर्षक समझते हैं, सामाजिक रूप से आप भयभीत रहते हैं या दु:ख के कारण खुद को अलग रखना चाहते हैं तो आपको अपनी इस विचार-शैली को बदलने की पुरजोर कोशिश करनी चाहिए, जो आपको स्वगृहीत निर्वासन में घेरे रखती है या फिर शीघ्र ही आपकी हड्डियों, आपके जोड़, आपका रक्त, आपकी त्वचा और आपका प्रतिरक्षक तंत्र आपको बता देगा कि आपका एकाकीपन अस्वास्थ्यकर है, खतरनाक है। लेकिन अब एक तरफ रखें इस तमाम वैज्ञानिक, चिकित्सा-शास्त्र के पोथे को। बहुत हो चुका। यह बताएँ कि स्वयं को स्वस्थ करने के लिए हम वास्तव में करते क्या हैं ?

हड्डियों और जोड़ों से संबंधित समस्याएँ

जो लोग संधिवात अर्थात् गठिया, अस्थि-भंग (हड्डी टूटना), अस्थि-छिद्रिलता, पीठ दर्द, जोड़ों के दर्द या डिस्क खिसक जाने की पीड़ा जैसी समस्याओं को दावत

देने की प्रवृत्ति रखते हैं, वे परिवार और मित्रों की देखभाल की जिम्मेदारियों को उठाना अपना फर्ज समझ लेते हैं और हमेशा दूसरों की जरूरतों को अपनी निजी जरूरतों से आगे रखते हैं। वे दूसरों की परवाह करने में इतने निमग्न हो जाते हैं कि उनमें अपने लिए खड़े होने की क्षमता नहीं रहती है। अगर आप उन हजारों-लाखों लोगों में से एक हैं, जो हड्डी और जोड़ों के दर्द से त्रस्त रहते हैं तो कान खोलकर सुनो। यह अत्यंत महत्त्वपूर्ण है कि आप परिवार तथा मित्रों के साथ अपने पारस्परिक व्यवहार एवं वार्त्तालाप के बारे में उस चीज को पहचानें, जो आपको असुरक्षित होने का एहसास कराती है। यदि आप पूरी तरह स्वस्थ होना चाहते हैं तो आपको इन व्यवहार शैलियों एवं धारणाओं की ओर बहुत ध्यान देने की आवश्यकता है।

प्रथम भावनात्मक केंद्र में बीमार रहनेवाले व्यक्तियों के लिए उम्मीद है। आपकी काया आपको जो सहज बोधनीय संकेत दे रही है, उनको संबोधित करने हेतु ओषधि और स्वीकरणों का प्रयोग करके आप एक पुष्ट व स्वस्थ शरीर का निर्माण कर सकते हैं। हालाँकि आपका डॉक्टर आपको अपनी चिकित्सा संबंधी चिंताओं से निपटने के लिए विशिष्ट हिदायतें दे सकता है, फिर भी दीर्घकालिक स्वास्थ्य सुनिश्चित करने के लिए कोई भी नुस्खा तब तक पूरा नहीं होगा, जब तक कि आप अपनी उस नकारात्मक विचार-शैली को नहीं बदलते, जिसने आपको बीमारी के रास्ते पर डाला है। हड्डी और जोड़ों की समस्याओं के लिए एक अच्छा सामान्य स्वीकरण यह है—"मैं प्रेमपूर्वक अतीत को मुक्त करता हूँ। वे मुक्त हैं और मैं मुक्त हूँ। मेरी अपनी निजी सत्ता है/शक्ति है। मुझे खुद से प्यार है और मैं खुद को अच्छा समझता हूँ। जीवन अच्छा है। अब मेरे दिल में सबकुछ ठीक है।"

यद्यपि प्रथम भावनात्मक केंद्र में स्वास्थ्य की ओर ध्यान देने के निमित्त स्वीकरणों की समस्त विषय-वस्तु आपके परिवार तथा अन्य सामाजिक समूहों में सुरक्षा की भावना पैदा करने के बारे में है; किंतु आपके स्वीकरण का अंतर भेद इस बात पर निर्भर करता है कि आपकी हड्डी या जोड़ में दर्द की समस्या शरीर में विशेष तौर पर किस जगह है। उदाहरणार्थ, यदि आपकी पूरी पीठ आपको कष्ट देती है तो इसका अर्थ है कि भरण-पोषण एवं निर्वाह को लेकर आपकी सामान्य शिकायतें हैं। तथापि यदि आप अपनी पीठ के केवल एक भाग में दर्द महसूस करते हैं तो आपका स्वीकरण अधिक विशिष्ट हो जाता है। अगर आपको पुराना निचली पीठ का दर्द (लोअर बैक पेन) है तो शायद आपको वित्तीय शंकाएँ सता रही हैं, जबकि ऊपरी पीठ का दर्द यह जताता है कि आप बहुत अकेला महसूस करते हैं, क्योंकि आपके पास पर्याप्त भावनात्मक सहारा नहीं है।

लुइस उन बीमारियों पर भी नजर डालती है, जो हड्डियों एवं जोड़ों के बीच उत्पन्न

हो सकती है और इनसे भी भिन्न-भिन्न स्वीकरणों के साथ निपटा जाता है। संधिवात अर्थात् गठिया यह दरशाता है कि आपको असहायक परिवारों में आलोचना सहन करनी पड़ रही है। अत: कठिन परिवारों में गठिया रोग से त्रस्त लोगों के लिए स्वीकरण इस प्रकार होगा—''मैं प्रेम हूँ। मैं अब स्वयं को पसंद करने और अच्छा समझने की भावना का वरण करता हूँ। मैं दूसरों को प्रेम से देखता हूँ।''

और जैसे-जैसे आपकी सोच एक अधिक स्वस्थ मानसिकता में बदल रही होती है, आपको अपना ध्यान बाहर की ओर पलटना चाहिए और अपनी आवश्यकताओं तथा अपने परिवार या दूसरे सामाजिक समूह की आवश्यकताओं के बीच संतुलन पर ध्यान देना चाहिए। क्या आप अपने अधिकार के लिए खड़े नहीं हो रहे हैं ? क्या आप अपने मित्रों एवं परिवार को उससे अधिक देने की प्रवृत्ति रखते हैं, जितना आप उनसे पाते हैं ? ध्यान रहे, सुरक्षित महसूस करने के लिए आपको इन दूसरे लोगों की सुरक्षा में वृद्धि करने के अलावा अपनी सुरक्षा एवं सहायता करना भी सीखना होगा। हमेशा याद रखें कि हर किसी के लिए आप ही एकमात्र संबल नहीं हैं सहायता एवं सलाह पाने के लिए। वे दूसरों की तरफ भी देख सकते हैं। यदि कभी-कभार आपको हट जाने में कोई तकलीफ होती है तो आप अन्य समूहों में शामिल हो सकते हैं। अज्ञात सह-आश्रितों [Co-Dependents Anonymous (Coda)] या अन्य समूहों की जाँच-पड़ताल करें, जो दूसरों की आवश्यकताओं के साथ अपनी निजी आवश्यकताओं को संतुलित करना सीखने में आपकी सहायता कर सकते हैं।

अत: याद रहे, अपने परिवार से प्रेम करो, लेकिन अपने आप से भी प्रेम करना अत्यावश्यक है। अपने मित्रों के बारे में चिंता और परवाह अवश्य करो, लेकिन कुछ समय अपने जीवन पर दृष्टिपात करने और सकारात्मक परिवर्तन करने की दिशा में बिताना भी जरूरी है। अपने बारे में उसी प्रकार सोचो जैसे कोई भला मित्र सोचता है और उस संबंध की उपेक्षा मत करो। हम सभी प्राय: अपनी आवश्यकताओं की अनदेखी कर जाते हैं। इससे पहले कि स्वास्थ्य के लिए और अधिक गंभीर समस्याएँ खड़ी हों, इस व्यवहार को पहचानना और सुधारना बहुत महत्त्वपूर्ण एवं आवश्यक है।

क्लीनिक की फाइलों से : प्रतिरक्षक तंत्र रोगी का परीक्षण एवं विश्लेषण

ऐंड्रिआ, जो अब सत्रह वर्ष की है, आठ वर्ष की उम्र से ही अपने पाँच छोटे भाई-बहनों की देखभाल करने लगी थी। उसके माता-पिता के पास बच्चों के साथ रहने का समय नहीं था, अत: ऐंड्रिआ ने घरेलू वातावरण को अधिक स्थायी बनाने की जिम्मेदारी सँभाल ली। लेकिन अपने भाई-बहनों का जीवन सरल एवं सुविधाजनक बनाने के लिए ऐंड्रिआ को व्यक्तिगत रूप से बड़ी कीमत चुकानी पड़ी। उसे न केवल

अपनी आवश्यकताओं, बल्कि समय-समय पर अपनी सुरक्षा तक का त्याग करना पड़ा और उसे कभी एक निश्चिंत बाल्यकाल का आनंद उठाने या अपनी एक स्वतंत्र पहचान बनाने का अवसर नहीं मिला।

माँ की जगह माँ की भूमिका निभाने के लिए बहुत छोटी ऐंड्रिआ को शीघ्र ही कई बीमारियों ने घेर लिया। उसकी रीढ़ में हलका सा टेढ़ापन आ गया था, जिसे एक टेक (ब्रेस) लगाकर ठीक कर दिया गया। पारिवारिक तनाव असहनीय हो जाने पर उसे जोड़ और पीठ दर्द हो जाता था। उसके माता-पिता का निधन हो जाने पर उसका रीढ़ और जोड़ दर्द काफी कष्टप्रद हो गया और उसके बदन पर चकत्ते उभर आए। इन दोनों समस्याओं ने मिलकर उसे एक डॉक्टर के पास भेज दिया, जिसने जाँच के बाद अंततः यह निष्कर्ष निकाला कि उसे लूपस या सर्वांगी लूपस त्वग्रक्तिमा (Systemiceeupis Erythematosus) हुआ है। हड्डी और जोड़ों में दर्द के रूप में उसे वर्षों से चेतावनी के संकेत मिल रहे थे, लेकिन उसने ध्यान नहीं दिया, क्योंकि वह अपने छोटे भाई-बहनों के अस्त-व्यस्त जीवन को सँभालने में लगी हुई थी।

हमने ऐंड्रिआ को सबसे पहले एक विशिष्ट जाँच कराने का सुझाव दिया, ताकि इस बात की पुष्टि हो सके कि उसे वास्तव में लूपस (चर्मयक्ष्मा) रोग है। वह अपने देशी दवा-चिकित्सक के पास गई, जिसने एक परीक्षण किया, ताकि यह पता चल सके कि कहीं रोग सह ए.एन.ए.डी.एस. (Antinuclear Antibody Double Strand) तो मौजूद नहीं है। लूपस के साथ शरीर में इन कोशिकाओं का निर्माण होता है, जो शरीर के लगभग हर अंग पर आक्रमण कर सकती हैं, भले ही यह हलके-से-हलके (ज्वर, हड्डी, जोड़, त्वचा या थायरॉइड रोग) के रूप में हो अथवा इसके गंभीर रोगों (फेफड़ों, गुर्दे और दिमाग की बीमारियों) के रूप में।

जाँच का परिणाम सकारात्मक आया तो हमें पता चल गया कि उसके दर्द का असली कारण लूपस ही है। अगर ये तथा अन्य रक्त जाँच परिणाम नकारात्मक निकलते तो समस्या की जड़ लूपस नहीं होता। ए.एन.ए. डी.एस. जाँच के अलावा उसके चिकित्सक ने रक्त कोशिकाओं की गणना हेतु भी परीक्षण कराया, ताकि सफेद और लाल रक्त कोशिकाओं एवं बिंबाणुओं (प्लेटलिट) की संख्या का पता चल सके। लूपस के कारण इनकी संख्या कम होने लगती है।

अधिकतर 'स्व-प्रतिरक्षक बीमारियों' की तरह लूपस रोग भी उतार-चढ़ाव के दौर से गुजरता है। किसी समय जोड़ों के दर्द, त्वचा, श्वसन, थकान की समस्या तथा अन्य लक्षण काफी तीव्र हो जाते हैं और फिर बीच-बीच में ऐसा समय भी आता है, जब ये सारे लक्षण गायब हो जाते हैं। हमने ऐंड्रिआ के उपचार को उस दिशा में मोड़

दिया, जहाँ उसके प्रतिरक्षक तंत्र को तकलीफ से फुरसत मिल सके। इस उपचार में उन कोशिकाओं को नियंत्रित करना शामिल था, जो ऊतकों पर हमला करनेवाले रोग प्रतिकारक तत्त्वों (एंटीबॉडीज) को जन्म दे रही थीं। हमारे उपचार कार्यक्रम का लक्ष्य उन्हें सुलाने या शांत करने का था।

ऐंड्रिआ तथा अन्य चिकित्सकों समेत एक टीम के रूप में हमने उसके सभी विकल्पों से निपटने के लिए उपचार संबंधी एक रणनीति बनाने का काम किया, जिसमें प्रभावशाली दवाओं (ड्रग्स) से लेकर किगांग के संपूरकों तक को शामिल किया गया था। किगांग चीन की एक प्राचीन चिकित्सा-पद्धति है, जिसके अंतर्गत रोगी को स्वस्थ करने के लिए श्वसन, अंग-विन्यास और मानसिक एकाग्रता का उपयोग किया जाता है। चूँकि ऐंड्रिआ का लूपस अत्यधिक गंभीर किस्म का नहीं था, इसलिए वह औषध प्रयोग के साथ या उसके बिना भी स्वस्थ होने के अभ्यास से गुजर सकती थी। अपने अंतरंग काय-चिकित्सक (मेडिसिन डॉक्टर) के साथ आगे-पीछे के सभी पहलुओं पर विचार-विमर्श करने के बाद ऐंड्रिआ ने अपने ऑटोइम्यून सिस्टम में सूजन कम करने के लिए स्टीरॉइड प्रिडनीसोन (Steroid Prednisone) लेना शुरू कर दिया। प्रिडनीसोन एक तगड़ी दवा है और इससे अस्थि, सघनता, वजन, रक्तचाप, स्वचा, बालों, रक्त शर्करा (ब्लड शुगर), मिजाज, निद्रा, आँखों तथा पाचन क्षेत्र पर अनेक दुष्प्रभाव हो सकते हैं। हालाँकि ऐंड्रिआ को उस समय इतने आक्रामक उपायों की आवश्यकता नहीं थी, जब हम एक साथ काम कर रहे थे; क्योंकि भविष्य में उसके लक्षण अगर अधिक गंभीर हो जाते हैं तो उसको रोग प्रतिरोधक दमनक ओषधियाँ लेने पर विचार करना पड़ सकता है; क्योंकि इन ओषधियों, जैसे कि मिथॉट्रिएट (Methotreyate), ऐजाथिओप्रीन (Azathioprine) या क्लोरेंबूसिल (Chlorambucil) के अपने अलग दुष्प्रभाव होते हैं।

जो ओषधियाँ ऐंड्रिआ ले रही थी, उनके प्रभावों का प्रतिकार करने के लिए हमने उसे किसी सूचिवेधक (Ocupnnctrist) तथा जड़ी-बूटी विशेषज्ञ से सलाह लेने का सुझाव दिया। हमने उसे कैल्सियम एवं मैग्नीसियम सप्लीमेंट विटामिन डी और कोई अच्छा मल्टीविटामिन लेने की भी सलाह दी।

इनके अतिरिक्त, उसने क्षतिग्रस्त दैहिक कोशिकाओं को सुधारने के लिए डी.एच.ए. और ट्रिप्टेराइजियम विल्टोर्डिल (Tripterygium Wiltordil) नामक एक जड़ी-बूटी का भी सेवन किया; क्योंकि बताया गया था कि इस बूटी की जड़ों व डंठलों का नित्य प्रयोग करना प्रतिरक्षक तंत्र को अनुकूल बनाने तथा उसके लूपस के लक्षणों को कम करने में भी गुणकारी होगा। किसी भी तेज दवा की तरह जड़ी-बूटियों के भी दुष्प्रभाव होते हैं। TW के सेवन से हार्मोन के स्तरों में प्रतिवर्ती परिवर्तन हो सकते हैं, अनार्तव

(Amenorrzea) हो सकता है और बाँझपन आ सकता है, अत: इस ओषधि का प्रयोग अपनी मेडिकल टीम की निगरानी में ही करें।

हमने ऐंड्रिआ को यह भी सलाह दी कि उसे अपने आहार में से कुछ चीजें निकाल देनी चाहिए। विशेष तौर पर अंकुरित एल्फेल्का अर्थात् लसुनघास (Altdta) लूपस के लक्षणों को और बिगाड़ सकती है। हमने सुझाव दिया कि उसे किसी आहार विशेषज्ञ से भी मार्गदर्शन प्राप्त करना चाहिए, ताकि उसे पता चल सके कि और कौन-कौन से खाद्य पदार्थ हैं, जो उसके लक्षणों को उग्र कर सकते हैं। सौभाग्य से उन्हें और कुछ नहीं मिला।

अंतत: हमने ऐंड्रिआ की विचार शैली और व्यवहार के तारतम्य का विश्लेषण करना आरंभ किया, जिनका उसकी बीमारियों से सरोकार हो सकता था। हमने उसे लूपस के लिए विशिष्ट स्वीकरण दिए (मैं स्वतंत्र होकर और सुगमता से अपना मत प्रकट करती हूँ। मैं अपनी निजी शक्ति का क्षरण करती हूँ। मैं अपने आपसे प्यार करती हूँ और मैं स्वयं को अच्छा मानती हूँ। मैं मुक्त और सुरक्षित हूँ)। हड्डियों की स्वस्थता के प्रति मेरी अपनी दुनिया में केवल मेरी सत्ता है, क्योंकि अपने मन में सोच-विचार केवल मैं करती हूँ। मैं सुगठित और संतुलित हूँ, पार्श्व-कुब्जता (मैं सभी आशंकाओं को मुक्त करती हूँ। मुझे अब जीवन की प्रक्रिया में विश्वास है। मैं जानती हूँ कि जीवन मेरे लिए है। मैं प्यार से सीधी और उन्नत खड़ी होती हूँ, पीठ दर्द (मैं परिवर्तन के साथ सुगमता से निकल पड़ती हूँ। मेरे जीवन को ईश्वरीय मार्गदर्शन प्राप्त है और मैं हमेशा सर्वश्रेष्ठ दिशा में जा रही हूँ।) और ददोरे (मैं आनंद एवं शांतिमय विचारों के साथ प्रेमपूर्वक अपनी रक्षा करती हूँ। अतीत को क्षमा किया और बिसार दिया। मैं इस क्षण मुक्त हूँ। मैं अपने आप में सुरक्षित महसूस करती हूँ।)

उसने इस अध्याय में पहले दी गई सलाह का भी पालन किया और अपनी व्यक्तिगत आवश्यकताओं को अपने परिवार की आवश्यकताओं के साथ संतुलित करना सीखा। उसने अज्ञात सह-आश्रितों संबंधी सभाओं में जाना शुरू कर दिया और अपनी भावनाओं की खोज करने के लिए उसने डायरी लिखना आरंभ कर दिया। उसने अपनी आवश्यकताओं को अपने अत्यंत करीबी लोगों के सामने व्यक्त करने का भी अभ्यास किया। कुछ ही महीनों के अंदर ऐंड्रिआ भावनात्मक एवं शारीरिक रूप से बेहतर महसूस करने लगी और हम समझ गए कि वह अब भविष्य में उन चुनौतियों का सामना बेहतर ढंग से कर सकेगी, जो लूपस के किसी रोगी के आगे खड़ी होंगी।

रक्त संबंधी समस्याएँ

जिन लोगों को खून की कमी अर्थात् रक्ताल्पता, रक्तस्राव, खरोंच लगने या दूसरी रक्त संबंधी शिकायतें रहती हैं, वे ऐसा सोचने लगते हैं कि उनके लिए अब कुछ नहीं

बचा, सब नष्ट हो गया; कि वे नितांत अकेले हैं, उनको सहारा देने के लिए न कोई परिवार है और न मित्र हैं। वे इस कदर हिल चुके हैं कि वे किसी पर भरोसा नहीं करते हैं और एक प्रकार से अंतहीन अव्यवस्था भरी दुनिया में जीते हैं। यदि आप स्वयं को ऐसी ही समस्या से ग्रस्त महसूस करते हैं तो आपको अपना स्वास्थ्य सुधारने के लिए स्वयं को निराशा के इस गर्त से बाहर निकालना होगा और अपने जीवन में कुछ व्यवस्था एवं संतुलन कायम करना होगा।

रक्त संबंधी विकारों का दायरा बहुत विस्तृत है, रक्ताल्पता से लेकर संगीन श्वेत-रक्तता तक इसके अंदर आते हैं। इनमें से कुछ विकार हलके व सुसाध्य होते हैं, यानी कि उन्हें उपचार से पूरी तरह ठीक किया जा सकता है या वे लक्षणों का कारण नहीं बनते हैं या वे जीवन के लिए खतरनाक नहीं होते हैं। दूसरे विकार जैसे कि सिकॅल सेल रक्ताल्पता, संगीन श्वेत-रक्तता या कुछ लसीका कोशिकाएँ (Lymphamas) अधिक गंभीर किस्म के होते हैं, क्योंकि वे दीर्घकालिक बीमारी का कारण बनते हैं या जीवन के लिए खतरनाक सिद्ध होते हैं।

रक्त संबंधी समस्याओं के स्रोत या कारण का निश्चय करना भ्रांतिजनक हो सकता है, क्योंकि उनमें से अधिकतर को या तो प्रथम या चतुर्थ भावनात्मक केंद्र से जोड़ा जा सकता है। भावनात्मक प्रोत्साहन का अभाव, जो चतुर्थ भावनात्मक केंद्र से संबद्ध एक समस्या है, हृदय, धमनियों और नसों सहित लहू को संचालित करनेवाले अवयवों को प्रभावित करता है, जिससे कि समस्या रक्त में रहने के बजाय चौथे भावनात्मक केंद्र के अवयव के साथ रहे। उच्च रक्तचाप और अवरुद्ध धमनियों जैसे हृदय संबंधी विकारों के लिए अध्याय 7 में देखें। इस खंड में जो लक्ष्य है, उसका उद्देश्य प्रथम भावनात्मक केंद्र की रक्त संबंधी समस्याओं से संबद्ध नकारात्मक विचार शैली और व्यवहार को बदलने में मदद करना है।

इस प्रकार में पहला कदम उन संदेशों को पहचानना है, जो संदेश आपका शरीर, आपकी बीमारी के नीचे पड़ी भावनाओं और स्वीकरणों के साथ स्वास्थ्य-निर्माण करने के बारे में भेज रहा है। उदाहरण के लिए, रक्ताल्पता हर्षोल्लास की कमी तथा जिंदगी के भय दोनों से उत्पन्न होते हैं तथा कहीं नीचे दबी यह धारणा भी इसका कारण बनती है कि आप किसी योग्य नहीं हैं। अत: इस खिन्नता एवं उदासीनता तथा असुरक्षा से निपटने के लिए इस स्वीकरण का प्रयोग करें। अपने जीवन के हर क्षेत्र में हर्ष एवं आनंद का अनुभव करना मेरे लिए निरापद है। मुझे जिंदगी से प्यार है। खरोंच या चोट लगने का अर्थ यह निकलता है कि आप जीवन में छोटे-मोटे झटकों से निपटने में कठिनाई महसूस करते हैं तथा स्वयं को माफ करने के बजाय दंड देते हैं। स्वयं को याद दिलाते

रहें, इस स्वीकरण के साथ कि आप क्षमा एवं प्यार के योग्य हैं, मुझे खुद से प्यार है और मैं अपनी कद्र करता हूँ। मैं अपने प्रति दयालु एवं विनम्र हूँ। सब कुशल है।

रक्तस्राव की समस्याओं को इस संदर्भ में देखा जा सकता है कि खुशी दूर होती जा रही है और प्राय: क्रोध को भी इससे जोड़ा जाता है। अगर यह समस्या आपकी है तो क्रोध को शांत करने और जीवन में खुशी खोजने का प्रयत्न करें, इस स्वीकरण के साथ कि मैं आनंद में सराबोर हूँ और जीवन की खुशी को पूरे लयबद्ध तरीके से व्यक्त एवं प्राप्त कर रही हूँ। खून के थक्के जमना यह दरशाता है कि खुशी के अंदर आने का रास्ता बंद हो रहा है। यदि आप भावनात्मक रूप से अवरुद्ध महसूस करते हैं तो बार-बार यह दोहराने का प्रयत्न करें, ''मैं अपने अंदर नया जीवन जगाता हूँ। मैं निर्बाध धारा के समान प्रवहमान हूँ।''

रक्त के क्षेत्र में स्वास्थ्य समस्याएँ न केवल आपकी भावनाओं को प्रतिबिंबित करती हैं, बल्कि आपके चारों ओर की अव्यवस्था की तरफ भी संकेत करती हैं। उसका कारण चाहे दु:खदायी पारिवारिक जीवन हो, कोई अस्त-व्यस्त संबंध हो या कोई एक जतानेवाला बॉस। अंतर्बोध से आपका शरीर, विशेष रूप से आपका रक्त, आपको जानने दे रहा है कि आपको और अधिक संबल एवं प्रोत्साहन की आवश्यकता है। सुरक्षित जड़ों को स्थापित करने के लिए आपको वह सब अवश्य करना चाहिए, जो आप कर सकते हैं। अगर यह असुविधाजनक हो, तब भी अपने आसपास के अधिक-से-अधिक लोगों से निवेदन करें। परिवार, मित्रों तथा समुदाय का सहारा लेना प्रथम भावनात्मक केंद्र में स्वास्थ्य प्राप्त करने का एक अत्यंत महत्त्वपूर्ण हिस्सा है। यह एक प्रक्रिया है। छोटी शुरुआत करें। किसी से कोई बड़ी सहायता माँगने के बजाय छोटी-छोटी चीजों में मदद माँगें। प्रत्येक निवेदन की सफलता के साथ आपको उन संबंधों में कुछ अधिक विश्वास होने लगेगा, जो संबंध आपने बनाए हुए हैं और यदि कोई व्यक्ति आपको बारंबार निराश करता है तो आप अपने जीवन में स्थायी संबंधों की बेहतर कदर कर सकेंगे। आपका लक्ष्य है विश्वस्त लोगों की पहचान करना और फिर स्वयं के लिए समर्थन जुटाने तथा दूसरों से सहायता स्वीकार करने के बीच एक संतुलन प्राप्त करना।

क्लीनिक की फाइलों से : रक्त से संबंधित समस्याओं के रोगी का विवरण एवं विश्लेषण

बाल्यावस्था के दौरान डेनिस को अपने पिता की जुआ खेलने की लत के कारण बहुत घूमना पड़ा। उसके पिता के लेनदारों की वजह से परिवार को बार-बार एक जगह से उखड़कर दूसरी जगह भागने के लिए मजबूर होना पड़ा। भोजन के लिए कभी पर्याप्त

धन नहीं होता था और डेनिस तथा उसके भाई व बहनों को लगभग हर दिन भूखे पेट स्कूल जाना पड़ता था।

जब वह बीस वर्ष से ऊपर की उम्र की थी, डेनिस के प्रेमी ने उस पर प्रहार कर दिया। उसे कई चोटें आईं, जिन्हें उसने अपने परिवार और मित्रों से छिपाया। एक सुबह डेनिस जब सोकर उठी तो उसने पाया कि उसका चलना मुश्किल हो रहा है। वह इतनी निढाल थी कि सहायता माँगने के लिए फोन के पास तक जाना बहुत कठिन हो गया था। अंतत: डॉक्टर ने परीक्षण के बाद उसे गंभीर रक्ताल्पता का रोगी घोषित कर दिया।

डेनिस से बात करने के बाद हम इस निष्कर्ष पर पहुँचे कि वह शारीरिक और भावनात्मक रूप से निम्नतम स्तर तक पहुँच चुकी है। उसे जिस चीज की सबसे अधिक जरूरत थी, लेकिन जो उसे नहीं मिला, वह था परिवार का सहारा और चूँकि उसे परिवार का सहारा कभी नहीं मिला, वह नहीं जानती थी कि कहीं और से वह सहारा, वह संबल कैसे प्राप्त किया जाए। डेनिस के लिए संसार एक खतरनाक व वीरान जगह थी और उसे अपने घनिष्ठतम मित्रों पर भी विश्वास नहीं रह गया था। अपने मित्रों एवं परिवार के साथ वह सहानुभूति रखती थी और बड़ी समझदारी से पेश आती थी। एक वही थी, जिसके पास लोग अपनी समस्याएँ व अपने दुखड़े लेकर आया करते थे। तथापि, वह दूसरों की आवश्यकताओं के प्रति इतनी संवेदनशील थी कि जो लोग उसके आस-पास होते थे, उनकी भावनात्मक एवं शारीरिक पीड़ा वह मानो सोख लिया करती थी। चूँकि वह वर्षों से यही करती आ रही थी और अपनी आशंकाओं को बाहर निकालने का कोई उपाय या मार्ग उसके पास नहीं था, उसके शरीर ने तनाव के चलते जवाबी हमला करना अर्थात् प्रतिक्रिया व्यक्त करना शुरू कर दिया।

डेनिस भावनात्मक एवं शारीरिक रूप से अरक्तक (एनीमिक)थी। इस कारण उसकी शक्ति और उसके रुधिर दोनों प्रकार के 'रिसाव' की पहचान करना अत्यावश्यक था। एक चिकित्सीय अंतर्दृष्टिपरक अध्ययन ने हमें ठीक-ठीक यह पता लगाने में सहायता की कि वह अपनी जीवन-शक्ति को अपने प्रेमी के साथ विकृत संबंध और अपने परिवार के साथ अस्वास्थ्य संबंध में कहाँ अत्यधिक खर्च कर रही थी। अगला कदम यह पता लगाना था कि उसके शरीर में शारीरिक 'रिसाव' कहाँ था। हमें यह निश्चित करना था कि उसकी लाल रक्त कोशिकाएँ क्योंकर इतनी अधिक नष्ट हो रही हैं कि वह अरक्तक (एनीमिक) होने लगी है। मैंने डेनिस को सलाह दी कि वह अपने चिकित्सक के पास जाए और एक कंप्लीट ब्लड काउंट या सी.बी.सी. जाँच कराए। इस जाँच में उसके खून के सभी भिन्न-भिन्न उपांशों का विश्लेषण होगा और हम यह जान सकेंगे कि वह अरक्तक (खून की कमी की मरीज) क्यों है।

अनेक डॉक्टर रक्ताभाव के सभी रोगियों को लौह भस्म (Iron) देकर ठीक करने का प्रयत्न करते हैं, किंतु अरक्तक अर्थात् एनीमिक होने के आधारभूत कारण का पता न लगाया जाए या उसकी उपेक्षा की जाए तो समस्या और भी अधिक गंभीर हो सकती है।

अरक्तक (एनीमिक) होने के तीन कारण माने जाते हैं—

1. लाल रक्त कोशाणुओं का नष्ट होना—यह किसी चोट या मानसिक आघात का नतीजा हो सकता है (डेनिस को उसके प्रेमी ने चोट पहुँचाई थी। चोट कितनी गंभीर थी, हम नहीं जानते)। आमाशय व्रण (गैस्ट्रिक अल्सर) बहुत भारी मासिक धर्म, पेशाब में खून या आंतरिक चोटें।
2. लाल रक्त कोशाणुओं का अपर्याप्त उत्पादन—यह अयस अर्थात् लौह भस्म (आइअॅन) की कमी के कारण हो सकता है (डॉक्टर आमतौर पर अयस क्यों देते हैं।) आनुवंशिकता, जिसमें थैलीसीमिया (Thalassemea) अपना खून न बनने की बीमारी भी शामिल है, शराब समेत नशीली दवाओं का प्रयोग और चिरकालिक रोग जैसे कि हीमगलग्रंथिता (Hypothyroidism) एड्रीनॅल ग्लैंड हार्मोन कम बनना, दीर्घकालिक या पुराना यकृतशोथ (हेपेटाइटिस) और बी 12 तथा फॉलेट की कमी (जिसे महाविनाशकारी रक्तक्षीणता कहा जाता है)।
3. लाल रक्त कोशाणुओं का विनाश—यह बढ़ी हुई तिल्ली के कारण हो सकता है, लूपस से हो सकता है, पेनिसिलिन या सल्फोनेमाइड जैसी दवाओं के दुष्प्रभाव के कारण हो सकता है, योनोन्यूक्लिअसिस से या अन्य वायरल संक्रमणों से हो सकता है।

डेनिस की केवल आयु को देखते हुए (जो अभी रजोनिवृत्ति की अवस्था तक नहीं पहुँची थी)। अधिकतर लोग यही मानेंगे कि भारी मासिक धर्म के कारण उसके शरीर में खून की कमी थी। यदि यह सच होता तो अयस (Iron) देने से वह पूर्ण स्वस्थ हो जाती। किंतु उसके सी.बी.सी. जाँच परिणामों पर गौर करके हमने पाया कि अपरिपक्व लाल रक्त कोशाणुओं (जिन्हें जालीदार कोशिकाएँ 'Reticulacytes' कहा जाता है) की संख्या का स्तर बहुत नीचे था। उसके शरीर में लाल रक्त कोशाणुओं का जनन पर्याप्त नहीं था। सयस, रक्त की हानि, भारी मासिक धर्म समस्या की जड़ नहीं थी। उसके लाल रक्त कोशाणुओं को देखते हुए डेनिस के कोशाणुओं का आकार सामान्य से अधिक बड़ा था। उसका डॉक्टर इस नतीजे पर पहुँचा कि उसकी समस्या बहुत ही विरल व असाधारण किस्म की थी, जिसे बृहत् रक्ताणु संबंधी अरक्तता (मैक्रोसाइटिक एनीमिया) कहा जाता है, जो आहार में बी-12 की न्यूनता और दीर्घकालिक तनाव तथा

ऐंटैसिड (प्रत्यम्ल) के प्रयोग से बी-12 को कम खपा पाने के कारण होती है। हमने उसके बी-12 से सही अनुमान के लिए अपने संदेहों का सत्यापन एक और ब्लड टेस्ट से किया तथा पाया कि हम ठीक थे।

एक प्रशिक्षित नर्स की निगरानी में डेनिस को तब तक बी-12 की नियमित खुराक दी गई, जब तक कि उसका बी-12 स्तर सामान्य नहीं हो गया। उसने ओषधि कोटि का मल्टीविटामिन बी कॉम्प्लेक्स लेना शुरू कर दिया और वह बराबर बी-12 की जाँच कराती रही, ताकि पता चल सके कि यह दवा वह जज्ब कर पा रही है।

बी-12 को जज्ब करने में अड़चन को दूर करने के लिए मैंने डेनिस को एक चीनी एक्यूपंक्चरिस्ट और जड़ी-बूटी विशेषज्ञ के पास भेजा, ताकि उसे चिंता, घबराहट और दिल की जलन से राहत मिल सके। अपने प्रेमी के साथ संबंधों को लेकर उपजे तनावों के बारे में परामर्श लेने के अलावा डेनिस ने एक हर्बल मिश्रण भी लेना शुरू कर दिया, जिसमें प्रकंद (राइजोम) Atractylodis macrocophale जड़ (Radix), Codonopsis तथा अन्य अनेक प्रकार की जड़ी-बूटियाँ शामिल थीं। सबकी सूची यहाँ देना संभव नहीं है।

डेनिस ने सामान्य रुधिर स्वास्थ्य के लिए स्वीकरणों का अभ्यास भी आरंभ कर दिया (मेरा जीवन आनंदमय है और मैं पूर्ण लयबद्धता के साथ खुशी प्रकट एवं प्राप्त कर रही हूँ। नए-नए आनंदपूर्ण विचार मेरे अंदर उमड़-घुमड़ रहे हैं।) अरक्तता अपने जीवन के हर क्षेत्र में आनंद का अनुभव करना मेरे लिए निरापद है। मुझे जीवन से प्यार है और थकाऊ जीवन के प्रति मैं उत्साहपूर्ण और शक्ति एवं जोश से भरी हुई हूँ। उसकी मानसिकता को बदलने का अभ्यास उसके जीवन में खुशी वापस लाने में मददगार साबित हुआ और जैसे-जैसे उसे अपनी आशंकाओं से मुक्ति दिलाई गई, वैसे-वैसे उसे अपनी शक्ति एवं योग्यता का एहसास होने लगा।

प्रतिरक्षक तंत्र विकार

जिन लोगों को प्रतिरक्षक तंत्र से संबंधित समस्याएँ, जैसे कि खाद्य एवं पर्यावरण से एलर्जी, जिन्हें जल्दी-जल्दी नजला-जुकाम या फ्लू होता रहता है और जिन्हें अधिक गंभीर स्व-प्रतिरक्षक विकार प्राय: जकड़ लेते हैं, वे अकसर सोचते हैं कि वे कहीं भी ठीक समाते नहीं हैं और अकेला महसूस करते हैं। ये लोग स्वयं को इसलिए अलग-थलग रखते हैं, क्योंकि अनेक उदाहरणों के अनुसार उन्हें ऐसा लगता है कि उनकी जरूरतें उनके आस-पास के लोगों की जरूरतों के साथ मेल नहीं खाती हैं। अत: कोई भी मेल-मिलाप भारी पड़ जाता है। एक बार में एक व्यक्ति से भेंट करने पर भी अत्यधिक संवेदनशील लोग जुड़ नहीं पाते हैं और इसी कारण वे ऐसे संबंध न तो बना सकते हैं

और न उन्हें बनाए रख सकते हैं, जिनके चलते वे सुरक्षित महसूस कर सकें। इस प्रकार अलग-थलग रहने से वे सोचते हैं कि दुनिया उनके खिलाफ है।

यदि आपको एलर्जी है और प्रतिरक्षक तंत्र संबंधी विकार है तो हिम्मत रखें। चिकित्सा के विकल्प उपलब्ध हैं। प्रतिरक्षक तंत्र संबंधी विकारों और एलर्जी का इलाज प्राय: विविध औषधियों एवं जड़ी-बूटियों से निर्मित अतिरिक्त दवाओं से भलीभाँति किया जा सकता है। किंतु यह एक अधूरा विज्ञान है। हम लोगों को तनाव करने के ऐसे उपाय तलाशने के लिए भी उत्साहित करते हैं, जो प्राय: प्रतिरक्षक तंत्र संबंधी विकारों के मूल में होते हैं। इस दिशा में बढ़ने के लिए पहला कदम है उनकी स्वास्थ्य संबंधी समस्याओं के भावनात्मक कारण की पहचान करना और उनके पथ्यापथ्य नियमों में उपचारक स्वीकरणों को शामिल करना। इस प्रकार के सभी विचारों से मुक्ति पाने के लिए मन में विश्वास, सुरक्षा और आत्म-प्रेम को जगाना अत्यावश्यक है।

जैसा कि सभी अन्य क्षेत्रों में होता है, आपको स्वीकरणों में अंतर या भेद विचार या व्यवहार तथा बीमारी पर निर्भर करेगा। उदाहरणार्थ, जिन लोगों को एलर्जी होती रहती है, वे स्वयं को बता सकते हैं कि उन्हें हर चीज और हर व्यक्ति से एलर्जी है या यह कि अपने जीवन पर उनका कोई नियंत्रण नहीं है। इस प्रकार के नकारात्मक विचारों को इस स्वीकरण से बदला जा सकता है, ''संसार एक सुरक्षित एवं मैत्रीपूर्ण स्थान है। मैं सुरक्षित हूँ। जिंदगी की ओर मैंने दोस्ती का हाथ बढ़ा दिया है।''

दूसरी ओर, यदि आप ई.बी.वी. जैसे किसी विकार के प्रति अति-संवेदनशील हैं तो आपके मन में ऐसी आशंकाएँ उभर सकती हैं कि आप किसी योग्य नहीं हैं। आप को ऐसा महसूस हो सकता है कि आपका आंतरिक संबल क्षीण हो रहा है या आपको शक्तिहीन किया जा रहा है या यह कि आपको अपने आस-पास के लोगों से अपेक्षित प्रेम एवं प्रशंसा नहीं मिल रही है। इस मानसिकता को पूरी तरह बदलने के उद्देश्य से लुइस इस उपचारक स्वीकरण का जाप करने की सिफारिश करती हैं, ''मैं तनाव-मुक्त हूँ और मैं अपनी योग्यता को पहचानती हूँ। मैं बहुत शालीन हूँ। जीवन सरल और आनंदपूर्ण है।''

बार-बार फ्लू की जकड़ में आनेवाले लोग भारी नकारात्मक सोच प्रकट करते हैं। वे इस नकारात्मक सोच को दूर करने के लिए इस स्वीकरण को अपना सकते हैं, ''मैं सामूहिक मान्यताओं या कालदर्श के परे हूँ। मैं सारी संकुलता और समस्त प्रभाव से मुक्त हूँ।'' जो लोग मोनोन्यूक्लिओसिस से ग्रस्त रहते हैं, उनके विचारों को क्रोध के साथ जोड़ा जाता है, क्योंकि वे समझते हैं कि उन्हें प्यार नहीं मिल रहा है। इस समस्या के उपचार का स्वीकरण यह होगा, ''मैं खुद को प्यार और पसंद करता हूँ और अपनी देखभाल खुद करता हूँ। मैं यथेष्ट हूँ।''

आपको अपने दिन-प्रतिदिन के जीवन में अपने व्यवहार पर भी दृष्टिपात करना चाहिए। क्या आप अपने आपको दूसरे लोगों से बिल्कुल अलग-थलग रख रहे हैं? दरवाजे की कुंडी लगाकर अंदर बैठे हुए हैं? क्या आप महसूस करते हैं कि आपको कोई समस्या नहीं है? सबसे पहले तो आपको यह पता लगाना चाहिए अथवा इस दिशा में सोच-विचार करना चाहिए कि वे कौन सी घटनाएँ हैं या कौन लोग हैं, जो आपको महसूस कराते हैं कि आप बेकार हैं। आपकी आलोचना होती है या आपके बारे में लोग तरह-तरह की राय रखते हैं। हालाँकि ऐसा प्रतीत होता है कि लोग किसी समझदारी से काम लिये बिना कुछ-न-कुछ करते और बातें बनाते रहते हैं, किंतु अधिकतर न्यायसंगत अर्थात् वास्तविक आवश्यकता व्यक्त कर रहे होते हैं। इन निवेदनों से भावुकता को अलग करने का प्रयत्न करें और असली जरूरत को देखें। ऐसा करेंगे तो जो कुछ हो रहा है या कहा जा रहा है, उसके डंक की पीड़ा बहुत हद तक कम हो जाएगी। इससे आपके आंतरिक और बाहरी संसार दोनों में सहिष्णुता उत्पन्न हो सकेगी। आपके श्वेत रक्त कोशाणुओं द्वारा बाहरी तत्त्वों को दूर भगाने और उन पर हमला करने का कार्य उसी प्रकार का होगा, जैसा आप अपनी जिंदगी में कर रहे होते हैं, अतः भावनात्मक सहिष्णुता पर कार्य करने से प्रायः शारीरिक सहिष्णुता उत्पन्न होती है, जिसके फलस्वरूप अधिक सुदृढ़ प्रतिरक्षक तंत्र का निर्माण होता है।

व्यवहार में एक और महत्त्वपूर्ण परिवर्तन तब सामने आता है, जब आप आस-पास के लोगों के बीच जबरन अपनी जगह बनाते हैं। सप्ताह में एक बार एक ऐसी गतिविधि में भाग लें, जहाँ आप अकेले न हों। संबंधों में सहजता लाने से परिस्थितियाँ और अधिक आसान होंगी। आप चाहें तो अनेक क्रियाकलापों, जैसे कि ताश ग्रुप, चर्चा गुटों और पारिवारिक मिलन आदि में शामिल हो सकते हैं। इससे आपको यह देखने-समझने में सहूलियत होगी कि दुनिया आपकी दुश्मन नहीं है।

स्वास्थ्य के इन दो पहलुओं—शारीरिक व मानसिक पर ध्यान दें और फिर आप नई आँखों, नई दृष्टि से संसार को देखने लगेंगे। आपकी मनोदशा अधिक स्थिर हो जाएगी और आप अधिक संतुष्ट भी महसूस करेंगे। आप न केवल समूह की, बल्कि अपनी आवश्यकता पर भी विचार करने लगेंगे। हमेशा यह सोचने के बजाय कि आपके साथ विश्वासघात किया जा रहा है और आपके ऊपर प्रहार किया जा रहा है, आप चुनौतियों का सामना शांति एवं धैर्य तथा उचित भावना के साथ करेंगे। आप दूसरे लोगों में महत्ता एवं सुरक्षा देख पाएँगे और अंततः आप अपने प्रति, अपने परिवार, मित्रों तथा सहकर्मियों के प्रति अपनी जिम्मेदारियों में संतुलन प्राप्त कर सकेंगे। यह संतुलन प्रथम भावनात्मक केंद्र में स्वास्थ्य-लाभ की महत्त्वपूर्ण कुंजी है।

ग्रंथीय ज्वर (Mononucleo glandular fever)

क्लीनिक की फाइलों से : प्रतिरक्षक तंत्र संबंधी विकार-ग्रस्त रोगी का विवरण और विश्लेषण

लैरी, जिसकी आयु अब 32 वर्ष है, आरंभ से ही अत्यंत संकोची और फूहड़ था। अपने भाइयों की दृष्टि में भी वह विचित्र स्वभाव का था और अपने ही परिवार में वह खुद को एक बहिष्कृत के समान समझता था। जब उसने काम करना शुरू कर दिया, तब भी उसके लिए हालात नहीं सुधरे। काम के दौरान भी वह अपने में ही रहता और जल्दी ही उसके बारे में यह धारणा बन गई कि उसे किसी से मिलना-जुलना पसंद नहीं है।

हालाँकि तमाम उम्र उसे एलर्जी की समस्या रही, किंतु कुछ वर्षों से उसकी समस्याएँ बहुत विकट हो चली थीं और उसके प्रतिरक्षक तंत्र संबंधी विकार अधिक जटिल हो गए। एक दिन लैरी को बुखार हो गया। वह बहुत थका-थका लग रहा था। बदन में उसके हरारत थी और हर समय बदन दर्द रहने लगा। अंततः उसे मोनोन्यूक्लिओसिस (Mononucleosis) तथा इप्सटीन बैर (Epslein barr) वायरस से पीड़ित पाया गया।

लैरी अपने आप को इस दुनिया में सुरक्षित नहीं समझता था और उसका सामाजिक संत्रास या भय उसके शरीर के रक्षा-तंत्र में गड़बड़ी को प्रकट करता था, अर्थात् प्रतिरक्षक तंत्र में गड़बड़ी श्वेत रक्त कोशिकाओं का प्रतीक था। यद्यपि एलर्जी अनेक रूपों में प्रकट हो सकती है—त्वचा पर ददोरे, नाक बहना, आँखों में खुजली, अँतड़ियों में मरोड़ और बार-बार हाजत लगना इत्यादि ये सभी विकार प्रतिरक्षक तंत्र की दुष्क्रिया की श्रेणी के अंतर्गत आते हैं; क्योंकि इनके लक्षण आपके श्वेत रक्त कोशाणुओं की किसी बाहरी सत्ता के विरुद्ध प्रतिक्रिया से प्रकट होते हैं। मूलतः होता यह है कि शरीर को जब किसी बाहरी सत्ता की मौजूदगी का बोध होता है, उसे वह एक खतरा मान लेता है और फिर श्वेत रक्त कोशाणुओं को उस खतरे पर आक्रमण करने तथा उसे नष्ट करने के लिए भेजता है।

हिस्टैमाइन—शरीर के ऊतकों में मौजूद एक रासायनिक मिश्रण, जो एलर्जी से उत्पन्न प्रतिक्रिया के दौरान खून में छोड़ा जाता है।

ये कोशाणु एलर्जिन पर हमला करने के प्रयास में हिस्टेमाइंस (Histamines) ल्यूकोट्राइंस (Leukotrianes) और प्रोस्टेग्लैंडिंस (Prostaglandins) जैसे प्रदाहजनक द्रव्य छोड़ते हैं। रसायनों की यह बाढ़ सोज पैदा करती है, जिसके कारण आँखों और नाक से पानी बहता है, साँस लेने में घरघराहट होती है तथा छींकें आती हैं, खुजली और ऐंठन होती है तथा पाचन गड़बड़ हो जाता है।

स्वस्थ प्रतिरक्षक तंत्र के साथ शरीर इस प्रकार का कोई तीव्र आक्रमण किए बिना

एलर्जिन्स (एलर्जी पैदा करनेवाले तत्त्वों) को सह सकता है, अर्थात् ज्वर एवं कम प्रचंड लक्षणों को।

चूँकि लैरी को इनमें से अनेक प्रकार की एलर्जी थी, उसके पास चिकित्सा संबंधी कुछ ही मानक विकल्प थे—

1. नियंत्रण/पाबंदी—इस पद्धति में लक्ष्य यह होता है कि एलर्जी पैदा करनेवाले उन तत्त्वों से दूर रहा जाए, जो एलर्जी के लक्षण प्रकट करते हैं। मुझे उसके बारे में इतना ही कहना है कि कल्याण हो। अधिकतर लोगों के वास्ते यह एक बहुत ही अस्थायी समाधान है। हो सकता है, एक या दो माह के लिए लक्षण सुधर जाएँ; लेकिन शीघ्र ही साँस में घबराहट, छींकें आना और खुजली होना फिर से शुरू हो जाता है। इसके अलावा, नियमित रूप से द्रवों के संपर्क में न रहने से प्रतिरक्षक तंत्र और अधिक कमजोर हो जाता है, जिसका नतीजा यह होता है कि शरीर में असहिष्णुता और बढ़ जाती है। इस मार्ग पर चलते रहने से जीवन अधिकाधिक सीमित एवं नियंत्रित होने लगता है।

2. ओषधि प्रयोग—बाजार में अनेक दवाएँ व ओषधियाँ हैं, जो एलर्जी संबंधी प्रतिक्रिया का प्रतिकार करती हैं। जैसा कि नियंत्रण बरतनेवाली पद्धति में होता है, यह पद्धति एलर्जियों के मूलभूत कारणों पर प्रहार नहीं करती है। यह सिर्फ लक्षणों का उपचार करती है। मध्यम दर्जे की एलर्जी के लिए बेनेड्रिल (Benadryl), ऐट्रैक्स (Atarax), अॅलेग्रा(Allagra) जैसे ऐंटीहिस्टेमाइन एक अच्छा विकल्प हैं। ये दवाएँ सफेद रक्त कोशाणुओं द्वारा छोड़े जा रहे हिस्टेमाइंस को निशाना बनाती हैं। ध्यान रखें कि हिस्टेमाइन विरोधी दवाएँ केवल 70 वर्ष के नीचे के लोगों के लिए ही सुझाई जाती हैं, क्योंकि इस आयु से अधिक के लोगों में इन दवाओं के सेवन से याददाश्त एवं मूत्र-त्याग संबंधी समस्याएँ उत्पन्न हो सकती हैं। ऐंटीहिस्टेमाइंस के अलावा सिंगुलेअर (Singulair) और अकॉलेट (Acculate) समेत और भी दवाएँ हैं, जो ल्यूकोट्रीन (Leukotriene) उत्पादन को लक्ष्य करती हैं। एलर्जी के अत्यधिक गंभीर रोगियों के लिए मुखीय (मुँह से ली जानेवाली दवा) स्थानीय और साँस के साथ खींचकर लिये जानेवाले स्टेरॉइड्स ही मुख्य आधार या सहारा हैं। हालाँकि अन्य औषधियों का प्रयोग हिस्टेमाइन तथा ल्यूकोट्रीन बनने की रोकथाम करके सूजन (सोज) के खिलाफ काम करता है, फिर भी स्टेरॉइड्स अधिक कड़ी कारवाई करते हैं, शरीर द्वारा छोड़े जा रहे तथा ग्रहण किए जा रहे इन रसायनों के बीच दीवार बनकर। स्टेरॉइड्स के प्रचंड प्रभाव के कारण आप हमेशा इनके सहारे नहीं रह सकते, अन्यथा आप इनके दीर्घकालिक गंभीर दुष्प्रभावों अस्थि-छिद्रिलता (Osteoporosis), अल्सर तथा प्रतिरक्षक तंत्र दमन आदि से बच नहीं सकेंगे। शायद इसी कारण लैरी ई.बी.वी. और मोनो की चपेट में आ गया था। उसका प्रतिरक्षक तंत्र संकट में पड़ गया था।

3. प्रतिरक्षा विज्ञान—इस प्रक्रिया में उन चीजों की सूक्ष्म मात्रा की सुई आपको लगाई जाती है, जिनसे आपको एलर्जी होती है। यह इसलिए किया जाता है, ताकि आपके श्वेत रक्त कोशाणु एलर्जी पैदा करनेवाले तत्त्वों को सहने के अभ्यस्त हो सकें। ये इंजेक्शन सप्ताह में एक या दो बार एक बाँह में कई माह तक लगाए जाते हैं। यह उपचार उन लोगों के लिए सुझाया जाता है, जिन्हें बहुत गंभीर एलर्जी होती है या जिन लोगों को हर साल तीन माह से भी अधिक समय तक एलर्जी के लक्षणों से लड़ना पड़ता है।

चूँकि लैरी वर्षों से स्टेरॉइड्स ले रहा था, हमने पहला काम यह किया कि उसके द्वारा स्टेरॉइड्स के सेवन को धीरे-धीरे कम कराया। हमने उसको एक एक्यूपंक्चरिस्ट तथा चीनी जड़ी-बूटी विशेषज्ञ की सहायता लेने के लिए भेजा, ताकि उसके प्रतिरक्षक तंत्र में वायरसों से लड़ने की शक्ति आ सके और साथ-ही-साथ इतनी पर्याप्त शांति भी उसे प्राप्त हो कि वह अपने पर्यावरण को सहन कर सके। बहुत सारी जड़ी-बूटियों में से जो एक जड़ी-बूटी उसे लेने के लिए कहा गया, उसका नाम 'वूचा सेंग' था और बताया जाता है कि यह जड़ी-बूटी श्वेत कोशाणु की क्रिया को सुधारने का काम करती है, विशेषकर लंबे समय तक चले कीमोथैरेपी उपचार के बाद। इसके अलावा, लैरी ने एक पोषाहार विशेषज्ञ की सलाह के अनुसार एक अच्छा संतुलित भोजन लेना भी शुरू कर दिया, जिसमें पत्तेदार शाक-सब्जी की मात्रा अधिक होती थी। हमने उसे ओषधीय कोटि का एक अच्छा विटामिन सी, मैग्नीशियम, जिंक और बी कॉम्प्लेक्स शामिल हो। वह गुल्फिका (Astragalus), डी.एच.ए. हल्दी और अदरक का सेवन भी करने लगा, क्योंकि ये संपूरक ई.बी.बी. के लक्षणों को हलका करने के लिए जाने जाते हैं।

लैरी के चिकित्सा दल ने उसके लिए जो-जो उपचार सुझाए थे, उनके साथ-साथ लैरी ने हमेशा के लिए इन स्वीकरणों का अभ्यास करना भी आरंभ कर दिया (मैं शांति और प्रेम की शीतल, निश्चल एवं प्रशांत अभिव्यक्ति हूँ), मानो (मुझे खुद से प्यार है, मैं खुद को पसंद करता हूँ और अपनी देखभाल स्वयं करता हूँ) ई.बी.वी. (मैं तनाव-मुक्त हूँ और अपनी योग्यता को पहचानता हूँ) मैं यथेष्ट हूँ। जीवन सहज व आनंदमय है और पेशियों का दर्द (मैं जीवन को एक आनंददायक नृत्य के रूप में अनुभव करता हूँ।) इनके जरिए उन नकारात्मक विचारों को बदलने में मदद मिली, जिन विचारों ने उसे बीमारी में जकड़ रखा था। उसने स्वयं को उन स्थितियों में रखने के लिए भी कठिन परिश्रम किया, जहाँ उसे दूसरे लोगों के साथ बातचीत एवं परस्पर प्रभावित करने के लिए बाध्य किया गया। दवा और विभिन्न उपचारों के कारगर असर, व्यवहार संबंधी परिवर्तनों और स्वीकरणों के योग से लैरी के स्वास्थ्य को सही रास्ते पर वापस लाना संभव हो सका।

त्वचा संबंधी समस्याएँ—क्या आपको त्वचा संबंधी समस्याएँ हैं, जैसे कि छालरोग

(Proriasis), छाजन अर्थात् एग्जिमा, पित्ती या मुहाँसे? यदि आपका जवाब 'हाँ' है, तो आप संसार में सुरक्षित महसूस करने की भावना के साथ अपने संबंध या रिश्ते पर ध्यान देने की इच्छा कर सकते हैं। त्वचा की समस्याओंवाले लोग प्राय: जीवन को जुटाकर रखते हुए प्रतीत होते हैं; किंतु वे ऐसा अत्यंत संयम के साथ करते हैं। ये लोग चट्टान की तरह मजबूत और भरोसेमंद होते हैं। जब तक कि कुछ बदलता नहीं है। उनका पूरा ध्यान जीवन में नित्य चर्या पर ही लगा रहता है, क्योंकि नित्य चर्या से वे भली-भाँति परिचित होते हैं। लेकिन वास्तविक जीवन सदैव सुरक्षित नहीं होता है और न कोई पहले से कह सकता है कि आगे क्या होने वाला है और यहीं आकर इन लोगों को समस्याओं का सामना करना पड़ता है। जीवन का स्वाभाविक उतार और प्रवाह भारी चिंता का कारण बन जाता है और फिर यही चिंता त्वचा संबंधी समस्याओं के रूप में प्रकट होती है। रोचक बात यह है कि त्वचा रोगों से संबद्ध भावनाएँ एवं प्रवृत्तियाँ, जैसे कि जीवन में लचीलापन, जोड़ों से संबंधित अनेक समस्याओं में भी शामिल रहती हैं। इनमें से किसी एक रोग की ओर प्रवृत्त लोगों को प्राय: दूसरा रोग भी लग जाता है।

अत: उनके स्वास्थ्य में सुधार के लिए हमारे नुस्खे में हमें उनके शरीर द्वारा भेजे जा रहे संदेशों को पहचानने और फिर स्वीकरणों का प्रयोग करते हुए ऐसी स्वस्थ विचार-शैली को प्रोत्साहित करना भी अवश्य सम्मिलित करना चाहिए, जिसके फलस्वरूप त्वचा न केवल साफ हो, बल्कि उसमें चमक भी आ जाए। परिवर्तन पर घेरा डाले हुए आशंका एवं चिंता से उत्पन्न त्वचा संबंधी समस्याओं के लिए एक सामान्य स्वीकरण यह होगा, "मैं आनंद एवं शांतिमय विचारों के साथ प्रेम से अपनी रक्षा करता हूँ। अतीत को मैंने क्षमा देकर भुला दिया है। इस क्षण मैं बंधन-मुक्त हूँ, स्वतंत्र हूँ।"

त्वचा विकार अनेक रूप ले सकते हैं, अत: उन विकारों की ओर ध्यान देने में सहायक स्वीकरण एक दशा से दूसरी दशा के लिए अलग हो सकते हैं। उदाहरण के लिए, यदि आपको मुहाँसों की समस्या है तो नकारात्मक विचार-शैली को स्वयं के स्वीकार न करने से जोड़ा जाता है। अत: इसके निमित्त स्वीकरण यह होगा, अभी मैं जहाँ हूँ, स्वयं को वहीं चाहता और स्वीकार करता हूँ। एग्जिमा का सरोकार, प्रतिरोध और दवाएँ रखे, मनोभावों के प्रकट होने से माना जाता है। इन मनोभावों के प्रभावों का प्रतिकार करने के लिए उपचारक स्वीकरण यह होगा, "मैं मित्रभाव एवं शांति, प्रेम तथा आनंद से घिरा हुआ हूँ और मैं उनमें निवास करता हूँ। मैं सुरक्षित हूँ।" पित्ती निकलने का संबंध छोटी-छोटी छिपी हुई आशंकाओं तथा तिल का ताड़ बनाकर दिखाने की प्रवृत्ति से जोड़ा जाता है। पित्ती के लिए उपचारक स्वीकरण यह है, "मैं अपने जीवन के हर कोने में शांति लाता हूँ।" ददोरों का संबंध आमतौर पर चिड़चिड़ाहट से होता है, क्योंकि

हालात ठीक वैसे नहीं बने जैसा चाहा गया था और इनके लिए नियत स्वीकरण धैर्य की ओर लक्ष्य करते हैं, ''मैं स्वयं को चाहता हूँ और पसंद करता हूँ। जीवन की प्रक्रिया के साथ मैं चैन से हूँ।'' यदि आपको छालरोग है तो इसका मतलब होगा कि आपको हमेशा चोट लगने का खतरा रहता है और आप अपनी ही भावनाओं की जिम्मेदारी लेने से इनकार करते हैं। इस मामले में स्वीकरण इस प्रकार होगा, ''मैं जिंदगी की खुशियों के प्रति सचेत हूँ। मैं जीवन में सर्वश्रेष्ठ के योग्य हूँ और उसे स्वीकार करता हूँ। मैं स्वयं को चाहता हूँ और पसंद करता हूँ।'' यहाँ दिए गए कुछ स्वीकरणों को आजमाएँ या अपनी खास बीमारी के लिए कोई स्वीकरण पाने के लिए पृष्ठ 183 पर दी गई तालिका देखें।

त्वचा संबंधी विकारों से उत्पन्न कुछ दूसरी भावनात्मक समस्याओं से निपटने के लिए यह आवश्यक है कि आप परिवर्तन को सँभालते हेतु अपनी क्षमता को सुदृढ़ करने का प्रयास करें। जैसा कि वे कहते हैं—जीवन में परिवर्तन ही अटल अर्थात् अपरिवर्तनीय है। तो आप क्या कर सकते हैं? संभवत: इस पर काम करने के लिए सबसे आसान तरीका यही होगा कि आप अपने 'रुटीन, रुटीन, रुटीन' की रट से बाहर निकलें। हालाँकि यह अंतर्ज्ञान विरोधी लगता है, फिर भी अपने जीवन में कुछ स्वाभाविकता एवं सहजता लाने का प्रयास करें। यदा-कदा जीवन को एक अवसर दें कि वह जिधर चाहे, उधर आपको ले जाए। उदाहरण के लिए, अपने कैलेंडर में आप एक घंटा छोड़ सकते हैं और सिर्फ सैर करना आरंभ कर सकते हैं। देखें कि आप किस-किसके संपर्क में आते हैं। आपके जीवन में कुछ विविधता आएगी, जिसकी मदद से आप देख सकेंगे कि यह दुनिया एक के बाद एक योजनाओं का ताँता लगाए रखे बगैर भी बहुत बुरी नहीं है। आप किसी भूमिका विशेष में कदम रखकर भी कोई दिलेरी भरा कार्य कर सकते हैं, क्योंकि अव्यवस्था क्षेत्र के साथ आती है। स्वयं को किसी ऐसी स्थिति में रखें, जहाँ हर चीज को नियंत्रित करना संभव नहीं होता है, जैसे किसी पनाहघर में या किसी बाल-विहार (बाल पाठशाला) में स्वैच्छिक कार्यकर्ता की भूमिका निभाना। कौन जानता है, वहाँ क्या हो जाए?

आप आराम से बैठकर अपनी समय-सारिणी (अर्थात् अपनी दिनचर्या) पर गौर कर सकते हैं और यह निश्चित कर सकते हैं कि आपके जीवन के वे कौन-कौन से क्षेत्र हैं, जहाँ आप नियंत्रण को थोड़ा ढीला छोड़ने पर विचार कर सकते हैं। भले ही आप बोर्डरूम में अपनी शक्ति, अपना अधिकार छोड़ना न चाहें, लेकिन आपका बच्चों के साथ या बच्चों की तरह हँसने-खेलने का समय तो बंधन-मुक्त हो ही सकता है। इन सारे सुझावों के साथ हमारा लक्ष्य वही है—जीवन में कुछ लचीलापन लाना।

यदि आप अधिक लचीले अथवा नम्य हैं तो आप परिवर्तन को बेहतर तरीके से

सँभाल सकेंगे। यह आत्मविश्वास आपको दुनिया के विरुद्ध चलने के बजाय दुनिया के साथ काम करने के लिए प्रेरित करेगा और आपकी उस चिंता को भी कम करेगा, जो आप अपनी दैनिक चर्या में महसूस करते हैं।

क्लिनिक की फाइलों से : त्वचा संबंधी समस्याओं से ग्रस्त रोगी का वर्णन एवं विश्लेषण

52 वर्षीय कार्ल एक परिवारवाला व्यक्ति है। वह एक सफल व्यापारी भी है, जो अपने समुदाय के कार्यों में लिप्त रहता है, स्थानीय धर्मार्थ संस्थाओं में स्वैच्छिक कार्यकर्ता की भूमिका निभाता है और नगर तथा पारिवारिक कार्यक्रमों में समान रूप में उपस्थित रहता है। उसके परिवार और मित्रों सहित दुनिया की दृष्टि में वह विनम्र एवं व्यवहार-कुशल तथा भरोसेमंद व्यक्ति है, समाज का एक स्तंभ है।

लेकिन अंदर से कार्ल अपने तौर-तरीकों में धुन का पक्का, बहुत हद तक सनकी तथा कठोर है और परिवर्तन से घृणा करता है। जब तक हालात उसके काबू में रहते हैं और वह सुरक्षित महसूस करता है, कार्ल एक कंपनी चलाने की योग्यता रखता है और अपने परिवार, अपने मित्रों तथा समाज के लिए सदैव मौजूद रहता है।

वर्षों तक सतर्कतापूर्वक नियंत्रण में रखने के बाद कार्ल को खुजलीवाले ददोरे होने लगे और उसके जोड़ों में सिलवटों पर त्वचा पपड़ाने लगी थी। वह चर्म रोग के डॉक्टर के पास गया, जिसने जाँच के बाद उसे बताया कि यह एक गंभीर किस्म का छालरोग है।

छालरोग यद्यपि एक त्वचा संबंधी समस्या है, फिर भी यह प्राय: प्रतिरक्षक तंत्र में किसी गड़बड़ी की ओर संकेत करती है, जिसका संबंध स्वास्थ्य की अन्य गंभीर दशाओं से जोड़ा जा सकता है, जिनमें मधुमेह (Diabetes), हृदय रोग, उदासी (Depression), प्रदाहक अँतड़ी रोग (Inflammatory Bowel Deseabe), गठिया (Arthrictis), त्वचा का कैंसर और लसीका-शोथ (Lympyome) आदि भी शामिल हैं। छालरोग (Psoriasis) के साथ-साथ प्राय: ट्यूमर नेक्रॉसिस फैक्टर (टी.एन.एफ.) नामक एक प्रोटीन का अत्यधिक बनना भी देखने में आता है, जो कोशिकाओं या कोशाणुओं को बहुत जल्दी बढ़ाता है। क्यों ? किसी को कुछ पक्का पता नहीं, लेकिन हम इस बात का ध्यान रखना चाहते थे कि कार्ल के पास एक अच्छा आंतरिक मेडिसिन डॉक्टर होना चाहिए, जो उसके हृदय, पाचन क्षेत्र और जोड़ों की स्थिति पर निरंतर निगरानी रख सके। अत: हमने पहला काम यह लिया कि कार्ल को इनमें से प्रत्येक तत्त्व की एक मूलांशा जाँच (Baselone Screening) कराने के लिए उसके चिकित्सक के पास जाने के लिए कहा।

फिर, कार्ल को खुजली से राहत दिलाने और खुजलाहट को रोकने के लिए निरंतर

त्वचा उपचारों की जरूरत थी। इसके लिए छह प्रकार के उपचार उपलब्ध हैं—जहाँ खुजली हो, वहीं लगानेवाली क्रीम अर्थात् स्थानिक त्वचा क्रीम; प्रकाश उपचार—एक ऐसा इलाज, जिसमें त्वचा पर यूवी प्रकाश, जिससे बीमारी से संबंधित त्वचा कोशाणुओं की वृद्धि धीमी पड़ जाती है, सर्वांगीण मौखिक दवाएँ, जैसे कि साइक्लोसपॅरीन (Cyclosporine), मेथॅट्रिएक्सेट (Methotrexate) और ऐसिट्रेरिन (Acitretin), टी.एन.एफ. बनना रोकने के लिए सुई से IV मेडिसिन देना चीनी ओषधि और पोषाहार संबंधी उपचार।

कार्ल ने छालरोग के इलाज के लिए आसानी से उपलब्ध सभी दवाओं का इस्तेमाल कर लिया था, लेकिन कोई लाभ नहीं हुआ। टॉपिकल स्टेरॉइड्स से कुछ आराम मिला, लेकिन अंततः खाल का पपड़ीला होना भयंकर रूप से फिर शुरू हो गया। अत: हमने उसे किसी योग्य चर्म रोग चिकित्सक से प्रकाश उपचार लेने का सुझाव दिया। कार्ल को एक एक्यूपंक्चरिस्ट और चीनी जड़ी-बूटी विशेषज्ञ से सलाह लेने के लिए भी कहा गया, जिसने अन्य जड़ी-बूटियों से निर्मित दवा के साथ-साथ उसे जिप्सम, इंपेरटैक (Imperatac), स्क्रोफुलैरिए (Scrophulariae), पेने (Paenae), रिहमैमिअ (Rehmamia), फ्लॉस जेपोनिक (Flos Japonica), समरी (Artemeisia) और फॉरसाइथिया (Forsythia) की खुराक भी दी और एक पोषाहार विशेषज्ञ ने कार्ल को उन खाद्यों की पहचान करने में भी मदद की, जिनके कारण उसका छालरोग व प्रकोपी उत्तेजित हो जाता है। विचित्र बातें हैं कि उनमें से एक चीज टमाटर थी। कार्ल ने DHA भी लेना शुरू कर दिया।

इसके अलावा, उसने अपने जीवन में कुछ-कुछ सहजता लाने के साथ-साथ अव्यवस्था पर अंकुश रखना भी शुरू कर दिया और वह त्वचा के सामान्य स्वास्थ्य के लिए स्वीकरणों के साथ अपने विचारों को बदलने का अभ्यास करने लगा (मैं जो हूँ, वही रहने में सुरक्षित महसूस करता हूँ)। त्वचा की सामान्य समस्याएँ (मैं आनंद और शांति के विचारों के साथ प्रेमपूर्वक अपनी रक्षा करता हूँ। अतीत को क्षमा कर मैंने भुला दिया है। इस क्षण मैं आजाद हूँ। मैं अपने आप में सुरक्षित महसूस करता हूँ) और छालरोग (मैं जीने की खुशियों के प्रति सचेत हूँ, मैं स्वयं को पसंद करता हूँ और अच्छा समझता हूँ) कार्ल ने जितने परिवर्तन किए थे, उन सबके कारण उसकी त्वचा साफ हो गई और निखर गई और उसकी खुशी का ठिकाना नहीं रहा।

प्रथम भावनात्मक केंद्र में सबकुछ ठीक है।

आप में इतनी शक्ति है कि दवा, अंतर्ज्ञान और स्वीकरणों का उपयोग करके आप अपने प्रतिरक्षक तंत्र और पेशीत्व अस्थिपंजर-तंत्र (Mubculoskelatal System) को सुदृढ़ कर सकें। जब आप अपनी शारीरिक समस्याओं के नीचे पड़े नकारात्मक विचारों तथा व्यवहारों को पहचानना और आपके शरीर द्वारा प्रथम भावनात्मक केंद्र से संबंधित

स्वास्थ्य समस्याओं के रूप में आपको भेजे जा रहे संदेशों पर ध्यान देना सीख जाते हैं, तब आप अंततः वास्तव में स्वस्थ होने की राह पर चल पड़ते हैं।

लुइस के स्वीकरणों का प्रयोग करके नई विचार शैली की नींव डालने से आपको व्यवहार के उन साँचों को बदलने का आधार और शक्ति प्राप्त होगी, जो प्रथम भावनात्मक केंद्र की बीमारियों को बढ़ाते हैं। आप परिवार की, मित्रों एवं समुदाय की आवश्यकताओं के साथ अपनी व्यक्तिगत आवश्यकताओं को संतुलित करना सीख जाएँगे।

यह संसार एक सुरक्षित एवं मैत्रीपूर्ण स्थान है। सबकुछ ठीक है।

❑

5

दो का एक

द्वितीय भावनात्मक केंद्र : मूत्राशय, जननांग, निचली रीढ़ (लोअर बैक) और नितंब

द्वितीय भावनात्मक केंद्र पूर्णतया प्रेम एवं धन-दौलत से संबंध रखता है। यदि आप जीवन के इन दो क्षेत्रों के बीच संतुलन लाने में असमर्थ हैं तो आपको मूत्राशय, जननांग, निचली रीढ़ या नितंब संबंधी समस्याएँ हो सकती हैं। अत: इस भावनात्मक केंद्र में स्वास्थ्य को यदि नियंत्रण में रखना है तो आपको अपने दांपत्य जीवन का त्याग किए बिना अपनी पूँजी को सँभालना आना चाहिए और पूँजी का त्याग किए बिना दांपत्य जीवन को सँभालना काफी आसान है। ठीक, गलत—बहुत ही कम लोग होंगे, जिन्हें ऐसा संतुलन बनाए रखने का स्वाभाविक वरदान प्राप्त है। तो चलो, इस दिशा में कुछ करें।

जैसा कि सभी अन्य भावनात्मक केंद्रों के साथ है, आपके शरीर का जो हिस्सा प्रभावित है, वह समस्या इस बात पर निर्भर करेगी कि किस प्रकार की विचार-शैली या व्यवहार आपके जीवन के इस क्षेत्र में असंतुलन पैदा कर रहा है। द्वितीय भावनात्मक केंद्र संबंधी समस्याओं को लेकर हमें चार प्रकार के लोग मिलते हैं—वे, जो धन के बजाय प्रेम पर अधिक ध्यान देते हैं; दूसरे वे, जो प्रेम की अपेक्षा धन पर ही सारा ध्यान लगाए रखते हैं; तीसरी श्रेणी उन लोगों की है, जो धन व प्रेम दोनों क्षेत्रों में बेलगाम दौड़ लगाते हैं और अंत में वे लोग आते हैं, जो जिम्मेदारी के साथ न तो प्यार को सँभाल पाते हैं और न धन को। जैसे-जैसे हम आगे बढ़ेंगे, वैसे-वैसे हम शरीर के हिस्सों के बारे में अधिक विशिष्टता के साथ वर्णन करेंगे; लेकिन सभी मामलों में यह बहुत आवश्यक है कि आप अपने शरीर की बात सुनें। ध्यान रखें, आपकी देह एक अंतर्ज्ञानीय यंत्र है और

यह आपके भावनात्मक स्वास्थ्य में समस्याएँ उत्पन्न होने पर शारीरिक रूप से चीख-पुकारकर आपको सचेत कर देगी।

द्वितीय भावनात्मक केंद्र से जुड़े भिन्न-भिन्न नकारात्मक विचारों में चिंता, क्रोध या उदासी का काँटा फँसा रहता है, जिसे लिंग तादात्म्य और काम-वासना के साथ-साथ रिश्ता रखने में संघर्ष एवं वित्तीय चिंताओं से संबद्ध किया जाता है। बेशक यह बात समझ में भी आती है, क्योंकि जब हम अपने परिवार की सुरक्षा (प्रथम भावनात्मक केंद्र) छोड़ देते हैं और संसार में अपने ही बूते पर चल पड़ते हैं, तब पहली चुनौतियाँ हमें प्रेम और रुपया-पैसा, रिश्तों तथा पूँजी-प्रबंध को लेकर झेलनी पड़ती हैं।

तो स्वास्थ्य बेहतर बनाने की खातिर अपने पूँजी-प्रबंध और रिश्तों में महत्त्वपूर्ण परिवर्तन करने से आपको कौन रोक रहा है? क्या आप अपने साझीदार पर गुस्से को पकड़कर रखे हुए हैं? क्या आप हमेशा दूसरे लोगों को आपका धन सँभालने देते हैं? क्या आप अपने धन के साथ लापरवाही बरतते हैं? क्या आप ऐसा महसूस करते हैं, जैसे आपका दम घुटने लगा है?

इसी प्रकार के कुछ मनोभावों और व्यवहारों के कारण द्वितीय भावनात्मक केंद्र संबंधी स्वास्थ्य समस्याएँ उत्पन्न होती हैं। यदि आप उन विचार-शैलियों को पहचान सकें, जो आपके स्वास्थ्य से जुड़ी समस्याओं के मूल में होती हैं तो आप अपने मूत्राशय, जननांग और निचली पीठ एवं नितंब संबंधी स्वास्थ्य को सुधारने के लिए अनिवार्य भावनात्मक, व्यवहारात्मक एवं शारीरिक परिवर्तन करना आरंभ कर सकते हैं। मूल कारण की पहचान करना पहला कदम है। तत्पश्चात् आपको इन नकारात्मक विचारों तथा व्यवहारों को सोच-विचार के नए तरीकों में बदलने का प्रयास करना चाहिए, ताकि स्वास्थ्य-निर्माण हो सके।

द्वितीय भावनात्मक केंद्र स्वीकरण सिद्धांत और विज्ञान

जैसा सभी अन्य बीमारियों के साथ है, लुइस का स्वीकरण सिद्धांत द्वितीय भावनात्मक केंद्र में स्वास्थ्य संबंधी समस्याओं के पीछे सूक्ष्म भेद को देखता है। उदाहरण के लिए, संपूर्ण आर्तव अर्थात् मासिक धर्म और एक स्त्री की अनार्तव, कष्टार्तव या गर्भाशय की सूजन (Tibroid tumors) से छुटकारा पाने की क्षमता इस बात पर निर्भर करती है कि उसमें अपने नारीत्व की स्वस्थ समझ है या नहीं। नारीत्व का अस्वीकरण एक नकारात्मक विचार-शैली है, जो आमतौर पर महिलाओं की समस्याओं से संबंध रखती है। भोगेच्छा दोष और किसी सहवासी पर क्रोध का संबंध योनि-शोथ और मूत्राशय संक्रमण के साथ जोड़ा जाता है।

वैकल्पिक रूप से, प्रोस्टेट की समस्या सिद्धांत के पुरुषोचित पक्ष का वर्णन करती है। चाहे यह सुजाक (गोनोरिया) हो, हरपीज या आतशक (सिफलिस) हो या इस प्रकार की धारणा हो कि जननांग 'पापमय' या 'घृणित' होते हैं, भोगेच्छा दोष हो और कोई ऐसी भावना कि आपको दंडित किया जाना चाहिए, इस प्रकार के सभी विचारों को यौन रोग से जोड़ा जाता है। एक धारणा कि यौनाचार बुरा होता है या काम-वासना के दबाव को अनुभव करने से उत्पन्न विचार-शैली को नपुंसकता का कारण माना जाता है।

स्वीकरण सिद्धांत के चश्मे से गर्भाधान-क्षमता पर निगाह डालने पर हम पाते हैं कि यदि गर्भ-धारण करने में आपको मुश्किल हो रही है तो इसका अर्थ यह होगा कि सामान्यत: समय-निर्धारण या जनिता बनाने की आवश्यकता के बारे में आप चिंतित हैं।

और अंतत: कौन ऐसा है, जिसे धन की चिंता के कारण निचले पृष्ठ-शूल ने नहीं सताया है ? धन और भविष्य की चिंता के कारण उत्पन्न नकारात्मक विचार निचली रीढ़ की पीड़ा तथा साइटिका (गृध्रसी अर्थात् कूल्हे और जाँघ का वात रोग) से संबंध रखते हैं।

अत: द्वितीय भावनात्मक विचार केंद्र के अवयवों को प्रभावित करनेवाले नकारात्मक विचारों एवं मनोभाव के पीछे मनोकाया संबंध के बारे में विज्ञान हमें क्या बतलाता है।

अध्ययनों से पता चलता है कि अनुर्वरता अर्थात् बाँझपन की दर तथा मासिक धर्म संबंधी अनियमितताएँ उन स्त्रियों में अधिक पाई जाती हैं, जिन्हें एक माँ बनने के आंतरिक कष्ट एवं क्लेश से गुजरना पड़ता है और जो अपने शरीर में हो रहे परिवर्तनों के बारे में चिंतित रहती हैं। एक तरफ तो उन्हें संतानोत्पत्ति हेतु सामाजिक दबाव सहना पड़ता है, दूसरी ओर मातृत्व उनके दीर्घकालिक लक्ष्यों के साथ मेल नहीं खाता है। इस समस्या को घेरे हुए भावनात्मक तनाव के कारण कॉर्टिसोल (Cortisol) बढ़ जाता है और प्रोजेस्टिरोन (Progesterone) घट जाता है, जिसकी वजह से भ्रूण को गर्भाशय के अंदर सफलतापूर्वक रोपने में कष्ट होता है। यह ऑक्सीटॉसिन (Oxytocin) को भी कम करता है और नॉरपिनइपरीन (Norepinepzrine) तथा एपिनेफ्राइन (Epinephrine) को बढ़ाता है। यह सब मिलकर सेक्स हार्मोन का दमन करते हैं और उस प्रक्रिया को रोक देते हैं, जो शुक्राणु को उठाकर गर्भाशय में डालती है।

यदि कोई व्यक्ति अत्यधिक दबाव में रहता है और चिंता उसे हरदम खाए जाती है, उसका नतीजा यह होता है कि उसका शरीर—जैसा कि वे कहते हैं—इस प्रकार के रोग प्रतिकारक पिंड बनाने लगता है, जो शुक्राणु को दुर्बल व कमजोर कर देते हैं। तनाव और उदासी भी अंड-ग्रंथि (टेस्टिकॉल) तथा अधिवृक्क (एड्रीनल) को कॉर्टिसोल अधिक तथा टेस्टॅस्टॅरोनल कम मात्रा में बनाने के लिए उकसाते हैं, जिससे शुक्राणु की

संख्या कम हो जाती है। इन दोनों समस्याओं के कारण बाँझपन आ सकता है।

बहुत सारा वैज्ञानिक साहित्य है, जो दिखलाता है कि रिश्तों के कारण श्रोणीय अंगों का स्वास्थ्य किस तरह प्रभावित होता है। बताया गया है कि रिश्तों के सदमे से उत्पन्न उदासी और चिंता एड्रीनल ग्रंथियों को भारी संख्या में स्टीरॉइड्स बनाने के लिए उकसाती है, जिसका स्त्रियों के प्रजनक स्वास्थ्य पर असर पड़ता है। इससे शरीर में कॉर्टिसोल, एस्ट्रेडिअल (Estradial) और टेस्टॅस्टेरॉनल (Testosteronl) का स्तर बदल जाता है। इन तीनों प्रकार के हार्मोन के बीच असंतुलन उत्तेजनशीलता से लेकर वेदना, गर्भाशय की सूजन और अंडाशयी रसौली तक कुछ भी हो सकता है। वजन बढ़ने के अलावा वास्तव में एक अध्ययन समूह के अनुसार पुरानी श्रोणीय पीड़ा तथा लैंगिक दुराचार के बीच संबंध होता है। माना जाता है कि विशेषकर बाल्यावस्था में लैंगिक आघात के कारण आगे चलकर जननांग तथा मूत्राशय क्षेत्र में पीड़ा होने के साथ-साथ खान-पान संबंधी विकार तथा मोटापे की समस्या भी सिर उठाने लगती है, जिसका संबंध तीसरे भावनात्मक केंद्र के साथ है।

जो स्त्रियाँ तीव्र गरदन दर्द (Cervical dyrplasia) और ग्रीवा के कैंसर से पीड़ित हैं, उनके बारे में इस बात की बहुत संभावना है कि उन्हें छोटी उम्र में लैंगिक संबंधों से गुजरना पड़ा होगा, विवाह पूर्ण शारीरिक संबंधों के अनेक अनुभव हुए होंगे, विवाहेतर प्रेम-संबंधों या कई विवाहों तथा तलाक के अनुभव हुए होंगे। इनमें से आधे से अधिक स्त्रियों का पलना-बढ़ना उन घरों में हुआ, जहाँ पिता की जवान मौत हो गई या पिता परिवार को छोड़कर भाग गया। वस्तुतः इन स्त्रियों को अपने बाल्यकाल में किसी पुरुष का पर्याप्त स्नेह कभी नहीं मिला था। बहुत संभव है कि बाद में उनका यौन-आचरण प्यार के लिए एक रोदन हो, जो उन्हें घर में नहीं मिला, उसे पाने का एक प्रयास रहा हो। आंतरिक प्रेम-प्रदर्शन के अभाव में वे अंदरूनी खाली स्थान को असंतुलित रिश्तों की बहुतायत से भरने का प्रयास करती हैं। वे स्त्रियाँ बारंबार काम-तृप्ति का आनंद उठाना चाहती हैं, हालाँकि उनकी प्रवृत्ति में स्वार्थ नहीं होता है और वे पुरुष को प्रसन्न करने के लिए शारीरिक व भावनात्मक रूप से सबकुछ करती हैं, जो उसे अच्छा लगता है।

देश के कामगारों की पीठ पर वित्तीय संघर्ष तथा एक घटिया अर्थव्यवस्था का भार स्पष्ट देखा जा सकता है। अनेक अध्ययनों से यह प्रकाश में आया है कि पीठ-दर्द और पेशियों में तनाव की समस्या तब उत्पन्न होती है, जब लोग अपनी वित्तीय स्थिति से निराश या दु:खी हो जाते हैं—विशेषकर जब उन्हें अपने काम-धंधे एवं अपनी नौकरी से नफरत होने लगती है। उदाहरण के लिए, एक अध्ययन से पता चलता है कि काम

से असंतोष के कारण पीठ दर्द होने का खतरा सात गुना बढ़ा। अमेरिका में कंपनियों या कारखानों में काम करनेवालों, गोदी मजदूरों आदि में जो लोग अक्षमता के शिकार हो जाते हैं, उनकी इस समस्या का सबसे पहला कारण निचली पीठ का दर्द (Lower Back Pain) माना गया है। इन लोगों में सिर्फ वे मजदूर ही नहीं हैं, जो भारी सामान, फर्नीचर आदि उठाने-रखने का काम करते हैं; बल्कि सफेदपोश कर्मचारी भी शामिल हैं। श्रमिकों व मशीनों के बीच अच्छा तालमेल और काम करने के लिए उपयुक्त वातावरण के बावजूद यह जरूरी नहीं है कि निचली पीठ में दर्द की समस्या कम हो जाए। आप जानते हैं, मेरा तात्पर्य क्या है। मेरा इशारा उन सभी प्रकार के तकियों और साधनों की तरफ है, जिनका निर्माण हमारी रीढ़ की रक्षा करने के उद्देश्य से OSHA तथा कंपनियों ने किया है। हाल ही में किए गए एक अध्ययन से पता चला है कि दफ्तर के कर्मचारियों को मानव-मशीन संबंधों पर आधारित व्यवस्था (Ergonomics) के बारे में शिक्षित करने से निचली पीठ के दर्द तथा अक्षमता के मामलों (रोगियों की संख्या) में कोई विशेष कमी नहीं हुई। तथापि जिस काम को करने में आपको खुशी होती है, उससे कुछ आराम आ सकता है; क्योंकि मन की यह प्रसन्नता काम के दौरान शरीर के अंदर जिन स्वापकों को छोड़ती है, वे असल में पुरानी पीड़ा को कम करनेवाले होते हैं।

दिलचस्प बात यह है कि निचले पृष्ठ-शूल को समस्यापूर्ण रिश्तों के साथ भी जोड़ा गया है। उदाहरणार्थ, वर्तमान विवाह में सुधार के फलस्वरूप पुराना दर्द हलका हो सकता है, विशेषकर निचली पीठ में। निचली पीठ के दर्द और वैवाहिक समस्याओं से ग्रस्त जब कोई व्यक्ति अपने (पुरुष या स्त्री) जोड़ीदार के साथ वैवाहिक संबंध सुधार चिकित्सा (Marriage therapy) कराता है तो निचली पीठ की पीड़ा में अकसर बहुत सुधार होता है और वह भी सर्जरी या ओषधि के बिना। जैसे-जैसे रिश्ता सुधरता है, वैसे-वैसे पीड़ा कम होने लगती है।

अब, जब आप जान गए हैं कि विज्ञान भी लुइस के स्वीकरण सिद्धांत का समर्थन करता है, आप स्वास्थ्य संबंधी समस्याओं को वास्तव में कैसे ठीक करते हैं?

मूत्राशय संबंधी समस्याएँ

मूत्राशय संबंधी समस्याएँ भोगनेवाले लोग सामान्यत: रिश्तों को लेकर भावनात्मक रूप से अत्यधिक संवेदनशील होते हैं और इसके चलते वित्तीय स्वतंत्रता हासिल करना कठिन हो जाता है। वे अपने प्रेममय संबंधों को बनाए रखने पर इस हद तक ध्यान लगाए रखते हैं कि किसी कारोबारी सौदे को अंजाम तक पहुँचाने या वित्तीय आधार-रेखा पर ध्यान केंद्रित करने के लिए अपेक्षित कौशल या दक्षता को विकसित होने का

पूर्ण अवसर नहीं मिलता है और न नियमित आधार पर उसका इस्तेमाल किया जाता है। ये लोग अपने वित्त-प्रबंध एवं पूँजी निवेश पर ध्यान देने की आवश्यकता को उठाकर ताक पर रख देते हैं या पूरा नियंत्रण अपने जोड़ीदार को सौंप देते हैं। फिर भी, ये कार्य प्राय: मूत्राशय संबंधी समस्या को जन्म देने का कारण बन जाते हैं, क्योंकि वे क्रोध और रोष की भावना को भड़काने का काम करते हैं—या तो किसी दूसरे महत्त्वपूर्ण व्यक्ति पर पूर्ण निर्भरता स्थापित करके या कुछ वित्तीय उत्तरदायित्व उठाने की अपेक्षा द्वारा।

अत: अब हमें आपके प्रेममय जीवन और धन को समर्पित जीवन में कुछ अधिक संतुलन लाने के नुस्खे पर निगाह डालनी चाहिए। लेकिन इससे पहले हम उन स्वीकरणों को देखेंगे, जो आपको मूत्राशय संबंधी समस्याएँ देनेवाले नकारात्मक विचारों को बदलने में आपकी सहायता कर सकते हैं। मूत्राशय क्षेत्र से संबंधित संक्रमण, चाहे मूत्राशय की थैली की सूजन हो या उससे भी अधिक गंभीर गुर्दे का संक्रमण हो, सामान्यत: विपरीत लिंग या जोड़ीदार पर निकाल फेंकने और दूसरों पर दोष मढ़ने के साथ सह-संबद्ध किया जाता है। अत: हमें उस क्रोध से छुटकारा पाना है। मूत्राशय क्षेत्र संबंधी संक्रमण के लिए एक अच्छा उपचारक स्वीकरण इस प्रकार है, ''मैं अपनी चेतना में उस शैली को मुक्त करता हूँ, अर्थात् छोड़ता हूँ, जिसके कारण यह दशा बनी। मैं परिवर्तन का इच्छुक हूँ। मैं खुद को चाहता हूँ और अच्छा समझता हूँ।'' जैसी स्थिति होगी, स्वीकरण भी उसके अनुरूप ही होंगे। स्वीकरणों के विषय में अधिक स्पष्ट जानकारी के लिए पृष्ठ 183 पर दी गई तालिका में अपनी बीमारी विशेष पर नजर डालें।

देखें कि अतीत में धन के साथ आपका रिश्ता कैसा रहा है। क्या आप किसी के प्रति इतने समर्पित हो गए कि अपने वित्त-प्रबंध पर आपने कोई ध्यान ही नहीं दिया? यदि आपने कोई संबंध बनाया हुआ था तो क्या आपने अपने धन का सारा नियंत्रण किसी दूसरे खास व्यक्ति को सौंप दिया? रुपए-पैसे की बात आने पर क्या आप स्वयं को असहाय महसूस करते हैं? यदि इनमें से किसी भी प्रश्न का उत्तर आप 'हाँ' में देते हैं तो आपको मूत्राशय संबंधी समस्या उत्पन्न होने का खतरा है।

यदि आपकी यह समस्या है तो सबसे पहले यह देखना होगा कि धन के प्रति आपका रवैया क्या है और आपके जीवन में धन कितना महत्त्वपूर्ण स्थान रखता है। यह आसान काम नहीं है। प्रेम और धन के बीच यह संतुलन लाने के लिए आपको छोटी शुरुआत करनी होगी।

यदि वर्तमान में आपके पास कोई वित्तीय स्वतंत्रता नहीं है तो कुछ स्वतंत्रता पाने का उपाय सोचें। उदाहरण के लिए, कुछेक घरेलू बिलों का भुगतान करने की जिम्मेदारी

सँभालें; बस, कुछ चेक लिख डालें। यदि आप वास्तव में समर्थ एवं उत्साही महसूस करते हैं तो अपनी व्यक्तिगत रुचियों पर नजर डालें और देखें कि क्या इन रुचियों से मिलता-जुलता कोई अंशकालिक काम आपको मिल सकता है। वित्त-प्रबंध से संबंधित कुछ काम की जिम्मेदारी उठाना बहुत आवश्यक है आपके लिए। आपको धन की भाषा और उसकी लाभदायक शक्ति से सुपरिचित होना चाहिए। इससे आपकी अपने साझीदार पर निर्भरता कम हो जाती है और उस रोष एवं चिंता को दूर करने में भी मदद मिलती है, जो आपको हरदम यह महसूस कराती है कि आप पूर्णतया नियंत्रणाधीन हैं या आपको किसी बड़ी वित्तीय भूमिका में कदम रखने के लिए बाध्य किया जा रहा है। जिंदगी आपकी है और आप जिंदगी में किसी से कितना भी प्रेम क्यों न करते हों, उस पर कितना ही विश्वास क्यों न करते हों, फिर भी आपको अपने वित्तीय दृष्टिकोण में अपना कुछ दखल हमेशा रखना चाहिए।

यदि वित्तीय जिम्मेदारी की तरफ कदम बढ़ाना मुश्किल लगता है तो एक समस्या इस बोध के चलते हो सकती है कि धन अभौतिक नहीं है। धन सारे अनिष्ट की जड़ भी हो सकता है और हर समय धन की चिंता करते रहने की प्रवृत्ति आपको तुच्छ, ओछा तथा भौतिकवादी बना देती है। इसके बारे में मैं इतना ही कह सकती हूँ कि इससे बचो और सँभल जाओ।

आज हमारे समाज का ढाँचा जिस प्रकार का है, उसमें जिंदा रहने के लिए धन उतना ही आवश्यक है, जितना कि भोजन और पानी। जिनके पास धन और शक्ति है, वे उनका दुरुपयोग कर सकते हैं और करते हैं। यह बुरा व्यवहार उनके अस्तित्व के लिए ठीक नहीं है। आपको यह समझने की आवश्यकता है कि वित्तीय दृष्टि से जिम्मेदार होने का अर्थ होता है—एक स्वस्थ स्वावलंबन। न इससे अधिक और न इससे कम।

अतः धन और प्रेम को संतुलित करने का कोई उपाय खोजना आपका लक्ष्य होना चाहिए। किसी महत्त्वपूर्ण संबंध के लिए अपनी वित्तीय समृद्धि का त्याग न करें। अपनी निजी वित्तीय स्थिति का नियंत्रण अपने हाथ में लेकर आप न केवल अपने प्रति, बल्कि अपने आस-पास के लोगों के प्रति भी सम्मान प्रकट कर रहे होते हैं।

क्लिनिक की फाइलों से : मूत्राशय विकार रोगी का वर्णन एवं विश्लेषण

55 वर्षीय ऐलिस ने बताया कि वह सच में खुश नहीं थी, जब तक कि 25 वर्ष के आस-पास की उम्र में उसकी भेंट अपने पति से नहीं हुई थी। उसका ध्यान पूरी तरह अपनी जीविका पर लगा हुआ था। बिजनेस स्कूल में पढ़ाई करना और एक बुक कीपर (हिसाब-किताब रखनेवाला) के रूप में काम करना; लेकिन यह सब करते हुए उसे

ऐसा महसूस हुआ, जैसे वह जीवन के किसी महत्त्वपूर्ण पहलू का अनदेखा कर रही है। ऐलिस जब जिरॉल्ड से मिली तो उसी क्षण सबकुछ बदल गया। उन दोनों में बहुत जल्दी प्यार हो गया। वे विवाह-सूत्र में बँध गए और ऐलिस चैन से रहने लगी। कभी बिजनेस में कॅरियर (जीविका) की ओर कदम बढ़ानेवाली ऐलिस अब सिर्फ जिरॉल्ड की आमदनी का हिसाब-किताब रखने में सिमटकर रह गई। उसने अपनी नौकरी छोड़ दी और घर पर रहकर अपने बढ़ते परिवार की देखभाल करने लगी।

काफी लंबे समय तक ऐलिस की जिंदगी सुख-चैन और संतोषजनक रूप से चलती रही। फिर एक दिन अचानक जिरॉल्ड को छँटनी में नौकरी से निकाल दिया गया। उसने जल्दी ही अपनी अप्रत्याशित समय पूर्व सेवानिवृत्ति के साथ समझौता कर लिया; लेकिन ऐलिस के लिए यह एक और भी कठिन परिवर्तन था। करीब बीस साल तक एक गृहिणी बने रहने, किसी वित्तीय दायित्व से सरोकार न रखने के बाद ऐलिस को बुक-कीपर की नौकरी पर वापस जाने के लिए बाध्य होना पड़ा, ताकि वह परिवार की आमदनी में आवश्यक योगदान कर सके।

ऐलिस ने जब नौकरी पर जाना शुरू कर दिया, उसके कुछ ही समय बाद ऐलिस एवं जिरॉल्ड के बीच रुपए-पैसे के बारे में अकसर बहस होने लगी। उसे अच्छा नहीं लगता। कभी-कभी वह क्रोधित हो जाती और उसे ऐसा महसूस होने लगता, जैसे उसे दबाया जा रहा है। एक समय था, जब काम से उसे संतुष्टि मिलती थी; लेकिन अब वह अपनी नौकरी को लेकर हर समय इसी चिंता में डूबी रहने लगी थी कि वह कितना बदल गई है और उसने कितना त्याग किया है। इस स्थिति के चलते उसका स्वास्थ्य बिगड़ने लगा। पहले-पहल तो उसके लक्षण समय पूर्व रजोनिवृत्ति की ओर संकेत करते दिखे। उसे बहुत जल्दी-जल्दी पेशाब आने लगा। उसका मासिक धर्म अनियमित हो गया और मूत्राशय संक्रमण जैसा रोग लग गया। तथापि, मूत्र-मार्ग में संक्रमण जब महीनों तक एंटीबायटिक दवाएँ लेने से भी ठीक नहीं हुआ तो अंत में वह हमारे क्लिनिक में आई।

मूत्राशय संक्रमण और मासिक धर्म संबंधी समस्या लेकर आई। ऐलिस का उपचार आरंभ करने से पहले हमने उस श्रोणीय क्षेत्र के रहस्य को खोलने की ओर पहला कदम उठाया। मैं समझती हूँ कि लोगों के लिए इसे समझना आवश्यक है, क्योंकि अगर हमें पता हो कि हमारे पास कौन सा उपस्कर या साधन है और यह कैसे काम करता है तो हम वहाँ स्वास्थ्य की कल्पना करने में अधिक सक्षम हो सकते हैं।

मैंने ऐलिस को विस्तार से बताया कि मूत्राशय संस्थान में दो गुर्दे होते हैं, दो मूत्र

नलियाँ होती हैं, एक मूत्राशय और एक मूत्र मार्ग होता है। गुर्दे रक्त से विषैले तत्त्वों को बाहर निकालते हैं, हमारे सोडियम और पानी के स्तर को संतुलित करते हैं और फिर मूत्र बनाते हैं, जिसे मूत्र वाहिनियों के द्वारा मूत्राशय में भेजा जाता है और फिर मूत्र मार्ग द्वारा शरीर से बाहर निकाल दिया जाता है। चूँकि मूत्र मार्ग का मुख अर्थात् छिद्र गुदा के निकट होता है, जहाँ जीवाणु (यानी बैक्टीरिया) होते हैं, संक्रमण पैदा कर सकता है। यदि आपका प्रतिरक्षक-तंत्र तटस्थ रहता है, आप मधुमेह रोगी (डायबिटिक) हैं या आपको मूत्र-निष्कासन नली लगी हुई है या कोई दूसरा रोगोन्मुख कारण है तो ऐसी दशा में जीवाणु मूत्राशय से मूत्र नली में ऊपर चढ़कर गुर्दों तक पहुँच सकते हैं और एक खतरनाक संक्रमण पैदा कर सकते हैं।

मूत्राशय-तंत्र के काम करने का तरीका उसे समझाने के बाद हमने ऐलिस को वापस उसके चिकित्सक के पास भेज दिया, जिसने यह पता लगाने के लिए उसके मूत्र की जाँच की कि क्या उसे वास्तव में मूत्राशय का संक्रमण है। मूत्राशय का संक्रमण होने पर मूत्र में बहुत बड़ी मात्रा में बैक्टीरिया मौजूद रहने के साथ-साथ श्वेत रक्त कोशाणु भी मौजूद रहना एक सामान्य बात है। किंतु जब संक्रमण मौजूद हो तो जीवाणुओं की संख्या एकदम बहुत अधिक बढ़ जाती है। ऐलिस के मामले में ऐसा नहीं था, न तो श्वेत रक्ताणु थे और जीवाणुओं की संख्या थी न्यूनतम थी, जो इस बात का सबूत था कि उसे मूत्राशय का संक्रमण नहीं है। फिर उसकी पीड़ा का क्या कारण था?

मूत्राशय एक मांसपेशीय अंग है, जो एक-चौथाई मूत्र रोके रख सकता है। इसलिए यदि आपको हर पाँच मिनट पर मूत्र-निष्कासन के लिए जाने की आवश्यकता महसूस हो, फिर भी एक-दो औंस से अधिक मूत्र बाहर न आए, तो समझ जाइए कि आपको मूत्राशय या मूत्र मार्ग संबंधी जलन अथवा विकार है। ऐलिस को यही रोग था। लेकिन इसके कारण का पता लगाना उसके स्त्री रोग चिकित्सक का काम था। तीन मूल कारण थे, जिन पर विचार करना आवश्यक था—

1. सर्जरी द्वारा गर्भाशय निकाले जाने के बाद के प्रभाव—गर्भाशयच्छेद (Hysterectomy) के उपरांत तनाव-खिंचाव असंयम (Stress Incontinence) आ सकता है, जिसका मतलब है कि सर्जरी के दौरान मूत्राशय की नसें छिल गई हैं, जो मूत्रण को नियंत्रित करती हैं।
2. गर्भाशय की सूजन—यदि किसी महिला के गर्भाशय में भ्रूण आदि से युक्त बड़ी-बड़ी झिल्लीदार रसौली (Cysts) हों तो इनके कारण निकटस्थ मूत्राशय संकुचित हो जाता है और इस वजह से मूत्राशय की मूत्र-भरण

क्षमता कम हो जाती है, जिसका नतीजा यह होता है कि बार-बार पेशाब आने लगता है।

3. योनिक शुष्कता और विरलन से जलन उत्पन्न होना—रजोनिवृत्ति के आस-पास पहुँचने के दौरान जब एस्ट्रॉजिन (Estrogen) स्तर घट जाता है तो योनि और मूत्र मार्ग का टिशू क्षीण हो जाता है और उसमें जलन होने लगती है। इसके लक्षण वैसे ही होते हैं, जैसे मूत्राशय संक्रमण के होते हैं; लेकिन यह कोई संक्रमण नहीं है। बस, आपको मूत्र-निष्कासन के लिए तुरंत जाने की आवश्यकता महसूस होती है, मूत्र-निष्कासन के दौरान दर्द होता है।

चूँकि ऐलिस की सर्जरी (गर्भाशय निकालने की सर्जरी) नहीं हुई थी, हम समझ गए कि समस्या यह नहीं है। अतः अब अगला कदम था स्त्री रोग चिकित्सक की सलाह लेना। ऐलिस को विकट एवं अनियमित मासिक धर्म की शिकायत रहती थी और स्त्री रोग चिकित्सक से उसे पता चला कि उसके गर्भाशय में दो बड़े तंतर्बुद (फायब्रॉइड) हैं, जिनमें से एक सीधे उसके मूत्राशय पर बैठा हुआ है। फायब्रॉइड से निपटने के लिए इस समय ऐलिस के पास दो ही विकल्प थे। वह फीर्टलिरि सर्जन के पास जा सकती थी और उन्हें निकलवा सकती थी या अगर वह सर्जरी कराना नहीं चाहती थी तो इंतजार करने के अलावा उसके पास और कोई चारा नहीं था। रजोनिवृत्ति समाप्त होने के साथ ही हार्मोंस में कमी आती है, जिसके फलस्वरूप फायब्रॉइड अकसर सिकुड़ने लगते हैं। ऐसी स्थिति मूत्राशय को दबाव से छुटकारा दिलाने में सहायक होगी।

ऐलिस के डॉक्टर ने एक तीसरे विकल्प पर भी विचार किया, जो ऐलिस को हो रही पीड़ा का कारण हो सकता था—योनि की शुष्कता और क्षीणता से जलन। ऐलिस के मासिक धर्म का बेतरतीब सिलसिला रजोनिवृत्ति का समय निकट आने के संकेत दे रहा था और उसे संभोग के दौरान योनिक शुष्कता एवं पीड़ा का अनुभव होने लगा था।

ऐलिस ने फायब्रॉइड सर्जरी न कराने का फैसला किया। सर्जरी के बजाय उसने जलन की समस्या के उपचार पर ध्यान देना बेहतर समझा। वह देखना चाहती थी कि क्या इस उपचार से उसकी मूत्राशय संबंधी समस्या का निवारण हो सकेगा। शुष्कता से निस्तार पाने के लिए ऐलिस ने विविध प्रकार के स्नेहकों (Lubricants) का निरीक्षण किया, जो उसे आराम दे सकते थे और फिर एक का चयन किया, जो उसे अपने लिए ठीक लगा। उसके चिकित्सक ने उसे दोनों उपाय समझा दिए—दवा का इस्तेमाल करें या प्राकृतिक तरीकों से समस्या हल करें। ऐलिस ने कुदरती उपायों से शुरुआत करने का फैसला किया, योनिक श्लेष्मा को गाढ़ा करने तथा इस क्षेत्र की संवेदना दूर करने

के लिए काले कॉहॅष (Cohosh) का प्रयोग किया, योनिक स्निग्धता अर्थात् चिकनाहट वापस लाने के लिए कुकरौधे (Danselion) के पत्तों तथा पेशाब की बारंबारता कम करने के लिए जई (Oat) का उपयोग किया।

दुर्भाग्य से इन उपायों से ऐलिस को उतना आराम नहीं मिला, जितने आराम की उसने अपेक्षा की थी। अत: वह फिर अपने चिकित्सक के पास गई, जिसने उसे ऐस्ट्रिमल (Estrid) क्रीम और टेस्टॉसटरीन (Testosterone) युक्त एक योनिक क्रीम का इस्तेमाल करने का सुझाव दिया। डॉक्टर का कहना था कि इनके इस्तेमाल से उसे योनि एवं मूत्रीय क्षेत्र में जलन में आराम मिलेगा।

अंत में हार्मोन के स्तर में घट-बढ़ के कारण बार-बार पेशाब आने की समस्या और मासिक धर्म के अनियमित चक्र से छुटकारा पाने के लिए मैंने ऐलिस को किसी योग्य एक्यूपंक्चरिस्ट (सूचीवेधक) तथा चीनी जड़ी-बूटी विशेषज्ञ के पास जाने का सुझाव दिया। ऐलिस को लुई वेइ डि हुआंग (Lui Wei Di Huang) नामक एक हर्बल मिश्रण दिया गया, जिसमें रेहमन्निया और गुइ लिंग जी भी मिला हुआ था।

ऐलिस ने अपने विचारों और व्यवहार के तरीकों पर भी ध्यान दिया, जो उसकी समस्याओं को बढ़ा रहे थे। उसने मूत्राशय समस्या संबंधी स्वीकरणों के साथ भी अभ्यास किया (मैं अपने जीवन में सोच-विचार करने की अपनी पुरानी शैली का सहज रूप से त्याग करती हूँ और नए का स्वागत करती हूँ। मैं सुरक्षित हूँ।) और मूत्राशय संक्रमण मैं अपनी चेतना में उस शैली का त्याग करती हूँ, जिसने मुझे इस स्थिति में पहुँचाया। मैं बदलने के लिए तैयार हूँ। मुझे खुद से प्यार है और मैं खुद को अच्छा समझती हूँ।'' उसने धन के साथ अपने रिश्ते को भी सुधारने का प्रयास किया। धन के बारे में अपने विचारों एवं दृष्टिकोण में परिवर्तन लाकर तथा अपने क्रोध को नियंत्रण में रखने हेतु अपनी विचार-शैली में बदलाव करने के प्रयास से ऐलिस का स्वास्थ्य सुधरने लगा।

जननांग

जो पुरुष और स्त्री अपने जननांगों में रोग का अनुभव करते हैं, उनकी मानसिकता सामान्यत: इस प्रकार की होती है कि वे सोच नहीं पाते हैं या यह सोच-विचार करना उनके लिए कठिन होता है कि कोई स्वस्थ तरीका कैसे ईजाद किया जाए। उनका ध्यान कुछ तो हमेशा आगे बढ़ने पर लगा रहता है और कुछ कीमत पर उत्पन्न करने की ओर। इन लोगों का विशेषत: एक ही ध्येय होता है—उत्पत्ति, उत्पत्ति, उत्पत्ति करना, चाहे कोई नौकरी हो या परिवार से संबंधित हो, मतलब हमेशा काम से होता है। उनके लिए प्यार का कोई भी रिश्ता 'अपनी इच्छानुसार उत्पत्ति करे' का एक साधन मात्र होता है, चाहे

बच्चे हों, किताबें हों, नाटक हों, तकनीकी मैनुअल हो या किसी अन्य वस्तु का उत्पादन। यह प्रबल प्रेरणा तभी संभव है, जब जीवन के समस्त पहलुओं को अत्यधिक सुव्यवस्था एवं नियंत्रण के साथ सँभाला जाए। फोकस एवं नियंत्रण करने की यह क्षमता धन और व्यवसाय की बाहरी एक-दूसरे को चीथनेवाली दुनिया में अधिक स्पष्ट नजर आना स्वाभाविक है; लेकिन यह बात सब लोग जानते हैं कि ढेर सारे बच्चों या परियोजनाओं या पालतू पशुओं अथवा प्रेम पात्रों से भरे घर को चलाने में संगठित व नियंत्रित करने की भारी योग्यता की जरूरत होती है। वे चाहे वित्त प्रबंध की उलटी-पुलटी दुनिया में हों या एक घर चलाने की जादूगरी का काम सँभाल रहे हों, यदा-कदा स्त्रियों तथा उन अनोखे पुरुषों को उत्पादन की एक समय-सारणी बनाए रखने के लिए वह जन्मजात स्त्रियोचित संवेदनशीलता (जो कुछ अंश तक हम सभी में होती है) छोड़ देनी चाहिए। यदि आप व्यवसाय में या घर में अत्युत्पादक प्रवृत्ति के हैं तो यह प्रवृत्ति पुनरुत्पादक समस्याओं के रूप में दर्ज हो सकती है।

प्रजनक अंगों अर्थात् जननेंद्रियों में स्वस्थ होने के लिए पुरुषों और स्त्रियों दोनों की अपनी प्राथमिकताओं का पुनर्मूल्यांकन करना चाहिए और उनके मूल में बसी उन धारणाओं को बदलना चाहिए, जो गर्भाशय की सूजन, बाँझपन, प्रोस्टेट की समस्या या जननेंद्रियों से संबद्ध अनेक बीमारियों में से किसी दूसरी बीमारी का कारण बनती हैं।

स्त्रियों को होनेवाली स्वास्थ्य संबंधी समस्याओं को सामान्यत: इन स्वीकरणों से सुधारा जा सकता है, ''मैं अपने नारीत्व में खुश हूँ। एक नारी होना मेरे लिए खुशी की बात है। मुझे अपने शरीर से प्यार है।'' गर्भाशय की सूजन को अपने जोड़ीदार की किसी बात से लगी चोट को मन में पाले रखने के संदर्भ में देखा जा सकता है और यह स्वीकरण प्रस्तुत समस्या को हल करने में सहायक हो सकता है, ''मेरे अंदर जो बात बैठ गई है और जिसकी वजह से मेरी यह दशा बनी है, उसे मैं अपने मन से निकाल रही हूँ। मैं अपने जीवन में केवल अच्छी उत्पत्ति करती हूँ।'' स्त्रियों में यौन संबंधी समस्याओं एवं कमजोरी के पीछे आमतौर पर काम-वासना का दबाव, अपराध-बोध या पिछले साथियों के विरुद्ध द्वेष एवं दुर्भाव होता है और किसी हद तक पिता का डर भी। ये स्त्रियाँ प्राय: यह समझती हैं कि काम-भावना से ग्रस्त होना या यौन सुख लेना गलत है।

रजोनिवृत्ति से गुजर रही बहुत सी स्त्रियों को यह डर सताने लगता है कि वे बूढ़ी हो चली हैं। अब किसी को उनकी चाह नहीं रहेगी और यह कि वे अब किसी लायक नहीं हैं। रजोनिवृत्ति के लक्षणों को सुधारने में यह वक्तव्य प्रभावकारी सिद्ध होता है, ''मैं सभी प्रकार के परिवर्तन चक्र में संतुलित एवं शांतिपूर्ण रहती हूँ और अपनी देह

को प्यार का वरदान देती हूँ।''

पुरुषों के लिए इस समस्या के लक्षण बहुत सूक्ष्म एवं हलके हो सकते हैं, जैसे कि यौनेच्छा का क्षणिक अभाव या हारमोन के स्तरों में अंश मात्र असंतुलन। तथापि इन लक्षणों की ओर यदि ध्यान न दिया जाए तो आनेवाले खतरे की चेतावनियाँ अधिक प्रबल हो सकती हैं और स्वास्थ्य के लिए गंभीर समस्याएँ खड़ी हो जाएँगी।

प्रोस्टेट की समस्याओं से संबद्ध नकारात्मक विचार-शैली

पुरुषत्व और जरण (वृद्धावस्था की ओर बढ़ने) तथा यौन-सुख एवं दोष-भावना को लेकर आशंकाएँ उत्पन्न करनेवाली होती हैं। प्रोस्टेट के स्वास्थ्य सुधार को बढ़ावा देने के लिए इस स्वीकरण का प्रयोग करें, ''मैं अपने पुरुषत्व को मानता हूँ और उसमें खुश रहता हूँ। मुझे अपने आप से प्यार है और मैं स्वयं को अच्छा समझता हूँ। मैं अपनी शक्ति स्वीकार करता हूँ। मैं स्फूर्ति में सदा जवान हूँ।'' यदि समस्या यौन शक्ति से जुड़ी है तो नकारात्मक भावनाएँ सामान्यत: किसी पिछले साथी के प्रति क्रोध या विद्वेष से संबंध रखती हैं। नपुंसकता को ठीक करने के लिए इस स्वीकरण को अपनाएँ, ''मैं अब अपने यौन सिद्धांत की पूरी शक्ति को सहजता एवं आनंद के साथ काम करने देता हूँ।''

स्त्री और पुरुष दोनों के लिए बंध्यता को जीवन की प्रक्रिया के प्रति आशंका, प्रतिरोध उत्पन्न करने के कारण से जोड़ा जाता है।

इस मामले में उपचारक स्वीकरण यह होगा, ''मुझे अपने आंतरिक शिशु से प्यार है और उसे मैं अपनी आँख का तारा मानती हूँ। मैं खुद से प्यार करती हूँ और अपनी प्रशंसा के गीत गाती हूँ। मैं अपने जीवन में सबसे महत्त्वपूर्ण व्यक्ति हूँ। सब कुछ ठीक है और मैं सुरक्षित हूँ।''

जैसा कि अन्य सभी खंडों के संदर्भ में कहा गया है, आप जिस स्वीकरण का उपयोग करेंगे, वह स्वीकरण शरीर में बीमारी के स्थान विशेष के आधार पर भिन्न हो सकता है। पृष्ठ 183 पर दी गई स्वीकरण तालिका देखें और अपनी बीमारी विशेष पर दृष्टि डालें।

स्वीकरणों के अतिरिक्त आपको जननेंद्रिय संबंधी समस्याओं से दूर हटने के लिए व्यवहार में परिवर्तन लाने की आवश्यकता पर भी विचार करना चाहिए। आपका मुख्य लक्ष्य अपने जीवन में रिश्तों तथा वित्तीय सफलता के बीच संतुलन स्थापित करने की क्षमता प्राप्त करना है। हर चीज में निरंतर सफलता हासिल करने की इस तीव्र लालसा को रोकें। यदि आप समझते हैं कि अपने घर में वित्त प्रबंध को सँभालने के लिए आप बाध्य हैं तो बिलों आदि से निपटने का काम कुछ समय के लिए अपनी पत्नी या अपने साझीदार को करने दें। ऐसा करना कठिन हो सकता है, विशेषकर इस बात को ध्यान में

रखते हुए कि वह काम आप बेहतर करते हैं; लेकिन अपने दाँत पीसने के बावजूद इसे सहन करना सीखें। आप यह भी कर सकते हैं कि अपने बच्चों को (यदि आपके बच्चे हैं) रात का साधारण खाना बनाने दें, यह जानते हुए भी कि वे आपकी तरह खाना नहीं पका सकेंगे। आपके पक्ष में सबसे महत्त्वपूर्ण बात तो यह होगी कि आप हर चीज को अपने नियंत्रण में रखने की आदत से पीछा छुड़ाने का प्रयास करें।

अपने दिन-प्रतिदिन के अनुभवों में प्यार व खुशी वापस लाएँ और दुनिया के बहाव के साथ चलना सीखें। यही आपका लक्ष्य है। आपको यह समझना चाहिए कि थोड़ा ढीला पड़कर फुरसत के कुछ क्षण चुराकर कुछ अधिकार किसी और को देकर भी सफल होना संभव है।

हर समय पूरी ताकत से सफलता के पीछे दौड़ते रहने के अलावा भी जिंदगी में बहुत कुछ है पाने के लिए। उन लोगों के बीच रहने की कोशिश करें, जो आपकी तेज रफ्तार की तुलना में कुछ अधिक ही मंद गति की जीवन-शैली अपनाकर खुश हैं। कृपया उन्हें देखें और अपने आपसे पूछें कि क्या आप उन्हें सफल मानेंगे। आप सफलता की जो परिभाषा समझते हैं, उस पर आपको शायद पुनर्विचार करने की जरूरत है।

अत: स्वयं को जीवन की खुशी की तरफ वापस लाने का प्रयास करें। अपने किसी अच्छे मित्र का कान मरोड़ने के लिए कुछ समय निकालें। अपनी भावनाओं तथा अपने सपनों के बारे में बातचीत करें। सुस्ताने के लिए कुछ समय एक तरफ रख दें। कुछ देर समाधि लगाकर या सिर्फ शांत होकर बैठने का प्रयास करना भी आपके लिए अच्छा होगा। यह क्रिया आपको प्रस्तुत क्षण में जीने की शिक्षा देगी और चारों तरफ से आनेवाले विचारों के लिए निरंतर प्रवाह को थोड़ी देर के लिए रोक देगी, ताकि आप इस चिंता को भूल जाएँ कि आगे क्या होने वाला है। वर्तमान क्षण में जिएँ और आपके आस-पास जो कुछ बिखरा हुआ है, उसे देखें और उसका महत्त्व पहचानें। इस पुरानी कहावत में कुछ तो समझदारी है, जो कहती है, ''कुछ क्षण रुकें और गुलाबों की खुशबू लें।'' जीवन अभी जैसा सामने है, उसमें सुंदरता खोजने की चेष्टा करें। शीघ्र ही आप जान जाएँगे कि खुशी पाने के लिए जरूरी नहीं है कि आप हर समय हर चीज को काबू में रखने और दौड़-धूप करने में लगे रहें। आप भी जीवन को धक्का लगाकर आगे बढ़ाने की क्षणिक हड़बड़ी और दौड़ को वास्तविक सुख-चैन के साथ बदलना सीख सकते हैं और व्यस्त रहते हुए भी बेहतर शारीरिक स्वास्थ्य का आनंद उठा सकते हैं।

क्लिनिक फाइलों से जननांग संबंधी रोगी का वर्णन एवं विश्लेषण

28 वर्षीया गीता बहुत छोटी उम्र में ही जान गई थी कि उसे जिंदगी में क्या

चाहिए। वह कहाँ रहेगी, जीवन-यापन के लिए क्या करेगी, किस प्रकार के आदमी से विवाह करेगी। यही नहीं, उसने यहाँ तक सोच लिया था कि उसके कितने बच्चे होंगे। और वह अपने इस लक्ष्य को प्राप्त करने के रास्ते पर चल पड़ी। हाई स्कूल की पढ़ाई के दौरान गीता ने स्वयं को शैक्षिक एवं सामाजिक रूप से आगे बढ़ाने में कोई कसर नहीं छोड़ी। वह नेतृत्व गुटों (लीडरशिप ग्रुप) से भी जुड़ी हुई थी। उसने स्कूल समाचार-पत्र तथा ईयर बुक का संपादन भी किया और जूनियर व सीनियर दोनों वर्षों में क्लास प्रेसीडेंट रही।

कॉलेज में भी वह उतनी ही महत्त्वाकांक्षी थी। पढ़ाई का पूरा बोझ होने के बावजूद उसने एक अंशकालिक नौकरी पर जाना शुरू कर दिया और अपना निजी व्यवसाय आरंभ किया। गीता को जब तक स्नातक की डिग्री मिली, तब तक उसका नाम प्री-मेडिकल छात्रा के रूप में दर्ज हो चुका था और उसे एक एम.बी.ए. प्रोग्राम में स्वीकार कर लिया गया था। उसके लिए कुछ भी असंभव नहीं था। ऐसा कुछ नहीं था, जो वह न कर सके। उस पर उत्पत्ति, उत्पत्ति और उत्पत्ति करने की धुन सवार थी। विचारों की उत्पत्ति, धन की उत्पत्ति, वस्तुओं की उत्पत्ति, और भी जो आप जोड़ना चाहें—और फिर उसने अपनी महत्त्वाकांक्षाओं की सूची में एक अंतिम चीज जोड़ी—एक बच्चा। लेकिन अचानक उसकी देह विद्रोह कर बैठी। गीता 30 वर्ष की होने तक अपनी योजनानुसार गर्भवती होना चाहती थी। किंतु महीनों तक कोशिश करने के बाद जब उसकी बेचैनी बढ़ने लगी और कोई बात नहीं बनी, तब वह अपने डॉक्टर के पास गई, जिसने कुछ टेस्ट किए। इन टेस्ट से उसकी सबसे विकट आशंका की पुष्टि हो गई। उसने अंडाणु उत्सर्जित करना (Ovulating) बंद कर दिया था। गीता को जबरदस्त झटका लगा। उसे अपने सपनों की दुनिया तबाह होती नजर आई और उसने महसूस किया कि उसके शरीर ने उसके साथ विश्वासघात किया है।

गर्भवती न हो सकने की उसकी असमर्थता संकेत कर रही थी कि उसे इस बात का पुनर्मूल्यांकन करने की जरूरत है कि वह अपने जीवन के अनेक पहलुओं को कितनी अच्छी तरह संतुलित कर रही थी।

हमें गीता की समस्याओं को एक भिन्न दृष्टिकोण में रखकर देखना था, क्योंकि वस्तुत: वह कुछ भी गलत नहीं कर रही थी। वह अच्छा पौष्टिक भोजन ले रही थी, व्यायाम कर रही थी और स्वाभाविक रूप से देखा जाए तो वह अपने लिए एक सुंदर भविष्य खोज रही थी। दुर्भाग्य से, गर्भवती होने की परिस्थितियाँ प्राय: गर्भ-धारण के बिना एक स्वस्थ जीवन जीने की परिस्थितियों से भिन्न होती हैं। अत: हमारा पहला काम

गीता को इस स्थिति के लिए स्वयं को दोष देने और लज्जित महसूस करने की भावनाओं के बाहर निकालना था। बाँझपन की बात आने पर अनेक महिलाएँ इन भावनाओं के भँवर से गुजरती हैं, विशेषकर उस समय जब उनकी सहेलियाँ किन्हीं समस्याओं के बिना गर्भ-धारण कर रही हों और वंश को आगे बढ़ा रही हों। गीता इस शर्म को पकड़कर बैठी हुई थी। उसके मन में यह धारणा बस गई थी कि वह कुछ बुरा, कुछ गलत कर रही है कि वह बुरी है। वह अपनी खुद की योग्यता पर संदेह कर रही थी और जबकि उसका कोई कारण नहीं था किन्हीं ऐसी शारीरिक परिस्थितियों में।

हमारा अगला कदम इसका पता लगाना था, जो संभव है कि गीता के प्रयासों में बाधा डाल रही हों। हमने यह गौर किया कि गीता बहुत पतली-दुबली थी। वास्तव में, गीता का वजन अपेक्षा से कम था और पाँच फीट चार इंच एवं 100 पौंड। प्रायः बहुत कम दैहिक वसा वाली स्त्रियों का मासिक धर्म रुक जाता है और वे अंडाणु उत्सर्जित करना बंद कर देती हैं। चाहे वे लंबी दौड़ में भाग लेनेवाली श्रेष्ठ धावक हों या सुंदरता की प्रतिमूर्ति, जिन्हें मॉडलिंग के पेशे में रहने के कारण अपने शरीर को बहुत पतला व छरहरा रखना पड़ता है। वे असल में इतने पर्याप्त पोषक नहीं लेती हैं कि उनका शरीर उन सामान्य महिलाओं की तरह कार्य कर सके, जिन्हें गर्भ-धारण करने में कोई समस्या नहीं होती है। अतः हमें गीता के आहार पर ध्यान देना था।

जब हम इस विषय पर चर्चा कर रहे थे, गीता ने स्वीकार किया कि वह वजन बढ़ाना नहीं चाहती थी। उसने चुस्त-दुरुस्त रहने के लिए बड़ी मेहनत की थी और वह स्वयं को स्वस्थ एवं ताकतवर महसूस करती है। इससे एक और समस्या प्रकाश में आई, जिसका सामना हमें गीता के गर्भवती होने का उपाय खोजने में करना पड़ेगा। गर्भावस्था यह माँग करती है कि गर्भवती होने की चाह रखनेवाली स्त्री को अपनी देह के आकार एवं डील-डौल पर नियंत्रण छोड़ देना चाहिए। यदि किसी औरत को इस धारणा के साथ कोई परेशानी है तो वह अपने बढ़ते शरीर को दर्पण में देखकर भयावह ढंग से प्रतिक्रिया कर सकती है। स्वयं को ऐसी अवस्था में पाकर उसके मन में अनेक प्रकार के सनकी विचारों एवं बाध्यताओं के फूट पड़ने का सिलसिला शुरू हो सकता है और इसके कारण ऐसी स्थिति उत्पन्न हो सकती है कि वह अपने खान-पान में इस हद तक कमी कर दे कि गर्भस्थ शिशु ठीक से पनप ही न सके, शिशु के स्वास्थ्य के लिए जो हानिकारक सिद्ध हो।

इन विचारों की उलझी गुत्थी को सुलझाने के लिए, गीता ने दो रास्ते अपनाए। उसने महिलाओं की सामान्य समस्याओं से संबंधित इन स्वीकरणों के साथ अभ्यास

किया, ''मैं अपने नारीत्व में आनंदित हूँ। एक स्त्री होना मेरे लिए खुशी की बात है। मुझे अपनी देह पसंद है।'' डिंबाशय के स्वास्थ्य हेतु ''मैं अपने उत्पादक प्रवाह में संतुलित हूँ।'' मासिक धर्म संबंधी सामान्य समस्याएँ, ''मैं एक स्त्री के रूप में अपनी पूरी शक्ति को स्वीकार करती हूँ और अपने शरीर की सभी प्रक्रियाओं को सामान्य और स्वाभाविक मानती हूँ। मुझे खुद से प्यार है और मैं खुद को अच्छा समझती हूँ। अनार्तव (मैं जो हूँ, उसी में खुश हूँ। मैं जीवन की एक सुंदर अभिव्यक्ति हूँ, जो हर समय निर्मल सरिता की तरह बहती रहती है। मैं अपने आंतरिक शिशु को चाहती हूँ और उसे अपनी आँख का तारा समझती हूँ। मैं खुद से प्यार करती हूँ और अपनी अर्चना करती हूँ। मैं ही अपने जीवन में सबसे महत्त्वपूर्ण व्यक्ति हूँ। सबकुछ ठीक है और मैं सुरक्षित हूँ।''

उसने अपने चिंतातुर विचारों का मूल्यांकन करने में सहायता के लिए एक संज्ञानी व्यवहार-चिकित्सक के पास भी जाना शुरू कर दिया। दोनों ने मिलकर इस बात पर विचार किया कि वह अपना वजन नियंत्रण में रखने की सनकी प्रवृत्ति को कैसे सुधार सकती है।

उन्होंने गीता के लिए ऐसी अनोखी युक्तियाँ निकालीं, जिनके सहारे गीता फिर से अंडाणु उत्सर्जित करने के लिए आवश्यक वजन बढ़ाना बरदाश्त कर सके।

गीता ने ध्यान लगाना और अपनी दिनचर्या में कुछ सावधानी बरतना भी शामिल कर लिया। हर दिन उसने कुछ समय अलग रखकर वास्तव में अपने चारों ओर के घटना-चक्र पर ही ध्यान केंद्रित करने का प्रयास किया, न कि अपने किए जानेवाले कार्यों की सूची या भावी क्रिया-कलापों पर। उसने जिन कार्यों को करने की जिम्मेदारी खुद सँभाल रखी थी, उनमें से कुछ कार्य उसने अपने जीवन में दूसरे लोगों को सौंपने का भी निश्चय कर लिया। अपने विचारों एवं व्यवहार और अपने आहार में परिवर्तन करने के बाद गीता गर्भ-धारण करने योग्य हो गई और फिर कुछ समय के उपरांत उसने एक स्वस्थ व सुंदर पुत्र को जन्म दिया।

निचली पीठ में दर्द और कूल्हे का दर्द (Lower back pain & Hip pain)

जिन लोगों को निचली पीठ में दर्द और कूल्हे में दर्द की शिकायत रहती है, वे रुपए-पैसे और प्यार-मुहब्बत की बात आने पर असुरक्षित महसूस करते हैं। हालाँकि सामान्यत: उन्हें अपने परिवारों का सदैव अडिग सहारा एवं समर्थन प्राप्त रहता है, फिर भी वित्त-प्रबंध एवं रिश्तों को सँभालने में उन्हें कठिनाइयों का सामना करना पड़ता है, चाहे वे कुछ भी करते हों। उनका अपने आस-पास के लोगों की क्षमता या इरादों में विश्वास न होना इसका आंशिक कारण हो सकता है। उन लोगों की प्रवृत्ति ऐसी होती

है कि जिस काम में वे शामिल रहते हैं, उसके विफल हो जाने पर वे यह कभी नहीं सोचते कि इस विफलता में कुछ उनका अपना भी योगदान है। इसके विपरीत, वे हर उस आदमी पर उँगली उठाते हैं, जो उस कार्य में शामिल था। एक वित्तीय संकट के बाद जब दूसरा वित्तीय संकट सामने आ खड़ा होता है और एक-एक कर रिश्ते टूटने लगते हैं, उस दशा में ये लोग अधिकार जब्त कर लेते हैं, ताकि उन्हें लगे कि उनका नियंत्रण है। संबंधों को लेकर और रुपए-पैसे के लेन-देन में मिल-जुलकर निर्णय लेने की बात को हवा में उड़ा दिया जाता है, क्योंकि ये लोग दूसरे लोगों के विचारों एवं दृष्टिकोण को सुनना-समझना बंद कर देते हैं। लगातार निराशा हाथ लगने की प्रतिक्रिया-स्वरूप ये लोग अंततः खुद को नितांत अकेला व असहाय महसूस करने लगते हैं और आगे बढ़ने में असमर्थता व्यक्त करते हैं।

यदि आपको निचले पृष्ठ-शूल की समस्या है और आप इन नकारात्मक विचारों एवं व्यवहार से परिचय रखते हैं तो आपको समझना होगा कि आपकी क्या अपेक्षा है और आप उसे किस तरह प्राप्त कर सकते हैं। यदि आप स्वस्थ होने की अपेक्षा रखते हैं तो दर्द से मुक्ति पाएँ और शक्तिशाली तथा समर्थित महसूस करें। आप इस स्वीकरण का प्रयोग करके नकारात्मक विचारों के प्रभाव को उलट सकते हैं, ''मैं जीवन की प्रक्रिया में विश्वास करता हूँ। मैं केवल इतना चाहता हूँ कि हमेशा मेरा ध्यान रखा जाए। मैं सुरक्षित हूँ।''

विशिष्ट स्वीकरणों की मदद से हम उपचार के अगले स्तर तक पहुँच सकते हैं। लोअर बैक और साइटिक पेन (निचली पीठ और कूल्हे का दर्द) धन संबंधी आशंका से सरोकार रखता है और कूल्हे के दर्द की समस्या आगे बढ़ने के बारे में आशंका की ओर संकेत करती है। यदि आपको निचले पृष्ठ-शूल या कूल्हे के दर्द की शिकायत रहती है तो आपके लिए न केवल अपनी विचार-शैली को समझना जरूरी है, बल्कि स्वीकरणों का अभ्यास करना भी आवश्यक है। अतः मिसाल के तौर पर, यदि आपके लिए कूल्हे का दर्द समस्या बना हुआ है, जिसे बड़े एवं महत्त्वपूर्ण निर्णय करने में भय एवं आशंका से संबद्ध माना जाता है तो आप इस स्वीकरण का प्रयोग करें, ''मैं पूर्णतया संतुलन में हूँ। मैं जीवन में प्रत्येक अवस्था में सहजता से आगे बढ़ता हूँ और खुश रहता हूँ। यदि आपको कूल्हे और जाँघ का वातरोग (साइएटिक)है, जो अत्यधिक आत्म-निंदक होने तथा भविष्य के बारे में चिंता करने से उत्पन्न होता है तो आपको इस स्वीकरण का मनन करना होगा, ''मैं अपने बृहत्तर ध्येय की पूर्ति में प्रयत्नरत हूँ। मेरी भलाई सर्वत्र है और मैं सुरक्षित हूँ।''

जैसा कि शरीर के प्रत्येक भाग के स्वास्थ्य के लिए आवश्यक है, यहाँ महत्त्वपूर्ण

बात है संतुलन पर ध्यान देना। यदि आपको निचली पीठ या कूल्हे में दर्द की समस्या रहती है तो अब आपको न केवल अपने साथ, बल्कि आपके आस-पास के लोगों के साथ भी अपने संबंध पर ध्यान देने की आवश्यकता है। ईमानदारी से अपने जीवन का मूल्यांकन करें और कुछ परिवर्तन लाने का प्रयास करें। क्या आपको अपने परिवार से सहारा मिलता है, जो कहीं और आपको नहीं मिल रहा है? आपको जहाँ से भी संबल या सहारा मिल रहा है, उस पर ध्यान दें और उस सच को खुलकर स्वीकार करें तथा उसके लिए कृतज्ञता प्रकट करें। कुछ भी गलत हो जाने पर क्या आप हमेशा दूसरों को दोष देते हैं? पूरी तसवीर को साफ-साफ देखने की कोशिश करें और पता लगाएँ कि कहीं आप कुछ ऐसा तो नहीं कर रहे हैं, जिससे समस्या बढ़ रही है? वित्त-प्रबंध की बात आने पर क्या आपको ऐसा लगता है कि आप नियंत्रण के बाहर हैं? किसी भी वित्तीय तबाही पर नजदीक से निगाह डालें और देखें कि स्थिति कहाँ से बिगड़ी।

आपका लक्ष्य दुनिया के बारे में एक नया दृष्टिकोण अपनाना है। आपके रिश्तों और रुपए-पैसे के मामले में कहाँ क्या गलत हो रहा है, उसके बारे में सही-सही स्थिति का पता लगाने के लिए दोनों की वास्तविकता को एक बड़े आईने में देखने की जरूरत है और यह करने के लिए आपको अपनी भावनाओं को वश में करना होगा, उनको समझना होगा और उन पर ध्यान देना होगा।

ध्यान-योग और मनोयोग के जरिए आप अपने जीवन को पुनः संतुलित कर सकते हैं। जिन लोगों को प्रजनन संबंधी समस्याओं का बार-बार सामना करना पड़ता है, उन्हें रफ्तार धीमी करने और दुनिया में सुंदरता को देखने-समझने के लिए इन अभ्यासों का प्रयोग करना चाहिए। अगर आपको निचली पीठ और कूल्हे का दर्द सताता है तो उससे निपटने की खातिर आपको अपनी भावनाओं को काबू में रखने की जरूरत है। ध्यान-योग जिस समय आप अपनी भावनाओं को अनुभव कर रहे होते हैं, आपको उनका अवलोकन करने और वर्णन करने की सीख देता है, न कि उनके बारे में कोई धारणा बनाने की। आपको इस बात का ज्ञान हो जाएगा कि भावनाएँ वास्तविकता नहीं हैं, जिसका तात्पर्य है कि आपके ऊपर उनका बहुत अधिक प्रभाव नहीं होगा। अंततः मनोयोग और ध्यान-साधना का अभ्यास करके आप अपनी भावनाओं से इस प्रकार वियुक्त अर्थात् अलग हो सकेंगे कि आप इस संसार और आपके जीवन में महत्त्व रखनेवाले लोगों के बारे में एक अधिक स्वस्थ दृष्टिकोण अपना सकें। आप इस योग्य हो जाएँगे कि लोगों के साथ अधिक सम्मानपूर्वक तथा उद्देश्यपूर्ण ढंग से विचार-विनिमय कर सकें और अंततः वित्त-प्रबंध एवं संबंधों को अधिक सुदृढ़ कर सकें।

निचली पीठ और कूल्हे की पीड़ा को ठीक करने की जब बात आए तो आप इस दिशा में एक और महत्त्वपूर्ण कदम यह उठा सकते हैं कि कुछ समय अपने परिवार से बाहर के लोगों या सीधे मित्र-मंडली के साथ बिताने के लिए अलग रख दें। अपने समर्थन का दायरा बढ़ाएँ। सप्ताह में कुछ घंटों के लिए ही सही, बाहर निकलें और जीवन को एक भिन्न दृष्टिकोण से देखें व महसूस करें। आप किसी लाभ-निरपेक्ष संगठन में स्वैच्छिक कार्यकर्ता की हैसियत से काम कर सकते हैं। इस ग्रुप को आप अपनी सेवाएँ एक नायक और एक टीम के सदस्य के रूप में भी अर्पित कर सकते हैं। इससे आपको अपने विचारों को दूसरों के विचारों के साथ संतुलित करना आ जाएगा।

स्वीकरणों को अपनाकर एक अधिक सकारात्मक मनोदशा और व्यवहार में कुछ परिवर्तनों के साथ वित्तीय और भावनात्मक रूप से एक लाभप्रद एवं सार्थक जीवन व्यतीत करना संभव है।

क्लिनिक फाइलों से : निचली पीठ और कूल्हे के दर्द के रोगी का वर्णन एवं विश्लेषण

हेलेन उस समय हमारे पास आई, जब उसने अपनी उम्र के पाँचवें दशक में कदम रखा ही था। उसके परिवार के समझाने पर वह हमारे क्लिनिक में आई थी। वह एक पराविधिक (Paralegal) के रूप में काम करती थी। उसके दो बड़े स्वस्थ व सुंदर बच्चे थे, जिन्हें वह बहुत प्यार करती थी। उसने दो विवाह किए थे और दोनों का अंत तलाक में हुआ, जब उससे विवाह करनेवाले दोनों आदमी जवान औरतों के पीछे उसे छोड़कर चले गए। तलाकों के उपरांत उसने खुद को बहुत अकेला और भारी वित्तीय कर्ज में डूबा हुआ पाया।

हेलेन ने प्यार की तलाश में फिर से अपने जीवन को पटरी पर लाने की भरसक कोशिश की, लेकिन कोई भी आदमी उसके उच्च्च स्तरीय रहन-सहन एवं पसंद से मेल नहीं खाता था। जब उसने देखा कि एक-एक कर उसकी सभी सहेलियों ने अपना-अपना जीवन साथी खोज लिया है, हेलेन को घबराहट होने लगी। वह इस सोच में डूब गई कि उसके अंदर क्या खराबी है? इस बहुत ही बुनियादी स्तर पर वह सफल क्यों नहीं हो सकी?

हेलेन नैराश्य में चली गई और एक दिन जब उसकी आँख खुली तो वह निचली पीठ और कूल्हे में दर्द के मारे ठीक से उठ भी नहीं पा रही थी। उसके लिए कंप्यूटर के सामने बैठना या दो-चार कदम से अधिक चलना भी दूभर हो गया। एक ऑर्थोपेडिक सर्जन (हड्डी रोग चिकित्सक) ने उसका एम.आर.आई. कराया, जिससे पता चला

कि निचली डिस्क में हलकी सी सूजन आ गई है। यह कोई ऐसी गंभीर बात नहीं थी, जिसके कारण इस प्रकार की अक्षमता आए।

मैंने जब हेलेन से बात की, उस समय वह बहुत दर्द में थी और अत्यंत निराश थी, विशेषकर इस बात से कि उसके सर्जन से इतना भी नहीं हुआ कि एक डिस्क निकाल देता या कोई फैंसी फ्यूजन सर्जरी कर देता, ताकि उसे इस तकलीफ से आराम तो मिल जाता।

निचली पीठ का दर्द किस कारण से होता है ? आमतौर पर यह बहुत अधिक भार उठाने-रखने, गलत ढंग से चलने-फिरने या चोट के कारण निचली पीठ की रीढ़ के बीच मांसपेशियों, अस्थि-बंधनों तथा जोड़ों के अत्यधिक उपयोग या दुरुपयोग से होता है। बार-बार अंग विक्षेप, अर्थात् शरीर की मुद्रा में परिवर्तन करने से रीढ़ की हड्डियों के बीच कोमल गद्दे सरीखा तोशक, जिसे 'डिस्क' कहा जाता है, अपने स्वाभाविक स्थान से बाहर हो जाता है या खिसक जाता है। अधिक कंपन के कारण और आसन्न पृष्ठ पेशियों से सहारा न मिलने पर रीढ़ की हड्डियों, पृष्ठक जोड़ों (Facet Joints) के बीच के जोड़ों में सूजन आ जाती है। यह सूजन अस्थिल गठिया खंडों में बदल जाती है, जो नसों को दबाते हैं, जिसकी वजह से निचली पीठ एवं टाँगों की मांसपेशियाँ जकड़ने लगती हैं, कमजोर हो जाती हैं और सुन्न पड़ जाती हैं।

दुर्भाग्यवश निचली पीठ के दर्द की समस्या कई दूसरे कारणों से गंभीर रूप ले सकती है। उदासी, तंत्रिकाणु पोरषकों (न्यूरोट्रांस्मिटर्स) में अपने सहगामी परिवर्तनों के साथ दर्द को और भी बदतर कर सकती है। इसी प्रकार पार्श्व-कुब्जता, जो मेरुदंड की एक 'पार्श्विक वक्रता' कहलाती है या स्पॉण्डिलोथिसिस (Spondylothesis) एक ऐसी स्थिति, जिसमें रीढ़ की हड्डी आगे सरक जाती है, भी समस्या को बहुत बिगाड़ने का कारण बन सकती है। यदि रजोनिवृत्ति के आस-पास एस्ट्रॉजेन (Estrogen) और प्रोजेस्टॅरोन (Progestrone) का स्तर गिर रहा हो तो न्यूरोट्रांसमिटर से रॉटनिन (Estrogen) और Gaba (Progestrone) में परिणामी परिवर्तन पीड़ा तथा ऐंठन को तीव्र कर सकते हैं।

हेलेन को जब एक बार यह बात समझ में आ गई कि उसे किन-किन कारणों से लोअर बैक पेन होता है, तब उसके लिए अपनी इस समस्या का सामना करने के उद्देश्य से एक उपचारक दल के साथ एक सम्मिलित प्रयास करना आसान हो गया। उसने अपनी दिनचर्या में कुछ अधिक सक्रियता लाने के लिए एक उपाय निकाल लिया। उसने अपने ऑफिस के लिए एक बढ़िया सी गद्देदार कुरसी खरीदी, जिसके साथ एक आसानी भी थी और इस कुरसी पर वह एक घंटे में कई बार बैठती-उठती, ताकि उसकी निचली पीठ लचीली रहे और गठिया का असर कम हो। फिर उसने मन पर दबाव और विषाद

को दूर करने के लिए बड़े उत्साह से आवश्यक उपचार किया। हेलेन के इन प्रयासों से उसके पीठ दर्द और खिन्नता में तो जरूर कुछ कमी हुई, फिर भी उसकी मनोदशा तथा पीठ की हालत बुरी बनी रही। इस तथ्य के बावजूद कि उसका तन-मन औषध प्रयोग के प्रति कुछ विरोध व्यक्त करता था, उसने वेलब्यूट्रिन (Wellbutrin) का प्रयोग किया और खुशी महसूस की, जब उसने पीठ दर्द और अपने मिजाज में काफी सुधार पाया।

अब पहले से कहीं अधिक शक्ति एवं स्फूर्ति के साथ हेलेन ने व्यायाम के लिए जिम जाना शुरू कर दिया; लेकिन हमने इस बात का पूरा ध्यान रखा कि वह जो भी कसरत या व्यायाम करे, किसी विशेषज्ञ की देख-रेख में करे। वह अपनी रीढ़ की मांसपेशियों को पुन: दुरुस्त करना चाहती थी। समय-समय पर वह अपने त्रिकास्थिक क्षेत्र (Sacral area) को सुन्न करने के लिए बॉओफ्रीज (Biofreaze) क्रीम का प्रयोग कर लेती थी, ताकि व्यायाम करने में तकलीफ न हो। एक्युपंक्चर और कीगांग से भी दर्द में राहत मिली। अंत में हेलेन ने यमुना ब्रॉडी रोलिंग नामक एक तंत्रिका पेशीय उपचार लिया, जिसमें खरबूजे के आकार की एक छोटी गेंद का प्रयोग निचली पीठ की पेशियों के नजदीक शिराओं की जकड़न व ऐंठन को रोकने के लिए किया जाता है।

उसके पीठ दर्द के अन्य संभव कारणों के बारे में विचार करते हुए भान हुआ कि उसके जूतों का उसकी समस्या में योगदान हो सकता है। वह सस्ते जूते पहने हुए थी, जिनके अंदर पैरों को आराम से दबाए रखने के लिए कोई गद्दीदार लाइनिंग नहीं थी। अत: हमने उसे अच्छे किस्म के जूते फिटफ्लॉप्स (Fitflotrs) नाइके शॉक्स (Nike shox) और ऐसिक्स जेल (Asics Gel) पहनने के लिए कहा, जिनमें पाँव को आराम देने के लिए अच्छी गद्दी (पैडिंग) होती है।

समय के चलते व्यायाम और शारीरिक उपचार की मदद से हेलेन ने गौर किया कि 10 पौंड वजन घट जाने से भी उसकी निचली पीठ (रीढ़ की निचली हड्डी) पर दबाव बहुत कम हो गया है। सर्जन कहते हैं कि प्रत्येक 10 पौंड वजन बढ़ने पर हमारे जोड़ों पर 40 पौंड का दबाव बढ़ जाता है। हेलेन ने अपने चिकित्सक दल के सुझावों का पालन किया और कुल 25 पौंड वजन घटाया, जिसके फलस्वरूप उसे आश्चर्यजनक लाभ हुआ। उसके चिकित्सा द्वारा इस स्थिति को बिल्कुल सही एवं सुरक्षित बताए जाने पर हेलेन ने नियमित योगाभ्यास शुरू कर दिया, जिससे उसे अपनी रीढ़ को लचीला तथा मजबूत बनाए रखने में बहुत मदद मिली।

हमने उसके साथ विस्तार से बातचीत करके विशेषकर यह पता लगाने का प्रयास किया कि उसके व्यवहार और उसकी विचार-शैली में किन परिवर्तनों से उसे लाभ हो सकता है और उसी सिलसिले में हमने उसे ऐसे सभी संभव कारणों की सूची बनाने के

लिए कहा, जो उसे लगता है कि उसकी समस्या के लिए जिम्मेदार हो सकते हैं और उसकी निचली पीठ के दर्द को बढ़ाते हैं तथा साथ में उन-उन कारणों के आगे निशान लगा देने का भी सुझाव दिया, जो वह मानती है कि उस पर लागू होते हैं। हम आनुवंशिक विरासत या आयु जैसी चीजों को तो बदल नहीं सकते थे, अतः हमने उसकी दैनिक गतिविधियों तथा उसकी आदतों पर ही पूरा ध्यान दिया।

हमने उसे धूम्रपान छोड़ने तथा अपनी उदासी एवं खिन्नता पर नजर रखने की आवश्यकता पर भी उससे चर्चा की। उसने अपने चर्च में स्वेच्छा से काम करने का इरादा व्यक्त किया, न केवल एक युवा समूह के मुखिया की हैसियत से, बल्कि सूप किचन में एक सहायक के रूप में भी। उसने अपने जीवन में अनेक अस्त-व्यस्त स्थितियों को परिप्रेक्ष्य में लाने के उद्देश्य से एक पत्रिका भी शुरू की। उसकी समस्या के मूल में जो धारणाएँ थीं और जो उसकी बीमारी का कारण बनी हुई थीं, उनकी तरफ ध्यान देने के लिए उसने पीठ और कूल्हे से संबंधित विभिन्न समस्याओं के लिए स्वीकरणों का प्रयोग करना आरंभ कर दिया। उसने पीठ के सामान्य स्वास्थ्य पर ध्यान केंद्रित किया (मैं जानती हूँ कि जीवन सदैव मुझे संबल देता है)। निचली पीठ के दर्द की समस्या मैं जीवन की प्रक्रिया में विश्वास करती हूँ। मैं बस, यही चाहती हूँ कि मेरी हमेशा देखभाल की जाए। मैं सुरक्षित हूँ। कूल्हे का सामान्य स्वास्थ्य हिप-हिप हुर्रे—हर दिन आनंद से भरा है। मैं संतुलित और मुक्त हूँ, कूल्हे की समस्याएँ—मैं संपूर्ण संतुलन में हूँ। (मैं जीवन में हर अवस्था में सहजता और खुशी से आगे बढ़ती हूँ) और खिसकी हुई डिस्क (जीवन मेरे सभी विचारों का समर्थन करता है, अतः मुझे खुद से प्यार है और मैं खुद को अच्छा समझती हूँ। सब कुशल है)।

हेलेन ने इन सभी पद्धतियों के साथ अभ्यास किया और फिर वह अपनी जिंदगी को एक अद्भुत नमनीय तथा पीड़ा-युक्त स्थान पर लाने में सफल हुई।

द्वितीय भावनात्मक केंद्र में सबकुछ ठीक है।

लोग मूत्राशय संबंधी समस्याओं, प्रजनन संबंधी समस्याओं और निचली रीढ़ की हड्डी तथा कूल्हे के दर्द को नशीली दवाओं से बरदाश्त करने की कोशिश करते हैं या अपने शरीर की शल्य-चिकित्सा अर्थात् सर्जरी कराते हैं। कुछ अत्यधिक गंभीर मामलों में यह विकल्प अत्यधिक समझदारी भरा निर्णय हो सकता है। लेकिन अधिक पुरानी बीमारियों तथा विक्रिया के साथ आपको अन्य उपचारों को खोजने की आवश्यकता हो सकती है।

इस अध्याय में हमने ऐसे अनेक उपायों की छानबीन की है, जिनके जरिए आप

ओषधि, अपने शरीर के अंतर्ज्ञान और स्वीकरणों का संयुक्त रूप से उपयोग करके द्वितीय भावनात्मक केंद्र में स्वास्थ्य का निर्माण कर सकते हैं।

जब आप आपके शरीर द्वारा आपको भेजे जा रहे संदेशों को पहचानना और जाँचना सीख लेंगे, आप सच में स्वस्थ होने के रास्ते पर चल पड़ेंगे। धन और प्यार के रिश्तों के प्रति अपना ध्यान संतुलित करके आप उन दबावों एवं तनावों को दूर कर सकते हैं, जो स्वास्थ्य के इस क्षेत्र को बिगाड़ते हैं, गंभीर बनाते हैं। लैंगिक पहचान, वित्तीय क्षमता और प्यार तथा रिश्तों के संबंध रखनेवाले नकारात्मक विचारों तथा व्यवहार को समझें व स्वीकार करें। फिर इन क्षेत्रों में नकारात्मक विचारों का प्रतिकार करने के लिए लुइस के स्वीकरणों का प्रयोग करें और इन वाक्यों पर समाधि चिंतन करके नई विचार-शैली एवं व्यवहार की स्थापना करें—''मैं समझता हूँ कि जीवन मुझे सदैव सहारा देता है और मेरी रखवाली करता है और मैं प्यारा हूँ और प्यार पा रहा हूँ।''

आप प्यार के योग्य हैं। सब कुशल है।

❑

6

एक नया नजरिया

तृतीय भावनात्मक केंद्र : पाचन-तंत्र, वजन, अधिवृक्क ग्रंथियाँ (drenal glands) अग्न्याशय (Pancreas) और व्यसन

कोई व्यक्ति अपने बारे में क्या सोचता है और वे दूसरों के प्रति जिम्मेदारियों को कैसे पूरा करते हैं, ये सभी बातें तृतीय भावनात्मक केंद्र में स्वास्थ्य से संबंध रखती हैं। इस अध्याय में हम आपके तृतीय भावनात्मक केंद्र के अनेक पहलुओं की जाँच करेंगे। कुछ चर्चा अंग विशेष पर केंद्रित रहेगी, जैसे कि पाचन-तंत्र के अंग और अधिवृक्क ग्रंथियों एवं अग्न्याशय, जो दोनों शर्करा एवं महत्त्वपूर्ण हार्मोंस को नियंत्रित करते हैं और गुर्दे, जो शरीर में रसायन को नियंत्रण में रखते हैं। हम और व्यापक विषयों पर भी चर्चा करेंगे, जैसे कि वजन और व्यसन से संबंधित समस्याएँ। जैसा कि अन्य भावनात्मक केंद्रों में होता है, आप जिस रोग का अनुभव करते हैं, वह रोग इस पर निर्भर करता है कि उसके मूल में कौन सी विचार-शैली या व्यवहार जड़ जमाए बैठा है।

तृतीय भावनात्मक केंद्र की स्वास्थ्य संबंधी समस्याओं से ग्रस्त लोगों को सामान्यत: चार श्रेणियों में रखा जाता है; वे लोग, जो पूरी तरह दूसरों की आवश्यकताओं पर फोकस करते हुए अपनी व्याख्या करते हैं। वे, जो आजीविका (Career) और जमीन-जायदाद एवं धन-संपत्ति की ओर देखते हुए अपने अस्तित्व को महत्त्व देते हैं; वे, जो अहम की सारी धारणा का त्याग कर देते हैं और सहारे के लिए उच्चतर सत्ता की ओर देखते हैं और वे, जो अच्छा अनुभव करने की अन्यमनस्कता के कारण खुद को नजर भर देखने से बचते हैं। ये विविध प्रकार के लोग पाचन-तंत्र के स्वास्थ्य और वजन तथा व्यसन की बात आने पर भिन्न-भिन्न तरह से प्रभावित होते हैं। आगे चलकर बात और अधिक स्पष्ट होती चली जाएगी, जब हम तृतीय भावनात्मक केंद्र के वास्तविक दैहिक अंगों तथा हर अंग से जुड़ी बीमारियों की चर्चा करेंगे।

आपके जीवन के इन क्षेत्रों में स्वास्थ्य के लिए एक दमदार आत्मबोध विकसित करना अत्यावश्यक है। यदि आप अपने आत्म-सम्मान पर ध्यान नहीं देते हैं और दूसरों को खुश करने की चिंता में बहुत अधिक समय बिताने तथा स्वयं को उत्साहित करने के लिए समय व्यतीत करने के बीच एक संतुलन नहीं खोज पाते हैं तो आपको मितली, जलन, अल्सर, कब्जियत, दस्त लगना, वृहदांत्र शोथ (कॅलाइटिस) या गुर्दों से जुड़ी समस्याएँ उत्पन्न हो सकती हैं। आप अपने वजन, शारीरिक छवि या व्यसन को लेकर संघर्ष कर सकते हैं। स्वास्थ्य संबंधी ये समस्याएँ आपके शरीर से आ रहे संदेश हैं, जो आपको बता रहे हैं कि आप जो कर रहे हैं, वह काम नहीं कर रहा है।

तृतीय भावनात्मक केंद्र : स्वीकरण तथा विज्ञान

लुइस के स्वीकरण सिद्धांत के अनुसार पाचन क्षेत्र, जिगर, पित्ताशय और गुर्दों के स्वास्थ्य को भय उत्पन्न करनेवाली विचार-शैली से संबद्ध माना जाता है। आँतों को मरोड़ डालनेवाली चिंता, जो आप अनुभव करते हैं, विशेषकर उन स्थितियों में जहाँ आप अपर्याप्त या अत्यधिक बोझ से दबा महसूस करते हैं। मिसाल के तौर पर, पाचन क्षेत्र की समस्याओं को सामान्यतः नई चीजों और अनुभवों के भय से संबद्ध किया जाता है। अधिक स्पष्ट शब्दों में कहा जाए तो स्तब्ध वृहदांत्र (स्पॉस्टिक कोलन) रोगियों को असुरक्षा का भय सता सकता है। वृहदांत्र-शोथ का संबंध अतीत का पल्लू टूट जाने के भय से जुड़ा होता है, जबकि कोलन की समस्याएँ सामान्यतः अतीत को पकड़कर रखने से जुड़ी होती हैं।

वजन संबंधी समस्याओं से जुड़ी नकारात्मक विचार-शैली संरक्षण की आवश्यकता से संबंध रखती है। व्यसन आमतौर पर उन भावनाओं का दावा पिलाने का एक तरीका है, जिन्हें आपको सँभालना नहीं आता है। लुइस इसे अपने आप से दूर भागना कहती हैं।

अंततः रक्त शर्करा के साथ चयापचयी (मेटाबॉलिक) समस्याएँ जिम्मेदारी और जीवन के बोझ से संबंध रखती हैं। अति शर्करा रुधिरता (Hypoglycemia) को जीवन के भार से दबे होने का 'फायदा क्या है' जैसी निराशाजनक सोच के साथ जोड़ा जाता है।

तृतीय भावनात्मक केंद्र का स्वास्थ्य व्यक्ति की आत्म-सम्मान की मजबूत भावना से जुड़ा होता है। वह जिम्मेदारियों को सँभालने की सामर्थ्य रखता है और जिम्मेदारियों से बचने के लिए वह किसी लत या व्यसन का सहारा नहीं लेता है। हमारे जठरांत्रीय क्षेत्र (Gastrointestinal tract) वजन और दैहिक छवि का स्वास्थ्य हमारी इस क्षमता पर निर्भर करता है कि हम काम और जिम्मेदारी के साथ अपने संबंध किस हद तक स्वस्थ रख सकते हैं।

तो चलो, देखते हैं कि तृतीय भावनात्मक केंद्र के विकारों के उपचार के प्रति इस प्रकार के दृष्टिकोण की लार-ग्रसता के बारे में विज्ञान क्या कहता है।

बड़े पैमाने पर किए गए एक अनुसंधान से पता चलता है कि नकारात्मक भावनाएँ, भय, खिन्नता या क्रोध हमारे आमाशय के स्तर को चिड़चिड़ा या उत्तेजित कर सकती हैं; जबकि प्रेम और आनंद की भावना इसे शांत कर सकती है। असल में हम जितना अधिक इन नकारात्मक भावनाओं का अनुभव करते हैं, उतना ही अधिक हमें पाचन संबंधी समस्याओं, जैसे कि जी.ई.आर.डी. (Gastroesap Zageal Reflux Desease), अल्सर और अतिसंवेदनशील आंत्र संलक्षण आदि विकारों में उलझने का खतरा बढ़ जाता है।

अल्सर का ही उदाहरण ले लें। वैज्ञानिकों के अनुसार, अल्सर हेलियोबैक्टर पाइलॉरि (Heliobacter plori) नामक एक जीवाणु की अतिवृद्धि के कारण बनता है। यह जीवाणु उदर में सहज ही उत्पन्न हो जाता है। इस जीवाणु की अतिशय वृद्धि प्राय: अत्यधिक चिंतातुर, शंकालु किस्म के लोगों में देखी जाती है। यह उनके पाचन क्षेत्र में अतिरंजित प्रतिरक्षक तंत्र की प्रतिक्रिया का परिणाम हो सकता है, जो उनके उदर और आमाशय के स्तर (Asics) को जीवाणुओं को प्रवेश करने और फैलने के अधिक अनुकूल बना देता है। तनाव और चिंता उत्पन्न होने के कई कारण हो सकते हैं, लेकिन अत्यधिक स्पर्धात्मक वातावरण में यह विशेष रूप से व्याप्त रहती है। अध्ययनों से प्रकाश में आया है कि जिन लोगों को नित्य प्रति बहुत अधिक तनाव से गुजरना पड़ता है, उनके अंदर अल्सर बनने की आशंका बहुत बढ़ जाती है। यही स्थिति पशुओं में देखी जा सकती है। अध्ययनों में पाया गया कि जब कुतरनेवाले जंतुओं, मूषकों आदि, को ऐसे हालात में रखा जाता है, जहाँ उन्हें साथियों और साधन स्रोतों से निरंतर प्रतिस्पर्धा करनी पड़ती है, तो उन्हें पाचन और अल्सर की समस्या हो जाती है।

पूर्णतावाद का भी आमाशय एवं आँत की समस्याओं से निकट का संबंध है। व्यक्तित्व का यह गुण पूर्णतया सफल न होने का निरंतर एहसास कराता रहता है और आत्मविश्वास कम कर देता है। अध्ययनों से पता चला है कि हर समय अपनी योग्यता को महत्त्व देना एक प्रकार का विकार है, जो दैहिक द्रव के रक्त-स्तर में गिरावट का कारण बन जाता है। यह दैविक द्रव (Somatostation) एक हार्मोन है, जो दूसरे कई प्रकार के हार्मोन बनने में रुकावट पैदा करता है। यदि हार्मोन संतुलन के बाहर हो जाते हैं तो आमाशय व आँतें ठीक से काम नहीं करती हैं। इसके कारण अल्सर बन सकते हैं और आँतों का बरताव चिड़चिड़ा हो सकता है। आँतों की एक पुरानी प्रदाहक बीमारी, व्रणकारी वृहदांत्र शोथ (Ulcerative colitil) को भी कुछ लोगों में पूर्णता के अभाव से संबद्ध किया जाता है।

जो लोग तनावपूर्ण परिस्थितियों से बच निकलने में निराश और बेबस महसूस करते हैं, उनके रक्त में तनाव पैदा करनेवाले हार्मोन बहुत अधिक होते हैं और यह दशा आगे चलकर उनके लिए पाचन संबंधी समस्याएँ खड़ी करने का कारण बन जाती है। इसका एक उदाहरण उन अध्ययनों में देखा जा सकता है, जिनके निष्कर्ष यह सिद्ध करते हैं कि जिस घर में शारीरिक अत्याचार होता है या हर समय कलह-क्लेश होता रहता है, उस घर में पले-बढ़े बच्चों में वयस्क होने पर अल्सर पनपने या खान-पान संबंधी विकार उत्पन्न होने की आशंका बहुत बढ़ जाती है।

तनाव के कारण मोटापे की समस्या उत्पन्न हो सकती है। अध्ययनों से यह बात सामने आई है कि तनावपूर्ण भावनाएँ व्यक्ति की पाचन-क्रिया या खाना पचाने की शक्ति को प्रभावित करती है। जब हम प्रतीयमानतः प्रतिकूल परिस्थितियों के अंतर्गत स्पर्धामूलक वातावरण में संघर्ष कर रहे होते हैं, तब हमें भी ज्यादा मात्रा में खाने और बार-बार खाने की आदत पड़ जाती है, जिसके फलस्वरूप अकसर हमारा वजन बढ़ने लगता है। किसी तनावपूर्ण दिन में काम के दौरान कौन नाश्ता और लंच का त्याग नहीं कर देता है और फिर रात का भोजन पूरी तृप्ति के साथ नहीं करता है ? दुर्भाग्य से पतला-दुबला होने के उद्देश्य से अपनाया गया खान-पान का यह तरीका वास्तव में आपकी कमर पतली नहीं करता है। इसका असर बिल्कुल उलटा होता है, उदर में चरबी बढ़ जाती है और आप तोंदल हो जाते हैं।

हम जिस चरम अवस्था में जीते हैं, उस जीवन से जुड़ी समस्याएँ तथा बढ़ी हुई जिम्मेदारी की चिंता शर्करा ध्वस्त करने के हमारे ढंग को प्रभावित करती है और यह स्थिति मधुमेह (Diabetes) के रोग को न्यौता देने का कारण बन सकती है। भावनात्मक तनाव से रक्त में जलन और कॉर्टिसोल का स्तर बढ़ जाता है, जिससे मधुमेह-नाशक अर्थात् इंसुलिन में वृद्धि हो जाती है और इसका नतीजा यह होता है कि आप जो खाते हैं, उसका अधिकांश भाग आप वसा के रूप में जमा कर लेते हैं। अनुसंधानकर्ताओं ने देखा है कि दबाव और चिंता से ग्रस्त लोगों को विच्छिन्न तंत्रिका पेपटाइड्स अल्सर (Neuropeptides) हो सकता है, जो भावना और पाचन दोनों को प्रभावित करता है। अतः समझनेवाली बात यह है कि जो स्वीकरण आपके सोचने के तरीके को सुधार सकते हैं, वे आपकी कमर को भी स्वस्थ कर सकते हैं।

अनेक अध्ययन इस बात की तस्दीक करते हैं कि व्यसन और अपनी योग्यता एवं आत्म-सम्मान को कम आँकने की भावना के बीच संबंध है। अनुसंधान से बार-बार यह बात सामने आई है कि लोग चिंता, उदासीनता, क्रोध या अपर्याप्तता की भावनाओं को ढँकने के लिए अधिक खाने लगते हैं, धूम्रपान करते हैं, बहुत अधिक मदिरापान

करते हैं तथा पलायनवाद के दूसरे तरीकों का आश्रय लेने लगते हैं और इस तरह वे उन जिम्मेदारियों से भी बचना चाहते हैं, जिन्हें वे सँभाल नहीं सकते। ये केवल मार्ग से भटकानेवाली चालें हैं और लोग इनका इस्तेमाल करने में चतुराई समझते हैं। शराब एक चिंता-निवारक नशीली दवा है, जिसका प्रयोग बहुत लोग स्वयं को सुन्न करने और अपनी सही पहचान का सामना करने से बचने के लिए करते हैं। यद्यपि यह स्वास्थ्य के लिए हानिकर होती है, किंतु निकोटीन ऐसी चीज है, जो क्रोध, बेचैनी और चिड़चिड़ेपने से निपटने में लोगों की मदद कर सकती है। बताया गया है कि यह थोड़ी देर के लिए हमें खुश और तनाव-मुक्त कर देती है। यह बात कुछ खाद्य पदार्थों, विशेषकर शर्करा वर्गीय (अर्थात् कार्बोहाइड्रेट्स) और चॉकलेट के संदर्भ में भी इतनी ही सच है।

अपने आप में पक्का विश्वास तृतीय भावनात्मक केंद्र जिसे फोकस में रखता है, एक साथ दो तीर चलाता है, एक तरफ तो यह तनाव, निराशा और बेबसी की भावनाओं से दूर रहने में मदद करता है और दूसरी ओर पाचन, मोटापा एवं व्यसन संबंधी समस्याओं को उकसानेवाली इन भावनाओं का सामना करने की हिम्मत देता है।

अत: जब हमें स्वीकरण सिद्धांत एवं विज्ञान की पर्याप्त जानकारी हो गई है तो अब हम तृतीय भावनात्मक केंद्र में स्वास्थ्य-निर्माण वास्तव में किस तरह करेंगे?

पाचन संबंधी समस्याएँ

पाचन क्षेत्र की परिधि में जो-जो अवयव आते हैं, वे इस प्रकार हैं—मुँह, ग्रास-नली, आमाशय, छोटी आँतें, बड़ी आँतें (या वृहदांत्र), मलाशय (रेक्टस) और गुदा अर्थात् मलद्वार।

जिन लोगों को पाचन तंत्र संबंधी समस्याएँ लगी रहती हैं, उनका ध्यान हमेशा हर चीज को और पाने पर रहता है। आधिक्य प्रेरणावर्धक होता है और हम अधिवृक्कता पर फलते-फूलते हैं; क्योंकि यह हमें हम वास्तव में जितने हैं, उससे अधिक बड़ा होने का अनुभव कराता है। यही कारण है कि ये लोग ज्यादा-से-ज्यादा पाने की इस हड़बड़ी में रहते हैं। वे बहुत काम करते हैं, खूब पार्टी करते हैं, दावत उड़ाते हैं और तब तक खाते एवं मौज-मस्ती करते रहते हैं, जब तक कि वे मरने जैसी हालत में नहीं पहुँच जाते। वे नहीं चाहते कि उनकी आत्मा का कोई कोना खाली रहे, इसलिए वे शक्ति और भौतिक संपत्ति जमा करने में जुटे रहते हैं। यद्यपि देखने में ऐसा लगता है कि ये लोग बड़े समझदार हैं और इन्होंने हर चीज का समाधान कर लिया है; लेकिन यह भी ध्यान देने योग्य बात है कि उनकी यह निरंतर भूख इसलिए बनी रहती है, क्योंकि ये स्वयं को हमेशा कम आँकते हैं। वे जो हैं, और जैसे हैं, वैसा ही बने रहने में उन्हें संतुष्टि और खुशी नहीं मिलती है। वे बड़ा दिखने-दिखाने के लिए जीते हैं। वे हमेशा बड़ी बेहतर

कारों और बड़े शानदार मकानों की तलाश में रहते हैं; क्योंकि वे सोचते हैं कि ऐसा करने से उन्हें अधिक बड़ा एवं बेहतर होने का एहसास होगा और उनके आत्म-सम्मान का स्तर ऊँचा उठ जाएगा। लेकिन यह जरूरी नहीं कि जो अधिक बड़ा है तो बेहतर भी होगा। एक स्वस्थ आत्म-सम्मान का होना बहुत महत्त्व रखता है, जो आपके न केवल बाहरी, बल्कि आंतरिक स्वरूप पर भी आधारित होना चाहिए।

पाचन संबंधी विकारों जैसे कि जलन, खाना ऊपर को आना, अल्सर, उदर की सूजन, अकारा, कोहन रोग और उत्तेजनशील आंत्र सिंड्रोम इत्यादि के इलाज के लिए अनेक कारगर विकल्प उपलब्ध हैं। लेकिन अधिकतर मामलों में ओषधीय उपचार में समस्या के मूल कारण के बजाय उसके लक्षणों पर ध्यान दिया जाता है। यदि आप पुरानी पाचन तंत्र संबंधी समस्याओं को भोग रहे हैं तो आपको स्वास्थ्य की इन समस्याओं के नीचे पड़ी विचार-शैली और व्यवहार-शैली पर भी ध्यान देना होगा।

पाचन संबंधी सभी समस्याएँ एक ही मूल भावना से उत्पन्न होती हैं और वह भावना है—भय। उदाहरण के लिए, पेट की सामान्य समस्याओं को भोग रहे लोग हर नई स्थिति से डरते हैं और मानते हैं कि जिंदगी जो कुछ भी उनकी तरफ भेजती है, उसे सँभालने में वे पर्याप्त सक्षम नहीं हैं। वे प्राय: भय, चिंता और अनिश्चय के वश में रहते हैं। यदि यह बात जानी-पहचानी लगती है और आप भय निकालना चाहते हैं तथा नए अनुभवों से आमने-सामने भिड़ना चाहते हैं तो उपचारक स्वीकरण होगा—"जीवन का मेरे साथ समझौता है। मैं प्रत्येक दिन के प्रत्येक नए क्षण को आत्मसात् कर लेता हूँ। सबकुछ ठीक है।" यदि आप अल्सर से परेशान हैं तो इसके पीछे बहुत हद तक इस आशंका का हाथ हो सकता है कि आप खुद को किसी काबिल नहीं समझते और स्वीकरण होगा—"मुझे खुद से प्यार है और मैं अपने आपको अच्छा समझता हूँ। मैं चैन से हूँ। मैं शांत हूँ। सबकुछ ठीक है।" वृहदांत्र-शोथ (कोलन की सूजन) का संबंध असुरक्षा और आत्म-संशय की गहरी बैठी भावना से जुड़ा होता है और इसके लिए उपयुक्त स्वीकरण यह होगा, "मुझे अपने आप से प्यार है और मैं खुद को अच्छा मानता हूँ। मैं जो भी अच्छे-से-अच्छा कर सकता है, कर रहा हूँ। मैं अद्‌भुत हूँ। मैं चैन से हूँ।" याद रखें कि विशिष्ट स्वीकरण दशा पर निर्भर करेगा। विशिष्ट विकारों के उपचार के लिए और अधिक स्वीकरणों को अध्याय 11 में दी गई तालिका में देखें।

स्वीकरणों के अतिरिक्त आपको अपने जीवन और अपनी प्राथमिकताओं का भी मूल्यांकन करना चाहिए। अपनी वर्तमान स्थिति का निरीक्षण करें। क्या आप हमेशा अत्यधिक हड़बड़ी में रहते हैं? क्या आप एक बहुत ही स्पर्धात्मक वातावरण में रहते और काम करते हैं? क्या आपको इन बाहरी काम-काज के बाहर स्वयं को जानने में

समय लगता है ? इन सवालों के जवाब आपको इस बात का सुराग देने में सहायक होंगे कि आपके जीवन में असंतुलन कहाँ-कहाँ है ? अगर आप हमेशा काम में डूबे रहते हैं तो आपको खेल एवं मन-बहलाव के लिए समय चाहिए। यदि आप हर समय दौड़-धूप में रहते हैं, आपको रफ्तार धीमी करने की जरूरत है। मानव शरीर हर समय और जीवन भर साँस रोककर पूरी शक्ति से दौड़ नहीं लगा सकता। आप हर समय किसी जबरदस्त मुकाबले में कूदने और फायदा उठाने के लिए तत्पर रह सकते हैं। आपके सामने जब कोई चुनौती आती है, आपके शरीर में जबरदस्त जोश भर जाता है; लेकिन शीघ्र ही आपका शरीर समझने लगता है कि आपको शांति की अधिक आवश्यकता है। यह स्थिति पेट की समस्याओं की ओर इशारा करती है, आपको समझाने का प्रयत्न करती है कि अब आप इतनी तेज रफ्तार जिंदगी और अधिक पचा नहीं सकते। आपकी काया चैन और आराम के लिए चीख-पुकार मचा रही है।

जब आप अपने पाचन से संबंधित समस्याओं को बढ़ानेवाली परिवर्तनशील विचार-शैली तथा व्यवहार-पद्धति पर दृष्टिपात करें तो आप सबसे महत्त्वपूर्ण परिवर्तन यही समझने की दिशा में कर सकते हैं कि आप स्वाभाविक रूप से भलाई की भावना रखते हैं। अपनी शुद्ध साख से कहीं अधिक सामर्थ्य आप में है। आत्म-सम्मान का स्तर नीचा होने के कारण लोग चलो, चलो, चलो की होड़ में पड़े रहते हैं, जो दर्द में प्रकट होगी।

अपने जीवन पर ईमानदारी से निगाह डालें। अपने आपसे पूछें कि क्या भौतिक वस्तुएँ वास्तव में आपको खुशी देती हैं या वह सिर्फ एक आवरण, एक रक्षात्मक कवच है, जो आपको दुनिया से छिपाकर रखता है। आपको अपनी उपभोक्ता प्रवृत्तियों को नियंत्रण में रखने की आवश्यकता है। सप्ताह में एक दिन ऐसा रखें, जब आप कुछ भी नहीं खरीदेंगे। क्रेडिट कार्डों को अलग रख दें। नकदी को ऐसी जगह रख दें, जहाँ हाथ न पहुँचे। अगर हो सके तो नकदी या वित्त-प्रबंध को सँभालने की जिम्मेदारी न उठाएँ, भले ही वह नकदी या पूँजी आपकी अपनी न हो और दिन की समाप्ति पर ध्यान से सोचें कि सादगी से जीवन व्यतीत करना आपको कैसा लगा। यदि आपको सप्ताह में एक दिन रुपए-पैसे से दूर रहना मुश्किल लगता है तो समझ लीजिए कि आपको इस सनक से छुटकारा दिलाने का उपाय तलाशने के लिए परामर्श की आवश्यकता हो सकती है।

इसी प्रकार, सप्ताह में एक दिन ऐसा रखें, जब आपको नियमित ढर्रे के अनुसार सजना-सँवरना न हो। कोई बनाव शृंगार नहीं, कोई केश सज्जा नहीं, कोई तड़क-भड़कवाले लेबल या कोई साज-सामान नहीं। सारे दिन अपने मिजाज पर ध्यान दें। यदि आपका मिजाज गिरा-गिरा रहता है तो यह इस बात का संकेत होगा कि आप बाहरी

सजावट-दिखावट को जरूरत से ज्यादा महत्त्व देते हैं। इस दिखावट के पीछे आपकी असलियत छिप जाती है।

अपने व्यस्त समय में से कुछ समय नई गतिविधियों के लिए निकालें। कुछ ऐसा काम खोजने का प्रयास करें, जिसे करने में आपको खुशी मिले, इसलिए नहीं कि उस काम को करने से आप अधिक अमीर, अधिक होशियार या अधिक आकर्षक हो जाएँगे। लक्ष्य है कि आप अपनी सही पहचान का निर्माण करें और समझें कि इस पहचान का अपना महत्त्व है। इसके लिए आप सप्ताह में एक बार समय निकाल सकते हैं या हर दिन कुछ समय अपने साथ व्यतीत करें—दुनिया की और बातों से ध्यान हटाकर। अपने विचारों की लय में लय मिलाएँ। जानने का प्रयास करें कि आपकी असलियत क्या है और यह ज्ञान आपको तृतीय भावनात्मक केंद्र में आत्म-सम्मान तथा स्वास्थ्य को बेहतर बनाने का रास्ता दिखाएगा।

क्लिनिक फाइलों से : पाचन स्वास्थ्य संबंधी समस्याओं से ग्रस्त रोगी का वर्णन तथा विश्लेषण

27 वर्षीय केन से जब मेरी भेंट हुई, तब तक वह घुड़सवारों के जूते बनानेवाली कंपनी का मालिक बन चुका था। वह एक सफल कारोबारी था और हर प्रकार से बड़े ऐशो-आराम की जिंदगी बसर कर रहा था। नैशविल में उसका एक घर या और निकट के एक उपनगर में उसका एक फार्म भी था। केन को रोज-रफ्तार जिंदगी पसंद थी। उसे पैसा खर्च करने, खाने, मद्यपान करने, सिगरेट पीने, तेज कारें चलाने और महिलाओं का पीछा करने में मजा आता था। अपनी इस निरंकुश एवं मनमानी जीवन-शैली को बनाए रखने तथा अपने जीवन में अनेक स्त्रियों का दिल जीतने की खातिर केन दिन-रात काम करता था और न जाने कितनी मात्रा में कैफीन पी जाता था। केन का जीवन में एक ही सिद्धांत था—'चलती का नाम गाड़ी।'

यह जीवन-शैली केन के लिए बहुत वर्षों तक कामयाब सिद्ध हुई। लेकिन जब वह मेरे पास आया, वह बड़ी मुश्किल में था और कुछ भी सँभाल पाना उसके वश में नहीं था। उसे बिलों का भुगतान करने में कठिनाई हो रही थी। वह तनाव में था कि उसका पेट भी उतना ही व्याकुल है। आर्थिक कठिनाइयों से किसी तरह बचे रहने की लगातार कोशिश का तनाव उसके पेट में जलन पैदा करने लगा था, जिसे उसने रोजाना अम्लत्व-नाशक (एंटैसिड) दवाओं के सेवन से ठीक करने का प्रयास किया। फिर भी उसने फिजूल खर्च में कमी करने के बजाय पैसा खर्च करके अपनी निरंकुश अपव्ययी जीवन-शैली को बनाए रखने का प्रयास किया; जबकि पैसा उसके पास अब था नहीं।

अंततः उसे हमारे इमरजेंसी कक्ष में भरती होना पड़ा, क्योंकि उसकी जाँच से पता चला कि वह ग्रास नली में उलट प्रवाह जठर-शोथ और पेट के एक छोटे खूनी अल्सर से पीड़ित था।

हमने जब केन से बात की तो वह समझ नहीं पाया कि सब तरह के एंटैसिड (अम्लत्व-नाशक दवाएँ) लेने के बावजूद उसके पेट में जलन कम क्यों नहीं हो रही थी। पाचन को ठीक करने और यह बात समझने के लिए कि एंटैसिड लेना उसकी समस्या का समाधान नहीं है, उसे पहले ग्रास नली, आमाशय और सामान्य अम्ल उत्पादन के बीच संबंध को जान लेना अत्यावश्यक था।

जब हम भोजन निगलते हैं, भोजन ग्रास नली में जाता है, जो उस भोजन को आमाशय में पटक देती है, जहाँ वह विषाक्त एंजाइमों में विघटित होने लगता है, जिनमें से एक अम्ल (एसिड) होता है। ग्रास नली आमाशय के बीच एकतरफा रुध-द्वार (Trap-door) होता है, ताकि इन एसिड इंजाइमों का आपकी ग्रास नली और आपके मुँह में 'उलटा प्रवाह' न हो सके और वह जलन तथा कटाव का कारण न बने। लेकिन यह रुध-द्वार कमजोर हो सकता है और इस वजह से पश्च-प्रवाह को रोकने के लिए पूरी तरह बंद नहीं हो सकता। यदि ऐसा अकसर होता है तो नैदानिक दृष्टि से इसे Gastroesophageal Reflux Desease या GERD कहा जा सकता है। केन की यह पहली समस्या थी।

उसकी अगली समस्या थी उसके पेट का फोड़ा, अर्थात् आमाशय अल्सर। एक फुटबॉल टीम की तरह आमाशय की समस्याओं में भी दुर्व्यवहार (भोजन का विघटन करनेवाले तत्त्व, अम्ल की मात्रा और आमाशय के अन्य एंजाइम) तथा रक्षा (आमाशय की भीतरी दीवार का संरक्षण करनेवाले तत्त्व) के बीच एक संतुलन शामिल होता है। लोगों को जब पेट दर्द होता है, हर व्यक्ति एंटैसिड से अम्ल कम करने के बारे में तो सोचता है, लेकिन कोई भी आमाशय के स्तर की श्लेष्मा, बाइकार्बोनेट के स्तर, रक्त-आपूर्ति, प्रोस्टेट ग्रंथि के उत्तेजनशील मध्यस्थों (Prostaglandin Inflammatory Mediators) और उपयुक्त जैवाणुक स्तर की रक्षा का उपाय निकालने के बारे में नहीं सोचता है, जबकि ये सब मिलकर आपके पाचन क्षेत्र अल्सरों से बचाते हैं।

केन की पाचन संबंधी समस्याओं को कम करने के उद्देश्य से हमने उसे अपने जीवन में कई परिवर्तन करने के सुझाव दिए। उसके लिए जरूरी था कि भोजन की मात्रा कम करें, 20 पौंड वजन घटाएँ और तंग जींस की आदर्श पोशाक पहनना बंद करें, जिससे उसके पेट पर दबाव पड़ता है और अँतड़ियाँ तथा निचली ग्रास नलिका अवरोधिनी शारीरिक रूप से सिकुड़ जाती हैं। इसके अलावा, हमने उसके भोजन में

भी बदलाव किया, ताकि उसमें ऐसी चीजें शामिल न रहें, जिनसे आमाशय के अम्लीय आधार में वृद्धि होती है। हमने सुझाव दिया कि वह कम-से-कम कुछ समय के लिए चॉकलेट, टमाटर खाना, कैफीन-युक्त पेय लेना, चरबीदार व खट्टी तीखी चीजें, प्याज, पिपरमिंट खाना और अल्कोहल (शराब) का सेवन करना बंद कर दे। अल्सर ठीक हो जाने पर वह दिन में केवल एक बार मदिरापान कर सकेगा। हमने केन के लिए भोजन का समय भी तय कर दिया और उसका बिस्तर इस तरह से लगवाया कि जब वह लेटे तो आमाशय का अम्ल उसकी ग्रास नली पर असर न करे। उसके भोजन ग्रहण करने की निर्धारित समय-सारणी के अनुसार उसे सोने से पहले तीन घंटों के दौरान कुछ भी खाने की मनाही थी। इससे उसके भोजन को पचने, हजम होने का समय मिल जाएगा और इसका मतलब यह भी होगा कि इस प्रक्रिया के दौरान वह सीधा बैठा हुआ था। लेटे रहने से अम्ल अर्थात् एसिड आसानी से गले की तरफ चढ़ने लगता है। इसी बात को ध्यान में रखते हुए हमने सुझाव दिया कि उसके पलंग का सिरहाना सोते समय ऊँचा रहना चाहिए या उसे तकियों के सहारे अपना शरीर ऊपर किए हुए सोना चाहिए।

हमने जो भी सीधे सरल परिवर्तन सुझाए, उनका उद्देश्य यही था कि केन का स्वास्थ्य सुधर जाए; लेकिन उसने भी कुछ अधिक ही नाटकीय कदम उठाने का निर्णय कर लिया। उसने अपने उदर में Helicobacter pylori के क्षयकारी जीवाणु स्तर को कम करने के लिए एंटिबाइटिक लेना शुरू कर दिया। फिर उसे तीन प्रकार के ओषधीय उपचार का विकल्प दिया गया—एंटैसिड (Maaleox, Mylanta, Rolaias और Tums) जो आमाशय के अम्ल को निष्प्रभावित कर देते हैं, Hw अवरोधक (Axid, Pepcid, Tagamet और Zantac), जो एसिड बनना कम करते हैं या प्रोटॉन पंप निरोधक (Nexium, Prevacid, Prilosec और Zegered) जो एसिड बनना रोक देते हैं और ग्रास नलिका की दीवार को स्वस्थ होने में मदद करते हैं। इन सभी दवाओं के दुष्प्रभाव भी होते हैं। उदाहरण के लिए, 50 वर्ष के ऊपर के लोगों में प्रोटॉन पंप अवरोधकों का बहुत लंबे समय तक इस्तेमाल में लिया जाना कूल्हे, कलाई और रीढ़ की हड्डी टूटने का कारण बन सकता है।

उसके शरीर में मजबूती आए और यथासंभव अधिक-से-अधिक दुष्प्रभावों को रोका जा सके, इस उद्देश्य को ध्यान में रखकर हमने सुझाव दिया कि केन की चिकित्सकीय देखभाल के अलावा अपने उपचार के संबंध में एक ऐसा संपूर्ण दृष्टिकोण अपनाने पर विचार करना चाहिए, जिसमें सभी तरह की चिकित्सा शामिल हो।

मैंने केन को सुझाव दिया कि वह किसी अच्छे चीनी जड़ी-बूटी विशेषज्ञ और एक्युपंक्चरिस्ट के पास जाए और उसकी सलाह माने तथा उस विशेषज्ञ से यह भी जान

ले कि पाचन संबंधी समस्याओं के निवारण हेतु उपयुक्त बताया गया कौन सा सामान्य हर्बल सम्मिश्रण उसके जैसे अनोखे रोगी के लिए सबसे अधिक श्रेष्ठ एवं कारगर होगा—शुगन वान, एक्युलैरी, सार साइ मेई अन या जियाओ याओ वान।

व्यवहार-परिवर्तन वर्ग में हमने केन को सुझाव दिया कि वह कुछ समय निकालकर ईमानदारी से अपनी जिंदगी पर निगाह डाले। ऐसा करने के लिए उसने हमारे द्वारा उसकी सूरत-शक्ल, पहनावे तथा वित्तीय मामलों के बारे में पहले दिए गए सुझावों को आधार बनाया और एक-एक सुझाव के बारे में अपनी भावनाओं को लिखकर व्यक्त किया। उसका लक्ष्य था अपनी चिंताओं को कम करना तथा अपने सिद्धांत को इस संशोधित रूप में अपनाना—"काम, धूम्रपान, मदिरापान और खान-पान में अति किए बिना मैं सफल हो सकता हूँ।" हमने उसके लिए प्रतिदिन 30 मिनट का समय एरोबिक (उछल-कूद) व्यायाम के लिए निर्धारित किया, ताकि वह अपनी अतिरिक्त ऊर्जा बाहर निकाल सके। इसके अलावा, हमने उसे सप्ताह में एक बार मालिश, सुगंधोपचार (अॅरोभा-थैरैपी) कराने तथा ध्यान योग की शिक्षा ग्रहण करने के लिए कहा, जिससे कि उसका तनाव घटे और उसकी मांसपेशियों की जकड़न दूर हो। यह शिथिलता, आराम की यह अनुभूति अंततः उसके पाचन-क्षेत्र तक पहुँच जाएगी।

केन को स्वीकरणों का अभ्यास करने की जरूरत थी, ताकि उसकी मूलभूत विचार-शैली में बदलाव आ सके। उसने आमाशय के सामान्य स्वास्थ्य के लिए इन स्वीकरणों का प्रयोग किया, "मैं जीवन को सहजता से आत्मसात् करता हूँ।" अमाशय संबंधी सामान्य समस्याएँ—"जीवन मुझसे सहमत है। मैं प्रत्येक दिन के नए हर पल को आत्मसात् करता हूँ। सबकुछ ठीक है।" अल्सर—"मुझे खुद से प्यार है और मैं खुद को अच्छा समझता हूँ। मैं शांतिमय हूँ। मैं शांत हूँ। सब ठीक है।" और चिंता—"मुझे अपने आप से प्यार है और मैं खुद को अच्छा समझता हूँ, मैं जीवन की प्रक्रिया में विश्वास करता हूँ। मैं सुरक्षित हूँ।"

हमने केन को जो-जो परिवर्तन अपने जीवन में करने के सुझाव दिए, उन पर अमल करके वह पूरी तरह स्वस्थ हो गया। उसका पाचन क्षेत्र और उसका जीवन पहले की अपेक्षा कहीं अधिक स्वस्थ रास्ते पर चल पड़ा।

वजन और वजन संबंधी समस्याएँ

अपने वजन को लेकर समस्याओं से ग्रस्त लोग देने और करने में विश्वास रखते हैं और वे प्रायः आवश्यकता से अधिक उदार दिल के होते हैं। ऊपर से तो ये गुण बहुत अच्छे प्रतीत होते हैं। तथापि, जैसी स्थिति तृतीय भावनात्मक केंद्र से जुड़ी दूसरी स्वास्थ्य संबंधी समस्याएँ भोग रहे लोगों की होती है, कुछ-कुछ वैसी ही दशा इन लोगों की

होती है, जिनके लिए वजन कई समस्याएँ खड़ी कर देता है। ये लोग सामान्यत: भयग्रस्त रहते हैं और इनमें स्वाभिमान कम होता है। वे अपनी सारी ऊर्जा दूसरों पर खर्च कर देते हैं और अपने लिए कुछ भी बचाकर नहीं रखते हैं। उनकी पहचान यही होती है कि वे दूसरों के लिए बहुत कुछ करते हैं।

वजन बढ़ना या वजन घटना इस बात के संकेत हो सकते हैं कि थायरॉइड या हार्मोन संबंधी असंतुलन के कारण उन्हें यह समस्या हो रही है; लेकिन वे हृदय रोग जैसी स्वास्थ्य समस्याओं का कारण भी हो सकते हैं। अत: सबसे पहले उन शारीरिक समस्याओं की ओर ध्यान दें, जो वजन बहुत अधिक या बहुत कम होने के कारण उत्पन्न हो रही हैं या भूख न लगने या बहुत भूख लगने के कारण शरीर को बिगाड़ रही हैं। जब आप इनमें से सबसे गंभीर समस्या को पकड़ लेंगे, तब आप उन भावनात्मक समस्याओं का सामना कर सकेंगे, जो आपके वजन के साथ गड़बड़ घोटाला कर रही हैं।

बात फिर वहीं आकर ठहर जाती है कि यह सब संतुलन का खेल है। मैं नहीं कह रही हूँ कि आप अच्छे काम करना या दूसरों की मदद करना छोड़ दें या आत्म-केंद्रित हो जाएँ। पता लगानेवाली बात यह है कि आप क्यों फटीचर हाल में भी दूसरों की मदद के लिए दौड़ रहे हैं, जबकि आपकी अपनी जरूरतें पूरी नहीं हो रही हैं। आप जब एक बार यह बात समझ लेंगे, तब आप अपने शरीर द्वारा आपको भेजे जा रहे संदेशों को सुनकर और स्वीकरणों को अपने जीवन में सम्मिलित करके उन नकारात्मक विचारों एवं व्यवहारों को परिवर्तित करना आरंभ कर सकते हैं, जो आपकी स्वास्थ्य समस्याओं को बढ़ा रहे हैं।

लुइस हे का स्वीकरण सिद्धांत यह दिखलाता है कि वजन का रिश्ता हमारी आत्म-छवि से जुड़ा हुआ है। मिसाल के तौर पर, अत्यधिक वजनी होने या अत्यधिक क्षुधातुर होने का मतलब है कि आप में स्वाभिमान का अभाव है और आप अपनी भावनाओं को टालते रहते हैं। लुइस के अनुसार, वसा सामान्यत: उन लोगों द्वारा निर्मित एक रक्षा कवच होता है, जो लोग अत्यधिक संवेदनशील होते हैं और महसूस करते हैं कि उन्हें सुरक्षा की जरूरत है। इस कवच को हटाने और वजन घटाने की प्रेरणा देने के लिए स्वीकरण यह होगा, "मैं अपनी भावनाओं के साथ चैन से हूँ। मैं जहाँ हूँ, सुरक्षित हूँ। मैं अपनी सुरक्षा का निर्माण स्वयं करता हूँ। मुझे खुद से प्यार है और मैं खुद को अच्छा समझता हूँ।"

क्षुधा अभाव का संबंध भय की पराकाष्ठा और आत्म-घृणा से होता है। स्वयं को मूल्यवान् समझने और महत्त्व देने की प्रक्रिया का आरंभ इस स्वीकरण से होगा, "मुझे खुद से प्यार है और मैं खुद को अच्छा समझता हूँ। मैं सुरक्षित हूँ। जीवन सुरक्षित एवं आनंददायक है।" क्षुधातिशय का संबंध आत्म-घृणा, निराशा और भय से उत्पन्न

पेट भराई और पेट की सफाई (भराव और शुद्धीकरण) से जुड़ा हुआ है। इसके लिए उपचारक स्वीकरण इस प्रकार है, "जीवन ही मुझे प्यार देता है, पोषण और सहारा देता है। जीवित होना मेरी सुरक्षा का वादा है मेरे लिए।"

लुइस के स्वीकरणों में किंचित् परिवर्तन विचार-शैली और शरीर के उस भाग पर निर्भर करेगा, जो बीमारी भोग रहा है। उदाहरण के लिए, उदर क्षेत्र में वजन वृद्धि को पोषाहार से वंचित किए जाने पर व्यक्त क्रोध से संबद्ध किया जाता है, जबकि जाँघों में वजन का बढ़ना बचपन के क्रोध का द्योतक है—संभवतः पिता पर क्रोध। (लुइस द्वारा सुझाए गए और अधिक सुस्पष्ट स्वीकरणों के बारे में जानने के लिए पृष्ठ 183 पर दी गई तालिका देखें।)

वजन संबंधी समस्याओं से ग्रस्त लोगों के लिए पुरानी नकारात्मक विचार-शैली को जड़ से उखाड़ फेंकना विशेष रूप से एक महत्त्वपूर्ण कदम होगा। स्वाभिमान को लेकर हीन भावना का बने रहना आत्म-घातक विचारों की बाढ़ ला सकता है। ऐसे विचारों को बदलें। इसकी जगह एक सकारात्मक, आत्म-सम्मान को बढ़ावा देनेवाली विचार-शैली विकसित करें, जो इस प्रकार से स्वीकरण के उपयोग से संभव होगा, जैसे कि "मुझे समझदारी पसंद है। मैं जिस प्रकार दूसरों का परिपोषण और सहायता करता हूँ, उसी प्रकार अपना परिपोषण और अपनी सहायता करता हूँ।"

यदि आप एक परोपकारी, दयालु और उदार प्रवृत्ति के मित्र हैं तो आपके लिए अच्छा है। लेकिन याद रखें कि अपने प्रति समर्पित रहना भी उतना ही आवश्यक है। अपनी जरूरतों, अपनी दिखावट और खुशी पर ध्यान देना स्वार्थी होना नहीं है। वास्तव में एक सच्चा मित्र, साथी या जनक/जनिता बनकर दिखाने का यही एकमात्र उपाय है। यदि आप किसी समय अपनी देखभाल या अपनी परवाह करना छोड़ देंगे तो आपके पास देने के लिए कुछ भी नहीं बचेगा।

अतः आपको पहला काम यह करना है कि जरा इस दिशा में सोच-विचार करें कि आप अपने खर्च पर दूसरों के लिए जो करते रहते हैं, किसलिए करते हैं। क्या आपने कोई ऐसी धारणा अपने मन में पाल रखी है कि यदि दूसरों को आपकी जरूरत होती है तो वे आपको ही इस योग्य समझकर याद करते हैं? क्या आप किसी ऐसे संबंध या स्थिति की कल्पना कर सकते हैं, जिसके कारण यह धारणा बनी होगी? इसके बारे में डायरी लिखने की कोशिश करें। देखें कि क्या आप सिद्ध कर सकते हैं कि आपको ऐसा क्यों लगता है?

आपको इस भ्रामक धारणा के विरुद्ध काम करना चाहिए और ऐसा करने का श्रेष्ठ तरीका आपके लिए यही होगा कि जिम्मेदारी से एक अवकाश ले लें। महीने में कोई

एक दिन या सप्ताह में कुछ घंटों का समय ऐसा रखें, जब आप किसी के लिए कुछ नहीं करेंगे। इस समय में सिर्फ अपने बारे में सोचें, केवल अपने ऊपर ध्यान दें। कोई किताब पढ़ें या कोई ऐसा शौक खोजें, जिसमें आपको खुशी मिलती हो। अपने आत्म-सम्मान का विकास करें। समझें कि आपके अंदर जन्मजात योग्यता है और आप अपना मूल्यांकन सिर्फ इस आधार पर नहीं कर सकते कि आप दूसरों के लिए बहुत कुछ करते हैं। यदि आप अपनी वर्तमान मानसिकता नहीं बदलेंगे तो आपका शरीर आपको संकेत देगा कि वह वंचित महसूस कर रहा है और फिर वजन की समस्याएँ उठ खड़ी होंगी।

क्लिनिक फाइलों से : वजन बढ़ने की समस्या के भुक्तभोगी का वर्णन और विश्लेषण।

28 वर्षीया ईसाडोरा एक भरोसेमंद तथा मुस्तैद महिला थी और किसी भी अच्छे कार्य के लिए स्वेच्छा से समय देने के लिए तैयार रहती थी। वजन बढ़ने की समस्या से ग्रस्त अनेक लोगों की भाँति वह भी दूसरों की मदद करने के विचार से अत्यंत प्रफुल्लित हो जाती थी। ईसाडोरा ने मुझे बताया कि ऐसा करने से उसे जीवन का उद्देश्य मिला और दिशा मिली। फिर भी, उसके अनेक सत्कर्म के बावजूद उसका स्वाभिमान इतने निचले स्तर पर था कि वह दर्पण में अपना चेहरा देखने से भी घबराती थी।

ईसाडोरा की दो बहनें थीं, जो पेशेवर गायिकाओं के रूप में काम करती थीं और उनका रूप-रंग, दिखाव-बनाव उनके लिए बहुत महत्त्व रखता था। ईसाडोरा उनके बाल सँवारती तथा उनका श्रृंगार करती और उसे इस बात में बहुत गर्व का अनुभव होता कि वह उन्हें कितना सुंदर बनाकर भेजती है। ईसाडोरा को 'अकीर्तित' बहन होने का बिल्कुल बुरा नहीं लगता था। उन दोनों बहनों की सफलता ही उसके लिए काफी थी। आप कभी यह कल्पना नहीं कर पाएँगे कि यदि उसकी अपनी बन-ठन और दिखावट पर जाएँ तो वह एक केश-सज्जा और श्रृंगार कलाकार थी। उसे फैशन के बजाय सहज लगना, आराम महसूस करना अधिक पसंद था। वह अपने बिना सजे-सँवारे बालों पर एक बेसबॉल कैप पहनती और आमतौर पर मेक-अप की परवाह नहीं करती थी। जब मेरी उससे भेंट हुई, उसका वजन 80 पौंड अधिक था और उसने यह भी स्वीकार किया कि उसने व्यायाम करना तथा आत्म-सुधार की दिशा में कोई भी दूसरा प्रयास करना बिल्कुल छोड़ दिया है।

वजन बढ़ने की समस्या से ग्रस्त किसी व्यक्ति को जब हम समझने-समझाने का काम करते हैं, तब हमारा पहला काम वजन बढ़ाने के लिए जिम्मेदार ओषधीय, पोषाहार, पर्यावरण और हार्मोन संबंधी कारणों का पता लगाना होता है; क्योंकि प्रत्येक मामले में

ये कारण बिल्कुल भिन्न होते हैं। फिर हम एक ऐसी योजना बनाते हैं, जिसका लक्ष्य इन कारणों में मूलभूत परिवर्तन करना होता है, जिसके फलस्वरूप रोगी का वजन घटने लगता है।

वजन बढ़ने के अनेक कारण हो सकते हैं—

दवा/ओषधि—कुछ ऐसी आम दवाएँ हैं, जिनके दुष्प्रभाव के कारण वजन बढ़ने लगता है। इन दवाओं की सूची में निगलनेवाली गर्भ-निरोधक गोली भी शामिल है। स्टेरॉइड, पुरानी ट्राइसाइक्लिक विषादहर दवा, जैसे कि Elavil और Zyprexa मनोदशा को स्थिर करनेवाली दवा Depakote, मधुमेह की दवा Diabinese और कलेजे की जलन कम करनेवाली दवाएँ, जैसे कि Nexium व Prevacid। हालाँकि जरूरी नहीं कि इन दवाओं के सेवन से वजन बढ़ता हो, किंतु ऐसा माना जाता है कि ये दवाएँ वजन बढ़ाती हैं।

पोषण—मोटापे का सर्वाधिक सामान्य कारण व्यक्ति की खान-पान संबंधी आदतों से जुड़ा हुआ है। लोग क्या खाते हैं और कब खाते हैं, इसका सीधा असर उनके स्वास्थ्य पर पड़ता है, जब देखने में आता है कि उनका वजन बहुत बढ़ गया है।

पर्यावरण—यह इन बातों का ध्यान रखता है कि दिन के दौरान आपका कितनी बार इधर-उधर आना-जाना होता है और आप किन लोगों में घिरे रहते हैं। आपका वजन बढ़ाने में इस बात का बड़ा योगदान हो सकता है।

हार्मोन—यदि आप हमेशा तनाव, तनाव, तनाव में रहते हैं तो आप चाहे कितने ही व्यायाम और खाने-पीने पर नियंत्रण क्यों न करें, आपका वजन बढ़ेगा ही। उदासी, मन पर दबाव और चिंता—सभी वजन बढ़ाने का कारण बनते हैं; लेकिन क्रोध की भावना सबसे बड़ा कारण है। निरंतर क्रोध और निराशा से भरे रहने के कारण आपकी अधिवृक्क ग्रंथियों (Adrenal glands) कॉर्टिसोल हार्मोन पैदा करती है, जो अग्न्याशय को इंसुलिन और वाइल बनाने के लिए उकसाता है।

जब हमने ईसाडोरा की विलक्षण स्थिति की खोजबीन आरंभ की, हमें पता चला कि वह तीन दवाएँ नियमित रूप से लिया करती थी, जिनके दुष्प्रभाव वजन बढ़ानेवाले माने जाते हैं। वह गोली लेती थी और पेट में जलन तथा प्रति-प्रवाह संबंधी बेचैनी से बचने के लिए अकस नेक्सियम (Nexiam) और प्रिवेसिड (Prevacid) लिया करती थी। जहाँ तक उसकी खाने-पीने की आदतों का सवाल है, हमने पाया कि ईसाडोरा का सारा उलटा हिसाब-किताब था। वह दिन के दौरान कोई नियमित भोजन नहीं खाती थी, लेकिन थोड़ा-थोड़ा करके बहुत कुछ खा लेती थी और अधिकतर हानिकर चीजें खाती थी। उसका एकमात्र भोजन रात 8 बजे होता था। इस रात्रिभोज को भीम-भोज की संज्ञा दी जा सकती है और यह डिनर भी कभी बहुत संतुलित नहीं होता था। ईसाडोरा शायद

इस बात से अनभिज्ञ थी कि प्रत्येक भोजन में कार्बोहाइड्रेट और प्रोटीन की मात्रा लगभग बराबर होनी चाहिए, ताकि रक्त शर्करा का स्तर स्थिर बना रहे और भूख नियंत्रण में रहे।

पर्यावरण से संबंधित भी अनेक कारण थे, जो ईसाडोरा के स्वास्थ्य को प्रभावित करते थे। इनमें से एक था ईसाडोरा का बहुत कम चलना-फिरना और दूसरा ऑफिस का अननुकूल वातावरण। ईसाडोरा का ऑफिस दूसरी मंजिल पर था, लेकिन वह कभी सीढ़ियों का इस्तेमाल नहीं करती थी। वह सारे दिन अपनी डेस्क पर बैठी रहती और तभी उठती थी, जब उसे बाथरूम जाना होता था। रिसेप्शनिस्ट की डेस्क पर रखी मिसरी की तश्तरी तथा उसका ऑफिस कॉन्फ्रेंस रूम के ठीक सामने था, जहाँ आएदिन कर्मचारियों के खाने के लिए ताजा पेस्ट्रियाँ व बिस्कुट आदि रखे रहते थे और एक सोडा मशीन लगी हुई थी, कोई भी जब और जितनी बार चाहे, निःशुल्क सोडा निकालकर पी सकता था।

अनियंत्रित वजन और व्यस्त जीवन के बीच झूल रही ईसाडोरा को बहुत अधिक तनाव, निराशा और चिंता भी लगी रहती थी। उसे अपने शरीर से नफरत हो चली थी, जिसके कारण उसके मन में लज्जा और क्रोध की भावना भर गई थी। दुर्भाग्यवश ये भावनाएँ आग में घी डालने का काम कर रही थीं।

ईसाडोरा को अपने बढ़ते वजन और जिंदगी को नियंत्रण में रखने योग्य बनाने के लिए हमें सबसे पहले उन दवाओं का ध्यान रखना था, जो वजन बढ़ाती हैं। मैंने ईसाडोरा को सुझाव दिया कि वह अपने चिकित्सकों के पास जाए और उनसे कोई ऐसा वैकल्पिक गर्भ-निरोधक देने के लिए कहे, जो वजन बढ़ाने के लिए बदनाम न हो। इस प्रक्रिया में उसको यह भी पता चल गया कि उसकी आमाशय संबंधी समस्याओं का कारण अम्ल का उलट प्रवाह नहीं था, बल्कि चिंता का परिणाम था। अतः उसने धीरे-धीरे नेक्सियम और प्रिवेसिड जैसी दवाओं का प्रयोग बंद कर दिया। इन दवाओं को वापस रख देने और चिंता के कारण पेट बहुत गड़बड़ रहने से उसे राहत दिलाने के उद्देश्य से उसके चिकित्सक ने उसे लेमन बाम का इस्तेमाल करने की सलाह दी, जिससे उसे तुरंत आराम मिला।

इसके बाद हमने ईसाडोरा के स्वास्थ्य को प्रभावित करनेवाले पर्यावरण संबंधी कारणों पर ध्यान दिया। उसने रिसेप्शनिस्ट को मीठी गोली की तश्तरी (कैंडी डिश) कहीं और रख देने के लिए कहा, ताकि वह उसकी नजर से दूर रहे। इसके अलावा, वह रबड़ का बना एक कंगन भी पहनने लगी, जिस पर मोटे अक्षरों में Health weight लिखा हुआ था, जो उसे याद दिलाता रहता था कि उसने अपने ऑफिस में फूड ट्रे और सोडा की तरफ ध्यान नहीं देना है। ईसाडोरा के मन में जब इन चीजों को लेने का लालच उमड़ता तो वह रबड़ के ब्रेसलेट को खींचकर छोड़ देती, जिससे उसकी

त्वचा पर चोट पड़ती और उसका ध्यान अपने शरीर की तरफ पलट जाता । यह उपाय बहुत कारगर सिद्ध हुआ। उसे न केवल अपनी भावनाओं को नियंत्रण में रखने में मदद मिली, बल्कि उसे यह भी ध्यान रहने लगा कि उसका लक्ष्य वजन कम करना है। जहाँ तक चलना-फिरना बढ़ाने का सवाल था, ईसाडोरा ने अपने ऑफिस पहुँचने के लिए न केवल सीढ़ियों का इस्तेमाल करना शुरू कर दिया, बल्कि वह एक महिला फिटनेस क्लब की भी सदस्य बन गई और सप्ताह में पाँच दिन वहाँ जाकर हर रोज 30 मिनट तक एरोबिक व्यायाम करने लगी।

उपचारक शक्ति को और अधिक प्रभावकारी बनाने के उद्देश्य से उसने उन बुनियादी विचारों की ओर ध्यान देने की खातिर स्वीकरणों का प्रयोग किया, जिन विचारों की वजह से वह अपनी चरबी को पकड़े बैठी थी। अत: बलात् भक्षण के लिए उसने इन स्वीकरणों का प्रयोग किया—"मुझे दिव्य प्रेम का संरक्षण प्राप्त है। मैं सदैव सुरक्षित हूँ। मैं बढ़ने और अपने जीवन की जिम्मेदारी लेने की इच्छुक हूँ। मैं दूसरों को क्षमा करती हूँ और मैं अब अपना जीवन उस तरह से बनाती हूँ, जैसा मैं इसे बनाना चाहती हूँ। मैं सुरक्षित हूँ।" और मोटापा—"मैं अपनी भावनाओं के साथ शांतिमय हूँ। मैं जहाँ हूँ, सुरक्षित हूँ। मैं अपनी सुरक्षा का निर्माण स्वयं करती हूँ। मैं अपने आपसे प्यार करती हूँ और स्वयं को अच्छा समझती हूँ।"

और इतना ही नहीं, हमने उसे एक पोषाहार विशेषज्ञ के पास भी भेजा, जिसकी मदद से उसने भोजन की एक समय-सारणी तैयार की और सीखा कि समय-सारणी के अनुसार अलग-अलग समय पर खाने के लिए स्वस्थ, स्वादिष्ट और सरल भोजन कैसे बनाया जा सकता है। इस पथ्यापथ्य नियमावली को थोड़ा और रुचिकर बनाने के उद्देश्य से उसने अपनी बहनों को भी बुला भेजा, ताकि वे भी उसके साथ सीख सकें। एक नई स्वस्थ जीवन-शैली की शुरुआत करने में उन्होंने एक-दूसरे का साथ दिया। ईसाडोरा और उसकी बहनों के बीच घनिष्ठता की एक नई भावना विकसित हुई, एक ऐसी भावना, जो उस समय कहीं खो गई थी, जब वह एक बहन होने के बजाय उनकी नौकरानी अधिक बनी हुई थी और इस घनिष्ठता ने ईसाडोरा के स्वाभिमान को बहुत सहारा दिया, जिसके फलस्वरूप उसके लिए अपनी खान-पान संबंधी नई समय-सारणी का पालन करना अधिक सरल हो गया।

ईसाडोरा ने जैसे ही दूसरों से ध्यान हटाकर अपने पर ध्यान देना शुरू किया, उसे अपनी योग्यता का भान होने लगा। उसने अपनी देखभाल ठीक से करने के लिए अधिक-से-अधिक सुझावों पर अमल करना शुरू कर दिया। हमने उसे जिम्मेदारी से अवकाश का जो सुझाव दिया था, ईसाडोरा ने उस सुझाव पर भी अमल किया। दुनिया

के प्रति नया दृष्टिकोण अपनाने और अपने आस-पास के लोगों से मिली सहायता से ईसाडोरा अपना वजन बहुत हद तक कम करने में सफल हुई और इसके परिणामस्वरूप अधिक स्वस्थ एवं खुश महसूस करने लगी।

अधिवृक्क ग्रंथि और अग्न्याशय (Adrenal glands & Pancreas)

जिन लोगों को अधिवृक्क ग्रंथि, अग्न्याशय और रुधिर शर्करा संबंधी समस्या रहती है, वे प्राय: अपनी भावनाओं के वशीभूत रहते हैं और निरंतर दूसरों की सेवा में लगे रहने के कारण अपनी पहचान खो चुके होते हैं। ये लोग अपने वजन, अपनी दिखावट और अपने काम की बाहरी जिंदगी के बजाय प्राय: अपने आंतरिक आध्यात्मिक जीवन के बारे में अधिक अच्छा महसूस करते हैं। आध्यात्मिकता उनके लिए अभिव्यक्ति का साधन बन जाती है, जिसका उपयोग वे आत्म-महत्त्व एवं आत्मप्रेम का निर्माण करने हेतु करते हैं। वे स्वयं को वस्तुत: इसी प्रकार परिभाषित करते हैं। इसी प्रवृत्ति के कारण वे लोग अपनी शारीरिक दिखावट की अनदेखी कर जाते हैं और उनके पाचन-तंत्र का स्वास्थ्य अचानक गिर जाता है, जिससे उन्हें रक्त शर्करा संबंधी समस्याएँ जकड़ लेती हैं और थकान होने लगती है। उनकी दृष्टि में आध्यात्मिकता ही ब्रह्मांड है। पृथ्वी पर जीवन में तरक्की के लिए निरंतर प्रयास करते रहना या अपने बनाव-ठनाव या अपनी खैरियत की परवाह करना उसके लिए कोई विशेष महत्त्व नहीं रखता है।

अगर आप उन लाखों-करोड़ों में से एक हैं, जो अधिवृक्क ग्रंथि के लक्षणों और रक्त शर्करा संबंधी समस्याओं को झेल रहे हैं तो आपको सबसे पहले डॉक्टर की सलाह लेनी चाहिए। लेकिन जैसा कि बहुतेरे भावना-केंद्रित विकारों के मामले होते हैं, दवा किसी हद तक शायद विकट समस्याओं में ही कारगर सिद्ध होगी; किंतु चिरकालिक समस्याओं के मामले में उपचार के प्रति एक अधिक प्रखर दृष्टि से काम लेना आवश्यक हो जाता है। आपको चाहिए कि आप अपने महत्त्व को समझें तथा दूसरों के प्रति अपनी जिम्मेदारियों को सँभालें।

यदि आपका मन आपसे कह रहा है कि आप सक्षम या योग्य नहीं हैं और आप कुछ भी हासिल करने में असमर्थ हैं या आप अपना ही सत्यानास कर रहे हैं तो समझ लीजिए कि यह नकारात्मक विचारों और व्यवहार की निशानी है, जो कॉर्टिसोल के उत्पादन में विघ्न डालते हैं और यही गड़बड़ी आगे चलकर अधिवृक्क ग्रंथि (गुर्दे की ग्रंथि) से संबंधित अनेक विचारों, जैसे कि कशिंग रोग, का मुख्य कारण बन जाती है। इसके विपरीत, एडीसन का रोग (अर्थात् रक्तहीनता), जिसके कारण पर्याप्त कॉर्टिसोल नहीं बनता है, गंभीर भावनात्मक कुपोषण से संबंध रखता है। फिर भी, दोनों रोग एक ही नकारात्मक मानसिकता से उत्पन्न होते हैं। लुइस का स्वीकरण सिद्धांत आपको

दिखलाता है कि सामान्य, एड्रीनल ग्लैंड (अधिवृक्क ग्रंथि) की समस्याओं से संबद्ध विचारों एवं व्यवहार को कैसे बदला जा सकता है, इस स्वीकरण की मदद से मैं खुद को पसंद करता हूँ और अच्छा समझता हूँ। अपनी परवाह करना मेरे लिए निरापद है। अग्न्याशयी विकार, जिसमें अग्न्याशय शोथ (अग्न्याशय की सूजन) भी शामिल है और अग्न्याशयी कैंसर प्राय: दु:ख की भावनाओं से उत्पन्न होते हैं। यदि आपको रक्त-शर्करा की मधुमेह जैसी गंभीर समस्या है तो हो सकता है कि आप जीवन भर के लक्ष्यों को हासिल न कर पाने की निराशा भोग रहे हों या इस बात से दुखी हों कि क्या कुछ हो सकता था। इस मामले में स्वीकरण यह होगा, ''यह क्षण आनंद से भरा हुआ है। अब मैं आज के माधुर्य को अनुभव करना चाहता हूँ।''

अब प्रश्न चाहे अधिवृक्क ग्रंथि के ठीक से काम न करने से उत्पन्न कॉर्टिसोल संबंधी समस्या का हो या अग्न्याशय द्वारा अनुपयुक्त मात्रा में इंसुलिन का उत्पादन किए जाने के कारण रक्त शर्करा के असंतुलन का हो, आपका शरीर अंदर से आपको बता देगा कि आप जो कर रहे हैं, उसका आपको पुनर्मूल्यांकन करना चाहिए। यदि आप सावधानी बरतने के इन संकेतों के अनुरूप आचरण नहीं करेंगे तो कॉर्टिसोल और इंसुलिन की दीर्घकालीन समस्याएँ दूसरे रोगों को जन्म दे सकती हैं, जैसे कि बढ़ा हुआ कॉलेस्टेरॉल, उच्च रक्तचाप, हृदय रोग, वजन बढ़ना, पुराना दर्द, मधुमेह (डायबिटीज), गुर्दे की खराबी और आघात इत्यादि।

कष्टप्रद और विनाशकारी भावनाओं से पूर्णतया मुक्ति पाने के लिए नकारात्मक विचार-शैली को बदलना अत्यावश्यक है। लेकिन जीवन-पर्यंत शैली को बदलना एक प्रक्रिया है, एक ऐसी यात्रा, जिसके लिए समय, समर्पण और धैर्य की जरूरत होती है। अपने आध्यात्मिक और भौतिक अस्तित्व के बीच कुछ संतुलन लाएँ। अपने सिर का एक हिस्सा भले ही आप आध्यात्मिक अभ्र में रखें, लेकिन इसके साथ ही यह भी आवश्यक है कि आप पृथ्वी पर अपने भौतिक स्वरूप पर भी ध्यान देना शुरू करें।

तो चलिए, आपके वजन और निम्न स्वाभिमान से आरंभ करें। हम जानते हैं कि आप में आध्यात्मिक मान बहुत अधिक है, लेकिन आपको अपने आपसे और अपने शरीर से भी प्रेम होना चाहिए। हम यहाँ आपको यह बताना चाहते हैं कि आत्म-केंद्रित हुए बिना भी अपनी निजी आवश्यकताओं पर ध्यान देना पूरी तरह संभव है। अत: अपने आपसे लाड़-प्यार के लिए भी कुछ समय निकालो। नख प्रसाधन कराओ, बालों को सँवारो, कोई किताब पढ़ो, खरीदारी करने जाओ। ऐसे काम करो, जिससे लगे कि आप भी इसी जगत् के एक प्राणी हैं। व्यायाम करो या नृत्य करो या योग-साधना करो। इनमें से कोई भी क्रीड़ा आपको धरती पर वापस ले आएगी।

हालाँकि हम समझते हैं कि दूसरों की जरूरतों पर ध्यान देना भी आवश्यक होता है, किंतु एक सीमा तक ही, भले ही आप उससे भी बढ़कर कुछ करना चाहते हों। लोगों की मदद करने में आपको खुशी महसूस होती है, लेकिन यह काम आपको थका भी देता है। अतः जितना समय आप इस काम के लिए देते हैं, उसे कुछ कम करें। अगर आप कई संगठनों को अपना समय और अपनी सेवाएँ स्वेच्छा से अर्पित करते हैं तो उस समय में कटौती करें। संभव हो तो सप्ताह में एक बार ही जाएँ। इससे आपको सहायता करने का आनंद तो मिलेगा ही, आपके पास अपनी देखभाल करने का समय भी बच जाएगा। यह सब करने से आपका अपने बारे में नजरिया सुधरेगा और आप एक स्वस्थ आध्यात्मिक दृष्टिकोण अपना सकेंगे।

जैसा कि मैं पहले कह चुकी हूँ, आप इस पृथ्वी पर और देवलोक में स्वाभाविक महत्त्व रखते हैं। आप प्रिय एवं मूल्यवान् हैं और यह बात आपको स्वीकरणों तथा अपने शारीरिक स्वास्थ्य के प्रति समर्पण भावना के जरिए स्वयं को नित्य प्रति याद दिलानी चाहिए। एक सामान्य स्वस्थ स्वीकरण इस प्रकार है—''मेरी भावनात्मक पूर्णता और संतुष्टि मेरे चारों ओर हर व्यक्ति तक पहुँचती है।''

क्लिनिक फाइलों से : गुर्दे (अधिवृक्क) की ग्रंथियाँ और अग्न्याशय संबंधी विकार-ग्रस्त रोगी का वर्णन और विश्लेषण

इस समय 57 वर्ष की हो चुकी लोरिंडा जब एक किशोरी थी, तभी उसने पूर्वी धर्मों के बारे में पर्याप्त ज्ञान प्राप्त कर लिया था और मंत्र-मुग्ध हो गई थी। उसने बौद्ध धर्म, जैन मत एवं ताओ धर्म के विषय में पढ़ा और ईसाई धर्म के रहस्य के बारे में खोज की। उसे छोटी उम्र से ही 'दिव्य शक्ति' का बोध होने लगा था और इससे उसे शांति व आनंद दोनों की अनुभूति होती थी।

लोरिंडा ने धर्म-विज्ञान एवं जीव-विज्ञान में विशिष्ट योग्यता के साथ कॉलेज की पढ़ाई पूरी करने के कुछ समय बाद एक प्रसिद्ध भौतिक-विज्ञानी से विवाह कर लिया और उनकी चार संतानें हुईं।

लोरिंडा समझदार व सुशिक्षित थी और विवाह के बहुत साल गुजर जाने के बात वह अपने पति के लिए एक महत्त्वपूर्ण संबल बन गई थी। उसने कई किताबें लिखने में अपने पति की मदद की थी। उसका वैवाहिक और पारिवारिक जीवन अपने बच्चों के साथ एक समय तक काफी सुखद एवं संतोषजनक रहा। किंतु लोरिंडा ने अपनी निजी अभिलाषाओं तथा बौद्धिक जीवन का बलिदान किया था और चूँकि उसका अपने व्यक्तित्व के साथ कोई परिचय नहीं रह गया था, वह हर समय बहुत अधिक चिंता और

भय में जीने लगी थी। यह स्थिति उसके स्वास्थ्य के लिए ठीक नहीं थी और उसकी देह ने उसे जल्दी बता दिया कि अब परिवर्तन का समय आ गया है। उसे ऐसा महसूस होने लगा कि उसके शरीर ने उसे थकान के हवाले कर दिया है।

उसके चलने-फिरने की गति धीमी हो गई, बातचीत में धीमापन आ गया, सोचने की शक्ति धीमी हो गई और वह हर समय थकी-थकी-सी रहने लगी। इसका एक ही कारण था, उसके शरीर में कॉर्टिसोल और इंसुलिन का स्तर पूरी तरह संतुलन के बाहर चला गया था।

कॉर्टिसोल और इंसुलिन उत्पादन को नियंत्रित करनेवाले अवयव अधिवृक्क ग्रंथि और अग्न्याशय आज भी अधिकतर लोगों के लिए रहस्य बने हुए हैं। हर व्यक्ति के दो अधिवृक्क ग्रंथियाँ (Adrenal glands) होती हैं। इन्हें आप संतरे की शक्ल का मान सकते हैं। अंदर का गूदा ऐपिनेफ्रीन (Eponephrine) बनाता है, जो कैफीन की तरह का स्फूर्तिवर्धक द्रव्य होता है, जो उस समय छोड़ा जाता है, जब आपको तत्काल कुछ समय के लिए ऊर्जा की जरूरत होती है। अधिवृक्क ग्रंथि की बाहरी परत 'खाल' दीर्घकालिक ऊर्जा के लिए आपके शरीर से कई प्रकार के हार्मोन पैदा करती है। इनमें से सबसे बदनाम हार्मोन है कॉर्टिसोल। फिर भी, अधिवृक्क ग्रंथियाँ शरीर की चरबी से प्रॉजेस्टेरॉन (Progesterone) Dhea, Test Osterone और Estrogen समेत अन्य हार्मोन भी पैदा करती हैं।

यदि आप किसी बात को लेकर अचानक चिंतित, भयभीत या क्रुद्ध हो जाते हैं तो आपका मस्तिष्क पीयूष ग्रंथि (Pituitary gland) के जरिए आपकी अधिवृक्क ग्रंथियों को ऐपिनेफ्रीन, कॉर्टिसोल तथा अन्य हार्मोन अधिक मात्रा में छोड़ने के लिए कहता है, ताकि आपका शरीर बहुत चौकस व सतर्क रह सके। जैसे ही खतरा टल जाता है और आप 'शांत' हो जाते हैं, अधिवृक्क ग्रंथियाँ तेज गति से हार्मोन बनाना बंद कर देती हैं; किंतु यदि आपका मन चिंता और डरावनी घटनाओं के बारे में इस तरह के विचारों की जुगाली करता है, जैसे कि सब बेकार है, मेरा जीवन बरबादी की कहानी है, हालात भिन्न होने चाहिए और यह अनुचित है, उस दशा में आपकी अधिवृक्क ग्रंथियाँ कॉर्टिसोल तथा एस्ट्रॉजिन का अत्युत्पादन करना जारी रखती हैं। इसका नतीजा यह होता है कि आपका अग्न्याशय और अधिक इंसुलिन निःसृत करने लगता है और आपके अंदर ऐसे लक्षण प्रकट होने लगते हैं, जिसे सामान्य भाषा में 'अधिवृक्क ग्रंथि निःशेषण' कहा जाता है।

अधिवृक्क ग्रंथि निःशेषण जटिल स्थिति है, क्योंकि हमेशा यह स्पष्ट नहीं होता है कि कॉर्टिसोल बहुत कम है या बहुत अधिक। फिर भी, आपके लक्षणों और खून व पेशाब की जाँच से आपके अधिवृक्क असंतुलन की दिशा का पता चल जाएगा। यह

जानना बहुत आवश्यक है, क्योंकि यदि आप वास्तविक समस्या से हटकर किसी और शिकायत की दवा लेते हैं, जो गलत है तो आपको कोई लाभ नहीं होगा, वास्तव में आपके लक्षण और भी ज्यादा बिगड़ सकते हैं।

अत: जहाँ तक लोरिंडा की बीमारी का प्रश्न है, हमने उसे एक अंत:स्रावी विज्ञानी (Endocrinologist) के पास भेजा, जो उसके लक्षणों की जाँच करेगा। कॉर्टिसोल कम होने के लक्षण इस प्रकार प्रकट होते हैं—अस्पष्ट दुर्बलता, मुँह तथा अन्य श्लैष्मिक झिल्ली के निकट रंजकता में विवर्णन अर्थात् धब्बे पड़ना, मितली आना और उलटी करना, दस्त, अल्प रक्त शर्करा और निम्न रक्तचाप आदि। ये दुर्बोध एवं सूक्ष्म लक्षण हैं।

कॉर्टिसोल की अधिकता के कारण पेट में और चेहरे पर मोटापा आ जाता है, रक्तचाप बढ़ जाता है, रक्त-शर्करा का स्तर गड़बड़ा जाता है, अजीब-अजीब बाल निकल आते हैं, मुहाँसे हो जाते हैं, उदासी और चिड़चिड़ापन आ जाता है, हड्डियाँ पतली होने लगती हैं, मांसपेशियाँ कमजोर हो जाती हैं और मासिक धर्म अनियमित हो जाता है।

लोरिंडा अपने चिकित्सक से मिलने के बाद पूरी रिपोर्ट के साथ वापस आई। चिकित्सक ने सभी संभव लक्षणों की जाँच की थी और यह निष्कर्ष दिया था कि उसके अंदर बहुत अधिक कॉर्टिसोल बन रहा है। लोरिंडा का कद पाँच फीट चार इंच था और वजन 180 पौंड। अधिकांश वजन उसके उदर के इर्द-गिर्द था। उसके सिर के सबसे ऊपरी भाग में बाल हलके हो गए थे और उसके होंठ तथा ठोड़ी पर कुछ बाल उग आए थे। उसका रक्तचाप 148/85 था और रक्त-शर्करा 130 दोनों कुछ ज्यादा थे। उसके कंधों, पीठ और चेहरे पर मुहाँसे थे।

जब यह निश्चित हो गया कि उसके इन लक्षणों का कारण कॉर्टिसोल की अधिकता है, उसके चिकित्सक ने एक और परीक्षण करना चाहा, ताकि यह पता चल सके कि कहीं उसे कशिंग सिंड्रोम तो नहीं है, जो अधिवृक्क ग्रंथियों का एक विकार कहलाता है। किस्मत से खून की जाँच और Dexamethasane suppression जाँच का नतीजा सामान्य निकला।

अंत में लोरिंडा एक अंत:स्राव विज्ञानी के पास गई, जिसने अधिवृक्क एंजाइम की असामान्यताओं का पता लगाने के लिए कई और परीक्षण किए। सबके परिणाम सामान्य निकले। अत: लोरिंडा की बीमारी का मुख्य कारण यही समझ में आया कि उसके गुर्दे काम कर-करके थक चुके थे।

तो फिर समाधान ? उसे अपने शरीर की चरबी कुछ घटाने की जरूरत थी, ताकि उसकी अधिवृक्क ग्रंथियों के लिए ऐसे निर्माण खंड कम-से-कम हों, जिनसे कॉर्टिसोल तथा दूसरे हार्मोन बनते हैं, जो उसकी रक्त-शर्करा, रक्तचाप और बातों की उपज को बढ़ा रहे थे।

वह अपने जीवन में परिवर्तन करने के लिए छटपटा रही थी और इसके लिए उसे जिस ऊर्जा की आवश्यकता थी, उसकी पूर्ति के लिए हमने उसे क्रोमियम देना शुरू किया। इससे उसे ऊर्जा भी मिलेगी और उसकी रक्त-शर्करा भी नियंत्रण में रहेगी। उसने ग्रीन-टी सत्त लेना शुरू कर दिया, जो कहा जाता है कि लोगों को बहुत शक्ति देता है और इसके साथ-साथ वह ओषधीय कोटि का मल्टीविटामिन भी लेने लगी, जिसमें फोलिक एसिड, पेंटोबीनिक एसिड, विटामिन सी, आअॅर्न, मैग्नीशियम, पोटैशियम और जिंक शामिल था; क्योंकि विटामिन में कोई भी कमी होने का परिणाम थकावट में बदल सकता है।

इसके आगे हमें लोरिंडा की चिंता पर ध्यान देना था। चूँकि वह सेरोटॉनिन (Serotonin) दवा नहीं ले रही थी, मैंने उससे कहा कि वह अपने चिकित्सक से पता करे कि क्या उसके अनुपूरक पथ्यापथ्य में 5 HTP जोड़ना ठीक रहेगा। इस प्राकृतिक सेरोटॉनिन अनुपूरक का उपयोग प्राय: चिंता को शांत करने के लिए किया जाता है, क्योंकि कॉर्टिसोल के अत्युत्पादन में चिंता का बड़ा हाथ हो सकता है। तथापि उसे अपनी चिंता के स्रोतों पर नियंत्रण रखने के लिए किसी परामर्शदाता से भी बात करना जरूरी था, जो उसकी मदद कर सके।

हमारी एकीकृत चिकित्सा-पद्धति के अंतर्गत हमने लोरिंडा को अंतिम सुझाव यह दिया कि वह किसी एक्युपंक्चरिस्ट एवं चीनी जड़ी-बूटी विशेषज्ञ की भी सलाह ले। बहुत सी जड़ी-बूटियाँ हैं, जैसे कि घुटिकास्थि (Astragalns), मुलेठी साइबेरियाई जिंसेन्ग, कॉर्डिसेप्स साइनेसिस (Cordyceps), रॉडिओला (Rhodiola) सत्त, बनब (Banab) सत्त, जंगली जई (Wild Oats) और शिसांद्र (Schisandra), जिनके बारे में कहा जाता है कि ये अधिवृक्क ग्रंथि द्वारा हार्मोन उत्पादन संबंधी असंतुलन को सँभालने में सहायक होती हैं। कोई सिद्धहस्त वैद्य उसके लिए जड़ी-बूटी का सबसे अच्छा जोड़ सुझा सकता है, जिसका सेवन उसके लिए लाभप्रद हो।

हालाँकि लोरिंडा को वजन करना आवश्यक था, फिर भी उसकी समस्या केवल कुपोषण की नहीं थी। वह समय-समय पर थोड़ा-थोड़ा कुछ खा लेती थी; लेकिन इसका कोई विशेष कारण नहीं था, सिवाय इसके कि वह अपने परिवार और मित्रों के प्रति अपनी जिम्मेदारियों को लेकर बहुत व्यस्त रहती थी। ऐसा नहीं था कि उसकी प्रवृत्ति अपौष्टिक चीजें खाने की रही हो। अत: मैंने लोरिंडा को सुझाया कि वह खाद्य आहार पर ही सारा ध्यान लगाने के बजाय कभी-कभी जिम्मेदारियों से अवकाश पर रहने के बारे में भी विचार करे, जिसकी चर्चा हमने वजन संबंधी खंड में की थी। इस योजना में ऐसा कोई बंधन नहीं था कि वह पूरा दिन लोगों की मदद करने न जाए। उसे बस, दूसरों के प्रति अपने प्रयासों को एक सीमा के अंदर रखना था। उसने अपने पति

की आजीविका (Career) को हमेशा आगे रखा था, इसलिए हमने कोई ऐसा तरीका निकालने का निर्णय किया, जिससे उसे अपने कैरियर को आगे बढ़ाने में मदद मिले। हमने तय किया कि अपने पति के काम पर खर्च किए गए हर घंटे के बदले वह एक घंटा अपने निजी कैरियर पर व्यतीत करेगी। जब हमने इसके बारे में लोरिंडा से बात की तो उसने पहले तो कुछ हिचकिचाहट व्यक्त की, लेकिन फिर मान गई।

लोरिंडा ने ताइ ची और कीगांग (Qigong) भी सीख लिया, ताकि वह अपनी ऊर्जा को दूसरों के काम में लगाने के बजाय खुद सँभाल सके।

और अंततः लोरिंडा ने अपनी बीमारी को उकसानेवाले विचारों के बुनियादी साँचे को बदलने की खातिर गुर्दे की समस्याओं के निस्तारण के लिए स्वीकरणों का सहारा लिया, "मुझे खुद से प्यार है और मैं खुद को अच्छा समझती हूँ। मेरे लिए अपनी देखभाल करना निरापद है।" थकान—"मैं जिंदगी के बारे में उत्साह से पूरित हूँ और शक्ति एवं जोश से भरी हुई हूँ।" और अग्न्याशय का स्वास्थ्य—"मेरा जीवन मधुर है।"

लोरिंडा ने अपने गुर्दों को स्वस्थ करने के लिए जो काम किया, उससे उसका आत्मविश्वास प्रेरित हुआ। वह आध्यात्मिकता में ही नहीं, बल्कि वास्तविक जगत् में भी सांत्वना पाने में सफल हुई।

व्यसन/लत

जो लोग आसानी से किसी व्यसन या लत की गिरफ्त में आ जाते हैं, क्या हम सभी किसी हद तक ऐसी प्रवृत्ति नहीं रखते हैं? उनमें प्रायः अपने आत्म-महत्त्व को तृप्त करने की तीव्र इच्छा पाई जाती है। वे व्यक्तिगत और रचनात्मक संतुष्टि, शांति और स्पष्टता चाहते हैं। उन्हें जो चीज सुख या खुशी देती है—भोजन, शराब, क्रेडिट कार्ड से खरीदारी—उस चीज को पाने की लालसा उन पर इस कदर हावी हो जाती है कि वे अपनी ही देखभाल के लिए कभी समय नहीं निकाल पाते हैं या उसमें कोई रुचि रखते हैं या कुछ मामलों में दूसरों के प्रति भी उनका यही रवैया रहता है। व्यसनात्मक आचरण के लिए हर एक का अपना-अपना अनोखा नुस्खा होता है। आत्म-महत्त्व एवं संतुष्टि की खोज में रहना आनंदप्रद हो सकता है, लेकिन यह थकाऊ एवं निराशाजनक भी हो सकता है। और जो मानसिक तनाव एवं चिंता हम इस बात को जानते हुए अपने लिए पैदा करते हैं कि हम जिम्मेदारी को ठीक से निभाने से बच रहे हैं, वह तनाव एवं चिंता हम पर भारी पड़ सकती है। इन प्रबल भावनाओं से निपटने के लिए हम प्रायः ऐसी चीजों की ओर मुड़ जाते हैं, जो हमें उल्लसित करती हैं—शराब, नशीली दवाएँ, सेक्स, जुआ, खान-पान आदि।

तो फिर व्यसन को पराजित करने का क्या उपाय है? व्यसन के प्रति आसक्ति का

परित्याग करना और अपने स्वास्थ्य को अपरिवर्तनीय क्षति से बचाना व्यसन से संबद्ध विचारों एवं व्यवहार को बदलने हेतु आपकी इच्छा-शक्ति पर निर्भर करता है। शुरुआत के लिए एक अच्छी जगह जहाँ आग व्यसन के उपचार के एक जाँचे-परखे बारह चरणबद्ध कार्यक्रमों तथा दूसरे स्वास्थ्य लाभ कर रहे गुटों में शामिल हो सकते हैं। अगला कदम यह होगा कि आपके आचार-विचार और स्वास्थ्य के संबंध के बारे में आपका शरीर आपसे जो कह रहा है, उस पर अच्छी तरह एक नजर डालें। जब आप एक बार जान लेंगे कि आपकी समस्या क्या है और कौन सी भावनाएँ उस समस्या का कारण बन रही हैं, तब आप स्वीकरणों को अपने दैनिक जीवन में शामिल करने की बात सोच सकते हैं।

लुइस हे का स्वीकरण सिद्धांत यह दिखलाता है कि व्यसन किस प्रकार भय और हीन स्वाभिमान से उत्पन्न होता है। अधिक स्पष्ट शब्दों में कहा जाए तो व्यसन-ग्रस्त लोगों का व्यक्तित्व ऐसा होता है कि वे अपने अंदर के व्यक्ति से दूर भागते रहते हैं, उसके निकट जाने की कोशिश नहीं करते। व्यसन के लिए एक अच्छा सामान्य स्वीकरण इस प्रकार है, ''मैं अब समझ रहा हूँ कि मैं कितना अद्‌भुत हूँ। मुझे अपने आपसे लगाव हो चला है और मैं स्वयं में आनंदित हूँ।'' शराब की लत को विशेष रूप से अपराध-बोध, अपर्याप्तता और स्वयं को नाकारा समझने की भावना से जोड़ा जाता है। इन नकारात्मक विचारों का प्रतिकार करने और आत्म-घृणा को आत्म-प्रेम में बदलने के लिए लुइस इस स्वीकरण की सिफारिश करती हैं, ''मैं आज में जीता हूँ। मुझे खुद से प्यार है और मैं खुद को अच्छा समझता हूँ।''

किसी-न-किसी समय अधिकतर लोगों ने व्यसनी आचरण के जरिए दिखावटी रूप से अपने आत्म-महत्त्व को तृप्त किया है या उन भावनाओं से बचने के लिए नशीली दवाओं का सहारा लिया है, जिन भावनाओं को वे सँभाल नहीं सके। हमने यह जाना है कि जब जिंदगी बहुत अस्त-व्यस्त और उलझन भरी हो जाती है, लोग अधिकतर व्यसन में चले जाते हैं; क्योंकि असलियत बड़ी दर्दनाक होती है। लोगों को बहुत विशिष्ट चीजों की लत लग सकती है; जैसे कि शराब, सिगरेट, ई-बे (E-Bay) या फेसबुक, कंप्यूटर गेम्स या सेक्स। सभी व्यसन चाहे किसी ड्रग या किसी भोज्य या जुआखोरी जैसे किसी आचरण का हो, निद्राकारी तत्त्व छोड़ते हैं, जो शारीरिक व भावनात्मक पीड़ा को सुन्न कर देते हैं। फिर भी, अंततः उसका असर समाप्त हो जाता है या व्यसन अद्‌भुत आचरण से बच निकलने का कोई रास्ता अब नहीं दिखाता है और वास्तविकता लौट आती है उसी पीड़ा को लेकर।

यदि व्यसन के कारण आपको समस्याओं का सामना करना पड़ रहा है तो सबसे महत्त्वपूर्ण काम आप यह कर सकते हैं कि कबूल कर लें, हाँ, समस्या है। बात बहुत

आसान लगती है, लेकिन यह स्वीकरण या कबूलनामा हर उस काम के लिए मंच तैयार कर देता है, जो काम आप करेंगे। यदि आप निश्चय के साथ नहीं कह सकते कि आपको कोई समस्या है या नहीं, तो किसी प्रिय मित्र या परिवार के किसी सदस्य से पूछें। फिर उनकी सहायता से अपने आपसे यह सवाल करें, ''आप कितनी शराब पीते हैं, कितना खाते हैं, कितना जुआ खेलते हैं या सेक्स में किस कदर लिप्त रहते हैं? क्या इस आदत पर आपका कोई वश नहीं चलता है? क्या अपने व्यवहार के बारे में आपको ग्लानि महसूस होती है? क्या स्वास्थ्य के लिए गंभीर समस्याएँ खड़ी होने पर भी आप स्वयं को रोकने में असमर्थ पाते हैं? क्या इस प्रकार के आचरण का आपकी नौकरी या आपके पारिवारिक जीवन पर प्रभाव पड़ता है? क्या आपके परिवार में कुछ लोग हैं, जिन्होंने व्यसन से संघर्ष किया है? क्या आपको बता दिया गया है कि अब आपको तौबा कर लेनी चाहिए? आप जो कर रहे हैं, उसके लिए आप बहानों का सहारा लेते हैं या उसे छिपाने की कोशिश करते हैं।'' यदि इनमें से दो या अधिक सवालों के जवाब में आप 'हाँ' कहते हैं तो समझ जाइए, आपके लिए अब पीछे कदम हटाने और अपने व्यसन पर गंभीर दृष्टि डालने का समय आ गया है।

और याद रखें, किसी व्यसन से लोहा लेना आसान काम नहीं है। आपको न केवल किसी पेशेवर की मदद लेना चाहिए, जो आपका संपर्क आपके सामर्थ्य एवं आपकी भावनाओं के साथ जोड़ने में आपकी सहायता कर सके, बल्कि आपके मित्रों एवं परिवार से भी आपको जोड़ सके। अभी जाकर मदद लें। लगभग हर व्यसन के लिए सहायता समूह आपको वहाँ मिल जाएँगे। उन लोगों को खोजें, जो आपकी समस्या समझते हों। वे आपकी हिम्मत बढ़ाएँगे और आपको ऐसी सलाह देंगे, जिसके बारे में आप सोच भी नहीं सकते। किसी पेशेवर परामर्शदाता की मदद आपके परिवार एवं मित्रगण और किसी भी अन्य सहायता समूह के बीच आपके व्यसन को रोकना संभव है। आपके उपचार में इन लोगों की महत्त्वपूर्ण भूमिका है, क्योंकि वे आपको एक मजबूत आत्मविश्वास के साथ व्यसन से बाहर निकलने में आपकी हिम्मत के लिए अनिवार्य प्रेरणा-स्रोत हो सकते हैं।

कुछ ऐसी बातें भी हैं, जो आप निराशा की भावनाओं से निपटने के लिए अपने बूते पर कर सकते हैं, हालाँकि आपका व्यसन ऐसा करने से आपको रोकने की कोशिश कर रहा है। संभव हो तो ध्यान योग का अभ्यास करें। एक मिनट के लिए भी चुपचाप बैठकर चिंतन करने से आपको बड़ा लाभ होगा, आप अपने विचारों और अपनी भावनाओं को अधिक अच्छे ढंग से समझ सकेंगे। आपके विचार आते-जाते रहते हैं। वे स्थायी नहीं होते हैं और उन्हें बदला जा सकता है। ये सिर्फ मनोवृत्तियाँ हैं, जिन्हें आपके मस्तिष्क में उकेर दिया गया है। वे वास्तविकता नहीं हैं। अपने विचारों पर दृष्टि डालने का कोई

नया तरीका ईजाद करके आप उन्हें अधिक सहनीय बना सकते हैं और स्वीकरणों का प्रयोग करके उन्हें अधिक स्वस्थ मनोवृत्तियों में भी परिवर्तित कर सकते हैं।

आप डायरी लिखना शुरू करने के बारे में भी सोच सकते हैं। कभी-कभी अपने विचारों को शब्दों में व्यक्त करना भी उपयोगी सिद्ध होता है; क्योंकि तब आप उन्हें एक नए प्रकाश में, एक नए दृष्टिकोण में देख सकते हैं।

आप जो हैं, उसमें ही आपको अधिक सुरक्षित बनाना इन सारी क्रियाओं का ध्येय है। अपनी स्वाभाविक शक्ति के बारे में जानें। हम सबको इस ग्रह पर जीवित रहने और फलने-फूलने के लिए बनाया गया था। आप में उतनी ही शक्ति है, जितनी अगले व्यक्ति के पास है। आपको इतना ही करना है कि अपनी शक्ति को पकड़ें और उससे काम कराएँ।

क्लिनिक फाइलों से : व्यसन रोगी का वर्णन और विश्लेषण

जेनी, जो अब 49 वर्ष की है, हमेशा से अति संवेदनशील और आशंकित स्वभाव की थी। जब वह एक बच्ची थी, उसके पिता को एक व्यापारी होने के नाते अपने काम के सिलसिले में जल्दी-जल्दी सफर पर जाना पड़ता था। जेनी बहुधा बहुत अकेला महसूस करती थी। उसका ध्यान खाने की तरफ मुड़ गया, जो उसका हर समय का वफादार साथी बन गया। जेनी की दूसरी तीव्र इच्छा बैले डांसर बनने की थी; लेकिन जब उसने बैले स्कूल में भरती होने की अर्जी दी तो स्कूलवालों ने उसे कह दिया कि उसका शरीर बहुत भारी है और बैले में आगे बढ़ने की कोई विशेष संभावना नहीं है उसके लिए। हालाँकि उसने नृत्य करना जारी रखा। उसका वजन हमेशा एक समस्या बना रहा और अकसर उसे चोट लग जाती थी। विशेषकर घुटने की एक बुरी चोट के बाद डॉक्टर ने उसे दर्द के लिए ऑक्सीकोडॉन (Oxycodone) और चोट के कारण उपजी चिंता एवं घबराहट को कम करने के लिए जैमेक्स (Xamax) दवा लिखकर दे दी। तथापि, चोट ठीक हो जाने के बाद भी वह जैमेक्स तथा ऑक्सीकोडॉन एवं दूसरी दवाएँ लेती रही, ताकि उसकी चिंता एवं आशंकाएँ नियंत्रण में रहें। अंततः उसने बैले पूरी तरह छोड़ दिया।

आखिरकार जेनी ने विवाह कर लिया और जिंदगी बेहतर हो गई। वह अधिक खुश रहने लगी और कोशिश करके उसने दवाओं से पीछा छुड़ा लिया। लेकिन दूसरी संतान के जन्म के बाद उसकी उदासी व चिंता लौट आई और अपने मानसिक तनाव से निपटने के लिए उसने दुबारा नुस्खे में लिखी दवाएँ लेना शुरू कर दिया। जेनी के अंदर ऐसे लक्षण उभर आए, जिन्हें भिन्न-भिन्न डॉक्टरों ने अपने-अपने निष्कर्ष के अनुसार विभिन्न बीमारियों का नाम दिया; जैसे कि पुरानी थकावट, आँतों में मरोड़ एवं ऐंठन

का प्रकोप, ध्यानाभाव संबंधी विकार आदि इन सभी निदानों ने मिलकर जेनी को नई समस्याओं का मुकाबला करने के लिए दवाएँ लेना और दवाओं की भारी खुराक लेने के लिए बाध्य कर दिया। स्थिति जब यहाँ तक पहुँच गई तो एक चिकित्सक ने किसी गड़बड़ी की आशंका को देखते हुए उसके नुस्खे लिखने से मना कर दिया और उससे कहा कि उसे अपने व्यसन की समस्या से निपटने की जरूरत है।

स्वापक दवाओं, खान-पान, सेक्स, जुआखोरी, बचाव या जेनी के मामले में डॉक्टर द्वारा लिखकर दी गई दवाओं की लत का इस्तेमाल उन भावनाओं पर परदा डालने के लिए किया जाता है, जिन्हें हम सँभाल नहीं सकते, भले ही उन भावनाओं का संबंध उदासी, चिंता, क्रोध, खोए हुए प्यार, बोरियत से हो या क्षुद्र स्वाभिमान से—सूची बहुत लंबी है। व्यसन उन आंतरिक संदेशों को भी अवरुद्ध कर देता है, जिन्हें हम सुनना नहीं चाहते। जिन चीजों की लत लग जाती है, वे एक आध्यात्मिक शून्य, एक अनाम खालीपन को भरने का काम करती हैं, जिसके बारे में हम यह भी नहीं जानते कि वह क्या होता है, होता भी है या नहीं।

लेकिन व्यसन का अभिप्राय पदार्थों के साधारण उपयोग से नहीं है। उनके इस्तेमाल पर पूरी तरह निर्भर हो जाने के कारण ही कामकाज, स्कूल, घर या दूसरे संबंधों में समस्याएँ उठ खड़ी हुई हैं। व्यसन व्यक्ति को आलसी बना देता है। वह समय का पाबंद नहीं रहता, काम पर देरी से पहुँचता है, गैर-हाजिर हो जाता है या उसे नौकरी से निकाल दिया जाता है; क्योंकि वह अपने समेत हर किसी के प्रति जिम्मेदारियों की उपेक्षा करने लगता है। व्यसन कभी-कभी इस हद तक बढ़ जाता है कि यह शरीर की दृष्टि से खतरनाक हो जाता है। व्यक्ति दुर्घटनाओं का शिकार हो सकता है या उससे भी बुरा कुछ हो सकता है। किंतु हम इसके हानिकर परिणामों के बावजूद बाध्यकारी व्यवहार को रोक नहीं सकते।

जैनी को ऑक्सीकॉडॉन और जैनेक्स लेने की आदत पड़ गई, ताकि वह ठीक से सो सके, चिंता से मुक्त हो सके और उस पुराने दर्द को सह सके, जो बैले नृत्याभ्यास के दौरान उसके पैरों तथा रीढ़ की हड्डी में लगी चोटों के कारण उसे तकलीफ देता था। अत: हमने पहला कदम यह पता लगाने की दिशा में उठाया कि उसकी नई बीमारियों—थकान, आँतों में गड़बड़ी और ध्यानाभाव संबंधी विकार में से कोई बीमारी उसे उन दवाओं के लेने से तो नहीं हुई।

ऑक्सीकॉडॉन लगातार लेते रहने से आलस्य और निश्चेष्टता आ सकती है, ध्यान और याददाश्त क्षीण होने तथा कब्ज आदि का खतरा रहता है। जैनेक्स तथा अन्य लोहवान-युक्त दवाएँ (Benzodiazepines) ध्यान और स्मृति को भी कमजोर करती हैं। मैंने जब

जेनी को बताया कि वह निद्रा, चिंता और दर्द के लिए जिन दवाओं का सेवन कर रही है, शायद उन्हीं के कारण उसके स्वास्थ्य को नई-नई समस्याओं का सामना करना पड़ रहा है, इस पर जेनी ने कहा कि ऑक्सीकॉडॉन (Oxycodone) के बिना उसके लिए पीड़ा को सहना संभव नहीं है और फिर वह इस दवा के बचाव में नाराजगी व्यक्त करते हुए कहने लगी कि उसे समझ नहीं आ रहा है कि यह दवा उसे क्यों नहीं दी गई। शांत हो जाने के बाद उसने मुझे बताया कि उसे अपना जीवन घोर संकट में पड़ा नजर आने लगा है। खराब ढंग से गाड़ी चलाने के कारण वह अपना लाइसेंस पहले ही खो चुकी थी और अब उसके पति ने उसे तलाक देने की धमकी दे डाली, क्योंकि दवाओं की लत के कारण उनका वैवाहिक और पारिवारिक जीवन बुरी तरह प्रभावित हो रहा था।

मैंने जेनी को समझाया कि वह अकेली नहीं है और इसमें शर्मिंदगी की भी कोई बात नहीं है, क्योंकि स्वापक दवाओं (अफीम मिश्रित ओषधियों) का व्यसन दुनिया भर में बढ़ रहा है। मॉर्फीन, कोडिआइन, डिलाउडिड (Dilaudid), डेमिरॉल (Demerol), हिरोइन और ऑक्सीकॉडॉन सभी अफीम-मिश्रित दवाएँ हैं, जो प्रापक को प्रभावित करती हैं। यह वही है, जो मस्तिष्क/शरीर के मनोभाव, स्वाभिमान, आध्यात्मिक परितोष, पीड़ा और निद्रा को प्राप्त करता है।

यदि आप इन दवाओं का इस्तेमाल करते हैं, चाहे वे किसी डॉक्टर ने आपको लिखकर दी हों या आप उन्हें नुस्खे के बिना कहीं से प्राप्त कर लेते हों, आपके अंदर जल्दी एक सहन-शक्ति निर्मित हो जाती है, जिसका मतलब है कि आप वांछित प्रभाव पाने के लिए उस दवा की ज्यादा-से-ज्यादा खुराक लेना चाहते हैं। जैनेक्स अतिवान वैलियम और क्लॉनोपिन एक भिन्न प्रापक (रिसेप्टर) GABA Receptor पर प्रहार करती हैं। यह वही है, जिसे शराब प्रभावित करती है। इन दवाओं का असर इतना प्रचंड होता है कि आप इन्हें लेना एकदम बंद नहीं कर सकते, क्योंकि अचानक रोक देने से दौरा पड़ सकता है और मृत्यु भी हो सकती है।

मैंने जेनी को बताया कि उसे ऑक्सीकॉडॉन और जैनेक्स की लत से मुक्त होने के लिए सहारे की जरूरत है। कुछ दिन उसे नशा-मुक्ति केंद्र में रहना पड़ेगा, जहाँ उसकी देखभाल इस तरह की जाएगी कि उसका शरीर धीरे-धीरे नशीली दवाओं के बिना सँभलना सीख जाए और इसके साथ-साथ वह चिंता, निद्रा एवं पुरानी व्यायाम विषयक चोटों को सँभालने की नई तरकीबें भी सीख लेगी।

हालाँकि इस विषय में उसकी अनेक आपत्तियाँ थीं, फिर भी करीब एक माह के बाद वह एक नशा-मुक्ति केंद्र में दाखिल हो गई, जहाँ उसका डॉक्टर के परचे में लिखी दवाओं के व्यसन से छुटकारा दिलाने का उपचार किया गया। चिकित्सकों ने उसे

धीरे-धीरे उन दवाओं से मुक्ति दिला दी, जो दवाएँ वह ले रही थी और फिर उसके दिल की बहुत तेज धड़कन को नियंत्रण में लाने के लिए एक गैर-व्यसनात्मक ओषधि क्लॉनिडाइन (Clonidine) दी जाने लगी। तत्पश्चात् उसके पति के साथ सामूहिक बैठकों में जेनी को दवाओं के विषय में अनेक सुझाव दिए गए और कई ऐसे कार्यक्रमों को अपनाने की सलाह दी गई, जो उसके लिए न केवल हितकारी थे, बल्कि उनका उद्देश्य यह सुनिश्चित करना भी था कि नशा-मुक्ति केंद्र से जाने के बाद वह दुबारा ऑक्सीकॉडॉन की तरफ मुड़कर न देखे।

दर्द का उपचार करनेवाली टीम ने उसकी रीढ़ और उसके पाँवों का निरीक्षण किया और उसे गठिया (जोड़ों की सूजन) से पीड़ित बतलाया। उनकी राय में जेनी को यह रोग उस समय से था, जब वह बैले नृत्याभ्यास में भाग लिया करती थी। इस समस्या से निपटने की खातिर जेनी ने काफी मात्रा में विटामिन सी, अंगूर के बीज का सत्त और ग्लूकोसेमाइन सल्फेट (Glucosamine Sulfate) लेना शुरू कर दिया। इन अनुपूरक तत्त्वों के सेवन और साप्ताहिक योग, एक्युपंक्चर तथा यामुना बॉडीरोलिंग उपचारों की मदद से वह अपनी स्वाभाविक स्वास्थ्यकारी शक्तियों को जगाने में सफल हुई। स्थिति बहुत बिगड़ने पर वह Methadone, Levonethadl (LAAM), Waltrexone या Buprenorphine का प्रयोग हमेशा कर सकती थी, लेकिन अपने उपचारक दल की कड़ी निगरानी में।

स्वास्थ्य लाभ केंद्र में जेनी ने तार्किक व्यवहार चिकित्सा (Dialectical Behavior Therapy संक्षेप में—DBT) नामक एक चिकित्सा कार्यक्रम में हिस्सा लिया, जो खासतौर पर उन लोगों के लिए बनाया गया है, जो किसी विशेष प्रकार के पदार्थ के दुरुपयोग से उत्पन्न समस्याओं को झेल रहे हैं। DBT एक प्रकार से मनोयोग साधना का एक रूप है, जिसके अभ्यास से जेनी को अपनी चिंता पर नियंत्रण रखने में मदद मिली। उसने एक मनोरोग चिकित्सक की सलाह एवं सहायता ली, जो ओषधीय दवा को अनुपूरक दवाओं के साथ जोड़ने के विज्ञान में सिद्धहस्त था। अत: उसने अपने नुस्खे में जेनी को कृष्णकमल (Passianflaser), लोमन बाम और SHTP के साथ-साथ जॅलॉफ्ट (Idoft) तथा रेमरॉन (Remron) का इस्तेमाल करने का भी सुझाव दिया।

अंत में जेनी को एक व्यावसायिक परामर्शदाता एवं शिक्षक के साथ एक पक्का दीर्घकालिक कार्यक्रम बनाने का सुझाव दिया गया। उसे यह बात समझ में आने लगी कि उसके साथ दवाओं के दुरुपयोग, दर्द, चिंता और अनिद्रा का चक्कर उस समय से आरंभ हुआ, जब बैले को कॅरियर के रूप में अपनाने की उसकी इच्छा अधूरी रह गई और उसे आगे कोई दिशा नजर नहीं आ रही थी। उसके पेशेवर परामर्शदाता ने उसे

कुछ ऐसे विकल्प खोजने में मदद की, जिनमें उसकी रुचि हो सकती थी। उसके सामने एक विकल्प यह भी था कि अगर चाहे तो वह बच्चों के लिए एक नाट्य विद्यालय (डांस स्कूल) आरंभ कर सकती थी।

जेनी को अपने बारे में जानने और अपने आत्म-विश्वास को मजबूत करने की दिशा में जो सहायता प्राप्त हो रही थी, उसके अलावा उसने अपने बूते पर उन भावनाओं की ओर ध्यान देना शुरू किया, जो उसके व्यसन को बढ़ावा दे रही थीं। उसने चिंता के लिए इन स्वीकरणों का प्रयोग किया, "मुझे अपने आपसे प्यार है और मैं स्वयं को अच्छा समझती हूँ। मैं जीवन की प्रक्रिया में विश्वास करती हूँ। मैं सुरक्षित हूँ।" उदासी—"मैं अब दूसरे लोगों की आशंकाओं तथा हदबंदी के परे जाती हूँ। मैं अपने जीवन का निर्माण करती हूँ। संत्रास में सक्षम और बलवान् हूँ। मैं अपने जीवन में सभी स्थितियों को सँभाल सकती हूँ। मैं जानती हूँ, मुझे क्या करना है। मैं सुरक्षित व स्वतंत्र हूँ" और व्यसन—"मैं अब जान गई हूँ कि मैं कितनी अद्‌भुत हूँ। मैं स्वयं को प्यार करना और स्वयं में खुश रहना पसंद करती हूँ।"

इन सभी उपचारों ने एक साथ मिलकर एक प्रभावशाली समेकित योजना के तहत जेनी की मदद की, ताकि वह स्वयं को जान सके और अपनी पहचान वापस पा सके। वह अब इस काबिल हो गई थी कि अब अपने जीवन में अनिश्चितता और पीड़ा का सामना कर सके।

तृतीय भावनात्मक केंद्र में सबकुछ ठीक है।

तृतीय भावनात्मक केंद्र के दायरे में स्वास्थ्य से संबंधित अनेक समस्याएँ आती हैं, जिनमें पाचन से जुड़े हलके या संगीन रोग, रक्त-शर्करा संबंधी शिकायतें और वजन तथा व्यसन संबंधी समस्याएँ शामिल हैं। लेकिन इन सब समस्याओं के केंद्र में मुख्य समस्या स्वाभिमान के अभाव और आंतरिक आवश्यकताओं को बाहरी जिम्मेदारियों के साथ संतुलित करने की असमर्थता से संबद्ध है। जब आप अच्छा महसूस करते हैं और स्वाभिमान के प्रति आप एक स्वस्थ दृष्टिकोण बनाए रखते हैं, तब आप तृतीय भावनात्मक केंद्र में चिरस्थायी स्वास्थ्य का निर्माण कर सकते हैं। आप भावनात्मक रूप से और शारीरिक रूप से कितने स्वस्थ हैं, आपका शरीर आपको समय-समय पर बताता रहता है। उन संदेशों की ओर ध्यान दें। आपके असंतुलन को बढ़ावा देनेवाले मानसिक तनावों को पहचानें। यदि आप अपने शरीर की चेतावनियों को सुनते हैं और उन पर ध्यान देते हैं तो आपका शरीर आपको बता देगा।

जो नकारात्मक विचार-शैली और आचरण आपके रास्ते का रोड़ा बना हुआ है, उसे यदि आप बदल डालते हैं और स्वयं को व्यक्त करने के लिए आप परिवार, कामकाज

या दूसरों के लिए आपके द्वारा किए गए कार्यों की आड़ नहीं लेते हैं, बल्कि अपनी वास्तविक छवि को आगे रखकर स्वयं को परिभाषित करना सीख जाते हैं तो आप स्वस्थ हो जाएँगे। अपनी कमजोरियों को पहचानो जरूर, लेकिन उन पर न तो बहुत ध्यान दो और न उनसे भागने की कोशिश करो। अपनी योग्यता, अपने महत्त्व की तृप्ति करो और समझ जाओ कि आपके अंदर स्वाभाविक अच्छाई है। आप जो हैं और जैसे भी हैं, उसके बारे में किसी भी नकारात्मक विचार का प्रतिकार इस स्वीकरण से करें, ''मैं बहुत अच्छा हूँ। अपनी योग्यता को सिद्ध करने के लिए मुझे अत्यधिक परिश्रम करने की आवश्यकता नहीं है।''

खुद से प्रेम करें और फिर जो भी होगा, अच्छा होगा।

❑

7

सरस भावना

चतुर्थ भावनात्मक केंद्र : हृदय, फेफड़े और छाती

चतुर्थ भावनात्मक केंद्र आपकी आवश्यकताओं को उस दूसरे व्यक्ति की आवश्यकताओं के साथ संतुलित करने के बारे में है, जिस व्यक्ति से आपका रिश्ता है। यदि आप ऐसा नहीं कर पाते हैं तो आपका शरीर आपके दिल, वक्ष-स्थल या फेफड़ों से संबंधित समस्याएँ आपके सामने खड़ी करके आपको बता देगा और ये समस्याएँ इस प्रकार की होंगी, जैसे कि उच्च कॉलेस्टेरॉल, उच्च रक्तचाप, दिल का दौरा, रसौली, स्तन-शोथ या कैंसर, निमोनिया, दमा, खाँसी या साँस की तंगी। अपने चतुर्थ भावनात्मक केंद्र में आप पूर्णतया स्वस्थ रहने का रहस्य जानना चाहते हैं तो आपको समझना होगा कि अपनी आवश्यकताओं एवं भावनाओं को व्यक्त करते समय दूसरों की आवश्यकताओं एवं भावनाओं का ध्यान रखना भी उतना ही महत्त्व रखता है। यह बराबर के लेन-देन का विषय है।

जैसा कि अन्य भावनात्मक केंद्रों के साथ है, आपके शरीर का जो भाग प्रभावित है, वह इस बात पर निर्भर करेगा कि कौन सा आचरण या कौन सी नकारात्मक विचार-शैली किसी रिश्ते में भावनाओं के साथ आपके बरताव में असंतुलन पैदा कर रही है।

जो लोग अपनी भावनाओं के संपर्क में नहीं रहते हैं, उन्हें हृदय रोग लगने का खतरा रहता है; जो लोग अपनी भावनाओं से दबे रहते हैं, उन्हें अकसर फेफड़ों की समस्याओं का सामना करना पड़ता है और जो लोग अपनी भावनाओं के केवल सकारात्मक पक्ष को व्यक्त करते हैं, उनको वक्षस्थल (छाती) संबंधी समस्याएँ उत्पन्न हो जाती हैं। हम इस बारे में उस समय और अधिक बारीकी से चर्चा करेंगे, जब शरीर

के प्रत्येक भाग पर हम ध्यान देंगे। तथापि, सामान्य तौर पर यह कहा जा सकता है कि चौथे भावनात्मक केंद्र से संबद्ध नकारात्मक विचार और व्यवहार चिंता, खिन्नता, उदासी और दीर्घकालिक समस्याओं के कारण उत्पन्न होते हैं। चतुर्थ भावनात्मक केंद्र से संबद्ध स्वास्थ्य समस्याओं से ग्रस्त लोगों को जिंदगी से डर लगता है और वे स्वयं को एक अच्छा जीवन जीने योग्य नहीं समझते। प्रत्यक्षत: उनमें जीवन के प्रति उत्साह एवं उल्लास का अभाव पाया जाता है।

यदि आपको दिल, छाती या फेफड़ों की कोई समस्या है तो आपका शरीर आपसे कह रहा है कि आपको इस बात की जाँच करनी चाहिए कि आप किसी संबंध के भावनात्मक स्वास्थ्य की देखभाल कैसे करते हैं। संकेतों की बात करें तो वे हृदयाघात या छाती के कैंसर जैसे संगीन भले ही न हों, किंतु इतने सूक्ष्म अवश्य हो सकते हैं, जैसे कि वक्षस्थल का अति-संवेदनशील या नाजुक होना, थोड़ा सा बढ़ा हुआ रक्तचाप या फेफड़ों में खिंचाव।

आपके स्वास्थ्य में यदि आपको ऐसे मामूली बदलाव नजर आते हैं तो सबसे पहले उन पर ध्यान देना अत्यावश्यक है। हमेशा की तरह स्वास्थ्य की किसी भी गंभीर समस्या के लिए चिकित्सा सहायता अवश्य लें, किंतु स्वास्थ्य की इन समस्याओं के भावनात्मक पहलुओं पर भी ध्यान देना अत्यावश्यक है। उनकी उपेक्षा न करें। आपका लक्ष्य अपने व्यवहार और विचारों का कायाकल्प करना है, अत: आपको चाहिए कि आप दूसरों की मदद करने के लिए जो प्रयास करते हैं और जितनी ऊर्जा अपने में लगाते हैं, इन दोनों के बीच एक सहज संतुलन बनाकर रखें।

चतुर्थ भावनात्मक केंद्र : स्वीकरण सिद्धांत और विज्ञान

लुइस का स्वीकरण सिद्धांत चतुर्थ भावनात्मक केंद्र अवयवों के स्वास्थ्य के पीछे सूक्ष्म भावनात्मक भेदों की छानबीन करता है। इन क्षेत्रों में आपका स्वास्थ्य सभी भावनाओं को पूरी तरह अभिव्यक्त करने की आपकी क्षमता और क्रोध, निराशा तथा चिंता, तथाकथित नकारात्मक भावनाओं को अनुभव करने की सामर्थ्य विकसित करने पर निर्भर करता है; किंतु साथ में यह भी ध्यान रखना होगा कि आप इन नकारात्मक भावनाओं द्वारा अभिभूत हुए बिना ऐसा कर पाएँ। केवल तभी सच में यह संभव हो पाएगा कि आप क्रोध से बाहर निकल पाएँ; क्षमा करने, स्नेह देने और पुन: आनंद का अनुभव करने का कोई मार्ग खोज सकें। प्रेम और आनंद की भावना हो या भय तथा क्रोध की भावना, अपनी सभी भावनाओं को समझना, अनुभव करना और अभिव्यक्त करना आपके स्वास्थ्य के लिए अच्छा है। ये भावनाएँ, जैसा कि लुइस का कहना है, आपको जीवन भर गतिमान रखती हैं। इससे आपका रक्त आपके हृदय और रक्त वाहिनियों में

निरंतर प्रवाहित रहता है। असल में 'Emotion' शब्द की उत्पत्ति लेटिन शब्द से हुई है, जिसका अर्थ है 'Move' अर्थात् 'चलना-फिरना'।

अंतिम लक्ष्य स्वीकरणों के प्रयोग के नकारात्मक विचारों एवं व्यवहार को सकारात्मक विचारों एवं व्यवहार में बदलना और वास्तव में शारीरिक परिवर्तन को अंजाम देना है, जैसे कि रक्तचाप और कॉलेस्टेरॉल को कम करना, दमा के लक्षणों को हलका करना या छाती में रसौली बनने तथा छाती की अन्य समस्याओं का खतरा बढ़ानेवाले हार्मोनों को संतुलित करना।

दिल यानी हृदय आनंद और सुरक्षा के केंद्र का निरूपण करता है, इसी कारण हृदय संबंधी समस्याओं और उच्च रक्तचाप को पुरानी भावनात्मक समस्याओं तथा आनंद एवं उल्लास की कमी के साथ जोड़ा जाता है। अत: संपूर्ण हृदय का स्वास्थ्य और विशेष रूप से उच्च रक्तचाप एवं उच्च कॉलेस्टेरॉल से संबंधित बीमारियों के मामले में तो अवश्य ही आपकी जीवन में खुशी पाने और उस खुशी को भावनाओं के रूप में व्यक्त करने की योग्यता पर निर्भर करता है। जो कुछ आपके सामने है, उसका विरोध करने और उसे देखने-समझने से इनकार करने की मनोवृत्ति को धमनी काठिन्य (Arteriaselerosis) से संबद्ध माना जाता है, जो एक ऐसा रोग है, जिससे धमनियाँ तंग और सख्त हो जाती हैं, जिसके कारण रक्त-प्रवाह में बाधा पड़ती है। धन या पद की खातिर दिल से खुशी की एक-एक बूँद निचोड़ लेना दिल के दौरे या हृदयाघात को न्योता देने के बराबर है। यदि हम साँस या फेफड़ों की समस्या को लुइस के स्वीकरण सिद्धांत की नजर से देखें तो हम पाते हैं कि आपको साँस लेने में यदि तकलीफ होती है तो इसका अभिप्राय यह निकलता है कि आप जीवन-शक्ति से भय खाते हैं या उसे पूरी तरह अंदर खींचना आपको मंजूर नहीं है। और अंत में, आपकी दूसरों को बच्चों जैसा समझने की प्रवृत्ति अपने साथी की भावनाओं को पहले रखने तथा स्वयं का पोषण न करने की प्रवृत्ति इस ओर संकेत करती है कि आपको छाती से संबंधित समस्याएँ हैं—छाती में रसौली, छाती की कमजोरी और छाती में गिल्टी होना जैसी शिकायतें भी उनमें शामिल हैं।

अत: नकारात्मक विचारों एवं व्यवहार और चतुर्थ भावनात्मक केंद्र के बीच मन व शरीर के संबंध के विषय में विज्ञान हमें क्या-क्या बतलाता है ? क्या चिकित्सा-शास्त्र इस सिद्धांत का समर्थन करता है कि स्वीकरण हमारे हृदय, वक्ष-स्थल और फेफड़ों को स्वस्थ रखने में सहायक सिद्ध हो सकते हैं ?

हाँ, अवश्य करता है। हमारी चिंता, निराशा, उदासी और खोए हुए प्यार की 'हृदय वेदना' का रूपांतरण करके हम अपने फेफड़ों और छाती का स्वास्थ्य बदल सकते हैं। वास्तव में, एक के बाद एक अध्ययन से यह बात सिद्ध हो चुकी है कि चतुर्थ भावनात्मक

केंद्र से भावनाओं की अभिव्यक्ति तथा अवयवों की बीमारी के बीच संबंध होता है।

हृदय की बीमारियों पर एक दृष्टि डालने भर से हम समझ सकते हैं कि पुरुषों एवं स्त्रियों में दिल का दौरा किस-किस तरह आता है। स्त्रियाँ समग्र रूप से दिल में बीमारियों का अनुभव वैसे नहीं करती हैं, जैसे पुरुष करते हैं। उनका अनुभव भिन्न होता है। दिल का दौरा पड़ने पर पुरुषों में अलग प्रकार के लक्षण देखे जाते हैं। छाती में बाईं तरफ होनेवाली वही तीव्र पीड़ा, जो ऊपर जबड़े तक जाती है और फिर बाईं भुजा में नीचे तक महसूस होती है। औरतों के साथ ऐसा नहीं है। औरतों को जब दिल का दौरा पड़ता है, उनके लक्षण एक ही साँचे से निकले हुए नहीं होते हैं। उनकी पसलियों के नीचे अचानक पाचन संबंधी तकलीफ शुरू हो सकती है और चिंता के साथ-साथ अनेक दूसरे लक्षण भी प्रकट हो सकते हैं।

विज्ञान से पता चला है कि मस्तिष्क से दिल तक एक कड़ी है। शायद इसी कारण पुरुषों और स्त्रियों के बीच दिल के दौरे की अभिव्यक्ति में इस अंतर को उनके मस्तिष्क में कसे तारों से जोड़ा जाता है। इस बात को ध्यान में रखते हुए हम दिल का दौरा पड़ने के तरीकों पर गौर कर सकते हैं और समझ सकते हैं कि वे यह दिखाते हैं कि मस्तिष्क में भावनाओं को किस तरह सँभाला जाता है। स्त्रियों के मस्तिष्क का ढाँचा इस प्रकार का होता है कि उनका मस्तिष्क तथ्य और भावना से प्राप्त सूचना का निरंतर प्रयोग कर सकता है; जबकि पुरुषों की प्रवृत्ति ऐसी होती है कि वे भावना को एक किनारे कर देते हैं और अधिकतर मस्तिष्क के तर्क क्षेत्र का इस्तेमाल करते हैं। चूँकि स्त्रियों के मस्तिष्क कदाचित् अधिक संघटित होते हैं, इसी कारण स्त्रियाँ अपनी भावनाओं को बहुत आसानी से शब्दों में प्रकट कर पाती हैं और फिर कठिन समस्याओं के बारे में विचार-विमर्श करना चाहती हैं। पुरुषों को यह करने में बड़ी कठिनाई होती है और इसका नतीजा यह होता है कि इन भावनाओं को शारीरिक या दैहिक प्रतिक्रियाओं में चले जाने का मौका मिल जाता है। हो सकता है, पुरुषों के दिल का दौरा इसलिए अधिक विस्फोटक होता है, क्योंकि भावनाओं को अंततः किसी तरह तो बाहर निकलना होता ही है। वे बाहर निकलने के लिए अचानक एवं प्रकट रूप से क्या तरीका अपनाएँगी, हमें नहीं पता, न विज्ञान के पास इसका कोई जवाब है। लेकिन जब दिल के दौरे की बात आती है। ऐसा प्रतीत होता है कि पुरुषों का दिल उबाल पर आ जाता है, जबकि स्त्रियों का दिल अंदर-ही-अंदर खदबदाता है। भावनाओं और हृदय आघात (दिल का दौरा) के लक्षणों में संबंध लगता है।

दिल के दौरे और भावनाओं के बीच विज्ञान के निष्कर्षों के अनुसार और भी कई महत्त्वपूर्ण संबंध हैं। उदाहरण के लिए, जो लोग किसी बड़ी हानि जैसे कि किसी प्रिय

के निधन से मन में उपजी व्यथा को सहन नहीं कर पाते हैं, उनकी मृत्यु संभाव्यत: गमी अर्थात् शोक के पहले वर्ष में ही दिल का दौरा पड़ने और दिल की बीमारी से हो जाती है।

ऐसा भी देखने में आया है कि रिटायरमेंट के बाद या जीवन-यापन का जरिया नष्ट हो जाने पर लोग अकसर दिल का दौरा पड़ने से मर जाते हैं। इन दोनों हानियों के कारण उत्पन्न निराशा एवं विफलता की भावनाएँ बहुत प्रभावशाली हो सकती हैं और आपके दिल के स्वास्थ्य को प्रभावित कर सकती हैं। वास्तव में, एक अध्ययन में यह भी बताया गया है कि एक दिन में एक पैकेट सिगरेट पीनेवालों को भी दिल की बीमारी का उतना ही खतरा रहता है। एक या दो सिगरेट पीने से नहीं, पूरा एक पैकेट पीने से।

दूसरे अध्ययनों से यह बात सामने आई है कि व्यक्तित्व की विशेषताओं के अनुसार 'वर्ग ए' में आनेवाले लोगों में दिल की बीमारी लगने और दिल का दौरा पड़ने की संभावना बहुत अधिक रहती है। दूसरे शब्दों में कहा जाए तो उनके व्यक्तित्व के प्रकार और दिल की बीमारी का सीधा संबंध होता है। वे आक्रामक एवं प्रकट रूप से प्रतियोगी प्रवृत्ति के होते हैं, जिसके सहारे वे आगे बढ़ना चाहते हैं। इस मनोदशा को बनाए रखने के लिए उनका शरीर निरंतर मानसिक तनाव संबंधी हार्मोन के रिसते रहने की माँग करता है और इस कारण रक्तचाप बढ़ जाता है तथा धमनियाँ अवरुद्ध हो जाती हैं। लेकिन हम अपने विचारों को बदल सकते हैं और अपने हृदय के स्वास्थ्य को सकारात्मक रूप से प्रभावित कर सकते हैं। मिसाल के तौर पर, एक अध्ययन के अंतर्गत एक ऐसे व्यक्ति समूह को रखा गया, जिसमें शामिल सभी सदस्यों का व्यक्तित्व 'ए वर्ग' का था और जिन्हें दिल का दौरा पड़ चुका था। इनमें से जिन लोगों को यह सलाह दी गई कि वे अपने विचारों एवं व्यवहार को, विशेषकर अपने विद्वेष एवं क्रोध को व्यक्त करने से जुड़ी पुरानी भावनात्मक समस्याओं के संबंध में कैसे बदल सकते हैं। उनमें हृदय संबंधी समस्याओं की पुनरावृत्ति उन लोगों की अपेक्षा कम देखी गई, जिन्हें कोई सलाह नहीं दी गई थी।

वैज्ञानिकों ने यह भी पाया है कि दबाकर रखी गई भावनाएँ—विशेषकर चिंता, उदासी और क्रोध—उच्च रक्तचाप के साथ-साथ शिराओं को सख्त करने की समस्या उत्पन्न करने में एक भूमिका निभाती हैं। तो वह कौन सा जबरदस्त प्रभाव है, जो हमें उदासी एवं विषाद से उच्च रक्तचाप की तरफ ले जाता है ? विषाद के प्रभाव में आकर मस्तिष्क 'नॉरपाइनफ्रीन' नामक द्रव छोड़ता है, जो अधिवृक्क ग्रंथियों में तनाव पैदा करता है। फिर इस तनाव-खिंचाव के कारण अधिवृक्क ग्रंथियाँ बहुत अधिक मात्रा में कॉर्टिसोल (Cortisol) छोड़ने लगती हैं, जिसके फलस्वरूप कोशिका द्रव्यों (Cytokines) समेत उत्तेजक पदार्थों के बहने का सिलसिला शुरू हो जाता है। ये साइटोकिंस (Cytokines)

ऑक्सीजन को मुक्त अतिवादी (Free Radical) बना देते हैं, जो रक्त में किसी भी कॉलेस्टेरॉल को ठोस बनाने तथा धमनियों पर पक्का कर देने का काम करते हैं, जिसके कारण धमनियाँ अवरुद्ध हो जाती हैं और रक्तचाप बढ़कर उच्च रक्तचाप की सीमा में पहुँच जाता है। अतः आप उधर चल पड़ते हैं। विषाद का प्रभाव उच्च रक्तचाप की ओर धकेलता है और भावनाएँ मस्तिष्क से हृदय की तरफ चल देती हैं और इससे यही पता चलता है कि भावनाओं के रास्ते में आनेवाले अवरोध रक्त के प्रवाह में अवरोध उत्पन्न कर सकते हैं। इसी प्रकार की उत्तेजक प्रतिक्रिया उन लोगों में देखी जाती है, जो बहुत समय से हताशा भोग रहे हैं।

दमित भावना और रक्त वाहिनियों के स्वास्थ्य के बीच भी संबंध देखा गया है। यह बात अनेक अध्ययनों से निकलकर आई है, जिनके अंतर्गत स्ट्रेस कार्डियोमायोपैथी (Stress Cardiomyopathy) नामक एक संलक्षण (Syndrome) के विषय में शोध किया गया था। इस सिंड्रोम को 'भग्नोत्साह निराशा' भी कहा जाता है। यह स्थिति विविध भावनात्मक दबावों के परिणामस्वरूप उत्पन्न हो सकती है, जैसे कि दुःख (मिसाल के तौर पर, किसी प्रिय व्यक्ति की मृत्यु के बाद गहरे शोक में डूब जाना), भय, अत्यधिक क्रोध और आश्चर्य। अध्ययनों से पता चला है कि जो रोगी अपने क्रोध को अंदर भरे रखते हैं, अनभिव्यक्त छोड़ देते हैं, उनमें रक्त-वाहिका के तंग होने की समस्या अधिक पाई जाती है, जिसके कारण रक्तचाप बढ़ जाता है और हृदय की तरफ रक्त-प्रवाह घट जाता है।

सामान्यतः विज्ञान इस दावे का समर्थन करता है कि रक्तचाप संबंधी समस्याओं में दमित भावनाओं, विशेषकर चिंता, उदासीनता और क्रोध का हाथ होता है।

भावनाओं को अभिव्यक्त करने और स्वास्थ्य के बीच यही संबंध हमारे फेफड़ों के लिए भी सच है। एक अध्ययन में दमा रोगियों को भावनात्मक समझ या मनोयोग चिकित्सा का पाठ पढ़ाया गया था और इससे उनके श्वसन संबंधी लक्षणों में निश्चित रूप से बहुत सुधार हुआ। अध्ययन में उनको सिखाया गया कि वे जिस भावना का अनुभव कर रहे हैं, उसका नामकरण उन्हें कैसे करना है। उस भावना को भड़कानेवाले दृश्य विधान का संक्षेप में वर्णन करने के लिए कहा गया और उस भावना को शांत करने हेतु एक स्वस्थ व संतुलित प्रतिक्रिया चुनने के लिए कहा गया। भावनात्मक बुद्धि के साथ काम करने के इस अभ्यास से उनको श्वसनी दमा के दौरे पड़ने में काफी कमी हुई और उनकी जिंदगी की गुणवत्ता में बहुत सुधार हुआ।

वैज्ञानिक अनुसंधान से यह तथ्य निकलकर आया है कि भावनात्मक स्वास्थ्य का असर स्त्रियों की छाती (स्तन) के स्वास्थ्य पर पड़ता है। स्पष्ट शब्दों में कहें तो जीवन

भर दूसरों के पालन-पोषण, देखभाल में लगे रहने, क्रोध व्यक्त करने में असमर्थ महसूस करने और स्तन कैंसर के खतरे के बीच एक रिश्ता है। वास्तव में जो महिलाएँ बच्चे के पालन-पोषण को ही स्वाभिमान और स्त्री-सुलभ पहचान का स्रोत मानती हैं, उन्हें स्तन का कैंसर होने का खतरा छाती/स्तन संबंधी कष्ट भोग रही स्त्रियाँ (मैं भी उनमें से एक हूँ) शायद यह सोचती हैं कि वे अपनी भावनाओं को अंदर ही रोककर दूसरे लोगों का ध्यान रख रही हैं। लेकिन वास्तविकता यह है कि आत्म-बलिदान से असल में किसी का भला नहीं होता है और आपकी छाती के लिए यह अच्छा नहीं है। क्रोध, विषाद और चिंता की दीर्घकालीन अस्वास्थ्यकर अभिव्यक्ति मानसिक तनाव संबंधी हार्मोन कॉर्टिसोल के सामान्य स्तर को अस्त-व्यस्त कर देती है, जिसके कारण शरीर की कैंसर से बचे रहने की प्रतिरक्षक क्षमता निरुत्साहित हो सकती है। एक अध्ययन से पता चला कि स्तन कैंसर से ग्रस्त 75 प्रतिशत स्त्रियों की प्रवृत्ति ही ऐसी होती है कि वे अपनी परवाह न करके दूसरों पर अपनी जान निछावर करने के लिए सदैव तत्पर रहती हैं और जब स्तन कैंसर से स्वस्थ होने की बात आती है तो पाया गया कि स्नेहमय व्यवहार एवं प्रोत्साहन पाना उतना ही महत्त्व रखता है, जितना महत्त्व आपके द्वारा दूसरों को दिए जा रहे स्नेह और उनके भरण-पोषण की चिंता में डूबे रहने का है।

तो अब हमने चतुर्थ भावनात्मक केंद्र स्वीकरण सिद्धांत के पीछे के विज्ञान को समझ लिया है; लेकिन सवाल यही रह जाता है कि इन बीमारियों को ठीक करने के लिए हम वास्तव में क्या करते हैं?

हृदय विकार

जो लोग हृदय से जुड़ी स्वास्थ्य समस्याएँ भुगत रहे होते हैं, चाहे छाती में दर्द की शिकायत हो, दिल की धड़कन से जुड़ी तकलीफ हो, उच्च रक्तचाप हो, बेहोशी के दौरे आते हों या धमनियों के अंदर रुकावट हो, उन्हें अपनी भावनाएँ व्यक्त करने में कठिनाई होती है। उनके अंदर दबाकर रखी हुई भावनाओं का पहाड़ बन जाता है, जो कभी भी ज्वालामुखी की तरह फट सकता है और जब कभी उनका क्रोध हद से बढ़ जाता है या निराशा बरदाश्त के बाहर हो जाती है या कोई अव्यक्त एवं अप्रत्याशित चुप्पी अचानक संयम खो बैठती है तो यदा-कदा वे अपना गुबार निकालने के लिए पागलपन की हद तक चले जाते हैं। भावनाहीनता और प्रचंड भावावेश के बीच झूलते रहने के कारण ये लोग अपने आस-पड़ोस के लोगों के साथ मेल-मिलाप नहीं कर पाते हैं और वे कभी-कभी अकेले एवं मित्रहीन हो जाते हैं, क्योंकि वे संबंधों के साथ आई चिंता से निपटने में स्वयं को असमर्थ पाते हैं।

हृदय से संबद्ध लक्षण—वे भी जो हितकारी प्रतीत होते हैं, गंभीर हो सकते हैं,

अत: यदि आपको ऐसा महसूस होता है कि आपके हृदय की सेहत खतरे में है तो किसी डॉक्टर से परामर्श अवश्य लें। लेकिन इसके साथ यह भी अत्यावश्यक है कि आप अपने आचरण और विचार-शैली में परिवर्तन करके स्वास्थ्य के प्रति एक दीर्घकालिक दृष्टिकोण अपनाएँ।

आपकी स्वास्थ्य संबंधी समस्याओं के नीचे पड़ी भावनाओं के बारे में आपके शरीर द्वारा आपको भेजे जा रहे संदेशों को सुनें और फिर स्वीकरणों के जरिए अपनी मानसिकता बदलने का प्रयास करें। उदाहरण के लिए, हृदय के स्वास्थ्य से जुड़ी समस्याएँ आमतौर पर चिरकालीन भावनात्मक समस्याओं से उत्पन्न होती हैं, जिन समस्याओं ने हृदय को कठोर बना दिया है और खुशी व आनंद का मार्ग अवरुद्ध कर दिया है। इसलिए हमें चाहिए कि हम दिल खोल दें तथा हर्ष व उल्लास से अंदर आने दें। नकारात्मक भावनाओं का प्रतिकार करने के लिए एक अच्छा सामान्य स्वीकरण है, ''आनंद/आनंद/आनंद, मैं आनंद को प्रेमपूर्वक अपने मन और शरीर तथा अनुभूति में से बहने देता हूँ।''

धमनियों का कठोर होना या धमनी काठिन्य (Arterioselerosis) किसी प्रतिरोधी उद्देश्य, कठोर व संकीर्ण मानसिकता और जीवन में अच्छा देखने से इनकार के कारण उत्पन्न होता है। कॉलेस्टेरॉल से संबंधित आनंद के अवरुद्ध मार्गों को खोलने के लिए आप इस स्वीकरण का प्रयोग करेंगे, ''मुझे जीवन अच्छा लगता है। मेरे आनंद द्वार दूर-दूर तक खुले हुए हैं। आनंद प्राप्त करना सुरक्षित है।''

उच्च रक्तचाप से संबंधित अनसुलझी तथा चिरकालीन भावनात्मक समस्याओं को कम करने के लिए इस स्वीकरण का प्रयोग करें, ''मैं खुशी से अतीत को मुक्त करता हूँ। मैं शांतिमय हूँ।'' ये हृदय की कुछ सर्वाधिक सामान्य समस्याएँ हैं और अधिक विशेष स्वीकरणों के लिए लुइस का सुझाव है कि पृष्ठ 183 पर दी गई तालिका में अपनी विशिष्ट बीमारी का पता लगाएँ।

अपने दिल के स्वास्थ्य की रक्षा करने के लिए आपको अपनी भावनाओं के साथ और करीबी रिश्ता बनाना तथा उन भावनाओं को इस ढंग से व्यक्त करना आना चाहिए, जिससे कि आप उन्हें पूरी तरह समझकर चल सकें। अपनी भावनाओं की ओर ध्यान अवश्य दें, किंतु उनके बारे में कोई राय कायम न करें। जिस कारण से वह भावना आई, उस कारण को जानने-पहचानने का प्रयत्न करें। अपनी विश्लेषणात्मक कुशलताओं को कसौटी पर रखकर और अपनी भावनाओं की चीर-फाड़ करके उनके उद्‌गम और उनकी विशेषता निर्धारित कर आप समस्या का समाधान करनेवाले अपने बाईं तरफ के मस्तिष्क को दाईं तरफ के भावनात्मक मस्तिष्क से जोड़ रहे हैं। इससे आपको उन जटिल एवं पेचीदा भावनाओं को व्यक्त करने में आसानी होगी—पहले स्वयं के प्रति

और फिर आपके आस-पास के लोगों के प्रति। अपनी भावनाओं की ओर ध्यान देने से आपको अपनी प्रगति का नक्शा बनाने में आसानी होगी। यदि आपको अपने आस-पास के लोगों के बारे में अपनी भावनाओं को सँभालने में अभी भी मुश्किल का सामना करना पड़ रहा है तो कुछ स्थितियों में आपके समक्ष कोई भयावह या अति संवेदनशील भावना उपस्थित हो सकती है। आपको धीरे-धीरे इन स्थितियों को सुलझाना सीखना होगा, ताकि ये स्थितियाँ आपको अभिभूत न कर सकें और आपको चुप्पी साधने या अचानक फट पड़ने की जरूरत न पड़े।

अपनी भावनाओं के संपर्क में रहने के लिए आप मनोयोग और डायरी लिखने जैसे उपायों को भी अपना सकते हैं। कुछ ऐसे ऑनलाइन स्रोत भी हैं, जो आपको भावपूर्ण शब्दों की सूची मुहैया कराते हैं। उन सूचियों को देखें और उनसे परिचित हो जाएँ। आपके आस-पड़ोस के लोग जिन शब्दों का प्रयोग कर रहे हैं, उन शब्दों से परिचित हो जाने और उनका अर्थ स्पष्ट करने योग्य हो जाने से ही आपकी भावनात्मक शब्दावली में वृद्धि होने लगेगी।

एक बार स्वयं को अभिव्यक्त करने योग्य हो जाने पर संबंधों को आगे बढ़ाना अधिक आसान हो जाएगा और यह अत्यावश्यक है। एकाकी जीवन से स्वयं को दूर रखने के लिए आपको सबकुछ करना चाहिए, जो आप कर सकते हैं। सप्ताह भर के लिए ऐसे विभिन्न कार्यक्रमों की योजना बनाएँ, जिनमें शामिल होकर आप लोगों के साथ बातचीत करने के लिए बाध्य हो जाएँ। हो सकता है कि एक स्वैच्छिक कार्यकर्ता की हैसियत से आप इस समय का उपयोग नवयुवक-युवतियों के साथ पारस्परिक विचार-विमर्श के लिए करना चाहें। ये बच्चे भी आप ही की तरह एक-दूसरे से बातचीत करने की चतुराई विकसित करने की चेष्टा कर रहे हैं। उनकी सफलताओं और विफलताओं को देख-सुन व समझकर आप बहुत कुछ सीख सकते हैं।

यदि आप अपनी भावनाओं की पहचान करना और उन्हें एक स्वस्थ या रचनात्मक ढंग से अभिव्यक्त करना सीख सकते हैं तो आपकी हृदय रोग की तरफ जाने की प्रवृत्ति काफी हद तक घट जाएगी। अन्यथा आपकी हताशा, आपका क्रोध, आपकी उदासी, यहाँ तक कि आपका प्रेम भी उबलकर बहने लगेगा और उच्च कॉलेस्टेरॉल, उच्च रक्तचाप तथा Cordiovascular रोग में बदल जाएगा।

क्लिनिक फाइलों से : हृदय विकारों के रोगी का वर्णन और रोगोपचार विश्लेषण

पॉल एक 47 वर्षीय कंप्यूटर इंजीनियर है, जो अपने परिवार के साथ घर में बड़े आराम की जिंदगी बसर कर रहा था और अपने काम से भी बहुत खुश था। लेकिन अगर

आप उसे कहते कि कुछ समय के लिए अपनी आरामगाह से बाहर निकले और एक कॉकटेल पार्टी या किसी दूसरे सामाजिक आयोजन में शामिल होने का निमंत्रण स्वीकार करे तो अचानक वह चिंता में पड़ जाता और अंतर्मुखी हो जाता। उसकी स्वाभाविक प्रतिभाओं ने उसे एक ऐसे जीवन की ओर धकेल दिया, जहाँ इनसान के साथ पारस्परिक विचार-संप्रेषण के लिए कोई गुंजाइश नहीं थी। जब वह अपने घर में परिवार के साथ होता था, तब भी शाम को वह अपना अधिकांश समय कंप्यूटर पर ही व्यतीत करता था।

पॉल के बच्चे जब तक बड़े नहीं हुए और उन्होंने घर से बाहर निकलना नहीं शुरू किया, तब तक जिंदगी बड़ी सुखद थी। लेकिन अब उसकी पत्नी उससे भावनात्मक संबंध की अधिक अपेक्षा करने लगी। लेकिन पॉल उसकी अपेक्षा का जवाब देने में असमर्थ था, वह और भी अधिक आशंकित तथा अपने आप में जरूरत से ज्यादा सिमटा हुआ रहने लगा। कुछ ही समय में उसका रक्तचाप बढ़ गया, उसके दिल की धड़कन तेज हो गई, छाती में दर्द उठने लगा और डॉक्टर ने जाँच के बाद बताया कि उसके दिल में एकचक्रीय रक्तवाहिनी (Coronary Artery) अवरुद्ध है।

हमने पॉल की मदद करने का बीड़ा उठाया। हम चाहते थे कि वह अपने हृदय तथा रक्त-वाहिनियों को स्वस्थ रखने के लिए एक दीर्घकालिक योजना बनाए और उसका पालन करे। हमने सबसे पहले उसे यह समझाया कि एक रक्त-संचार संबंधी तंत्र देखने में कैसा लगता है।

हृदय एक मांसपेशी है, जो ऑक्सीजनीकृत रक्त को सभी धमनियों के जरिए शरीर के सभी ऊतकों में भेजती है। यदि धमनियाँ अर्थात् रक्त वाहिनी कॉलेस्टेरॉल के कारण और धमनी काठिन्य जैसे किसी रोग द्वारा बंद या अवरुद्ध हो जाती हैं, सख्त एवं कठोर हो जाती हैं, उस स्थिति में लोगों को बहुत अधिक तनाव या उच्च रक्तचाप की समस्या उत्पन्न हो जाती है।

शरीर में धमनियों का एक बहुत बड़ा नेटवर्क है। उसमें हृदय की धमनियाँ (Coronary Arteries) भी आती हैं। यदि ये धमनियाँ बहुत अधिक कॉलेस्टेरॉल और धमनी काठिन्य (Arteriosclerosis) की वजह से अवरुद्ध हो जाती हैं तो दिल को पर्याप्त ऑक्सीजन नहीं मिल सकती और इस कारण छाती में दर्द होता है या एंजाइना (कंठ शूल) की शिकायत हो जाती है। हृदय की मांसपेशी उस प्रक्रिया में मर जाती है, जिसे दिल का दौरा या हृत्पेशी भंजन (Myocardial Infraction) कहा जाता है।

पॉल की पहली समस्या धमनी काठिन्य की थी। लेकिन उसे चक्रीय धमनी के अवरुद्ध हो जाने की भी बीमारी थी। उसकी एक ही कॉरोनरी आर्टरी (चक्रीय रक्त-वाहिनी) अवरुद्ध थी और उसे छाती में महसूस हो रहा दर्द एंजाइना (Angina) था।

वह खुशकिस्मत था कि उसे दिल का दौरा नहीं पड़ा। पॉल ने तुरंत फैसला किया कि वह नाल-शलाका (Catheter) के जरिए अपनी कॉरोनरी आर्टरी से 90 प्रतिशत अवरोध को हटवाना चाहेगा। उसे यह भी पता चल गया कि अगर वह अपनी जीवन-शैली में परिवर्तन नहीं करेगा तो दूसरी कॉरोनरी धमनियाँ भी जल्दी अवरुद्ध हो जाएँगी।

पॉल के लिए यह सौभाग्य की बात थी कि धमनी-काठिन्य की समस्या को हल करने के लिए जिन अनेक उपायों का सहारा लिया जाता है, जैसे कि कॉलेस्टेरॉल को कम करना तथा धमनियों की दीवारों में आई अकड़न को ढीला करना, वे कॉरोनरी आर्टरी रोग का भी उपचार करते हैं।

लेकिन पॉल के दिल की धकधकी का क्या किया जाए? उसकी बीमारी को निलय पट संबंधी हृत्प्रवेग अर्थात् अतिशय धड़कन (Ventricular Tachycardia) का नाम दिया, जो एक प्रकार का हृद स्पंदन लय विकार होता है, अर्थात् दिल की धड़कन के सामंजस्य में गड़बड़ी। हृदय के दाईं तरफ अंदर की ओर नस तंतुओं की एक क्लिष्ट शृंखला होती है, जिसे SA ग्रंथि और Purkinje Fibres कहा जाता है, जो हृदय की गति तथा स्पंद लय को नियंत्रित करते हैं। यदि निकटवर्ती कॉरोनरी धमनियाँ अवरुद्ध हो जाती हैं तो दिल की सामान्य धड़कन बिगड़ जाती है और हृत्प्रवेग या तंतकरण जैसा एक असामंजस्य पैदा हो जाता है। यहाँ समाधान धमनियों को खोलने तक ही सीमित नहीं था, बल्कि उस क्षतिग्रस्त नाड़ी तंत्र को ठीक से स्थिर करना एवं जमाना भी था, जिसके कारण स्पंद लय में असामान्यता आई।

दिल की धकधकी से मुक्त होने के लिए पॉल को जीवन-शैली और दवा में परिवर्तन करना जरूरी था। पॉल के हृदय चिकित्सक ने उसे एक अल्पकालीन पथ्यापथ्य अनुशासन के अंतर्गत रखा, जिसके अनुसार उसे नाइट्रॅग्लिसरीन (छाती में दर्द महसूस होने पर ही) जीभ के नीचे रखने की सलाह दी गई। छोटी एस्परीन, कैल्सियम को जाने से रोकने के लिए बहुधा ली जानेवाली वेरापमिल (Verapamil) नामक एक दवा, एक बीटा निरोधक (Beta blocker) और उसका कॉलेस्टेरॉल कम करने के लिए लिपिटॉर (Lipitor) लेने के लिए कहा गया। उसे वियाग्रा (Viagra) जैसी कोई दवा लेने से सख्त मना किया, क्योंकि ऐसी दवा लेने से धड़कन तेज हो जाती है या अनियमित हो जाती है।

लेकिन दवा इतनी ही थी। बीमारी से बचने और कॉरोनरी आर्टरी की बाइ पास सर्जरी न कराने के लिए उसे अपनी अस्वास्थ्यकर आदतों को बदलना बहुत आवश्यक था। अत: हमने सबसे पहले इस बात पर ध्यान दिया कि उसकी चिंता को कैसे दूर किया जाए। उसने एक परामर्शदाता का आसरा लिया, जिसने उसकी सिगरेट पीने की बुरी आदत को छुड़ाने के लिए उस पर एक कड़ा अनुशासन लागू किया। पॉल अपनी नसों

को शांत करने के लिए सिगरेटों का इस्तेमाल करता था। पॉल और उसके परामर्शदाता ने मिलकर जो यह कार्यक्रम बनाया, उसमें क्लोनोपिन (Klonopin) नामक दवा का अल्पकालीन प्रयोग और मनोयोग अभ्यास तथा संज्ञानात्मक व्यवहार संबंधी उपचार का दीर्घकालीन प्रयोग करना शामिल था, ताकि उसकी चिंता कम हो, रक्तचाप सामान्य हो जाए और वह धूम्रपान छोड़ सके।

पॉल के लिए वजन घटाना बहुत जरूरी था। जैसा कि आप जानते ही हैं, वसा और कॉलेस्टेरॉल संबंधी समस्याओं का आपस में घनिष्ठ संबंध है। अत: हमने पॉल को अभ्यास के लिए कोई ऐसा दैनिक कार्यक्रम चुनने का सुझाव दिया, जिसे वह बनाए रख सके। उसने एक खड़ी साइकिल पर प्रतिदिन 20 से 30 मिनट तक व्यायाम करके करीब 20 पौंड वजन कम किया।

वह एक पोषाहार संबंधी चिकित्सक के पास गया, जिसने भेषजीय कोटि की एक मल्टीविटामिन और ऑक्सीकरण-विरोधी दवा का सेवन कराया, जिसमें कॉलिक एसिड बी-6, बी-12, विटामिन सी, कैल्सियम, क्रोमियम, कॉपर, जिंक, सेलेनियम और अल्फा-टॉकोट्राइनॅल सम्मिलित था। इन अतिरिक्त एवं अनुपूरक दवाओं की योजना बनाते समय किसी कुशल व्यवसायी के साथ परामर्श करना अत्यावश्यक होता है, क्योंकि वे आपके असाधारण मामले को देखकर सुझावों में परिवर्तन कर सकते हैं। वे यह भी देखेंगे कि आप पहले से कौन सी दवाएँ नुस्खे पर लेते चले आ रहे हैं ? अपने रक्तचाप को नियंत्रण में रखने के लिए पॉल ने अपने चिकित्सक से स्वास्थ्य की जाँच कराने के बाद स्टीविआ (Stevia), हॉथॉर्न (Hawthorn), कुकरौंधा (Dandelion) और लाइकोपीन (Lycopene) लेना शुरू कर दिया था।

ऊपर जिन अनुपूरक दवाओं की सूची दी गई है, उनके अतिरिक्त एक और बहुत महत्त्वपूर्ण अनुपूरक दवा थी—कोएंजाइम। यह अनुपूरक दवा संकटकालीन दवा थी, क्योंकि पॉल स्टेटिन लिपिटॉर (Statin lipitor) ले रहा था। हालाँकि स्टेटिन दवाएँ दिल की बीमारी का खतरा कम कर सकती हैं, किंतु वे आपके शरीर के कोएंजाइम Q10 का स्तर भी नीचे कर देती हैं। यह द्रव, जिसे शरीर स्वाभाविक रूप से बनाता है, सभी कोशिकाओं के लिए अनिवार्य है, ताकि कोशिकाएँ अपना मूल कार्य कर सकें। इस कारण इसकी पुन: पूर्ति करना अत्यावश्यक है।

यदि पॉल के हृदय चिकित्सक का निर्णय था कि लिपिटॉर का बहुत अधिक प्रतिकूल असर होता है तो वह पॉल को अपेक्षाकृत किसी अधिक प्राकृतिक मार्ग की ओर ले जा सकता था। लाल चावल, जिसके खमीर से शराब बनती है, पोषण संबंधी एक अनुपूरक है, जो वैसे ही परिणाम देता है जैसे परिणाम कुछ प्रमुख स्टेटिन से प्राप्त

होते हैं। वास्तव में, लॉवैस्टेटिन (Lovastatin) एक और लोकप्रिय डॉक्टरी दवा लाल खमीरी चावल (Red Yeast Rice) से संश्लेषित की जाती है। एस्टाजैन्थिन कैरॉटिनाइड (Astaxamthin Carotenoid) सूक्ष्म शैवाल, सैल्मम, ट्राउट और झींगी (Shrimp) में पाया जानेवाला एक एंटी-ऑक्सीडेंट भी कॉलेस्टेरॉल पर स्टेटिन जैसा ही असर करता है।

पॉल ने अपनी धमनी (रक्तवाहिनी) के झिल्लीदार आवरण और अपनी मनोदशा को स्थिर करने में सहायता के लिए लेना भी शुरू कर दिया। उसने अपने दिल और दिमाग दोनों की रक्षा के लिए ऐसिटाइल-एल-कार्निटाइन (Acetyl-L-Carnitine) का सेवन किया। अंत में पॉल ने अपने दिल की सेहत सुधारने और उदासी से छुटकारा पाने में सहायता के लिए साइबेरियाई जिन्सेंग लेना शुरू कर दिया। अपने चिकित्सक की अनुमति से वह एक एक्युपंक्चरिस्ट एवं चीनी जड़ी-बूटी विशेषज्ञ की सलाह लेने के लिए भी गया, जिसने उसके कॉलेस्टेरॉल रक्तचाप को नियंत्रित करने के लिए जड़ी-बूटी से बनी कुछ ओषधियाँ उसे देनी शुरू कर दीं। इनमें यूकोमिएल (Eucommial), शाखिका (Ramulus), वरूथिका (Scutel lariae) और वर्धकि शाक (Prunella) जैसी जड़ी-बूटियाँ शामिल थीं।

पॉल ने हाइपरबैरिक ऑक्सीजन चिकित्सा के बारे में भी विचार किया, क्योंकि लंबे मानसिक तनाव और उच्च रक्तचाप से चोटिल रक्त वाहिकाओं को इस चिकित्सा से सुधारा जा सकता है; लेकिन अंत में उसने अपना इरादा बदल दिया, जिसका कारण सिर्फ यह था कि जिस क्लिनिक में यह उपचार उपलब्ध था, वहाँ जाना अपने आप में एक समस्या थी।

अपनी शारीरिक बीमारियों के इलाज पर ध्यान देने के साथ-साथ पॉल ने उन आचरणों एवं बुनियादी धारणाओं को बदलने का भी प्रयास किया, जिनके कारण उसका स्वास्थ्य और अधिक बिगड़ सकता था। उसने हृदय के सामान्य स्वास्थ्य के लिए स्वीकरणों का अभ्यास किया, "मेरा हृदय प्रेम की लय पर धड़कता है।" हृदय संबंधी समस्याएँ—"आनंद, आनंद, आनंद। मैं आनंद को प्रेमपूर्वक अपने मन और शरीर में प्रवाहित होने देता हूँ और अनुभव करता हूँ।" धमनी को स्वस्थ रखने की कामना—"मैं खुशी और आनंद से भरा हूँ। यह मेरे दिल की हर धड़कन के साथ मेरे अंग-अंग में प्रवाहित होता है।" और चिंता—"मुझे खुद से प्यार है और मैं खुद को अच्छा समझता हूँ तथा मुझे जीवन की प्रक्रिया में विश्वास है। मैं सुरक्षित हूँ।" उसने भावना के बारे में जानने का भी अभ्यास किया। उसने भाव-प्रवण शब्दों की सूची का अध्ययन किया और धीरे-धीरे शुरू करके अपनी आवश्यकताएँ उन लोगों को व्यक्त करने का अभ्यास किया, जो उसके सबसे अधिक निकट थे। यदि उसने कभी महसूस

किया कि भावना उसे अभिभूत कर रही है तो वह भावना को अपने ऊपर हावी होने से रोकने का सामर्थ्य रखता था और उससे दूर भागने या फट पड़ने के बजाय देख व समझ सकता था कि हो क्या रहा है।

अपने विचारों एवं कृत्यों में परिवर्तन करके पॉल को एक स्वस्थ एवं खुशहाल भविष्य नजर आने लगा, जिसमें दूसरे लोग भी शामिल थे। वह अपनी भावनाओं को व्यक्त करना तथा अपने आस-पास दूसरों की भावनाओं को सुनना सीख गया।

फेफड़ों की बीमारी

जिन लोगों को फेफड़ों या साँस लेने से संबंधित कष्ट होते हैं, जैसे कि श्वास-नली शोथ, निमोनिया, नाक बहना, खाँसी, दमा या परागज ज्वर, उन लोगों को जीवन में पूरी तरह लग जाने में मुश्किल होती है; क्योंकि वे भावनाओं के उबड़ते गुबार से साँस लेने की कोशिश कर रहे हैं। उनकी भावनात्मक छिद्रिलता और संवेदनशीलता इतनी महान् होती है कि वे एक क्षण में उच्चतम ऊँचाई से निम्नतय निचाई तक उतर सकते हैं और उनकी भावनाएँ उनके इर्द-गिर्द हर चीज से प्रभावित होती हैं। हृदय विकारों से ग्रस्त लोगों के एकदम विपरीत फेफड़ों की समस्या भुगत रहे लोग भी अपनी भावनाओं में बहुत अधिक डूबे हुए तथा संतृप्त हो सकते हैं। अपनी इस मनोदशा के कारण उनके लिए समाज और संबंधों में काम करना आसान नहीं होता है।

तो फिर आप सूँ-सूँ करने, खाँसने और छींकने की समस्या से कैसे निपटते हैं? पहली बात, जैसा कि सभी पुराने शारीरिक रोगों से छुटकारा पाने के लिए किया जाता है, अपनी समस्याओं के विषय में किसी चिकित्सक या पेशेवर नर्स से सलाह-मशविरा करें। लेकिन हमेशा की तरह आपके शरीर द्वारा आपके स्वास्थ्य के बारे में आपको भेजे जा रहे सूक्ष्म संदेशों पर ध्यान देना न भूलें।

साँस की तकलीफ इस तरफ इशारा करती है कि आप जिन लोगों से स्नेह करते हैं और जिनके बारे में चिंतित रहते हैं, उनके साथ अपने दैनिक पारस्परिक व्यवहार में आपको अपनी भावनाओं पर नियंत्रण रखने की अपनी क्षमता पर ध्यान देने की जरूरत है। यदि दूसरे लोगों की भावनाओं—क्रोध, खिन्नता, उदासी को आप बहुत अधिक दिल से लगाते हैं तो समझ लीजिए कि आप दमा के दौरों, सर्दी-जुकाम, फ्लू या अन्य श्वसन संबंधी समस्याओं को निमंत्रण दे रहे हैं।

फेफड़ों की समस्याओं के लिए मन व शरीर परिवर्तन को पूरा करने के उद्देश्य से हमें उस नकारात्मक विचार-शैली पर जीत हासिल करनी चाहिए, जो बहुत समय से हमारे कार्यों को अपने इशारे पर नचाती रही है। फेफड़ों से संबंधित विकारों के संदर्भ में लुइस के स्वीकरण मोटे तौर पर उन आशंकाओं को दूर करने से संबंध रखते

हैं, जिन आशंकाओं के कारण हम जीवन से न तो पूर्णतया जुड़ पाते हैं और न जीवन का पूरा आनंद ले पाते हैं। सर्दी-जुकाम और फ्लू का सामना करने के लिए एक अच्छा स्वीकरण इस प्रकार है, ''मैं सुरक्षित हूँ। मुझे अपना जीवन प्यारा लगता है।'' खाँसने में दुनिया पर इस तरह भौंकने की इच्छा व्यक्त होती है, ''मुझे देखो! मेरी बात सुनो!'' बार-बार झूँक-झूँक खाँसने की समस्या के लिए लुइस ने इस उपचारक स्वीकरण को अपनाने का सुझाव दिया है, ''मुझे अत्यंत सकारात्मक दृष्टि से देखा एवं सराहा जाता है। मुझे सब प्यार करते हैं।''

फेफड़ों की समस्याएँ, जैसे कि निमोनिया, वातस्फीति (Emphysema) और COPD (Chronic Obstructire Pulmonary Desease) पुराना अवरोधक फुफ्फुसीय रोग उदासी, शोक तथा इस भय से जुड़ी हुई हैं, जब व्यक्ति इस सोच में डूबा रहता है कि वह जीवन का पूरा आनंद उठाने में असमर्थ है या जीने योग्य नहीं है, अत: इस सोच का प्रतिकार करने हेतु इस स्वीकरण का प्रयोग करें, ''मैं जीवन की पूर्णता को भीतर ग्रहण करने की क्षमता रखता हूँ। मैं जीवन को प्रेमपूर्वक परिपूर्ण रूप से जी रहा हूँ।'' फेफड़ों की बीमारी हमारे बीच उन लोगों में बहुत सामान्य है, जो भावनाओं को बहुत तीव्रता से महसूस करते हैं, लेकिन भावनाओं को सँभालना नहीं जानते। वातस्फीति के साथ न केवल प्राणवायु को अंदर लेने में भय लगता है, बल्कि ये लोग साँस लेना ही नहीं चाहते। उन्हें जोर-जोर से यह कहने की कोशिश करनी चाहिए, ''पूरी तरह और मुक्त रूप से जीना मेरा जन्मसिद्ध अधिकार है। मुझे जिंदगी से प्यार है। मुझे खुद से प्यार है और मैं खुद को दिल से लगाए रखता हूँ। मैं सुरक्षित हूँ।'' निमोनिया का नाता नैराश्य जिंदगी से ऊब जाने और ऐसी भावनात्मक चोटों से जोड़ा जाता है, जो चोटें कभी ठीक नहीं होती हैं। जिंदगी नए सिरे से शुरू करने और पुराने घावों को भरने के लिए बार-बार यह दोहराने की कोशिश करें, ''मैं मुक्त रूप से उन श्रेष्ठ विचारों को मन के अंदर आने देता हूँ, जो जीवन की श्वास एवं समझ से भरे-पूरे होते हैं। यह एक नया क्षण है।''

दमा के रोगी को साँस लेने में बड़ी कठिनाई होती है। उसे ऐसा लगता है जैसे उसका दम घुट रहा है या कोई उसका गला दबा रहा है। अगर आपको दमा है और आप महसूस करते हैं कि आपका दम घुट रहा है तो इन शब्दों पर ध्यान लगाने अर्थात् चिंतन करने की चेष्टा करें—''मैं अपने जीवन की जिम्मेदारी सँभालने के लिए अब निरापद महसूस करता हूँ। मैं मुक्त होना पसंद करता हूँ।'' और अधिक स्वीकरणों के बारे में जानने के लिए लुइस का सुझाव कि आप पृष्ठ 183 पर दी गई तालिका में अपनी विशिष्ट बीमारी खोजें।

आप चिंतन एवं सोच-विचार की इस नई शैली के जैसे-जैसे अधिक अभ्यस्त होंगे

तथा स्वीकरणों का प्रयोग करने में अधिक निपुण होंगे, वैसे-वैसे आपके नकारात्मक विचारों एवं व्यवहार में परिवर्तन होने लगेगा। यह एक संकटपूर्ण समय है, अत: इसके साथ डटे रहें। आपकी पुरानी आदतों को विकसित होने में वर्षों लगे और आपको उनसे अलग होने में भी कुछ समय लगेगा। लेकिन हमारा वादा है, आप कर सकते हैं।

फेफड़ों की समस्या से जूझ रहे लोगों को चाहिए कि वे अपनी भावनाओं पर नियंत्रण रखना सीखें, भावनाओं से अभिभूत न हों और न दूसरों की भावनाओं से इस हद तक प्रभावित हों। हालाँकि यह बात अंतर्बोध-विरोधी हो सकती है। इसका एक तरीका यह है कि आप अपनी भावनाओं के साथ एक नया रिश्ता बनाएँ, उनमें एक नई झंकार पैदा करें, उनको एक नई संगति दें। ध्यानयोग जैसे अभ्यास से आप मन को शांत करना सीख सकते हैं। वे आपको भावनाओं के साथ एक अधिक टिकाऊ एवं स्थिर संबंध बनाने में मदद कर सकते हैं, ताकि आप अपनी भावनाओं को नियंत्रित करना सीख सकें और उनकी मौजूदगी के प्रति इतनी अधिक प्रतिक्रिया न दिखाएँ।

एक और तरीका है, जो आपकी प्रभावशाली भावनाओं के परिणामों को नियंत्रित करने के काम आ सकता है। अपने विगत भावनात्मक विस्फोटों पर नजर डालें और यह पता लगाने की कोशिश करें कि इनके पीछे क्या कारण थे। इन विस्फोटों को किसने भड़काया? आप क्या अनुभव कर रहे थे, जिसके चलते आप भड़क उठे? कहाँ पहुँचकर आप डगमगा गए? यदि आप उन कारणों को पहचान सकें, जिन्होंने आपको भड़काया और यह भी कि आपके शरीर ने उनके जवाब में क्या प्रतिक्रिया दरशाई, आपको यह ज्ञान हो जाएगा कि किस क्षण में कौन सी भावना आपको अभिभूत कर रही थी और फिर आप ऐसा होने नहीं देंगे। यह परिवर्तन स्वाभाविक रूप से नहीं आएगा, लेकिन आएगा जरूर। जिस क्षण आप अपने शरीर में प्रभावशाली भावनाओं के उभरने के संकेतों को पहचानने लगेंगे, तभी आप अपेक्षाकृत एक अधिक रचनात्मक ढंग से प्रतिक्रिया कर सकेंगे। आप समय निकाल सकेंगे, इसका मतलब चाहे किसी उत्तेजित स्थिति को वास्तव में छोड़कर चले जाना हो या केवल मानसिक रूप से दूर हट जाना हो, ताकि आपकी भावनाओं की उग्रता कुछ कम हो सके। जैसे-जैसे आप मनोयोग, सजगता और सकारात्मक विचार-शैली को अपनी नित्यचर्या का एक हिस्सा बनाते हैं, वैसे-वैसे आप जानने लगेंगे कि अब आपको जल्दी-जल्दी अपनी भावनाओं से दूर नहीं जाना है।

इन क्रियाओं एवं स्वीकरणों की सहायता से आप भावनात्मक रूप से एक अधिक संतुलित जीवन की ओर बढ़ने में सफल होंगे। यदि आप चाहते हैं कि आपके फेफड़े स्वस्थ रहें, आपको चाहिए कि आप अपनी भावनाओं को अधिक शांत, अधिक नियंत्रित तरीके से व्यक्त करना सीखें। शांत, संयत और कार्यभारी होने के बावजूद उत्तेजक एवं

भावना-प्रवण होना संभव है। पारिवारिक जीवन पूरी उमंग एवं उल्लास के साथ जीना तथा अपनी भावनाओं को अपने जीवन में महत्त्वपूर्ण साझेदारों की आवश्यकताओं के साथ संतुलित करना सीखें और फिर देखें कि चतुर्थ भावनात्मक केंद्र में आपके स्वास्थ्य में कितना सुधार होता है।

क्लिनिक फाइलों से : फेफड़ों की बीमारी, रोगी का वर्णन एवं विश्लेषण

60 वर्षीय मेरी, जो मेरे पास चिकित्सा संबंधी सलाह के लिए आती है, स्वयं को मानव-भावना का एक बवंडर बतलाती है। वह हमेशा से बहुत तुनकमिजाजी रही है और उसकी मन:स्थिति संबंधों को लेकर बदलती रहती है। उसके बैंक खाते में कितना पैसा है और मौसम कैसा चल रहा है, उसके मिजाज पर इन बातों का भी बहुत असर पड़ता है। मेरी कहती है कि उसे एक क्षण में हँसी और दूसरे क्षण में रोना आ जाता है।

वह जितने कमाल की जोश से भरी हुई और संवेदनशील थी, भावनात्मक रूप से उतनी ही अधिक चंचल एवं अस्थिरमना थी। मेरी कोई काम कभी अधूरा नहीं करती है और इससे यह भी पता चलता है कि वह प्रत्येक भावना को कितनी गहराई से महसूस करती है। मेरी के मिजाज की चंचलता से उसके मित्र थक जाते हैं, जो कभी जान नहीं पाते कि उसके व्यवहार से वे क्या उम्मीद रखें। हमेशा कोई-न-कोई नया नाटक लगता है। मेरी ने यह जानने के लिए उपचार आरंभ किया कि उसका अपनी भावनाओं पर थोड़ा सा भी नियंत्रण क्यों नहीं है या इतना कम नियंत्रण क्यों है। एक चिकित्सक की राय में उसे द्विध्रुवीय-II बीमारी थी (द्विध्रुवीय विकार का एक कम विक्षिप्त रूप) तो दूसरे चिकित्सक ने उसकी समस्या को विक्षिप्तप्राय व्यक्तित्व विकार बतलाया। दोनों में से कोई भी निदान और सुझाया गया उपचार कारगर सिद्ध नहीं हुआ। मेरी न तो संबंधों को स्थिर बनाए रख सकी और न किसी नौकरी में टिकी रह सकी।

मेरी को यौवनारंभ से ही दमा रोग था और उसने गौर किया कि उसकी मनोदशा तब बहुत बिगड़ जाती है, जब साँस लेने में तकलीफ बहुत गंभीर एवं विकट हो जाने पर स्टेरॉइड लेना उसके लिए जरूरी हो जाता था। उन्नीस वर्ष की आयु तक पहुँचते-पहुँचते मेरी ने सिगरेट पीना शुरू कर दिया, क्योंकि इससे उसके मिजाज को शांति मिलती थी, हालाँकि वह जानती थी कि धूम्रपान करना उसके फेफड़ों के लिए बुरा है। विशेषकर एक मुश्किल रिश्ता टूट जाने के बाद वह और भी ज्यादा सिगरेट पीने लगी। एक शाम जब उसकी खाँसी रुक नहीं रही थी और उसकी हालत बिगड़ने लगी, उसे इमरजेंसी कक्ष में भरती कराना पड़ा। उसका इलाज करनेवाले डॉक्टर ने उसे धूम्रपान छोड़ने की चेतावनी दे दी थी। उसे वातस्फीति की शुरुआत हो चली थी, जिसे फेफड़ों की बीमारी (पुराना अवरोधक फुफ्फुसीय रोग) कहा जाता है।

चिकित्सा की दृष्टि से मेरी की दो समस्याएँ थीं। उसकी मनोदशा और उसके फेफड़े और फेफड़ों की सेहत सुधारने के लिए जरूरी था कि वह अपने चिड़चिड़ेपन एवं बदमिजाजी पर ध्यान दे। बस, यहीं से हमने शुरुआत की।

मेरी अपने चिड़चिड़ेपन की समस्या का नाम जानना चाहती थी। क्या यह गंभीर विषाद या उदासीनता थी? क्या यह बाइपोलर-II था? आधुनिक मनश्चिकित्सा ने भावनात्मक कष्ट को हलका करने की दिशा में बहुत काम किया है; लेकिन जैसा कि चिकित्सा के दूसरे क्षेत्रों में विशेषज्ञों के सुझाव पर विशिष्ट परीक्षण किए जाते हैं, उसके विपरीत आधुनिक मनश्चिकित्सा के अंतर्गत ब्लड टेस्ट, सी.टी. स्कैन, एम.आर.आई. या दूसरे वास्तविक परीक्षणों का उपयोग नहीं किया जाता है, जिससे कि व्यक्ति को कोई निश्चित निदान बताया जा सके। इसके बजाय एक मनश्चिकित्सक, मनो-विज्ञानी, नर्स व्यवसायी या अन्य तीमारदार रोगी के लक्षणों एवं संकेतों को देखेगा तथा इन्हें मनश्चिकित्सकीय निदान संबंधी गाइड बुक, डी.एस.एम. में सूचीबद्ध दशा के साथ मिलाने का प्रयत्न करेगा। इसका मतलब है कि किसी निदान का समर्थन करने या खंडन करने के लिए प्रयोगशाला से प्राप्त कोई आधार-सामग्री या आँकड़े नहीं होते हैं।

इस प्रकार चूँकि मेरी के रोग के बारे में तीन अलग-अलग मनश्चिकित्सकों ने तीन भिन्न-भिन्न राय व्यक्त की थीं, उसे ध्यान में रखते हुए सबसे महत्त्वपूर्ण बात यह थी कि मेरी अपनी मन:स्थिति को लेकर काफी चिंतित थी और ठीक ढंग से इलाज कराना चाहती थी।

मेरी ने अंतत: एक ऐसे मनश्चिकित्सक दल को अपने उपचार की जिम्मेदारी सौंपने का निर्णय किया, जो उसकी इसी मनोदशा को केंद्रबिंदु में रखकर आगे की योजना बनाने के हक में था और विभिन्न नैदानिक निष्कर्षों के जंजाल में भटकना नहीं चाहता था। उनकी चिंता का मुख्य विषय एक ऐसी योजना की रूपरेखा तैयार करना था, जिसमें उपचार के लक्ष्यों को सही-सही निर्दिष्ट किया गया हो। मेरी ने अपने परामर्शदाता की सहायता से अपने भावनात्मक लक्षणों की एक सूची बनाई। उसने जो पाया और महसूस किया, वह इस प्रकार है—

1. हर दिन उसकी चित्तवृत्ति अस्थिर, डाँवाडोल रहती थी।
2. उसकी चित्तवृत्ति में परिवर्तन (मिजाज में बदलाव) किसी भी कारण से हो सकता था, जैसे कि बाल ठीक से सजे-सँवारे न हों, ट्रैफिक बहुत अधिक हो या कोई बॉस बहुत कड़क एवं कड़वा हो (इस दशा को भावात्मक अस्थिरता कहा जाता है)।
3. खान-पान पर उसका नियंत्रण नहीं था। नींद बहुत आती थी, बदन में

थकान भरी रहती थी, स्वाभिमान गिरा हुआ था, एकाग्रता नहीं थी और वह स्वयं को असहाय-निरुपाय पाती थी (दिल बैठना/मंद उदासीनता या Dysuymia)।

4. कभी-कभी उसे आवेगशील क्षणों से भी गुजरना पड़ा, जैसे सड़क पर गुस्सा निकालने की घटनाएँ; और एक-दो बार तो उसे इतना क्रोध आ गया कि अपने पति को ही मुक्के जड़ दिए।
5. उसने पाया कि अधिकतर मानसिक दबाव कम करनेवाली दवाओं का उसके लक्षणों पर कोई असर नहीं होता है।
6. जब कोई अचानक उसे छोड़कर गया तो उसके बाद वह गहरे विषाद में डूब गई। उसके मन में आया कि अपनी जान ले ले। लेकिन इस प्रकार के बुरे विचार जल्दी गुजर गए (क्षणिक आत्मघाती विचार)।

मेरी की उपचारक टीम ने अविलंब उसे एक भावनात्मक निपुणता अभ्यास कक्षा में भरती करा दिया, जिसे तार्किक व्यवहार उपचार (Dialectical Behavioral Therapy-DBT) कहा जाता था। तिब्बती बौद्ध धर्म और मनोयोग के सिद्धांत पर आधारित DBT ने मेरी को अपनी मन:स्थिति में स्थिरता लाने तथा अपने दैनिक क्रिया-कलापों को नियंत्रित करने की तकनीकें सीखने में सहायता की, ताकि वह ज्यादा खाने और ज्यादा सोने के लालच में पड़ने से खुद को रोक सके। उसने संकट माला विश्लेषण (Crisis Chain Analysis) के जरिए अपने क्रोधोन्माद का कायाकल्प करना तथा अपने क्षणिक आत्मघाती विचारों को सँभालना भी सीखा। इस प्रक्रिया में उसने प्रतीयमानतः अभिभूत करनेवाले संकट को बोध गया भागों में विघटित करना, प्रत्येक भाग से संबद्ध भावनाओं की पहचान करना और प्रत्येक चरण द्वारा स्वयं को शांत करना सीख लिया। उन अत्यंत प्रभावशाली पद्धतियों से पूर्णतया परिचित होने के उद्देश्य से उसने दो घंटे की एक साप्ताहिक कक्षा में जाना शुरू कर दिया और इससे अलग वह एक घंटे की प्रशिक्षण कक्षा में भी जाने लगी, जिसमें एक-एक गुरु एक-एक शिष्य को सिखाता था।

उसके भावनात्मक निपुणता प्रशिक्षण के चलते एक मनश्चिकित्सक ने उसे न्यूनतम मात्रा में ऐसी ओषधियों का प्रयोग करने के भी सुझाव दिए, जो उसकी मन:स्थिति को स्थिर बनाने में सहायक सिद्ध हो सकती थीं। मेरी टोपमैक्स (Topamax) लेने लगी, जो मन:स्थिति को स्थिर बनाने की एक अच्छी दवा थी और मानसिक दबाव को कम करने के लिए वेलब्यूट्रिम एक्स एल (Wellbutrim XL) नामक दवा लेने लगी, जिससे उसकी थकान और एकाग्रता की समस्या में सुधार हुआ।

अब हमने मेरी के फेफड़ों की समस्या की ओर अपना ध्यान मोड़ा।

दमा रोग में श्वास नली और श्वसनिका क्षेत्र अनेक कारणों से बहुत 'उत्तेज्य' हो जाते हैं—एलर्जी, दवाओं के दुष्प्रभाव, चित्तवृत्ति, चिंता और सिगरेट का धुआँ निस्संदेह इस समस्या को बढ़ाते हैं। जब मेरी का घरघराना, हाँफना और खाँसना उसके स्वास्थ्य को प्रभावित करने लगा तो उसने (अन्य सभी लोगों की तरह) सर्वमान्य श्वास यंत्र (इन्हेलर) का इस्तेमाल करना शुरू कर दिया, जिसमें एल्ब्यूटरॉल (Albuterol) या वेंटोलिन (Ventolin) जैसी उत्तेजक औषधि होती थी। बस, एक कश खींचने में ही आराम दिलानेवाली दवा। लेकिन जब उस वक्ती राहत से भी आराम नहीं मिला तो डॉक्टरों ने एक ऐसे इन्हेलर के रूप में अंतिम तीर का इस्तेमाल किया, जिसमें पहले से कहीं अधिक उत्तेजक औषधि के साथ-साथ एक स्टेरॉइड भी था, जो दमा अर्थात् श्वास रोग संबंधी प्रतिक्रिया के मूल में एलर्जी/स्व-प्रतिरक्षक अग्नि को बुझा देता है। मेरी ने ऐसे कई एक-से-एक तेज श्वास यंत्रों को आजमाया एडबेअर (Advair), पुल्मीकॉर्ट (Pulmicort) और फ्लोवेंट (Flovent); लेकिन कभी-कभी ये इन्हेलर भी पर्याप्त कारगर सिद्ध नहीं हुए।

अपने पलंग के पास मेरी ने इन्हेलर जैसा ही लंबी नलीवाला एक यंत्र रखा हुआ था, जिसे नेब्यूलाइजर (Nebulizer) कहा जाता है, जो औषधि को श्वसन तंत्र में अधिक गहराई तक पहुँचा देता है। विशेषकर मुश्किल समय के दौरान मेरी अपने शरीर में एलर्जी से लगी आग को शांत करने के लिए मुँह से स्टेरॉइड लेने लगी; लेकिन बहुत जल्दी वह समझ गई कि इन दवाओं के दुष्प्रभाव होते हैं, जैसे कि रुष्टता, चिड़चिड़ापन, अस्थि-छिद्रिलता और वजन बढ़ना। तत्पश्चात् मेरी ने सिंगुलेयर (Singulair) जैसी ल्यूकोट्रिन-निरोधक औषधि का प्रयोग करना शुरू कर दिया, जो उसके प्रतिरक्षक तंत्र के एक और भाग पर प्रहार करके उसे दमा से राहत दिलाती थी। यद्यपि इन सभी दवाओं के दुष्प्रभाव होते हैं, फिर भी इन दवाओं ने ही उसकी जान बचाने का काम किया, क्योंकि उस समय उसके पास कोई दूसरे विकल्प नहीं थे।

मेरी ने अपनी दवा के अलावा मनोयोग एवं स्वीकरणों का भी आसरा लिया। इन सारे उपायों का ही परिणाम था कि वह अपनी चिंता को शांत करने तथा धूम्रपान से मुक्ति पाने में सफल हो सकी, जिसके कारण उसकी दमे की बीमारी तथा फेफड़ों की समस्या बहुत हद तक दूर हो गई।

मेरी हर माह और फिर वर्ष में एक बार जाँच एवं परामर्श के लिए अपने चिकित्सक (फुफ्फुस रोग विशेषज्ञ) के पास आती रही। इसके अलावा, वह एक एक्यूपंक्चरिस्ट और चीनी जड़ी-बूटी विशेषज्ञ के पास भी गई, जिसने विविध जड़ी-बूटियों के सम्मिश्रण से जो ओषधि बनाकर उसे दी, उसके सेवन से मेरी को अपनी श्वसन संबंधी समस्या पर नियंत्रण पाने में काफी लाभ हुआ।

औपचारिक डी.बी.टी. कक्षाएँ समाप्त हो जाने के बाद भी मेरी ने मनोयोग का अभ्यास जारी रखा। उसने फेफड़ों के सामान्य स्वास्थ्य के लिए स्वीकरणों का भी प्रयोग किया, "मैं जीवन को परिपूर्ण संतुलन में ग्रहण करती हूँ।" फेफड़ों की समस्या—"मैं जीवन को पूर्णता में अंदर ग्रहण करने की क्षमता रखती हूँ। मैं जीवन को प्रेमपूर्वक पूरे मन से जीती हूँ।" वात-प्रकोप—"जीवन को पूर्णतया और स्वतंत्र रूप से जीना मेरा जन्मसिद्ध अधिकार है। मुझे जीवन प्यारा लगता है। मुझे खुद से प्यार है।" श्वसन संबंधी रोग—"मैं सुरक्षित हूँ। मुझे अपना जीवन अच्छा लगता है। सी.ओ.पी.डी. मैं जीवन की संपूर्णता को अपने अंदर ग्रहण करने की क्षमता रखती हूँ। मैं जीवन को पूर्णतया प्रेमपूर्वक जीती हूँ।" और साँस लेने में तकलीफ—"पूर्णतया और मुक्त रूप से जीना मेरा जन्मसिद्ध अधिकार है। मैं जीने योग्य हूँ। मैं अब जीवन पूर्णतया जीना चाहती हूँ।" वह हर हाल में स्वयं को पूरी तरह स्वस्थ देखना चाहती थी।

मेरी ने अपनी जीने का तरीका बदला, अपनी चिंता पर ध्यान दिया और अपने नकारात्मक विचारों का सामना किया, ताकि वह अपना जीवन ऐसा बना सके, जिसमें साँस लेने की कोई तकलीफ उसके आसपास न फटके।

छाती के रोग

स्त्रियाँ और पुरुष, जिन्हें छाती के रोग सताते हैं, जैसे कि छाती में गाँठ या रसौली निकल आना, सूजन हो जाना, फोड़ा-फुंसी निकलना या स्तनशोथ (स्तन की सूजन) होना या जो छाती के कैंसर से पीड़ित रहते हैं, वे दूसरों की चिंता और देखभाल करने में कभी-कभी बहुत अधिक उद्धत एवं अभिमानी हो जाते हैं, जैसे माँ अपने बच्चों पर रोब जमाती है। ये लोग अपनी समस्याओं से निपटने के बजाय दूसरे लोगों की समस्याओं को सुलझाने में बहुत अधिक सुख पाते हैं। वे अपनी भावनाओं को छिपाए रखते हैं, ताकि संबंधों को हर कीमत पर मजबूत बनाए रख सकें। कुछ मामलों में तो यहाँ तक देखा गया है कि वे कभी क्रोधित नहीं होंगे, कभी दुःख प्रकट नहीं करेंगे, कभी शिकायत नहीं करेंगे। वे हर समय प्रसन्न दिखते हैं या ऐसा दिखाते हैं कि वे खुश हैं।

यदि आप स्वभाव से ही एक पालक हैं तो आपके लिए जरूरतमंद लोगों की चिंता या परवाह न करना कठिन काम होगा। हम ऐसा नहीं कह रहे हैं कि आपको अपना स्वभाव छोड़ देना चाहिए कि आपको एक स्नेही, परवाह करनेवाला, दूसरों की उलझन अपने सिर लेनेवाला नहीं होना चाहिए। लेकिन आपको इस बात पर अवश्य गौर करना चाहिए कि आप दूसरों की परवाह करने के लिए इतने बाध्य क्यों हो जाते हैं और अपने बारे में बिल्कुल भी चिंता नहीं करते हैं। आपको यह भी सोच-विचार करना होगा कि आप कैसे उत्साहित करते हैं और जिन लोगों को आप प्यार करते हैं, उनके बारे में

चिंता करने के कुछ प्रभावशाली उपाय खोजने होंगे। तो आपके जीवन में थोड़ा अधिक संतुलन किस प्रकार लाया जा सकता है ?

जैसा कि हमेशा होता है, यदि आपकी छाती में कोई सूजन या छाती में दर्द रहने की कोई पुरानी समस्या है, विशेषकर यदि आपके किसी निकट संबंधी को छाती का कैंसर है तो उस स्थिति में आप तत्काल किसी डॉक्टर के पास जाते हैं और जाना भी चाहिए। लेकिन आपको छाती के दीर्घकालिक स्वास्थ्य पर भी पूरा ध्यान देना चाहिए, जिसका अभिप्राय यह है कि आप अपनी कुछ विचार-शैली एवं आचरण में परिवर्तन लाएँ, जिनके कारण आपका शरीर तनाव में रहता है।

अब और समय गँवाए बिना हमें सीधे लुइस की स्वीकरण पद्धति पर आ जाना चाहिए। स्तनों का संबंध मातृवत् देख-रेख एवं पालन-पोषण से है। लेकिन पोषाहार दोनों तरफ होता है—अंदर भी और बाहर भी। इस क्षेत्र में संतुलन स्थापित करने की आवश्यकता की ओर आपका ध्यान खींचने के लिए एक अच्छा सामान्य स्वीकरण यह होगा—''मैं पोषाहार अंदर ग्रहण करने तथा बाहर बाँटने में, अर्थात् पोषण के आदान-प्रदान में पूर्ण संतुलन रखती हूँ।'' स्तन संबंधी समस्याओं को विशेषत: स्वयं की मातृ-सुलभ देखभाल न करने से जोड़कर देखा जाता है, क्योंकि आप हर किसी को पहले रखते हैं। आपका परिपोषण करने का जो तरीका है, उसमें इस असंतुलन का प्रतिकार करने हेतु आप इस स्वीकरण को बार-बार दोहराने का प्रयत्न करें, ''मैं महत्त्वपूर्ण हूँ। मैं योग्य हूँ। मैं अब प्यार और खुशी से अपना ध्यान रखती हूँ और अपना पोषण करती हूँ। मैं दूसरों को जैसे हैं, वैसा रहने की आजादी देती हूँ। हम सब सुरक्षित एवं स्वतंत्र हैं।''

चतुर्थ भावनात्मक केंद्र में संतुलन प्राप्त करने की एक अपेक्षा यह भी है कि उन विचारों को मुखरित करें, जो सतह के नीचे बहुत देर से पड़े कुलबुला रहे हैं। किसी दूसरे व्यक्ति की उच्च एवं अधम भावनाओं का सामना करने में आपको कोई समस्या भले ही न होती हो, लेकिन अपनी नकारात्मक भावनाओं, जैसे कि भय, शोक, निराशा, उदासी, क्रोध या हताशा की ओर आप ध्यान नहीं दे सकते। तो फिर आप इन भावनाओं को व्यक्त करना कैसे सीखेंगे ? इस दिशा में आपको धीरे-धीरे कदम बढ़ाना होगा। अब जबकि आप जान चुके हैं कि अपनी भावनाओं—भली या बुरी—को वाणी देना जीवन-रक्षक हो सकता है, आप अभी, इसी क्षण से अपने भावनात्मक धैर्य की दीवार तोड़ना शुरू कर सकते हैं। और यह काम करने के दो श्रेष्ठ तरीके हैं। आपके जीवन में ऐसे जो लोग हैं, जो समय-समय पर स्वयं को कम खुशहाल दिखाते हैं, उनके बारे में आप अपनी भावनाओं का मूल्यांकन करें और अपने लिए एक भावनात्मक दाई पाएँ।

इनमें से पहला कदम बहुत लोगों के लिए एक कठोर वास्तविकता है। दूसरों के

बारे में अपनी भावनाओं को सही परिप्रेक्ष्य में देखकर आप संबंधों की वास्तविकता को बेहतर ढंग से समझ सकेंगे। आपके हमेशा खुश रहने का अर्थ यह नहीं है कि लोग आपको पसंद करते हैं। वे आपको पसंद इसलिए करते हैं, क्योंकि आप आप हैं और वे मानते हैं कि आप इनसान हैं। वे शायद आपके लिए भी वही करना चाहते हैं, जो आप करते हैं और जब वे घबरा जाते हैं या परेशान होते हैं, आप उनके भावावेग तथा भावनाओं के विस्फोट को सहन ही नहीं करते, बल्कि समझते भी हैं। क्या यह मानना वास्तव में गलत है कि जब आप नाराजगी या निराशा व्यक्त करेंगे तो वे भी वैसा ही करेंगे, जैसा आप करते हैं? आपके मित्र आपको हमेशा चीं-चीं न करने की वजह से तजेंगे नहीं। वास्तव में, अपनी भावनाओं को खुलकर और पूरी तरह व्यक्त करने से आप अपने संबंधों को अधिक प्रगाढ़ एवं अधिक मजबूत बना सकेंगे।

जहाँ तक भावनात्मक दाई का संबंध है, हम यह कहना चाहते हैं कि कोई ऐसा व्यक्ति, कोई मित्र, कोई चिकित्सक खोजें, जो नकारात्मक भावनाओं एवं विचारों को व्यक्त करने की सीख देते समय आपको सुरक्षित वातावरण प्रदान कर सके। उन्हें बता दें कि आप इसी विषय पर काम कर रहे हैं और इस कार्य में उनकी सहायता माँगें। उनसे कह दें कि वे आपको उत्तरदायी ठहरा सकते हैं। यदि आप इस वातावरण में अपने शोक, क्रोध और अपनी निराशाओं के बारे में बोलना सीख सकें तो आप इस विशाल दुनिया में इस भाषा का इस्तेमाल अधिक सहजता से कर सकेंगे।

और इतना याद रखें—नकारात्मक भावनाओं को प्रकट करने का मतलब यह नहीं होता है कि आप एक नकारात्मक रवैए को पाल-पोस रहे हैं। यदि आप न्यायसंगत शिकायतों के बारे में अपने आस-पास के लोगों से चर्चा करते हैं तो यह न समझें कि आप कोई घिसे-पिटे, पुराने विचारों की चीं-चपड़ करनेवाले बन जाएँगे।

अतः इस स्वस्थ स्वीकरण को अपने जीवन में शामिल करने का प्रयास करें, ''मैं अपनी सभी भावनाओं को खुलकर, खुशी से और कुशलतापूर्वक अभिव्यक्त करता हूँ/करती हूँ।'' अपनी भावनाओं को वाणी दें और चतुर्थ भावनात्मक केंद्र में स्वास्थ्य को और भी अधिक सुधरता हुआ महसूस करें।

क्लिनिक फाइलों से : छाती की समस्याओं से पीड़ित रोगी का वर्णन और रोगोपचार विश्लेषण

नीना एक 33 वर्षीया महिला थी और हर उस व्यक्ति के लिए वह एक माँ थी, जिसे उसकी जरूरत होती थी। अगर किसी के यहाँ अचानक मेहमान आ जाएँ और उनके लिए पूरा भोजन तैयार करके परोसना हो या मुश्किल समय से गुजर रहे किसी

मित्र के लिए कोई स्वादिष्ट पकवान बनवाना हो तो नीना पर हमेशा भरोसा किया जा सकता था। वह सिर्फ उन्हीं लोगों के लिए मातृवत् नहीं थी, जो उसके करीब थे। वह स्वेच्छा से गरीबों की सेवा के लिए अपना समय देती थी, जरूरतमंद बच्चों और स्त्रियों को परामर्श देती तथा हाल ही में आए प्रवासियों को अंग्रेजी पढ़ाने का काम करती थी। नीना एक जिंदादिल और सकारात्मक सोच की महिला थी। बहुत कठिन और निराशाजनक हालात के सामने भी वह कभी हार नहीं मानती थी।

सामाजिक माध्यम का युग प्रारंभ होने के काफी पहले नीना ने अपने जीवन की हर अवस्था में किसी-न-किसी तरह अपने मित्रों के साथ संपर्क बनाए रखा। इसके अलावा, नीना विवाहित थी और उसके चार बच्चे थे। लोगों को यह देखकर आश्चर्य होता था कि वह अपने जीवन के सभी पहलुओं में इतनी अधिक ताक-झाँक कैसे कर पाती है और वह भी प्रत्यक्षत: नाममात्र के प्रयास से एक नियमित शारीरिक जाँच के दौरान नीना के डॉक्टर ने उसके स्तन में एक सूजन देखी और उसे एक सुसाध्य तंतुवस्तिका (Fibrocybtic) स्तन रोग बतलाया। तंतुवस्तिका स्तन रोग स्तन कैंसर नहीं है। इस हालत में छाती में कतिमय क्षेत्रों में अधिक घने संयोजी ऊतक होते हैं। बहुत लोग इसे कोई बीमारी नहीं मानते हैं। लेकिन इस धारणा के बावजूद नीना को चिंता होने लगी। उसकी माँ की मृत्यु स्तन कैंसर से हुई थी और वह अपने स्तनों को अधिक स्वस्थ रखने में हमारी मदद चाहती थी।

हमने पहला काम यह किया कि उसे हमने हमारे एक बड़े अच्छे मित्र एवं सहयोगी क्रिश्चियन नॉर्थ्रव की पुस्तक 'वीमेंस बॉडीज, वीमेंस विज्डम' पढ़ने का सुझाव दिया, क्योंकि इस पुस्तक में एक पूरा अध्याय 'स्वस्थ स्तन' विषय पर उसके लिए अद्वितीय था।

सबसे पहले हमने उसकी हर किसी के साथ मातृवत् व्यवहार करने की प्रवृत्ति पर चर्चा की। उसके स्तन में सूजन इस बात का संकेत था कि उसका जीवन संतुलन से दूर है। उसके शरीर की अंत:प्रज्ञा उसे बता रही थी कि अब उसे हर किसी के लिए और हर काम के लिए आगे बढ़कर जिम्मेदारी उठाने से स्वयं को रोकना चाहिए। नीना की जीवन-शैली प्राय: अधिवृक्क ग्रंथि में तनाव पैदा कर देती थी और हार्मोंस में असंतुलन का कारण बन जाती थी, जिससे एस्ट्रोजिन अधिक बनने लगता था। हार्मोन असंतुलन के कारण कोशिकाओं की अतिवृद्धि होती है, जिसमें कैंसर कोशिकाओं की वृद्धि भी शामिल है।

नीना को अपने आहार में भी इस तरह फेर-बदल करना आवश्यक था, जिससे कि एस्ट्रोजिन कम-से-कम बने। उसे जीव-चर्बी खाना भी न्यूनतम करना पड़ा, क्योंकि इसके कारण भी शरीर में एस्ट्रोजिन अधिक बनता है, ऐसा माना जाता है। वह अधिक रेशेदार

आहार लेने लगी, ताकि उसके शरीर से एस्ट्रोजिन अँतड़ियों की क्रिया के जरिए बाहर निकल जाए। उसने अपने आहार में ब्रोकली, ब्रूसेल्स स्प्राउट्स (चोकी गोभी) और गहरे हरे पत्तेदार शाक-पात की मात्रा काफी बढ़ा दी, जो इंडोल-3 कार्बिनॅल के जरिए आपके शरीर की एस्ट्रोजिन को पचाने तथा बाहर निकालने की प्रक्रिया को बदल डालता है।

उसका आहार तय करने में इस बात का भी पूरा ध्यान रखना जरूरी था कि आहार ऐसा हो, जिससे उसकी अतिरिक्त चर्बी घटे। इस कारण हमने उसे हिदायत दी कि वह प्रचुर मात्रा में एस्ट्रोजिन-मुक्त चीजें लेने के बजाय प्रत्येक भोजन में स्वास्थ्यवर्धक प्रोटीन खाया करे (जैसे कि समुद्री खाद्य, चिकन और कम चिकनाई वाले दुग्ध उत्पाद)। उसके खान-पान का ढर्रा बदलना भी अत्यावश्यक था। हमारे निर्देशानुसार अब उसे ब्रेकफास्ट और लंच भरपेट खाना था और डिनर बहुत हलका वो भी कार्बोहाइड्रेट-मुक्त। हमने उसके मदिरा पान को भी प्रतिदिन एक ड्रिंक तक सीमित कर दिया।

वजन कम करने के लिए अतिरिक्त उपायों के रूप में हमने उसे खुली हवा में किए जानेवाले कुछ ऐसे व्यायाम खोजने का सुझाव दिया, जिनमें वह सप्ताह में पाँच से छह बार प्रतिदिन 30 मिनट के लिए शामिल हो सके। उसने तय किया कि वह जिम में बारी-बारी से इलिप्टीकल (दीर्घ वृत्ताकार) मशीन तथा एक जगह खड़ी हुई बाइक चलाने का अभ्यास करेगी और अपने घर के निकट झील के चारों ओर चहलकदमी करेगी।

हमने उसे एंटी ऑक्सीडेंट्स सिलेनियम और को-एंजाइम क्यू10 लेने की सलाह दी, ताकि उसकी स्वस्थ कोशिकाओं को काम करने की और भी शक्ति प्राप्त हो तथा स्तन कैंसर होने की आशंका को दूर रखा जा सके।

नीना को अपने निरुत्साह एवं उदासीनता से लड़ने को भी हिम्मत चाहिए थी और जो नकारात्मक भावनाएँ उसके अंदर घुमड़ती रहती थीं, उनको व्यक्त करने का तरीका भी वह सीखना चाहती थी। उसने डायरी लिखना शुरू कर दिया और अपने संताप, अपनी मनोव्यथा से निजात पाने के लिए एक चिकित्सक की सहायता ली। नीना ने अपनी सबसे प्रिय मित्र से उसे अतिरिक्त भावनात्मक सहारा देने का भी अनुरोध किया।

नीना जिस प्रकार अपनी और दूसरों की देखभाल करती थी, उसमें असंतुलन को ठीक करने के उद्देश्य से उसने छाती के स्वास्थ्य की कामना करते हुए स्वीकरणों का प्रयोग किया, ''मैं पोषण का आदान-प्रदान संपूर्ण संतुलन में करती हूँ।'' छाती की समस्याएँ—''मैं महत्त्वपूर्ण हूँ। मैं महत्त्व रखती हूँ। मैं अब प्यार और खुशी के साथ अपनी देखभाल और अपना पोषण करती हूँ। दूसरे जैसे हैं, वैसे ही रहने की स्वतंत्रता मैं उन्हें देती हूँ। हम सब सुरक्षित व स्वतंत्र हैं और उदासीनता—''मैं अब दूसरों की आशंकाओं तथा सीमाओं से आगे निकल जाती हूँ। मैं अपने जीवन का निर्माण करती हूँ।''

अपने रहन-सहन के ढंग और विचारों को बदलने के बाद नीना ने अपना वजन 20 पौंड कम किया और अब वह केवल खुशी दरशानेवाली भावनाएँ ही नहीं, बल्कि अपनी सभी प्रकार की भावनाओं को व्यक्त करते समय अपनी तथा दूसरों की परवाह करने के रास्ते पर चल पड़ी है।

चतुर्थ भावनात्मक केंद्र में—सब ठीक है

जब अधिक स्वस्थ हृदय, छाती और फेफड़ों का निर्माण करने की बात आती है तो इस बात को समझना जरूरी है कि पुरुष और स्त्री केवल दवा या पौष्टिक तथा हर्बल अनुपूरकों के सहारे नहीं रह सकते। बेशक यह आवश्यक है कि आप स्वास्थ्य संबंधी विकट समस्याओं की ओर चिकित्सा की दृष्टि से ध्यान दें और जो भी करें, किसी डॉक्टर की देख-रेख में करें। लेकिन चतुर्थ भावनात्मक केंद्र के क्षेत्र में दीर्घकालिक स्वास्थ्य के लिए हमारा सुझाव है कि आप इस विषय में सोच-विचार अवश्य करें कि अपने जीवन में आप अपनी आवश्यकताओं को दूसरे लोगों की आवश्यकताओं के साथ कितनी अच्छी तरह संतुलित करते हैं।

आप भावनात्मक रूप से मजबूत हैं। सबकुछ ठीक है।

❑

४

कुछ तो बोलो किसी बारे में पंचम भावनात्मक केंद्र : मुँह, गरदन और थायरॉइड (अवटु ग्रंथि)

पंचम भावनात्मक केंद्र का स्वास्थ्य संकेत करता है कि आप अपने जीवन में कितनी अच्छी तरह संवाद संप्रेषण करते हैं। यदि आपको संप्रेषण में मुश्किल होती है, चाहे दूसरों की बात सुनने में कठिनाई हो या आप स्वयं को प्रभावकारी ढंग से अभिव्यक्त न कर पाते हों तो इसका तात्पर्य यह होगा कि आपके मुँह, गरदन और थायरॉइड के क्षेत्र में स्वास्थ्य संबंधी समस्याएँ हो सकती हैं। पंचम भावनात्मक केंद्र में यदि आपको स्वस्थ रहना है तो आपको अपने दैनिक संवाद संप्रेषण (विचारों के आदान-प्रदान) में एक संतुलन खोजना होगा।

याद रखें, संवाद संप्रेषण एक दोतरफा सड़क है। सुनना और बोलना दोनों का होना आवश्यक है। प्रभावी संप्रेषण वही कहलाता है, जिसमें सुनना और सुना जाना दोनों प्रक्रियाएँ साथ-साथ घटित होती हैं। आपको दूसरों की भी जानकारी और राय लेते हुए अपनी बात सामने पहुँचाने के काबिल होना चाहिए, ताकि आप तदनुसार अपने कार्यों में परिवर्तन कर सकें।

खराब संप्रेषण क्षमताओं से आपके शरीर का कौन सा क्षेत्र प्रभावित है, यह उस विचार-शैली एवं व्यवहार पर निर्भर करता है, जिनके कारण समस्या उत्पन्न होती है। संप्रेषण से संबंधित तीन समस्याएँ हैं, जो इस भावनात्मक क्षेत्र में बीमारी को जन्म देती हैं—दाँत, जबड़ा और मसूड़ों समेत मुँह के अंदर कष्ट अकसर उन लोगों में पाए जाते हैं, जो व्यक्तिगत निराशाओं को प्रकट करने और उनसे निपटने में कठिनाई महसूस करते हैं। गरदन की समस्याएँ प्रायः उन लोगों में पाई जाती हैं, जो उस समय हठीले और

हतोत्साहित हो जाते हैं, जब वे किसी स्थिति के परिणाम को नियंत्रित करने में असमर्थ रहते हैं। यह दूसरी बात है कि उनकी संवाद-संप्रेषण की क्षमताएँ एक नियमित आधार पर निर्दोष सिद्ध होती हैं और अंत में वे लोग, जिन्हें थायरॉइड की समस्या रहती है, इन लोगों का अंतर्बोध बहुधा बहुत सक्षम होता है। किंतु वे जो देखते हैं, उसे व्यक्त नहीं कर पाते हैं, क्योंकि वे अकसर शांति बनाए रखने या लोगों की स्वीकृति पाने के लिए जूझते रहते हैं। इस अध्याय में आगे चलकर जब हम शरीर के अलग-अलग अंगों के संदर्भ में बात करेंगे, उस समय हम प्रत्येक प्रवृत्ति की विशिष्टताओं की चर्चा करेंगे। सिर्फ इस बात को ध्यान में रखें कि यदि आपको थायरॉइड, जबड़े, गरदन, गले और मुँह की कोई समस्या है तो समझ जाइए कि आपका शरीर आपसे कह रहा है कि आप अपनी संवाद-संप्रेषण संबंधी क्षमताओं की जाँच करें।

पंचम भावनात्मक केंद्र : स्वीकरण सिद्धांत और विज्ञान

लुइस हे के स्वीकरण सिद्धांत के अनुसार गरदन, जबड़ा, थायरॉइड और मुँह का स्वास्थ्य बोल सकने की योग्यता पर निर्भर करता है। विशेषकर गले से संबंधित समस्याएँ इंगित करती हैं कि आप बोलने में असमर्थ हैं और ऐसा अनुभव करते हैं कि सृजनात्मकता का गला दबाया जा रहा है; जबकि गलतुंडिका शोध अर्थात् गलसुआ (गले का एक संक्रमण, जो गलगुटिका यानी टॉल के निकट फैलता है)। को इस पक्की धारणा के साथ जोड़ा जाता है कि आप अपने लिए नहीं बोल सकते या आपको जो चाहिए, उसकी माँग नहीं कर सकते। 'गले में सूजन' का अर्थ यह निकाला जाता है कि आप स्वयं को अभिव्यक्त करने से डरते हैं।

अब नीचे ग्रीवा की तरफ आते हैं, ग्रैविक मेरुदंड (Cervical espine) से जुड़ी समस्याओं को लेकर यह माना जाता है कि आप अपनी राय में अटल हैं और दिमाग के दरवाजे बंद हैं। किसी दूसरे व्यक्ति के दृष्टिकोण को समझने से इनकार करना गरदन की अकड़न तथा अन्य ग्रैविक मेरुदंड समस्याओं को जन्म देने का कारण भी बन सकता है।

स्वीकरण सिद्धांत के अनुसार, थायरॉइड संबंधी विकार तब उत्पन्न होते हैं, जब लोग अपमानित होते हैं और वे जो करना चाहते हैं, कर नहीं पाते हैं। अपनी बात दावे के साथ न कह पाना आपको हीनगलग्रंथिता (Hypothyroidirm) के प्रति अतिसंवेदनशील बना सकता है। जो लोग निराशा की हद तक दबा-कुचला महसूस करते हैं, उनके लिए इस विकार से ग्रस्त होने का संकट बढ़ जाता है।

चिकित्सा-शास्त्र क्या कहता है कि जब पंचम भावनात्मक केंद्र के बद्धमूल विचारों, जैसे कि गरदन, थायरॉइड और मुँह के रोगों के साथ तन-मन का संबंध होने की बात आती है ?

थायरॉइड, जो शरीर की सबसे बड़ी अंत:स्रावी ग्रंथियों में से एक है, आपके सभी हार्मोन की तुलना में सबसे अधिक प्रतिक्रियाशील है और आपकी संवाद संप्रेषण संबंधी क्षमता का इस पर बहुत गहरा असर पड़ता है।

थायरॉइड की समस्या पुरुषों की अपेक्षा स्त्रियों को अधिक ग्रसती है, विशेषकर रजोनिवृत्ति के बाद। ऐसा क्यों होता है, इस विषय में किए गए अध्ययन प्राय: लिंगों के बीच जैविकी (Boilogy) में अंतर की तरफ संकेत करते हैं। चूँकि थायरॉइड की समस्या पहले यौवनावस्था में आरंभ होती है, जब हमारे में टेस्टॅसटिरॉन, एस्ट्रॉजिन और प्रोजेस्टेरॉन (Testohterone, Estrogen & Progesterone) आई होती है और दुबारा उस समय जब स्त्रियों के शरीर में हार्मोंस का स्तर रजोनिवृत्ति के आस-पास बहुत नीचे चला जाता है, वैज्ञानिकों ने निष्कर्षत: माना है कि हार्मोंस का थायरॉइड की क्रिया के साथ सह-संबंध है।

तथापि हार्मोंस के पास इस प्रश्न का पूर्ण स्पष्ट उत्तर नहीं है कि स्त्रियों व पुरुषों के बीच थायरॉइड की समस्या में इतना अंतर क्यों पाया जाता है। सामान्य शब्दों में कहें तो पुरुषों में टेस्टस्टिरॉन का स्तर बहुत अधिक होता है, जो उन्हें जैविक और सामाजिक रूप से स्वग्रहिता (दावागीरी) की ओर अत्यधिक पूर्वप्रवृत्त करने में बड़ी भूमिका निभाता है, विशेषकर जब बोलने की बात आती है। अतिशय स्वाग्रही होना या अपने लिए कुशलता के साथ बोलने में असमर्थ रहना थायरॉइड की बीमारी लगने की संभावना बढ़ा देता है। रजोनिवृत्ति के दौर से गुजरने के पहले स्त्रियों के शरीर में एस्ट्रॉजिन और प्रोजेस्टेरॉन उच्चतर स्तर पर होता है। लेकिन कुछ दूसरे कारण भी हैं, जो अपना खेल दिखाते हैं। हार्मोन के ये भिन्न-भिन्न स्तर मस्तिष्क की उस शैली से जुड़कर, जो भावना का निरंतर भाषा के साथ मिश्रण करती रहती है, आत्म-चिंतन की प्रवृत्ति की ओर ले जाते हैं। जो स्त्रियाँ अभी तक रजोनिवृत्ति के दौर से नहीं गुजरी हैं, वे संवाद-संप्रेषण में स्वाभाविक रूप से कम आक्रामक एवं आवेगशील होती हैं, मतलब यह कि वे रिश्तों और पारिवारिक संबंधों को बनाए रखने तथा टूटने न देने के प्रयास में वह बात कहने से डरती हैं या कह नहीं पाती हैं, जो वे वास्तव में सोचती हैं। संवाद-संप्रेषण का यह तरीका अकसर किसी तनावपूर्ण स्थिति को तो शांत कर देता है, लेकिन यह कतई जरूरी नहीं है कि उस स्थिति में उलझी हुई स्त्री की वैयक्तिक अपेक्षाओं की ओर भी ध्यान दिया जाए, जिसका परिणाम यह होता है कि थायरॉइड की समस्या कम आयु में ही उत्पन्न हो सकती है।

स्त्रियों का विचारों के आदान-प्रदान का तौर-तरीका और उनकी थायरॉइड संबंधी समस्याओं का संयोग रजोनिवृत्ति के पश्चात् बहुत बदल जाता है। वास्तव में, रजोनिवृत्ति

के उपरांत जिन स्त्रियों को थायरॉइड की समस्या से जूझना पड़ता है, उनकी संख्या पुरुषों या उनसे कम उम्र की स्त्रियों की संख्या के मुकाबले कहीं ज्यादा है। जैसे ही स्त्रियाँ रजोनिवृत्ति के दौर में प्रवेश करती हैं, एस्ट्रॉजिन, प्रोजेस्टेरॉन और टेस्टोस्टिरॉन का अनुपात बदल जाता है। पहले दो हार्मोन का स्तर गिर जाता है और उनके बादवाले हार्मोन का स्तर बढ़ने लगता है। ऐसे समय में स्त्रियाँ अधिक आवेगशील और कम चिंतनशील हो जाती हैं तथा विचारों के आदान-प्रदान या विचार संप्रेषण की यह नई शैली प्राय: उनके रिश्तों एवं परिवार के अंदर नई समस्याएँ पैदा कर देती है। फिर उनके थायरॉइड संबंधी विकारों का सिलसिला तीव्र हो जाता है। तत्पश्चात् स्त्रियाँ रजोनिवृत्ति के बाद अपने हक के लिए जैविक रूप से पूर्वप्रवृत्त हो जाती हैं, जो उनकी प्रतिक्रिया, भावुकता और अभिव्यक्ति में झलकता है। आप जो चाहते हैं, उसे न कह पाने की बात हो या अपनी इच्छाओं को निष्प्रभावी ढंग से व्यक्त करने की बात हो, विचार-संप्रेषण में सक्षम न होने के कारण थायरॉइड की समस्या उत्पन्न होती है। अगर आप अपनी बात दावे के साथ नहीं कर सकते और महसूस करते हैं कि आपकी आवाज को बुरी तरह दबाया जा रहा है या आप निरंतर बहस में उलझे रहते हैं तो आपके लिए थायरॉइड की समस्याओं का संकट बढ़ जाता है।

अन्य अध्ययनों के निष्कर्ष से पता चलता है कि दमित व्यक्तित्व और अपने लिए बोलने की असमर्थता तथा थायरॉइड रोग के बीच सीधा संबंध है। विशेष रूप से जिन लोगों की पृष्ठभूमि अतीत-कालीन सदमों या मानसिक आघात से भरी रही है और जिन्हें बाद में अपने रिश्तों में प्राय: शक्ति-परिवर्तन से संघर्ष करना पड़ता है, उन लोगों को थायरॉइड की समस्या हो सकती है। उनके विगत अनुभवों ने उन्हें दब्बू, अत्यधिक आज्ञाकारी और अपने अधिकारों की दृढ़तापूर्वक माँग करने में असमर्थ बना दिया है। उन्हें अपने ही जीवन में दखल देने का अधिकार नहीं होता है। उनमें स्वाधीन और आत्मनिर्भर होने के उत्साह की कमी होती है।

अब गले की बात करते हैं। हम यहाँ भी संवाद संप्रेषण का स्वास्थ्य के बीच सह-संबंध देखते हैं। जब आपको पता नहीं होता है कि क्या कहना चाहिए और उस समय आप जो यह महसूस करते हैं कि गले में कुछ अटका हुआ है या कोई सूजन है तो समझ लीजिए कि यह स्थिति गरदन की मांसपेशियों के सिकुड़ने से उत्पन्न होती है। चरम स्थितियों में तो ऐसा भी होता है कि चिंता एवं भय को गरदन में पुष्ट मांसपेशियों की ओर मोड़ दिया जाता है, जो आपके गले को जकड़ लेती है, जिसकी वजह से आपको गले में कोई चीज अटक जाने या कोई गाँठ बन जाने का अनुभव होता है। उन लोगों को बारंबार इस समस्या को भोगना पड़ता है, जो स्वभाव से अंतर्मुखी होते हैं, उत्कंठित रहते हैं या संप्रेषण का दमन अथवा निरोध कर सकते हैं।

आपके मुँह और जबड़े का स्वास्थ्य भी संवाद संप्रेषण और अपनी आवश्यकताओं के समर्थन में डटकर खड़े होने की स्वस्थ क्षमता से संबंध रखता है। यह दिखलाया गया है कि अगर यह क्षमता आप में है और जीवन के तनावों से निपटने के तरीके आप खोज सकते हैं तो आप बार-बार उखड़नेवाली दाँतों की बीमारी (Periodontal desease) का जोखिम वास्तव में कम कर सकते हैं। मसूड़ों के रोग से पीड़ित लोगों ने अपने शरीर में कॉर्टिसोल और बीटा एंडॉर्फिन के स्तर को भंग कर दिया है, जिसे तनाव का जीव रासायनिक 'अंगुलि चिह्न' माना जाता है।

अत: संवाद-संप्रेषण बात करने और सुनने दोनों तरीकों को बेहतर बनाने एवं सुधारने का अभ्यास करें और फिर आप पंचम भावनात्मक केंद्र में अपना स्वास्थ्य बेहतर पाएँगे।

मुँह के रोग

जिन लोगों को मुँह के क्षेत्र में स्वास्थ्य संबंधी समस्याएँ सताती रहती हैं, जैसे कि दाँतों का खोखला होना (कैविटी बन जाना), मसूड़ों से खून आना या जबड़े का दर्द अथवा टेंपोर मेडिव्यूलर जॉइंट (टी.एम.जे.) विकार, उन्हें संप्रेषण संबंधी अनेक कठिनाइयों का सामना करना पड़ता है। उन लोगों को समस्याएँ इसलिए भोगनी पड़ती हैं, क्योंकि वे अपनी भावनात्मक निराशाओं के बारे में न बात करते हैं और न उन्हें हल करने का प्रयत्न करते हैं। जहाँ वे निश्चिंत महसूस करते हैं, वे बात अवश्य करेंगे; लेकिन वे कभी इस विषय में चर्चा नहीं करेंगे कि अपने प्रगाढ़ संबंधों में कौन सी बात उन्हें परेशान कर रही है। इस प्रकार, स्वयं को उद्घाटित करने (अपने अंतरंग संबंधों को खुला करने) में उन्हें शर्म आती है या उनका आत्माभिमान आहत होता है। यदि वे किसी ऐसी स्थिति में हों, जहाँ उन्हें असुविधा होती है या वे उत्साहित महसूस नहीं करते हैं, ऐसे में वे स्वयं को अलग कर लेते हैं और चुप्पी साध लेते हैं तथा अकसर एकाकी हो जाते हैं। मुँह के सभी रोगों को आपके द्वारा अपनी व्यक्तिगत अपेक्षाओं तथा निराशाओं के बारे में अपनी बात खुलकर एवं प्रभावकारी ढंग से प्रस्तुत न कर पाने की दुर्बलता से संबद्ध किया जाता है।

अगर आप मुँह तथा जबड़े से संबंधित समस्याओं से पीड़ित हैं तो आपको किसी डॉक्टर या दंत चिकित्सक के पास अवश्य जाना चाहिए; लेकिन उन विचार-प्रक्रियाओं तथा व्यवहार की ओर भी आपका ध्यान जाना चाहिए, जिनके कारण ये समस्याएँ पैदा हुई हैं। आपका शरीर जो सहज बोधनीय संदेश आपको भेज रहा है, उन संदेशों को अवश्य सुनें, वरना आपकी बद्धमूल बीमारी वापस आ जाएगी।

मुँह का स्वास्थ्य विचार-संप्रेषण नए विचारों को ग्रहण करने तथा पोषण से जुड़ा हुआ है। लेकिन यदि आप क्रोधित हैं तो संप्रेषण अवरुद्ध हो सकता है और चूँकि आप

क्रोधित होकर या नाराजगी की स्थिति में दूसरों के दृष्टिकोण को स्पष्ट रूप से नहीं समझ सकेंगे या निर्णय ले सकेंगे, इस कारण आपको दाँतों की तकलीफ हो सकती है। इस ढुलमुल रवैए को अलग रखें और इस स्वीकरण का प्रयोग करके दाँतों को मजबूत और स्वस्थ बनाएँ—''मैं अपने निर्णय सच्चाई के सिद्धांतों के आधार पर करता हूँ और यह जानकर पूर्णतया निश्चिंत हूँ कि मेरे जीवन में सब कुछ सही चल रहा है। जबड़े में तकलीफ हो या दंतपिच्ची (Locked Jaw) जैसी कोई समस्या हो, टी.एम.जे. विकृति हो, इन सबका संबंध नियंत्रण पाने की इच्छा या भावनाओं को व्यक्त करने के इनकार से है। जबड़े की समस्याओं और टी.एम.जे. विकार के मूल में पड़े क्रोध, रोष और दर्द के लिए उपचारक स्वीकरण होगा, ''मैं अपने अंदर से उस ढर्रे को बदलने के लिए तैयार हूँ, जिसके कारण यह स्थिति बनी। मुझे अपने आपसे लगाव है और मैं स्वयं को अच्छा समझती हूँ। मैं सुरक्षित हूँ। दंत क्षय की समस्या से ग्रस्त लोग आसानी से पराजय स्वीकार कर लेते हैं अथवा समर्पण कर देते हैं और उन्हें इस स्वीकरण को आजमाना चाहिए। मेरे निर्णय प्रेम एवं करुणा से भरे होते हैं। मेरे नए निर्णय मेरा समर्थन करते हैं और मुझे मजबूत बनाते हैं। मेरे पास नए-नए विचार हैं और मैं उन्हें कार्य में परिणत करता हूँ। मैं अपने नए निर्णयों में सुरक्षित हूँ। दंत रोग या दंत क्षय के कारण जिन लोगों को दंतमूल उपचार (Roofcanal work) कराना पड़ा है, वे सोचते हैं कि उनकी गहरी बसी मान्यताओं को नष्ट किया जा रहा है। वे अब और किसी चीज में दाँत नहीं गड़ा सकते। जिंदगी उन्हें भरोसे लायक नहीं लगती है। उनकी नई विचार-शैली यह होनी चाहिए, ''मैं अपने लिए और अपने जीवन के लिए मजबूत बुनियाद बनाता हूँ। मुझे सहारा देने के लिए मैं खुशी से अपनी मान्यताओं को चुनता हूँ। मुझे खुद पर विश्वास है। सब कुशल है।''

जब आपका भौतिक शरीर और भावनात्मक मन एक बार स्वास्थ्य के मार्ग पर चल पड़े, तब आगे बढ़ते हुए अपने जीवन में आचरण संबंधी परिवर्तनों को शामिल करना न भूलें। जो विषय आपके हृदय के बहुत निकट हैं और आपको प्रिय लगते हैं, उनके बारे में आपको बोलना अवश्य आना चाहिए। उन चर्चाओं को यूँ ही बगल की तरफ न धकेलें।

यह एक और उदाहरण है, जिसमें किसी परामर्शदाता या किसी अन्य भावनात्मक दाई के साथ काम करना अच्छा होगा, ताकि एक ऐसे सुरक्षित वातावरण का निर्माण हो, जिसमें आप अपनी भावनाओं को अभिव्यक्त कर सकें। हालाँकि पहले-पहले कुछ अजीब सा लगेगा, फिर भी किसी स्वस्थ संप्रेषण शैली में स्वयं को सहज बनाना अच्छा है।

इससे लोगों को अपनी भावनाओं को पहचानने व समझने में भी अधिक आसानी होगी। ऐसे साहित्य की खोज करें—मुद्रित या ऑनलाइन, जो भावनात्मक भाषा की

सूक्ष्म बातों को समझने में आपकी सहायता कर सके। ये भावपूर्ण शब्द क्या अर्थ रखते हैं, यदि इसका सूक्ष्म ज्ञान आपको हो जाता है तो आप उनके बारे में बात करते हुए अधिक सहज महसूस करेंगे।

अंत में, अत्यावश्यक बात यह है कि आप जगत् से अपने आपको बिल्कुल अलग-थलग करने की प्रवृत्ति को रोकें। दूसरे लोगों के साथ कुछ वास्तविक संबंधों का निर्माण करना एक लक्ष्य बना लें। ऐसे संबंध बनाएँ, जो आपको अपने व्यक्तित्व के सभी पहलुओं को स्पष्ट रूप से व्यक्त करने की छूट दें। यदि आप संबंधों में अपनी विचार-संप्रेषण क्षमताओं को संतुलित करना सीख लेते हैं तो आपका मुँह और जबड़ा अधिक स्वस्थ हो जाएगा।

क्लिनिक फाइलों से : मुँह के विकारों से पीड़ित रोगी का वर्णन एवं रोगोपचार विश्लेषण

सिएरा जब हमारे पास आई, वह 61 वर्ष की थी और दर्द के कारण बड़े कष्ट में थी। उसने बर्फ की थैली से अपने गाल को दबाया हुआ था। ऐसा जान पड़ता है कि जब वह अपना सूजा हुआ जबड़ा लेकर चर्च में पहुँची तो कुछ चिंतित मित्रों ने उसे किसी दंत-चिकित्सक के पास जाने की सलाह दी। सिएरा ने माना कि उसे कुछ महीनों से थोड़ा-थोड़ा दर्द होता रहता था, जिसकी ओर उसने ज्यादा ध्यान नहीं दिया। दंत-चिकित्सक ने जाँच करने के बाद उस विकार को अस्थि मेरु-मज्जा शोथ (ऑस्टियोमाइलाइटिस) बतलाया, जो इस प्रकार का हड्डियों का संक्रमण कहलाता है और दाँतों की घोर उपेक्षा के कारण उत्पन्न होता है। उसके आठ दाँत खोखले हो गए थे और दूसरे चार दाँत संक्रमित थे। सिएरा ने हमें बताया कि वह कुछ ऐसे खुशकिस्मत लोगों में से है, जिसका बचपन और जीवन वास्तव में शानदार रहा है। न केवल उसके माता-पिता, बहन और भाइयों का व्यवहार उसके प्रति सदैव बहुत स्नेहमय एवं उत्साहवर्धक रहा, बल्कि उसके पति एवं बच्चों का भी प्यार और प्रोत्साहन हमेशा उसके साथ रहा।

उसके जीवन में कोई कमी नहीं थी। वह जो चाहती, उसे मिल जाता, जब तक उसके पति जीवित थे। उसके बच्चे और बच्चों के बच्चे—सभी उससे दूर चले गए थे और अपने-अपने जीवन में इस कदर व्यस्त थे कि वे विरले ही उसे बुलाते या उसे खत लिखते। सिएरा कोई भार बनना नहीं चाहती थी, इसलिए वह उनके पास कम ही जाती थी, यह सोचकर कि अब उनकी अपनी-अपनी जिंदगी है। जीवन में पहली बार उसने अपने आपको गया-बीता और अकेला महसूस किया। वह चर्च के क्रियाकलापों में डूब गई। कुछ समय के लिए उसे अच्छा भी लगा। लेकिन घर पर अकेले अपने आप में सिमटकर बैठे रहना उसे कहीं अधिक सुखद लगता था।

सिएरा ने अपने बारे में जो कुछ बताया, उसमें एक संकेत स्पष्ट था कि उसके बच्चे उसे न तो कभी बुलाते थे और न कभी उसे लिखते थे। उसके पति या बच्चों के बिना उसके जीवन में खालीपन भर गया था, किसकी बात सुने और किससे बात करे। घर में उसके अपने सिवा कोई था ही नहीं। विचारों के आदान-प्रदान में जबरदस्त गतिरोध उत्पन्न हो गया था। अपने पति को खो देने के बाद की जिंदगी उसे रास नहीं आ रही थी। अपने वैधव्य को लेकर उसे कुछ समझ नहीं आ रहा था कि वह अपने जीवन को अपने बच्चों के पारिवारिक जीवन से कैसे जोड़े। और उसके पास इस उलझन को सुलझाने का भी कोई उपाय नहीं था कि पति के बिना जीवन की नैया कैसे पार लगेगी। अब चूँकि कोई भी पहल करने के लिए तैयार नहीं था, उसके मन में यह बात बैठ गई कि किसी को उसका ध्यान नहीं है और न किसी को उसकी जरूरत है। उसे लगने लगा कि अगर वह अपने बच्चों से संपर्क करे और उनसे पूछे कि क्या वह उनसे मिलने आ सकती है तो इससे उसकी प्रतिष्ठा, उसके अभिमान तथा उसके आत्म-सम्मान को ठेस लगेगी। अत: प्रतिष्ठा, अभिमान, शोक और अत्यधिक रोष, चिड़चिड़ाहट एवं निराशा सबने एक साथ मिलकर उसके मुँह में संक्रमण पैदा कर दिया।

सिएरा के लिए स्वास्थ्य-निर्माण करने और उसकी दाँतों की समस्याओं के पीछे रहस्यात्मकता को दूर करने के उद्देश्य से हमने सबसे पहले उसे यह समझाने का प्रयत्न किया कि एक स्वस्थ मुँह कैसा दिखता है। हमारे मुँह में 32 दाँत होते हैं और इनमें 70 प्रतिशत दाँत हड्डी होते हैं। दाँत की दंतास्थि अर्थात् डेंटिन का भीतरी भाग, जहाँ तक नसों की सनसनी पहुँचती है, एनेमल की परत से ढँका होता है और यह एनेमल शरीर का सबसे कठोर पदार्थ होता है। डेंटिन का भीतरी भाग दंत-मूल में मिल जाता है, जो बात में जबड़े की हड्डी में से बाहर निकल आता है। मूल क्षेत्र वहाँ होता है, जहाँ नसें और रक्त-वाहिकाएँ दाँत को शरीर से जोड़ती हैं।

शेष मुँह में मसूड़े (दंतमांस) होते हैं। एक जीभ होती है और लारवाली ग्रंथियाँ होती हैं। मसूड़ों में जीवाणु (बैक्टीरिया) हमेशा भरे रहते हैं, लेकिन हमारे शरीर का प्रतिरक्षक तंत्र उनकी अति वृद्धि नहीं होने देता है और इस तरह हमारे मसूड़ों को सूजन से बचाए रखता है। बैक्टीरिया को अति वृद्धि के कारण ही दंतमांस शोथ (जिंजिवाइटिस) होता है।

हमने पहले सिएरा की जिंजिवाइटिस की समस्या पर ध्यान देने का फैसला किया। दाँतों की घोर उपेक्षा के कारण बैक्टीरिया की अतिशय वृद्धि हो गई थी, जो प्लाक (Plaque) बना रहा था। यह एक प्रकार का अम्ल अर्थात् एसिड होता है, जो दाँत के एनेमल को धीरे-धीरे खा जाता है और मसूड़ों को सुजा देता है। फिर मसूड़े बैठने लगते हैं। इस कारण उसके दाँतों की जड़ों एवं जबड़े में बैक्टीरिया और भी अधिक फैल

गया। बैक्टीरिया की इसी भरमार के कारण उसका दर्द बढ़ता गया, दाँत खराब हो गए, मसूड़ों में पीप पड़ गया और ऑस्टियोमाइलाइटिस (अस्थि मेरु-मज्जा शोथ) हो गया।

हमने सिएरा को दाँतों की उपेक्षा के अलावा अपनी दूसरी आदतों पर भी दुबारा एक नजर डालने के लिए कहा, क्योंकि उसकी दाँतों की तकलीफ को बढ़ाने में उन आदतों का भी कुछ हाथ अवश्य रहा होगा। सिएरा ने हमें बताया कि वह सारा दिन कुछ-न-कुछ खाती-चबाती रहती थी और शर्करा-युक्त पेय की अनगिनत चुस्कियाँ भरती रहती थी। उसको GERD (Gastro Esophageal Reflex Desease) अर्थात् ग्रासनली में उलट-प्रवाह की बीमारी भी थी और 20 से ऊपर की उम्र में वह क्षुधातिशय के एक दौर से भी गुजरी थी। उसे बहुत भूख लगा करती थी। हर समय कुछ-न-कुछ कुतरने-चबाने की आदत पड़ गई थी, जिसकी वजह से उसे दस्त लग जाते थे। हर समय खाते-चबाते रहने से उसके दाँतों का आमाशय के पित्त के साथ संबंध जुड़ गया था।

इस पृष्ठभूमि के आधार पर हमने सिएरा को धीरे-धीरे आगे बढ़ने के आदेश दिए। पहले हमने एक प्रतिष्ठित दंत-चिकित्सक के पास उसे भेजा, जिस पर उसे विश्वास था और जिसने पूरी जाँच करने के बाद उसके मुँह, जबड़े व दाँतों की मरम्मत करने की एक दीर्घकालिक योजना बनाई। उसे एक बड़ा फैसला यह लेना था कि वह दंत-रोपण करवाए या अपने सारे दाँत निकलवा दे और पूरी बत्तीसी (डेंचर) लगवाए।

सिएरा को दंत-रोपण का विचार अधिक पसंद आया। अत: उसने अपने मुँह के अंदर एक मजबूत प्रतिरक्षक तंत्र का निर्माण करने के उद्देश्य से एक वैकल्पिक दंत-चिकित्सक से भी उपचार कराना शुरू कर दिया, ताकि रोपे जानेवाले दाँतों को मजबूत पकड़ मिल सके। दंत्य पोषण संबंधी कार्यक्रम की शुरुआत को एंजाइम क्यू 10, लैवेंडर तेल, कैलेंड्यूल (गेंदा फूल), ऑरगेन, अंगूर और ओषध कोटि के एक एंटी ऑक्सिडेंट से हुई। उसे मसूड़ों पर लगाने के लिए एक इकाइनैसिआ (Echinacsa) क्रीम दी गई, ताकि सूजन कम हो, जलन में कुछ ठंडक पड़े और जीवाणुओं की संख्या घटे। चूँति दंत विकार के कारण उसकी साँस से दुर्गंध आने लगी थी, सिएरा ने अपने भोजन में अजमोद (अजवाइन की तरह का सुगंधित पत्तियोंवाला एक पौधा) शामिल कर लिया, जो साँस को शुद्ध करनेवाली एक प्राकृतिक वनस्पति है और वह घर का बना एक एंटिसेप्टिक माउथवॉश भी इस्तेमाल करने लगी। ढाई कप पानी में एक चम्मच सूखी रोजपरि, एक चम्मच सूखा पुदीना और एक चम्मच सौंफ डालकर 15 से 20मिनट तक उबालें और फिर उसे छान लें। माउथवॉश तैयार।

हमने सिएरा को बोन डेंसिटी टेस्ट (अस्थि सघनता जाँच) कराने का भी सुझाव दिया। हड्डी नष्ट हो जाने से जबड़ा दाँतों को ढीला छोड़ देता है और अंततः बाकी

दाँत भी हिलने लगते हैं तथा उनमें बैक्टीरिया फैल जाता है। जाँच से हमें पता चला कि सिएरा को वास्तव में अस्थि-छिद्रलता (Osteoporosis) रोग था और जैसा कि उसका कहना था, इसी समस्या के कारण पिछले पाँच वर्ष में उसकी ऊँचाई दो इंच घट गई और चबाने के दाँत अर्थात् दाड़ें नष्ट हो गईं।

उसकी हड्डियों को सुदृढ़ करने के लिहाज से, ताकि उसके जबड़े की हड्डी में मजबूती आए, हमने सिएरा को एक एक्यूपंक्चरिस्ट तथा चीनी जड़ी-बूटी पारखी के पास भेजा, जिसने उसके आंतरिक दवा चिकित्सक से मिलकर हड्डियों को स्वस्थ करने की एक योजना बनाई। उसके लिए उन्होंने अनुपूरक दवाओं का नुस्खा तैयार किया, जिसमें कैल्सियम, मैग्नीशियम, विटामिन डी, डी.एच.ए. और एक बढ़िया किस्म का मल्टी विटामिन शामिल था।

सिएरा ने अपने क्षुधातिशय और जी.ई.आर.डी. तथा अपने दंत-क्षय के बीच कभी संबंध नहीं जोड़ा था; लेकिन उसे इतना अवश्य पता था कि उसका हर समय कुछ-कुछ खाते-चबाते रहना भी उसकी समस्या का एक हिस्सा है। हालाँकि उसने स्वास्थ्यवर्धक चीजें अपने खाने में सम्मिलित करने का प्रयास किया। वह अपने पर्स में ऑर्गनिक किशमिश तथा सूखे मेवे रखकर ले जाया करती थी; किंतु इससे भी उसके दाँतों की सेहत पर कोई असर नहीं पड़ा। यदि आप हर समय कुछ-न-कुछ चबाते रहते हैं और जरूरत से ज्यादा खाते हैं तो यह आदत आपके दाँतों के लिए बुरी हो सकती है। चर्वण के अलावा उसे टिक-टैक खाते रहने की भी लत पड़ गई थी, क्योंकि वह समझती थी कि इससे उसके मुँह एवं साँस की दुर्गंध दबी रहेगी।

सिएरा ने एक इंटिग्रेटिव न्यूट्रीशनिस्ट (समाकलनात्मक पोषाहार विशेषज्ञ) का आश्रय लिया, जिसने उसके लिए खान-पान का एक ऐसा नुस्खा तैयार किया, जो उसकी भक्षण संबंधी भावनात्मक एवं शारीरिक समस्याओं से निपट सके। पोषाहार विशेषज्ञ ने उसे सुझाव दिया कि वह सारा दिन निरंतर चर्वण करते रहने के बजाय हर तीन घंटे बाद कुछ खाया करे और खाने के बाद पानी से अच्छी तरह मुँह साफ किया करे। एक प्रज्ञानशील व्यवहारवादी उपचारक के साथ उसने अपने मन की इस गुत्थी को सुलझाने का प्रयास किया कि पति की मृत्यु के बाद उसके अंदर इतना रोष क्यों था और उसका जीवन इस कदर बदल कैसे गया। अपने इस उपचारक के निर्देशानुसार काम करते हुए वह अपनी इन भावनाओं को पीछे छोड़ने में सफल हुई कि अगर वह अपने परिवार के साथ संबंध स्थापित करने में अपनी ओर से बहाना करती है तो उसका स्वाभिमान आहत होगा। सिएरा ने अपने बच्चों और बच्चों के बच्चों से संपर्क किया, उनसे मिलने गई और उन्हें न्यौता दिया कि वे कुछ दिन के लिए उसके पास आकर रहें—अपने पैतृक

घर में। उसने पुरानी मित्र-मंडली से भी मिलना-जुलना शुरू कर दिया और नए-नए लोगों के साथ सैर-सपाटे पर जाने तथा कॉफी पर मिलने के कार्यक्रम निश्चित कर लिये।

और अंततः उसने अपने अंदर जड़ जमाए बैठे उन विचारों को धीरे-धीरे बदलने का प्रयास किया, जो उसे लगता था कि उसके मुँह और दाँतों की समस्या को बढ़ा रहे हैं। उसने जबड़े की तकलीफ के लिए इन स्वीकरणों का प्रयोग किया, ''मैं अपने अंदर सोच-विचार के उस ढर्रे को बदलने की इच्छुक हूँ, जिसके कारण यह स्थिति उत्पन्न हुई। मुझे खुद से प्यार है और मैं खुद को अच्छा समझती हूँ। मैं सुरक्षित हूँ।'' साधारण सूजन—''मेरा सोच-विचार शांतिपूर्ण, निश्चल और केंद्रीभूत है।'' स्वास्थ्य संबंधी हालात, जिनमें वे हालात भी शामिल हैं, जिनके पीछे प्रत्यय प्रकोप लगा होता है, मैं आलोचना के सभी साँचों को बदलने की इच्छुक हूँ। मैं अपने आपको पसंद करती हूँ और स्वयं को अच्छा समझती हूँ, हड्डियों के सामान्य स्वास्थ्य के लिए मैं सुगठित और संतुलित हूँ। हड्डी में विकृति का जीवन पूर्णतया मेरी साँसों में बसता है। मैं आराम करती हूँ और जीवन के प्रवाह एवं जीवन की प्रक्रिया में मुझे विश्वास है।'' दाँत खोखले होना—''मैं अपने निर्णयों में प्यार एवं करुणा भरती हूँ। मेरे नए निर्णय मेरा समर्थन करते हैं और मुझे शक्ति देते हैं। मेरे पास नए विचार हैं और मैं उन्हें कार्यान्वित करती हूँ। मैं अपने नए निर्णयों में सुरक्षित हूँ और अस्थिमेरुमज्जा शोथ/ऑस्टियोमाइलाइटिस—''मैं जीवन की प्रक्रिया के साथ शांतिमय हूँ और उस प्रक्रिया में विश्वास रखती हूँ। मैं हर तरह से सुरक्षित हूँ।''

खान-पान की आदतों में सुधार, निर्धारित दवाओं के सेवन व्यवहार में वांछित परिवर्तन तथा स्वीकरणों की मदद से सिएरा की वह पीड़ा और सूजन चली गई, जिसकी वजह से उसका मुँह कष्ट भोग रहा था और इस बीच उसके कुछ स्वस्थ एवं पक्के रिश्ते भी बनने लगे थे।

गरदन की समस्याएँ

गरदन का दर्द, गठिया और अकड़न प्रायः उन लोगों को होती है, जो विचार-संप्रेषण, सुनने और बोलने दोनों की आश्चर्यजनक क्षमता रखते हैं। किसी भी किस्से के दोनों पक्षों को समझने की कोशिश में वे अकसर बीमार हो जाते हैं। जब वे पाते हैं कि बातों को स्पष्ट रूप से संप्रेषित करने की उनकी क्षमता उस तरह काम नहीं कर रही है, जैसा वे चाहते हैं। जब किसी बहस का निपटारा बातचीत द्वारा नहीं किया जा सकता या जब उनके जीवन में कुछ गलत हो जाता है और वे उसे नियंत्रित नहीं कर सकते तो वे अकसर भड़क जाते हैं और जिद पकड़ लेते हैं, अपनी राय से टस-से-मस नहीं होते और दूसरे लोगों के दृष्टिकोण पर विचार करने से कतई इनकार कर देते हैं। इस

निराशा के कारण विचारों के आदान-प्रदान का रास्ता बंद हो जाने से अकसर गरदन में बीमारी पैदा हो जाती है।

अगर आप उन लाखों-करोड़ों लोगों में से एक हैं, जिन्हें गरदन में दर्द, गठिया, ऐंठन, कशाघात, रिलप्ड डिस्क और समस्याएँ सताती हैं, आपने दर्द के लिए शायद तभी या विविध प्रकार के उपचारों को आजमाया होगा, जैसे कि मेरुदंड की चिकित्सा, एक्युपंक्चर, ट्रैक्शन, योग या ध्यान-साधना। इनमें से कोई भी या सभी उपचार कुछ समय के लिए तो आराम दे सकते हैं, लेकिन रोग से मुक्ति दिलाने का शायद कोई स्थायी उपाय उनके पास नहीं है। तो फिर बेहतर तथा अधिक संतुलित संप्रेषण के लिए और गरदन की कष्टप्रद समस्याओं से स्थायी राहत पाने के लिए क्या उपाय हो सकता है?

दवा और व्यवहार संबंधी परिवर्तनों के अलावा आपको उन नकारात्मक विचारों की पहचान करनी चाहिए और उन्हें बदलने का प्रयास करना चाहिए, जो आपके स्वास्थ्य के लिए समस्याएँ खड़ी कर रहे हैं। लुइस के स्वीकरण सिद्धांत में स्वस्थ ग्रीवा मेरुदंड इस बात का प्रतीक है कि वह व्यक्ति किसी वार्त्तालाप के दोनों पक्षों को समझने की योग्यता रखता है। लेकिन इस धारणा को अगर उलटा—सिर नीचे और पाँव ऊपर—करके देखें तो एक अनम्य मानसिकता या हठीलापन नजर आएगा और स्वास्थ्य व्याधि एवं बीमारी में बदल जाएगा। इस मामले में गरदन में अकड़न या गरदन का दर्द। जिन लोगों को गरदन की तकलीफ रहती है, वे सामान्यत: संप्रेषण के सुननेवाले पक्ष में इतने अच्छे नहीं होते हैं, क्योंकि वे एक बार जो राय बना लेते हैं, उस पर डटे रहते हैं और नए विचारों की खिड़की के कपाट बंद कर देते हैं। वे स्वभाव से जिद्दी और अनम्य होते हैं और दूसरे लोगों के दृष्टिकोण को देखने या समझने में असमर्थ रहते हैं। गरदन की सामान्य समस्याओं से संबद्ध अनम्यता एवं जड़-बुद्धि का प्रतिकार करने के लिए एक उत्तम स्वीकरण यह होगा, "मैं नए विचारों एवं नई धारणाओं का स्वागत करता हूँ और उन्हें आत्मसात् एवं अंतर्ग्रहण करने योग्य बनाने का प्रयास करता हूँ। मैं जीवन के साथ शांतिमय हूँ। हालाँकि सामान्य विषय-वस्तु संप्रेषण है, आपका स्वीकरण पीड़ा के स्रोत और बद्धमूल भावना पर निर्भर करते हुए कुछ-कुछ भिन्न हो सकता है। उदाहरण के लिए, गरदन में दर्द यदि डिस्क खिसक जाने के कारण है तो इस पीड़ा का अभिप्राय यह लिया जाता है कि आपकी भावना को जीवन का समर्थन प्राप्त नहीं है और आप दुविधा में रहते हैं, निर्णय नहीं ले पाते तथा अपने विचारों या अपनी अपेक्षाओं को स्पष्ट रूप से संप्रेषित नहीं कर पाते हैं। अत: स्वस्थ होने के लिए इन शब्दों पर ध्यान लगाएँ, "जीवन मेरे सभी विचारों का समर्थन करता है। मुझे अपने आपसे लगाव है और मैं खुद को अच्छा समझता हूँ तथा सबकुछ ठीक है।"

जब आप स्वीकरणों को अपने नित्य जीवन में समाविष्ट करने लगते हैं, आप देखेंगे कि आपके सोच-विचार के तरीके में परिवर्तन आ रहा है।

आपकी ग्रीवा का स्वास्थ्य बेहतर हो जाने पर आगे जाते समय संतुलन बनाए रखने के लिए कुछ परिवर्तनों की सूझ आना आवश्यक है। आपकी गरदन की तकलीफ को सुधारने का एक अत्यंत महत्त्वपूर्ण उपाय हमारी समझ में यह आता है कि आपको किसी चर्चा के बीच में अपनी भावनात्मक सीमाओं को स्वीकार करने की आदत डाल लेनी चाहिए। आपके पास सहजानुभूत रूप से सुनने, समझने और तर्कसम्मत बहस करने की आश्चर्यजनक क्षमता है। तथापि आपको यह अवश्य स्वीकार करना चाहिए कि एक बिंदु पर पहुँचकर आपकी तर्क करने तथा संप्रेषण की बौद्धिक शक्ति समाप्त हो जाती है। जब आप ऐसे द्वंद्वों का सामना करते हैं, जिन्हें आप हल नहीं कर सकते, ऐसी स्थिति में अपनी राय को हठधर्मी से आगे बढ़ाने की चेष्टा न करें, क्योंकि इससे हालात और भी बिगड़ जाते हैं। इसके बजाय स्वयं को याद दिलाएँ कि हर समस्या के कई-कई समाधान होते हैं। इस बात को समझें कि आपकी भूमिका समाधान का केवल एक हिस्सा है। आप जिस चीज को नियंत्रण में कर सकते हैं और जिस चीज को नियंत्रण में नहीं कर सकते, उनके बीच संतुलन खोजना यदि सीख जाते हैं और यदि आपको इतनी सूझ-बूझ आ जाती कि किसी कलह या विवाद से आपको कब बाहर हो जाना चाहिए तो इसके फलस्वरूप पंचम भावनात्मक केंद्र में आपका स्वास्थ्य अपेक्षाकृत बेहतर होगा।

गरदन की समस्याओं से त्रस्त लोगों को ध्यान, साधना और मनोयोग का अभ्यास करना चाहिए, जो उनके लिए बहुत लाभप्रद है। ध्यान-साधना आपको आपकी भावनाओं के अधिक निकट ला सकती है और मनोयोगपूर्ण जीवन-निर्वाह की सहायता से आप यह समझ सकेंगे कि ये भावनाएँ उस क्षण में आपको किस प्रकार प्रभावित करती हैं। यदि एक बार उन अनुभूतियों तथा भावनाओं को पहचानने योग्य हो जाएँगे, जिनसे संकेत मिलता है कि आपकी विचार-संप्रेषण शैली आपको कूटनीतिज्ञ से तानाशाह बनने की ओर ले जा रही है, तब आप चैतन्य होकर और भी निकट से अधिक ध्यान लगाकर सुनना पसंद कर सकते हैं। मन खुला रखने के लिए आप और भी अधिक अभ्यास कर सकते हैं, कठोर श्रम कर सकते हैं। इसलिए जब आप किसी कठिन द्वंद्व की स्थिति से गुजरें, आप उसके सामने एक नए परिप्रेक्ष्य के साथ तथा शांति का संदेश लेकर खड़े हो सकेंगे। यह समझना अत्यावश्यक है कि लोग किसी दृष्टिकोण पर असहमत होते हुए भी परस्पर सद्भाव, शांति एवं प्रेम के साथ रह सकते हैं।

हम अपने रवैए से अपने लिए अनेक मुसीबतें खड़ी कर सकते हैं। अड़ियलपन, अनम्यता और दूसरों को उनकी मरजी के विरुद्ध तैयार करने की कोशिश—सब मिलकर ग्रीवा संबंधी समस्याएँ उत्पन्न करने का कारण बन सकते हैं।

क्लिनिक फाइलों से : गरदन के कष्टों से त्रस्त रोगी और रोगोपचार विश्लेषण

52 वर्षीय रेलिन अपने परिवार में किसी भी असहमति का निपटारा करने की योग्यता के लिए मशहूर थी और अकसर उसका फैसला सभी पक्षों को संतुष्ट कर देता था। जब-जब किसी बड़े कानूनी विवाद की खबर सुर्खियों में होती, उसका परिवार मजाक में कहता कि रेलिन इस विवाद को भी जीतकर दिखा देगी, चिंता किस बात की। चाहे पारिवारिक झगड़ा हो या काम को लेकर कोई असहमति, रेलिन सच में एक प्रमुख मध्यस्थ की भूमिका निभाती। वह दोनों ओर के तर्कों एवं दलीलों को देखने-समझने की योग्यता रखती थी। लेकिन वह हठी और दुराग्रही भी हो सकती थी, जो न मैदान छोड़ना चाहता है और न किसी भी बात को सुनना चाहता है। इन अवसरों पर वह आक्रामक व क्रुद्ध हो जाती और लोगों को खाली हाथ लौटा देती।

रेलिन ने एक व्यावसायिक नर्स के रूप में काम करते हुए अकेले दम पर अपने दो बच्चों को पाल-पोसकर बड़ा किया। उसके अंदर गजब का उत्साह था और अपने जीवन भर के कार्य से उसने यह साबित कर दिखाया था। वह सकारात्मक सोच की शक्ति में विश्वास रखती थी और अपने बच्चों को ही नहीं, बल्कि अपने मरीजों को भी उसने यही सीख दी कि अगर आप पूरे मन और लगन से करें तो सब कुछ संभव है। तथापि, रेलिन के बच्चे आगे बढ़ने तथा फलने-फूलने में सफल नहीं हुए। वे बहुत छोटी उम्र में ही कानून से पंगा लेने के कारण मुश्किल में फँस गए और रेलिन को उनकी मदद करने के लिए एड़ी-चोटी का जोर लगाना पड़ा।

अपने वयस्क बच्चों को जीवन से संघर्ष करते देखकर रेलिन को अपनी गरदन में एक तेज व असहनीय दर्द महसूस होने लगा और इसके साथ ही उसे कमजोरी भी लगने लगी। उसकी कुछ उँगलियाँ सुन्न जैसी हो गईं और उनमें झनझनाहट रहने लगी।

गरदन की तकलीफ दूर करने और उसे अधिक स्वस्थ बनाने में रेलिन की सहायता करने के लिए रेलिन को पहले यह जानना जरूरी था कि स्वस्थ ग्रीवा कैसी दिखती है। हमारी रीढ़, जिसे मेरुदंड भी कहा जाता है, अनेक हड्डियों की एक शृंखला जैसी होती है, जिसमें रीढ़ की हड्डी एक के ऊपर एक कड़ी के रूप में जुड़ी होती है और उन हड्डियों को एक-दूसरे से अलग करने के लिए बीच-बीच में फूले हुए तकिए जैसी चकतियाँ (डिस्क) होती हैं, जो झटका सहने का काम करती हैं। रीढ़ की हड्डियाँ और डिस्क इसलिए महत्त्वपूर्ण हैं, क्योंकि वे मेरुदंड तथा उसकी नसों की रक्षा करती हैं। वे नसें मस्तिष्क से लेकर शरीर में प्रत्येक चलनशील अंग तक पहुँचती हैं।

रेलिन के लक्षणों का अचानक भड़क उठना उसके लिए डरावना था और उसके डॉक्टर तक काफी चिंता में पड़ गए थे। जब गरदन की समस्याएँ बहुत जल्दी विकट

एवं गंभीर रूप ले लेती हैं, जैसा कि रेलिन के मामले में हुआ, तंत्रिका-विज्ञानी प्रायः यह संदेह करने लगते हैं कि शायद कोई डिस्क या उससे भी गंभीर कोई चीज नसों को या मेरुदंड को दबा रही है। हालाँकि रेलिन भी बाहर निकल जाना और दर्द से दूर चले जाना चाहती थी, हमने सुझाव दिया कि उसे अपने न्यूरोलॉजिस्ट (तंत्रिका-विज्ञानी) का कहा मानकर एक एम.आर.आई. अवश्य करा लेना चाहिए, ताकि वह समझ सके कि उसकी गरदन में क्या हो रहा है।

रेलिन के लिए दो संभावनाएँ थीं। हो सकता है, कोई डिस्क फूल गई हो। ऐसी दशा में झटका सहनेवाली डिस्क कुछ-कुछ विकृत हो जाती है; लेकिन फिर भी मेरुदंड के गतिशील बने रहने के लिए काफी गुंजाइश रहती है। इस कम गंभीर चोट का इलाज आसानी से उपलब्ध दर्द-निवारक दवा से किया जा सकता है, जैसे कि एस्पिरिन या एडविल। वह एक्युपंक्चर, कीगांग और यमुना बॉडी रोलिंग का सहारा भी ले सकती थी, ताकि उसकी गरदन के ऊपर और गरदन के नीचे की मांसपेशियाँ मजबूत हो सकें और लक्षणों की रोकथाम की जा सके।

दूसरी संभावना डिस्क खिसक जाने की थी और रेलिन के मामले में यही हुआ था। एम.आर.आई. से यह स्पष्ट हो गया कि उसकी गरदन की रीढ़ की हड्डी सी-7 में गरदन की एक डिस्क अपनी जगह से हट गई थी। इससे यह भी पता चला कि वह डिस्क मेरुदंड (Spinal Cord) को दबा रही थी और उसे रीढ़ की हड्डी से टकरा रही थी। रेलिन के डॉक्टरों को चिंता हो रही थी कि यदि यही स्थिति रही तो समस्या तांत्रिकीय चोट में बदल सकती है।

इस बात को ध्यान में रखते हुए कि रेलिन के लक्षण तेजी से बढ़ रहे हैं तथा अपनी जगह से खिसकी डिस्क उसके मेरुदंड (सुषुम्ना) को दबा रही है, उसके चिकित्सक दल ने तय किया कि सर्जरी ही इसका सबसे अच्छा विकल्प है। रेलिन ने एक ऐसे न्यूरोसर्जिकल दल का चुनाव किया, जिस पर उसे विश्वास था और सर्जरी से पहले अपने निश्चेतक (एनिस्थेटिस्ट) से भी भेंट की और उसे पसंद किया।

उसे सर्जरी के लिए तैयार करने के उद्देश्य से हमने रेलिन को सुझाव दिया कि वह इस प्रकार की सर्जरी से संबंधित पद्धतियों एवं प्रक्रियाओं को अच्छी तरह समझ ले और उनका काल्पनिक अभ्यास करे। मन-ही-मन सर्जरी के अनुभव से गुजरना मरीज को सर्जरी के दौरान और सर्जरी के बाद भी शांत एवं संयत बनाए रखता है तथा ऊतक जल्दी ठीक होने लगते हैं। हमने रेलिन को कहा कि वह अपने मन में ठीक उसी सर्जरी की स्पष्ट कल्पना करे, जो सर्जरी उसकी होनी है और देखें कि ऑपरेशन कक्ष में सर्जन उसकी गरदन में क्या कर रहा होगा, ताकि वह चेतना-शून्य कर दिए जाने पर भी अपनी

खुद की सर्जरी से सहयोग कर सके। ऑपरेशन कक्ष में जाने से पहले स्ट्रेचर पर लेटे हुए रेलिन को पता चल गया था कि न्यूरोसर्जन की टोली उसकी ग्रीवा के अग्र-भाग से होकर अंदर जा रही है। वे उसकी मेरुदंडीय हड्डी को विसंपीड़ित करते हैं या उसका कुछ अंश हटाते हैं, डिस्क निकाल देते हैं और उसकी जगह मेटल का बना एक कृत्रिमांग 'झाँपा' लगा देते हैं, जिससे कि उसकी गरदन अधिक पुष्ट हो सके।

सर्जरी के बाद एलिन आश्चर्य में पड़ गई। उसकी गरदन का दर्द 100 प्रतिशत गायब हो गया था। पहले जैसी स्वस्थ दशा में आने के लिए व्यायाम करना बहुत आवश्यक होता है, लेकिन सर्जरी के बाद उसके लिए कुछ माह तक व्यायाम करना संभव नहीं था। हमने उसे सलाह दी कि जब वह फिर से जिम जाने लगे तो दौड़ लगाना छोड़ दे और उसके बदले में किसी दीर्घवृत्ताकार ट्रेनर का इस्तेमाल करे। साइबेक्स ट्रेनर विशेष रूप से इस बात को ध्यान में रखकर बनाया गया है कि उस पर व्यायाम करते हुए आगे झुकने की स्थिति में गरदन में चोट न लगे। हमने उसे बढ़िया किस्म के जूते खरीदने का भी सुझाव दिया, जो अंदर से काफी गद्दीदार और आरामदायक हों, चलते-दौड़ते समय झटकों को सह सकें। नाइके शॉक्स, ऐसिक्स जैल-किंसोल शूज या इसी किस्म के आरामदायक दूसरे जूते उसके पैरों तथा उसकी रीढ़ के लिए उपयुक्त रहेंगे।

यद्यपि उसके व्यक्तित्व में कोई खराबी नहीं थी, फिर भी रेलिन ने मार्श लिन्हम की किताब Skills Training Manual For Treating Borderline Personality Disorder खरीदी और संप्रेषण-क्षमता का मानसिक अभ्यास किया। इस अभ्यास को 'डियरमैन' नाम दिया गया था। मनोयोग-स्वग्राहिता आपको सिखाती है कि कोई बात सही स्वर एवं स्वर सामंजस्य के साथ सही शब्दों में कैसे कहनी चाहिए, ताकि उस बात का अधिकतम सकारात्मक परिणाम प्राप्त हो। इस अभ्यास के जरिए उसे यह भी ज्ञान मिलेगा कि उसे अपने बच्चों, माता-पिता या अपने प्रियजन से कोई बात कब और कैसे कहनी चाहिए और कब किसी बात को जाने देना चाहिए। उसने रोजाना चिंतन-मनन करने, ध्यानस्थ होने की भी चेष्टा की, ताकि वह अपनी भावनाओं के साथ सुर-ताल मिला सके। इन क्षमताओं को हासिल करके वह उस कुंठा, उस नैराश्य को पहचान सकेगी, जिसका अनुभव वह किसी बहस के ताप में करती है। वह समझ जाएगी कि कब उसे पीछे हट जाना चाहिए और हठधर्मी नहीं बनना चाहिए। अंत में, रेलिन ने अपने मानसिक तनाव से मुक्त होने के लिए कीगांग सीखने का भी अभ्यास किया।

एलिन ने गरदन के सामान्य स्वास्थ्य की कामना करते हुए स्वीकरणों के साथ भी आरंभ कर दिया, "मैं अपने जीवन के साथ शांतिमय हूँ।" गरदन की समस्याएँ—"मैंने अब लचीला दृष्टिकोण अपना लिया है और मैं अब किसी भी विवाद के सभी पक्षों

को सहज रूप से देखती हूँ। किसी भी काम को करने और देखने के अनंत तरीके हैं। मैं सुरक्षित हूँ।'' ह्रासमान अर्थात् विकार पैदा करनेवाली डिस्कें—''मैं स्वयं को पसंद करना सीखने की इच्छुक हूँ। मैं अपने अनुराग को मेरा समर्थन करने देती हूँ। मैं जीवन में विश्वास करना सीख रही हूँ और मैं इसकी प्रचुरता को स्वीकार करती हूँ। विश्वास करना मेरे लिए सुरक्षित है। सामान्य पीड़ा में मैं प्रेमपूर्वक अतीत को मुक्त करती हूँ। वे मुक्त हैं और मैं मुक्त हूँ। अब मेरे हृदय में सबकुछ ठीक है और जोड़ों के सामान्य स्वास्थ्य में परिवर्तन के साथ सहजता से चलती हूँ। मेरे जीवन को दिव्य मार्गदर्शन प्राप्त है और मैं सदैव सर्वोत्तम दिशा में जा रही हूँ।''

अपने जीवन में हर परिस्थिति का उसने जैसे सामना किया, ठीक उसी के अनुरूप रेलिन ने एक सकारात्मक दृष्टिकोण बनाए रखा और उन विचारों एवं व्यवहारों को पराभूत किया, जिनके कारण उसे गरदन के कष्ट सहने पड़े थे। उसने पुनः पूरे जोश के साथ नए सिरे से शुरुआत करने का फैसला कर लिया—इस बार जिंदगी और विचार संप्रेषण पर एक बेहतर नजरिए के साथ।

थायरॉइड संबंधी समस्याएँ

जिन लोगों को थायरॉइड संबंधी समस्याएँ रहती हैं, वे इतने छिद्रपूर्ण एवं अंतर्दर्शी होते हैं कि वे देख सकते हैं कि दूसरे लोगों के जीवन में ऐसा क्या होना चाहिए, ताकि उनका जीवन बेहतर हो सके। दुर्भाग्यवश उनके समाधान अकसर लोगों को पसंद नहीं आते हैं और इन लोगों को प्रायः अपनी बात उस भाषा में व्यक्त करना नहीं आता है, जो सामाजिक दृष्टि से स्वीकार्य हो। वे स्वयं को प्रायः अप्रत्यक्ष रूप से अभिव्यक्त करने की चेष्टा करते हैं। वे जो चाहते हैं, उस बात का केवल संकेत देते हैं या पूरे निश्चय के साथ कुछ कहने से हिचकिचाते हैं, क्योंकि वे विवाद से दूर रहना चाहते हैं। तथापि यदि कोई स्थिति बेहद बिगड़ जाती है या उनकी हताशा अत्यधिक उग्र रूप धारण कर लेती है तो वे इतनी प्रचंडता के साथ अपने अंदर का उबाल निकालने लगते हैं कि लोग विमुख हो जाते हैं और जो कहा जा रहा है, उसे सुनने-समझने में अपनी असमर्थता दरशाते हैं। किसी भी स्थिति में थायरॉइड की प्रवृत्ति रखनेवाले व्यक्ति की संप्रेषण शैली प्रभावकारी नहीं होती है।

थायरॉइड की समस्याएँ—थायरॉइड चाहे हाइपर हो, जैसा ग्रेव्स की बीमारी में पाया गया था या हाइपो, जैसा हाशिमोतो की बीमारी में था, प्रायः दो भावनात्मक केंद्रों के प्रभाव में होती हैं। चूँकि यह संप्रेषण शैली असुरक्षित महसूस करनेवाले परिवार और मित्र-मंडलियों में बहुत विशिष्ट होती है, इसलिए प्रथम और पंचम भावनात्मक केंद्र इसलिए लपेट में आ जाता है, क्योंकि थायरॉइड की कतिपय समस्याओं के लिए सामान्यतः

एक प्रतिरक्षक उत्पादन होता है। अत: जब आप अपने थायरॉइड के स्वस्थ होने की तरफ ध्यान दें, उस समय आपको अपने प्रतिरक्षक तंत्र पर भी दृष्टिपात करना चाहिए, जो आपके लिए लाभप्रद सिद्ध होगा। फिर भी, इस अध्याय में हम पूरी तरह इस विषय पर ध्यान देंगे कि आपकी संप्रेषण शैली का थायरॉइड पर क्या-क्या प्रभाव पड़ता है।

स्वास्थ्य से जुड़ी जितनी भी समस्याओं के बारे में हमने चर्चा की है और उनके संदर्भ में हम जो कहते आ रहे हैं, वही बात यहाँ भी लागू होती है। बीमारी को उकसानेवाली विचार एवं आचरण शैली को पहचानें और उन्हें सकारात्मक, स्वास्थ्यप्रद शैली में बदलें। उदाहरण के लिए, थायरॉइड की समस्याओं का सामान्यत: संप्रेषण से संबंध होता है, लेकिन अपमान के साथ भी होता है; क्योंकि आप ऐसा महसूस करते हैं कि आपको वह करने का अवसर कभी नहीं मिलता है, जो आप करना चाहते हैं या आप हमेशा इसी विस्मय में रहते हैं कि आपकी बारी कब आएगी। अत: यदि आपको यह संतुलन बनाना मुश्किल लगता है कि आपको कितनी बात करनी चाहिए और कितना सुनना चाहिए, किसी वार्त्तालाप में बारी-बारी से बोलने का अवसर प्राप्त करने के लिए आपको संघर्ष करना पड़ता है या आप असहमतियों के दौरान अत्यधिक निश्चेष्ट या उदासीन हो जाते हैं तो आपके लिए थायरॉइड विकारों का खतरा बढ़ जाएगा। अपनी संप्रेषण शैली बदलने के लिए इस स्वीकरण का प्रयोग करें, ''मैं पुरानी सीमाओं के आगे निकल जाता हूँ और स्वयं को मुक्त होकर तथा रचनात्मक रूप से व्यक्त करने की छूट देता हूँ। आपके द्वारा प्रयोग किए जानेवाला स्वीकरण आपकी थायरॉइड संबंधी समस्या के मूल में बसे कुछ-कुछ भिन्न विचार-शैलियों तथा आचरण पर निर्भर करेगा। अत: यदि आपको हाइपरथायरॉइडिज्म है (थायरॉइड की क्रिया बढ़ी हुई है) तो आपको किसी वार्त्तालाप के बाहर रखने पर क्रोध का अनुभव हो सकता है। क्रोध को शांत करने और स्वयं को यह याद दिलाने के लिए कि आप वार्त्तालाप का एक हिस्सा हैं, इस स्वीकरण को दोहराएँ—''मैं जीवन के केंद्र में हूँ और मैं स्वयं को अच्छा समझता हूँ तथा उस सबको भी जो मैं देखता हूँ। दूसरी तरफ हाइपोथायरॉइडिज्म (अल्प थायरॉइड) को इस नजरिए से देखा जाता है कि आप हार मान लेते हैं और ऐसा महसूस करते हैं जैसे आपका दम घुट रहा हो। यदि यह स्थिति आपकी है तो आपका उपचारक स्वीकरण यह होगा, ''मैं ऐसे नए नियमों के साथ एक नए जीवन की सृष्टि करता हूँ, जो पूरी तरह मेरा समर्थन करते हैं।''

लक्ष्य है कि आप अपने जीवन में संतुलन खोजें, विशेषकर अपनी संप्रेषण शैली में। जीवन में ऐसे क्षण भी आते हैं, जब पीछे हट जाने और दूसरों के लिए आगे बढ़ने का रास्ता छोड़ने में ही समझदारी होती है। कभी-कभी अपनी राय अपने पास रखना ही

उचित होता है। फिर भी, अपनी बात दावे के साथ न कह पाना आगे चलकर आपके स्वास्थ्य, रिश्तों तथा आपकी वित्तीय सुरक्षा के लिए हानिकारक हो सकता है। आपको अपने विचार, अपने निर्णय के पक्ष में डटकर खड़े रहना सीखना चाहिए और भले ही आप इस बात पर चर्चा क्यों न कर रहे हों कि डिनर के लिए कहाँ जाना है, जो भी सोचें, समय के अनुकूल सोचें। आपको इस बात का ज्ञान होना चाहिए कि किस समय कुछ भी नहीं कहना है और कब सबकुछ कह देना ठीक होता है, या बीच-बीच में कुछ कहना। यह जटिल है।

स्पष्ट है कि इस नई संप्रेषण शैली में कदम रखना आसान नहीं होगा। यदि आप वर्षों तक चुप रहे हैं तो सबसे अच्छा यही होगा कि आप अपना मत या अपना विचार व्यक्त करने की शुरुआत छोटी-छोटी बातों से करें और सुरक्षित स्थानों में करें। मिसाल के लिए, यदि आप कोक की माँग करते हैं और वेटर कहता है, ''क्या पेप्सी चलेगी?'' उस समय आपको इतनी सी बात कहने में हिचकिचाना नहीं चाहिए कि 'नहीं, कोक ही चाहिए।' इससे लोगों को संकेत मिल जाएगा कि आपकी पसंद क्या है। कुछ ऐसे मित्रों से भी अपने साथ रखना अच्छा होता है, जो आपका साथ दें, आपका पक्ष लें। अपने करीबी दोस्तों से आप कह सकते हैं कि निर्णय फिर जाते समय वे आपको जिम्मेदार ठहराएँ। शुरू-शुरू में यदि आप कहते हैं कि कुछ भी फैसला हो, आपको परवाह नहीं है, तो आपके मित्रों को आपसे पूछना चाहिए कि वास्तव में आपकी राय क्या है।

आपके इर्द-गिर्द जमा लोगों को चाहिए कि जब आप अपने विचारों को व्यक्त करने का प्रयास कर रहे हों तो वे आपकी हिम्मत बढ़ाएँ। यह कल्पना करने में कम समय लगाएँ कि उनकी प्रतिक्रिया क्या होगी। इसके विपरीत, विचारों पर चर्चा करने में अधिक समय खर्च करें। लेकिन इस बात का भी ध्यान रखें कि चर्चा करते-करते दूसरी दिशा में बहुत दूर न चले जाएँ। यदि आप लोगों की खिंचाई करेंगे तो उनकी प्रतिक्रिया अनुकूल नहीं होगी। ध्यान रखें कि संप्रेषण में संतुलन रखना अत्यंत महत्त्वपूर्ण है, ठीक उसी तरह जैसे अधिकतर विषयों में संतुलन रखना आवश्यक होता है।

क्लिनिक फाइलों से : थायरॉइड संबंधी समस्याओं का विश्लेषण

38 वर्ष के राल्फ को उसके श्वसुर सैम द्वारा पारिवारिक व्यवसाय सँभालने के लिए तैयार किया जा रहा था। हालाँकि सैम ने तय कर लिया था कि वह जल्दी काम करना बंद कर देंगे, किंतु उन्होंने कमजोर आर्थिक हालात के चलते अपनी सेवानिवृत्ति का विचार टाल दिया।

राल्फ अपने श्वसुर सैम के साथ काम करते हुए वर्षों से कंपनी को चला रहा था, लेकिन वह कंपनी में बराबर का हिस्सेदार नहीं था। कारोबार के बारे में सैम के निर्णयों

से असहमत होने के बावजूद राल्फ को अपने श्वसुर के निर्णयों को खारिज करने का अधिकार नहीं था। उसने कोशिश भी नहीं की थी।

अपने विचारों को अंदर-ही-अंदर दबाए रखने में उसने वर्षों बिता दिए, जिसका नतीजा यह हुआ कि राल्फ का स्वास्थ्य बिगड़ने लगा। वह बुरी तरह थका हुआ और निरुत्साहित लग रहा था। उसके हाथ-पाँव सुन्न रहने लगे थे, वजन काफी बढ़ गया था और कब्ज की शिकायत रहने लगी थी। जब तक वह हमारे पास आया, राल्फ की खराब सेहत को हाशीमोतो रोग करार दिया जा चुका था, जिसे हाइपोथायरॉइडिज्म का सबसे सामान्य कारण माना जाता है। राल्फ हमारे पास इसलिए आया, क्योंकि वह नियमित रूप से दवाओं का सेवन करने के बावजूद पूरी तरह पहले से अधिक स्वस्थ महसूस नहीं कर रहा था।

हम राल्फ को पूर्णतया स्वस्थ देखना चाहते थे, इसलिए हमने पहला काम यह किया कि उसे उसके थायरॉइड के बारे में हमने एक-एक बात खुलकर बताई, जो उसे मालूम होनी चाहिए थी। थायरॉइड ग्रंथियाँ थायरॉक्सीन (Ty) और ट्राइलोडोथाइरोलीन (Tx) नामक हार्मोन बनाती हैं, जो आपकी मूल चयापचयी गति (मेटाबॉलिक रेट) को नियंत्रित करने में मदद करते हैं। वे सभी मांसपेशियों की कोशिकीय क्रिया से भी सहायता करते हैं, जिसमें आपके अंगों में होनेवाली क्रिया और आपके पाचन-क्षेत्र के अस्तर के एक किनारे से दूसरे किनारे तक तथा आपके हृदय की क्रिया भी शामिल है। इसके अतिरिक्त, ये थायरॉइड हार्मोन आपके मस्तिष्क, गुर्दों और प्रजनक-तंत्र के कार्य करने में भी सहायता करते हैं।

अत: यदि थायरॉइड हार्मोन कम होता है, जैसा कि हाशिमोतो के हाइपोथायरॉइडिज्म में पाया जाता है तो मेटाबॉलिक मंद पड़ जाता है और मांसपेशियाँ कमजोर हो जाती हैं। थकान, आलस्य, वजन बढ़ना, सिहरन, शुष्क बाल, शुष्क त्वचा और स्त्रियों में अनियमित मासिक जैसे लक्षण अकसर थायरॉइड की समस्या के संकेत होते हैं। हाइपोथायरॉइडिज्म के साथ मांसपेशियों की कमजोरी, कब्ज, अंगों में तनाव व जकड़न, धीमी चाल और एक अधिक गहरी आवाज के रूप में आती है।

हाशिमोतो का थायरॉइडिज्म एक आत्म-प्रतीक्षक बीमारी के कारण पैदा होता है, इसलिए हमने पहला काम यह किया कि हमने राल्फ को उसके आंतरिक दवा चिकित्सक के पास इस बात का पक्का यकीन करने के लिए भेजा कि उसे कोई दूसरी ऐसी अनुपचारित आत्म-प्रतिरक्षक बीमारी नहीं है, जिसका उपचार हाइपोथायडिज्म के उपचार के साथ-साथ करना आवश्यक हो। ये दूसरी बीमारियाँ इस प्रकार की हो सकती हैं, जैसे कि शॉग्रेंस (Sjogren's), सिंड्रोम (Syndrome), लूपस, आमवात रोग जैसा

गठिया, सारकॉइडोसिस (खुरंड), चमड़े की कड़ाई का रोग (Seleroderma) और डायबिटीज मेलिटस टाइप। किस्मत से राल्फ को इनमें से कोई रोग या विकार नहीं था। हमें उसकी केवल थायरॉइड संबंधी समस्याओं पर पूरा ध्यान देना था।

आगे राल्फ के डॉक्टर ने उन सभी शारीरिक कारणों पर निगाह डाली, जो शायद उसके थायरॉइड हार्मोन स्तर को नीचे की ओर धकेल रहे थे। ये कारण इस प्रकार के हो सकते थे; जैसे लिथियम, टैमोक्सीफेन, टेस्टॉस्टिरॉन रिप्लेसमेंट, इंटरफेरॉन अल्फा जैसी दवाएँ अथवा स्टेरॉइड या एस्ट्रॉजिन की बड़ी-बड़ी खुराक लेना। यह पीयूष ग्रंथि (Pituitary gland) या हाइपोथैलमस विकार के कारण भी हो सकता है। राल्फ इनमें से कोई दवा नहीं ले रहा था और उसे पीयूष ग्रंथि या हाइपोथैलमस जैसा कोई विकार भी नहीं था। अतः उसके डॉक्टर ने उन दवाओं पर एक निगाह डाली, जो दवाएँ वह अपनी थायरॉइड संबंधी समस्याओं से निपटने के लिए फिलहाल ले रहा था। और जैसा कि उस डॉक्टर को संदेह था, उन दवाओं से एक सुराग उसे मिल ही गया।

राल्फ केवल Ty हार्मोन की बदलाई कर रहा था। कुछ व्यक्तियों को अनुपूरण का यह संस्करण माफिक आ जाएगा, किंतु कुछ को दोनों की जरूरत होती है। Ty से अधिक शक्तिशाली Ty का इस्तेमाल मस्तिष्क द्वारा अधिक तत्परता से किया जाता है। राल्फ ने Ty और Tx दोनों लेना शुरू कर दिया था।

चूँकि मस्तिष्क की विलंबित क्रिया (Serfonim function) को नियमित करने में Tx को समय लगता है, हमने सुझाव दिया कि राल्फ को अपने चिकित्सक से यह पूछना चाहिए कि अगर वह अपने सेरॉटनिन स्तर को और बढ़ाने के लिए कुछेक अनुपूरक दवाएँ लेने लगे तो क्या यह ठीक होगा? राल्फ ने ZHTP लेना शुरू कर दिया। अगर इससे पर्याप्त आराम न मिले तो वह उसके बदले Same आजमाकर देख सकता था।

अब राल्फ को उन आत्म-प्रतिरक्षक समस्याओं की ओर ध्यान देने की आवश्यकता थी, जिनके कारण पहले-पहल हाशिमोतो के रोग की शुरुआत हुई। उसके शरीर के प्रतिरक्षक तंत्र ने उसकी थायरॉइड ग्रंथि के विरुद्ध उत्तेजक (भड़कानेवाले) रोग-प्रतिकारण पिंडों (Antibodies) का निर्माण करके उसे हाइपोथायरॉइडिज्म का शिकार बनाया था। यह समस्या अनेक चीजों से उत्पन्न हो सकती है, लेकिन एक प्रकार के वायरस या खाद्य एलर्जी को इसका सर्वाधिक सामान्य कारण माना जाता है। तथापि राल्फ ने हमें बताया कि वह भोजन के मामले में किसी रोक-टोक से समझौता नहीं करेगा, इसलिए उसने एलर्जी जाँच के लिए जाने से मना कर दिया।

हमने राल्फ को एक एक्यूपंक्चरिस्ट और चीनी हर्बलिस्ट के पास भी भेजा, ताकि उसके प्रतिरक्षक तंत्र तथा असामान्य थायरॉइड ग्लैंड के उपचार में उसे अतिरिक्त सहायता

मिल सके। राल्फ ने वरुण घास (Keep), बहुभुजी पुष्प बहुल जड़ (Radix Polygonic Multiflori), फलदायी बेर (Fructus Jujube) और देवदारु फल (Pinelliae) से बनी हर्बल ओषधि लेना शुरू कर दिया। इन जड़ी-बूटियों के सेवन से उसकी कब्ज की शिकायत, तरलता अवरोधक, थकान और कमजोरी की समस्या में काफी हद तक सुधार हुआ।

अंततः हमने राल्फ को एक प्रशिक्षक के पास भेजा, जो उसे न केवल अधिक स्वाग्रही एवं निश्चयात्मक बनना सिखाएगा, बल्कि यह भी शिक्षा देगा कि उसे विशेषकर कारोबार संबंधी स्पर्धात्मक स्थितियों में अपने विचारों को दक्षतापूर्वक कैसे व्यक्त करना चाहिए। राल्फ ने अपने सबसे पुराने और सबसे अधिक प्रिय मित्र से भी सहायता का अनुरोध किया, जिसने उसके कार्य को अपना ही कार्य समझा, विशेषकर उन स्थितियों में उसका पक्ष लेने का कार्य, जहाँ राल्फ को अपना मत व्यक्त करना होता।

राल्फ ने थायरॉइड के सामान्य स्वास्थ्य के लिए धीरे-धीरे इन स्वीकरणों के साथ अभ्यास करना आरंभ किया, "मैं सीमाओं के बंधनों से आगे निकल जाता हूँ और अब स्वयं को खुलकर तथा रचनात्मक रूप से व्यक्त करने की छूट देता हूँ।" हाइपोथायरॉइडिज्म—"मैं नए नियमों के साथ नए जीवन का निर्माण करता हूँ और ये नए नियम पूरी तरह मेरा समर्थन करते हैं।" और उदासी—"मैं अब दूसरे लोगों की आशंकाओं तथा सीमाओं के बाहर चला जाता हूँ। मैं अपने जीवन का निर्माण करता हूँ।" वह अपनी थायरॉइड की समस्याओं के परिणामस्वरूप जिन लक्षणों को महसूस कर रहा था, उनमें से कुछ लक्षणों के लिए भी हमने उसे स्वीकरणों का प्रयोग करने का सुझाव दिया। थकावट—"मैं जीवन के बारे में उत्साहपूर्ण हूँ और स्फूर्ति एवं जोश से भरा हुआ हूँ।" सुन्नता—"मैं अपना स्नेह और अपनी भावनाएँ आपस में बाँटता हूँ। मैं प्रत्येक में स्नेह पाता हूँ और बदले में स्नेह देता हूँ।" और बहुत भारी होना—"मैं अपनी निजी भावनाओं के साथ चैन से हूँ। मैं जहाँ हूँ, सुरक्षित हूँ। मैं अपनी सुरक्षा का निर्माण करता हूँ। मैं स्वयं को पसंद करता हूँ और अच्छा समझता हूँ।"

अपनी हैल्थ टीम से कुछ प्रशिक्षण लेकर और कुछ मार्गदर्शन प्राप्त करें। राल्फ ने सीखा कि कब उठकर बोलना चाहिए और कब स्वयं को रोकना चाहिए। उसका स्वास्थ्य और उसका जीवन वापस पटरी पर आ गया और काम तथा कारोबार के मामले में वह अपने अधिकारों का दावा करने, अपने निर्णय के पक्ष में खड़ा होकर बोलने की कला सीख गया, जिसे देखकर उसके श्वसुर को विश्वास हो गया कि अब वास्तव में उनका रिटायर होने का समय आ गया है।

पंचम भावनात्मक केंद्र

आप में इतनी शक्ति है कि आप आयुर्विज्ञान, अंत:प्रज्ञा और स्वीकरणों का प्रयोग करके अपनी गरदन, थायरॉइड और मुँह को स्वस्थ बना सकते हैं। यदि आपको स्वाग्रही बनने, अपने अधिकारों के पक्ष में दावे के साथ खड़ा होने में कठिनाई होती है, तात्पर्य यह कि या तो आप अत्यधिक आक्रामक हो जाते हैं या बहुत अधिक निश्चेष्ट हो जाते हैं तो इससे संकेत मिलता है कि इन क्षेत्रों में आप स्वास्थ्य संबंधी समस्याओं से कष्ट झेल रहे हैं। अपने शरीर की बात सुनकर और फिर अपने विचारों तथा अपने आचरण में परिवर्तन करके आप अपनी संप्रेषण क्षमताओं की धार तेज करना, अपनी देह को स्वस्थ करना और साथ-ही-साथ उस तरीके को बदलना भी सीख सकते हैं, जो तरीका आप संबंधों तक पहुँचने के लिए इस्तेमाल करते हैं।

कल्पना करें कि आप अपने परिवार, बच्चों, माता-पिता और बॉस से किस तरह बात करेंगे, ताकि वे आपकी बात समझ सकें। यदि आपकी विचार-संप्रेषण संबंधी समस्याएँ हैं तो आपको सिर्फ इतना करना है कि ठीक-ठीक पता लगाएँ कि वे समस्याएँ क्या हैं, ताकि आप उन समस्याओं की ओर ध्यान दे सकें और पंचम भावनात्मक केंद्र में स्वस्थ होने के रास्ते पर आगे बढ़ सकें।

दुनिया सुन रही है। सबकुछ ठीक है।

❑

७

अचानक मैं देखता हूँ छठा भावनात्मक केंद्र : मस्तिष्क, आँखें और कान

छठा भावनात्मक केंद्र मस्तिष्क, आँखों एवं कानों का केंद्र है और इस केंद्र में स्वास्थ्य इस बात पर निर्भर करता है कि आप सभी क्षेत्रों—सांसारिक और रहस्यात्मक दोनों—से सूचना कितनी अच्छी तरह अंतर्ग्रहण कर सकते हैं और इस सूचना का प्रयोग अपने जीवन में कर सकते हैं। यह इस पर निर्भर करता है कि आपकी मानसिकता कितनी सुनम्य है और आप अपने परिप्रेक्ष्य से, भिन्न परिप्रेक्ष्य से किस प्रकार सीख सकते हैं। अपने छठे भावनात्मक केंद्र में स्वास्थ्य-निर्माण के लिए आपको लचीली मानसिकता से काम लेना होगा और परिवर्तन की हवा के साथ जाना होगा; कुछ स्थितियों में डगमगाने-लड़खड़ाने या कदमों को बाँधकर रखने के बजाय किसी अधिक गवेषणात्मक दिशा में कदम बढ़ाना होगा। मुक्त मानसिकता के साथ यह संतुलन आपको उस घटनाक्रम पर पूरा ध्यान देते हुए, जो आपकी आँखों के सामने घटित हो रहा है, समय के साथ और आपको हताशा में उन्हीं तरीकों से चिपके रहने की इजाजत नहीं देता, जो बीत चुके हैं, भले ही आप पीछे मुड़ जाना चाहते हों।

छठे भावनात्मक केंद्र से संबद्ध स्वास्थ्य समस्याओं के दायरे में मस्तिष्क, आँखों व कानों के रोगों से लेकर ऐसे व्यापक विषय भी आते हैं, जो शिक्षा प्राप्त करने और विकास संबंधी समस्याओं से जुड़े होते हैं। जैसा कि अन्य भावनात्मक केंद्रों के साथ है, यदि हम शरीर के किसी अंग के बारे में चर्चा कर रहे हैं, बीमारी प्रायः कतिपय विचारों एवं आचरण शैलियों के कारण पैदा होती है। फिर भी, अधिक व्यापक विषयों पर चर्चा करते समय विचार और आचरण कारण के रूप में सामने नहीं आते हैं। वे मात्र एक निमित्त होते हैं, जो कुछ प्रवृत्तियों को तीव्र कर देता है, जैसे कि AHD या पठन अक्षमता (Dyslexia)। इस अध्याय में आगे चलकर हम शरीर के अंगों का अध्ययन करते समय अधिक स्पष्ट वर्णन करेंगे।

जिन लोगों को छठे भावनात्मक केंद्र में स्वास्थ्य के साथ संघर्ष करना पड़ता है, उनके दुनिया को देखने और दुनिया से सीखने के नजरिए में एक प्रकार का असंतुलन होता है। कुछ की दृष्टि सांसारिक क्षेत्र में ही गड़ी रहती है, व्यापक विश्व से उनका कोई संबंध नहीं होता है और दूसरे लोग पूरी तरह रहस्यात्मक क्षेत्र में खोए रहते हैं तथा जमीनी हकीकत से उनका कोई सरोकार नहीं होता है। जीवन के उतार-चढ़ावों का सामना करते हुए यदि वे इन दोनों क्षेत्रों के निवेश को संतुलित करने का कोई उपाय खोज लेते हैं तो छठे भावनात्मक केंद्र में वे स्वस्थ हो जाएँगे।

छठा भावनात्मक केंद्र : स्वीकरण सिद्धांत और विज्ञान

लुइस हे के स्वीकरण सिद्धांत के अनुसार छठे भावनात्मक केंद्र का स्वास्थ्य मस्तिष्क, आँखें और कान व्यक्ति को सूचना ग्रहण करने की क्षमता और सोच-विचार करने की सुनम्यता तथा प्रस्तुत स्थितियों से निकलने का तर्कसंगत उपाय खोजने की योग्यता प्रदान करता है।

मस्तिष्क एक कंप्यूटर के समान है, जो सूचना ग्रहण करता है, उसे संसाधित करता है और फिर उचित कार्य करता है। सूचना शरीर के हर अंग से मस्तिष्क तक जाती है और फिर मस्तिष्क से शरीर तक। मस्तिष्क को उसके काम में उसके भावनात्मक घटकों, आशंका, क्रोध और अनम्यता द्वारा बहकाया जा सकता है। उदाहरण के लिए, पार्किंसन बीमारी (कंपन-युक्त अंगघात) से पीड़ित व्यक्ति आशंका के वशीभूत हो सकता है और उसकी उत्कट इच्छा होती है कि हर चीज और हर व्यक्ति उसके नियंत्रण में हो।

आँखों और कान के जरिए आप बाहरी दुनिया के बारे में ज्ञान प्राप्त करते हैं और इनमें से प्रत्येक क्षेत्र का संबंध आपके द्वारा ग्रहण की जा रही सूचना को पसंद न करने से है। उदाहरण के लिए, आँखों की सारी समस्याएँ उस स्थिति के बारे में आशंका या क्रोध से संबंध रखती हैं, जिस स्थिति में आप हैं। आँखों की तकलीफ सह रहे बच्चे शायद उस तरफ से आँख चुराने की कोशिश कर रहे हैं, जो कुछ उनके परिवारों में हो रहा है; जबकि मोतियाबिंद से प्रभावित वयोवृद्ध लोग अपने भविष्य को लेकर भयभीत हो सकते हैं।

तो चलो, देखते हैं कि चिकित्सा विज्ञान का छठे भावनात्मक केंद्र में मूलबद्ध बीमारियों को लेकर मन व शरीर के संबंध के बारे में क्या कहना है।

ऐसा साहित्य विपुल मात्रा में उपलब्ध है, जिसमें झाँकने से पता चलता है कि व्यक्ति की अपनी विशिष्ट शैली में ही शायद कुछ ऐसी बात होती है, जो कुछ लोगों को पहले से ही मेनिअर रोग (Menierd's desease) या कान के अन्य विकारों की ओर प्रवृत्त कर देती है। जिन लोगों का व्यक्तित्व 'ए' श्रेणी का होता है, उन्हें इस विकार का खतरा

अधिक रहता है। यह बतलाया गया है कि व्यक्तित्व के हिसाब से 'ए' श्रेणी के अंतर्गत आनेवाले लोग जब किसी रिश्तेदारी में कोई बहस या विचार-विमर्श कर रहे होते हैं, उस समय उन्हें जो कुछ कहा जाता है, उसका केवल 20 प्रतिशत ही वे सुन पाते हैं। बाहर से शांत एवं संयत दिखनेवाले, मेनिअर रोगग्रस्त लोगों को जीवन भर बाहरी दुनिया के साथ मुश्किल का सामना करना पड़ता है। उन्हें आशंका, भय, उदासीनता के संत्रास के अलावा नियंत्रण खो देने का खटका भी लगा रहता है। निष्कर्षत: जिन लोगों में यह दशा पनपने लगती है, उनके बारे में कहा जा सकता है कि वे परिवर्तन की अनिश्चितता से निपटने में अधिक असमर्थ रहते हैं।

परंपरागत चीनी चिकित्सा-विज्ञान में किए गए अध्ययन के अनुसार यह सिद्ध हो चुका है कि पलक शोथ (गुहेरी), शुष्क आँखें और मोतियाबिंद/काला मोतिया (ग्लूकोमा) सरीखे नेत्र विकारों को हजारों वर्षों से भावनात्मक निराशा, क्रोध तथा चिड़चिड़ेपन से जोड़ा जाता रहा है। दिलचस्प बात है कि वैज्ञानिक अध्ययन भी अब नेत्र विकारों के मनोवैज्ञानिक पहलुओं को देख रहे हैं। एक अध्ययन में आँख में दर्द की शिकायत लेकर आए लोगों ने कहा। बताया जाता है कि वे सक्रिय रूप से उन भावनाओं को छिपाते/ढाँपते रहे हैं, जिन्हें वे समझते थे कि सहन करना अत्यंत कष्टकर होगा।

पार्किंसन रोग (कंपन-युक्त अंगघात) जिन लोगों को होता है, वे जीवन भर निराशा, भय व चिंता से त्रस्त रहते हैं और उनकी प्रवृत्ति होती है कि वे अपनी भावनाओं तथा वातावरण दोनों को अपने नियंत्रण में रखना चाहते हैं। वैज्ञानिक अध्ययनों से पता चलता है कि इन रोगियों का डोपामाइन (Dopamine) स्तर जन्म से ही कम रहा होगा, जिसके कारण ऐसा व्यक्तित्व मिला, जो जोखिम उठाना नहीं चाहता और परिवर्तन से कतराता है। पार्किंसन रोग से पीड़ित व्यक्ति संयमी और नियम-निष्ठ होता है। वे विश्वसनीय नागरिक होते हैं, उद्यमी होते हैं और अनेक संगठनों से नाता रखते हैं। संभाव्यत: वे उत्तरदायित्वपूर्ण एवं आत्म-संयमी हो सकते हैं।

अब चूँकि आप इस क्षेत्र में बीमारियों के पीछे का विज्ञान जान चुके हैं, आपका अगला कदम क्या होगा, जिसमें कि आप अपने छठे भावनात्मक केंद्र संबंधी समस्याओं का उपचार कर सकें ?

मस्तिष्क

जिन लोगों को मस्तिष्क अर्थात् दिमाग से संबंधित कष्टों का सामना करना पड़ता है, जैसे कि माइग्रेन या दूसरे प्रकार के सिरदर्द, अनिद्रा, दौरे पड़ना, याददाश्त संबंधी समस्याएँ, आघात, विविध प्रकार की जठरता (Multiple sclerosis) अलजाइमर रोग या पार्किंसन रोग—वे अपने पाँव मजबूती से जमीन पर रखकर जीते हैं, अर्थात् जीवन

की वास्तविकता को पकड़े रहते हैं। वे उन सभी गतिविधियों में अच्छा होना चाहते हैं, जो गतिविधियाँ उनके मस्तिष्क के दोनों पक्षों में दाईं तरफ की सृजनशीलता और बाईं तरफ की संरचना का प्रयोग करती हैं। ये लोग अकसर जीवन के अनेक क्षेत्रों में दक्षता हासिल करना चाहते हैं। ज्यामिति, इतिहास, चित्रकला या संगीत, वे हर विषय में पारंगत होने की इच्छा रखते हैं। बहुत लंबे समय तक इस ढंग से रहने के कारण स्थिति प्राय: एक ऐसे संकट तक पहुँच जाती है, जो उन्हें दुनिया को एक नए नजरिए से देखने के लिए बाध्य कर देता है। किसी मस्तिष्क विकार के चलते उन्हें अब सीखने के उन छोटे-छोटे उपायों पर भरोसा नहीं रह जाता है, जिन उपयों का प्रयोग वे हमेशा से करते आए हैं और उन्हें चाहिए कि वे बुद्धि और विश्वास के अतिरिक्त स्रोतों की तरफ रुख करें, किसी उच्चतर शक्ति से ज्ञान प्राप्त करें।

यदि आपको उपर्युक्त में से कोई भी मस्तिष्क से जुड़ी समस्या है तो सबसे पहले किसी डॉक्टर के पास जाएँ, क्योंकि अनेक प्रकार की कारगर दवाएँ और अनेक प्रकार के उपचार उपलब्ध हैं। फिर भी, आधुनिक चिकित्सा और वैकल्पिक उपचार बस, यहीं तक ले जा सकते हैं। एक बार जब संगीन लक्षण नियंत्रण में आ जाते हैं, तब अगला कदम उठाना चाहिए। आपका दीर्घकालीन स्वास्थ्य बदलते नकारात्मक विचारों तथा आचरण पर निर्भर करता है, जो आपके मस्तिष्क के काम करने के तरीके को प्रभावित कर रहे हैं और बीमारी का कारण बने हुए हैं तथा कुछ मामलों में तो बहुत गंभीर रोग पैदा कर देते हैं।

ज्ञान प्राप्त करने के नए तरीके सीखने और दुनिया को विश्वास की आँखों से अनुभव करने से मस्तिष्क विकारों के बढ़ने की संभावनाएँ घट सकती हैं तथा वे लक्षण भी कम हो सकते हैं, जो पहले से मौजूद हैं। मस्तिष्क विकार से पीड़ित अधिकतर लोग अत्यधिक भय और चिंता में रहते हैं। स्वीकरण इसलिए महत्त्वपूर्ण हैं, क्योंकि वे मस्तिष्क को उन विचारों से दूर हटाने में मदद करते हैं, जो आपकी बीमारी को गंभीर बनाते हैं। सोच-विचार, चिंतन-मनन के नए तरीके सीखने में स्वीकरण आपकी सहायता करते हैं और जगत् में विश्वास करना सिखाते हैं। वे आपके उपचार को वास्तव में अगले स्तर पर ले जाते हैं।

आपके मस्तिष्क को सोच-विचार के नए तरीकों के अनुकूल बनाने तथा अपने अनुभवों में विश्वास पाने से उन विचारों को निष्कासित किया जा सकता है, जो आपकी बीमारी को और अधिक बिगाड़ने का काम कर रहे होते हैं। उदाहरण के लिए, स्वीकरण सिद्धांत में माना गया है कि मिरगी से संबद्ध विचार-शैली जीवन को अस्वीकार कर रही है। जीवन लगातार संघर्ष में उलझा हुआ है और दंड भोग रहा है। आप जिंदगी की

तरफ बाँहें फैला सकते हैं और इस स्वीकरण के साथ उसमें भलाई देख सकते हैं। मैं जीवन को शाश्वत और आनंदपूर्ण हस्ती के रूप में देखना पसंद करता हूँ। मैं अनादि-अनंत और आनंदित तथा शांतिमय हूँ। अनिद्रा को भय और दोष भावना तथा जीवन की प्रक्रिया में विश्वास न करने के साथ जोड़ा जाता है। यदि आपको अनिद्रा से परेशानी और चिंता है तो आप अपनी घबराहट को शांत कर सकते हैं और अधिक अच्छी नींद का आनंद ले सकते हैं। इस स्वीकरण के साथ मैं प्यार से दिन को विदा करता हूँ और चैन की नींद लेता हूँ, यह जानते हुए कि कल फिर सामने आकर खड़ा हो जाएगा। इसी प्रकार माइग्रेन या आधासीसी के दर्द का अभिप्राय यह लिया जाता है कि आप जीवन का प्रतिरोध कर रहे हैं और इस भय में जीते हैं कि आपको धक्का दिया जा रहा है या हाँका जा रहा है। आप बीते हुए को भूलकर और इस स्वीकरण का बार-बार मनन करते हुए माइग्रेन से छुटकारा पा सकते हैं, ''मैं जीवन के प्रवाह में विश्राम करता हूँ और मुझे जो कुछ भी चाहिए, वह सब मुझे आसानी से और सुविधापूर्वक मुहैया कराना मैं जीवन पर छोड़ देता हूँ। जीवन मेरे लिए है।''

अलजाइमर रोग तथा अन्य प्रकार के मनोभ्रंश को इस अभिप्राय से जोड़ा जाता है कि वह व्यक्ति संसार के यथा रूप से निपटने से इनकार करता है। वह सोच-विचार करने के पुराने घिसे-पिटे तरीकों में ही अटका रहता है, नए विचारों से भय खाता है और लाचारी तथा क्रोध की भावना से भरा रहता है। यदि यह स्थिति आपकी है तो अपने हृदय और मन के कपाट खोलें तथा जीवन की आव-भगत के लिए नए विचारों को अंदर आने दें। इस स्वीकरण के साथ जीवन का अनुभव करने के लिए मेरे पास हमेशा एक नया और बेहतर उपाय होता है। मैं अतीत को क्षमा एवं मुक्त करता हूँ। मैं आनंद में विचरण करता हूँ। अगर आप वृद्धावस्था और याददाश्त खो जाने को लेकर चिंतित हैं और किसी लीक में पड़ा हुआ महसूस करते हैं तो इस दुर्भाग्यपूर्ण मानसिकता से मुक्ति पाएँ और उसके बदले इस विचार को मन में जगह दें, ''मैं हर अवस्था में स्वयं को चाहता हूँ और स्वीकार करता हूँ।'' जीवन में हर क्षण परिपूर्ण है। पार्किंसन रोग के साथ भय और हर चीज तथा हर व्यक्ति को नियंत्रण में रखने की उत्कट इच्छा लगी रहती है। इस स्वीकरण पर चिंतन-मनन करते हुए कुछ नियंत्रण त्यागने का प्रयास करें, ''मैं विश्राम करता हूँ, यह जानकर कि मैं सुरक्षित हूँ। जीवन मेरे लिए है और मुझे जीवन की प्रक्रिया में विश्वास है।'' विविध प्रकार की जठरता को अनम्यता एवं मानसिक कठोरता एक ठोस इच्छा शक्ति के साथ जोड़ा जाता है। अत: हमें इस कठोर मानसिकता को कोमल बनाने की आवश्यकता है, जिसके लिए हमें इस स्वीकरण का आश्रय लेना होगा, ''मधुर व आनंदपूर्ण विचारों को चुनकर मैं एक प्रिय, आनंदपूर्ण संसार का निर्माण करता हूँ। मैं सुरक्षित और स्वतंत्र हूँ।''

मस्तिष्क से संबद्ध विचारों में से कुछ तो अत्यंत सामान्य विकार हैं। मस्तिष्क के अन्य विकारों के लिए लुइस द्वारा सुझाए गए स्वीकरणों की जानकारी हेतु पृष्ठ 183 पर अपनी विशिष्ट समस्या को खोजें।

छठे भावनात्मक केंद्र में मस्तिष्क से जुड़ी समस्याओं को हल करने हेतु अपेक्षित अधिक स्वस्थ मानसिकता प्राप्त करने के उद्देश्य से आपको बुद्धि और आध्यात्मिकता के अन्य रूपों को भी अपने जीवन में उतारने का प्रयास करना चाहिए। जब आप आध्यात्मिकता की बात करते हैं, हमारा तात्पर्य धर्म से नहीं है। हम आपकी तुलना में किसी अधिक बड़ी सत्ता से संबंध के बारे में बात कर रहे हैं।

इन समस्याओं का समाधान अध्ययन या तर्क से नहीं होगा। उनका समाधान चिंतन और प्रार्थना से किया जाएगा। आपके लिए यह जानना एवं समझना महत्त्वपूर्ण है कि एक ऐसी अनिर्वचनीय शक्ति है, जो सभी चीजों को जोड़ती है, जिनमें आप भी शामिल हैं।

यदि आप स्वस्थ होना चाहते हैं तो आपको दिव्य के साथ जुड़ने का प्रयास करना चाहिए। आप यह काम किस तरह करते हैं, यह एक बहुत व्यक्तिगत विषय है। आप हर दिन सुबह कुछ समय मनोयोग के लिए अलग रख सकते हैं। या फिर आप प्रकृति में विचरण करने के लिए कुछ समय निकाल सकते हैं। सैर करते हुए आप कुछ भी सोच-विचार नहीं करेंगे; कोई मूल्यांकन, कोई कल्पना नहीं करेंगे। सिर्फ उस सौंदर्य को अनुभव करें, जो आपके सामने है।

यदि आप लौकिक जगत् में दिव्य और एक नई समझ के निवेश को संतुलित कर सकते हैं तो आप छठे भावनात्मक केंद्र में स्वस्थ होकर जिएँगे।

क्लिनिक फाइलों से : मस्तिष्क विकार एवं रोगोपचार विश्लेषण

27 वर्षीय फ्रीलांस वेब डिजाइनर वैनेसा की स्मरण-शक्ति कमाल की है और वह कला से लेकर केमिस्ट्री तक हर विषय में बहुत गहरी रुचि रखती है। यद्यपि वह इतनी साधन-संपन्न नहीं थी कि हाई स्कूल के बाद पूर्णकालिक कॉलेज में पढ़ाई कर सके, फिर भी शिक्षा पाने के लिए वह दृढ़प्रतिज्ञ थी और अपने इसी इरादे को पूरा कर दिखाने के उद्देश्य से उसने स्थानीय सामुदायिक कॉलेज में रात्रि कक्षाओं में पढ़ाई करना शुरू कर दिया। कुशाग्र बुद्धि की धनी और वार्त्तालाप में कभी हार न माननेवाली वैनेसा के चाहनेवालों की कमी नहीं थी। दावतों एवं रात्रि-भोज के आयोजनों में वह एक लोकप्रिय मेहमान हुआ करती थी और जो भी उसके संपर्क में आता, उसका मित्र बन जाता था।

एक औपचारिक उच्चतर शिक्षा हासिल न कर पाने के बावजूद वैनेसा ने खुद को तेजी से उभरते एक स्वतंत्र पत्रकार के रूप में स्थापित कर लिया था। वह अच्छी कमाई कर रही थी और रचनात्मक रूप से उसके सामने हर रोज एक नई चुनौती होती

थी। लेकिन अपना व्यवसाय आरंभ करने के कुछ ही वर्ष बाद उसे अपनी बाँहों और हाथों में झुनझुनी पैदा करनेवाली सुन्नता महसूस होने लगी। वह सारे समय थकी-थकी रहने लगी और उसके सिर में दर्द के हथौड़े बजने लगते थे। यह सोचकर कि कंप्यूटर के सामने लंबे समय तक बैठे रहने से गरदन में किसी तकलीफ या चोट के कारण ऐसा हो सकता है, उसने हजारों डॉलर खर्च करके अपने ऑफिस में ऐसे यंत्र लगवाए, जो श्रमसाध्य कार्य को सुगम बनाते हैं। लेकिन उसकी हालत में कुछ भी सुधार नहीं हुआ। फिर एक दिन वैनेसा जब जागी, उसकी दृष्टि धुँधला गई थी और उसने पाया कि उसके पाँव भी लड़खड़ा रहे हैं। उसने अपने डॉक्टर से मिलने का समय माँगा, जिसने उसे एक न्यूरोलॉजिस्ट (अर्थात् तंत्रिका-विज्ञानी) के पास भेज दिया। उसे अपने कानों पर विश्वास नहीं हुआ, जब डॉक्टर ने कहा कि वैनेसा को मल्टीपल स्किलरोइसिस (एम.एस.) हो सकता है। डॉक्टर ने उसे रोग के बारे में इस तरह समझाया कि यह एक प्रकार का तांत्रिकीय (Neurological) विकार है, जिसमें मस्तिष्क तथा रीढ़ रज्जु में नाड़ी के साथ-साथ जानेवाले मार्ग क्षतिग्रस्त हो जाते हैं। डॉक्टर कुछ और परीक्षण भी करना चाहता था; लेकिन वह दुबारा आने के लिए बहुत डरी हुई थी।

जब वैनेसा हमारे पास आई, हमने सबसे पहले उसे यह समझाया कि एम.एस. विकार घोषित कर दिए जाने का मतलब दुनिया खत्म हो जाना नहीं है। सही उपचार मिलने से बहुत लोग छुटकारा पा जाते हैं और अच्छा, कर्मशील, खुशहाल, आरामदायक जीवन व्यतीत करते हैं। लेकिन जैसा कि डॉ. फिल ने कहा था, ''यदि आप किसी रोग को नाम नहीं दे सकते तो आप उसे ठीक भी नहीं कर सकते।'' हमने वैनेसा को प्रोत्साहित किया कि वह किसी विश्वसनीय न्यूरोलॉजिस्ट के दिखाए रास्ते पर चले और पता लगाए कि उसके केंद्रीय नर्वस सिस्टम, मस्तिष्क और मेरु-रज्जु (स्पाइनॅल कोर्ड) में भीतर-ही-भीतर आखिर चल क्या रहा है। एक माह के अंदर ही उसने अपने चिकित्सक से भेंट की और कई प्रकार की जाँचें कराने का समय निश्चित किया, जैसे कि ब्रेन या स्पाइनल कोर्ड में हुई टूट-फूट का पता लगाने के लिए MRI, ओलिगोक्लोनल बैंड नामक विशिष्ट प्रोटीन की जाँच के लिए कटिवेध और मस्तिष्क में विद्युतीय गतिविधि मापने के लिए एक विजुअल इवोक्ड पोटेंशियल (V.E.P) टेस्ट। वैनेसा की एम.आर.आई. तथा लंबर पंक्चर (कटिवेध) जाँच से साबित हो गया कि उसे वास्तव में मल्टीपल स्किलरोसिस (एम.एस.) है। अतिरिक्त रक्त जाँच से यह पक्का हो गया कि उसके लक्षणों का कारण कोई और विकार नहीं था, जैसे कि लाइम (Lyme) रोग, आघात या एड्स।

एम.एस. के उपचार के लिए अगला कदम उठाने हेतु वैनेसा ने एक विविध मेडिकल टीम निश्चित की।

वैनेसा के मस्तिष्क का स्वास्थ्य सुधारने हेतु कार्यक्रम तय करने से पहले हमने उसे एक स्वस्थ मस्तिष्क और तंत्रिका-तंत्र (नर्वस सिस्टम) के काम करने का एक काल्पनिक चित्र प्रस्तुत करने में उसकी सहायता की। हमारी केंद्रीय तंत्रिका व्यवस्था, मस्तिष्क और मेरु-रज्जु किसी छड़ी पर लगे एक संतरे जैसी दिखती है। संतरे की भाँति मस्तिष्क का एक बाहरी खोल होता है और उस खोल की कठोर एवं अधिक जटिल कोशिकाएँ तंत्रिका तंतुओं के एक अंतरंग, अधिक हलके एवं कोमल क्षेत्र को चारों तरफ से घेरे रहती हैं। एम.एस. एक ऑटोइम्यून बीमारी है, जिसमें श्वेत रक्ताणु रोग प्रतिकारक पिंड (एंटिबॉडीज) बनाते हैं, जो इस कोमल अंतरंग क्षेत्र पर आक्रमण करते हैं। एम.एस. में मस्तिष्क के भीतर से नार्व फाइबर (तंत्रिका तंतु) और वे भी, जो नीचे मेरु-रज्जु तक जाते हैं, श्वेत पट्टिकाओं से चकत्तेदार हो जाते हैं और इस कारण वे मस्तिष्क तथा शरीर के बीच सामान्यतः संकेत संप्रेषण नहीं कर पाते हैं। इस जानकारी के साथ वैनेसा अपने तंत्रिका तंतुओं को स्वस्थ एवं बेदाग होते देखने की कल्पना कर सकती थी। हमने उसे एक सी.डी. भी चलाकर दिखाई। 'A Meditation to help you with multiple sclerosis' नामक यह सी.डी. विशेष रूप में एम.एस. से पीड़ित रोगियों के लिए बेलेरुथ नेपारस्टेक (Belleruth Naparstek) द्वारा बनाई गई थी, जो गाइडिड इमेजरी के प्रणेताओं में से एक था और जिसने इस प्रकार के उपचार के लाभदायक परिणामों को प्रमाणित करने में बहुत सहायता की है।

फिर हमने वैनेसा को वापस उसके तंत्रिका-विज्ञानी के पास भेजा, जिसने उसे बताया कि उसके एम.एस. के इलाज के लिए कौन-कौन सी दवाएँ उपलब्ध हैं। इस बीमारी के लिए चिकित्सक दवाओं का प्रयोग तीन कारणों से करते हैं—लक्षणों के इलाज के लिए, फिर से बीमार होने की रोकथाम के लिए और बीमारी की लंबी पहुँच के मार्ग को बदलने के लिए।

वैनेसा के हाथ-पाँव सुन्न हो जाते थे। उनमें झुनझुनी होती थी और अस्थिर रहते थे (चिकित्सा-शास्त्र की दृष्टि से उसे स्तब्धता और गति-विभ्रम कहा जाता है)। उसे थकान बनी रहती थी, दृष्टि धुँधला गई थी और असहनीय सिरदर्द होता था। वैनेसा के चिकित्सकों ने हाथ-पाँव आदि में रोग-सूचक लक्षणों के लिए बैक्लोफीन (Baclofen), डेंट्रॉलीन (Dantrolene) लेने एवं फिजियोथैरैपी कराने का सुझाव दिया और थकावट के लिए अमैंटिडाइन (Amantidine) अकस्मात् उभरनेवाले लक्षणों में रुक-रुककर होनेवाले भयंकर सिरदर्द तथा दृष्टि के धुँधला जाने के लिए उसके चिकित्सक ने उसे एक निश्चित समय तक स्टेरॉइड्स लेने का सुझाव दिया। डॉक्टरों ने रोग के दीर्घकालीन प्रभावों को मंद करने के उद्देश्य से बीटा इंटरफेरॉन (Beta Interferon), ग्लेटिरैमर,

एसिटेट (Glatiramer Acetate) या अन्य दवाएँ लेने की सिफारिश की। ये दवाएँ कहा जाता है—बीमारी लौटने की संभावना को 30 से 60 प्रतिशत तक कम कर देती हैं; लेकिन इनके गंभीर दुष्प्रभाव भी सामने आ सकते हैं। चूँकि उसके लक्षण गंभीर किस्म के नहीं थे, काफी सोच-विचार के उपरांत वैनेसा ने थोड़े समय के लिए स्टेरॉइड उपचार लेने का फैसला किया। फिलहाल वह दूसरी ओषधियों से बचना चाहती थी, हालाँकि उसने अपने न्यूरोलॉजिस्ट से बराबर संपर्क बनाए रखा, ताकि वह उसके लक्षणों के स्तर को निगरानी में रख सके।

तत्पश्चात् वैनेसा ने एक समाकलनात्मक मेडिकल डॉक्टर तथा पोषाहार विशेषज्ञ से संपर्क किया, जो एक लक्षण-सूचक एवं रोग-निवारक दृष्टिकोण से उसकी बीमारी तक पहुँच सके। पोषाहार विशेषज्ञ ने वैनेसा के नियंत्रण से बाहर प्रतिरक्षक-तंत्र को संतुलित करने का प्रयास किया, जो उसके मस्तिष्क तथा सुषुम्ना (Spinal cord) पर प्रहार कर रहा था। वैनेसा ने DHA, कैल्सियम, मैग्नीशियम, कॉपर सेलेनियम एवं फार्मास्युटिकल, बीठ और बी12 भी मिला हुआ था। वैनेसा ने कैफीन-युक्त पेय और कोई भी ऐसा पेय या खाद्य-पदार्थ लेना कम कर दिया, जिसमें एस्परटेम या एम.एस.जी. होता है और माना जाता है कि ये दोनों ही तत्त्व एम.एस. रोगियों को प्रभावित करते हैं। सुश्री वैनेसा को यह भी संदेह था कि कहीं ऐसा तो नहीं कि आहार में गेहूँ बरदाश्त न होने के कारण उसके लक्षण बहुत बिगड़ गए हों। इस कारण उसने अपने आहार में से गेहूँ को निकाल दिया।

इसके बाद उसने एक एक्यूपंक्चरिस्ट और चीनी जड़ी-बूटी विशेषज्ञ से संपर्क किया, जिसने उसके अंगों की स्तब्धता तथा उसके सिरशूल एवं उसकी थकान को कम करने के लिए कुछ बिंदुओं व जड़ी-बूटियों का प्रयोग किया। उसने बॉजवेलिया सेरेटा (Boswellia Serrata) लेने का सुझाव दिया, जो मस्तिष्क पर स्व-प्रतिरक्षक प्रहार को कम कर सकता है और साथ में जिंक्गो बाइलोबा (Ginkgo Biloba) भी लेने की सलाह दी, जिसके बारे में कहा जाता है कि इसके सेवन से एम.एस. रोगियों में मस्तिष्क में उत्तेजक प्रतिक्रिया कम होती है। उसने अश्वफल नाम के एक और हर्ब का भी इस्तेमाल किया, जिसका प्रभाव प्रदाह-रोधी होता है और वह सूजन को भी कम करता है। उसने यह भी सलाह दी कि वैनेसा को कुछ समय तक आयुवर्धक भोजन लेना चाहिए, ताकि उसका विपथगामी अर्थात् असामान्य प्रतिरक्षक-तंत्र पुन: ठीक रास्ते पर आ सके।

वैनेसा के चिकित्सा दल का अंतिम सदस्य एक तिब्बती हर्बलिस्ट था, जिसने एक ऐसा हर्बल सम्मिश्रण खोजने में उसकी मदद की, जो उसकी वैयक्तिक आवश्यकताओं के अनुकूल हो। बताया जाता है कि ये सम्मिश्रण मांसपेशियों की ताकत बढ़ाते हैं और

जो रोगी इनका सेवन करते हैं, उनकी न्यूरोलॉजिकल जाँच के कुछ परिणामों से साबित होता है कि उनके स्वास्थ्य में सुधार देखा गया है।

इन शारीरिक चिकित्सा कार्यक्रमों के अलावा वैनेसा उन विचार-शैलियों को बदलने का प्रयास भी करने लगी, जो उसे लगता था कि उसकी दशा को और बिगाड़ने के लिए जिम्मेदार हैं। वह दोनों मल्टीपल स्किलरोसिस पर ध्यान देने के लिए स्वीकरणों का उपयोग करने लगी, ''प्रेममय व आनंदपूर्ण विचारों को चुनकर मैं एक प्रेममय व आनंदपूर्ण जगत् का निर्माण करती हूँ। मैं सुरक्षित और मुक्त हूँ।'' और जो लक्षण सुन्नता पैदा कर रहे थे—''मैं अपनी भावनाओं और अपने प्रेम को साझा करती हूँ। मैं प्रत्येक व्यक्ति में प्रेम देखती हूँ और बदले में प्रेम बाँटती हूँ।'' थकावट—''मैं जीवन के बारे में उत्साही हूँ और स्फूर्ति एवं जोश से भरी हुई हूँ।'' सिरशूल—''मैं खुद को पसंद करती हूँ और अच्छा मानती हूँ। मैं स्वयं को प्यार की दृष्टि से देखती हूँ और जो भी करती हूँ, प्यार से करती हूँ। मैं सुरक्षित हूँ।'' सामान्य नेत्र स्वास्थ्य—''मैं प्यार और खुशी से देखती हूँ।'' और आँखों की तकलीफ—''मैं अब एक नए जीवन की सृष्टि करती हूँ, अपनी आँखों से देखने के लिए।''

और निस्संदेह हमने उसे दिव्य के साथ संबंध जोड़ने का महत्त्व भी समझाया। पहले तो उसने कुछ संकोच दिखाया, लेकिन फिर वह प्रयास करने के लिए मान गई। उसने निर्णय किया कि वह हर सुबह आधा घंटे का समय अपने घर के निकट वन में बैठकर सिर्फ चिंतन करने में व्यतीत करेगी।

उपचार के इन व्यापक प्रयासों का उपयोग करके वैनेसा एम.एस. के लक्षणों को उखाड़ फेंकने और एक स्वस्थ एवं कर्मशील जीवन को जारी रखने में सफल हुई। वह अभी भी एक सफल स्वतंत्र पत्रकार थी और आज भी वह गोष्ठियों एवं प्रीतिभोज के आयोजनों को जीवंत बनाने के लिए प्रसिद्ध थी; लेकिन इतना ही नहीं, अब उसने कुछ और भी हासिल कर लिया था—सृष्टि में एक विश्वास।

शिक्षा प्राप्त करने/सीखने और विकास संबंधी समस्याएँ

हालाँकि बहुत लोग सीखने, पढ़ाई-लिखाई तथा विकास संबंधी समस्याओं को मस्तिष्क विकार की श्रेणी में रखते हैं, हम उन्हें बिल्कुल अलग नजरिए से देखते हैं। इस दुनिया में सभी लोग अलग-अलग किस्म का दिमाग लेकर आते हैं। कुछ लोग आवकाशिक भावनात्मक मस्तिष्क से काम करते हैं, जो दाईं तरफ होता है और दूसरे लोग बाईं तरफ से तर्कशील व सुगठित मस्तिष्क से अधिक काम लेते हैं। जब सीखने की समस्याओं की बात आती है, हम पाते हैं कि ये लोग ऐसे-ऐसे वातावरण में जीते हैं, सीखते हैं और काम करते हैं, जो उनकी शिक्षा-प्राप्ति तथा सिखाई को अस्त-व्यस्त

कर देता है। स्कूल में लिखाई-पढ़ाई और कार्य में बार-बार विफल होने के बाद उनकी मानसिकता अस्वस्थ एवं विकृत हो जाती है। वे अपने आपको जड़बुद्धि, आलसी और एक असफल व्यक्ति मानने लगते हैं। वे जो समस्याएँ भोगते एवं अनुभव करते हैं, उनमें से अधिकतर मस्तिष्क के दाएँ या बाएँ तरफ के अंतिम सिरे में बसे मन में उपजती हैं। इनमें से प्रत्येक मानसिकता के पक्ष-विपक्ष, अगले-पिछले पहलू होते हैं। उदाहरण के लिए, जिन लोगों का मन दाएँ मस्तिष्क में अधिक रहता है, वे किसी भी स्थिति की प्राय: एक बड़ी तसवीर देखने की क्षमता रखते हैं और संभवतया उसे पूरी तरह से एक नए तथा उत्तेजक दृष्टिकोण से देखते हैं; लेकिन उनके लिए हमारे अत्यधिक संरचित समाज के सूक्ष्म विवरण से निपटना बहुत कठिन होता है। बाएँ मस्तिष्क में अधिक वास करनेवाले लोग प्राय: ब्यौरेवार विषयों, गणित तथा विज्ञान में बहुत होशियार होते हैं; लेकिन वे जीवन के भावनात्मक हिस्से को नहीं सँभाल सकते। ये स्थितियाँ सिर्फ यह संकेत नहीं देती हैं कि मस्तिष्क का एक पक्ष दूसरे पक्ष से श्रेष्ठ है, बल्कि ये स्थितियाँ एक ही दिशा में अत्यधिक असंतुलन की ओर निर्दिष्ट करती हैं, जिसका मतलब है कि मस्तिष्क का एक पक्ष दूसरे पक्ष की विशेषताओं में घुसपैठ करने की क्षमता नहीं रखता है।

लिखने-पढ़ने, सीखने और विकास संबंधी समस्याओं के लक्षणों का उपचार करने के लिए चिकित्सा-सुविधाएँ और ओषधियाँ भी उपलब्ध हैं। छठे भावनात्मक केंद्र में स्वास्थ्य की एक पूरी तसवीर बनाने के लिए उन आचरणों तथा मूलबद्ध विचार-शैलियों पर ध्यान देना अत्यावश्यक है, जो आपकी समस्याओं को और भड़का रही हो सकती हैं।

विकासात्मक और शिक्षा प्राप्त करने संबंधी विकारों का निरीक्षण करते समय हम पठन अक्षमता (Dyslexia), ADHD, Asperger's तथा अन्य में चरम सीमाएँ देख सकते हैं। जिन लोगों में पठन-अक्षमता (एक भाषा आधारित शिक्षा प्राप्त करने की असमर्थता) होती है, उनका दायाँ मस्तिष्क बाएँ की अपेक्षा विशेष रूप से अधिक मजबूत होता है। वे भाषा की बारीकियों पर ध्यान नहीं दे पाते हैं। ऐस्पर्जर की समस्या (जो एक व्यापक विकासात्मक विकृति होती है) से ग्रस्त लोगों का बायाँ मस्तिष्क अधिक शक्तिशाली होता है और वे हर चीज की बारीकियों में जाना चाहते हैं तथा उनकी गणित विषयक क्षमताएँ उच्च कोटि की होती हैं। प्रत्येक व्यक्ति का दिमाग कुछ-कुछ अलग ढंग से काम करता है और प्रत्येक की अपनी असाधारण क्षमताएँ और कमजोरियाँ होती हैं। फिर भी , ADD, ADHD, Asperger's और डिस्लेक्सिआ (पठन अक्षमता) ग्रस्त लोगों में विकासात्मक अंतर अत्यधिक पाए जाते हैं; शायद उनके दिमाग के तार इसी तरह जुड़े होते हैं। इसी कारण लुइस का स्वीकरण सिद्धांत इन समस्याओं को सच मायने में विकार नहीं मानता है, क्योंकि अधिकतर मामलों में इन समस्याओं के अनेक पहलू

हम सभी के अंदर होते हैं। मुख्य बात यह है कि आपको अपने मस्तिष्क को श्रेष्ठतम, संभवत: अत्यधिक प्रभावकारी, ढंग से काम करना सिखाना चाहिए। इसका एक तरीका यह है कि आप अपनी उन नकारात्मक विचार-शैलियों को पहचानें तथा बदलने का प्रयास करें, जो आपके द्वारा अपनी सभी बौद्धिक प्रतिभाओं को प्राप्त करने के रास्ते में बाधा डाल रही हैं।

ADHD की जड़ में बसी विचार-शैलियों की ओर ध्यान देने के लिए लुइस इस स्वीकरण का मनन करने का सुझाव देती हैं, ''जिंदगी मुझे चाहती है। मैं स्वयं को वैसा ही देखना पसंद करती हूँ, जैसी मैं हूँ। मैं एक ऐसी खुशहाल जिंदगी बनाने के लिए स्वतंत्र हूँ, जो मेरे लिए काम करे। मेरे संसार में सबकुछ ठीक है।'' लेकिन वह दूसरे स्वीकरणों का प्रयोग करने का भी सुझाव देती हैं, जो विकार की कुछ सामान्य विशेषताओं पर ध्यान देते हैं। उदाहरण के लिए, ADHD से संबद्ध अतिशय सक्रियता के साथ अकसर ऐसे विचार जुड़े होते हैं, जो व्यक्ति को दबाव में रहने और क्रोधोन्मत्त होने का एहसास कराते हैं। अत: यदि आपकी प्रवृत्ति अत्यधिक सक्रियता दिखलाने की है या आप एकाग्रता से परे रहते हैं तो आपको एक शामक स्वीकरण का आश्रय लेना चाहिए, ताकि आप व्यग्रता और चिंता से मुक्ति पा सकें। इसके लिए एक अच्छा स्वीकरण यह होगा, ''मैं सुरक्षित हूँ। सारे दबाव विलीन हो जाते हैं। मैं बहुत कुशल हूँ।'' हकलाहट, एक ऐसा व्यवहार, जिसे पठन अक्षमता से जोड़ा जा सकता है, पैदा होने का कारण असुरक्षा की भावना और आत्म-अभिव्यक्ति के अभाव में देखा जा सकता है। यदि आप हकलाते हैं तो मंद पड़ जाएँ और स्वयं को याद दिलाएँ कि आप अपनी अपेक्षाओं को व्यक्त करने का सामर्थ्य एवं आत्मविश्वास रखते हैं। इस स्वीकरण के साथ मैं अपने लिए बोलने के लिए स्वतंत्र हूँ। मैं अब अपनी अभिव्यक्ति में सुरक्षित महसूस करता हूँ। मैं केवल स्नेह सहित विचार संप्रेषण करता हूँ। ऐस्पर्जर विकार को बहुधा उदासीनता से जोड़ा जाता है, अत: यदि आप इस विकार से पीड़ित हैं तो आप इस स्वीकरण का प्रयोग कर सकते हैं, ''मैं अब दूसरे लोगों की आशंकाओं एवं सीमाओं के आगे निकल जाता हूँ। मैं अपने जीवन का निर्माण करता हूँ।''

जैसे ही आप लुइस के स्वीकरणों को अपने जीवन में उतारना शुरू करते हैं, आप देखेंगे कि जो पुराने विचार व आचरण आपको निरुत्साहित कर रहे थे, वे अब बदलने लगे हैं। आपकी व्यग्रता व घबराहट घटने लगेगी और आप पहले से अधिक शांत एवं एकाग्र महसूस करेंगे। स्वाभाविक है कि आप अभी भी यदा-कदा पुरानी शैली में वापस चले जाएँ। आप अपने अधिकांश जीवन में ऐसे ही रहे हैं, इसलिए ऐसी अपेक्षा न करें कि आप तत्काल एकदम भले-चंगे हो जाएँगे। आपने जो परिवर्तन किए हैं, उनका श्रेय खुद को दें और देखें कि अभी कहाँ-कहाँ आपको काम करने की जरूरत है।

यदि आपके मस्तिष्क का ढाँचा चरम कोटि का है तो आपको उन विषयों की खोज में लगे रहने की आजादी चाहिए, जिन विषयों में आप वास्तव में रुचि रखते हैं। अप्रत्याशित परिवर्तन, नियम, सौंपे गए कार्य और अपेक्षाएँ आपको निराशा में डुबो सकती हैं। लेकिन सीखने की अक्षमता का मतलब यह कतई नहीं होता है कि आप हमेशा संघर्ष करते रहेंगे या यह कि आप जीवन में हमेशा दुखी रहेंगे। जो लोग एकाग्र नहीं हो पाते हैं तथा सीखने और विकसित होने की अन्य समस्याओं से जूझते रहते हैं, वे जब इस मन-तन परिवर्तन की प्रक्रिया का अनुसरण करेंगे तो देखकर चकित रह जाएँगे कि उन्होंने बिखरा-बिखरा और अव्यवस्थित रहकर कितनी अधिक ऊर्जा नष्ट की है। अपनी वचनबद्धताओं का पूरा-पूरा ध्यान रखने की कुछेक नई आदतें अपनाकर आप अपनी अद्‌भुत रचनात्मक प्रतिभा को विकसित करने के लिए काफी समय निकाल पाएँगे। बड़ी तसवीर का स्पष्ट खाका खींचना और एक-एक बात पर ध्यान देना संभव है। आपको सिर्फ अपने सोचने तथा व्यवहार करने का तरीका बदलना होगा। अपने सृजनात्मक मन को विकसित करने और वास्तविक दुनिया से स्वयं को जुड़े रखने के बीच संतुलन प्राप्त करने का प्रयास करें। आप एक योग्य एवं समर्थ इनसान हैं। स्वयं को बार-बार इस स्वीकरण की याद दिलाते रहें, ''मैं अपने मस्तिष्क का संचालक हूँ। मैं जैसा हूँ, मुझे अपना वही रूप अच्छा लगता है। मैं काफी अच्छा हूँ। सबकुछ ठीक है।''

स्वीकरणों के अलावा भी आचरण संबंधी अनेक परिवर्तन हैं, जो विकासात्मक एवं शिक्षा प्राप्त करने संबंधी समस्याओं से ग्रस्त लोगों के दिमाग में संतुलन लाने में सहायक होंगे। भावनात्मक उपचार आरंभ करने के लिए आप मस्तिष्क के दूसरे पहलू की ओर बढ़ने का प्रयास करें। उदाहरण के लिए, विस्तृत विवरण-उन्मुखी, संरचना-प्रेमी बाएँ मस्तिष्कवाले लोगों को चाहिए कि वे अधिक-से-अधिक मुक्त प्रवाहशील भावना एवं रचनात्मकता को अपने जीवन में उतारने और शामिल करने के लिए जो भी कर सकते हैं, अवश्य करें। यह काम बहुत डरावना होगा, इसलिए इसे अकेले ही करने की कोशिश न करें। आप जिस व्यक्ति पर भरोसा करते हैं, उसे एक दिन या एक घंटे का कोई कार्यक्रम बनाने के लिए कहें और जैसा सुझाव वे दें, ठीक उसके अनुसार ही चलें। आपको पता नहीं चल पाएगा कि क्या होने जा रहा है; लेकिन आप इस भरोसे पर चल पड़ेंगे कि जिसने भी योजना बनाई, वह आपका सबसे बड़ा हितैषी है, आपका भला चाहता है। इस प्रकार की स्वेच्छा में निश्चिंत रहने से आपके मन में सुरक्षा की भावना उत्पन्न होगी, हालाँकि हो सकता है कि आपको ऐसा न लगे। किसी विचारवान् व्यवहारोपचारक या किसी बोली विशेषज्ञ की मदद लेना आपके लिए अत्यावश्यक है।

वह उन विचारों की पहचान करने तथा उनसे निपटने में आपकी सहायता करेगा, जो चिंता और आशंका उत्पन्न करने का कारण बनते हैं।

यदि आप एक स्वच्छंद, सृजनशील, दाएँ मस्तिष्क से काम करनेवाले व्यक्ति हैं तो आप बिल्कुल विपरीत काम करना चाहेंगे। आपको अपने जीवन में धीरे-धीरे व्यवस्था लाने का प्रयास करना होगा। किसी काम में अचानक न कूदें, क्योंकि यह आपको अभिभूत कर देगा और आपके प्रयासों को नष्ट कर देगा। एक सुविधाजनक उपाय है, जिसे द्विपक्षी तकनीक कहते हैं। यदि आप कोई निर्णय लेने की ओर पूरा ध्यान देने या किसी समस्या को हल करने में स्वयं को असमर्थ पाते हैं तो एक बार में केवल दो कदम उठाएँ। ऐसा करने के लिए एक पेन और कागज लें तथा दो बातें लिखें, जो आप समझते हैं कि प्रस्तुत स्थिति के बारे में सच हैं। फिर उस स्थिति से संबंधित दो और तथ्य निकालें, फिर दो और। यदि आप इस प्रक्रिया को दोहराते हैं तो आप पाएँगे कि आप अंततः समस्या के केंद्र तक पहुँच गए हैं। इस तकनीक के जरिए आप फोकस (ध्यान केंद्रित) कर सकेंगे, भले ही आपका मस्तिष्क बिखरा हुआ महसूस करता हो।

आप किसी ऐसे व्यक्ति को भी खोज सकते हैं, जो सुव्यवस्थित बनने में आपकी मदद कर सके। घर पर पढ़ानेवाला कोई शिक्षक आपको एक अधिक सुव्यवस्थित जीवन के आधारभूत सिद्धांतों से परिचित करा सकता है। वे ऐसे उपाय तलाशने में भी आपकी सहायता कर सकता है—इंडेक्स कार्ड हो सकते हैं या कोई दूसरा तरीका, जो चीजों को व्यवस्थित करने, सिलसिलेवार लगाने में आपकी मदद कर सके। यदि आप समझ रहे हैं कि आप में इतनी हिम्मत है तो आप कोई अंश-कालिक नौकरी लेने या कोई स्थानबद्ध काम (इंटर्नशिप) लेने का प्रयत्न कर सकते हैं, जिसमें आपकी रचनात्मक दक्षताओं का प्रयोग होता हो, लेकिन जो ब्यौरे पर भी कुछ ध्यान देने की माँग करता हो।

क्लिनिक फाइलों से : शिक्षा प्राप्त करने संबंधी विकृतियाँ, एक रोगी का वर्णन एवं रोगोपचार विश्लेषण

तारा, जो अब 30 से ऊपर की है, ऐसे घर में पली-बढ़ी, जिसे किसी सैनिक इकाई की भाँति चलाया जाता था। उसका पिता एक नौसैनिक था और वह हमेशा अनुशासन, सुव्यवस्था तथा ध्यान लगाकर काम करने पर जोर देता था। कुछ बच्चे माता-पिता की सीख देने की इस शैली का भली प्रकार पालन अवश्य करते हैं, लेकिन तारा ने नहीं किया। बात इस कारण भी ज्यादा बिगड़ गई, क्योंकि वह जिस स्कूल में पढ़ने जाती थी, वह स्कूल सैनिक अड्डे पर था और कठोर अनुशासन के सिद्धांत पर चलता था। वहाँ पढ़ाई के परंपरागत तरीके चल रहे थे, जैसे कि रट्टा लगाना, कंठस्थ करना। तारा

हक्की-बक्की रह गई। वह पढ़ाई में ध्यान नहीं लगा सकी और स्कूल से मिला काम समय पर पूरा नहीं कर पाती थी। उसकी पढ़ाई-लिखाई का ऐसा हाल देखकर उसके माता-पिता उसे एक मनश्चिकित्सक के पास ले गए, जिसने उसमें ADHD के लक्षण पाए और रिटैलिन (Ritalin) लेने की सलाह दी।

तारा की एकाग्रता में कुछ सुधार हुआ, लेकिन रिटैलिन उसकी मुख्य समस्या को ठीक नहीं कर सकी। कोई भी परंपरागत शिक्षा उसकी समझ से परे थी। वयस्क होते ही तारा ने न्यूयॉर्क सिटी चले जाने का फैसला किया, जहाँ उसने एक डिजाइन स्कूल में दाखिला लेकर अपनी रचनात्मक प्रतिभा को चमकाया और उसे फैशन के क्षेत्र में एक नौकरी भी मिल गई। लेकिन तभी उसे अपनी शिक्षा संबंधी अपेक्षाओं को पूरा करने में मुश्किलें पेश आने लगीं। हालाँकि डिजाइन बनाने की कला उसके लिए नैसर्गिक देन थी, फिर भी आवश्यक परीक्षाएँ देना तथा सौंपे गए कार्य को पूरा करना उसके लिए कठिन हो रहा था; क्योंकि वह सुव्यवस्थित रूप से काम करने तथा अपनी परियोजनाओं का खाका तैयार करने में खुद को असमर्थ पाती थी। इस तथ्य के बावजूद कि उसके प्रशिक्षकों को उसके डिजाइन बहुत पसंद थे और उन्होंने उसे मेधावी, कल्पनाशील, बुद्धि-संपन्न बतलाया था, उसके विचार से उसके लिए शिक्षा का अभी परीक्षण काल ही चल रहा था। फोकस की कमी के कारण वह बचपन में स्कूल में आगे नहीं बढ़ सकी और अब उसके साथ दुबारा वही हो रहा था।

तारा ने ADHD के लिए एक स्वीकरण (जिंदगी मुझे चाहती है। मैं जैसी हूँ, मुझे अपना वही रूप पसंद है। मैं अपने लिए एक ऐसे आनंदपूर्ण जीवन का निर्माण करने के लिए स्वतंत्र हूँ, जो मेरे काम आए। मेरी दुनिया में सबकुछ ठीक है।) का प्रयोग करके अपने विचारों को नए सिरे से पिरोने की कोशिश करते हुए शुरुआत की। वह जब हमसे मिलने आई, हमने उसे इन स्वीकरणों का प्रयोग करने का भी सुझाव दिया। चिंता के लिए—''मुझे खुद से प्यार है और मैं खुद को अच्छा मानती हूँ। मैं जीवन की प्रक्रिया में विश्वास करती हूँ। मैं सुरक्षित हूँ।'' और अतिशय सक्रियता के लिए—''मैं सुरक्षित हूँ। सारा दबाव विलीन हो जाता है। मैं बहुत ठीक हूँ।''

हालाँकि वह अपने चिकित्सक के पास गई थी और दुबारा रिटैलिन लेने के बारे में सोच रही थी, फिर भी वह सभी उपलब्ध विकल्पों के बारे में जानना चाहती थी, जो शिक्षा-प्राप्ति में उसके लिए मददगार साबित हो सकें। अत: हमने सबसे पहले उसे यह जानकारी देने का काम किया कि जो लोग फोकस करने तथा ध्यान देने की क्षमता रखते हैं, उनका दिमाग आमतौर पर कैसे काम करता है। हमने उसे यह जानकारी दी—दायाँ मस्तिष्क मुख्यत: आकृतियों, रंगों, मनोभाव और समग्र विषयों पर ध्यान केंद्रित करता

है। बाएँ मस्तिष्क का झुकाव विस्तृत विवरण शब्दों और तर्क की ओर अधिक होता है। मानव के रूप में हमारे पास ध्यान देने के चार और भी तरीके हैं—

1. केंद्रीभूत ध्यान—हम अन्यमनस्कताओं की उपेक्षा कर सकते हैं और जिन विषयों पर हमें ध्यान देना है, उन्हें प्राथमिकतानुसार क्रम में लगा सकते हैं; जैसे—पहला, अगला और अंतिम।
2. विभाजित ध्यान—यह हमारी एकाग्रता को हमारे वातावरण में तरतीब से लगी चीजों के बीच फैल जाने देता है।
3. अविच्छिन्न ध्यान—यह मनोदशा सतर्कता और मानसिक सहनशीलता की होती है।
4. भावनात्मक और अंतर्दृष्टीय ध्यान—यह तरीका हमारे फोकस को हमारे जीवन में उन तत्त्वों की ओर प्रेरित करता है, जहाँ हम या हमारे निकट का कोई कष्ट में होता है, प्यार में पड़ा होता है या किसी अन्य भावात्मक रूप से आवेशित परिस्थिति में होता है।

आपका मस्तिष्क जिस तरह कार्य करता है, उसके अनुसार आप किसी एक प्रकार की ध्यान-शैली की ओर अधिक प्रवृत्त होंगे; लेकिन उम्र के साथ यह भी बदल जाता है। तीन से चार साल की उम्र में भावनात्मक तथा अंतर्दृष्टीय ध्यान हमारे जीवन को चलाता है, इसलिए हमारा ध्यान उसी वस्तु पर टिकता है, जो हम पाना चाहते हैं, चाहे कोई मीठी गोली हो या फिर एक झपकी। जैसे-जैसे हम बड़े होते जाते हैं, हमारे ध्यान तंत्र के अन्य सदस्य भी सामान्यतः साथ हो लेते हैं। फिर केंद्रीभूत, विभाजित, अविच्छिन्न तथा भावनात्मक ध्यान के लिए हमारी क्षमता विकसित होने लगती है। मिसाल के लिए, जब तक हममें से अधिकतर हाई स्कूल तक पहुँचते हैं, हम अपना बाँटना सीख जाते हैं। एक ओर तो हमारा ध्यान शिक्षक द्वारा दिए जा रहे व्याख्यान पर होता है और दूसरी ओर उसी क्षण हम किसी पर 'प्रेमासक्त' हो रहे होते हैं। जिस समय हमारा ध्यान पढ़ाई में लगा हो, स्कूल से मिले गृह-कार्य में लगा हो, उस समय ध्यान भंग न होने देने के उद्देश्य से हम संगीत के प्रति अपने कान बंद रखने में भी अधिक कुशल हो सकते हैं। मैं 'हममें से अधिकतर' इसलिए कह रही हूँ, क्योंकि हर कोई ये क्षमताएँ विकसित नहीं कर पाता है। लेकिन इसका मतलब यह नहीं है कि वे हम सभी के अंदर विद्यमान ध्यान शैलियों में से किसी भी शैली में प्रवेश करना नहीं सीख सकते। हममें से प्रत्येक व्यक्ति में शक्तियाँ और दुर्बलताएँ हैं, जिनकी ओर शिक्षण, ओषधीय एवं पोषाहार संबंधी सहायता की दृष्टि से ध्यान दिया जा सकता है।

तारा ने ध्यान, ज्ञान और स्मरण-शक्ति के लिए अपने मस्तिष्क की कर्म-पद्धति

का ठीक-ठाक पता लगाने के लिए पूर्ण मनश्चिकित्सा संबंधी मूल्यांकन कराया। किसी कलाकार से जैसी अपेक्षा की जाती है—त्रि-आयामी आकृतियों तथा दाएँ मस्तिष्क के अन्य तत्त्वों की तरफ तारा का ध्यान अच्छा था; किंतु बात जब बाएँ मस्तिष्क की आती (जो विस्तृत विवरण देने में तीव्र होता है) सहज ही उसका ध्यान भंग हो जाता। लिखित या मौखिक निर्देश मिलने पर वह पूरी तरह किंकर्तव्यविमूढ़ हो जाती। वास्तव में, उसके बाएँ मस्तिष्क के विकासात्मक भाषा अभाव को पहली बार पठन अक्षमता (Dyslexia) बतलाया गया।

तारा के तंत्रिका-मनश्चिकित्सक (Neuropsyexologist) ने जब उसे उसके मस्तिष्क की वास्तविक कार्य-शैली बताई तो वह बहुत खुश हो गई। अचानक यह बात उसको समझ में आ गई कि उसके लिए अपना पठन कार्य समय पर पूरा करना इतना मुश्किल क्यों हो रहा था। वह मूर्ख नहीं थी और चूँकि उसके दाएँ मस्तिष्क का दृश्याकाशीय (Visuospatial) बौद्धिक स्तर, आईक्यू श्रेष्ठ या 'Off The Charts Zigz' था, उससे भी यह संकेत मिलता था कि उसका मस्तिष्क एक कलाकार का मस्तिष्क था। उसे सिर्फ सीखने की शैली को अपने अनुकूल बनाना था, ताकि वह आवश्यक अध्ययन कर सके और कक्षा में जो कुछ बताया-सिखाया जाता है, उस पर ध्यान दे सके तथा स्कूल से मिला कार्य समय पर पूरा कर सके।

अपने अंदर एक नया आत्मविश्वास जगा देखकर तारा किसी गुरु की खोज करने लगी। उसे एक प्रोफेसर मिल गया, जो कभी पठन अक्षमता (Dyslexia) और ADD की समस्या से ग्रस्त था, लेकिन अनेक प्रकार के प्रशिक्षण के दौर से गुजरकर अब एक सफल जीवन व्यतीत कर रहा था। उसकी छत्रच्छाया में तारा ने विविध प्रकार की त्रुटिपूरक तकनीकों के बारे में जाना, जैसे कि (1) एक रंगीन कूटबद्ध कैलेंडर पद्धति का प्रयोग करना, ताकि उसे समय का ध्यान रहे, (2) एक तेज आवाज टाइमर (समय-मापक यंत्र) का प्रयोग, जिसे इस प्रकार सेट कर दिया जाता कि तारा जब किसी एक विवरण/ब्यौरे पर अटक जाती तो वह आवाज करके उसे याद दिला देता कि उसे अभी काम पूरा करना है और (3) डायग्राम तथा फ्लोचार्ट बनाने के काम में आनेवाले उपकरण, जिससे कि वह अपनी प्राथमिकताएँ बनाए रख सके और तदनुसार काम का समय तय कर सके।

अपने डॉक्टर के मार्गदर्शन एवं प्रोत्साहन के अंतर्गत उसने एक तरकीब निकाली, जो यह थी कि जब कभी वह अत्यधिक दबाव महसूस करे, तब रिटैलिन जैसी हो, मेटाडेट (Metadate) नामक एक शक्तिवर्धक दवा ले लिया करे और जब उसे लगे कि अब वह उतने अधिक दबाव में नहीं है तो उस स्थिति में वह कभी-कभी वेलब्यूट्रिन (Wellbutrin) ले लिया करे, जो एक हलकी दवा है। अपने डॉक्टर की सलाह और

निगरानी में उसने अवकाश के कुछ माह ऐसे भी बिताए, जब उसने सच में किसी दवा का सहारा नहीं लिया। फिर भी, हमने उसे यह सुझाव अवश्य दिया कि उसे ऐसिटाइल एल कार्निटाइन, DHA और जिंग्को बाइलोब की दैनिक खुराक लेने रहना चाहिए, ताकि उसका फोकस बना रह सके।

जहाँ तक खान-पान या आहार का संबंध है, हमने तारा को कैफीन-युक्त चीजों का सेवन न्यूनतम कर देने की सलाह दी; क्योंकि कैफीन भी जोशवर्धक है और इसकी अधिक मात्रा ध्यान भंग करने का कारण बन सकती है और अंत में, हमने उसे शराब पीने या चरस का सुट्टा लगाने के बाद अपनी मनोदशा का ध्यानपूर्वक अनुमान लगाने का सुझाव दिया। तारा ने अंततः इन पदार्थों से दूर रहने का फैसला कर लिया, क्योंकि इनसे उसका दिमाग गड़बड़ा जाता था।

इन युक्तियों का उपयोग करके तारा ने फैशन स्कूल से अपनी शिक्षा पूरी करने के बाद डिग्री प्राप्त की और अब वह एक डिजाइनर की हैसियत से जीविकोपार्जन कर रही है। उसने कई बड़ी-बड़ी दुकानों को अपने उत्पाद बेचे भी हैं।

आँख और कान

जिन लोगों को आँखों और कानों की समस्या रहती है, वे अकसर तर्क और आध्यात्मिक चिंतन, प्रार्थना और रहस्यवाद के बीच संतुलन नहीं बैठा पाते हैं। आध्यात्मिक आकाश में खोए रहना या सांसारिक मामलों में पूरी तरह डूबे रहना कोई भी अति अच्छी नहीं होती है। लेकिन जब आप अधिकांश समय आध्यात्मिक आकाश में विचरण करने में व्यतीत करके हैं, आप अपने पाँव धरती पर जमाकर नहीं रख सकते, जिससे कि आप लौकिक विषयों का अनुभव कर सकें; जैसे कि पॉप (गाना-बजाना, मौज-मस्ती की) संस्कृति, राजनीति या कोई अन्य विषय जिसके इर्द-गिर्द अधिकतर लोग जमा होते हैं और मेल-मुलाकात करते हैं। इसका नतीजा यह होता है कि आप अकसर अपने आप में सिमटकर रह जाते हैं और अपने मित्रों, प्रेमियों या साथियों से अलग-थलग पड़ जाते हैं।

आँखों और कानों से संबंधित विकार उन विचारों एवं आचरणों के कारण उत्पन्न होते हैं, जो आपकी देखने व सुनने की क्षमता को अवरुद्ध कर देते हैं। जो दिखाया जा रहा है, उसे आप देख नहीं पाते और जो बताया जाता है, उसे आप सुन नहीं पाते हैं। अतः ऐसे विचारों तथा आचरण को बदलना अत्यावश्यक है। लुइस ने अनेक प्रकार के स्वीकरण प्रस्तुत किए हैं, जो उन आशंकाओं एवं चिंताओं की ओर ध्यान देने में आपकी सहायता करेंगे, जिन्हें अकसर आँख और कान संबंधी समस्याओं से जोड़ा जाता है। उदाहरण के लिए, आँखों की तकलीफ को इस अर्थ में लिया जाता है कि आप जीवन में जो देखते हैं, उसे पसंद नहीं करते हैं। इस समस्या का प्रतिकार करने के लिए

आप इस स्वीकरण का प्रयोग कर सकते हैं, ''मैं प्रेमभाव एवं प्रसन्नता से देखता हूँ।'' अदूरदृष्टिता (निकट/Myopia) को विशेषत: भविष्य की आशंका और भावी घटनाक्रम में विश्वास न करने से जोड़ा जाता है। यदि आप निरंतर इसी चिंता में डूबे रहते हैं कि भविष्य के गर्भ में क्या है और क्या सामने आएगा तो स्वयं को वर्तमान में बने रहने की याद दिलाएँ, इस स्वीकरण के साथ—''मैं जीवन की प्रक्रिया में विश्वास करता हूँ। मैं सुरक्षित हूँ।'' इसके विपरीत, दूरदर्शिता (दीर्घदृष्टिता/Hyperopia) वर्तमान के भय से संबंध रखती है। अगर आप उसे देखने से डरते हैं, जो आपके सामने है तो इस स्वीकरण के साथ अपनी आँखें खोलें, ''मैं यहाँ और इस समय सुरक्षित हूँ। मैं यह स्पष्ट देख पाता हूँ।'' मोतियाबिंद एक ऐसा नेत्र रोग है, जिसमें आँख का लेंस धुँधला हो जाता है, जीवन में विश्वास न रखने और भविष्य को अंधकारपूर्ण एवं निराशाजनक देखने से संबंध रखता है। नई विचार-शैली अपनाने का प्रयास करें। जीवन अनंत है और आनंद से भरा है। मैं प्रत्येक क्षण की प्रतीक्षा करता हूँ। मैं सुरक्षित हूँ और जिंदगी को मुझसे प्यार है। ग्लूकोमा (काला मोतियाबिंद) दृग-तंत्रिका का एक रोग है और इस रोग से पीड़ित व्यक्ति जीवन के बारे में एक विकृत धारणा रखता है, जिसके पीछे कोई बहुत पुरानी चुभन या चोट होती है। पिछली चोट को छोड़ें और इस चिंतन के साथ उपचारक प्रक्रिया आरंभ करें, ''मैं प्रेमभाव एवं करुणा से देखता हूँ।'' ये आँख के कुछ प्रमुख रोग हैं, किंतु आप अन्य नेत्र विशिष्ट उपचारक स्वीकरणों के बारे में जानकारी हासिल करने के लिए पृष्ठ 183 पर दी गई तालिका भी देख सकते हैं।

सुनने की क्षमता हमें कानों से प्राप्त होती है, इसलिए कानों में यदि कोई विकृति आ जाती है या कानों की सुनने की शक्ति कम हो जाती है या बिल्कुल खो जाती है तो हमारा मन कुछ भी सुना या समझा नहीं है कि बाहरी दुनिया में क्या-क्या हो रहा है। एक अच्छा सामान्य उपचारक स्वीकरण इस प्रकार है, ''मुझे अब अपने उच्चतर अस्तित्व में विश्वास होने लगा है। मैं उन सभी धारणाओं का त्याग करता हूँ, जो प्रेम की वाणी के विपरीत हैं। मैं अपनी आंतरिक वाणी को प्रेम से सुनता हूँ।'' बधिरता या बहरेपन का संबंध एकाकीपन और जिद से है और उससे भी, जो आप सुनना नहीं चाहते। इस स्वीकरण के साथ अपने मन को खोलें और नए विचारों को अंदर आने दें, ''मैं दिव्य वाणी सुनता हूँ और जो कुछ भी मैं सुन पाता हूँ, उससे मुझे प्रसन्नता मिलती है। मैं सबके साथ एक हूँ।'' कर्ण-पीड़ा का अभिप्राय यह निकलता है कि आप सुनना नहीं चाहते, जिससे जुड़ा एक कारण यह भी है कि माँ-बाप के बीच बहस और झगड़े को लेकर आपके मन में क्रोध एवं अशांति है। अपने मन में क्रोध एवं आकुलता को चलता करें और इस स्वीकरण का मनन करें, ''मेरे चारों ओर समरसता है। मैं सुखद एवं श्रेष्ठ

को प्रेमभाव से सुनता हूँ। मैं प्रेम का केंद्र हूँ।'' मध्य कर्ण संबंधी कष्ट जैसे कि संतुलन बिगड़ना और सिर घूमना (चक्कर आना) झक्की या बिखरे-बिखरे विचारों के कारण उत्पन्न होते हैं। अगर आप अकसर ऐसा महसूस करते हैं कि आपका ध्यान भटक रहा है या आप उलझन में हैं तो अपने मन को इस मंत्र के साथ एकाग्र करें, ''मैं जीवन में अत्यंत केंद्रीभूत और शांतिपूर्ण हूँ। सोचने और आनंदित रहने में ही मेरी सुरक्षा है।'' कानों में झनझनाहट होने या घंटी जैसी बजते रहने की समस्या मेनिॲर (Meniere's) रोग के कारण पैदा होती है, जिसे इस संदर्भ में देखा जाता है कि आप जिद्दी हैं और अपनी आंतरिक आवाज को सुनने से इनकार करते हैं। खुद को याद दिलाएँ कि आपके अंदर सभी उत्तर विद्यमान हैं, इस स्वीकरण का मनन करते हुए—''मुझे अपने उच्चतर अस्तित्व में विश्वास है। मैं प्रेमभाव से अपनी आंतरिक वाणी सुनता हूँ। जो कुछ भी प्रेम से प्रेरित नहीं है, मैं उसका त्याग करता हूँ।''

आप अपने आचरण में ये परिवर्तन इसलिए कर रहे हैं, जिससे कि आप सांसारिक तरीके से जीवन-निर्वाह करने और आध्यात्मिक जीवन जीने के बीच अपने भीतर एक संतुलन ला सकें और इसके लिए सचेत प्रयास करना होगा। अतः आपके चारों ओर जो संसार है, उसमें रहकर खुशी मनाएँ। खाने का, प्रकृति का आनंद लें, लोगों के साथ मिल-जुलकर बैठें। मुश्किल होगा, पर आप यह कर सकते हैं। मैं यह नहीं कह रहा हूँ कि आप अलौकिक क्षेत्र को पूरी तरह छोड़ दें; लेकिन कुछ ऐसा अवश्य करें, जिससे आपके अंदर अपने आस-पास के लोगों से जुड़ने की क्षमता पनप सके। कुछ टी.वी. देखें, कोई मशहूर उपन्यास उठा लें। रेडियो सुनें या कोई सी.डी. चलाएँ। आज विश्व में घटनाक्रम तेजी से बदल रहा है। उसके बारे में कुछ अधिक जानकारी हासिल करें। उन महानगरों के बारे में क्या खयाल है?

अपने आपको अलग-थलग रखने की प्रवृत्ति से भी आपको बचना चाहिए। विश्व के बारे में नवीन जानकारी से सज्जित होकर लोगों से बात करने का प्रयास करें। किचन में काम करते हुए एक-दो मिनट की फुरसत निकालकर 'Dancing With The Stars' के हाल ही में प्रसारित एपिसोड पर अपने विचार व्यक्त करने का नाटक करें। वास्तव में, ऐसे किसी शो को देखने का प्रयास करें, जिसके बारे में हर कोई चर्चा कर रहा है। स्वयं न देख पाएँ, तब भी इतना तो कर ही सकते हैं कि दूसरे दिन उस शो के बारे में चल रही बातचीत एवं सामाजिक समारोहों में आप भी हिस्सेदार बनें। किसी किराना स्टोर के कॅरियर को बातचीत में उलझाकर आप चर्चा को किसी भी तरफ मोड़ सकते हैं और वार्त्तालाप में प्रवीण होने का परिचय दे सकते हैं। बातचीत आरंभ करने के लिए मौसम का मिजाज हमेशा ही एक अच्छा विषय बन जाता है। उन महानगरों के बारे में क्या खयाल है!

कुछ ऐसी गतिविधियों में भाग लें, जिनमें शारीरिक संवेदना हो। मसाज कराएँ, जिम जाएँ या नृत्य में शामिल हों। कोई भी शारीरिक क्रिया आपको आपके शरीर से जोड़ेगी। यहाँ पृथ्वी के सिद्धांतों के अंतर्गत जब आपकी शिक्षा-दीक्षा पूरी हो जाएगी, तब अंततः आप दिव्य सत्ता के पास लौट जाएँगे।

क्लिनिक फाइलों से : आँख और कान संबंधी रोगोपचार का वर्णन एवं विश्लेषण

44 वर्षीया वांडा सबसे अधिक संवेदनशील लोगों में से एक थी, जिनसे कभी हमारी भेंट हुई। इसके अलावा, वह एक बहुत ही आध्यात्मिक प्रवृत्ति की महिला थी। जब तक वह हमारे पास आई, उसे रहस्यात्मक सपने आते हुए दस वर्ष से भी अधिक हो चुके थे। वांडा को बहुत छोटी उम्र में चश्मा पहनना पड़ गया था। तरुणावस्था में पहुँचने पर उसे वजन बढ़ने की समस्याओं, चिंता और चिड़चिड़ेपन के दौर से गुजरना पड़ा, जिसके कारण उसने स्वयं को अपनी पुस्तकों में समेट लिया था और वह अधिकाधिक एकांतप्रिय हो चली थी। हाई स्कूल से शिक्षा पूरी करने के बाद उसने हिसाब-किताब रखने का काम ले लिया। जिंदगी से छिपकर रहनेवाले के लिए यह सबसे बढ़िया काम था। लेकिन साल-दर-साल एक ही तरह का काम करते-करते उसकी दृष्टि में विकार आ गया और उससे ऐसी-ऐसी त्रुटियाँ होने लगीं, जो उसने पहले कभी नहीं की थीं। वह जब रात को गाड़ी चलाकर घर वापस जाती तो उसी प्रकार से चौंध लगती और वह ठीक से देख नहीं पाती थी। यह सोचकर कि उसे चश्मा लगाकर चलना चाहिए, उसने एक नेत्र-चिकित्सक से संपर्क किया, जिसने उसकी आँखों की जाँच करने के बाद बताया कि उसे मोतियाबिंद है।

वांडा के लिए नीरोग दृष्टि की कामना करते हुए हमने वांडा को अपने मन में यह सजीव कल्पना करने (इरादतन यमक का प्रयोग) के लिए प्रेरित किया कि एक स्वस्थ आँख देखने में कैसी प्रतीत होती है। आँख की पुतली एक गोलक जैसी होती है, जिसके पीछे की तरफ प्रकाश-संवेदी नसें होती हैं, जो दृष्टि-पटल (रेटिना) कहलाती हैं और अग्रभाग में एक लेंस होता है। लेंस के आगे के भाग को ढँकने के लिए एक बहुत ही संवेदी बारीक परत होती है, जिसे स्वच्छ मंडल (कॉर्निया) कहते हैं।

एक सामान्य आँख में लेंस बढ़िया और साफ होता है। जब किसी की आँख में मोतियाबिंद उतर आता है, लेंस धुँधला हो जाता है, कभी-कभी इतना कि दिखना बंद हो जाता है। वांडा को यही हुआ था।

मोतियाबिंद होने का खतरा कई कारणों से बढ़ जाता है; जैसे कि आँख में चोट,

आँख का एक स्व-प्रतिरक्षक रोग, मधुमेह, विकिरण और स्टेरॉइड का प्रयोग इत्यादि। उसकी वर्तमान समस्या को कम करने और उसकी दूसरी आँख में मोतियाबिंद की रोकथाम के लिए हमें सबसे पहले यह पता लगाना था कि वांडा की समस्या को उग्र करने में इनमें से किसी कारण का योगदान तो नहीं था। हमने पाया कि उसका वजन 50 पौंड अधिक है; लेकिन चूँकि वह वर्षों से डॉक्टरों के पास जाने से कतरा रही थी, इसलिए वह पक्के तौर पर नहीं कह सकती थी कि उसे डायबिटीज (मधुमेह) है या नहीं। हमारे आग्रह करने पर उसने ब्लड शुगर की जाँच कराई और पता चला कि उसे टाइप 2 डायबिटीज है। इस समस्या से निपटने में उसकी सहायता करने के उद्देश्य से उसके डॉक्टर ने उसके कार्बोहाइड्रेट-युक्त खान-पान पर रोक लगा दी, ताकि उसका वजन घट सके और हमने उसे हर दिन करीब 30 मिनट खुली हवा में हलका-फुलका व्यायाम भी कराया। व्यायाम करने से उसकी रक्त-शर्करा, उसके स्वास्थ्य और अंतत: उसकी दृष्टि में सुधार होने लगा। यह देखकर उसका उत्साह काफी बढ़ गया।

वांडा इस सोच में पड़ गई कि सर्जरी से शायद उसकी दृष्टि संबंधी समस्या हल न हो पाए, लेकिन आँख की सर्जरी करनेवाले डॉक्टर ने उसे विश्वास दिलाया कि सर्जरी के बाद 95 प्रतिशत मरीजों को साफ दिखाई देने लगता है। इस जानकारी से आश्वस्त होने के बाद वांडा अपने मोतियाबिंद की सर्जरी कराने के लिए तैयार हो गई।

लेकिन उसे इतने से ही तसल्ली नहीं हुई। वह जानना चाहती थी कि उसे अपनी दूसरी आँख में मोतियाबिंद बनने से रोकने के लिए क्या करना चाहिए। हमने सुझाव दिया कि उसे अपना वजन घटाने की कोशिश जारी रखनी चाहिए, लेकिन हमने उसे एक एक्युपंक्चरिस्ट और चीनी जड़ी-बूटी विशेषज्ञ तथा एक पोषाहार विशेषज्ञ के पास भी भेजा, जो उसके शरीर में उस सूजन को कम करने का प्रयास करेगा, जिसके कारण उसे मोतियाबिंद होने की संभावनाएँ बढ़ रही थीं। एक्युपंक्चरिस्ट और चीनी हर्बलिस्ट ने उसे हुआंग लिआन (Huang Lian) लेने का सुझाव दिया, जिसमें Coptidis, Bupleurean और Sentellariae होता है।

पोषाहार विशेषज्ञ ने वांडा को, विशेषकर उसकी आँखों की सेहत को, लाभ पहुँचाने के उद्देश्य से अलग से एक पोषण संबंधी अनुपूरक ओषधि लेने का सुझाव दिया। इस ओषधि में विटामिन ई, विटामिन ए, डी.एच.ए., विटामिन सी, राइबोफ्लेविन, जिंक, सेलेनियम, कॉपर, हल्दी, अंगूर के बीजों का सत्त, पीलिका और ग्लूटेथिवन (Glutathione) मिला हुआ था। वांडा ने अल्फा लिपॉइक एसिड, कोएंजाइम क्यू10, एसिटाइल-एल-कार्निटाइन और क्वेअर्सेटिन समेत एंटी-ऑक्सीडेंट्स भी लिये सप्लीमेंट्स (अनुपूरक दवाओं) के अलावा पोषाहार विशेषज्ञ से उसे बताया कि गाय का दूध उसके

मोतियाबिंद को और भी बिगाड़ सकता है। इसलिए वांडा ने डेरी उत्पादों से दूर रहना शुरू कर दिया।

वांडा उन व्यवहारों तथा विचारों को भी बदलने का प्रयास करने लगी, जिनका उसकी बीमारी को बढ़ाने में हाथ हो सकता था। कम एकांतप्रिय होने के प्रयोजन से वह हर माह दो फिल्में देखने जाने लगी, ताकि पॉप कल्चर का आनंद उठा सके। यह कुछ ऐसा था, जो वह अपने दम पर कर सकती थी और जिसके विषय में वह दूसरे लोगों से कुछ बातचीत कर सकती थी। मौका मिलने पर वह कभी-कभी छोटा-मोटा भाषण भी देने लगी थी। वह अपने बद्धमूल विचारों को बदलने का प्रयास करने लगी, जो उसे लगता था कि उसकी दृष्टि को प्रभावित कर रहे हैं। अपनी आँखों के सामान्य स्वास्थ्य के लिए वांडा ने स्वीकरणों का मनन किया, ''मैं प्रेमभाव से और आनंदित होकर देखती हूँ।'' आँखों की तकलीफ—''मैं अब एक ऐसे जीवन की सृष्टि करती हूँ, जिसे देखना मुझे अच्छा लगता है।'' मोतियाबिंद—''जीवन अनंत है और आनंद से भरा है। मैं प्रत्येक क्षण की प्रतीक्षा करती हूँ। मैं सुरक्षित हूँ। जीवन मुझे चाहता है।'' और चिंता—''मुझे खुद से प्यार है और मैं खुद को अच्छा समझती हूँ। मुझे जीवन की प्रक्रिया में विश्वास है। मैं सुरक्षित हूँ।''

इन परिवर्तनों के फलस्वरूप उसका अपने आस-पास की दुनिया से अधिक जुड़ाव हो गया, न कि ऊपर की दुनिया से। उसकी दृष्टि में सुधार हुआ। उसका वजन 25 पौंड घट गया। उसकी रक्त शर्करा सामान्य हो गई और उसकी दूसरी आँख मोतियाबिंद-युक्त रही।

छठे भावनात्मक केंद्र में सब ठीक-ठाक है।

जब लोगों को मस्तिष्क, दृष्टि या श्रवण संबंधी समस्याओं का सामना करना पड़ता है, तब उन्हें एक बार फिर संतुलन की तरफ ध्यान देना चाहिए। छठा भावनात्मक केंद्र आपसे यह अपेक्षा रखता है कि आप न केवल अपने चारों ओर के संसार, बल्कि दिव्य क्षेत्र से भी सूचना ग्रहण करने योग्य बनें। ये भिन्न-भिन्न परिप्रेक्ष्य आपको जीवन में निर्विघ्न रूप से आगे बढ़ने में सहायक सिद्ध होंगे। आपको ज्ञान का ऐसा सुदृढ़ आधार प्राप्त होगा कि आप हर स्थिति का सामना करने में सक्षम होंगे।

आपका दिमाग और आपकी क्षमताएँ अद्‌भुत हैं, जो समस्याओं को देख भी सकती हैं और हल भी कर सकती हैं। अपनी विशेष प्रतिभाओं से इनकार न करें, बल्कि ज्ञान प्राप्त करने की दिशा में एक विशाल, बहु-फलकित दृष्टिकोण का निर्माण करने का प्रयास करें। विश्वास करना सीखें; ध्यान-योग, प्रार्थना या मौन-साधना का आश्रय लें; लेकिन लौकिक जगत् के तर्क-शास्त्र, उसकी संरचना एवं सृजनशीलता पर भी पाँव जमाए रखें।

अपने जीवन के प्रति यदि आप इससे भी अधिक सचेत दृष्टिकोण पाने की इच्छा

रखते हों तो लुइस के छठे भावनात्मक केंद्र से जुड़े इस स्वीकरण का प्रयोग करके देखें, ''मैं जब अपनी सृजन-शक्ति, बुद्धि और आध्यात्मिकता को अनुशासन एवं नमनशीलता के साथ संतुलित करता हूँ, मैं हमेशा सफल होता हूँ।''

आपका दिल और दिमाग खुला है। सबकुछ ठीक है।

❑

10

परिवर्तन

सप्तम भावनात्मक केंद्र : पुराने और ह्रासी विकार तथा प्राण-घातक रोग

सातवाँ भावनात्मक केंद्र दूसरों से थोड़ा भिन्न है, क्योंकि यह केंद्र उन समस्याओं से संबंध रखता है, जो समस्याएँ प्रायः दूसरे भावनात्मक केंद्रों में आरंभ होती हैं; लेकिन बढ़ते-बढ़ते अपनी चरम सीमा तक पहुँच जाती हैं। उदाहरणार्थ, छाती के स्वास्थ्य से जुड़ी समस्याएँ चतुर्थ भावनात्मक केंद्र से संबंध रखती हैं, लेकिन प्राण-घातक स्तर कैंसर चौथे और सातवें दोनों भावनात्मक केंद्रों के अंतर्गत आता है। यही परिपाटी किसी भी ऐसी बीमारी में देखी जा सकती है, जो चिरकालिक या जानलेवा हो जाती है—वजन संबंधी समस्याओं से लेकर प्रतिरक्षक तंत्र के स्वास्थ्य तक।

सातवें भावनात्मक केंद्र में स्वास्थ्य की ओर अग्रसर होने का तात्पर्य है कि आप नैराश्य और हताशा की आजीवन भावनात्मक परिपाटी को पार करने का प्रयास कर रहे हैं। जीवन का उद्देश्य और एक आध्यात्मिक संबंध खोजना भी इसमें शामिल है।

अगर आप समझते हैं कि आप दुर्बल हैं, शक्तिहीन हैं या अगर आपका अपने से बड़ी किसी सत्ता से संपर्क टूट गया है, वह चाहे ईश्वर हो या कोई दूसरी बड़ी शक्ति, तो आप स्वयं को सातवें भावनात्मक केंद्र की समस्याओं को भोगते हुए पा सकते हैं। कोई तात्कालिक प्राणघातक या धीरे-धीरे बिगाड़ करनेवाली बीमारी आपके शरीर को सूचित कर रही हो सकती है कि आपको अपने जीवन के उद्देश्य का पुनर्मूल्यांकन करना चाहिए। जो भी बोझ और क्षोभ आप लिये फिर रहे हैं, उससे आपको छुटकारा पाने की जरूरत है। स्वस्थ तरीके से जीवन व्यतीत करने के लिए आपको समझना चाहिए कि दिव्य कृपा-दृष्टि और वैयक्तिक रुचि द्वारा आपके जीवन का मार्गदर्शन किया जाता है।

पुराने और अपकर्षी (बिगाड़ करनेवाले) रोगों तथा कैंसर से संबद्ध नकारात्मक विचारों एवं आचरण में भय शामिल होता है, चिंता होती है, नैराश्य होता है और ऐसी सोच होती है कि आप किसी काम के नहीं हैं, नाकारा हैं। आपको अस्वस्थ करनेवाले या आपके लक्षणों को बदतर बनानेवाले विचारों एवं व्यवहारों को पहचानने की प्रक्रिया स्वयं को दोष देने से संबंध नहीं रखती है। अपनी बीमारी को आपने पैदा नहीं किया। हर बीमारी के पीछे आंशिक रूप से कुछ ऐसे कारण होते हैं, जैसे कि आहार, वातावरण या आनुवंशिक तत्त्व। लेकिन हर बीमारी को आपकी भावनाएँ भी बदतर या बेहतर बना सकती हैं। अत: आपका लक्ष्य यह होना चाहिए कि आप लुइस के स्वीकरणों को अपने दैनिक जीवन में शामिल करके अपने विचारों एवं आचरण को स्वास्थ्यप्रद विचारों में परिवर्तित करें। इन स्वीकरणों की सहायता से आप अपने संसारबद्ध मन का अपनी उच्चतर शक्ति से सीधा मेल करा सकते हैं, जिससे कि आप स्वस्थ हो सकें।

सप्तम भावनात्मक केंद्र : स्वीकरण सिद्धांत और विज्ञान

बात जब सातवें भावनात्मक केंद्र की आती है, लुइस का स्वीकरण सिद्धांत पुराने, प्राणघातक रोगों जैसे कि कैंसर एक्योट्रॉपिक लेटरल स्क्लीरोसिस (ALS, जिसे आमतौर पर लॉऊ गेहरिग की बीमारी कहा जाता है) या अन्य अपकर्षी विकार के पीछे भावनाओं की खोज करता है। लुइस के अनुसार, ये रोग गतिरोध का एक संकेत हैं। गतिरोध चाहे विवाह में हो, नौकरी में हो या सामान्य जीवन में। सातवें भावनात्मक केंद्र की कैंसर तथा पुराने या बिगाड़ करनेवाले विकारों से संबद्ध विचार-शैली का अभिप्राय बहुआ यह लिया जाता है कि व्यक्ति स्वयं को असफल मानता है और अंतत: इस बात को स्वीकार करने के लिए तैयार नहीं होता कि वह बहुत अच्छा या योग्य है।

चिकित्सा विज्ञान सातवें भावनात्मक केंद्र से जुड़ी प्राणलेवा स्वास्थ्य समस्याओं के मन-तन संबंध के बारे में क्या कहता है?

पुरानी स्वास्थ्य समस्याओं या प्राणघातक बीमारियों से ग्रस्त लोगों के पक्ष में यह साबित हो चुका है कि इन समस्याओं के पीछे भावना की एक स्पष्ट ऐतिहासिक परिपाटी चली आ रही है। उदाहरण के लिए, अध्ययनों से पता चलता है कि स्वास्थ्य का बंटाधार करनेवाली बीमारियों से ग्रस्त लोग प्राय: इस बात को लेकर उदास, निराश और चिंतित रहते हैं कि जो व्यक्ति उनके लिए बहुत कुछ था, वह अब नहीं रहा या जो चीज उनके जीवन की धुरी बनी हुई थी, जिस चीज ने उनके जीवन को उद्देश्य दिया और सार्थक बनाया, वह कहीं खो गई है। हालाँकि मनोभाव सामान्यत: पुरानी बीमारियों के खतरे को बढ़ा सकते हैं, फिर भी एक अध्ययन से पता चला है कि ये भावनाएँ सीधे तौर पर विविध ऊतर-काठिन्य (Multiple Selerosis) से जुड़ी होती हैं। मृत्यु या विश्वासघात

के कारण किसी रिश्ते का समाप्त होना, किसी बच्चे की मृत्यु को भोगना या यह पता चलना कि आपके संतान नहीं हो सकती, ये सभी हालात मल्टीपल एक्लीरोसिस को तेजी से बढ़ानेवाले होते हैं।

किसी प्रियजन की मृत्यु या कोई दूसरी भारी क्षति के परिणामस्वरूप लोग प्राय: जीवन में अपने उद्देश्य का मूल्यांकन करने लग जाते हैं। फिर भी, एक दूसरे अध्ययन से यह बात प्रकाश में आई कि जो लोग किसी प्रयोजन एवं उद्देश्य से अपने जीवन का पुनर्निर्माण नहीं कर सके, नए-नए संबंध बनाकर वे स्नेहमय प्रोत्साहन पा सकते थे या कोई काम-धंधा प्राप्त कर सकते थे या बुलावे के लिए सूची में नाम दर्ज करवा सकते थे। मल्टीपल स्कलीरोसिस का रोगी घोषित किए जाने के बाद अपने भविष्य को लेकर उनकी आशंकाएँ बहुत गंभीर हो गई थीं और बहुत बुरे-बुरे विचार उनके मन में आने लगे थे।

अध्ययनों से यह भी ज्ञात हुआ है कि हम जीवन में तनाव को जिस तरह सँभालते हैं और जीवन की विपत्तियों में जिस तरह उद्देश्य एवं प्रयोजन तलाशने का प्रयास करते हैं, बीमारी के धीरे-धीरे बढ़ने या ए.एल.एस. जैसे तंत्रिका-ह्रासी रोगों के प्रभाव के घटाव को भी इससे प्रभावित किया जा सकता है। इवेलिन मैक्डोनॉल्ड द्वारा ए.एल.एस. पर किए गए एक ऐतिहासिक अध्ययन से यह बात सामने आई कि जिन लोगों ने जिंदगी को किसी ठोस उद्देश्य की दृष्टि से देखा था, जिन्हें विश्वास था कि वे अपने जीवन को बदल सकते हैं और जिनका मानसिक स्वास्थ्य उच्च स्तर का था, वे रोग-निदान के बाद औसतन चार वर्ष अधिक जीवित रहे उन लोगों की अपेक्षा जिनकी मन:स्थिति इतनी सकारात्मक नहीं थी और जिस कारण वे रोग-निदान के बाद केवल एक वर्ष ही जीवित रह सके। Archives of Neurology में प्रकाशित इस अध्ययन का चिकित्सा संबंधी समुदाय पर इतना अधिक दबाव पड़ा कि इसने ए.एल.एस. का निदान और वर्गीकरण किए जाने के तरीके को प्रभावित किया। उस अध्ययन के पहले ए.एल.एस. (Amyotropic Lateral Sclerosis) को समान रूप से एक भयावह पूर्वानुमान माना जाता था। स्पष्टत: किसी प्राणघातक शरीर का नाश करनेवाली बीमारी के सामने आपके तन और आपके जीवन को बदलना संभव है।

एम. एस., ए.एल.एस. एवं कैंसर जैसे पुराने और जानलेवा रोगों की चपेट में आए लोग बहुधा गहरे विषाद या उदासी में डूब जाते हैं या बीते दिनों की अब तक पीड़ा दे रही किसी गहरी चोट या किसी अनसुलझे मानसिक आघात को लेकर हर समय मन में चिंता और क्रोध पाले रहते हैं, उनकी इस मन:स्थिति के पीछे कोई विवादास्पद तलाक हो सकता है, किसी बच्चे की मृत्यु या कोई और भीषण विपत्ति हो सकती है। और हम

पाते हैं कि इन मनोभावों के साथ यदि प्रभावी ढंग से निपटा जाए, वे चाहे चिंता, उदासी या निराशा के रूप में हों, कैंसर उपचार के बीच में उपजे हों, तब भी तो अंत में एक इष्टतम परिणाम प्राप्त करने की क्षमता में उससे बहुत अंतर पड़ता है। पुरुषों में प्रोस्टेट कैंसर सर्जरी से पहले और सर्जरी के बाद किए गए एक अध्ययन में पाया गया कि सिर्फ प्रोत्साहक उपचार का प्रयोग करनेवाले नियंत्रित समूह और निर्देशित कल्पना-सृष्टि (गाइडेड इमेजरी) तथा तनाव घटानेवाली अन्य तकलीफों का सहारा लेनेवाले समूह के बीच एक सुस्पष्ट अंतर था। बादवाले समूह के प्रतिरक्षक तंत्र के मानदंड बेहतर थे और वे सर्जरी से जल्दी स्वस्थ हो गए पहलेवाले समूह की तुलना में। इससे पता चलता है कि यदि हम तनाव को पहचान और संसाधित कर सकें, नकारात्मक विचार शैली को स्वीकरण, कल्पना-सृष्टि या अन्य उपायों के जरिए बदल सकें और चिकित्सा के सभी उपलब्ध विकल्पों का प्रयोग कर सकें तो हम अपनी काया को स्वस्थ कर सकते हैं तथा एक ऐसा जीवन व्यतीत कर सकते हैं, जिसका कोई उद्देश्य हो और जिसमें जोश हो, उत्साह हो।

पुराने और ह्रासी विकार

जिन लोगों की प्रवृत्ति तंतुक पेशीशूल (Fibromyalgia), लायम रोग (Lyme desease) या ए.एल.एस. जैसे दीर्घकालिक या ह्रासी अर्थात् स्वास्थ्य का बिगाड़ करनेवाले रोगों की पकड़ में आने की होती है, वे अपनी नियति को वश में करने का प्रयत्न करते हैं। उन्होंने अकसर जीवन के लक्ष्य निश्चित किए हुए होते हैं। एक सफल जीविका ढेर सारी धन-दौलत, छरहरा बदन या एक परिपूर्ण पारिवारिक जीवन और उन लक्ष्यों के निर्देशानुसार ही वे अपने सारे कार्य करते हैं। फिर भी, बहुत संभव है कि उन्होंने किसी प्रकार के दैवी हस्तक्षेप की संभावना के बारे में कभी विचार न किया हो। दुर्भाग्यवश, यदि आप सदैव केवल अपनी योजनाओं के बारे में ही विचार करते रहे हैं। किसी व्यतिक्रम/परिवर्तन की गुंजाइश आपने नहीं रखी है तो ब्रह्मांड की एक वक्र दृष्टि ही आपको उखाड़ फेंकने के लिए काफी है। अंदर-ही-अंदर घुमड़ते बलात् नैराश्य भाव पर पार पाने के लिए, जिसके साथ अकसर अप्रत्याशित घटनाएँ भी जुड़ी होती हैं, जरूरी है कि लौकिक उद्देश्य और दिव्य हस्तक्षेप के बीच एक स्वस्थ संतुलन बनाने का प्रयास किया जाए।

अगर आप उन लाखों लोगों में से एक हैं, जो ऐसी गंभीर बढ़नेवाली बीमारी से त्रस्त हैं, जिसे लाइलाज करार दिया जाता है, आप शायद हर प्रकार का उपचार आजमाकर देख चुके हैं—परंपरागत उपचार से लेकर वैकल्पिक उपचारों तक। लेकिन क्या बीमारी के इलाज में बहुत अधिक धन और संसाधन झोंक देने के बावजूद आपकी

बीमारी और बिगड़ती चली जाती है? हो सकता है, आपको किसी नई दिशा, किसी नए रास्ते पर जाने की जरूरत हो। हमारे अनुभव के अनुसार दवा लाभदायक होती है, लेकिन यह बीमारी को पूरी तरह मिटाती नहीं है। यदि आप चिकित्सा, स्वीकरण और अंतर्दृष्टि—तीनों को एक साथ जोड़कर प्रयोग में ला सकें और इस संयोजन से आचरण में परिवर्तन कर सकें तो आप जरूर देख पाएँगे कि आपके स्वास्थ्य एवं आपके जीवन में अनुकूल परिवर्तन हो रहे हैं। स्वास्थ्य संकट जैसा सच्चा हितैषी कोई और नहीं हो सकता; क्योंकि तभी आपको अपने अतीत, वर्तमान एवं भविष्य का लेखा-जोखा देखने का अवसर मिलता है और उसके संदर्भ में अपनी प्राथमिकताओं का पुनर्मूल्यांकन करने की सुध आपको आती है।

लुइस का मानना है कि वैयक्तिक और आध्यात्मिक के बीच असंतुलन के केंद्र में सोच-विचार के पुराने तरीकों को बदलने की एक मौलिक अस्वीकृति बसी होती है—पुरानी चोटों, मनोमालिन्य परिपाटियों और धारणाओं को छोड़ने की एक असमर्थता और स्वयं में विश्वास करने का अभाव। आमतौर पर पुरानी बीमारी को इस संदर्भ में देखा जाता है कि व्यक्ति भविष्य के भय के कारण बदलने से मना करता है। अपनी आशंकाओं के बावजूद बदलने की क्षमता विकसित करने के लिए इस स्वीकरण का प्रयोग करें, ''मैं बदलना और बढ़ना चाहता हूँ। मैं अब एक सुरक्षित एवं नए भविष्य का निर्माण करता हूँ।'' बिगाड़ करनेवाली कुछ बीमारियों का निरीक्षण करते हुए हम भय की एक जैसी बानगी पाते हैं। ए.एल.एस. रोगग्रस्त लोग प्राय: अत्यधिक क्षमतावान् होते हैं, लेकिन अंदर-ही-अंदर वे सोचते हैं कि यह सब एक धोखा है। वे उस भय के साथ जीते हैं, जो इस सोच से उपजता है कि यदि लोगों को वास्तव में पता होता। उनके मन के भीतर यह भावना घर किए रहती है कि वे किसी योग्य नहीं हैं और वे सफलता के जितने अधिक निकट होते हैं, अपने पर वे उतने ही अधिक कठोर हो जाते हैं। स्वयं को याद दिलाएँ कि आप शक्तिशाली और मेधावी हैं—इस स्वीकरण का मनन करते हुए, ''मैं जानता हूँ कि मैं योग्य हूँ। सफलता प्राप्त करना मेरे लिए निरापद है। जिंदगी को मुझसे प्यार है।'' एड्स को ऐसी ही विचार-शैली से जोड़ा जाता है; जैसे कि अरक्षित, निराश और अकेला महसूस करना। इन भावनाओं का सामना करने के लिए आप इस स्वीकरण का प्रयोग कर सकते हैं, ''मैं सार्वलौकिक योजना का हिस्सा हूँ। मेरा अपना महत्त्व है और जिंदगी भी मुझे चाहती है। मैं शक्तिशाली और समर्थ हूँ। मुझे अपना समग्र व्यक्तित्व प्यारा और अच्छा लगता है।'' यदि आपको बताया जाए कि आपकी बीमारी लाइलाज है तो इस स्वीकरण का मनन करते हुए स्वयं को आस बँधाएँ, ''हर रोज चमत्कार होते रहते हैं। मैं विचारों की उस परिपाटी को भंग करने

के लिए अपने अंदर झाँककर देखता हूँ, जिसने यह दशा बनाई और अब मैं एक दिव्य उपचार को स्वीकार करता हूँ और इसीलिए यह चिंतन है।''

सातवें भावनात्मक केंद्र में स्वास्थ्य-प्राप्ति के लिए विचार-शैली को बदलना अत्यावश्यक है। जैसे-जैसे आप अपने नकारात्मक विचारों एवं आचरण को छोड़कर स्वस्थ विचारों की ओर बढ़ते हैं, तब यह भी आवश्यक हो जाता है कि आप रहस्यात्मक जगत् से अपने संबंध का निरीक्षण करें और समझें कि आपके जीवन का उद्देश्य कोई ऐसी चीज नहीं है, जो आप खुद ही तय कर लेंगे और खुद ही उस पर चल पड़ेंगे। यदि आप जीवन में परिवर्तन करने की स्थिति में हैं या करना चाहते हैं तो आप अपने जीवन के सच्चे उद्देश्य का मूल्यांकन भी कर सकेंगे; क्योंकि यह मन:स्थिति इस कार्य में आपकी सहायता करेगी। सिर्फ अपने ही तर्क पर न अड़े रहें, किसी और तर्क का भी सहारा लेकर मार्गदर्शन की खोज करें। स्वीकार करें कि कोई उच्चतर सत्ता आपके प्रयासों में आपकी सहायता करती है और इसमें अंतर्निहित बुद्धिमानी को काम में लाएँ। आपसे बढ़कर भी कोई सत्ता है, इस बात में अगर विश्वास रखेंगे तो आपके सारे भय मिट जाएँगे और स्वयं को असहाय समझने की वह भावना भी आपके मन से निकल जाएगी, जो जीवन में अस्त-व्यस्तता के दौर में आप महसूस करते हैं।

दिव्य शक्ति के साथ संपर्क साधने की कोशिश में लगे लोगों के लिए हमारे पास एक उपाय है, जिसे आप चाहें तो जीवन अनुदान प्रस्ताव (Life Grant Proposal) की संज्ञा दे सकते हैं। यह उन अनुदान प्रस्तावों के समान है, जो शोधकर्ताओं या लाभ-निरपेक्ष संगठनों द्वारा फंड अर्थात् निधि प्राप्त करने के लिए लिखे जाते हैं। लेकिन यह एक ऐसा प्रस्ताव है, जो आप सृष्टिकर्ता, ईश्वर या जिसमें भी आप विश्वास रखते हों, उस उच्चतर सत्ता के पास भेजते हैं, इस संक्षिप्त रूपरेखा के साथ कि आप अभी और कितने समय तक जीवित रहना चाहते हैं और जो भी अतिरिक्त वर्ष आपको मिलेंगे, उस अवधि का उपयोग आप किस तरह करेंगे।

इस काम के लिए एक कागज लें और सबसे ऊपर अपना नाम व तारीख लिखें। फिर, पृष्ठ के शीर्ष भाग के समानांतर लिखें—जीवन अनुदान प्रस्ताव। उसके आगे कोष्ठक में समयावधि लिखें, जैसे कि अंतराल 2013-2048 के लिए इस उदाहरण के अनुसार चालू वर्ष से लेकर उतने तक लिखें, जितने वर्ष आप जीना चाहते हैं। इस शीर्षक के नीचे प्रस्ताव को पाँच-पाँच वर्ष के चरणों में विभाजित कर दें। अत: उपर्युक्त उदाहरण में चरण-I 2013-2017 होगा, चरण-II 2018-2022 होगा और इसी प्रकार आगे।

प्रत्येक चरण के नीचे दिव्य शक्ति के निर्देशानुसार उस समयावधि के दौरान आपके विचार से आपके जीवन का जो उद्देश्य होगा, उस उद्देश्य का उल्लेख करें। फिर

मदवार उन-उन वस्तुओं का उल्लेख करें, जो-जो वस्तुएँ आपको अपनी योजनाओं को पूरा करने के लिए चाहिए होंगी। उन लक्ष्यों का उल्लेख न करें, जिनमें आप पहले से ही शामिल हैं, जैसे कि सूप किचन में स्वैच्छिक सेवा करना या प्रकृति का आनंद लेना। वह अनुदान नवीकरण फॉर्म के लिए है, न कि अनुदान प्रस्ताव के लिए। यह कवायद पूरी करने का मतलब होगा कि आप समग्र रूप से एक नए उद्‌देश्य का निर्माण कर रहे हैं, पुराने उद्‌देश्यों का नवीकरण नहीं कर रहे। इसके अलावा, अस्पष्ट लक्ष्यों से दूर रहें, जैसे कि विश्व-शांति के लिए काम करना या अपने बच्चों के बच्चों को प्यार करना। संभावना यह है कि आप अपने पोता-पोती, नाती-नातिन को पहले से ही प्यार करते हैं और विश्व-शांति का निर्माण कुछ ज्यादा स्पष्ट नहीं है। ऐसे मुहावरे आपके प्रस्ताव को कमजोर कर देते हैं तथा प्रस्ताव शायद ऊपर उड़ने के काबिल न रहे।

जीवन का एक अधिक अच्छा उद्‌देश्य कुछ इस प्रकार का होगा—

मैं सप्ताह में सातों दिन रोजाना 12 घंटे काम किया करता था। अपनी नई जिंदगी के पहले चरण में मैं अपने काम का समय घटाकर प्रतिदिन 8 घंटे करना चाहूँगा और सप्ताह में 6 दिन काम करूँगा। दिन में बाकी समय मैं आराम का काम करने और अपने नाती-पोतों के साथ मौज-मस्ती करने में बिताना चाहूँगा और ये गतिविधियाँ वर्ष में कम-से-कम एक बार कैंपिंग के लिए जाने, उनकी फुटबॉल टीम को प्रशिक्षण देने और उनको मछली पकड़ना सिखाने तक ही सीमित नहीं रहेंगी।

समझ गए? ब्यौरा अवश्य दो, लेकिन इतना भी नहीं कि उच्चतर सत्ता के लिए उसमें कोई स्थान ही न बचे कुछ भरने के लिए। जीवन अनुदान प्रस्ताव लिखने की प्रक्रिया वास्तव में एक दुर्बोध व जटिल अभ्यास है, जिसमें आप अपने जीवन की योजना का पुनर्मूल्यांकन करते हैं। यह कवायद आपको अपने दिव्य उद्‌देश्य को विनम्रता और इरादे के साथ चेष्टा में ढालने योग्य बनाती है।

कोई बीमारी जिस प्रकार आगे बढ़ती है, उसके अनेक पहलू आपके नियंत्रण के बाहर हैं; फिर भी बहुत कुछ है, जो आपके वश में है। चिंता को अपने ऊपर हावी न होने दें। अपने मित्रों और परिवार के साथ संपर्क बनाए रखें। वे सदैव आपको संबल और सुरक्षा देंगे। अपनी मूल प्रवृत्तियों और आंतरिक प्रतिक्रियाओं को सुनना सीखें, क्योंकि ये ही वे दिव्य संकेत हैं, जो आपको आपके सही लक्ष्य तक लेकर जाएँगे। स्वयं में विश्वास करने का विकल्प अवश्य चुनें; लेकिन कुछ और भी है, जिसमें आपको विश्वास होना चाहिए।

क्लिनिक फाइलों से : अपकर्षी विकारों से ग्रस्त रोगी और रोगोपचार विश्लेषण

62 वर्षीया इवेते जब पहली बार हमारे पास आई, उसका शारीरिक स्वास्थ्य बहुत अच्छा था। उसके परिवार में हर व्यक्ति हट्टा-कट्टा और कसरती था। इवेते को खेल-कूद (स्पोर्ट्स) में भाग लेना बहुत अच्छा लगता था और वह तरुणावस्था में ही लंबी दूरी की धावक बन गई थी।

वयस्क होने पर और गर्भावस्था के दौरान भी उसने दौड़ना जारी रखा तथा हमसे जब उसकी भेंट हुई, तब भी उसने दौड़ने का शौक छोड़ा नहीं था। इस शौक के कारण अकसर उसे घुटनों और पीठ में चोट लग जाती थी। इसके बावजूद उसने जीवन भर सकारात्मक नजरिया बनाए रखा और उसका यह नजरिया ऐसे कठिन समय में उसके बहुत काम आया कि समय गुजारने के साथ-साथ सब ठीक हो जाएगा। इवेते कुल मिलाकर अपने जीवन से संतुष्ट थी। उसके पास एक बहुत बड़ा घर था, एक प्यारा-सा पति था, प्रचुर धन-दौलत थी और अच्छा स्वास्थ्य था।

फिर अचानक हालात बिगड़ने लगे। एक रात इवेते को बगल में अजीब सी थरथराहट हुई, जिसके कारण उसकी आँख खुल गई। यह सिलसिला कई दिनों तक चलता रहा। वह अपने डॉक्टर के पास गई, फिर एक तंत्रिका विज्ञानी (न्यूरोलॉजिस्ट) के पास और उसके बाद एक दूसरे न्यूरोलॉजिस्ट को भी उसने दिखाया। कहीं कोई सुनिश्चित जवाब नहीं मिला; लेकिन डॉक्टरों का विचार था कि यह ए.एल.एस. अर्थात् Amyotrophic Eateral Sclerosis हो सकता है। इवेते को अपने कानों पर विश्वास नहीं हुआ और ऐसा लगा जैसे सबकुछ उजड़ गया, बरबाद हो गया हो।

इससे पहले कि उसके मन में यह बात 'जम जाए' कि उसे ए.एल.एस. है, हमने उसे समझाया कि हो सकता है; लेकिन उसके पास कोई निश्चित उत्तर नहीं था। हमने इवेते को जोर देकर कहा कि यह अच्छी बात है कि उसके लक्षण केवल निराशाजनक क्षेत्र में आते हैं, जो 'निदान पूर्व' स्थिति कहलाती है। यह भी कोई बड़ी राहत की बात नहीं है, क्योंकि लोग प्राय: निश्चित रूप से जानना चाहते हैं कि उन्हें जो बीमारी है, उसका नाम क्या है। लेकिन हमारे विचार से यह संकेत था, क्योंकि एक ठोस निदान के बिना आपके लक्षणों को उलटना और उनके प्रभाव को घटाना अधिक आसान होता है। ए.एल.एस. उस प्रकार की बीमारी का एक सटीक उदाहरण है।

ए.एल.एस. रोग मस्तिष्क और मेरुदंड में नस कोशिकाओं को धीरे-धीरे खराब कर डालता है, जो क्रिया को नियंत्रित करती हैं। व्यक्ति को पहले तो बाँहों और टाँगों में कमजोरी महसूस हो सकती है और बाद में स्थिति यहाँ तक पहुँच जाती है कि उसे

बात करने और निगलने में भी कठिनाई होती है। एक समय इस बीमारी को दुनिया भर में घातक माना जाता था, लेकिन अब ऐसा नहीं है। अध्ययनों के आधार पर यह सिद्ध हो चुका है कि ए.एल.एस. ग्रस्त किसी व्यक्ति को यदि ऐसे काम में लगा दिया जाए, जो उनके जीवन के उद्देश्य से जुड़ा हो तो रोग के लक्षणों का उनके शरीर पर बहुत कम प्रभाव होगा और वे अधिक समय तक जीवित रहेंगे।

हालाँकि उसने अपने न्यूरोलॉजिस्ट के पहलेवाले सुझावों पर अमल नहीं किया था, हमने उसे सलाह दी कि वह दुबारा उसके पास जाए और उसके कहे अनुसार गहन नैदानिक परीक्षण कराए, ताकि पता चल सके कि कहीं किसी और बीमारी के कारण तो उसे कंपन नहीं होता है। सबकुछ ठीक निकला। उसे गरदन में ऐंठन, थायरॉइड या पराथॉयरॉइड जैसी कोई समस्या नहीं थी, न ही कोई दूसरा विलक्षण रोग, जो उसकी बीमारी का कारण माना जा सके। उसका एम.आर.आई. तथा ई.एम.जी. दोनों सामान्य थे। अत: इवेते ने ए.एल.एस. को घटती पर रखने का कोई उपाय खोजने पर ध्यान लगाया।

इवेते ने एक पूर्णात्मक या सर्वांगीण (रोगी के शारीरिक, आंतरिक, सामाजिक, मानसिक आदि सभी पहलुओं पर विचार करके उपचार संबंधी निर्णय लेनेवाले) न्यूरोलॉजिस्ट से संपर्क किया, जिसने उसके लक्षणों पर न केवल काफी समय तक निगरानी रखी, बल्कि सुनम्यता कहलानेवाली एक प्रक्रिया के जरिए उसके तंत्रिका-तंत्र में ह्रास को रोकने तथा स्वास्थ्य सुधार में तेजी लाने के उद्देश्य से विविध पौषणिक संपूरक लेने का भी सुझाव दिया। उसने पहला उपचार जो सुझाया, उसके अंतर्गत हाइपरवैरिक ऑक्सीजन उपचारों का एक क्रम था। इस उपचार विधि के बारे में बताया गया है कि मल्टीपल एक्लीरोसिस के तंत्रिका ह्रास में इसका कुछ असर होता है, इसी कारण से चिकित्सकों द्वारा ए.एल.एस. के इलाज में भी इस विधि का प्रयोग किया जाने लगा है। इसके अलावा, उस चिकित्सक ने एक तीव्र प्रभावकारी ऑक्सीजन-रोधी उपचारों का एक क्रम भी पूरा करने का सुझाव दिया, जिसमें डी.एच.ए. के साथ-साथ ग्लूटैथिवन (Glutathione) और एक औषधीय कोटि का मल्टीविटामिन शामिल था।

इवेते को अंतिम शारीरिक चिकित्सा के रूप में ताई ची और कीगांग की मिली-जुली चिकित्सा दी गई, क्योंकि चीन में सदियों से इन उपचार विधियों का प्रयोग जटिल तंत्रिका संबंधी विकारों का प्रतिरोध करने के लिए किया जाता रहा है, विशेषकर वृद्धावस्था की ओर बढ़ते लोगों में इन विकारों का पाया जाना एक आम बात है।

इवेते ने ए.एल.एस. पर ध्यान देने के लिए स्वीकरणों का मनन करना भी आरंभ कर दिया, "मुझे पता है, मैं योग्य हूँ। सफल होना मेरे लिए निरापद है। जिंदगी को मुझसे प्यार है।" सामान्य दिमागी स्वास्थ्य—"मैं प्रेमपूर्वक अपने मन को चलाती हूँ।"

और खिंचाव एवं ऐंठन—''सारा जीवन मेरा समर्थन करता है। सबकुछ ठीक है। मैं सुरक्षित हूँ।''

सभी प्रकार के उपचारों तथा स्वीकरणों से शक्ति पाकर इवेते ने अपने जीवन पर एक दीर्घ व कठोर दृष्टि डालना तथा यह सोच-विचार करना शुरू किया कि इस जीवन से वह पाना क्या चाहती है। ए.एल.एस. जैसी गंभीर बीमारी की आशंका ने ही उसे अपनी अंतरात्मा की आवाज सुनने और पूरे जोश तथा उद्‌देश्य के साथ जीने की प्रबल प्रेरणा दी और जब उसके चिकित्सक ने वर्ष में एक बार उसके स्वास्थ्य का निरीक्षण किया तो पाया कि उसकी बीमारी आगे नहीं बढ़ी थी। कभी-कभी तनाव में होने पर उसे बाँह में कंपन होने लगता था, लेकिन इसमें कोई बढ़ोतरी नहीं हुई थी।

जानलेवा बीमारी

किसी के जीवन में ऐसा क्या होता है, जिसके कारण यह आशंका उत्पन्न हो जाती है कि बीमारी इतनी बढ़ सकती है कि जीवन के लिए खतरा बन जाए? जान-लेवा बीमारी जिन लोगों को लग जाती है, उनके बारे में कहा जा सकता है कि उन्होंने बीमार पड़ने से पहले बहुत लंबे समय तक अपने जीवन के बारे में प्राय: असहाय महसूस किया है। वे मानते हैं कि उनके जीवन में सारी घटनाएँ भाग्य के हाथों में हैं। वे अपने जीवन को बेहतर बनाने में लाचार महसूस करते हैं और वे इस उम्मीद में इंतजार, इंतजार, इंतजार करते रहते हैं कि कभी तो किसी तरह हालात बेहतर होंगे। लेकिन हालात बदलते नहीं हैं।

जानलेवा बीमारियों का इलाज प्रत्येक रोगी के मामले में विविध और अनूठा होता है; किंतु हम एक सरीखे आचरण और विचार-शैली की लकीर देख सकते हैं, जो बीमारी को उकसाने में योगदान कर रहे हो सकते हैं। जब आप अपने चिकित्सक की निगरानी में रहकर जाँच-परीक्षण कराने और उससे परामर्श करने के बाद अच्छी तरह समझ चुके हों कि आपकी स्थिति को देखते हुए कौन-कौन से उपचार आपके लिए सही होंगे, आपको अपनी योजना में अंतर्दर्शी चिंतन तथा स्वीकरणों को भी अवश्य शामिल करना चाहिए। चूँकि जीवन को खतरे में डालनेवाली बीमारियाँ दूसरे भावनात्मक केंद्रों से संबद्ध विचार-शैली को बदलने का प्रयास अवश्य करना चाहिए। उदाहरण के लिए, स्तन कैंसर रोगियों की प्रवृत्ति अपने तो अपने, दूसरों को भी मातृ-सुलभ स्नेह देने और एक माँ की तरह उन पर अधिकार जमाने की होती है; लेकिन इस व्यवहार के अलावा अंदर-ही-अंदर बैठी कोई गहरी चोट तथा लंबे समय से चली आ रही नाराजगी भी होती है। इन विचारों से स्वयं को मुक्त करने के उद्‌देश्य से आपको छाती की समस्याओं में इस स्वीकरण का मनन करना चाहिए, ''मैं महत्त्वपूर्ण हूँ। मेरी भी अपनी एक हस्ती है। मैं अब अपना ध्यान रखता हूँ और प्रेमभाव एवं आनंद के साथ अपना पोषण करता हूँ।

मैं दूसरों को छूट देता हूँ कि वे जैसे हैं वैसे ही रहें। हम सब सुरक्षित और मुक्त हैं।'' और कैंसर संबंधी स्वीकरण—''मैं अपने संसार को खुशी से भर देना चाहता हूँ। मैं खुद को पसंद करता हूँ और अच्छा समझता हूँ।'' यह सिर्फ एक उदाहरण है। आपके शरीर के जिस अंग में कैंसर है, उस अंग और उस क्षेत्र से संबद्ध विचारों के बीच संबंध के बारे में जानने के लिए पृष्ठ 183 पर दी गई तालिका देखें।

आपकी बीमारी को तेजी से बढ़ानेवाले आचरणों की ओर ध्यान देने के लिए आपको अपने जीवन पर स्वस्थ नियंत्रण रखना होगा। आपको यह समझना होगा कि यद्यपि कोई दिव्य सत्ता विद्यमान है, जो आपके जीवन को संबल प्रदान कर रही है, लेकिन सबकुछ उसके नियंत्रण में नहीं है। आपकी भी अपनी व्यक्तिगत शक्ति है। आप अपने संसार का सह-निर्माण कर सकते हैं।

इस जानकारी से लैस होकर आप इस पुस्तक के अन्य अध्यायों में प्रस्तुत अनुशंसाओं का प्रयोग करते हुए स्वास्थ्य संबंधी समस्याओं का समाधान खोज सकते हैं। यदि आपको श्वेतरक्तता (Leukaemia / ल्यूकीमिया) है तो अध्याय-4 के रक्त खंड में दी गई सूचना का लाभ उठाएँ, ताकि आप अपने परिवार और मित्र-मंडली में सुरक्षा एवं निश्चिंतता का निर्माण कर सकें। यदि आपको स्तन कैंसर है तो अध्याय-7 खोलकर देखें और सीखें कि जितनी चिंता, जितनी परवाह आप दूसरों की करते हैं, उतनी ही परवाह आप खुद की कैसे कर सकते हैं। यदि आपका वजन इतना अधिक बढ़ गया है कि आपको अपना जीवन खतरे में पड़ा नजर आने लगा है तो अपनी शक्ति को समझें और तृतीय भावनात्मक केंद्र में संतुलन बनाने के लिए अध्याय-6 पर जाएँ।

क्लिनिक फाइलों से : कैंसर रोगी और रोगोपचार विश्लेषण

एंजलीना की उम्र 50 वर्ष है। उसे हर तरीके से परखा जा चुका है—वित्तीय रूप से, शारीरिक रूप से और भावनात्मक रूप से; लेकिन वह अभी भी खड़ी है। उसका जीवन अस्वास्थ्य की परिभाषा बनकर रह गया है। उसके स्वास्थ्य पर एक के बाद एक वज्रपात होता रहा। जब वह एक बच्ची थी, उसका अपेंडिक्स फट गया, जिसके कारण इतना गंभीर रक्त संक्रमण हुआ कि उसे अस्पताल में भरती कराना पड़ा। वह जब 20 वर्ष से ऊपर की थी, एक कार दुर्घटना में उसे गंभीर चोटें आईं और उसे हर समय सिर दर्द तथा पीठ दर्द सताने लगा। 30 वर्ष की उम्र पार करने पर उसे थायरॉइड की समस्या ने घेर लिया, जिसके कारण उसका वजन बढ़ने लगा। उसे दमा की बीमारी लग गई और उसकी साँस फूलने लगी। उम्र के पाँचवें दशक में पाँव रखते ही उसे स्तन कैंसर हो गया। दाएँ स्तन में कैंसर का उसने डटकर सामना किया और लड़ाई जीतने में कामयाब हुई। इस लड़ाई में उसने शाल्य-चिकित्सा (Lumpectomy) और रेडिएशन का सहारा

लिया। एंजलीना ने अपने जीवन में शायद पहली बार स्वयं को शारीरिक रूप से इतना स्वस्थ पाया। लेकिन भावनात्मक दृष्टि से वह बुरी तरह टूट चुकी थी। हमेशा उसे यही डर लगा रहता कि अब अगली बार न जाने कौन सी विपत्ति आने वाली है। अतः जब उसे लगातार खाँसी रहने लगी और उसके डॉक्टर ने उसके दाएँ स्तन के मैमोग्राफ पर एक छाया देखी तो उसे पक्का विश्वास हो गया कि उसका स्तन कैंसर लौट आया है।

जब तक एंजलीना से हमारी भेंट हुई, उसके स्वास्थ्य का इतिवृत्त इस पुस्तक की विषय-सूची पढ़ने जैसा हो गया था। वह प्रत्येक भावनात्मक केंद्र से जुड़ी प्रमुख समस्या को भुगत चुकी थी। रक्त संक्रमण (पहली), पुराना पीठ दर्द (दूसरी), वजन बढ़ना (तीसरी), अस्थमा (चौथी), हाइपोथायरॉइडिज्म (पाँचवीं), पुराना सिर दर्द (छठी) और कैंसर (सातवीं समस्या)। यद्यपि ऐसा प्रतीत होता है कि पहले उसके अंदर असीमित ऊर्जा थी और कभी न डिगनेवाली एक सकारात्मक चिंतन-शैली थी; लेकिन अब वह पूरी तरह थक चुकी थी और पहली बार स्वयं को बेबस महसूस कर रही थी।

हमने जैसे ही एंजलीना के लिए एक स्वास्थ्य योजना बनाना आरंभ किया, वह योजना उसे बोझिल महसूस हुई। अतः हमने उस योजना को दो भागों में बाँट दिया—एक अल्पकालिक और एक दीर्घकालिक।

हमने अल्पकालिक लक्ष्यों से शुरुआत की। ये सभी लक्ष्य उसके जीवन में प्रेम व खुशी लाने से संबंध रखते थे। उसे हर दिन प्रत्येक भावनात्मक केंद्र पर कम-से-कम एक घंटा ध्यान केंद्रित करना था, कुल मिलाकर रोजाना सात घंटे काम करना था। कार्यक्रमानुसार समय-सूची तय करने के लिए एंजलीना को दिन के समय का हिसाब-किताब रखनेवाला एक कैलेंडर दिया गया और उसके फोन में कार्यक्रम इस प्रकार सेट कर दिया गया, जिससे कि इस नई व्यवस्था का पालन करने हेतु उसे समय-समय पर संकेत मिलता रहे।

हमारा लक्ष्य एंजलीना के जीवन को प्रेमभाव और आनंद से भर देना था। ये भावनाएँ स्वापकों और स्वाभाविक हिंसक कोशाणु क्रिया का स्तर ऊँचा कर देती हैं और वे भड़कानेवाले उन बिचौलियों को कम कर देती हैं, जो स्वास्थ्य समस्याओं को बनाए रखते हैं। हमारी नई योजना के अंतर्गत एंजलीना के लिए एक प्रारूपिक दिन इस प्रकार है—

1. प्रथम भावनात्मक केंद्र (रक्त)—किसी मित्र या किसी पारिवारिक सदस्य के साथ कॉफी (हो सके तो कैफीन-रहित) पर कुछ समय बिताएँ, सुखद समय के दौरान खींचे गए परिवार और मित्रों के पुराने चित्र देखें।

2. द्वितीय भावनात्मक केंद्र (निचली पीठ/रीढ़)—किसी से भेंट करने का समय

निकालना, कोई मित्र ही क्यों न हो। शाम के समय सज-धजकर शहर का भ्रमण करने निकलें। कोई छोटा-मोटा उपहार खरीदें और किसी ऐसे व्यक्ति से भेंट करें, जिसे आप प्यार करते हैं। किसी खेल के मैदान में बच्चों को खेलते-कूदते देखें।

3. तृतीय भावनात्मक केंद्र (वजन)— शाम 3 बजे से पहले 100 कैलोरी-युक्त सुस्वादु भोजन उदरस्थ करें। अपनी अलमारी की पहचान करने में किसी मित्र की मदद लें और बदलने के लिए किसी मेकअप काउंटर तक जाएँ। जोशीला संगीत सुनते हुए किसी बाइसिकिल या ट्रेडमिल पर ऐरोबिक व्यायाम करें। किसी वंशी की तरह नाचें।

4. चतुर्थ भावनात्मक केंद्र (अस्थमा/दमा)—कोई हँसी-मजाक वाली फिल्म देखने जाएँ या टी.वी. पर कॉमेडी शो देखें। आपका लक्ष्य है हँसना। किसी आर्ट स्टोर में जाएँ और कुछ वाटर कलर, चित्रांकनी या रंगीन पेंसिलें तथा कागज या कलरिंग बुक खरीदें और रंग भरना शुरू करें।

5. पंचम भावनात्मक केंद्र (हलका/मंद थायरॉइड)—कार चलाते हुए जाएँ। रेडियो ऑन कर दें और गला फाड़कर गाएँ। किसी पालतू जानवर के साथ खेलें, भले ही वह किसी मित्र का हो।

6. छठा भावनात्मक केंद्र (सिर शूल)—अपने जीवन में आपको जिन-जिन लोगों का स्नेह प्राप्त हुआ, उनके कार्यों को याद करें और कृतज्ञता प्रकट करें। विचार करें कि पिछले सप्ताह से अब तक आप में कितना सुधार हुआ है। कोई नई भाषा सीखें। नृत्य की शिक्षा लें।

7. सातवाँ भावनात्मक केंद्र (फिर से कैंसर होने की संभावना)—प्रत्येक दिन उठते ही आपके मन में पहला विचार यह आना चाहिए—"जिंदगी मुझे रोमांचित करती है और मैं कृतज्ञ हूँ।" कुछ नया आजमाएँ; रेडियो पर कोई नया स्टेशन लगाएँ; जो खाना कभी नहीं खाया, उसका स्वाद चखें; कोई नया टी.वी. कार्यक्रम देखें या वेब पर कोई नई जगह तलाशें। बाहर निकलें और आकाश को निहारें तथा अपनी उच्चतर सत्ता से संपर्क करने की चेष्टा करें।

दिन के दूसरे समय में हमने उसके स्वास्थ्य के दीर्घकालिक लक्ष्यों पर ध्यान दिया—

1. प्रथम भावनात्मक केंद्र (रक्त)—किसी एक्यूपंक्चरिस्ट और चीनी हर्बल विशेषज्ञ के पास जाएँ, जो आपके रक्त को जड़ी-बूटियों से पोषित कर सके। इनमें देवदूत जड़ी, बिसतुइया (गेको), फल-युक्त लाइसी (Fructus Lycii), पीअनिए (Paeonioe) तथा अन्य जड़ी-बूटियाँ शामिल हो सकती हैं। ओषधीय कोटि का कोई मल्टीविटामिन लें, जिसमें फोलिक एसिड, पैंटोथीनिक एसिड, रिबॉफ्लाविन, थिआमिन, कॉपर, आयरन, जिंक, DHA और विटामिन ए, बी6, बी12 और ई होता है।

2. भावनात्मक केंद्र (निचली पीठ/रीढ़)—Same लें और बैलब्यूटिन, जो उसके अंतरंग डॉक्टर ने उसे रीढ़ के दर्द से छुटकारा दिलाने के लिए दी थी और खून की कमी के लिए एक मल्टीविटामिन। इसके अतिरिक्त रीढ़ में गठिया के दर्द को मंद करने के लिए अंगूर के बीजों के सत्त तथा ग्लूकोसैमीन सल्फेट का सेवन करें। मेरुदंड तथा जोड़ों में लचीलापन लाने और दर्द से राहत पाने के लिए यमुना बॉडी रोलिंग भी करें।

3. भावनात्मक केंद्र (वजन)—वजन घटाना है तो खान-पान के तरीके में बदलाव करें। भारी नाश्ता करें, लंच उससे भी भारी करें और रात का भोजन अत्यल्प होना चाहिए। डिनर को छोड़कर प्रत्येक भोजन में 1/3 कार्बोहाइड्रेट, 1/3 प्रोटीन और 1/3 साग-पात का होना अत्यावश्यक है। डिनर में केवल अंशमात्र प्रोटीन और कुछ घने रंग की पत्तेदार साग-सब्जी खाना पर्याप्त होगा। सुबह 10 बजे और शाम 3 बजे प्रोटीन बार का आधा-आधा टुकड़ा खाएँ और साथ में एक बोतल पानी पिएँ। शाम 3 बजे के बाद कार्बोहाइड्रेट बिल्कुल नहीं। उपचार की दृष्टि से एक आयुवर्द्धक आहार निश्चित करें, जो आपके प्रतिरक्षक तंत्र को कैंसर से लड़ने की शक्ति दे सके।

4. भावनात्मक केंद्र (अस्थमा)—अपने फुफ्फुस-विज्ञानी (Pulmondogist) से प्राप्त Advair इन्हेलर अर्थात् श्वास यंत्र का प्रयोग करें और किसी एक्युपंक्चरिस्ट एवं चीनी हर्बलिस्ट के पास जाएँ जो श्वास की लघुता को और भी कम करनेवाली Crocody Smooth Tea Pills, Andrographis और Respiryn जैसी ओषधियाँ रखता हो। प्रतिरक्षक तंत्र को पुष्ट करने के लिए को एंजाइम 10 का भी सेवन करें, जो एक पौषणिक अनुपूरक है।

5. पंचम भावनात्मक केंद्र (मंद थायरॉइड)—किसी पूर्णात्मक एवं सर्वज्ञ चिकित्सक से संपर्क करें और पता लगाएँ कि क्या सिर्फ सिंथ्रॉइड/Synthrocid (Ty) लेना बंद करने और उसके बदले कोई थायरॉइड हार्मोन लेने से फायदा होगा, जिसमें अंशत: Ty और अंशत: Tx होता है।

6. भावनात्मक केंद्र (सिर शूल)—वापस न्यूरोलॉजिस्ट के पास जाएँ और उससे बातचीत करके फैसला करें कि क्या आप माइग्रेन के उपचार के लिए इमिट्रेक्स (Imetrex) या टॉपमैक्स (Topmax) जैसी दवा लेना चाहेंगे। यदि नहीं तो साप्ताहिक उपचार और तियान मा हुआन ओषधि के लिए किसी एक्यूपंचरिस्ट एवं चीनी जड़ी-बूटी विशेषज्ञ के पास जाएँ।

7. सातवाँ भावनात्मक केंद्र (कैंसर दुबारा होने की संभावना)—पहले मैमोग्राम के नतीजों की सच्चाई जानने के लिए दूसरी और तीसरी डॉक्टरी राय लें।

इन हिदायतों के साथ अपने नए पथ्यापथ्य नियमों (उपचार से जुड़े अनुशासन)

का पालन करने की दिशा में चल पड़ी। चूँकि वह अपने पहलेवाले स्तन कैंसर के फिर से लौटने और इस कारण एक 'प्राणघातक' पूर्वानुमान को लेकर अत्यधिक डरी हुई थी, इसलिए उसने सबसे पहला काम दूसरी और तीसरी डॉक्टरी राय लेने का किया। किस्मत से एक बायोप्सी (जीवोति परीक्षा) किए जाने के बाद दोनों विशेषज्ञों की राय से यह निष्कर्ष सामने आया कि यह एक दूसरा प्रारंभिक कैंसर है, पहलेवाले मूल स्तन कैंसर की पुनरावृत्ति नहीं। मतलब यह कि एंजलीना के दाएँ स्तन में एक नया कैंसर उभर रहा था। उसने फिर से लैंपेक्टॉमी (Lampectomy) कराई और रेडिएशन लिया, लेकिन इस बार उसके पहले कैंसर के विपरीत कैंसर एक लसीका ग्रंथि (लिंफ नोड) में फैल गया था। हालाँकि उसके अर्बुद-विज्ञानी (Oncologist) ने चिंता जताई, फिर भी वह उसका उपचार जारी रखने के लिए मान गया, जब एंजलीना ने तय किया कि वह कीमोथैरेपी नहीं लेगी। चूँकि यह एक ही लिंफ ग्रंथि थी, उसने अपने अनुभव के आधार पर कहा कि वह विशिष्ट में जाए बिना भी उसे लाभ पहुँचा सकता है। लेकिन कैंसर के फैल जाने से एंजलीना को गहरी चिंता और सोच में डाल दिया। वह समझ गई कि अब उसे अपने जीवन की रक्षा के लिए अपनी जीवन-शैली में बड़े परिवर्तन करने होंगे। उसे यह जानने की आवश्यकता महसूस हुई कि उसके जीवन का उद्देश्य क्या है।

एंजलीना ने एक व्यावसायिक प्रशिक्षक के साथ माह में दो बार परामर्श करना आरंभ किया। उसे यह जानने की गंभीर चिंता थी कि वर्तमान अंतरालों को देखते हुए उस क्षण से अगले छह माह, एक वर्ष, दो वर्ष और पाँच वर्ष में उसकी आजीविका का स्तर एवं स्वास्थ्य क्या होगा। वह इस विषय में एक दीर्घकालिक योजना के बारे में विचार कर रही थी। उसने उन सभी लोगों की एक सूची बनाई, जिनके साथ उसका काम अभी अधूरा पड़ा था। वे लोग, जिनके प्रति उसके मन में कोई ईर्ष्या थी, मनोमालिन्य था और उसने तत्काल उन्हें अलग-अलग दिन और समय निश्चित करके लंच पर बुलाया और स्थिति स्पष्ट की।

एंजलीना ने एक सप्ताहांत में अपनी एक मित्र की पर्णकुटी में आश्रय लिया और उस एकांत में अपने भविष्य के बारे में चिंतन किया। उसने अपने से ऊपर की सत्ता को एक जीवन अनुदान प्रस्ताव लिखा, जिसमें उसने विस्तार किया कि उसे अपनी जीवन के लक्ष्यों को पूरा करने के लिए किन-किन लोगों और किस प्रकार की वित्तीय सहायता की आवश्यकता है। उसने वह अनुदान प्रस्ताव एक डायरी में रखा और उस पर एक विनती की।

तदनंतर, एंजलीना ने जीवन विषयक ज्ञान देनेवाले एक प्रशिक्षक के साथ विचार-

विमर्श किया, ताकि उसे पक्का विश्वास हो सके कि वह उपचारक स्वीकरणों के साथ कुशलता से कार्य करते हुए कैंसर को दूर रखने में अपनी शारीरिक क्षमता के बारे में अधिकतम आशावादी हो सकती है। उसके स्वास्थ्य को प्रभावित करनेवाले मूलबद्ध विचारों की ओर ध्यान देने के उद्देश्य से हमें अनेक स्वीकरणों को शामिल करना पड़ा। शारीरिक अंग विशिष्ट स्वीकरणों के अलावा (उदाहरण के लिए, छाती और फेफड़ों संबंधी स्वीकरण) हमें कैंसर पर ध्यान देनेवाले स्वीकरणों को भी शामिल करना पड़ा, ''मैं प्रेमभाव से समस्त अतीत को क्षमा एवं मुक्त करता हूँ। मैं अपने संसार को आनंद से भर देना चाहती हूँ। मुझे खुद से प्यार है और मैं खुद को अच्छा समझती हूँ।'' उदासी—''मैं अब दूसरे लोगों की आशंकाओं और सीमाओं के परे चली जाती हूँ। मैं अपने जीवन का निर्माण करती हूँ।'' संभाव्य मृत्यु का सामना करना—''मैं आनंदपूर्वक अनुभूति के नए स्तरों की ओर बढ़ती हूँ। सबकुछ ठीक है।'' और चिरकालिक रोग—''मैं बदलने और आगे बढ़ने की इच्छुक हूँ। मैं अब एक सुरक्षित व नूतन भविष्य का निर्माण करती हूँ।''

इन सभी तकनीकों का उपयोग करके और अपने जीवन में खुशी एवं प्रेम वापस लाने हेतु अथक प्रयास करते हुए एंजलीना अपने कैंसर पर विजय पाने तथा जीवन में आगे बढ़ने में सफल हुई।

सातवें भावनात्मक केंद्र में—सब ठीक है

इस अध्याय में हमने सातवें भावनात्मक केंद्र से जुड़ी स्वास्थ्य समस्याओं की छानबीन की है, जो भावनात्मक और शारीरिक दृष्टि से सर्वाधिक विनाशकारी समस्याओं में से कुछ हैं। यदि आपको कोई पुरानी बिगाड़ करनेवाली या प्राण-घातक कोई बीमारी है तो आपकी बीमारी की जाँच के लिए ऐसे-ऐसे तरीके अपनाए जाएँगे, जिनकी आपने कभी कल्पना भी नहीं की होगी। आपको अपनी मृत्यु के बारे में सोचने के लिए बाध्य किया जाएगा और अपने आपसे यह प्रश्न करने के लिए कहा जाएगा कि 'मेरा जीवन किस काम का है?' अथवा 'मैं उच्चतर सत्ता से शांति कैसे प्राप्त कर सकता हूँ?' आप इन कठिन विचारों से जिस तरह निपटते हैं, आपकी वही क्षमता तय कर सकती है कि आप कितने समय तक जीवित रहेंगे और जीवित रहते हुए आप कितने स्वस्थ एवं खुश रहेंगे।

सातवें भावनात्मक केंद्र में स्वास्थ्य प्राप्त करने और स्वास्थ्य को बनाए रखने के लिए आपको चाहिए कि आप जीवन में अपना उद्देश्य खोजें, अपने विश्वास को सुदृढ़ करें और सीखने व बदलने का प्रयास करते रहें। यदि पुरानी और ह्रासी बीमारियों तथा कैंसर के लिए नकारात्मक विचार-शैली 'मैं ही क्यों?' की रट पकड़े हुए हैं तो नई

विचार-शैली यह होगी, ''सृष्टि की साझेदारी में मैं भावनात्मक अंतर्द्वंद्वों से होता हुआ एक शांतिपूर्ण समाधान को सुनते हुए मैं साथ-ही-साथ उच्चतर सत्ता की बुद्धिमानी में सुर मिलाने की चेष्टा करता हूँ।''

मैं अभी भी जीवित हूँ और फल-फूल रहा हूँ। सबकुछ ठीक है।

❑

11

सर्व कुशलम् तालिकाएँ

समस्या	संभव कारण	नई विचार शैली
उदरीय ऐंठन	भय/आशंका करना। प्रक्रिया को रोकना	मुझे जीवन की प्रक्रिया में विश्वास है। मैं सुरक्षित हूँ।
फोड़ा	मन को लगी ठेस, अनादर और प्रतिशोध की भावना से उफनते विचार।	मैं अपने विचारों को मुक्त होने देता हूँ। अतीत गुजर गया। मैं शांतिमय हूँ।
दुर्घटनाएँ	अपने लिए साफ-साफ बोलने में असमर्थ। सत्ता के खिलाफ विद्रोह। हिंसा में विश्वास।	मेरे अंदर घर कर चुकी जिस विचार-शैली ने यह स्थिति बनाई, मैं उसे मुक्त करता हूँ। मैं शांतिमय हूँ, मैं योग्य हूँ।
वेदना	प्यार पाने की अभिलाषा, बाहुपाश में कस जाने की ललक।	मुझे खुद से प्यार है और मैं खुद को अच्छा समझती हूँ। मैं प्रेमी हूँ और प्यार करने योग्य हूँ।
मुहाँसे	स्वयं को स्वीकार न करना। स्वयं को नापसंद करना।	मैं जीवन की एक दिव्य अभिव्यक्ति हूँ। मैं अभी

		जहाँ हूँ और जैसी हूँ, स्वयं को चाहती हूँ और इसी रूप में स्वयं को स्वीकार करती हूँ।
व्यसन/लत	खुद से दूर भागना/भय खुद को चाहने का ज्ञान न होना।	मैंने अब जाना कि मैं अद्भुत हूँ। मुझे स्वयं से बहुत लगाव है और मैं अपने आप में आनंदित हूँ।
एडीसन रोग देखें : गुर्दे (अधिवृक्क) की समस्याएँ	गंभीर भावनात्मक कुपोषण/ स्वयं पर गुस्सा।	मैं प्यार से अपने शरीर, अपने मन और अपनी भावनाओं का ध्यान रखती हूँ।
कंठशूल/गले की गिल्टी	पारिवारिक मन-मुटाव, बहस। आनेवाला बच्चा स्वयं को अवांछनीय मानता है।	बच्चा पाने की इच्छा है, बच्चे का स्वागत है और उसे भरपूर प्यार मिलेगा।
अधिवृक्क (गुर्दे की) समस्याएँ देखें : एडीसन रोग, कशिंग रोग	पराजयवाद/खुद की परवाह न करना/चिंता।	मैं खुद को चाहती हूँ और अच्छा समझती हूँ। अपना ध्यान रखना मेरे लिए निरापद है।
वयोवृद्धि की समस्याएँ	सामाजिक धारणाएँ/पुरानी सोच/अकेले होने का भय। वर्तमान को अस्वीकार करना।	मैं हर उम्र में स्वयं को पसंद और स्वीकार करती हूँ। जीवन में प्रत्येक क्षण परिपूर्ण है।
एड्स	आरक्षित व असहाय महसूस	मैं सृष्टि की योजना का

	करना। कोई परवाह नहीं करना। मन में बैठ जाना कि मैं किसी काम का नहीं। खुद से नफरत। लैंगिक अपराध-बोध।	हिस्सा हूँ। मैं महत्त्वपूर्ण हूँ और जिंदगी खुद मुझे प्यार करती है। मैं शक्तिशाली और समर्थ हूँ। मुझे खुद से प्यार है और मैं खुद को अच्छा समझता हूँ।
मदात्यय (अतिशय मदिरापान)	'फायदा क्या है?' निरर्थकता, दोषी होने, अक्षमता की भावना/आत्म-अस्वीकरण।	मैं सृष्टि की योजना का हिस्सा हूँ। मैं महत्त्वपूर्ण हूँ और जिंदगी खुद मुझे प्यार करती है। मैं शक्तिशाली और समर्थ हूँ। मुझे खुद से प्यार है और मैं खुद को अच्छा समझता हूँ।
एलर्जी देखें : परागज ज्वर (हे फीवर)	आपको किस चीज से एलर्जी है? अपनी ही शक्ति से इनकार करना।	संसार सुरक्षित और मैत्रीपूर्ण है। मैं जिंदगी में चैन से हूँ। मैंने जिंदगी से समझौता कर लिया है।
अल्जाइमर रोग देखें : मनोभ्रंश, बुढ़ापा	वास्तविक दुनिया से निपटने से इनकार। निराशा और लाचारी।	जीवन का अनुभव करने के लिए मेरे पास हमेशा एक नया और बेहतर तरीका है। अतीत को क्षमा और मुक्त करता हूँ। मैं आनंद-लोक में विचरण करता हूँ।
अनार्तव देखें: महिलाओं की समस्याएँ, मासिक धर्म संबंधी समस्याएँ।	स्त्री बनने की चाह न होना। अपने आपसे घृणा।	मैं जिस रूप में हूँ, खुश हूँ। मैं जीवन की एक सुंदर अभिव्यक्ति हूँ, हमेशा अविकल रूप से बहनेवाली।

स्मृति–लोप	भय/जिंदगी से भागना। अपने लिए खुलकर बोलने की असमर्थता।	समझदारी, साहस और आत्म–महत्त्व सदैव विद्यमान रहते हैं। सक्रिय रहना सुरक्षित है।
ऐम्योट्रॉफिक लेटरल एक्लीरोसिस (ए.एल.एस. या लाउ गेहरिग रोग)	आत्म–महत्त्व को स्वीकार करने की अनिच्छा। सफलता का त्याग।	मैं जानता हूँ, मैं योग्य हूँ। सफल होना मेरे लिए निरापद है। जिंदगी को मुझसे प्यार है।
रक्तक्षीणता	'हाँ–मगर' वाला रवैया। खुशी का अभाव। जीवन का भय। कुछ भी अच्छा न लगना।	जीवन के हर क्षेत्र में आनंद का अनुभव करना मेरे लिए निरापद है। मुझे जिंदगी से प्यार है।
टखना (टखने)	अनम्यता और अपराध–बोध। टखने सुख प्राप्त करने की सामर्थ्य का परिचायक हैं।	मुझे जीवन में खुशी मनाने का उचित अधिकार है। मैं उन सभी गुणों को स्वीकार करता हूँ, जो जिंदगी अर्पित करती है।
गुदा–मलाशय रक्तस्राव (Hematoclezia)	क्रोध एवं नैराश्य।	मैं जीवन की प्रक्रिया में विश्वास रखता हूँ। मेरे जीवन में केवल सही और अच्छा कार्य हो रहा है।
क्षुधा–अभाव देखें : भूख की कमी	स्वयं को नकारना/अत्यधिक भय, आत्म–घृणा और अस्वीकरण।	मैं मैं होकर सुरक्षित हूँ। मैं जैसा हूँ, उसी रूप में अद्भुत हूँ। मैं खुशी और आत्म–स्वीकरण पसंद करता हूँ।

गुदा/मलदार देखें : बवासीर	मोचन स्थल/क्षेपण भूमि	मैं आसानी से और आराम से उस चीज का त्याग करता हूँ, जिसकी मुझे अब जरूरत नहीं है।
फोड़ा, पीपदार फोड़ा	जिसे आप छोड़ना नहीं चाहते, उसके संबंध में गुस्सा।	जाने देना निरापद है। वही चीज मेरे शरीर से बाहर जाती है, जिसकी मुझे अब जरूरत नहीं।
रक्तस्राव देखें : गुदा-मलाशय रक्तस्राव		
भगंदर खुजली (प्रखर खाज)	कूड़े-कचरे का अधूरा त्याग। अतीत के कूड़े-कचरे से चिपके रहना। अतीत को लेकर अपराध-बोध या ग्लानि/पश्चात्ताप	मैं प्रेमपूर्वक अतीत को पूरी तरह मुक्त करता हूँ। मैं स्वतंत्र हूँ। मैं प्रेम हूँ। मैं स्वयं को प्रेमपूर्वक क्षमा करता हूँ। मैं स्वतंत्र हूँ।
वेदना/दर्द	अपराध-बोध/दंड पाने की इच्छा। स्वयं को नाकाबिल समझना।	अतीत गुजर गया। मैं वर्तमान में खुद को पसंद करता हूँ और अच्छा समझता हूँ।
चिंता	जीवन के प्रवाह और जीवन की प्रक्रिया में विश्वास न करना।	मैं स्वयं को चाहता हूँ और अच्छा मानता हूँ। मैं सुरक्षित हूँ।
उदासीनता	भावनाओं के प्रति असंवेदनशील/स्वयं को चेतना-शून्य/पत्थर बना लेना/भय	महसूस करना निरापद है। मैं जिंदगी को गले लगाना चाहता हूँ। मैं जीवन को अनुभव करने का इच्छुक हूँ।

उंडुक शोथ (Appendicitis)	आशंका/जीवन के बारे में भय/भलाई के प्रवाह को अवरुद्ध करना।	मैं सुरक्षित हूँ। मैं आराम से हूँ और जीवन को आनंदपूर्वक बहने देता हूँ।
क्षुधा/भूख		
अतिशय भूख	भय/संरक्षण चाहना। भावनाओं को समझना।	मैं सुरक्षित हूँ। महसूस करने में कोई भय नहीं। मेरी भावनाएँ सामान्य और स्वीकार करने योग्य हैं।
भूख की कमी (क्षुधा का अभाव)	भय/अपनी रक्षा करना। जिंदगी पर भरोसा नहीं।	मैं स्वयं को पसंद करता हूँ और अच्छा समझता हूँ। मैं सुरक्षित हूँ। जीवन सुरक्षित और आनंदपूर्ण है।
देखें : (बाँहें)	जीवन के अनुभव को पकड़ रखने का सामर्थ्य और योग्यता द्योतक हैं।	मैं अपने अनुभवों को सहज होकर तथा आनंद के साथ प्रेमपूर्वक बाँहों में भर लेता हूँ।
धमनियाँ	जीवन आनंद को ले जाने का काम करती हैं।	मैं आनंद से भरा हुआ हूँ। यह मेरे हृदय की हर धड़कन के साथ मेरे अंदर प्रवाहित रहता है।
धमनी काठिन्य	प्रतिरोध, तनाव। संकीर्ण-मना। भला देखने से मना करना।	मैं खुले दिल से जीवन का स्वागत करता हूँ। मैं प्रेमभाव से देखना पसंद करता हूँ।
गठियाग्रस्त उँगलियों	दंड देने की इच्छा। दोष	मैं प्रेमभाव और समझदारी

	देना। सताया हुआ महसूस करना।	से देखता हूँ। मैं अपने सारे अनुभवों को प्यार के प्रकाश में रखता हूँ।
गठिया/संधिवात देखें : जोड़ों का दर्द	प्यार करने योग्य न समझा जाना। आलोचना, रोष।	मैं प्रेम हूँ। मुझे अपने आपसे लगाव है और मैं खुद को अच्छा मानता हूँ।
श्वासावरोधन का दौरा पड़ना, देखें : श्वसन समस्याएँ, (Hyperventilation)	भय/जीवन की प्रक्रिया में विश्वास न करना। में ही अटके रह जाना।	बढ़ने का मार्ग सुरक्षित बाल्यावस्था है। संसार सुरक्षित है। मैं सुरक्षित हूँ।
अस्थमा/दमे की बीमारी	प्यार से दम घोंट डालना। खुद के लिए ठीक से साँस न ले पाना। ऐसा महसूस करना जैसे साँस रुक रही है। दमित रुदन।	अपने जीवन को खुद अपने नियंत्रण में लेना अब मेरे लिए निरापद है। मैं मुक्त होना पसंद करता हूँ।
शिशु और बच्चे	जीवन का भय/यहाँ न होने की इच्छा।	यह बच्चा सुरक्षित है, प्यार से पल रहा है। इस बच्चे का स्वागत है और हम उसे हाथोहाथ लेने के लिए लालायित हैं।
अंगद का पाँव (Achleta's foot)	स्वीकार न किए जाने पर निराशा/आसानी से आगे बढ़ने में असमर्थ रहना।	मुझे खुद से लगाव है और मैं खुद को अच्छा मानता हूँ। मैं अपने आपको आगे जाने की अनुमति देता हूँ। आगे कदम बढ़ाना निरापद है।

ध्यानाभाव अति–सक्रिय विकार (Attention Defieit Hyperactive Disorder)	अनम्यता/हठीलापन। दुनिया का भय।	जिंदगी को मुझसे प्यार है। मैं जैसा भी हूँ, मुझे अपना वही रूप पसंद है। मैं एक ऐसे आनंदपूर्ण जीवन का निर्माण करने के लिए स्वतंत्र हूँ, जो मेरे लिए काम करे। मेरी दुनिया में सबकुछ ठीक है।
पीठ/रीढ़	जीवन को अवलंब प्रदान करने की द्योतक है।	मैं जानता हूँ, जीवन सदैव मुझे समर्थन देता है।
पीठ की समस्याएँ, निचली	धन के बारे में आशंका। वित्तीय सहायता का अभाव।	मुझे जीवन की प्रक्रिया में विश्वास है। मैं केवल यह चाहता हूँ कि हमेशा मेरा ध्यान रखा जाए। मैं सुरक्षित हूँ।
बीच की रीढ़	अपराध–बोध। लदे हुए बोझ में दबकर रह जाना। उतरो मेरी पीठ से।	मैं अतीत को मुक्त करता हूँ। मैं दिल में प्यार लिये आगे बढ़ने के लिए स्वतंत्र हूँ।
ऊपरी	भावनात्मक प्रोत्साहन का अभाव। प्यार के योग्य न समझा जाना। प्यार में हिचकना।	मैं खुद को पसंद करता हूँ और अच्छा मानता हूँ। जिंदगी मुझे सहारा देती है और मुझे चाहती है।
साँस की दुर्गंध, देखें : दुर्गंध श्वास (Halitosis)	क्रोध और प्रतिशोध संबंधी विचार। अनुभवों का सहारा करता हूँ।	मैं अतीत को प्रेमपूर्वक मुक्त करता हूँ। मैं केवल प्यार की बोली बोलना पसंद करता हूँ।

संतुलन की कमी	बिखरी-बिखरी सोच। केंद्रित नहीं।	मैं स्वयं को सुरक्षा में केंद्रित करता हूँ और अपने जीवन की पूर्णता स्वीकार करता हूँ। सबकुछ ठीक है।
गंजापन	भय/तनाव/सबकुछ नियंत्रण में करने की कोशिश। जीवन की प्रक्रिया में विश्वास न करना।	मैं सुरक्षित हूँ। मैं खुद को पसंद करता हूँ और अच्छा मानता हूँ। मुझे जीवन में विश्वास है।
बिस्तर गीला करना (असंयतमूत्रता)	माता-पिता का भय, सामान्यत: पिता से भय लगना।	इस बालक को प्रेम, करुणा और सहानुभूति की दृष्टि से देखा जाता है। सब ठीक है।
डकार लेना	भय/जीवन को बहुत जल्दी से निगलना	मैं जो भी करना चाहता हूँ, उसके लिए पर्याप्त समय और अंतराल है। मैं आराम से हूँ।
Bell's Palsy देखें : पक्षाघात, लकवा	क्रोध पर अत्यधिक नियंत्रण। भावनाओं को व्यक्त करने की अनिच्छा।	अपनी भावनाएँ व्यक्त करना मेरे लिए निरापद है। मैं स्वयं को क्षमा करता हूँ।
जन्म	जीवन के चलचित्र के इस क्षेत्र में प्रवेश करने का परिचालक है।	यह शिशु अब एक आनंदमय और अनुपम नए जीवन की शुरुआत करता है। सब ठीक है।
दोष	कर्मवाद/नियति/तुमने उस तरह आने का रास्ता चुना। हम अपने माता-पिता और	हमारे विकास की प्रक्रिया के लिए प्रत्येक अनुभव परिपूर्ण है। मैं जहाँ हूँ, वहीं

	अपने बच्चों को चुनते हैं। अधूरा कारोबार।	शांतिमय हूँ।
काटना/डसना/डंक मारना	भय/हर तिरस्कार सहने के लिए तैयार।	मैं स्वयं को क्षमा करता हूँ और अब तथा हमेशा के लिए अपने आपको पसंद करता हूँ।
पशु	गुस्सा अंदर पी जाना/दंड देने की आवश्यकता	मैं स्वतंत्र हूँ।
खटमल/कीड़ा	छोटी-छोटी बातों पर दोषी मानना	मैं अब सभी प्रकार की चिढ़ और जलन से मुक्त हूँ। सब ठीक-ठाक है।
त्वचा पर काले-काले दाग/कीलें निकलना	हलका-मंदा गुस्सा फूट पड़ना	मैं अपने विचारों का शमन करता हूँ और मैं शांत हूँ।
मूत्राशय संबंधी समस्याएँ (वस्तिकोप)	चिंता/पुरानी धारणाओं को पकड़े रहना/जाने देने का भय/निकाल फेंकना।	मैं आराम से और आसानी से पुराने विचारों का त्याग करता हूँ और नए विचारों का स्वागत करता हूँ। मैं सुरक्षित हूँ।
रक्तस्राव	खुशी खत्म होना/क्रोध/ लेकिन कहाँ?	मैं जीवन आनंद हूँ, संपूर्ण लय-ताल सहित आनंद प्रकट और प्राप्त करता हुआ।
मसूड़ों से खून आना	जीवन में किए गए निर्णय में खुशी की कमी	मुझे विश्वास है कि मेरे जीवन में सदैव उचित कार्य हो रहा है। मैं चैन से हूँ।

फफोले/छाले पड़ना	प्रतिरोध/भावनात्मक संरक्षण का अभाव	मैं जीवन और हर नए अनुभव के साथ सदयता से चल पड़ता हूँ।
रक्त/खून	शरीर में मुक्त रूप से प्रवाहित आनंद का द्योतक है।	मैं जीवन आनंद हूँ, प्रकट और प्राप्त करना मेरा काम है।
रक्तचाप उच्च (उच्च रक्तचाप)	पहले से चली आ रही भावनात्मक समस्या, जिसे हल नहीं किया गया।	मैं खुशी से अतीत का त्याग करता हूँ। मैं चैन से हूँ।
निम्न रक्तचाप	बाल्यावस्था में प्यार-दुलार की कमी। पराजयवाद। 'क्या लाभ?' कुछ नहीं होनेवाला।	मैं अब सदैव आनंददायक वर्तमान में रहना पसंद करता हूँ। मेरा जीवन एक खुशी है।
रक्त संबंधी समस्याएँ देखें : श्वेतरक्तता अरक्तक देखें : रक्तक्षीणता	खुशी की कमी/विचारों के प्रसार का अभाव	आनंदपूर्ण नए विचारों का मेरे अंदर मुक्त संचरण हो रहा है।
थक्का बनना	आनंद के प्रवाह को रोक देना।	मैं अपने अंदर एक नया जीवन जगाता हूँ। मैं प्रवहमान हूँ।
शरीर की गंध	भय/स्वयं पसंद न करना/ दूसरों का भय।	मैं स्वयं को पसंद करता हूँ और अच्छा समझता हूँ। मैं सुरक्षित हूँ।
फोड़ा (फोड़ा-फुंसी) देखें	क्रोध/उबल पड़ना।	मैं प्रेम और आनंद व्यक्त

: जहरबाद	खौलना।	करता हूँ और मैं शांतिमय हूँ।
हड्डी (हड्डियाँ) देखें : कंकाल	ब्रह्मांड के ढाँचे की द्योतक है।	मैं सुगठित और संतुलित हूँ।
अस्थि–मज्जा	आपके अपने बारे में गहनतम विश्वासों का परिचायक है। आप अपना निर्वाह कैसे करते हैं और अपना ध्यान कैसे रखते हैं।	मेरे जीवन की संरचना में दिव्य आत्मा का वास है। मैं सुरक्षित हूँ, प्यार–दुलार पाता हूँ और मेरी हर तरह से देखभाल होती है।
हड्डियों के कष्ट हड्डी टूटना/अस्थि–भंग	सत्ता के विरुद्ध विद्रोह	अपने संसार में अपनी सत्ता मैं स्वयं हूँ, क्योंकि अकेला मैं ही हूँ, जो मेरे मन में सोच–विचार करता है।
विकृति देखें : अस्थि–मेरुरज्जु शोथ, अस्थि–छिद्रिलता	मानसिक दबाव और कसाव। मांसपेशियाँ तन नहीं सकतीं। मानसिक गतिशीलता का अभाव।	मैं प्राणवायु को पूरी तरह अंदर खींचता हूँ। मैं तनाव–मुक्त हूँ और मुझे जीवन की प्रक्रिया में विश्वास है।
आँतें	व्यर्थ पदार्थ को त्याग देने की परिचायक हैं।	छोड़ देना आसान है।
समस्याएँ	पुराने और अब अनावश्यक को छोड़ने का भय।	मैं सहज रूप से और आनंदपूर्वक पुराने को मुक्ति देता हूँ और नए का स्वागत करता हूँ।
मस्तिष्क	कंप्यूटर, स्विचबोर्ड का परिचायक है।	मैं अपने मन का प्रिय संचालक हूँ।

अर्बुद/ट्यूमर	गलत कंप्यूटरीकृत धारणाएँ/अड़ियलपन/ पुराने तरीकों को छोड़ने से इनकार।	मेरे मन के कंप्यूटर को नए प्रोग्राम के साथ फिर से चालू करना मेरे लिए आसान है। समग्र जीवन परिवर्तन है और मेरा मन सदैव नवीनता को गले लगाता है।
स्तन	माँ जैसे व्यवहार और पालन-पोषण करने तथा पोषाहार के द्योतक हैं।	मैं पूर्ण संतुलन में पोषाहार अंतर्ग्रहण करती हूँ और बाहर बाँट देती हूँ।
स्तन संबंधी समस्याएँ	अपना पोषण करने से इनकार। हर किसी को अपने से पहले रखना।	मैं महत्त्वपूर्ण हूँ। मेरा हक है। अब मैं प्यार और खुशी से अपनी देखभाल करती हूँ।
रसौली, गाँठ, जलन (स्तन-शोथ)	बहुत अधिक माँ सरीखा व्यवहार करना, अत्यधिक संरक्षण देना, रोबीला रवैया।	दूसरे जैसे हैं, मैं उन्हें वैसा ही रहने की आजादी देती हूँ। हम सब सुरक्षित एवं स्वतंत्र हैं।
श्वास/साँस	प्राणवायु अंदर खींचने की क्षमता का परिचय देती है।	मुझे जिंदगी से प्यार है। जीवित रहना निरापद है।
श्वसन संबंधी समस्याएँ, देखें : श्वासावरोधन के दौरे पड़ना (फेफड़ों में अत्यधिक ऑक्सीजन भरना)।	प्राणवायु पूरी तरह अंदर खींचने से डरना या मना करना/ऐसा महसूस करना मानो जगह लेने या अस्तित्व जताने का भी अधिकार न हो।	पूरी तरह मुक्त रूप से जीना मेरा जन्मसिद्ध अधिकार है। मैं प्यार के काबिल हूँ। मैं अब जिंदगी को पूर्णतया भोगना चाहता हूँ।

ब्राइट का रोग, देखें : वृक्क-शोथ (गुर्दे की सूजन)।	एक बालक जैसा महसूस करना, जो कुछ भी ठीक से नहीं कर सकता और किसी योग्य नहीं है। विफलता/क्षति।	मुझे खुद से लगाव है और मैं खुद को अच्छा मानता हूँ। मैं हर समय पूर्णतया यथेष्ट हूँ।
श्वास नली शोथ देखें : श्वसन संबंधी समस्याएँ	परिवार में भड़काऊ वातावरण/बहस और चीखना-चिल्लाना। कभी-कभी खामोशी।	मैं अपने अंदर और अपने इर्द-गिर्द शांति एवं सद्भाव की घोषणा करता हूँ। सबकुछ ठीक है।
खरोंच आना/छिल जाना (पित्ती/अघौरी)	जीवन में छोटे-छोटे झटके लगते रहना। आत्म-दंड।	मुझे अपने आपसे गहरा लगाव है। मैं अपने साथ दयालु और विनम्र हूँ। सबकुछ ठीक है।
क्षुधातिशय (बहुत भूख लगने का रोग)	निराशाजनक संत्रास/आत्म-घृणा भड़काने वाले हैं, पदार्थ अनाप-शनाप पेट में ठूँसना और पेट साफ करना। खुद को निर्दोष सिद्ध करना।	जिंदगी मुझे प्यार करती है, मेरा पोषण करती है और मुझे सहारा देती है। जीवित रहना मेरे लिए निरापद है।
पैरों की सूजन	जीवन का अनुभव प्राप्त करने में खुशी की कमी।	जीवन के अद्भुत अनुभवों से भेंट करने के लिए मैं खुशी से आगे दौड़ता हूँ।
झुलसना	क्रोध/भड़क उठना। क्रुद्ध।	मैं अपने अंदर केवल शांति और समरसता तथा अपने वातावरण का निर्माण करता हूँ। मुझे अच्छा महसूस करने का अधिकार है।

Bursitis	क्रोध को दबाए रखना। किसी को ठोकर मारने की चाह।	प्रेमभाव अपने विपरीत सबको कोमल बना देता है और मुक्त कर देता है।
नितंब	शक्ति के प्रतीक/ढीले नितंब, शक्ति का अभाव।	मैं अपनी शक्ति का प्रयोग विवेक से करता हूँ। मैं मजबूत हूँ। मैं सुरक्षित हूँ। सब ठीक है।
कठोर हृदय	ठोस धारणाएँ और विचार/भय का प्रस्तर-पिंड जैसा कठोर हो जाना।	नए विचारों और नए तौर-तरीकों को देखना व अनुभव करना निरापद है। मैं सद्विचारों का खुले दिल से स्वागत करता हूँ।
कैंसर	गहरी चोट/बहुत समय से अंदर जमा रोष/गहरा भेद या शोक, जो अंदर-ही-अंदर खाए जाता है। नफरत पाले रखना। 'क्या फायदा?'	मैं सारे अतीत को प्रेमपूर्वक क्षमा और मुक्त करता हूँ। मैं अपने संसार को आनंद से भर देना पसंद करता हूँ। मुझे खुद से लगाव है और मैं खुद को अच्छा मानता हूँ।
स्पष्ट वक्ता (खरापन) देखें : मुखपाक/मुँह के छाले, खमीर संक्रमण	बहुत बिखरा हुआ महसूस करना। ढेर निराशा और क्रोध। संबंधों में अपेक्षा रखना और विश्वसनीय न होना। दोनों हाथों से लेनेवाला।	मैं जो भी बन सकता हूँ, स्वयं को उसके लिए पूरी छूट देता हूँ और मैं जीवन में सर्वश्रेष्ठ पाने का अधिकारी हूँ। मैं खुद को और दूसरों को पसंद करता हूँ तथा अच्छा समझता हूँ।

नासूर/सड़नवाले घाव/ विनाशकारी रोग	पीड़ा पहुँचानेवाले शब्दों को होंठों पर रोक लेना। दोष देना।	मैं अपने रमणीय जगत् में केवल आनंदपूर्ण अनुभवों की रचना करता हूँ।
जहरबाद देखें : फोड़ा-फुंसी	वैयक्तिक अन्यायों के बारे में जहरीला गुस्सा।	मैं अतीत का त्याग करता हूँ और अपने जीवन के हर जख्म को समय के साथ भर जाने देता हूँ।
मणिबंध-टनल संलक्षण देखें : कलाई	जीवन के कल्पित अन्यायों पर क्रोध एवं कुंठा।	मैं एक ऐसा जीवन बनाना चाहता हूँ, जो आनंद से भरपूर और समृद्ध हो।
कार में मतली आना देखें : Motion Sickness रफ्तार के भय के कारण पेट में मरोड़।	भय/गुलामी/पिंजरे में बंद किया जाने जैसा महसूस करना।	मैं समय एवं अंतराल के साथ सहजता से आगे बढ़ता हूँ। मैं केवल प्रेम से घिरा रहता हूँ।
मोतियाबिंद	खुशी से आगे देखने की असमर्थता/अंधकारमय भविष्य।	जीवन अनंत है और आनंद से भरा है। मैं प्रत्येक क्षण की प्रतीक्षा में रहता हूँ।
कोशिका-शोथ	जमा किया हुआ क्रोध और आत्म-दंड।	मैं दूसरों को क्षमा करता हूँ। मैं स्वयं को क्षमादान देता हूँ। मैं जिंदगी को गले लगाने और उसका आनंद लेने के लिए स्वतंत्र हूँ।
मस्तिष्क संबंधी पक्षाघात देखें : लकवा मारना।	प्रेम एवं सौहार्द के अनुष्ठान में परिवार को एक करने की आवश्यकता।	मैं एक संगठित, स्नेही और शांतिपूर्ण पारिवारिक जीवन में सहयोग करता

		हूँ। सबकुछ ठीक है।
सैरिब्रोवेस्क्युलर एक्सिडेंट रुधिर (प्रमस्तिष्क/संवहनी आघात) देखें : आघात/स्ट्रोक		
बचपने की बीमारी	पंचांग/जंत्री और असत्य नियमों में विश्वास। उनके इर्द-गिर्द मौजूद वयस्कों में बचकाना व्यवहार।	इस बालक को दिव्य संरक्षण प्राप्त है और उस पर सदैव प्रेम बरसता है। हम मानसिक रोग-प्रभाव से मुक्ति का दावा करते हैं।
ठिठुरन	मानसिक संकुचन, बाहर और अंदर की ओर खिंचाव। पीछे हटने की इच्छा। 'मुझे अकेला छोड़ दो।'	मैं सदैव सुरक्षित हूँ। मैं प्रेम के घेरे में रहता हूँ। प्रेम ही मेरी रक्षा करता है। सबकुछ ठीक है।
Chdelithiasis देखें : पित्ताश्मरी		
कॉलेस्टरॉल (Atheroselerosis)	खुशी के मार्गों को अवरुद्ध करना। खुशी स्वीकार करने का भय।	मुझे जिंदगी से प्यार है। मेरे खुशी के मार्ग दूर तक खुले हैं। खुशी प्राप्त करना निरापद है।
पुराने रोग	बदलने से मना करना। भविष्य के बारे में आशंका। सुरक्षित महसूस न करना।	मैं बदलने और बढ़ने का इच्छुक हूँ। मैं अब एक सुरक्षित व नए भविष्य की रचना करता हूँ।

संचरण	भावनाओं को महसूस करने और सकारात्मक तरीकों से अभिव्यक्त करने का परिचायक है।	मैं अपने संसार के प्रत्येक भाग में प्रेम और खुशी का संचरण करने के लिए स्वतंत्र हूँ। मुझे जिंदगी अच्छी लगती है।
ठंडे जख्म (बुखार के फफोले) देखें : स्वाभाविक परिसर्प (Herper Simplex)	क्रोधपूर्ण शब्दों में कटुता उत्पन्न करना और उनका दमन करने से डरना।	मैं केवल शांतिपूर्ण अनुभवों का सृजन करता हूँ, क्योंकि मुझे अपने आपसे प्यार है। सबकुछ ठीक है।
सर्दी-जुकाम (उपरला श्वसन रोग) देखें : श्वसन संबंधी रोग	एक ही समय में बहुत कुछ होना। मानसिक उलझन, विकार। छोटी-छोटी चोटें। 'हर जाड़े में मुझे तीन बार जुकाम होता है।' इस प्रकार की धारणा।	मैं अपने मन को ढीला छोड़ देता हूँ और शांत रहने देता हूँ। स्पष्टता और सामंजस्य मेरे अंदर और मेरे आस-पास है। सबकुछ ठीक है।
उदर-शूल	परिवेश में मानसिक खीझ, अधैर्य, चिढ़ व कुढ़न।	बच्चा केवल प्यार को पहचानता है और स्नेहसिक्त विचारों को सबकुछ शांतिपूर्ण है।
बड़ी अँतड़ी (कोलन)	छोड़ देने का भय/अतीत को पकड़े रहना।	जिसकी मुझे अब जरूरत नहीं, उसे मैं आसानी से छोड़ देता हूँ। अतीत गुजर गया और मैं स्वतंत्र हूँ।
बड़ी आँत की सूजन (वृहदांत्र-शोथ) देखें : कोलन, अँतड़ी, श्लैष्दिांक/	असुरक्षा जो गुजर गया, उसे जाने देने का चैन।	मैं जीवन की पूर्ण समरसता और प्रवाह का हिस्सा हूँ। सबकुछ दैव योग से सही

बलगमी कोलन, स्तब्ध वृहदांत्र-शोथ		दशा में है।
कोमा (संमूर्च्छा/ निश्चेतनता)	आशंका किसी स्थिति या किसी व्यक्ति से बचना।	हम आपको सुरक्षा और आपके स्वस्थ होने के लिए एक जगह बनाते हैं। आपसे प्यार करते हैं।
त्वचा पर काले दाने (Comedones)	छोटा-मोटा गुस्सा फूट पड़ना।	मैं अपने विचारों को शांत रखता हूँ और मैं अविचलित हूँ, संयत हूँ।
संकुलता (Congestion) देखें : श्वासनली शोथ, सर्दी-जुकाम, इन्फ्लुएंजा		
कंजॅन्क्टिवाइटिस देखें : पिंक आइ/आँख में लाली, खुजली और कीचड़	आप जीवन में जो कुछ देख रहे हैं, उस पर क्रोध एवं निराशा।	मैं प्यार भरी आँखों से देखता हूँ। एक सौहार्दपूर्ण समाधान है और मैं अब उसे स्वीकार करता हूँ।
कब्ज	पुराने विचारों को त्यागने से इनकार करना। अतीत में अटके रहना। कभी-कभी कृपणता अर्थात् कंजूसी।	जैसे ही मैं अतीत को छोड़ता हूँ, नया दौर ताजा तथा ओजस्वी प्रवेश करता मैं स्फूर्ति को अपने अंदर से प्रवाहित होने देता हूँ।
घट्ठा/मस्सा	सोच-विचार के क्षेत्रों का कठोर हो जाना, अतीत की पीड़ा को कसकर पकड़े रहना।	मैं अतीत से मुक्त होकर आगे कदम बढ़ाता हूँ। मैं सुरक्षित हूँ, मैं स्वतंत्र हूँ।

कॉरोनरी थ्रॉमबोसिस (चक्रीय घनास्त्रता) देखें : दिल का दौरा पड़ना।	अकेला और भयभीत महसूस करना। "मैं किसी काम का नहीं। मैं ज्यादा कुछ नहीं करता हूँ। मैं कभी कर नहीं पाऊँगा।	मैं समस्त जीवन में सम्मिलित हूँ। सृष्टि पूर्णतया मेरा समर्थन करती है। सबकुछ ठीक है।
खाँसी देखें : श्वसन संबंधी रोग	दुनिया पर भौंकने की इच्छा। "देखो मुझे, सुनो मेरी बात!"	अत्यधिक सकारात्मक ढंग से मुझ पर ध्यान दिया जाता है और मुझे समझा जाता है। मुझे स्नेह मिलता है।
ऐंठन/मरोड़	तनाव/भय/कसकर पकड़ना, पकड़ में रखना।	मैं तनाव-मुक्त हूँ और अपने मन को चैन से रहने देता हूँ।
सुखंडी/कंठ शोथ देखें : श्वासनली शोथ		
रुदन	आँसू जीवन का दरिया हैं। आँसू खुशी में भी बहते हैं और शोक एवं भय में भी।	मैं अपने समस्त मनोभावों के साथ चैन से हूँ। मैं खुद को पसंद करता हूँ और अच्छा समझता हूँ।
कशिंग रोग देखें : अधिवृक्क (गुर्दे) की समस्याएँ	मानसिक असंतुलन/पीड़क विचारों का अत्युत्पादन/वश में कर लिये जाने की भावना।	मैं अपने मन और शरीर को प्रेमपूर्वक संतुलित करता हूँ। मैं अब ऐसे विचारों को चुनता हूँ, जो मुझे अच्छा महसूस कराते हैं।
काट लेना/चोट मार लेना देखें : चोट, जख्म	अपने ही नियमों का पालन न करने की सजा।	मैं पुरस्कारों से भरे जीवन की रचना करता हूँ।

सिस्ट (Cyst)/रसौली, पूयकोष	पुरानी कष्टप्रद फिल्म को चलाते रहना/चोटों को पाले रखना। एक झूठी वृद्धि।	मेरे मन के चलचित्र सुंदर हैं, क्योंकि मैं ही उनका निर्माता हूँ। मैं खुद को पसंद करता हूँ।
मूत्राशय संबंधी तंतु रुजा (Cysticfibrosis)	एक ऐसी पक्की धारणा कि जिंदगी आपके काम नहीं आएगी। ''मैं बेचारा।''	जिंदगी को मुझसे प्यार है और मैं जिंदगी से प्यार करता हूँ। मैं अब जिंदगी को पूर्णतया और मुक्त रूप से गले लगाना पसंद करता हूँ।
वस्तिकोप (Cystitis) देखें : मूत्राशय संबंधी समस्याएँ		
बधिरता/बहरापन	अस्वीकरण, हठ, अलगाव। आप क्या सुनना नहीं चाहते? ''मुझे परेशान मत करो।''	मैं दिव्य वाणी सुनता हूँ और मैं जो कुछ भी सुनता हूँ, उससे मुझे खुशी होती है। मैं सबके साथ हूँ।
मृत्यु	जिंदगी की चलती फिल्म छोड़कर चल देना।	मैं प्रसन्नचित्त होकर नए-नए अनुभवों का आनंद लेने जाता हूँ। सब ठीक है।
दोष	कर्मयोग/अपने उस तरह आने का विकल्प चुना/हमने अपने माँ-बाप और अपने बच्चों को चुना। असमाप्त कार्य।	हमारे विकास की प्रक्रिया के लिए प्रत्येक अनुभव बिल्कुल सही है। मैं जहाँ हूँ, चैन से हूँ।

अपकर्षक चकती (Degenerative Disk)	सहारे की कमी/जीवन का भय/विश्वास करने में असमर्थ।	मैं अपने आपसे स्नेह करना सीखने का इच्छुक हूँ। मैं अपने स्नेह को मेरी सहायता करने देता हूँ। मैं जीवन में विश्वास करना और उसकी प्रचुरता को स्वीकार करना सीख रहा हूँ। सीखना निरापद है।
मनोभ्रंश देखें : अल्जाइमर रोग, बुढ़ापा	वास्तविक दुनिया से निपटने से इनकार। बेबसी और गुस्सा।	मैं अपनी बिल्कुल सही स्थिति में हूँ और मैं सदैव सुरक्षित रहता हूँ।
उदासी/दिल बैठना	आप महसूस करते हैं कि आपको बेबस होने का कोई हक नहीं है।	मैं अब दूसरों की आशंकाओं और सीमाओं के आगे निकल जाता हूँ। मैं अपने जीवन का निर्माण करता हूँ।
डायबिटीज/मधुमेह (अतिरुधिर शर्करा Hyperglycemia Mellitus)	यह लालसा कि क्या कुछ हो सकता था। नियंत्रण करने की अत्यावश्यकता/गहरा दुःख/अधुरता शेष न रहना।	यह क्षण आनंद से भरा है। मैं आज की मिठास को भोगना पसंद करता हूँ।
दस्त	भय/अस्वीकृति/दूर भाग जाना।	मेरी ग्रहण क्षमता, पचा लेने और निकाल देने की शक्ति बिल्कुल ठीक है। जिंदगी मेरी शांतिमय है।
चक्कर/घुमड़ी (Vertigo/भ्रमि)	मनमौजी/विक्षिप्त, बिखरी-बिखरी सोच। देखने-	मैं जीवन में अत्यधिक केंद्रस्थ और शांतिमय हूँ।

एप्सटीन-बार वायरस (Epstein-Bassvirus)	समझने से इनकार।	जीवित और आनंदित रहना मेरे लिए निरापद है।
शुष्क आँख	कुद्र आँखें/प्यार से देखना मंजूर नहीं/क्षमा करने की अपेक्षा मर जाना बेहतर/ विद्वेषपूर्ण होना।	मैं खुशी से क्षमा करता हूँ। मैं अपनी दृष्टि में प्राण-संचार करता हूँ और करुणा एवं सहानुभूति से देखता हूँ।
पेचिश	भय और प्रचंड क्रोध	मैं अपने मन में शांति का निर्माण करता हूँ और मेरा शरीर यह प्रकट करता है।
दंडागुणक (Bacillary)	उत्पीड़न और लाचारी	मैं जीवंतता और स्फूर्ति एवं जीने की खुशी से भरा हूँ।
कष्टार्तव देखें : महिलाओं की समस्याएँ, मासिक धर्म संबंधी समस्याएँ	अपने ऊपर गुस्सा/अपने शरीर या स्त्री के शरीर के प्रति घृणा।	मुझे अपना शरीर अच्छा लगता है। मुझे खुद से लगाव है। मुझे अपने सभी कालचक्र पसंद हैं। सबकुछ ठीक है।
कान	सुनने की क्षमता का प्रतीक।	मैं प्रेमपूर्वक सुनता हूँ।
कानों की समस्याएँ	सुनने या बाहरी दुनिया की तरफ अपना मन पूरी तरह खोलने की अक्षमता/ विश्वास की कमी।	मैं अब अपने उच्चतर अस्तित्व में विश्वास करना सीख रहा हूँ। मैं उन सभी विचारों का त्याग करता हूँ, जो प्रेम की वाणी के विपरीत हैं।

कर्णशूल/कान का दर्द (कर्णशोथ : बाहरी/कर्ण-नाल मध्य/भीतरी कान)	क्रोध/सुनने की चाह नहीं/ बहुत अधिक शोर। माता-पिता में बहस।	मेरे चारों ओर समरसता है। मैं प्रेम से सुखद और भली बातें सुनता हूँ। मैं प्रेम के लिए एक केंद्र हूँ।
पित्ती/अघौरी देखें : खरोंच आना/ छिल जाना		
छाजन/एग्जिमा	विस्मयकारी विरोध, शत्रुता/मानसिक विस्फोट।	मैं समरसता एवं शांति, प्रेम एवं आनंद से घिरा रहता हूँ और मैं इन सबके बीच निवास करता हूँ। मैं पूरी तरह सुरक्षित हूँ।
सूजन देखें : तरल पदार्थों, सूजन को रोके रखना।	क्या अथवा कौन आपको जाने नहीं देगा?	मैं स्वेच्छा से अतीत को मुक्त करता हूँ। जो जाता है, मैं उसे जाने देता हूँ। मैं अब स्वतंत्र हूँ।
कोहनी देखें : जोड़ों के विषय में	दिशाएँ बदलने और नए अनुभवों को स्वीकार करने का प्रतीक है।	मैं नए अनुभवों, नई दिशाओं और नए परिवर्तनों के साथ सहज ही निकल पड़ता हूँ।
वातस्फीति (Emphysema)	जीवंतता को पकड़ में लेने का भय/जीने के योग्य नहीं।	पूर्णतया और मुक्त रूप से जीना मेरा जन्मसिद्ध अधिकार है। मुझे जिंदगी प्यारी लगती है। मैं स्वयं को चाहता हूँ।
गर्भाशय शोथ (Endometriosis)	असुरक्षा, विफलता और निराशा। आत्म-प्रेम के	मैं शक्तिशाली भी हूँ और वांछनीय भी। एक स्त्री होना

	बदले चापलूसी निंदक।	अद्‌भुत अनुभव है। मैं खुद को पसंद करती हूँ और मैं तृप्त हूँ।
असंयतमूत्रता देखें : बिस्तर गीला करना। मिरगी	उत्पीड़न महसूस करना। जिंदगी से निष्कासित। बड़े संघर्ष से गुजरने का अनुभव। आत्म-हिंसा।	मैं जीवन को अनंत और आनंदित देखना पसंद करता हूँ। मैं अनादि-अनंत और आनंदित एवं शांतिमय हूँ।
एक्सट्रॉपिया (Extropia) देखें : आँखों की समस्याएँ		
आँखें	अतीत, वर्तमान और भविष्य को साफ-साफ देख पाने की क्षमता।	मैं प्रेमभाव और खुशी से देखता हूँ।
आँखों की समस्याएँ देखें : गुहेरी	अपने जीवन में आप जो देखते हैं, उसे पसंद न करना।	मैं ऐसे जीवन की रचना करता हूँ, जिसे देखना मुझे अच्छा लगता है।
दृष्टि-वैषम्य	'अहम्' स्वयं को सच के आईने में देखने का भय।	मैं अब अपने सौंदर्य और भव्यता को देखने का इच्छुक हूँ।
मोतियाबिंद	प्रसन्नता से आगे देखने की अक्षमता। अंधकारमय भविष्य।	जीवन अनंत है और आनंद से भरा है।
बच्चे	घर में जो हो रहा है, उसे देखना नहीं चाहते।	इस बच्चे के चारों ओर सौहार्द एवं खुशी, सुंदरता एवं सुरक्षा का घेरा है।

भेंगापन देखें : पुतली की सूजन	बाहर के घटनाक्रम को देखने की अनिच्छा। विरोधी उद्देश्य।	मेरे लिए देखना निरापद है। मैं चैन से हूँ।
दूरदृष्टि (दीर्घदृष्टिता)	वर्तमान का भय	मैं यहाँ और इस समय सुरक्षित हूँ। मैं यह स्पष्ट देख पाता हूँ।
ग्लूकोमा (मोतियाबिंद)	क्षमादान में पत्थर की तरह कठोर। पुरानी चोटों का दबाव।	मैं प्रेम और कोमल भाव से देखता हूँ।
निकटदर्शी देखें : (निकट दृष्टिता)	भविष्य की आशंका	मैं दिव्य मार्गदर्शन स्वीकार करता हूँ और मैं सदैव सुरक्षित हूँ।
(एक्सट्रॉपिया)	वर्तमान पर दृष्टि डालने, समक्ष प्रस्तुत को देखने से डरना।	मैं दिव्य मार्गदर्शन स्वीकार करता हूँ और मैं सदैव सुरक्षित हूँ।
चेहरा	जो हम दुनिया को दिखाते हैं, उसका परिचायक है।	मेरे लिए अपने वास्तविक व्यक्तित्व में रहना निरापद है।
मूर्च्छा/बेहोशी (Vasovagal Attack)	भय/सामना नहीं कर सकता/अचेत होना।	मेरे पास शक्ति है, क्षमता है और ज्ञान है। मैं जीवन में हर स्थिति से निपट सकता हूँ।
वसा/मांसल देखें : भारी-भरकम	अति संवेदनशीलता/अकसर भय का प्रतीक होता है और संरक्षण की आवश्यकता	मुझे दिव्य प्रेम का संरक्षण प्राप्त है। मैं सदैव सुरक्षित हूँ और भय-मुक्त हूँ। मैं

	दिखलाता है। भय छिपे हुए क्रोध को ढँकने तथा क्षमा का प्रतिरोध करने का बहाना हो सकता है।	आगे बढ़ने/बड़ा होने और अपने जीवन की जिम्मेदारी लेने का इच्छुक हूँ। मैं दूसरों को क्षमा करता हूँ और अब मैं अपना जीवन अपनी तरह से बनाना चाहता हूँ। मैं सुरक्षित हूँ।
बाँहें	प्यार से वंचित किए जाने पर क्रोध।	मैं जितना भी प्रेम चाहूँ उतना प्रेम अपने लिए उत्पन्न करने का मुझे अभय प्राप्त है।
उदर/पेट	पोषण से वंचित किए जाने पर क्रोध।	मैं आध्यात्मिक भोजन से अपना पोषण करता हूँ और मैं संतुष्ट एवं मुक्त हूँ।
नितंब	माता-पिता पर अड़ियल गुस्से से ढेर।	मैं अतीत को भूल जाना चाहता हूँ। माता-पिता के सीमा-बंधनों से आगे निकल जाना मेरे लिए निरापद है।
जाँघें	बंधन में गुजरी बाल्यावस्था का क्रोध। अकसर पिता पर क्रोध।	मैं अपने पिता को एक प्रेम-रहित बालक के रूप में देखता हूँ और मैं सहज ही क्षमा कर देता हूँ। हम दोनों स्वतंत्र हैं।
थकान	प्रतिरोध, ऊब/कोई जो कुछ करता है, उस काम के प्रति रुचि का अभाव।	जिंदगी के बारे में मैं उत्साहपूर्ण हूँ और मैं स्फूर्ति एवं जोश से भरा हुआ हूँ।

पाँव देखें : पैरों की समस्याएँ	हमारे बारे में, हमारे जीवन के बारे में, दूसरों के बारे में हमारी सोच-समझ का परिचायक हैं।	मेरी समझ-बूझ स्पष्ट है और मैं समय के साथ बदलने का इच्छुक हूँ। मैं सुरक्षित हूँ।
स्त्रियों की समस्याएँ देखें : अनार्तव, कष्टार्तव, फायबॉइड ट्यूमर श्वेत प्रदर, रजोधर्म संबंधी समस्याएँ योनिशोथ।	स्वयं को स्वीकार न करना। नारीत्व को अस्वीकार करना। नारीत्व के सिद्धांतों को अस्वीकार करना।	मैं अपने नारीत्व से खुश हूँ। मुझे एक स्त्री होकर अच्छा लगता है। मुझे अपना शरीर पसंद है।
जनन क्षमता संबंधी समस्याएँ	आशंका/किसी योग्य न होने की चिंता। जीवन की प्रक्रिया का प्रतिरोध।	मैं अपने आंतरिक शिशु को बहुत प्यार करती हूँ और दिल से सँजोए रखती हूँ। मैं अपने जीवन में सबसे महत्त्वपूर्ण व्यक्ति हूँ। सबकुछ ठीक है और मैं सुरक्षित हूँ।
ज्वर/बुखार	गुस्सा/उबाल पर।	मैं शांति और प्रेम की शीतल एवं शांत अभिव्यक्ति हूँ।
ज्वर के छाले/ फफोले देखें : ठंडे घाव Herpes Simplex		
फायब्रॉइड ट्यूमर और सिस्ट देखें : स्त्रियों की समस्याएँ	किसी साथी से मन को लगी चोट को पाले रखना। स्त्री के अहं को ठेस पहुँचाना।	मैं अपने अंदर जनमे उस विचार का त्याग करती हूँ, जो इस अनुभव का कारण बना। मैं अपने जीवन में केवल अच्छाई को जन्म

		देना पसंद करती हूँ।
उँगलियाँ	जीवन के विस्तृत वर्णन का प्रतीक हैं।	मैंने जीवन के विवरण से समझौता कर लिया है।
अँगूठा	बुद्धि और चिंता का प्रतीक है।	मेरा मन शांतिमय है।
तर्जनी	अहं और आशंका की प्रतीक है।	मैं सुरक्षित हूँ।
मध्यमा	क्रोध एवं कामुकता की प्रतीक।	मैं अपनी कामुकता के साथ सुखी हूँ।
अनामिका	मेल-मिलाप/विवाह और शोक	मैं शांतिपूर्ण व स्नेही हूँ।
छोटी उँगली	परिवार और बहानेबाजी की	मैं स्वयं जीवन के परिवार के साथ हूँ।
नासूर	भय/जाने देने की प्रक्रिया	मैं सुरक्षित हूँ। मुझे जीवन की प्रक्रिया में पूरा विश्वास है। जीवन मेरे लिए है।

बादी/उदर वायु
देखें : गैस बनने से होनेवाली पीड़ा

फ्लू
देखें : इन्फ्लुएंजा

अन्न विषायण (फूड पॉइजनिंग)	दूसरों को नियंत्रण करने देना। बेबस महसूस करना।	जो कुछ भी मेरे सामने आए, उसे पचाने की क्षमता, शक्ति और कुशलता मुझमें है।
पाँव की समस्याएँ	भविष्य की आशंका और जीवन में आगे न बढ़ पाने की चिंता।	मैं जीवन में उल्लास और सहजता से आगे बढ़ता हूँ।
ठंडापन/उदासीनता	भय/सुख से वंचित रहना। एक यह धारणा कि काम–भावना बुरी होती है। पिता का भय।	अपने शरीर का सुख भोगना मेरे लिए निरापद है। एक स्त्री होना मेरे लिए सुखद है।
फफूँद	रुद्ध/बँधी हुई धारणाएँ। अतीत को छोड़ने से इनकार। अतीत को आज भी हावी होने देना।	मैं आनंदपूर्ण और मुक्त रूप से वर्तमान में जीता हूँ।
फोड़ा–फुंसी देखें : फोड़ा (Boils)		
पित्त–अश्मरी (Cholelithiasis)	कटुता/निर्दयी विचार/ निंदात्मक/घमंड।	अतीत को खुशी से छोड़ दिया। जीवन मधुर है और मैं भी।
कोथ (गैंग्रीन)	मानसिक रुग्णता/विषैले विचारों में खुशी तिरोहित हो जाना।	मैं अब सद्भावपूर्ण विचारों को चुनता हूँ और खुशी को अपने अंदर से मुक्त होकर प्रवाहित होने देता हूँ।

गैस बनने से पेट में मरोड़/दर्द (बादी/उदर वायु)	मरोड़/भय/अपचित अपरिपक्व विचार।	मैं तनाव-मुक्त हूँ और स्फूर्ति को अपने अंदर से सहज रूप से प्रवाहित होने देता हूँ।
जठर-शोथ देखें : पेट की समस्याएँ	लंबी अनिश्चितता। सर्वनाश जैसा लगना।	मैं खुद को पसंद करता हूँ और अच्छा समझता हूँ।
जननेंद्रियाँ	पुरुष जातीय और नारी जातीय सिद्धांतों का प्रतीक होती हैं।	मैं जो हूँ, वही होने में मेरी खुशी है।
समस्याएँ	पूर्णतया योग्य न होने की चिंता।	जीवन की अपनी अभिव्यक्ति में मेरी खुशी है। मैं जैसा या जैसी हूँ, बिल्कुल ठीक हूँ। मैं स्वयं को पसंद करती हूँ और अच्छा समझती हूँ।
ग्रंथि/गिल्टियाँ	पद/प्रतिष्ठा/ठिकाना जतलाना। अपने आप शुरू होनेवाली क्रिया।	मैं अपने संसार में एक सृजनात्मक शक्ति हूँ।
ग्रंथीय ज्वर देखें : (Mononucleosis)		
ग्रंथीय समस्याएँ	उठने और चलने के विचारों का घटिया वितरण। अपने आपको रोके रखना।	मेरे पास सभी उत्कृष्ट विचार और क्रियाकलाप हैं, जिनकी मुझे जरूरत है।

ग्लोबस हिस्टेरीकस देखें : गले में सूजन/ गलगंठ		मैं अभी चल पड़ता हूँ।
गलगंड देखें : थायरॉइड	कष्ट दिए जाने के प्रति घृणाभाव/उत्पीड़ित। जीवन में निष्फल होने की भावना। परितोष प्राप्त न होना।	अपने जीवन में मेरी ही सत्ता और मेरा ही अधिकार है। मैं मैं होने के लिए स्वतंत्र हूँ।
सूजाक देखें : यौन रोग	एक बुरा आदमी बनने के दंड की आवश्यकता।	मुझे अपना शरीर पसंद है। मुझे अपनी कामुकता अच्छी लगती है। मुझे खुद से लगाव है।
गाउट/Gout (वात रोग/थक्का)	बेचैनी, क्रोध पर काबू रखने की जरूरत।	मैं पूर्णतया सुरक्षित हूँ। अपने साथ और दूसरों के साथ मेरी सुलह हो गई है।
सफेद बाल	तनाव/दबाव और घोर परिश्रम में विश्वास।	मैं अपने जीवन के हर क्षेत्र में चैन और आराम से हूँ। मैं मजबूत और समर्थ हूँ।
वर्धन (Growths)	उन पुरानी चोटों को पालना-पोसना/नाराजगी के पहाड़ खड़े करना।	मैं आसानी से माफ कर देता हूँ। मुझे खुद से लगाव है और मैं सराहना के विचारों से खुद को पुरस्कृत करूँगा।
मसूड़ों की समस्याएँ	निर्णयों का समर्थन करने में असमर्थ। जिंदगी के बारे में नीरस व निरर्थक बातें बनाना।	मैं एक दृढ़ निर्णय लेनेवाला व्यक्ति हूँ। मैं पीछे लगा रहता हूँ और प्यार से स्वयं को सहारा देता हूँ।

दूषित श्वास देखें : साँस की दुर्गंध	सड़ा-गला रवैया, घटिया गपशप, गंदी सोच।	मैं विनम्रता और प्यार से बोलता हूँ। मैं केवल अच्छी श्वास निकालता हूँ।
हाथ	पकड़ और मूठ/जकड़ना और दबोचना/पकड़ना और जाने देना। प्यार-दुलार करना। चिकोटी काटना। अनुभवों से निपटने के सारे तरीके।	मैं अपने सभी अनुभवों को प्रेम और खुशी तथा सहजता के साथ सँभालना पसंद करता हूँ।
परागज ज्वर (Hay Fever) देखें : एलर्जी	भावनात्मक संकुलता/पंचांग के विषय में अंदेशा/उत्पीड़न में विश्वास/अपराध-बोध	मैं समस्त जीवन में एकीभूत हूँ। मैं सदैव सुरक्षित हूँ।
सिर दर्द देखें : माइग्रेन/ आधासीसी सिर दर्द	स्वयं को असमर्थ ठहराना। आत्मनिंदा/भय।	मैं स्वयं को चाहता हूँ और अच्छा मानता हूँ। मैं स्वयं को प्यार से देखता हूँ और मैं जो भी करता हूँ, प्रेमभाव से करता हूँ। मैं सुरक्षित हूँ।
हृदय देखें : रक्त/रुधिर	प्रेम और सुरक्षा के केंद्र का प्रतीक।	मेरा हृदय प्यार की लय-ताल पर धड़कता है।
दौरा (Myocardial Infarction) / धन शरीर के किसी भाग को रक्त-आपूर्ति का कर जाना देखें : कॉरोनरी थ्रॉम्बोसिस	धन या पद आदि के पक्ष में दिल से सारी खुशी निचोड़ डालना।	मैं खुशी को अपने हृदय के केंद्र में वापस लाता हूँ। मैं सभी के प्रति प्रेम प्रकट करता हूँ।

समस्याएँ	बहुत पहले से चली आ रही भावनात्मक समस्याएँ। हर्ष–उल्लास का अभाव। दिल का कठोर होना। तनाव और संघर्ष में विश्वास।	खुशी/खुशी/खुशी/ मैं प्रेम से खुशी को अपने मन और तन तथा अनुभव में से प्रवाहित होने देता हूँ।
हृदयदाह/मेदे की जलन। देखें : आँत या पेट का फोड़ा, पेट की समस्याएँ, अल्सर	भय/भय/भय जकड़ने वाला भय	मैं मुक्त रूप से और भरपूर साँस लेता हूँ। मैं सुरक्षित हूँ। मुझे जीवन की प्रक्रिया में विश्वास है।
हेमैटोशेजिया (Hematochezia) देखें : गुदमलाशय रक्तस्राव (Anorectal Bleeding)		
बवासीर देखें : गुदा	समय की निश्चित सीमा का डर। अतीत के बारे में क्रोध। जाने देने, छोड़ने का भय/बोझिल महसूस करना।	मैं उस सबका त्याग करता हूँ, जो प्रेम के विपरीत है। मैं जो कुछ भी करना चाहता हूँ, उसके लिए समय और अंतराल है।
यकृत शोथ/जिगर विकार (हेपेटाइटिस) देखें : जिगर की समस्याएँ	बदलाव का विरोध/भय, क्रोध, घृणा/जिगर क्रोध और आक्रोश का अड्डा है।	मेरा मन साफ हो गया है और मुक्त है। मैं अतीत का त्याग करता हूँ और नई दिशा में आगे बढ़ता हूँ। सबकुछ ठीक है।
हर्निया/आंत्रवृद्धि	विदीर्ण संबंध/दबाव,	मेरा मन भला और

	भार, अशुद्ध रचनात्मक अभिव्यक्ति।	सद्भावपूर्ण है। मैं खुद को पसंद करता हूँ और अच्छा समझता हूँ। मैं मेरे साथ होने के लिए स्वतंत्र हूँ।
हरपीज/परिसर्प (हरपीज जननांग) देखें : यौन रोग	कामुकता विषयक दोष और दंड की दरकार में सामूहिक विश्वास। लोक लज्जा। किसी गंभीर दंड देनेवाले ईश्वर में विश्वास। जननांगों का परित्याग/बहिष्करण।	ईश्वर के विषय में मेरी धारणा मेरा समर्थन करती है। मैं सामान्य और स्वाभाविक हूँ। मैं अपनी निजी कामुकता और अपनी ही देह में खुश हूँ। मैं अद्भुत हूँ।
हरपीज सिंप्लेक्स (हरपीज लेबिऑलिस) देखें : ठंडे जख्म	कुत्ती के लिए जलन/ अनकहे छोड़ दिए गए कटु शब्द।	मैं केवल प्रेम के विष्य में सोचता हूँ और प्रेम की वाणी बोलता हूँ। मैं जीवन में चैन से हूँ।
नितंब	देह को एकदम सही संतुलन में ढोते हैं। सबसे ज्यादा धक्का आगे बढ़ने में लगाते हैं।	हिप-हिप-हुर्रे। हर दिन में खुशी है। मैं संतुलित और स्वतंत्र हूँ।
नितंब संबंधी समस्याएँ।	प्रमुख निर्णयों में आगे जाने की आशंका। कुछ भी किसी तरफ आगे नहीं बढ़ रहा।	मैं पूर्ण संतुलन में हूँ। मैं जिंदगी में हर अवस्था में सहजता एवं खुशी के साथ आगे बढ़ता हूँ।
अधिरोमता (बहुत बाल उगना)	ऊपर से ढँका हुआ क्रोध। ढँकने के लिए प्राय: डर	मैं प्यार से अपना पालन-पोषण करता हूँ। मेरे ऊपर

	को ओढ़ना। दोष देने की इच्छा। प्राय: स्वयं को पोषित, उत्साहित करने की अनिच्छा।	प्रेम और समर्थन का आवरण है।
पित्ती देखें : ददोरा/चकत्ते	छोटे-छोटे आँसू, जो छिपे रहते हैं। तिल का ताड़ बनाना।	मैं अपने जीवन के हर कोने में शांति लेकर आता हूँ।
हॉजकिन की बीमारी	किसी योग्य न होने का दोष और भीषण आशंका। स्वयं को सिद्ध करने की जबरदस्त आपाधापी, यहाँ तक कि रक्त की एक-एक बूँद निचुड़ जाए और उसमें कोई जान बाकी न रहे। मान्यता के लिए स्पर्धा में जीवन की खुशी को भुला दिया जाता है।	मैं मैं होकर पूरी तरह खुश हूँ। मैं जैसा भी हूँ, काफी समर्थ हूँ। मुझे अपने व्यक्तित्व से लगाव है और मैं स्वयं को अच्छा मानता हूँ। मैं खुशी प्रकट करता हूँ और खुशी प्राप्त करता हूँ।
तरल पदार्थ, पानी, द्रव को रोक रखना देखें : शोफ, सूजन	आपको क्या खो देने का डर है?	मैं स्वेच्छा से निकाल देता हूँ।
हंटिंग्टन रोग	दूसरों को बदलने में समर्थ न होने पर रोष। निराशा।	मैं सारा नियंत्रण सृष्टि के लिए छोड़ देता हूँ। मैं अपने साथ और जिंदगी के साथ चैन से हूँ।
अत्यधिक सक्रियता	भय/दबाव और व्यग्र महसूस करना।	मैं सुरक्षित हूँ। सारा दबाव विलीन हो जाता है। मैं पूर्णतया योग्य हूँ।

रक्तातिशर्करा देखें : डायबिटीज		
दीर्घदृष्टिता देखें : आँखों की समस्याएँ		
उच्च रक्तचाप देखें : रक्त संबंधी समस्याएँ		
हाइपर थायरॉइडिज्म देखें : थायरॉइड	उपेक्षित किए जाने पर आक्रोश।	मैं जीवन के केंद्र में हूँ और मैं स्वयं को अच्छा मानती हूँ और जो कुछ मैं देखती हूँ, उसे भी।
हाइपरवेंटिलेशन (अतिशय संवातन) देखें : श्वासावरोध दौरा, साँस लेने में कष्ट	भय/बदलाव का विरोध। प्रक्रिया में विश्वास न करना।	मैं सृष्टि में सर्वत्र सुरक्षित हूँ। मुझे खुद से लगाव है और मैं जीवन की प्रक्रिया में विश्वास करता हूँ।
अल्प-शर्करारुधिरता (Hypoglycemia)	जीवन में बोझ तले दबा महसूस करना। 'क्या फायदा ?'	मैं अब अपने जीवन को हलका और आसान तथा आनंदपूर्ण बनाना पसंद करता हूँ।
हाइपोथायरॉइडिज्म देखें : थायरॉइड	उम्मीद छोड़ देना। अत्यधिक दबा हुआ महसूस करना।	मैं ऐसे नए नियमों व सिद्धांतों के साथ नए जीवन का निर्माण करती हूँ, जो मेरा समर्थन करते हैं।
लेटिस/Llettis (क्रोहन रोग, क्षेत्रीय आंत्र शोथ)	भय/चिंता/समर्थ महसूस न करना।	मुझे अपने आपसे लगाव है। मैं जो भी अच्छे-से-अच्छा

		कर सकता हूँ, कर रहा हूँ। मैं अद्‌भुत हूँ। मैं चैन से हूँ।
नपुंसकता	काम–वासना का दबाव, तनाव, दोषिता। सामाजिक धारणाएँ। किसी पिछले साथी के प्रति द्वेष/माता का भय।	मैं अपने मैथुनिक सिद्धांत की पूरी शक्ति को सहजता और आनंद के साथ अपना कार्य करने देता हूँ।
असंयम/कामातुरता	भावनात्मक अतिरेक/ उत्प्रवाह। वर्षों तक भावनाओं को नियंत्रित करने का परिणाम।	मैं भावनाओं को महसूस करने का इच्छुक हूँ। मेरी भावनाओं को व्यक्त करना मेरे लिए निरापद है। मुझे खुद से लगाव है।
असाध्य/लाइलाज	इस समय बाहरी उपायों से ठीक नहीं किया जा सकता। उपचार को कारगर बनाने के लिए हमें अपने अंदर झाँकना होगा। यह कहीं से भी नहीं आया और जाएगा भी कहीं नहीं।	चमत्कार आएदिन होते रहते हैं। मैं उस विचार–शैली को मिटाने के लिए आंतरिक चिंतन करता हूँ, जिसके कारण यह स्थिति उत्पन्न हुई और मैं अब एक दिव्य उपचार को स्वीकार करता हूँ और अब जो है, यही है।
अपच/बदहजमी	बिना सोचे–समझे गड़पने से आँतों पर दबाव पड़ने की आशंका, विभीषिका, चिंता/मरोड़ और घुरघुराहट।	मैं सभी नए अनुभवों को शांतिपूर्वक और खुशी से पचा लेता हूँ तथा आत्मसात् कर लेता हूँ।

संक्रमण देखें : विषाणु संक्रमण (Viral Infection) बाँझपन/अनुर्वरता देखें : जनन क्षमता संबंधी समस्याएँ	खीझ, क्रोध, चिढ़	मैं शांति और सद्भाव पसंद करता हूँ।
सूजन और जलन देखें : 'प्रकोप' 'Itis'	भय/खतरा देखना/ भड़काऊ सोच।	मेरी सोच शांतिपूर्ण, निश्छल और केंद्रित है।
इन्फ्लुएंजा देखें : श्वसन संबंधी समस्याएँ	सामूहिक नकारात्मकता तथा धारणाओं के बारे में प्रतिक्रिया/भय/ आँकड़ों में विश्वास।	मैं सामूहिक धारणाओं या पंचांग के परे हूँ। मैं सभी प्रकार की संकुलता और सभी प्रकार के प्रभाव से मुक्त हूँ।
अंतर्वधी पाद-नख (पैर का नाखून)	आगे बढ़ने के लिए आपके अधिकार के बारे में चिंता तथा अपराध-बोध	जीवन में अपनी दिशा पकड़ना मेरा ईश्वर-प्रदत्त अधिकार है। मैं सुरक्षित हूँ। मैं स्वतंत्र हूँ।
चोटें देखें : चोट, घाव	अपने पर गुस्सा/दोषी महसूस करना।	मैं अपना गुस्सा अब सकारात्मक ढंग से निकालती हूँ। मुझे अपने आपसे प्यार है और मैं खुद को अच्छा मानती हूँ।
पागलपन (मनोविकृति संबंधी बीमारी)	परिवार से दूर भागना/ पलायनवाद, पीछे हट जाना/जीवन से प्रचंड	मन अपनी सही पहचान जानता है और अपनी दिव्य आत्म-अभिव्यक्ति

	बिलगाव।	के सर्जनात्मक केंद्र से भी परिचित है।
अनिद्रा का रोग	भय/जीवन की प्रक्रिया में विश्वास नहीं/अपराध-बोध।	मैं दिन को प्रेमपूर्वक मुक्त करता हूँ और शांतिपूर्ण निद्रा में डूब जाता हूँ। जानता हूँ कि आनेवाला कल स्वयं अपना ध्यान रखेगा।
आँतें देखें : कोलन/ वृहदांत्र	आत्मीकरण/समार्वशन/ सहज निष्कासन।	मुझे जो कुछ भी जानने की जरूरत है, उसे मैं आत्मसात् एवं समाविष्ट कर लेता हूँ और अतीत का खुशी से त्याग करता हूँ।
खुजली (प्रखर खाज/कामातुरता)	स्वभाव के विरुद्ध जानेवाली इच्छाएँ/अतृप्त/पश्चात्ताप/ बाहर निकलने या दूर भागने की विफलता।	मैं जहाँ हूँ, सुखमय हूँ। मैं अपनी भलाई स्वीकार करता हूँ, यह जानते हुए कि मेरी सभी आवश्यकताओं और इच्छाओं की पूर्ति होगी।
'प्रकोप/ Itis' देखें : सूजन/जलन	अपने जीवन में आप जो हालात देख रहे हैं, उनके बारे में क्रोध एवं निराशा।	मैं आलोचना/निंदा की सभी परिपाटियों को बदल देने का इच्छुक हूँ। मैं खुद को चाहता हूँ और अच्छा मानता हूँ।
पीलिया देखें : यकृत/जिगर के रोग	आंतरिक और बाहरी पूर्वग्रह/असंतुलित कारण।	मैं अपने समेत सभी लोगों के प्रति सहिष्णुता और करुणा एवं प्रेम का अनुभव करता हूँ।

जबड़े के कष्ट (TMI Syndrone)	क्रोध/रोष/बदला लेने की इच्छा।	मैं अपनी उस सोच को बदलने का इच्छुक हूँ, जिसके कारण यह स्थिति उत्पन्न हुई। मैं स्वयं को चाहता हूँ और भला समझता हूँ।
जोड़ों के कष्ट देखें : गठिया/संधिवात, कोहनी, घुटने, कंधे	जीवन में दिशा-परिवर्तन और इन चेष्टाओं की सहजता के द्योतक हैं।	मैं परिवर्तन के साथ सरलता से चल देता हूँ। मेरे जीवन को ईश्वर का मार्गदर्शन प्राप्त है और मैं सदैव सर्वश्रेष्ठ दिशा में जा रहा होता हूँ।
पुतली की सूजन देखें : आँखों की समस्याएँ	अत्यधिक क्रोध/उनको या आप जो देखते हैं, उसे चोट मारने की इच्छा।	मैं जो कुछ देखता हूँ, उसे अपने हृदय के रक्त से स्वस्थ करना चाहता हूँ। मैं शांति पसंद करता हूँ। मेरे संसार में सब ठीक है।
गुर्दे के रोग	निंदा, निराशा, विफलता, लज्जा। एक बच्चे की भाँति प्रतिक्रिया करना।	मेरे जीवन में ईश्वरीय कृपा से सदैव उचित कार्य होता है। प्रत्येक अनुभव से केवल अच्छाई निकलकर आती है। बड़ा होना निरापद है।
पथरी	अविघटित क्रोध के ढेले	मैं अतीत की सभी समस्याओं को सहज ही मिटा देता हूँ।

घुटना देखें : जोड़	अहंकार और अहं का प्रतीक	मैं सुनम्य और प्रवाहपूर्ण हूँ।
घुटने की समस्याएँ	हठी अहं और अहंकार/मुड़ने, झुकने में असमर्थ/आशंका/अनमनीयता/दृढ़ता/हार नहीं मानूँगा।	क्षमाशील/समझ-बूझ। अनुकंपा/मैं आसानी से झुक सकता हूँ और दौड़ सकता हूँ। सबकुछ ठीक है।
कंठ शोथ	इतने पागल कि आप बोल नहीं सकते। खुलकर बोलने का डर। सत्ता की नाराजगी।	मुझे जो भी चाहिए, मैं खुलकर माँग लेता हूँ। स्वयं को व्यक्त करना निर्विघ्न है। मैं चैन से हूँ।
शरीर का बायाँ पक्ष	ग्रहणशीलता, झाँसा-पट्टी, स्त्री-सुलभ ऊर्जा, स्त्री, माँ का परिचायक।	मेरी स्त्रियोचित ऊर्जा खूबसूरती से संतुलित है।
टाँग (टाँगें)	हमें जीवन के पथ पर आगे ले चलो।	जीवन मेरे लिए है।
टाँगों की समस्याएँ निचली टाँगें	भविष्य के बारे में आशंका। आगे बढ़ने की चाह नहीं।	मैं विश्वास और खुशी से आगे बढ़ता हूँ, यह जानते हुए कि मेरे भविष्य में सबकुछ ठीक है।
कुष्ठ/कोढ़	जीवन को सँभालने में पूर्णतया अक्षम। किसी योग्य न होने या पर्याप्त साफ-सुथरा न होने के बारे में पुरानी धारणा से बँधे हुए।	मैं सभी सीमाओं के ऊपर उठ गया हूँ। मुझे दिव्य मार्गदर्शन एवं प्रेरणा प्राप्त है। प्रेम सबको ठीक कर देता है।

श्वेतरक्तता देखें : रक्त संबंधी समस्याएँ	प्रेरणा की निर्मम हत्या करना। 'क्या फायदा?'	मैं अब सीमा बंधनों को पार कर स्वतंत्रता की ओर बढ़ जाता हूँ। मुझे अपने में रहना सुरक्षित लगता है।
श्वेत-प्रदर/लिकोरिया देखें : स्त्रियों की समस्याएँ, योनि शोथ	एक धारणा कि विपरीत लिंग पर स्त्रियाँ कमजोर पड़ जाती हैं। किसी साथी पर क्रोध।	मेरे सभी अनुभव मेरे बनाए हुए हैं। मैं अपने नारीत्व में खुश हूँ। मैं मुक्त हूँ।
जिगर/यकृत	क्रोध और आदिकालीन, असभ्य भावनाओं का अड्डा।	मेरा परिचय केवल प्रेम एवं शांति तथा आनंद तक सीमित है।
जिगर की समस्याएँ देखें : हेपेटाइटिस/यकृत शोथ, जिगर की सूजन	हमेशा शिकायत करते रहना। स्वयं को धोखे में रखने के लिए दोष निकालने, नुक्ताचीनी को उचित ठहराना।	मैं अपने दिल के खुले झरोखे में रहना पसंद करता हूँ। मैं प्रेम की खोज में रहता हूँ और मुझे सर्वत्र प्रेम मिलता है।
दंतपिच्ची (Lockjaw) देखें : धनुस्तंभ (Tetanus)	क्रोध/नियंत्रण करने की इच्छा/भावनाओं को व्यक्त करने से इनकार।	मुझे जीवन की प्रक्रिया में विश्वास है। मुझे जो चाहिए, बेहिचक माँग लेता हूँ। जीवन मेरा समर्थन करता है।
लाउ गेहरिग रोग देखें : एम्योट्रॉपिक लेटरल स्क्लीरोसिस (ALS)		
गले में सूजन	आशंका/जीवन की प्रक्रिया	मैं सुरक्षित हूँ। मुझे विश्वास

(Globus Hystericus)	में विश्वास नहीं।	है कि यहाँ जीवन मेरे लिए है। मैं स्वयं को मुक्त रूप से और आनंदित होकर व्यक्त करता हूँ।
फेफड़ा/फुफ्फुस	प्राणवायु अंदर लेने की क्षमता।	मैं पूरे संतुलन में प्राणवायु अंदर ग्रहण करता हूँ।
समस्याएँ देखें : निमोनिया	अवसाद/उदासी/दु:ख/ प्राणवायु अंदर खींचने का भय/जीवन को पूर्णतया जीने योग्य महसूस न करना।	मैं जीवन-स्फूर्ति को ग्रहण करने की क्षमता रखता हूँ। मैं जीवन को प्रेम से पूर्णतया जीने योग्य मानता हूँ।
लूपस (अतिरक्तिमा)	छोड़ देना, समर्पण कर देना/अपने खुद के अधिकार के लिए दावा करने के बजाय मर जाना बेहतर समझना। क्रोध और दंड।	मैं अपने पक्ष में खुलकर और सहजता से बोलता हूँ। मैं अपनी निजी शक्ति एवं सत्ता का दावा करता हूँ। मुझे खुद से लगाव है और मैं खुद को अच्छा मानता हूँ। मैं स्वतंत्र और सुरक्षित हूँ।
लसीका संबंधी समस्याएँ	एक चेतावनी कि मन को जीवन की अनिवार्यताओं पर पुन:केंद्रित करने की जरूरत है। प्रेम और आनंद।	मैं जीवित होने के प्रेम और आनंद में अब पूरी तरह केंद्रित हूँ। मैं जीवन के साथ बहता चला जाता हूँ। मेरे पास मन की शांति है।
मलेरिया	प्रकृति और जीवन के साथ संतुलन के बाहर।	मैंने अपने पूरे जीवन के साथ एका कर लिया है और संतुलन जमा लिया है। मैं सुरक्षित हूँ।

स्तन शोथ देखें : छाती के रोग		
कर्णमूलास्थि शोथ (Mastoiditis)	क्रोध और कुंठा। जो हो रहा है, उसे न सुनने की इच्छा, सामान्यत: बच्चों में। समझ–बूझ को दूषित करने का भय।	दिव्य शांति और सद्भाव मुझे घेरे और अपने में बसाए रहते हैं। मैं शांति और प्रेम तथा आनंद का एक मरुद्यान हूँ। मेरे जगत् में सब ठीक है।
मलेरिया/Mellitus देखें : मधुमेह/डायबिटीज		
रजोनिवृत्ति की समस्याएँ	प्रेमाचार से वंचित हो जाने की आशंका। वृद्धावस्था की ओर बढ़ने का भय। आत्म–अस्वीकरण। यह समझना कि अब बेकार हो गए।	मैं घटनाचक्र के सभी परिवर्तनों में संतुलित व शांतिमय हूँ और मैं शरीर को प्रेम का आशीर्वाद देती हूँ।
रजोधर्म संबंधी समस्याएँ देखें : अनार्तव, कष्टार्तव, महिलाओं के कष्ट	अपने नारीपन को अस्वीकार करना। दोष–भावना, भय। यह धारणा कि जननांग पापमय या गंदे होते हैं।	एक स्त्री होने के नाते मैं अपनी पूरी सत्ता और अपने शरीर की समस्त प्रक्रियाओं को सामान्य एवं स्वाभाविक मानकर स्वीकार करती हूँ। मैं खुद को पसंद करती हूँ और अच्छा मानती हूँ।
आधासीसी सिरदर्द देखें : शिरोवेदना/सिरदर्द	धकियाए जाने से नफरत। जीवन के प्रवाह का विरोध करना। यौन संबंधी आशंकाएँ। (आमतौर पर हस्तमैथुन द्वारा राहत पाई जा सकती है।)	मैं जीवन के प्रवाह में सुकून महसूस करता हूँ और मुझे जो चाहिए, वह सब मुझे आसानी से और आराम से प्रदान करने की जिम्मेदारी मैं जीवन पर छोड़ देता हूँ। जीवन मेरे लिए है।

Mono, Mononucleosis (Pteitter's Disease, ग्रंथिल ज्वर)	प्रेम और प्रशंसा न पाने पर क्रोध। अपनी परवाह करना छोड़ देना।	मुझे अपने आपसे प्रेम व अनुराग है और मैं अपना ध्यान रखती हूँ। मैं यथेष्ट हूँ।
रफ्तार से रुग्णता देखें : कार में सफर करने, समुद्री यात्रा करने में मिचली आना। कै करना	भय/नियंत्रण में रहने का भय।	मैं अपने विचारों को हमेशा नियंत्रण में रखता हूँ। मैं सुरक्षित हूँ। मैं खुद को पसंद करता हूँ और अच्छा समझता हूँ।
मुँह	नए-नए विचारों को ग्रहण करने और पोषण का द्योतक।	मैं प्रेमपूर्वक अपना पोषण करता हूँ।
समस्याएँ	जमे-जमाए विचार/मंद बुद्धि/नए विचारों को ग्रहण करने की अक्षमता।	मैं नए विचारों एवं नई संकल्पनाओं का स्वागत करता हूँ और उन्हें पचाने तथा आत्मसात् करने के लिए तैयार करता हूँ।
श्लैष्मिक वृहदांत्र/कोलन देखें : वृहदांत्र-शोथ, कोलन, आँतें, स्तब्ध वृहदांत्र-शोथ	पुराने व भ्रमित विचारों की परतें जम जाना और बहिष्करण के मार्गों का अवरुद्ध हो जाना। अतांत के चिपचिपे कीचड़ में अश्लील आनंद लेना।	मैं अतीत का त्याग करता हूँ। मैं एक निर्मल चिंतक हूँ। मैं अब शांति और आनंद में रहता हूँ।
मल्टीपल स्क्लीरोसिस (ऊतक काठिन्य)	मानसिक कठोरता, कठोर हृदया, दृढ़ इच्छा-शक्ति, अनम्यता/भय।	रुचिकर आनंदपूर्ण विचारों को चुनकर मैं एक मनोहर व आनंददायक जगत् का

		निर्माण करता हूँ। मैं सुरक्षित और स्वतंत्र हूँ।
मांसपेशी	नए अनुभवों का विरोध। मांसपेशी जीवन में आगे बढ़ने की हमारी क्षमता को दरशाती हैं।	मैं जीवन को एक आनंदपूर्ण नृत्य के रूप में अनुभव करता हूँ।
मांसपेशीय दुष्पोषण	'बड़ा होना व्यर्थ है।'	मैं अपने माता-पिता के सीमा-बंधनों के बाहर चला जाता हूँ। मैं अपने व्यक्तित्व को यथा-शक्ति निखारने के लिए स्वतंत्र हूँ।
(Myocardial Infarction) हृत्पेशी को रक्त-आपूर्ति का कट जाना देखें : दिल का दौरा पड़ना		
निकट दृष्टिता (Myopia) देखें : आँखों की समस्याएँ	भविष्य के बारे में आशंका/ भावी घटना-क्रम में विश्वास न करना।	मैं ईश्वरीय मार्गदर्शन को स्वीकार करता हूँ और सदैव सुरक्षित हूँ।
नख (नाखून)	रक्षा का प्रतीक है।	मैं आसानी से पकड़ में ले लेता हूँ।
दाँत कुतरना	नैराश्य/स्वयं को कष्ट देना। माता-पिता में से किसी का वैमनस्य।	मुझे बड़े होने में कोई भय नहीं। अब मैं अपने जीवन को खुशी और सरलता से सँभाल सकता हूँ।

निद्रा रोग	झगड़ नहीं सकता/अत्यधिक भय/इस सबसे दूर भाग जाने की इच्छा/यहाँ रहने की चाह नहीं।	मैं अपनी रक्षा के लिए सदैव दिव्य ज्ञान और मार्गदर्शन पर निर्भर करता हूँ। मैं सुरक्षित हूँ।
मितली/अरुचि	आशंका/किसी विचार या अनुभव को अस्वीकृत कर देना।	मैं सुरक्षित हूँ। मैं जीवन की प्रक्रिया में विश्वास करती हूँ, जो मेरे लिए केवल अच्छाई लेकर आती है।
निकट दृष्टिता देखें : आँखों की समस्याएँ, Myopia		
गरदन/ग्रीवा (गरदन की रीढ़)	सुनम्यता का प्रतीक/पीछे जो होता है, उसे देखने की क्षमता।	मेरा जीवन शांतिमय है।
गरदन की समस्याएँ	किसी प्रश्न के दूसरे पक्ष के देखने से मना करेगा/ हठीलापन, अनम्यता।	मैं किसी भी विषय के सभी पहलुओं को देखने में लचीला रुख अपनाता हूँ। चीजों को देखने और करने के अनेक तरीके हैं। मैं सुरक्षित हूँ।
वृक्क-शोथ/ गुर्दे की सूजन देखें : ब्राइट रोग	निराशा और विफलता पर बहुत अधिक झींकना और झल्लाना।	मेरे जीवन में सिर्फ कार्य हो रहा है। मैं पुराने का त्याग करता हूँ और नए का स्वागत करता हूँ। सबकुछ ठीक है।

नसें/नाड़ी	संप्रेषण/संचार-व्यवस्था/ संग्रहशील संवाददाता समूह।	मेरा विचार संप्रेषण सहज और आनंददायक होता है।
नाड़ी-तंत्र का खराब हो जाना	आत्म-केंद्रस्थता/संप्रेषण के माध्यमों का अवरुद्ध हो जाना।	मैं अपना दिल खुला रखता हूँ और केवल रुचिकर संचार-व्यवस्था का निर्माण करता हूँ।
घबराहट	भय, चिंता, संघर्ष, दौड़-भाग। जीवन-प्रक्रिया में विश्वास नहीं।	मैं चिरंतनता के आर-पार एक अंतहीन यात्रा पर हूँ और समय बहुत है। मैं अपने हृदय से बातचीत करता हूँ। सब ठीक है।
तंत्रिका-शूल	दोष के लिए दंड/संप्रेषण पर क्रोध।	मैं स्वयं को क्षमा करता हूँ। मुझे खुद से लगाव है और मैं खुद को अच्छा मानता हूँ। मैं प्रेमपूर्वक संप्रेषण करता हूँ।
ग्रंथिका/गाँठदार गिल्टी	आजीविका को लेकर रोष, निराशा और अहं को ठेस	मैं अपने अंदर विलंब की परिपाटी को छोड़ता हूँ और अब मैं सफलता को अपना बनाने निकल पड़ा हूँ।
नासिका	अपनी पहचान का प्रतीक	मैं अपनी अंतर्दर्शी योग्यता को पहचानता हूँ।
नाक से खून बहना	पहचान पाने की जरूरत/ ऐसा महसूस करना कि न कोई	मैं खुद को चाहता हूँ और अच्छा समझता हूँ। मैं

	पहचान है और न किसी का ध्यान मेरी तरफ आता है। प्यार के लिए रुदन।	अपनी सही योग्यता की समझ रखता हूँ। मैं अद्भुत हूँ।
नाक बहना	मदद माँगना/आंतरिक क्रंदन।	मुझे अपने आपसे लगाव है और मैं ऐसे तरीकों से खुद को सांत्वना देता हूँ, जो मुझे पसंद हैं।
बंद नाक	आत्म-क्षमता को न पहचानना।	मैं खुद को अच्छा मानता हूँ और मुझे अपने आपसे प्यार है।
सुलपान (Parasthesia)	स्नेह और सोच-विचार को दबा रखना। मानसिक रूप से मृत हो जाना।	मैं अपनी भावनाओं और स्नेह को साझा करता हूँ। मैं हर प्रेम-भावना का उत्तर प्रेम से देता हूँ।
अस्थि-मेरुरज्जु शोथ (Osteamyelitis) देखें : हड्डी की समस्याएँ	जीवन के ढाँचे पर ही क्रोध और निराशा। भावना को कोई सहारा नहीं।	मैं जीवन की प्रक्रिया में विश्वास करता हूँ और चैन से हूँ। मैं निर्विघ्न और सुरक्षित हूँ।
अस्थि-छिद्रिलता (Osteoporosis) देखें : हड्डी की समस्याएँ	ऐसा महसूस करना कि जीवन में कोई सहारा नहीं बचा है।	मैं अपने पक्ष में बोलने का साहस रखता हूँ और जिंदगी अप्रत्याशित एवं लुभावने तरीकों से मेरा समर्थन करती है।
डिंब ग्रंथि	जनन स्थान का प्रतीक। सृजनात्मकता।	मैं अपने सृजनात्मक प्रवाह में संतुलित हूँ।

अतिभार/मोटापा देखें : चरबी/मांसल	भय, संरक्षण की आवश्यकता। भावनाओं से दूर भागना। असुरक्षा, आत्म-अस्वीकरण। परितोष की चाह।	अपनी भावनाओं के साथ मुझे शांति है। मैं जहाँ हूँ, सुरक्षित हूँ। अपनी सुरक्षा मैं स्वयं बनाता हूँ। मुझे खुद से लगाव है और मैं खुद को अच्छा समझता हूँ।
पेजिट का रोग (Pagot's Disease)	ऐसा महसूस करना कि अब कोई बुनियाद नहीं है, जिस पर इमारत खड़ी की जाए। 'कोई परवाह नहीं करता।'	मैं जानता हूँ, जीवन मुझे बड़े और भव्य तरीके से सहारा देता है। जिंदगी को मुझसे प्यार है और मेरी चिंता करती है।
पीड़ा/दर्द	दोष-भावना/दोष-भावना सदैव दंड चाहती है।	मैं प्रेम से अतीत को मुक्त करता हूँ। वे स्वतंत्र हैं और मैं स्वतंत्र हूँ। मेरे दिल में अब सबकुछ ठीक है।
पक्षाघात/फालिज देखें : Bell's Palsy Cerabral Palsy, Parkinsan's Disease	स्तंभित करनेवाले विचार/अटककर रह जाना।	मैं एक मुक्त चिंतक हूँ। मेरे मन में अद्‍भुत विचार आते हैं और वो भी सुख एवं खुशी के साथ।
अग्न्याशय	जीवन की मधुरता का परिचायक है।	मेरा जीवन मधुर है।
अग्न्याशय-शोथ	अस्वीकार/बहिष्करण/क्रोध और नैराश्य, क्योंकि ऐसा प्रतीत होता है, जैसे जीवन ने अपनी मिठास खो दी हो।	मैं खुद को चाहता हूँ तथा मानता हूँ कि मैं अच्छा हूँ। मैं अकेला ही अपने जीवन में मिठास और आनंद की उत्पत्ति करता हूँ।

संत्रास	भय/जीवन के प्रवाह के साथ चलने में असमर्थ।	मैं समर्थ और मजबूत हूँ। मैं जीवन में हर स्थिति को सँभाल सकता हूँ। मैं जानता हूँ, मैं क्या करता हूँ।
लकवा/पक्षाघात देखें : पक्षाघात	भय/आतंक किसी स्थिति या व्यक्ति से बचना। प्रतिरोध।	मैं जीवन में घुल-मिल गया हूँ। मैं सभी हालात का पूरी तरह सामना करने में सक्षम हूँ।
परजीवी	दूसरों को अधिकार देना, उन्हें अधिकार में लेने देना।	मैं प्रेमपूर्वक अपना अधिकार वापस लेता हूँ और सारे हस्तक्षेप को दूर कर देता हूँ।
कँपानेवाला लकवा (Parkinson's Diseas) देखें : पक्षाघात	भय और सबकुछ तथा हर किसी को वश में करने की तीव्र इच्छा।	मैं यह जानकर आराम से हूँ कि मैं सुरक्षित हूँ। जीवन को मुझ पर भरोसा है और मैं जीवन की प्रक्रिया में विश्वास करता हूँ।
पेट का फोड़ा देखें : अम्लशूल/मेद की जलन, पेट की तकलीफ, अल्सर	भय/एक धारणा कि आप किसी योग्य नहीं हैं। प्रसन्न करने के लिए चिंतातुर।	मुझे खुद से लगाव है और मैं खुद को अच्छा समझता हूँ। मैं अपने आप में चैन से हूँ। मैं निराला हूँ।
पीरियोडॉण्टाइटिस देखें : पायरिया		
सौम्य अपस्मार देखें : मिरगी		

फेफर की बीमारी
देखें : Mononucleosis

शिरा-शोथ (Phlebitis)	क्रोध और कुंठा/जीवन में सीमा बंधनों और खुशी की कमी के लिए दूसरों को दोष देना।	आनंद अब मेरे अंदर मुक्त रूप से प्रवाहित रहता है और मैं जीवन में सुख-शांति से हूँ।

बवासीर
देखें : (Hemorrhoids)

मुहाँसे, देखें : काले/सफेद नुकीले दाग	हलका-फुलका गुस्सा फूट पड़ना।	मैं अपने विचारों को शांत रखता हूँ और अविचलित हूँ।
रक्ताभ आँखें देखें : नेत्र श्लेष्मला शोथ (कंजंक्टिवाइटिस)	क्रोध एवं कुंठा/देखना नहीं चाहता।	मैं सही होने की आवश्यकता को छोड़ता हूँ। मैं चैन से हूँ। मैं खुद को चाहता हूँ और अच्छा मानता हूँ।
पीयूष-ग्रंथि	नियंत्रण केंद्र का परिचायक है।	मेरा मन और शरीर पूर्ण संतुलन में है। मैं अपने विचारों को नियंत्रण में रखता हूँ।
पादतल मस्सा	आपकी सोच के मूल में बसा क्रोध/भविष्य के बारे में कुंठा फैलाना।	मैं आत्मविश्वास के साथ आगे कदम बढ़ाता हूँ। मैं जीवन की प्रक्रिया में विश्वास करता हूँ और उसके साथ चलता हूँ।

निमोनिया देखें : फेफड़ों की समस्याएँ	घोर निराशा/जिंदगी से ऊब जाना। भावनात्मक घाव, जिन्हें भरने नहीं दिया जाता है।	मैं खुले रूप से दिव्य विचारों को ग्रहण करता हूँ, जो जीवन की महक और विलक्षणता से भरे होते हैं। यह एक नया पल है।
अनेक भेद (Poison Iry)	असुरक्षित महसूस करना और खतरे की आशंका।	मैं शक्तिशाली, सुरक्षित और निर्विघ्न हूँ। सबकुछ ठीक है।
Poison Oak देखें : अनेक भेद (Poison Iry)		
पोलियो	ईर्ष्या से अशक्त कर देना। किसी को रोकने की इच्छा।	हर किसी के लिए पर्याप्त है। मैं मधुर विचारों से अपने हित और अपनी स्वतंत्रता की सृष्टि करता हूँ।
पश्चनासिक्य टपकन (Posinasal Drip)	आंतरिक रुदन/बचकाने आँसू/पीड़ित।	मैं मानता हूँ और स्वीकार करता हूँ कि मैं अपने संसार में सृजनात्मक सत्ता हूँ। मैं अब अपने जीवन का आनंद लेना पसंद करता हूँ।
रजोधर्म विषयक संलक्षण (Premenstrual Syndrame)	भ्रांति का माहौल बनाए रखना। बाहरी प्रभावों को अधिकार देना। स्त्रियोचित प्रक्रियाओं को नामंजूर करना।	अब मैं अपने मन और अपने जीवन का उत्तरदायित्व सँभालती हूँ। मैं एक प्रभावशाली व सक्रिय महिला हूँ। मेरे शरीर का हर अंग बिल्कुल सही काम करता है। मुझे

प्रोस्टेट	पुरुषोचित सिद्धांत का द्योतक है।	खुद से लगाव है। मैं खुद को पसंद करता हूँ और अच्छा मानता हूँ। मैं अपनी निज सत्ता को स्वीकार करता हूँ। स्फूर्ति में मैं सदैव जवान हूँ।
प्रोस्टेट संबंधी कष्ट	मानसिक आशंकाएँ पुरुषत्व को दुर्बल कर देती हैं। हथियार डाल देना। यौन संबंधी दबाव और अपराध-बोध/वयोवृद्धि में विश्वास।	मैं अपने पुरुषत्व को स्वीकार करता हूँ और खुश हूँ।
खुजली/खाज देखें : खुजली प्रखर खाज (Prvritus Ani) देखें : गुदा		
छाल रोग देखें : त्वचा संबंधी समस्याएँ	ठेस लगने का भय/अपनी ज्ञानेंद्रियों को अचेत कर देना। अपनी निज भावनाओं के उत्तरदायित्व को स्वीकार करने से मना करना।	जीवन की खुशियों के प्रति मैं जागरूक हूँ। मैं जीवन में सर्वोत्तम का अधिकारी हूँ और सर्वोत्तम को ही स्वीकार करता हूँ। मुझे खुद से लगाव है और मैं खुद को अच्छा समझता हूँ।
मनश्चिकित्सा संबंधी बीमारी देखें : पागलपन		
जघनास्थि	जननांग संरक्षण का द्योतक।	मेरा यौनत्व सुरक्षित है।

पाइलोनेफ्राइटिस (Pyelonephritis) देखें : मूत्रीय संक्रमण		
पायरिया (Periodontitis)	निर्णय करने की अक्षमता पर क्रोध/नीरस, निस्तेज लोग।	मैं स्वयं को अच्छा समझता हूँ और मेरे निर्णय मेरे लिए हमेशा एकदम सही होते हैं।
गलशोथ/कंठ रोग देखें : गले की सूजन, तुंडिका-शोथ	एक पक्की धारणा कि आप अपने लिए बोलने का साहस नहीं कर सकते और अपनी आवश्यकताओं की माँग नहीं कर सकते।	अपनी आवश्यकताओं की पूर्ति की माँग करना मेरा जन्मसिद्ध अधिकार है। मुझे जो कुछ भी चाहिए, मैं प्रेम और विनम्रता से वह सब माँग लेता हूँ।
अलर्क रोग (Rabies)	क्रोध/यह धारणा कि हिंसा का जवाब हिंसा है।	मैं सदैव शांति से घिरा रहता हूँ और उसके बीच ही निवास करता हूँ।
फोड़ा-फुंसी, चकत्ते देखें : पित्ती	देरी पर चिड़चिड़ाना/ध्यान खींचने के लिए बच्चों जैसी हरकत।	मैं खुद को पसंद करता हूँ और अच्छा समझता हूँ। जीवन की प्रक्रिया के साथ मैं सुख-शांति से हूँ।
मलाशय देखें : गुदा		
साँस/श्वसन संबंधी रोग देखें : श्वासनली-शोथ, सर्दी, खाँसी-जुकाम, इन्फ्लुएंजा।	प्राणवायु को पूरी तरह अंदर खींचने में भय।	मैं सुरक्षित हूँ। मुझे अपनी जिंदगी से प्यार है।

आमवात/गठिया	उत्पीड़ित महसूस करना/ प्रेम का अभाव। बहुत पुरानी कटुता/रोष।	मैं अपने अनुभव स्वयं उत्पन्न करता हूँ। चूँकि मैं खुद को पसंद करता हूँ और अच्छा समझता हूँ, मेरे अनुभव बेहतर, और बेहतर होते जाते हैं।
आमवात/गठिया जैसा रोग	सत्ता की गहरी आलोचना/ बहुत बुझा-बुझा महसूस करना।	अपनी सत्ता मैं स्वयं हूँ। मैं स्वयं को पसंद करता हूँ। और अच्छा मानता हूँ। जीवन सुखद है।
सूखा/सुखंडी	भावनात्मक कुपोषण। प्रेम और सुरक्षा का अभाव।	मैं सुरक्षित हूँ और सृष्टि का प्रेम ही मेरा पोषण करता है।
शरीर का दायाँ पक्ष	बाँटना, छोड़ देना, पुरुषोचित स्फूर्ति, पुरुष, जनक अर्थात् पिता।	मैं अपनी पौरुषीय ऊर्जा को सहजतापूर्वक और सरलता से संतुलित करता हूँ।
दाद	दूसरों को अपनी खाल में घुसने देना। बहुत अच्छा या बहुत साफ न लगना।	मैं स्वयं को पसंद करता हूँ और अच्छा समझता हूँ। मुझ पर किसी व्यक्ति, स्थान या वस्तु का अधिकार नहीं है। मैं स्वतंत्र हूँ।
दंतमूल देखें : दाँत	किसी चीज को अब कुतरना संभव नहीं। मूल धारणाओं को नष्ट किया जाना।	मैं अपने लिए और अपने जीवन के लिए मजबूत नींव का निर्माण करता हूँ। मेरा सहारा बनने योग्य अपना धारणाओं को मैं खुशी से चुनता हूँ।

गोलाकार कंधे देखें : कंधे, मेरुदंडीय झुकाव	जीवन का बोझ उठाए फिरना। असहाय और निराशा।	मैं सीधा और तनकर खड़ा होता हूँ। मुझे अपने आपसे लगाव है और मैं खुद को अच्छा मानता हूँ। मेरा जीवन दिनोदिन बेहतर हो रहा है।
झोलदार झुर्रियाँ	चेहरे पर लटकी झुर्रियाँ मन में धसके हुए विचारों से आती हैं। जिंदगी से नाराजगी।	मैं जिंदगी से खुश हूँ और मैं हर दिन के हर पल का पूरा आनंद उठाता हूँ। मैं फिर से जवान हो रहा हूँ।
खारिश	संक्रमित सोच। दूसरों को अपनी खाल के नीचे घुसने देना।	मैं जीवन की सप्राण, मधुर और आनंदपूर्ण अभिव्यक्ति हूँ। मेरा अपना निज व्यक्तित्व है।
गृध्रसी/साइटिका (Sciatica)	पाखंडी/दंभी होना/धन और भावी जीवन के बारे में आशंका।	मैं अपनी बेहतर भलाई की दिशा में कदम बढ़ाता हूँ। मेरी भलाई सर्वत्र है और मैं पूर्णतया सुरक्षित हूँ।
त्वक्–काठिन्य (चमड़े की कड़ाई का रोग)	जीवन से अपनी रक्षा करना। अपने आप में विश्वास न करना और अपना ध्यान न रखना।	मैं पूर्णतया तनाव–मुक्त हूँ, क्योंकि मैं जानता हूँ कि मैं सुरक्षित हूँ। मुझे जीवन में विश्वास है और स्वयं में भी।
पार्श्व–कुब्जता (रीढ़ की) देखें : गोलाकार स्कंध, मेरुदंडीय झुकाव		
खरोंचें		

	ऐसा महसूस करना कि जिंदगी आप पर खोंचा मारती है, आपको नोचती-खसोटती है और आपको चीरा-फाड़ा जा रहा है।	मेरे प्रति जीवन की उदारता के लिए मैं कृतज्ञ हूँ। मैं सौभाग्यशाली हूँ।
जहाजी मतली देखें :	भय/मौत का डर/नियंत्रण का अभाव।	मैं विश्व में पूर्णतया सुरक्षित हूँ। मुझे सर्वत्र शांति व चैन है। मैं जीवन में विश्वास करता हूँ।
झटके/बीमारी का दौरा	परिवार से, अपने आपसे या जिंदगी से दूर भागना।	मैं इस जगत् में सुखी हूँ। मैं पूर्णतया सुरक्षित हूँ और मेरी बात सुनी व समझी जाती है।
बुढ़ापा देखें : अल्जाइमर रोग	बचपन की तथाकथित सुरक्षा की ओर लौटना। देखभाल और ध्यान दिए जाने की अपेक्षा करना। आसपास के लोगों को नियंत्रित करने का एक तरीका। पलायनवाद।	ईश्वरीय संरक्षण/सुरक्षा/शांति/जीवन के हर स्तर पर सृष्टि का ज्ञान व्याप्त है।
पिंडली की नली	आदर्शों को ध्वस्त करना/पिंडलियाँ जीवन के मानदंडों की द्योतक हैं।	मैं अपने उच्चतम आदर्शों का पालन प्रेम एवं खुशी से करता हूँ।
कक्ष्या/कच्ची दाद (छोटी माता)	दूसरा जूता गिरने की प्रतीक्षा करना/भय और तनाव। अत्यधिक संवेदनशील।	मैं आराम से और शांतिपूर्वक हूँ, क्योंकि मुझे जीवन की प्रक्रिया में विश्वास है। मेरे संसार में सब ठीक है।
कंधे/स्कंध		

देखें : जोड़, गोलाकार कंधे	जीवन में अनुभवों को खुशी से कार्यान्वित करने की हमारी क्षमता को दरशाते हैं। हम अपने रवैए से जीवन को बोझ बना लेते हैं।	मैं अपने सभी अनुभवों को आनंदपूर्ण एवं मधुर बनाना पसंद करता हूँ।
सिकॅल-सेल रक्तक्षीणता	यह धारणा कि आप किसी काबिल नहीं हैं, जिंदगी के सारे आनंद को नष्ट कर देती है।	यह बच्चा जीवन की खुशी में पलता है और साँस लेता है तथा प्रेम से पोषित होता है। ईश्वर हर दिन चमत्कार करता है।
साइनस समस्या (छिद्र दाह/साइनसाइटिस)	किसी व्यक्ति, किसी करीबी व्यक्ति से चिढ़।	मैं घोषणा करता हूँ कि मैं हर समय शांति एवं सद्भाव से घिरा रहता हूँ। सबकुछ ठीक है।
कंकाल/अस्थि-पंजर देखें : हड्डी	ढाँचे का टुकड़े-टुकड़े हो जाना। हड्डियाँ आपके जीवन के ढाँचे को दरशाती हैं।	मैं मजबूत और तंदुरुस्त हूँ। मेरा गठन अच्छा है।
त्वचा	हमारे व्यक्तित्व की रक्षा करती हैं। एक ऐंद्रिय अवयव।	मैं जैसा हूँ, उसमें ही सुरक्षित महसूस करता हूँ।
त्वचा संबंधी समस्याएँ देखें : पित्ती, छाल रोग, ददोरा/चकत्ते	चिंता, भय/पुरानी भूली-बिसरी शिकायतें। मुझे डराया जा रहा है।	मैं खुशी और सुख के विचारों से प्रेमपूर्वक अपनी रक्षा करता हूँ। अतीत को माफ किया और भुला दिया। इस पल मैं मुक्त हूँ।
खिसकी हुई चकती		

	जीवन से पूरी तरह बे-मदद महसूस करना/अनिर्णायक।	जीवन मेरे सभी निर्णयों का समर्थन करता है, अतः मैं खुद को पसंद करता हूँ और अच्छा समझता हूँ। सबकुछ ठीक है।
खर्राटे भरना	पुरानी परिपाटियों को न छोड़ने की जिद।	मैं उस सबका त्याग करता हूँ, जो मेरे मन में प्रेमभाव और खुशी के विपरीत है। मैं अतीत को छोड़कर नए और महत्त्वपूर्ण की तरफ कदम बढ़ाता हूँ।
सूर्यचक्र	सबकुछ नष्ट कर देने/हड़पने की प्रतिक्रिया/हमारी अंतर्ज्ञानीय शक्ति का केंद्र।	मुझे अपनी आंतरिक वाणी में विश्वास है। मैं सशक्त, बुद्धिमान और प्रभावशाली हूँ।
जख्म/फोड़ा-फुंसी	अंदर भरा हुआ अव्यक्त क्रोध।	मैं अपनी भावनाएँ उत्साहपूर्ण, सकारात्मक ढंग से व्यक्त करता हूँ।
गल-शोथ/ गले की सूजन देखें : कंठ प्रदाह, गला, टांसिल-शोथ	क्रुद्ध शब्दों को अंदर ही दबाए रखना। स्वयं को व्यक्त करने में असमर्थ।	मैं सभी प्रतिबंधों का त्याग करता हूँ और मैं अपने व्यक्तित्व में रहने के लिए स्वतंत्र हूँ।
जकड़/ऐंठन	भय से अपने विचारों को जकड़ना।	मैं छोड़ देता हूँ, मैं तनाव-मुक्त रहता हूँ और मैं जाने देता हूँ। मैं जीवन में सुरक्षित हूँ।
स्तब्ध वृहदांत्र-शोथ देखें : वृहदांत्र-शोथ,		

कोलन, आँतें, श्लैष्मिक कोलन	छोड़ देने का भय। असुरक्षा।	जीवित रहना मेरे लिए निरापद है। जीवन सदैव मेरा भरण-पोषण करेगा। सब ठीक है।
मेरुदंडीय झुकाव (पार्श्व-कुब्जता, कुबड़ापन) देखें : गोलाकार स्कंध	जीवन का सहारा लेकर चलने में असमर्थ/भय और पुराने विचारों को पकड़े रहने का प्रयास करना। सत्यनिष्ठा कमी। दृढ विश्वास का एहसास नहीं।	मैं सभी आशंकाओं को मुक्त करता हूँ। मैं जानता हूँ कि जीवन मेरे लिए है। मैं प्रेम से सीधा और ऊँचा खड़ा होता हूँ।
सुषुम्नावरण-शोथ (Spinal Meningitis)	भड़क उठनेवाली सोच और जीवन पर आक्रोश।	मैं सारे दोष का त्याग करता हूँ और जीवन की शांतिप्रियता एवं खुशी को स्वीकार करता हूँ।
मेरुदंड/रीढ़ की हड्डी	जीवन का लचीला सहारा।	मुझे जीवन का अवलंब प्राप्त है।
तिल्ली	सनक/सब्त/चीजों के बारे में सनकी होना।	मैं खुद को पसंद करता हूँ और अच्छा मानता हूँ। मुझे जीवन की प्रक्रिया में विश्वास है, जो मेरे लिए ही बनी है। मैं सुरक्षित हूँ। सबकुछ ठीक है।
मोच	क्रोध और विरोध/जीवन में किसी निश्चित दिशा में जाने की अनिच्छा।	मैं जीवन की उस प्रक्रिया में विश्वास रखता हूँ, जो मुझे मेरी उच्चतम भलाई तक ले जा सके। मैं चैन से हूँ।
बाँझपन		

	जीवन की प्रक्रिया के बारे में आशंकित और उस प्रक्रिया का विरोध या जनक-जननी के अनुभव से गुजरने की इच्छा न होना।	मैं जीवन की प्रक्रिया में विश्वास करती हूँ। मैं हमेशा सही जगह होती हूँ, सही समय पर सही काम करती हूँ। मैं खुद को चाहती हूँ और अच्छा समझती हूँ।
अकड़ी हुई गरदन देखें : गरदन की तकलीफ		
	न झुकनेवाली, जिद्दी।	दूसरों के विचारों को समझना निरापद है।
आमाशय/उदर		
कड़ापन/दुर्नम्यता	पोषण को पकड़े रहता है, विचारों को पचाता है।	मैं जीवन को आसानी से आत्मसात् कर लेता हूँ।
	कठोर, कड़ा रवैया।	अपने मन में लचीली विचार-शैली को अपनाना मेरे लिए निरापद है।
आमाशय की समस्याएँ देखें : आमाशय-शोथ, अम्लशूल, पेट का फोड़ा, अल्सर		
	भयावह/नए का भय/ नए को पचाने कीअक्षमता।	जीवन मुझसे सहमत है। मैं हर दिन, हर पल नए विचारों को पचाता हूँ। सबकुछ ठीक है।
आघात/बीमारी का दौरा (Cerebrovaseular Accident/ CVA)		
	समर्पण कर देना/प्रतिरोध/ 'बदलने के बजाय मर जाना बेहतर समझूँगा।' जीवन को नकारना।	परिवर्तन का ही नाम जीवन है और मैं सरलता से नए को अपना लेता हूँ। मैं जीवन को हर रूप में स्वीकार करता हूँ—अतीत, वर्तमान और भविष्य।
हकलाहट		
	असुरक्षा/आत्म-अभिव्यक्ति का अभाव।	मैं अपने पक्ष में खुलकर बोलने के लिए स्वतंत्र

	रोने की इजाजत नहीं।	हूँ। मैं अब अपनी निज अभिव्यक्ति में सुरक्षित हूँ। मैं केवल प्यार की भाषा बोलता हूँ।
गुहेरी देखें : आँखों के कष्ट	क्रोधपूर्ण आँखों से जीवन को देखना। किसी व्यक्ति पर क्रोध।	मैं हर व्यक्ति और हर वस्तु को खुशी व प्रेम से देखना पसंद करता हूँ।
आत्महत्या	जीवन को केवल लिखित रूप में देखना। किसी और रास्ते पर विचार करना मंजूर नहीं।	मैं संभावनाओं की संपूर्णता में जीता हूँ। हमेशा कोई दूसरा उपाय अवश्य होता है। मैं सुरक्षित हूँ।
सूजन देखें : शोफ तरल पदार्थ को रोके रहना	सोच-विचार में अटक कर रह जाना। अवरुद्ध, कष्टप्रद विचार।	मेरे विचार मुक्त होकर और सहज रूप से बहते हैं। मैं विचारों के जरिए आसानी से आगे बढ़ता हूँ।
सिफलिस/आतशक देखें : यौन रोग	अपनी शक्ति और कारगरता को गँवाना।	मैं मैं रहना चाहता हूँ। मैं जैसा हूँ, वैसा ही ठीक हूँ।
फीता कृमि	पक्की धारणा बना लेना कि आप उत्पीड़ित हैं या गंदे हैं। दूसरों के दिखावटी रवैए से बेबस।	दूसरे लोग मेरे बारे में मेरी अपनी अच्छी भावनाओं को ही परिलक्षित करते हैं। मेरा व्यक्तित्व जैसा भी है, मुझे पसंद है और मैं खुद को अच्छा मानता हूँ।
दाँत		
कमजोर/खराब होना	निर्णय क्षमता का परिचायक है।	

	निर्णय करने में अक्षम। आसानी से हथियार डाल देने की प्रवृत्ति।	मैं प्रेम और संवेदना को अपने निर्णयों का आधार बनाता हूँ। मेरे नए निर्णय मेरा समर्थन करते हैं और मुझे मजबूत बनाते हैं। मेरे मन में नए-नए विचार आते हैं और मैं उन्हें कार्य में परिणत करता हूँ। मैं अपने नए निर्णयों में सुरक्षित हूँ।
समस्याएँ		
	निर्णय लेने में ढुलमुल रवैए का पुराना सिलसिला। विचारों को विश्लेषण और निर्णय हेतु विघटित करने में असमर्थ।	मैं सच्चाई के सिद्धांतों पर आधारित निर्णय करता हूँ और इस विश्वास से मुझे सुख-शांति मिलती है कि मेरे जीवन में सबकुछ उचित हो रहा है।
कनपटी व जबड़े का जोड़ (Temporo-Mandibular Joint) देखें : जबड़े की समस्याएँ		
अंडग्रंथि		
धनुस्तंभ/टेटनस देखें : लॉक-जॉ (चर्वण-पेशियों की जकड़न)	पुरुषोचित सिद्धांत/पौरुष।	एक पुरुष होना निरापद है।
	क्रुद्ध, सड़े-गले विचारों को त्यागने की जरूरत।	मैं अपने ही दिल से निकली प्रेम-भावना को अपने शरीर के प्रत्येक अंग और मेरी भावनाओं को धोकर स्वच्छ, निर्मल करने देता हूँ।
गला		

	अभिव्यक्ति का मार्ग। सृजनात्मकता का माध्यम।	मैं अपना दिल खोलकर खुशी के गीत गाता हूँ।
समस्याएँ देखें : गल-शोथ		
	अपनेवाले खुलकर बोलने में अक्षम। क्रोध पी जाना। सृजनात्मकता का दम घोंट देना। बदलने से इनकार।	शोर करना ठीक है। मैं स्वयं को खुलकर और खुशी से व्यक्त करता हूँ। मैं अपने पक्ष में दावे के साथ बोलता हूँ। मैं अपनी सृजन-शक्ति को अभिव्यक्त करता हूँ। मैं बदलने के लिए तैयार हूँ।
मुँहपाक/मुँह के छाले देखें : कैंडीडा, मुँह, खमीर संक्रमण	गलत निर्णय करने पर क्रोध।	मैं प्रेम से अपने निर्णयों को स्वीकार करता हूँ, यह जानते हुए कि मैं बदलने के लिए स्वतंत्र हूँ। मैं सुरक्षित हूँ।
थाइमस/बाल्य-ग्रंथि		
	प्रतिरक्षक तंत्र की प्रमुख ग्रंथि। जिंदगी से खतरे की आशंका। ऐसा लगना जैसे वे आपको धर दबोचने निकले हों।	मेरे मधुर विचार मेरे प्रतिरक्षक तंत्र मजबूत रखते हैं। मैं अंदर और बाहर से सुरक्षित हूँ। मैं अपनी बात प्रेमपूर्वक सुनता हूँ।
थायरॉइड देखें : गलगंड हाइपोथायरॉइडिज्म, हाइपरथायरॉइडिज्म	अपमान/निरादार। 'मैं जो करना चाहती हूँ, मुझे कभी करने नहीं दिया जाता। मेरी बारी कब आ रही है ?'	मैं पुराने सीमा बंधनों से आगे निकल जाती हूँ और अब मैं अपने विचारों को खुलकर तथा रचनात्मक तरीके से व्यक्त करती हूँ।
सिकुड़न, खिंचाव		
झनझनाहट	भय, ऐसा लगना जैसे दूसरों द्वारा निगरानी रखी जा रही है।	समस्त जीवन मुझे अच्छा मानता है। सबकुछ ठीक है। मैं सुरक्षित हूँ।

	सुनने से मना करना। आंतरिक वाणी को न सुनना। हठ, जिद।	मुझे अपने उच्चतर व्यक्तित्व में विश्वास है। मैं अपनी अंतर-वाणी को प्रेमपूर्वक सुनता हूँ। मैं उस सबका त्याग करता हूँ, जो प्रेम-व्यवहार के विपरीत है।
पैर की उँगलियाँ	भावी जीवन के लघु विकास की तसवीर प्रस्तुत करती हैं।	सारे विवरण स्वयं अपना ध्यान रखते हैं।
जीभ	जीवन के सुखों का खुशी से स्वाद लेने की क्षमता का प्रतीक है।	मैं अपने समस्त जीवन की विपुल दानशीलता में खुशी मनाता हूँ।
गलतुंडिका-शोथ देखें : गलशोथ, गलदाह	दमित भावनाएँ/ सृजनात्मकता का दम घोंट देना।	मेरी अच्छाई अब मुक्त होकर बहती है। दिव्य विचार मेरे माध्यम से प्रकट होते हैं। मैं शांतिमय हूँ।
दंत्य समस्याएँ देखें : दंतमूल (Root Canal)	बहुत समय से चली आ रही अनिर्णायकता। विश्लेषण और निर्णय के लिए विचारों को अलग-अलग करने की अक्षमता।	मैं सच के सिद्धांतों पर आधारित अपने निर्णय करता हूँ। और मैं यह जानकर चैन से रहता हूँ कि मेरे जीवन में केवल उचित कार्य हो रहा है।
तपेदिक/यक्ष्मा	स्वार्थपरता से नाश करना। अधिकारात्मकता/ क्रूर विचार/ प्रतिशोध।	चूँकि मुझे खेद से लगाव है और मैं खुद को अच्छा मानता हूँ, मैं एक

		आनंददायक व शांतिपूर्ण जगत् की रचना करता हूँ, जिसमें रहा जा सके।
अर्बुद/ट्यूमर	पुराने घावों और सदमों को पाले रखना। पश्चात्ताप की इमारत खड़ी करना।	मैं अतीत को प्रेमपूर्वक मुक्त करता हूँ और अपना ध्यान इस नए दिन की तरफ मोड़ता हूँ। सब ठीक है।
फोड़ा/अल्सर देखें : अम्लशूल, पेट का फोड़ा, आमाशय की समस्याएँ	भय/एक पक्की धारणा कि आप किसी काम के नहीं हैं। आपको क्या खाए जा रहा है?	मुझे खुद से लगाव है और मैं खुद को अच्छा समझता हूँ। मैं चैन से हूँ। मैं शांत हूँ। सबकुछ ठीक है।
मूत्रमार्ग–शोथ	क्रूद्ध, भावनाएँ/तुच्छ समझना/दोष लगाना।	मैं अपने जीवन में केवल आनंदपूर्ण अनुभवों की रचना करता हूँ।
मूत्रीय संक्रमण (वस्तिकोप, Pyelonephritis)	मूत देना/सामान्यत: विपरीत लिंग पर या किसी प्रेमी पर। दूसरों को दोष देना।	मैं अपनी चेतना में उस परिपाटी को त्यागता हूँ, जिसके कारण यह स्थिति पैदा हुई। मैं बदलने के लिए राजी हूँ। मुझे खुद से लगाव है और मैं खुद को अच्छा मानता हूँ।
पित्ती देखें : पित्ती		
गर्भाशय	सृजन संबंधी गृह का प्रतीक।	मैं अपने शरीर में सुखी हूँ।
योनि शोथ देखें : महिलाओं की समस्याएँ, श्वेत प्रदर	साथी पर क्रोध/यौन संबंधी अपराध-बोध। स्वयं को	मेरे अंदर अपने लिए जो प्रेम और आत्म–स्वीकृति

	दंडित करना।	है, वह दूसरों के जरिए व्यक्त होती है। मैं अपनी कामुकता में खुश हूँ।
छोटी माता देखें : कक्ष्या		
वर्द्धित/सूजी हुई नसें	स्वयं को उस स्थिति में खड़े पाना, जिससे आप नफरत करते हैं। निरुत्साहित करना। बहुत थका हुआ और बोझ तले दबा महसूस करना।	मैं सच के बीच हूँ और मैं आनंद में जीता और चलता-फिरता हूँ। मुझे जीवन प्यारा लगता है और मैं मुक्त रूप से प्यार बाँटता हूँ।
वैसोवैगल अटैक देखें : मूर्च्छा/बेहोशी		
यौन रोग देखें : एड्स, सूजाक, हरपीज, सिफलिस	यौन संबंधी अपराध-बोध/दंड की आवश्यकता। यह धारणा कि जननांग पापमय या बुरे होते हैं। किसी और को दोष देना।	मैं अपनी कामुकता और उसकी अभिव्यक्ति को प्रेमपूर्वक एवं खुशी से स्वीकार करता हूँ। मैं उन्हीं विचारों को स्वीकार करता हूँ, जो मेरा समर्थन करते हैं और मुझे अच्छा महसूस कराते हैं।
घुमड़ी देखें : चक्कर आना		
वायरल/विषाणु-जनित संक्रमण देखें : संक्रमण		
वाइटिलिगो (Vitiligo)	जीवन में खुशी से संचार का अभाव। कटुता।	मैं अपने जीवन में आनंद को प्रेम- पूर्वक निर्बाध बहने देता हूँ। मुझे खुद से लगाव है।

	चीजों से बिल्कुल बाहर महसूस करना। किसी से कोई संबंध नहीं। किसी समूह में शामिल नहीं।	मैं जीवन के एकदम केंद्र में हूँ और प्रेम में पूरी तरह बँधा हुआ हूँ।
वमन/उलटी	विचारों की प्रचंड अस्वीकृति। नए का भय।	मैं जीवन को निष्कंटक होकर और आनंदपूर्वक आत्मसात् कर लेता हूँ। मेरे पास केवल उत्तम विचार आते हैं और मेरे माध्यम से आते हैं।
भग	भेद्यता/कोमलता की द्योतक है।	सुभेद्य/सुकोमल होना निरापद है।
मस्से	घृणा की छोटी-छोटी अभिव्यक्तियाँ। कुरूपता में विश्वास।	मैं जीवन का प्रेम और सौंदर्य हूँ, अपने पूरे निखार में।
दुर्बलता/कमजोरी	मानसिक जाँच की आवश्यकता।	मैं अपने मन को एक आनंदित अवकाश देता हूँ।
सफेद कीलें देखें : मुहाँसे	कुरूपता को छिपाना।	मैं स्वयं को सुंदर और प्रिय के रूप में स्वीकार करती हूँ।
अक्ल-दाढ़ संघट्ट	एक पक्की नींव तैयार करने के लिए स्वयं को मानसिक स्थान न देना।	जीवन के विस्तार के लिए मैं अपनी चेतना खुली छोड़ देता हूँ। बढ़ने और बदलने के लिए मेरे लिए प्रचुर स्थान है।
घाव/जख्म देखें : घाव, चोटें		

	स्वयं पर क्रोध करना और दोष लगाना।	मैं स्वयं को क्षमा करता हूँ, और अपने आपको प्यार से देखना पसंद करता हूँ।
कलाई	चेष्टा/क्रिया और सुगमता की परिचायक है।	मैं अपने सभी अनुभवों को बुद्धिमानी से, प्यार से और सरलता से सँभालता हूँ।
खमीर संक्रमण देखें : कैंडीडा		
मुँहपाक (मुँह के छाले)	स्वयं को अपनी आवश्यकताओं से वंचित करना। अपना भरण-पोषण न करना।	मैं अब अपना भरण-पोषण प्रेममय और आनंदप्रद तरीकों से करता हूँ।

❑

लुइस की तरफ से एक अंतिम टिप्पणी

प्रिय पाठकगण,

मेरे साथ इस यात्रा पर आने के लिए आपका बहुत-बहुत धन्यवाद।

मोना लीसा के साथ इस पुस्तक की रचना करते हुए मुझे अपने ही काम के बारे में बहुत कुछ जानने-सीखने का प्रचुर अवसर प्राप्त हुआ है। मैं वर्षों से जो कुछ सिखाती-पढ़ाती आ रही हूँ, उसकी मुझे अब और भी गहरी समझ हो गई है। स्वस्थता और बीमारी दोनों में अपनी अलग-अलग शैलियों का बहुत गहरा सिलसिला है, जिसे मैंने देखा है व मुझे यह समझने का भी मौका मिला है कि ये हमारे जीवन को कैसे प्रभावित करती हैं और मैंने अत्यधिक सुस्पष्टता से यह भी देखा व समझा है कि हमारे विचार, हमारी भावनाएँ और हमारा स्वास्थ्य किस तरह एक-दूसरे से जुड़े हुए हैं।

मैं समझती हूँ कि आप एक स्वस्थ एवं खुशहाल जीवन बनाने के लिए इस पुस्तक में प्रस्तुत जानकारी का उपयोग अवश्य करेंगे। व्यक्तिगत उपचार की दिशा में एक नई लहर का स्वागत है।

❑❑❑

* 9 7 8 9 3 5 2 6 6 3 3 0 9 *

FCW - #0120 - 061026 - C0 - 216/140/16 - PB - 9789352663309 - Matt Lamination